Marc Elsberg
**ZERO**

L
Wc

KENS

D1337609

Marc Elsberg

# ZERO

Sie wissen, was du tust

Roman

blanvalet

Verlagsgruppe Random House FSC® N001967

1. Auflage
© Marc Elsberg, vertreten durch Literarische Agentur Michael Gaeb
© der deutschsprachigen Ausgabe 2014
by Blanvalet Verlag, München,
in der Verlagsgruppe Random House GmbH
Redaktion: Angela Kuepper
Umschlaggestaltung und -motiv: www.buerosued.de
ED · Herstellung: wag
Satz: Uhl + Massopust, Aalen
Druck und Bindung: GGP Media GmbH, Pößneck
Printed in Germany
ISBN 978-3-7341-0093-2

www.blanvalet.de

*Für*
*Ursula*

*Für*
*meine Eltern*

*»Erkenne dich selbst.«*
Antikes Griechenland

*»Wir formen unsere Werkzeuge,*
*und dann formen unsere Werkzeuge uns.«*
Marshall McLuhan

*»Wir möchten Google zu deiner dritten Gehirnhälfte machen.«*
Sergey Brin auf einer Veranstaltung am 08. 09. 2010.

*»Die beste Möglichkeit, die Zukunft vorauszusagen,*
*ist, sie selbst zu gestalten.«*
Unbekannt

**Peekaboo777:**

Alle bereit? Danach gibt es für keinen von uns mehr einen sicheren Platz auf der Welt.

**Teldif:**

Bereit.

**xxxhb67:**

Bereit.

**ArchieT:**

Bereit.

**Snowman:**

Bereit.

**Submarine:**

Bereit.

**Nachteule:**

Bereit.

**Peekaboo777:**

Okay. Dann: los!

# Montag

»Hast du Steine da drin?«, ächzt Cynthia Bonsant, als sie einen Umzugskarton auf den Arbeitsplatz ihres neuen Tischnachbarn wuchtet. Das Ding renkt ihr fast die Schultern aus.

»Jede Menge cooler Gadgets«, schwärmt Jeff. »Testprodukte fürs Technikressort.« Er zieht ein Plastikstehaufmännchen mit blinkenden Augen aus dem Karton voll technischer Geräte und Kabel.

Technikressort! Genervt fährt sich Cynthia mit den Fingern durch das Haar, fingerlange Strubbel, die daraufhin in alle Richtungen abstehen. Sie streicht sie wieder zurecht, während ihr Blick durch das neue Großraumbüro schweift, in dem Print- und Onlinejournalisten des *Daily* zusammengepfercht werden. An sechs langen Tischreihen packen alte und neue Kollegen geschäftig ihre Habseligkeiten aus, stapeln, ordnen wie am Fließband eines Büroartikelversands. Ein Bildschirm reiht sich an den nächsten; zwischen ihnen montiert das IT-Team letzte Kabel, die wie Gedärm aus den Geräten baumeln. Noch mehr Kollegen kommen in den Raum, ihre Kartons vor dem Bauch, drängen sich durch, suchen ihre Plätze. Auf sie alle herab flackert von der riesigen Monitorwand an der Saalfront ein Bildgewitter weltweiter Nachrichtensender, Webseiten, sozialer Netzwerke. Darunter ein Ticker für die Neuankömmlinge:

»Willkommen im Newsfloor des *Daily*!«

»Newsfloor«, murmelt Cyn. »Maschinenraum wäre passender.«

Sie wendet sich ihrer eigenen Umzugsbox zu.

Keine coolen Gadgets.

Entschieden stellt sie ihre abgewetzte Dose mit Stiften vor den neuen Bildschirm. Daneben legt sie den Notizblock.

Als sie wieder hochsieht, hat Jeff aufgehört zu räumen und starrt gebannt auf seinen Monitor. Auch andere Kollegen haben ihre Fließbandarbeit unterbrochen und rotten sich in flüsternden Gruppen vor den Bildschirmen zusammen.

»Ist ja irre«, murmelt Jeff und reibt sich den Bartversuch an seinem Kinn. »Schau dir das an!«

Im selben Moment stürzt der Chefredakteur aus seinem Büro. Anthony Heast.

»Bringt die Übertragung auf die Videowand!«

Dort zeigen längst alle Monitore dasselbe: verwackelte Luftaufnahmen eines Golfplatzes. Im Wald dahinter verstreut Dächer. Über einem wehen die Stars and Stripes.

»Eine Drohne... eine Drohne greift ihn an...«, stammelt Jeff.

Jetzt erkennt auch Cyn den Präsidenten der Vereinigten Staaten. Er legt einen Golfball zum Abschlag bereit. Neben ihm seine Frau, auf zwei weiteren Abschlagplätzen dreschen ihre beiden Kinder lustlos auf Bälle ein. In einigen Metern Abstand zu der Präsidentenfamilie langweilen sich fünf Sicherheitsleute hinter ihren dunklen Brillen.

»Diese Bilder vom Urlaubsdomizil des Präsidenten werden seit wenigen Sekunden live ins Internet gesendet«, plappert ein aufgeregter TV-Moderator von der Videowand. »Kurz davor informierte eine Organisation namens ›Zero‹ Öffentlichkeit und Medien über soziale Netzwerke von der Aktion. Noch wissen wir nicht, wie die Drohne die Sicherheitsvorkehrungen überwunden hat – geschweige denn, was Zero vorhat!«

Als die fliegende Kamera auf den US-Präsidenten zurast, beginnt Cyns Herz schneller zu schlagen. *Sieht das dort keiner?* Einige Kollegen stoßen Schreckensschreie aus. Selbst die Umzugsarbeiter haben ihre Arbeiten unterbrochen und stieren auf die Videowand.

Der Präsident holt Schwung, schlägt, blickt dem Ball nach. Er rammt den Schlägerkopf in den Rasen und ruft dem Ball etwas hinterher. Keine Nettigkeit, vermutet Cyn angesichts seiner Grimasse. Da verzerrt sich sein Gesichtsausdruck. Sein Arm streckt sich aus, der Finger zeigt genau auf die Kamera, er wendet sich um zu den Leibwächtern, dann rennt er los zu seiner Frau und den schockstarren Kindern. Mehrere Sicherheitsleute hasten ihm hinterher. Aus dem Wald schießen zwei dunkle Geländewagen. Ihre Reifen wühlen den Rasen auf, während sich die Sicherheitsleute schützend über den Präsidenten und seine Familie werfen.

Ein Trupp Männer erscheint zwischen den Bäumen und den überdachten Abschlagstellen. Ein paar von ihnen eilen zur Präsidentenfamilie. Die übrigen blicken sich nervös um oder starren durch Feldstecher, tippen hektisch auf Smartphones und Tablets ein, brüllen in ihre Headsets.

Die Traube aus Sicherheitsmännern bugsiert die First Family hastig in den vorderen Wagen. Erde und Rasenfetzen spritzen hoch, und das Auto rast in den Wald davon. Erst als Cyn tief durchatmet, wird ihr bewusst, dass sie vor Aufregung die Luft angehalten hat.

Ihr Puls beschleunigt sich sofort wieder, als die fliegende Kamera das Fahrzeug durch das lückenhafte Blätterdach über der Straße im Blick behält. Der zweite Wagen schließt auf. Aus seinen Fenstern lehnen Männer mit Maschinenpistolen und suchen den Himmel ab, bis die Geländewagen einen Gebäudekomplex erreichen und in einer Garageneinfahrt verschwinden.

»Okay«, verkündet der TV-Kommentator atemlos, als sich die Tür hinter ihnen schließt. »Der Präsident und seine Familie scheinen vorerst in Sicherheit.«

»Ist unser Liveticker startbereit?«, ruft Anthony und lockert seine Krawatte. »Können wir den Stream auf unserer Homepage einbetten? Titel: US-Präsident under Attack…«

Aufgeregte Rufe im Maschinenraum bringen ihn zum Schweigen. Auf wackligen Bildern aus einer hell erleuchteten Garage erkennt Cyn die zwei Geländefahrzeuge. Angespannt verlassen der Präsident, seine Familie und ihre Beschützer die Wagen. Dabei haben sie die eingedrungene Drohne noch gar nicht bemerkt. Bis ein Kind kreischt. Und das Gerenne von vorn losgeht. Als wären sie mit einem Schwarm Hornissen eingeschlossen, denkt Cyn und schaudert.

Im Schutz der Leibwächter erreicht die Präsidentenfamilie den Ausgang der Garage, während zwei zurückgebliebene Wachmänner hilflos mit ihren Waffen in der Luft herumfuchteln. Hinter ihnen schwirrt ein faustgroßer Schatten durch den Raum.

»Fuck! Wie sind die hier hereingekommen?«, poltert einer und richtet den Lauf seiner Waffe auf die Kamera. Die Bilder auf der Videowall lösen sich auf in verwischte Muster von Wänden, Fahrzeugen, Personen, begleitet von ohrenbetäubenden Schüssen. Dann werden die Monitore schwarz und lassen hektisch durcheinanderredende Moderatoren zurück.

Durch den Maschinenraum zieht ein kollektives Seufzen. Cyn fragt sich, ob aus Erleichterung oder Enttäuschung.

»Scheiße!«, ruft Jeff, als die Bilder zurückkehren. »Die haben noch eine Kamera da drin!«

Froschperspektive, ein Durcheinander laufender Beinpaare. Irgendwo hockt diese versteckte Kamera wie ein Tierchen, dem Jäger den Garaus machen wollen. Cyn merkt, dass sie unwillkürlich mit dem Tierchen mitfiebert. Obwohl es womöglich gerade den US-Präsidenten ermorden will.

»Da sind noch welche, Chuck!«, bellt Stabschef Erben Pennicott ins Telefon. Seine freie Hand ballt sich vor Anspannung zur Faust. Auf den Bildschirmen der Computer und Fernseher in Erbens Arbeitszimmer erreichen Präsidentenfamilie und Leibwächter den Ausgang des nächsten Raums. Nur zwei Paar schwere schwarze Schuhe bleiben im Bild. Plötzlich rast die Kamera an ihnen vorbei, hinter dem Präsidenten her. Schüsse krachen. Schreie gellen. Für einen unendlich wirkenden Augenblick fängt die Kamera die angstgeweiteten Augen des mächtigsten Mannes der Welt ein, die dunkle Öffnung seines schreienden Mundes.

Verdammt!, und noch einmal verdammt!, denkt Erben und verzieht das Gesicht. Diese Bilder gehen um die ganze Welt. Und sie werfen kein gutes Licht auf den Präsidenten. Von Souveränität keine Spur!

Nach einer neuen Feuersalve wird der Monitor schwarz. Mit dem Telefonhörer am Ohr starrt Erben auf die Bildschirme. Er weiß nicht, wer die Schüsse abgab. Ihre Leute oder die Drohnen? Die Stimmen der Fernsehkommentatoren überschlagen sich. Was, wenn der Präsident oder jemand aus seiner Familie getroffen wurde? Er rennt los.

Mühelos sprintet er durch die Flure und Zimmerfluchten des weitläufigen Gebäudekomplexes. Erneut krachen Schüsse. Noch ein Raum, in dem allein zehn Leute wohnen könnten, die Flügeltür an der gegenüberliegenden Wand steht offen. Wie panisch schreiende Zwerge laufen die Kinder des Präsidenten im Schutz dreier mächtiger Leibwächter auf ihn zu, dahinter die First Lady, der Präsident und mehrere Personenschützer. Aus den Augenwinkeln sieht Erben einen Schatten zwischen ihren Füßen huschen. Der Tross rauscht an ihm vorbei, die Sicherheitsmänner feuern ziellos Richtung Boden.

»Seid ihr verrückt?«, schreit er die Männer an. »Wo ist das Scheißding?«, flucht er, während sein Blick zwischen der Video-Übertragung auf seinem Smartphone auf verschiedenen Punkten im Raum hin und her fliegt.

»Dort!«, ruft ein Leibwächter neben ihm und zielt unter eines der Sofas.

Erben schlägt ihm den Arm hoch. Die Geschosssalve donnert in die Zimmerdecke, eine Wolke Verputzsplitter regnet auf sie nieder.

»Hör auf herumzuballern!«, bellt er. Er hat den kleinen Laufroboter entdeckt. Rasch windet er sich aus seinem Sakko und stürzt auf die metallene Spinne zu. Wie ein Hundefänger sein Netz schleudert er das Jackett über das Gerät und wirft sich darauf.


»Oh!«, stoßen mehrere Anwesende im Newsfloor enttäuscht aus, als die Bilder von den Monitoren verschwinden. Doch das Bedauern währt nur kurz. Ein Johlen begleitet den Wechsel zur Froschperspektive einer weiteren Kamera. Sie zeigt Erben Pennicott, der mit einer Hand in seiner zusammengeknüllten Jacke sucht, bis er triumphierend die Faust herauszieht. Zwischen seinen kräftigen Fingern zappeln ein paar Metallbeinchen. Mit ein paar schnellen Handgriffen reißt er sie heraus. Seine Hände erforschen fachkundig den mausgroßen Rest.

»Was ist das?«, fragt Cyn. »Was tut er da?«

»Was schon?«, erwidert Jeff. »Das ist ein Minilaufroboter mit Kamera. Pennicott hatte noch als Student ein eigenes Internetunternehmen, das er für Hunderte Millionen verkauft hat. Der kennt sich mit solchen Dingern aus.« Tatsächlich präsentiert der

Stabschef Sekunden darauf zwischen zwei Fingern etwas, das Cyn nicht erkennt.

»Mobilfunkkarte!«, tönt Pennicotts Bass über die Monitore, während die Sicherheitsleute hektisch nach weiteren Kameras suchen. Dann brüllt er: »Lasst sofort alle regionalen Mobilfunknetze abschalten!«

Ein dunkler Schatten bedeckt die verbliebene Kamera, die Stimmen klingen nur noch dumpf. Jemand hat auch dem zweiten Laufroboter ein Jackett übergeworfen.

»Wer oder was ist Zero?«, poltert Anthonys Stimme durch den Newsfloor. »Terroristen? Charly, hast du schon was?«

»Internetaktivisten«, antwortet Charly und kratzt sich am Hinterkopf. Er ist ein Fossil des *Daily*, Cyn kennt ihn aus der Printredaktion. Sie könnte wetten, dass er die Tage bis zu seiner Rente Morgen für Morgen auf einer Liste abhakt, und das nicht erst seit heute. »So ähnlich wie Anonymous. Nur unbekannt. Haben ein paar Videos ins Netz gestellt und dazu einen Ratgeber, wie man sich angeblich vor der allgemeinen Überwachung schützen kann. *The Citizen's Guerilla Guide to the Surveillance Society.*«

»Na, unbekannt sind die jetzt wohl nicht mehr. Verdammt, was für eine dreiste Story! Ich möchte nicht in der Haut dieser Typen stecken, wenn das FBI sie erwischt!«

Ein paar Minuten lauscht Cyn dem aufgeregten Schnattern ihrer Kollegen, bis ihnen dämmert, dass der Spaß vorbei ist. Aus dem Urlaubsquartier des Präsidenten kommen keine weiteren unautorisierten Bilder. Die Umzugsarbeiter kriechen zurück unter die Schreibtische, um Kabel anzuschließen und letzte Schrauben festzuziehen.

»Und jetzt?«, fragt Jeff.

»Jetzt macht ihr mir daraus eine Story!«, antwortet Anthony.
Er ist ein smarter Typ in Cyns Alter, ein Manager und Buchhalter, der gern Kreativer wäre, wie seine Kleidung und Frisur verraten. Er wurde von den Eigentümern auf den Posten gesetzt, um die Mediengruppe »in die Zukunft zu führen«. Die natürlich im Internet liegt. »Jeff, Charly, ihr recherchiert über Zero. Grabt alles aus, was ihr nur finden könnt! Cyn covert die Ermittlungen.«

»Internet ist nicht mein Ressort«, erinnert sie ihn, während er in einem Umzugskarton herumwühlt.

Ohne aufzusehen, erwidert er: »Internet ist euer aller Ressort.«

»Keine Toten, keine Verletzten«, meint Charly wenig enthusiastisch. »Wenn das alles war, ist die Aufregung übermorgen vorbei.«

»Aber bis dahin melken wir die Geschichte!«, ruft Anthony erregt, während seine Arme in der Kiste stecken. »Wo sind sie denn?«, murmelt er. »Ah, da!«

Stolz reckt er drei kleine Kartons hoch. Im Laufschritt bringt er sie Cyn, Charly und Jeff.

»Damit ihr die Story modern präsentieren könnt!«, erklärt er.

»Mann, geil!«, freut sich Jeff. »Die neuen Glasses!«

Fix reißen seine Finger die Packung auf. Er holt eine Brille heraus, die er sofort aufsetzt. Der nächste Griff gilt seinem Smartphone auf dem Schreibtisch.

»Was ist das?«, fragt Cyn Charly.

»Datenbrillen, Cyberbrillen – nenn sie, wie du willst«, grummelt der. »Auf deren Gläser lässt du dir projizieren, was du sonst auf dem Bildschirm deines Smartphones siehst.«

»Seit wann gibt es denn so etwas?«

»Ach komm, Cyn«, entgegnet Jeff leicht belustigt. »Die musst du doch kennen! Google und andere haben die ersten Exemplare schon 2012 präsentiert.«

»Hat uns ein neuer Anbieter zum Testen zur Verfügung gestellt«, erklärt Anthony begeistert. »Passt doch wunderbar zum Thema!«

»Was soll ich damit?«, will Cyn wissen. »Ich bin Zeitungsredakteurin. Ich schreibe.«

»Live recherchieren, berichten. Mit der Brille hast du deine Umgebung ständig im Blick und bekommst alle notwendigen Informationen direkt ins Sichtfeld eingespielt. Das ist die Zukunft!«

Cyn dreht das Gestell zwischen den Fingern. »Ich bin doch keine TV-Reporterin.«

»Jeder ist heute jede Sorte Reporter!«, doziert Anthony. »Besser, du gewöhnst dich schnell daran, sonst braucht man dich bald nicht mehr.«

»Wenn heute ohnehin jeder ein Reporter ist«, mault Cyn, »braucht man mich schon jetzt nicht mehr.«

»Das habe ich gehört«, sagt Anthony. »Pass bloß auf, Cynthia, dass ich dich nicht beim Wort nehme. Einige Computerprogramme schreiben bereits selbstständig Artikel, die man von menschlichen nicht unterscheiden kann. Höchstens dadurch, dass sie besser sind als die der Menschen«, lacht er. Dabei kommt er ihr so nahe, dass nur sie ihn versteht, und zischt: »Du stehst ohnehin auf meiner Liste.«

Genervt wendet sich Cyn von ihm ab. Neben ihr wackelt Jeffs Kopf hin und her. »Wow! Geil!«

Sie betrachtet das Brillengestell in ihrer Hand.

»Sieht aus wie eine ganz normale Brille.«

»Bewusst«, meint Charly. »Die meisten Leute mögen es nicht, wenn du mit einer Datenbrille in ihrer Gegenwart herumläufst. Haben Angst, dass sie beobachtet und gefilmt werden.«

»Zu Recht«, lacht Jeff.

»Wahrscheinlich nehmen die alles auf, was sie sehen und hören«, mutmaßt Cyn. »Und das wird dann irgendwo gespeichert.«

»Ja, genau«, kichert Jeff. »Cyn mutiert zur Brillenträgerin für ein Unternehmen, das Einblicke auch in die letzten verborgenen Winkel ihres Lebens gewinnen will.«

»Du machst mir die Sache richtig schmackhaft! Ich bin ja schon froh, wenn ich mein Handy zum Laufen bekomme.«

Tatsächlich steckt an dem Smartphone auf ihrem Schreibtisch ein altmodischer Telefonhörer. Ihre Tochter hat ihn ihr vor zwei Jahren geschenkt, um sie auf den Arm zu nehmen.

»Komm, ich richte dir die Brille rasch ein«, bietet Jeff an.

Cyn lässt ihn gewähren, sie selbst würde bestimmt Stunden brauchen, während Jeff die drahtlose Verbindung zwischen ihrem Smartphone und der Datenbrille in Sekunden herstellt.

»Setz sie auf«, fordert Jeff sie auf. »Ton bekommst du über das Brillengestell durch Schwingungen direkt auf die Knochen hinter deinen Ohren.«

»Das ist jetzt ein Scherz.«

»Nein. Das ist eine bewährte Technik, die schon seit Jahrzehnten in Hörgeräten eingesetzt wird.«

»Pronto, Herrschaften!« Anthony klatscht in die Hände. »Legt los!«

Cyn verdreht die Augen. »Also, wer ist dieser Zero?«

»Hab ihn auf dem Schirm«, sagt Charly und rückt behäbig seinen Stuhl zur Seite, um Cyn und Jeff Platz zu machen.


Von einem düsteren Schwarzweiß-Bildschirm blickt Cyn ein Männergesicht entgegen, das ihr bekannt vorkommt – melancholischer und doch stechender Blick, volles Haar, mit Mühe zurückgekämmt, der schmale Schnurrbart wie eine dritte Augenbraue über den Lippen.

»Das ist aber George Orwell!«, stellt sie fest.

»Heute muss ich mich bei dir beschweren«, erklärt der englische Schriftsteller. »1948 schrieb George Orwell ein Buch. Er nannte es *1984*.« Während des Redens verwandelt sich Orwells Gesicht, als wäre es aus Gummi, zu einem teigigen Glatzkopf mit schwarzer Brille und grimmiger Miene. Auch seine Stimmfarbe ändert sich, wird tiefer. »Darin überwacht eine allmächtige Spitzeldiktatur ihre Bürger lückenlos und schreibt ihnen vor, wie sie zu leben haben.«

Das Buch musste Cyn in der Schule lesen. Man schrieb das Jahr 1989, weit und breit regierte kein weltweiter Überwachungsstaat, stattdessen krachte der Kommunismus samt seinen Spitzelapparaten zusammen.

»Hui, wie gruseln wir uns, wenn wir uns das vorstellen! Eine Horrorvision! Der Werbespruch für das Buch war übrigens: ›Big Brother is watching you‹. Heute ist Big Brother eine Fernsehshow.«

Dieser Zero hat wohl Spaß an der Verwandlung. In seinen fließend wechselnden Gesichtern erkennt Cyn als Nächstes den US-Präsidenten, dann den britischen Premier, die deutsche Kanzlerin und andere Regierungschefs. Sie muss an ein Michael-Jackson-Video ihrer Jugend denken, nur war das damals viel statischer. Auch die Stimme verändert sich laufend, mal klingt sie wie eine Frau, dann wie ein Mann, und dennoch empfindet Cyn den Klang nicht als fremd, sondern als angenehm. Der eigenartige Singsang übt eine geradezu hypnotische Wirkung auf sie aus.

»Jetzt stell dir einmal deine Regierung vor. Sie will nur das Beste für ihre Bürger. Sie entwickelt richtig tolle Systeme, um jeden Einzelnen zu beschützen: PRISM, XKEYSCORE, TEM-PORA, INDECT, und wie sie alle heißen. Diese wundervollen Systeme sammeln und verwerten an Daten, was sie nur kriegen können, um jegliche Gefahr für die Bürger schon im Vorhinein zu erkennen.«

Cyn ertappt sich bei einem Grinsen. Immerhin, Zero hat Humor.

»... und was haben die Regierungen davon? Als ›Big Brother‹ werden sie beschimpft! Warum verfolgt die National Security Agency denn die weltweite Telefon- und Internetkommunikation?« Das Bild wechselt. In dunklem Anzug mit Sonnenbrille steht Zero in einer U-Bahn. Rund um ihn herum plappern Leute in ihre Mobiltelefone. »Glaubst du, es ist ein Vergnügen, den lieben langen Tag mit einem gigantischen Haufen Belanglosigkeiten, Wichtigtuereien und Schwachsinn zugemüllt zu werden? Das tut man sich nur an, wenn man es wirklich, wirklich gut mit den Menschen meint! Weil man hofft, in diesem Haufen den Terroristen zu finden. Fühlst du dich jetzt sicherer? Das hoffe ich doch! Nein? Du beschwerst dich? Nennst den Staat noch immer ›Big Brother‹? Wie in *1984*?«

Die Bilder verändern sich schnell und fordern Cyns volle Konzentration. Zero ist jetzt eine junge Frau, blond, in roten Sportshorts und weißem Shirt. Sie läuft durch Reihen grauer, trauriger Einheitsmenschen, die auf einen Riesenmonitor mit ernstem Sprecher starren, und schwingt einen riesigen Hammer über ihrem Kopf.

»1984 warb ein Computerhersteller für sein neuestes Modell mit dem Spruch ›Apple Macintosh. Und du wirst sehen, warum 1984 nicht wie 1984 sein wird‹. Derselbe Computerhersteller, dessen iPhones und iPads heute permanent aufzeichnen, wo wir stehen oder gehen. Auf dem Apps unsere Adresslisten ausforschen und weitergeben. Der Apps aus seinem App-Store verbannt, wenn sie etwas zeigen, sagen oder tun, was Big Apple nicht gefällt. Eine nackte Brustwarze? O Gott! Aber wollen wir gerecht sein. Google und all die anderen kontrollieren dich offensichtlich mit ihren Diensten, Handys, Brillen und Sensorgeräten eigentlich ganz genauso ...«

Cyn kann nicht anders, als zu nicken. Genau das ist der Grund, warum sie den ganzen technischen Neuerungen der letzten Jahre mit solcher Skepsis begegnet.

Zero verwandelt sich in einen Polizisten und fährt fort: »Stell dir vor, deine Regierung oder die Polizei würden von dir verlangen, dass du die ganze Zeit ein Kästchen mit dir herumträgst, das permanent meldet, wo du bist und was du gerade tust. Den Finger würdest du ihnen zeigen! Die Datenoligarchen dieser Welt hingegen bezahlst du auch noch dafür, dass sie dich ausspionieren. Das ist die hohe Kunst der Überwachung! Darf ich dir bitte mein Geld dafür geben, dass du mich ortest und meine Daten weiterverwertest? Von denen können die Geheimdienste dieser Erde echt etwas lernen!« Zeros Stimme wird leiser, schneidender. »Da kommen sie an mit ihren Trojanischen Pferden, versprechen dir Suchergebnisse, Kontakt mit Freunden, Landkarten, Liebe, Erfolg, Fitness, Rabatte und weiß der Teufel was – doch in ihrem Bauch hocken die Krieger mit ihren Waffen und warten nur auf den Moment, um zuzuschlagen! Mit ihren Pfeilen treffen sie zielgenau dein Herz und Hirn. Sie kennen dich genauer als jeder Geheimdienst. Sie kennen dich sogar besser, als du dich selbst kennst! Bleibt nur die Frage, die schon oft gestellt wurde: Wer überwacht die Überwacher? Und wer überwacht deren Überwacher? Aber vielleicht geben wir uns auch darauf bereits die Antwort. Jeder überwacht jeden«, singt Zero nun beinahe fröhlich und winkt mit seinem Zeigefinger in die Kamera.

»Little Brother, I am watching you.« Schlagartig wird er wieder ernst. »Aber nicht uns! Im Übrigen bin ich der Meinung, dass Datenkraken zerschlagen werden müssen.«

»Tolle Tricks«, meint Cyn anerkennend.

»Keine große Sache mit moderner Animationssoftware«, wirft Jeff ein.

»Über vierzig solcher Videos hat Zero in den letzten Jahren veröffentlicht«, sagt Charly.

»Ich schaue sie mir bis morgen an«, meint Jeff.

»Okay, und ich sehe zu, was ich über die Ermittlungen herausfinde«, erwidert Cyn und packt ihre Handtasche. Inzwischen ist es nach neunzehn Uhr.

»Warte!«, sagt Jeff, als er sie aufbrechen sieht. »Du kennst ja noch nicht das Geilste an der Brille: die Gesichtserkennung.«

»Die was?«

»Hast du schon seit Jahren bei Facebook oder in Fotoprogrammen. Liveversionen wurden von den Produzenten lange Zeit zurückgehalten, aber mit den neueren Versionen kannst du seit ein paar Monaten alle möglichen Gesichter aus dem Internet bestimmen. In Echtzeit! Schau her.«

Er setzt die Brille auf, richtet den Blick auf sie und präsentiert ihr sein Smartphone, auf dem sie sich selbst erkennt. Daneben liest sie:

Bonsant, Cynthia
Geboren: 27.07.1972
Größe: 1,65 m
Adresse: 11 Pensworth Street, London, NW6 Kilburn
Mobil: +4475269769
Tel: anonym (mehr >)

E-Mail: cynbon@dodnet.com

Beruf: Journalistin

Familienstand: Geschieden, von Cordan, Gary (mehr >)

Kinder: Bonsant, Viola (mehr >), > Freemee Profil

Mutter: Sandwell, Candice † (mehr >)

Vater: Sandwell, Emery † (mehr >)

Bilder: …

Mehr Freemee-Info:

| Professional | ab | £ 0,02 (> Kaufen) |
| Analysis | ab | £ 0,02 (> Kaufen) |

»Alles da über dich«, erklärt Jeff. »Oha, wer ist denn die junge Lady da?«

»Meine Tochter«, sagt Cyn widerstrebend. Ihr ist dieser unbeschwerte Umgang jüngerer Leute mit ihren Bildern im Netz nicht geheuer. Und bei ihrer eigenen Tochter passt er ihr erst recht nicht.

»Sie ist Goth?«, will Jeff wissen.

»Die Phase hat sie zum Glück hinter sich.«

Ein neueres Foto zeigt Viola mit kurzen blonden Haaren. Sie ist inzwischen achtzehn Jahre alt, hat Cyns schlanke Figur und die blonden Locken ihres Vaters geerbt, die sie jedoch in einem burschikosen Kurzhaarschnitt trägt, nachdem sie das Schwarz der Goth-Zeit auswachsen und abschneiden hat lassen.

»Wow, nicht wiederzuerkennen!«, sagt Jeff.

Mindestens zwei Dutzend weitere Bilder zeigen auch Cyn in verschiedenen Lebensaltern, eines ist sogar noch aus dem College. Es stammt von irgendeiner Plattform, auf der sich alte Schulkameraden wiederfinden können.

Sie runzelt die Stirn. »Was heißt Professional und Analysis?«

»Informationen, Analysen. Wen du wählen, zu welchen Produkten du greifen wirst, wohin du in den Urlaub fahren wirst und so weiter.«

»Woher wollen die das wissen?«

»Das können sie anhand dessen, was sie über dich, mich und Milliarden anderer Menschen wissen, problemlos ausrechnen.«

»Du spinnst!«

»Die meisten Unternehmen tun das inzwischen«, erläutert Jeff nachsichtig. »Übrigens schon lange! Du hast ein Handy, Kundenkarten bei Supermärkten, Tankstellen, Hotels, deine Kreditkarte, was weiß ich. Seit Jahren legst du eine breite Datenspur. Was glaubst du denn, wie Versicherungen, Banken und Kreditauskunfteien ihre Risiken berechnen? Eine Kreditkartenfirma weiß mit fünfundneunzigprozentiger Wahrscheinlichkeit, welche ihrer Kundinnen und Kunden sich in den kommenden fünf Jahren scheiden lassen.«

»Da hätten sie mich damals rechtzeitig warnen können«, bemerkt Cyn trocken.

Jeff verzieht den Mund zu einem schiefen Lächeln. »Hat aber auch seine guten Seiten. Google kann zum Beispiel den Verlauf von Grippeepidemien durch die Analyse von Suchanfragen Betroffener in Echtzeit verfolgen beziehungsweise sogar voraussagen. Und die Wettervorhersage ist durch solche Programme auch viel besser geworden. Um nur zwei Beispiele zu nennen.«

»Über die Wetterfrösche wird man trotzdem immer schimpfen«, brummt Charly.

Jeff redet unbekümmert weiter. »Den inzwischen berühmten Fall der Target-Schwangeren kennst du aber?«

»So berühmt, dass er an mir vorbeigegangen ist«, seufzt Cyn. Sie will endlich nach Hause, der Tag war lang. Doch Jeff ist ganz in seinem Element.

»… Schon vor Jahren fand die Kaufhauskette Target anhand

der Daten von unzähligen Kundenkarten heraus, dass fast alle ihrer schwangeren Kundinnen in verschiedenen Abschnitten der Schwangerschaft bestimmte Produkte kaufen. Seife ohne Zusatzstoffe, farblose Wattepads und so weiter. Im Umkehrschluss weiß Target natürlich auch: Wenn eine Frau diese oder jene Produkte kauft, ist sie in einem bestimmten Schwangerschaftsmonat. Target kann den Geburtstermin des Kindes praktisch auf den Tag genau voraussagen.«

»Du willst mich wohl auf den Arm nehmen.«

»Nein«, bekräftigt Jeff. »Es geht um das Erkennen von Verhaltensmustern. Man nennt das Predictive Analytics. Wir alle glauben heute, Individualisten zu sein, doch in Wahrheit verhalten wir uns ziemlich uniform – und damit vorhersehbar. Die Polizei fahndet auf diese Art nach Serientätern. Weil sich Brandstifter oder Vergewaltiger oft ähnlich verhalten. Mit sogenannten Predictive-Policing- oder Pre-Crime-Programmen kann sie jene Straßen in den Städten bestimmen, in denen in den kommenden Stunden wahrscheinlich Verbrechen wie Drogenhandel oder Einbrüche verübt werden. Dann kann sie dort vorbeugend auftauchen. Immer mehr Städte setzen solche Programme ein.«

»Klingt nach *Minority Report*«, meint Charly. »War kein schlechter Film.«

»Die Vorstufen dazu werden bereits eingesetzt«, erwidert Jeff. »In einigen US-Bundesstaaten wird ein Teil der Häftlinge nicht mehr vor die Bewährungsrichter gelassen, weil jemand Algorithmen entwickelt hat, die ausgerechnet haben, dass dieser Teil mit relativ hoher Wahrscheinlichkeit innerhalb der nächsten drei Jahre rückfällig wird.«

»Und was, wenn man zu jenen gehört, die nicht rückfällig geworden wären?!«, entgegnet Cyn aufgebracht.

»Pech gehabt.« Jeff zuckt die Schultern.

»Diese Leute bekommen gar keine Chance zu beweisen, dass sie nicht wieder rückfällig werden?«, fragt Cyn fassungslos.

»Tja, in unserer neuen Welt werden Möglichkeiten und Chancen den Wahrscheinlichkeiten geopfert. Mehr denn je hängt deine Zukunft von deiner Vergangenheit ab – weil deine Zukunft aus deiner Vergangenheit errechnet wird.«

»Und da behaupten alle immer, dass sie nur anonymisierte Daten sammeln.«

»Schon vor Jahren wurde nachgewiesen, dass man auch aus anonymisierten Daten einzelne Personen identifizieren kann«, erklärt Jeff. »Besonders, wenn man verschiedene Datensammlungen kombiniert. Unser Surfverhalten im Internet, Handydaten, Reise- und Einkaufsverhalten erzeugen ein eindeutiges Profil.«

»Die lügen also einfach, wenn sie behaupten, sie anonymisieren. Und die meisten fallen drauf rein.«

»Ja und nein. Sie erheben die Daten anonymisiert – und irgendwer in der Datenverwertungskette kann sie dann spielend auf dich zurückrechnen. Und daraus dann deine Verhaltensmuster erstellen und Vorhersagen treffen.«

»Die können also in meine Zukunft blicken und wissen, was ich will?«

»Nicht hundertprozentig, aber oft mit hoher Wahrscheinlichkeit. Sie wissen sogar, wie leicht oder schwer du bei verschiedenen Themen zu beeinflussen bist.«

Cyn spitzt die Lippen. »Aber so richtig funktioniert das nicht. Ich bekomme im Internet dauernd Werbung für Zeug, das mich überhaupt nicht interessiert.« Sie muss an die gesponserten Links für alle möglichen Diäten denken, die sich neuerdings auf den Seiten häufen, die sie besucht. Dabei hat sie die wirklich nicht nötig.

»Die bekommst du, *weil* es so gut funktioniert«, widerspricht Jeff. »Wenn dir die Werber dauernd die richtigen Sachen vorsetzen, wird dir das nämlich unheimlich. Dann fühlst du dich überwacht und durchschaut. Das nennt man in der Branche den Creepiness-Effekt, den Gruselfaktor. Um das zu vermeiden, streuen sie immer wieder unpassende Angebote dazwischen. Und schon glaubst du, wie du selbst eben gesagt hast, dass du noch nicht durchleuchtet bist – und gehst ihnen umso leichter auf den Leim.«

Cyn schaudert. »*Das* ist gruselig!«

Jeff verdreht die Augen. »Ach was. Mir wäre es ehrlich gesagt lieber, sie würden den ganzen unnötigen Müll weglassen. Spart einem doch jede Menge Zeit, wenn man gleich das angeboten bekommt, was zu einem passt.«

Jeffs Generation hat einfach einen völlig anderen Zugang zu diesen Medien. So wie ihre Tochter. Oder interessiert sich Cyn bloß zu wenig dafür? Woher stammt ihr Widerwille gegenüber all den technischen Neuerungen der letzten Jahre? Sie muss an Zeros Worte denken. Wie sagte er noch mal? »Da kommen sie an mit ihren Trojanischen Pferden, versprechen dir Suchergebnisse, Kontakt mit Freunden … Liebe, Erfolg …«

Sie wendet sich zum Gehen. Doch Jeff ist in seiner Begeisterung nicht zu bremsen. »Warte, ich richte dir noch schnell die Gesichtserkennung ein.« Bevor Cyn ihn davon abhalten kann, tippt er auf ihrem Smartphone herum. »Hier! Probier die Brille auf der Heimfahrt in der U-Bahn einfach aus. Das Videotutorial zeigt dir, wie.«

»Will ich eigentlich gar nicht wissen.« Sie steckt die Brille in ihre Handtasche und verabschiedet sich von Jeff und Charly. Ihr schwirrt der Kopf von all den Erklärungen.

Cyn liebt Gedankenspiele über Menschen, die ihr fremd sind. Wenn sie im Bus oder der U-Bahn sitzt, spekuliert sie über ihre Berufe, ihre Vergangenheit, ihre Wünsche, ihre Familien. Natürlich weiß sie nicht, ob sie richtigliegt, aber eigentlich vertraut sie auf ihr Gefühl.

Mit der Brille in der Tasche ist die Versuchung natürlich groß. Wie gut sind ihre Ratespiele wirklich?

Sie greift in die Handtasche, spürt die Brille, zögert. Zieht sie hervor, spielt damit. Setzt sie auf. Niemand beachtet sie.

Nach ein paar Minuten weiß Cyn, wie sie das Ding benutzen muss: Die Eingabe funktioniert über ihre Stimme, ein Augenzwinkern, Kopfbewegungen und Berührungen des Brillenbügels. Sämtliche Informationen sieht sie direkt auf den Gläsern statt auf dem Touchscreen, halb durchsichtig schweben sie wie Gespenster vor ihr im Raum, und sie hat dabei die Hände frei. Praktisch.

Sie mustert ihr Gegenüber und aktiviert die Gesichtserkennung. Nach wenigen Sekunden tauchen neben dem Kopf des Mannes mehrere Zeilen und Symbole auf. Name, Alter, Wohnort. Cyn blickt sich um, und ihr entkommt ein leiser Fluch. Das Internet kennt jede einzelne Person in diesem Bus! *Ich* kenne jede einzelne Person in diesem Bus …

Sie fixiert ein Gesicht in der Menge – die automatische Blickerkennung des Geräts erkennt, welches sie meint – und flüstert: »Brille: identifizieren.«

Sekunden später weiß sie einiges über Paula Ferguson, verheiratete Hausfrau und Mutter dreier Kinder, wohnhaft in Tottenham, dreiundfünfzig Jahre alt. Sie könnte sogar noch mehr erfahren, doch dafür müsste sie einen Account beim Anbieter erstellen und bezahlen. Sie nimmt sich einen jungen Mann mit Rastalocken vor, dem Kabel aus den Ohren hängen. Einen Wimpernschlag später erfährt sie, dass der dreiundzwanzigjährige Däne

Student an der London School of Economics ist und gerade Wagner hört. Das hätte sie niemals erraten, gesteht sie sich ein.

Trotz einer Spur von Widerwillen oder auch Scheu beginnt sie Jeffs Begeisterung zu teilen. Die Faszination löst ihr schlechtes Gewissen ab. Bis zum Umsteigen in die U-Bahn hat sie sich über zwölf Personen schlaugemacht. Ihre Fantasie liegt häufig daneben, stellt sie fest. Die Wirklichkeit – oder das, was ihr die Brille dafür verkauft – ist jedoch oft nicht minder überraschend.

Beim Weg durch die U-Bahn-Station beobachtet sie weiter. Eine Frau kommt ihr entgegen, etwa in Cyns Alter. Die Brille zeigt die üblichen Informationen und Bilder. Und mehr. Fünfzehn Jahre alte Zeitungsberichte zeigen die Frau schwer misshandelt und verletzt im Krankenhaus. »... brutaler Überfall ...«, schnappt Cyn den Teil einer der alten Schlagzeile auf. »... verlor einen Fuß ... Frührente ...« Ja, die Frau hinkt leicht, sieht Cyn noch, bevor sie sich erschrocken abwendet. Unwillkürlich stellt sie sich die Gegenfrage: Wie viele der Brillen auf den Gesichtern der Leute, die ihr entgegenkommen, können schon dasselbe? Wer macht gerade mit ihr, was sie im Bus und während des Umsteigens mit anderen getan hat? Wer überträgt womöglich Bilder von ihr live ins Internet? Mit einem Mal bedrängt Cyn das Gefühl, Tausende Augen seien auf sie gerichtet.

Mit einem Seitenblick in die Glasscheibe vor einem Werbeplakat kontrolliert sie rasch ihre Erscheinung. Überprüft ihre Haltung. Hebt den Kopf. Und realisiert, wo sie sich gerade aufhält: auf einem Londoner U-Bahnsteig in der Stoßzeit. Hier sehen sie gerade auch ohne Brille Hunderte Leute. Und die allgegenwärtigen Überwachungskameras der Londoner Verkehrsbetriebe sowieso. *Willkommen in Paranoia,* denkt sie.

Ratternd fährt der Zug ein. Im Strom der Berufstätigen schiebt Cyn sich in das Innere des Wagons und steuert einen freien Platz an. Die Brille gibt ihr die Fahrzeit bis zu der Station bekannt, an der sie aussteigen muss.

Unterwegs surft Cyn über die Brille im Internet. Von der US-Regierung kommt noch keine offizielle Stellungnahme zu Zeros Aktion Presidents' Day. In bestimmten Büros Washingtons geht es wahrscheinlich gerade zu, wie wenn der Fuchs in den Hühnerstall einbricht, vermutet Cyn. In den Medien werden bereits die absurdesten Verschwörungstheorien gesponnen, mit den üblichen und ein paar neuen Verdächtigen.

Cyn muss noch in den Supermarkt, ein paar Kleinigkeiten einkaufen. In der Gemüseabteilung greift sie nach einem Beutel Tomaten, als die Brille sie vor Pestiziden warnt. Cyn lässt die Tomaten liegen und geht weiter in den Gang mit den Keksen. Die Brille empfiehlt ihr, die Kekse in einem anderen Supermarkt um die Ecke zu kaufen, wo sie um dreißig Pence günstiger sind. Cyn schiebt den Einkaufswagen zurück und macht sich auf den Weg zur Konkurrenz.

Tatsächlich sind die Kekse dort im Angebot und die Tomaten reif, saftig und bio. Sie merkt, wie ihre Vorbehalte gegen die Brille mehr und mehr verschwinden. Staunend registriert sie ihren schnellen, spielerischen Umgang mit dem Ding. Sie schlendert neugierig durch die Gänge und mustert verschiedene Sonderangebote. Die Brille schlägt ihr passende Rezepte vor. Als sie sich für Eier-Sandwiches entscheidet, fragt die Brille sie, welche der Zutaten sie zu Hause hat, und erinnert sie daran, die fehlenden einzukaufen.

Bald darauf steht sie mit vollem Wagen an der Kasse und beginnt zu zögern. Was tut sie hier? Sie wollte doch bloß Tomaten und Kekse kaufen. Aber, zugegeben, alles in dem Einkaufswagen kann sie gut gebrauchen.

Hinter ihr hat sich eine Schlange gebildet. Nachdenklich packt sie die Waren aufs Band und holt ihr Portemonnaie aus der Tasche. Die Brille empfiehlt ihr die Kundenkarte des Supermarkts und rechnet ihr vor, wie viel sie damit bereits bei diesem ersten Einkauf sparen kann.

Noch eine Karte?, fragt sich Cyn mit Blick in ihre Geldbörse und entschließt sich spontan dagegen. Sie zahlt bar. Von wegen gläserner Kunde!, denkt sie.

»Der Präsident ist noch immer außer sich«, tobt Erben. Vor ihm versammelt sitzt die Führungsmannschaft der US-Sicherheitsorganisationen. Obwohl sie alle lange Besprechungen gewöhnt sind, blickt Erben in erschöpfte Gesichter.

»Diese Typen haben uns vor der ganzen Welt blamiert! Und es hätte noch schlimmer ausgehen können! Ihnen ist wohl bewusst, dass die Drohnen ganz anderes als nur Kameras transportieren hätten können.« Seine Stimme klingt schneidend, als er fortfährt. »Der Präsident will wissen, warum wir den Angriff nicht vorausgesehen haben. Er will wissen, wer diese Kerle sind. Er verlangt, dass wir sie schnellstmöglich zur Strecke bringen! Orville?«, wendet er sich knapp an den Chef des FBI. Nur mit Mühe bezähmt er seine Wut auf diese Aktivistentruppe. Meinen wohl, sie sind die Monkey Wrench Gang!

»Die Übertragung begann um zehn Uhr dreizehn Washingtoner Zeit«, berichtet Orville.

Erben wird schon sauer, wenn er an das starre Soldatengesicht des Typen nur denkt. Wenigstens ein Gutes mag die Aktion nach sich ziehen: personelle Veränderungen. Bis in die obersten Etagen.

Auf einem großen Monitor an der Wand spielt Orville die Aufnahmen von der Driving Range ein.

»Um zehn Uhr sechzehn wurden die Sicherheitsleute des Präsidenten informiert ...«

Die Griffe an die Ohren, der Präsident und seine Frau ducken sich.

»Drei Minuten!«, ruft Erben. »Wäre das Ding bewaffnet gewesen, hätten wir jetzt keinen Präsidenten mehr!«

»Dafür hätte es wesentlich größer sein müssen, und dann wäre es nicht mehr durch unsere Sicherheitsnetze gekommen«, gibt Orville zurück. Er setzt den Film fort.

»Drei Minuten später hatten die Personenschützer den Präsidenten in der Garage. In der Hektik gelangten leider ein paar kleine Begleiter in ihrem Windschatten mit hinein.«

Er hält den Film an und zeigt auf fünf Schatten, die sich von den Baumwipfeln hinter die Wagen senken.

»Das sind fünf Drohnen, die direkt hinter den Wagen bis in die Garage mitflogen.«

»Unbemerkt«, stöhnt Erben und wirft Orville einen vernichtenden Blick zu.

»Alles ging sehr schnell«, versucht der FBI-Direktor eine Rechtfertigung. »Zwei Drohnen haben nicht nur gefilmt, sondern trugen huckepack je fünf Laufroboter mit Kameras, die sie in der Garage sofort abwarfen. Die Dinger hatten die Größe von Vogelspinnen und waren blitzschnell.«

»Und wenn eine von denen eine kleine Ladung Kampfgift bei sich gehabt und versprüht hätte?«, tobt Erben. Er weiß nicht, was ihn mehr aufregt, diese Aktivisten oder Orville. »Nicht auszudenken wäre das! Der Präsident und seine Familie ermordet! Bilder eines hässlichen Todeskampfes womöglich weltweit übertragen! Diese Scheiße ist schlimmer als 9/11! Sie beweist, dass der bestgeschützte Mensch der Welt nicht sicher ist! Die Typen sind in das Herz unserer großartigen Nation eingedrungen! Sie haben das Gift des Zweifels gesät und das Vertrauen in all unsere Sicherheitsmaßnahmen der letzten Jahre untergraben! Niemand in diesem Land ist sicher – das ist ihre Botschaft! Wer hat die verdammten Dinger gesteuert? Und wie?«

»Jon?«, fordert der FBI-Chef einen der Assistent Directors auf und schiebt als Erklärung nach: »Jon leitet die Ermittlungen.«

Durchsichtiges Manöver. Orville hofft, mit dieser Personalie Erben milder zu stimmen. Da hofft er vergebens.

Erben und Jonathan Stem sind seit dem Studium befreundet. Jeder in Washington weiß das. Mit siebenunddreißig ist auch Jon jung für seinen Job. Als ehemaliger Navy Seal, mehrmals verletzt und höchst dekoriert sowie mit einem Doktor in Jura, hat er mit Erben die gnadenlose Selbstdisziplin gemein, die sie beide an die Spitze brachte. Wenn auch nicht das smarte Äußere.

»Zero, nehmen wir an«, sagt Jon mit seiner leicht schnarrenden Stimme. »Über das Internet. Die Mobilfunksignale liefen über Anonymisierungssysteme. Zero konnte die Dinger von jedem Smartphone mit Internetzugang irgendwo in der Welt steuern. Das ist die schlechte Nachricht …«

»Allerdings«, unterbricht ihn Erben gereizt. Einen solchen Gesichtsverlust kann der Präsident sich nicht leisten. Wenn der Präsident an Image verliert, dann auch seine führenden Mitarbeiter. Er. »Wir belauschen die ganze Welt und bekommen weder etwas von der Planung noch von der Aktion selber mit? Wofür kriegen unsere Geheimdienste und ihre Vertragspartner jedes Jahr Milliarden in den Arsch geschoben?!«

»Unsere Ermittlungen konzentrieren sich auf drei Aspekte«, versucht Jon das Gespräch wieder auf eine rationale Ebene zu holen. »Erstens auf die Drohnen. Wir untersuchen die Herkunft und den Weg jedes kleinsten Einzelteils, prüfen sie auf jede Form klassischer Spuren wie DNS, Fingerabdrücke und so weiter. Außerdem suchen wir natürlich, woher die Mobilfunk-karten kamen und wer sie kaufte.« Er räuspert sich.

»Zweitens: der Videostream. Er wurde live auf ein YouTube-Konto gesendet und außerdem auf eine spezielle Webseite, zerospresidentsday.com. Vermutlich als Sicherheit, falls YouTube den Kanal während der Übertragung deaktiviert hätte. YouTube-kanal und Webseite müssen von jemandem registriert worden sein. Die damit verbundenen E-Mail-Adressen, IP-Adressen und anderen digitalen Spuren wurden zwar verschleiert beziehungs-weise sind Falschnamen und Wegwerfadressen, trotzdem werden sie bereits durchleuchtet.

Drittens: Zero veröffentlichte in den vergangenen Jahren be-reits zahlreiche Videos und einen Online-Ratgeber zum Schutz der Privatsphäre, *The Citizen's Guerilla Guide to the Surveillance Society*. Auch diese untersuchen wir natürlich auf mögliche Hin-weise.«

»Okay«, sagt Erben. Mehr kann er zu diesem Zeitpunkt wohl nicht verlangen. Der Nahe Osten fliegt ihnen um die Ohren, in China brodelt es, die Russen sind wieder einmal biestig, die Europäer wollen sich aus der Schuldenfessel befreien – er hat in der Tat noch anderes zu tun. »Jon, du hältst mich auf dem Lau-fenden«, sagt er und setzt damit einen bewussten Affront gegen die etablierten Chefs am Tisch. Ohne sie eines Blickes zu würdi-gen, wendet er sich zum Gehen.


Im winzigen Flur ihrer Wohnung ist es dunkel, nur unter dem Schlitz von Violas Tür schimmert ein Lichtstreifen.

»Guten Abend! Bin wieder da!«, ruft Cyn. In der nicht viel größeren Küche stellt sie ihre Einkäufe auf den Tisch. Daneben legt sie die Brille ab.

Erstmals merkt sie, wie erschöpft sie von dem Strom der Daten ist. Gleichzeitig empfindet sie eine Mischung aus Erleichterung und Verlust, so als würde sie nach einem langen Tag gequält, aber glücklich aus schicken neuen Schuhen schlüpfen.

»Seit wann trägst du denn eine Brille?«, fragt Vi hinter ihr.

Cyn dreht sich zu ihr um. Ihre Tochter überragt sie inzwischen um einen halben Kopf.

»Geil! Glasses!«, ruft Vi euphorisch, noch bevor sie das Stück in den Händen hält.

Wie hat sie die erkannt? Sie würde sich prima mit Jeff verstehen, denkt Cyn.

»Woher hast du die?«

»Aus der Redaktion.«

»So fortschrittlich ist der *Daily*? Immerhin. Darf ich sie ausprobieren?«

»Erst mal Abendessen.«

Ohne Murren bereitet Vi Sandwiches zu, während Cyn ins Bad verschwindet, um sich frisch zu machen.

Beim Essen erkundigt sich Cyn, wie es in der Schule gelaufen ist, doch Vi interessiert sich nur für die Brille.

Cyn erzählt ihr, wie sie dazu kam.

»Ach ja, Aktion Presidents' Day«, bemerkt Vi. »Krass. Wenn sie die Typen erwischen, sind sie geliefert.«

»Kennst du Zero?«

»Nö, bis heute jedenfalls nicht. Kann ich jetzt die Brille haben?«

Cyn überlässt das Ding Vi, und die verschwindet damit in ihrem Zimmer.

Mit dem Laptop macht Cyn es sich auf dem Sofa bequem, das fast das gesamte Wohnzimmer ausfüllt. Nicht, weil das Sofa so groß wäre. Aber Cyn stört die Enge nicht. Damals, kurz nach Vis

Geburt, bedeutete der Einzug in dieses Apartment einen Neuanfang. Da sie schon so lange in der Wohnung lebt, ist die Miete recht günstig. Anders könnte sie sich London gar nicht leisten.

Sie überprüft die Meldungen der Nachrichtenagenturen. Aus dem Weißen Haus kommt eine dürre Pressemeldung: Der Präsident und seine Familie sind wohlauf, der Angriff sei ohne Waffen erfolgt. FBI und Homeland Security haben Ermittlungen aufgenommen, um die Terroristen auszuforschen.

Terroristen?, fragt Cyn sich. Klar. Alles, was auch nur entfernt an eine Invasion auf amerikanischem Boden erinnert, wird sofort als Terrorismus eingestuft. Was wohl wirklich hinter den Kulissen vor sich geht?

Obwohl es keine Verletzten oder Toten zu beklagen gibt, beherrscht die Aktion sämtliche Schlagzeilen. Egal, wohin Cyn klickt, die Medien scheinen kein anderes Thema zu kennen. Die Reaktionen reichen von Schadenfreude über wilde Spekulationen bis hin zu Empörung. Ein Bild dominiert die Berichterstattung: das von Panik zur Fratze verzerrte Gesicht des Präsidenten, seine vor Furcht geweiteten Augen, der Mund zum Angstschrei geöffnet.

Wenn es Zeros Ziel war, den angeblich mächtigsten Mann der Welt in den Augen der Öffentlichkeit zu einem peinlichen Häufchen Elend zu machen, ist ihnen das gelungen. Das wird er ihnen nicht verzeihen, denkt Cyn, und ein Funken Besorgnis nistet sich in sie ein. Mit einer hysterischen *und* beleidigten Supermacht ist nicht zu spaßen.


Cyn bereitet sich einen Tee zu und genießt bewusst die Minuten der Ruhe, während das Wasser sich erwärmt und zu sieden beginnt. Aus Vis Zimmer hört sie keinen Laut. Noch vor einem Jahr hätte sie das beunruhigt, doch Vi hat sich in den vergangenen Monaten von Lily Munster zu Goldlöckchen gewandelt. Früher hätte Cyn an ihre Tür geklopft und sie gefragt, ob sie auch einen Tee haben wollte – als Vorwand, um ihre Tochter zu kontrollieren. Die Angst, dass Vi abrutschen könnte in den Sumpf von Depression und Drogen, war in manchen Momenten übermächtig gewesen.

Heute hat sie nicht mehr das Gefühl, Kontrolle ausüben zu müssen. Nach Jahren endloser hässlicher Streitereien haben sie in letzter Zeit einen ganz guten Draht zueinander gefunden, wie Vi sagen würde.

Sie scheint sich gefangen zu haben, denkt Cyn. Schade, dass sie wohl bald ausziehen wird, wenn die Schule zu Ende geht. Ab Herbst will Vi Jura studieren.

Mit einem leisen Seufzen und der dampfenden Tasse kehrt sie ins Wohnzimmer zurück.

Ein Gutes hat die modernisierte Redaktion des *Daily:* das digitale Archiv aller vergangenen Artikel, auf das Cyn nun auch von zu Hause aus zugreifen kann. Sie sucht die jüngeren zu den Themen Überwachung, Privatsphäre und Ermittlungsarbeiten amerikanischer Behörden. Mangel herrscht daran nicht. Sie handeln von der Aufklärungsplattform Wikileaks, von Bradley, heute Chelsea, Manning, dem amerikanischen Soldaten, der Verbrechen der US-Armee im Irak aufdeckte, und natürlich von Edward Snowdens Enthüllungen zum weltweiten Überwachungsterror durch die National Security Agency. Cyn hatte die Berichte im Sommer 2013 eine Zeit lang verfolgt. Wie üblich beanspruchten irgendwann neuere Themen ihre Aufmerksamkeit – Aufstände, Bürgerkriege, Fluten, Erdbeben, Anschläge, die Wirtschaftskrise.

Außerdem ist sie Londonerin. Sie ist an Überwachung gewöhnt. Was kann sie schon dagegen tun? Letztlich tröstet sie sich damit, dass Überwachung ja auch ein Maß an Sicherheit bedeutet.

Sie schüttelt das vage Unbehagen ab und konzentriert sich auf ihre Arbeit. Im Netz findet sie einige Reportagen darüber, wie US-Ermittler Anonymous-Mitglieder und eine Gruppe namens LulzSec aushoben. Einmal unvorsichtig ins Internet verbinden genügt, lernt sie, schon haben sie dich. Sieht schlecht aus für Zero, schießt es Cyn durch den Kopf, die werden sie auch erwischen. Im nächsten Artikel über die Filmemacherin Laura Poitras, der sich Edward Snowden anvertraute, erfährt sie, dass die beiden sehr wohl unbemerkt miteinander kommuniziert hatten. Die meisten Maßnahmen dafür lesen sich technisch und kompliziert. Andere haben das Zeug für einen Agententhriller, etwa das Verstecken der Handyakkus in Kühlschränken. Sie macht sich ein paar Notizen und entwirft stichwortartig einen Artikel.

*Kaum vierzig Jahre alt, komme ich mir vor, als wäre ich in einer Science-Fiction-Geschichte meiner Jugend aufgewacht... Die Privatsphäre ist tot... Ist die Privatsphäre tot?... Konzept Privatsphäre erst gut hundert Jahre gesetzlich verankert... Handelt es sich um ein veraltetes Konzept? Oder wird es nicht ausreichend verteidigt? Ist die Gegenwehr gegen Überwachung wie jene von Zero ein letztes Aufflackern oder erwachender Widerstand? –> Beispiele anderer Aktivitäten und Aktivisten... Terrorangst wahrer Grund für Überwachung oder nur Vorwand für Kontrolle und/oder Geschäftemacherei?*

Langsam nimmt der Artikel in ihren Gedanken Form an. In der Früh wird sie ihn ins Reine schreiben.

Anschließend loggt sie sich in ihr Konto bei der Partnervermittlung ein, der sie monatlich Geld für nichts in den Rachen wirft. Ihr Foto ist fast aktuell und nicht übertrieben geschönt. Der leichte Rotstich ihrer brünetten Haare kommt darauf recht gut zur Geltung. Beim Alter hat sie nur um wenige Jahre geschummelt. So steht noch eine Drei vorn.

In ihrem Posteingang findet sie fünf Anschreiben. Drei sortiert sie schon nach der Betreffzeile aus, eines nach der Kürze der Nachricht. Der Letzte klingt nicht unnett, auch wenn er nicht ganz ihr Typ ist. Vielleicht schreibt sie ihm zurück. Wohl eher nicht.

Kurz vor elf spürt sie die Müdigkeit. Sie geht ins Bad, in dem sie sich zwischen Dusche und Waschbecken kaum umdrehen kann, so eng ist es. Sie streift ihre Kleidung ab, und wie jeden Morgen und Abend vermeidet ihr Blick ihr Spiegelbild, um dann doch die Muster verzerrter, verwirbelter, gespannter roter Haut auf Teilen ihrer linken Brust und Rippen und der Innenseite ihres linken Oberarms zu streifen.

Für einen Moment flammt Panik in ihr auf, es könne im Internet ein Foto von dem Brandunfall vor siebzehn Jahren kursieren, so wie sie heute welche von der Frau sah, die zwei Jahre später ihren Fuß verlor.

Sie nimmt eine lange Dusche, bevor sie sich sorgfältig abtrocknet und das vernarbte Gewebe sanft mit einer Salbe einschmiert. Dann zieht sie T-Shirt und Pyjamashorts an und darüber ihren alten, gemütlichen Bademantel.

Sie klopft an Vis Tür.

»So geil!«, ruft ihre Tochter, nachdem sie Cyn geöffnet hat. »Kann ich mir die Brille morgen ausleihen? Du bekommst sie am Abend zurück. Bitte! Bitte, bitte!«

»Hey, ich soll damit arbeiten«, erwidert Cyn, fügt aber gleich hinzu: »Auch wenn ich nicht weiß, was. Morgen werde ich sie wohl noch nicht brauchen. Also, wenn du magst, nimm sie mit. Aber verlier sie nicht.«

**Snowman:**

Habt ihr das Gesicht des Präsidenten gesehen?

**Peekaboo777:**

Nur, wie er es verloren hat. ^^

# Dienstag

»Wir wollen, dass Google die dritte Hälfte deines Gehirns wird«, deklamiert Zero. Sein Gesicht zeigt die Züge von Sergey Brin, einem der Google-Begründer.

»Das hat Brin wirklich gesagt?«, ruft Cyn. Sie rückt ihren Stuhl neben Charly und Jeff, um das Video besser zu sehen.

»Ist schon ein paar Jahre her«, meint Jeff. »Damals, als er Google Instant vorgestellt hat oder so.«

Zeros Züge wandeln sich, sie werden zu einer Collage aus Sergey Brins und Larry Pages Gesichtern. Der Schädel schwillt an, er bläht sich auf wie ein Ballon.

»Wäre eigentlich toll, eineinhalb Gehirne zu haben, oder?«, plappert Zero. »Na ja, außer bei Kopfschmerzen vielleicht. Und Kopfschmerzen bekomme ich bei Googles Vision. Für zehn Köpfe! Ach was, für Milliarden! Eure Köpfe! Aber wie heißt es? Zerbrich dir nicht den Kopf anderer Leute.«

Der überdimensionale Schädel zerplatzt in tausend Fetzen. Gleich darauf wächst aus dem leeren Kragen ein neuer Kopf und quasselt weiter: »Ich kenne genug Leute, die ihr Smartphone bereits als ihr externes Gehirn bezeichnen. Wenn sie etwas nicht wissen, zack, nachsehen bei Google. Oder Wikipedia. Oder, oder.« Sein Tonfall wird ätzend. »Schon mal nachgedacht, wozu dein Gehirn da ist? Genau: zum Denken! Könntest du zumindest. Dann denken wir doch jetzt einmal gemeinsam kurz darüber nach, was Google ist. Am besten mit unserer dritten Hirnhälfte.«

Zero tippt auf einem Smartphone herum.

»Was. Ist. Google. Ups! Über zwei Milliarden Suchergebnisse? Autsch! Das sind mir zu viele Antworten auf eine Frage. Probieren wir es anders. Was sagt Google selbst? ›Ziel von Google ist es, die Informationen der Welt zu organisieren und für alle zu jeder Zeit zugänglich und nützlich zu machen.‹« Seine Miene verzerrt sich vor Zorn, als er fortfährt:

»Du liebe Scheiße! Wie viele nützliche Informationen sind denn in der Welt da draußen? Neunzig Prozent der Informationen, die ich täglich bekomme, egal von wem, sind Mist! Meldungen von Facebook oder WhatsApp, Promi-Nachrichten, Realityshows, Werbung, Spam, Anweisungen von meinem Chef! Das Einzige, wohin man diese Informationen organisieren kann, ist der Mülleimer! Aber nein! Google will den Dreck anscheinend zu meinem Gehirn machen! Liebes Google, da bleibe ich doch besser bei meinen zwei Hirnhälften.« Kurz hält er inne, beugt sich vor. »Behaltet eure dritte. Organisiert sie, wie ihr wollt, schiebt die Scheiße von links nach rechts und zurück, aber nicht in mein Gehirn! Das hat schon ohne euren Mist genug zu tun. Außerdem, was habt ihr überhaupt in meinem Gehirn zu suchen? Wenn ihr dort erst einmal sitzt, wer garantiert mir denn, dass ihr euch benehmt? *Wie* organisiert ihr denn die ›Informationen der Welt‹ eigentlich genau? Nach *welchen Kriterien* stellt ihr sie zur Verfügung? *Wer* bestimmt denn das? Wer macht die Regeln? Schreibt die Algorithmen? Einer eurer Programmierer? In *meinem* Gehirn? Ach so, einsehen darf ich die natürlich nicht. Eure Rechenvorgänge. In meinem Hirn. Schon klar, Betriebsgeheimnis. Dagegen ist Big Brother ja ein Waisenknabe!« Zero lacht auf. »Und überhaupt! Google ist dann ja nicht nur meine dritte Gehirnhälfte, sondern auch die meines Nachbarn – Mann, ist der ein Idiot, und was für einer! Scheiße, mit dem teile ich dann meine dritte Hirnhälfte wie ein siamesischer Zwilling? Genauso wie mit Milliarden anderer Schwachköpfe auf der Welt? Siamesische Milliardlinge?« Er greift sich an die Stirn. »Ich glaube, ich bekomme schon wieder Kopfschmerzen. Im Übrigen bin ich der Meinung, dass Datenkraken zerschlagen werden müssen.«

»Fassen wir zusammen, was wir über Zero wissen«, sagt Cyn und lehnt sich in ihrem Stuhl zurück. »Charly?«

»Hier ist die Liste mit den 38 Videos, die er seit 2010 veröffentlicht hat.«

Cyn überfliegt die Titel – »Little big brother«, »Die große Umwertung«, »Die Menschen-Ratingagentur« –, während Charly weiterredet: »Kurze, launige Predigten über Privatsphäre, das Ausmaß der Überwachung und andere Bedrohungen durch Digitalisierung und Vernetzung. Außerdem Dokumentationen einiger kleiner Guerillaaktionen. So verzierten sie etwa öffentliche Überwachungskameras in verschiedenen Städten mit Geschenkschleifen oder Masken der jeweiligen Regierungschefs. Bis gestern sahen die Videos nur ein paar tausend Menschen. Seit der Presidents'-Day-Aktion sind es Millionen.«

»Auch *The Citizen's Guerrilla Guide to the Surveillance Society* wird seit gestern stärker beachtet als bisher«, fügt Jeff hinzu.

»Das sind diese Tipps, wie man Daten verschlüsseln und sich der Überwachung widersetzen kann, nicht wahr?«, wirft Anthony ein.

Wie üblich, wenn er sich einmal in der Redaktion aufhält, statt bei den Eigentümern oder beim Verwaltungsrat zu schleimen, scheucht er seine Redakteure auf wie ein schlechter Schäferhund seine Herde. Noch bevor Cyn oder einer der anderen ihm antworten können, redet er weiter: »Weiß man schon mehr über die Truppe? Wer dahintersteckt? Wo sie sitzen? Wie viele es sind?«

»Keine Ahnung«, sagt Charly. »Bislang hielten sie sich sehr bedeckt.«

»Geheimnisse, wunderbar!«, ruft Anthony und klatscht in die Hände. »Daraus lassen sich Geschichten machen! Wie sind die Zugriffszahlen auf unsere Berichterstattung?«

»Cyns Artikel hat die höchsten Werte unserer bisherigen Onlineausgabe heute«, sagt Jeff. »Das Thema zieht.«

»Dann sollten wir es ausschlachten«, meint Anthony, während Cyn die Videoliste studiert. Sie hat keine Ahnung von dem Kram, aber dafür haben sie ja Jeff.

»Vielleicht können wir eine Artikelserie daraus machen«, schlägt sie vor. »Jeden Tag stellen wir eines der Videos vor und liefern im passenden Artikel vertiefende Informationen.«

»Sag ich doch«, sagt Anthony und rückt seine Brille zurecht. Cyn fragt sich, wann diese Kassengestelle endlich wieder aus der Mode kommen. Anthony sieht einfach lächerlich damit aus. »Aber macht mir bloß nicht zu viel Text«, sagt er und wirft Cyn einen mahnenden Blick zu. »Ich will coole Grafiken sehen, am besten animiert. Und ihr müsst auch eigene Videos einbauen. Als Erstes nehmen wir gleich das Video über Google, das ihr gerade angesehen habt. Ist ein guter Einstieg ins Thema. Am Nachmittag will ich etwas auf dem Schirm haben. Und denkt euch eine sexy Ankündigung dafür aus.« Sagt es und rauscht ab.

Cyn und Jeff wechseln einen Blick.

»Sexy«, wiederholt Cyn spöttisch und zuckt mit den Schultern.

»Na immerhin, schnell entschlossen ist er.«

»Hier ist das forensische Labor«, erklärt Marten Carson. Seine grauen Augen zeigen Spuren von Müdigkeit. Der neueste Fall hat ihn die ganze Nacht auf Trab gehalten.

Jonathan Stem tritt an einen der Tische, auf dem die Einzelteile einer Drohne fein säuberlich verteilt liegen wie die eingesammelten Trümmer eines abgestürzten Flugzeugs in einem Rekonstruktionshangar. Insgesamt stehen acht Tische in dem Raum, an dem mehrere Frauen und Männer in weißen Kitteln über die Teilchen gebeugt arbeiten.

»Bislang scheint es, dass Zeros Leute außergewöhnlich sorgfältig vorgegangen sind«, berichtet Marten. »Wir konnten noch keine DNS, Fingerabdrücke oder andere menschliche Spuren daran sichern.«

»Die wussten, worauf sie sich einlassen«, bemerkt Jon.

Marten nimmt ein besonders kleines Teil mit einer Pinzette auf und zeigt es Jon.

»Bei den Mobilfunkkarten sind wir einen Schritt weiter. Wir konnten sie über die Seriennummern zurückverfolgen. Sie wurden vor fünf beziehungsweise sechs Monaten in Lynchburg und Richmond, beide Virginia, gekauft. Die Läden konnten wir bereits identifizieren. Unseren ersten Informationen nach waren es allerdings Pre-Paid-Karten, die man anonym bekommt. Beide Läden besitzen Überwachungskameras, das Personal sucht uns die Rechnungen heraus. Zwei Teams von uns sind auf dem Weg dorthin.«

Marten führt Jon in den nächsten Raum, in dem vier Männer vor jeweils mehreren Monitoren sitzen. Noch in der Nacht hat er auf Jons Geheiß das zentrale Ermittlungsbüro installiert. Für die Suche nach den Urhebern der blamablen Presidents'-Day-Aktion hatte Assistant Director Jon Stem keine Einschränkungen gegeben. Marten ist klar, dass Jon dafür Rückendeckung von ganz oben haben muss, vermutlich noch höher als vom Direktor des FBI. Ihm soll es recht sein. Oft genug in seiner inzwischen siebenundzwanzigjährigen FBI-Karriere hat er mit unzureichenden Mitteln arbeiten müssen.

»Hier sitzen unsere *Digital Detectives*. Sie werden unterstützt von Kollegen bei der NSA. Luís«, fordert er einen von ihnen auf, einen stämmigen Mittdreißiger. »Woran seid ihr gerade?«

»Dreierlei«, erklärt Luís und reibt sich die dunklen Bartstoppeln. »Einerseits untersuchen wir Zeros YouTube-Konto und die Webseite, auf die Zero die gestrigen Videos streamte. Das You-Tube-Konto wurde von der Mailadresse zero@taddaree.com registriert. Das ist eine Wegwerfadresse. Wir versuchen trotzdem, sie nachzuverfolgen. Interessant daran ist schon einmal, dass Zero den Namen auch als Mailadresse verwendet. Die Jungs von der NSA lassen ihre Programme checken, wo diese oder ähnliche Adressen im Netz in der Vergangenheit noch auftauchten. Dasselbe tun sie mit panopticon@fffffff.com, einer weiteren Wegwerfadresse, mit der die Webseite registriert wurde.«

»Sie suchen auch nach thematisch verwandten Namen und Adressen wie jeremybentham, bentham et cetrea«, ergänzt Marten, »nach seriellen Varianten wie panopticon1, 2, 3…, nach Anagrammen und rückwärtsgeschriebenen Versionen.«

»Wie lange wird das dauern?«, will Jon wissen.

»Unsere Programme sind da recht schnell«, sagt Luís. »Wenn sie etwas finden – und sie werden etwas finden –, bekommen wir in den kommenden Stunden erste Ergebnisse.«

»Das war noch immer erstens, oder?«, fragt Jon.

»Ja«, erwidert Luís. »Außerdem untersuchen wir sämtliche Videos von Zero aus der Vergangenheit. Das sind immerhin achtunddreißig. Wir checken sie auf IP-Adressen des Hochladers, Metadaten, verwendete Software, verräterische Visuals, Filmschnipsel, verwendete Gesichter und Stimmen, Netzbrummton und so weiter.«

»Netzbrummton?«, hakt Jon nach.

»Aufnahmegeräte werden minimal durch winzige Frequenzschwankungen im öffentlichen Stromnetz beeinflusst. Übrigens auch batteriebetriebene Geräte. Diese Beeinflussung kann man nachzeichnen. Wenn man also die Frequenzschwankungen des Netzes zu einem bestimmten Zeitpunkt kennt, weiß man auch, wann eine Aufnahme gemacht wurde und womöglich sogar, wo.«

»Und, kennen wir die Frequenzschwankungen?«

»Mittlerweile haben wir eine Datenbank für die letzten Jahre aufgebaut. Andere Länder haben auch damit begonnen, nachdem die Briten 2010 auf die Weise einen Mordfall bewiesen haben.«

Jon erinnert sich vage an den Fall. »Haben die Videos schon Ergebnisse gebracht?«

»Bis jetzt noch nicht. Für mehrere Aufgaben müssen wir außerdem erst die Suchprogramme modifizieren oder schreiben. Bei anderen hat uns dafür die Öffentlichkeit geholfen.«

»Wie das?«

»Bis vorgestern war Zero zwar nicht sonderlich bekannt, doch sie hatten eine kleine Fangemeinde im Netz. Einige dieser Fans haben schon früher einmal sämtliche Gesichter und Masken, in die Zero sich in seinen Videos verwandelt, durch die Bildersuch- und Gesichtserkennungsprogramme geschickt. Gut zwanzig Prozent der Gesichter und fast hundert Prozent der Masken wurden so identifiziert. Wie es aussieht, ließ Zero bloß bekannte Persönlichkeiten erkennbar. Die anderen Gesichter sind entweder gänzlich künstlich, zu stark verfremdet oder aus mehreren zusammengesetzt, deren Fragmente aber nicht zuordenbar sind.

Gute Arbeit. Die Überprüfung wurde inzwischen von mehreren Hundert Freiwilligen nachvollzogen und bestätigt. Crowdsourcing vom Feinsten.« Luís lacht.

»Wissen wir, welches Programm sie für die Animationen verwenden?«

»3D Whizz«, sagt Marten. »Registrierungsdaten aller Nutzer sind bereits angefordert. Allerdings sind das Millionen, wenn man die Test- und abgespeckten Gratisversionen einschließt.«

»In Kombination mit E-Mail-Adressen und anderen Datenpunkten kann das durchaus zu Eingrenzungen führen.«

»Auf jeden Fall!«, meint Luís.

»Und drittens?«, will Jon wissen.

»Drittens gibt es noch diesen *Guerilla Guide*. Der wird seit Jahren online geführt und ständig aktualisiert. Kinderkram. Aber wir schauen auch hier nach E-Mail-, IP-Adressen und Ähnlichem.«

Jon nickt kurz mit dem Kopf und klopft Luís mit einem »Weiter so!« auf die Schulter.

In Martens kleinem Glaskubusbüro, aus dem er das ganze Team überblickt, sieht Jon auf seine Uhr. Ein teures Modell einer Schweizer Nobelmarke, seine Frau hat sie ihm zur letzten Beförderung geschenkt.

»Wann sind die Teams bei den Läden der Mobilfunkkarten?«

»In etwa eineinhalb Stunden«, sagt Marten. »Ich gebe Bescheid, sobald wir etwas wissen.«

Jon nickt. »Zero denkt, er ist schlauer als wir, wie so viele dieser eingebildeten Internetaktivisten. Aber wir haben die Macht und noch viel mehr Möglichkeiten, als die glauben. Nutzen Sie sie«, sagt er und wendet sich zum Gehen.

In der tief stehenden Nachmittagssonne leuchten Haarbüschel, blitzen Brillen und Ohrringe, fallen scharfe Schatten auf das Meer von Köpfen. Sie strömen da- und dorthin, langsam, eilig, mit verbissener Miene oder entspannter, plaudern, lachen, diskutieren, telefonieren.

Rote und grüne Quadrate umrahmen die Gesichter der Passanten. Größer, kleiner, je nachdem, wie weit die Person entfernt ist, bewegen sie sich mit, manche überlappen sich kurz, andere verschwinden, neue erscheinen, ein psychedelischer Tanz abstrakter Muster. Binnen Sekunden werden die roten Vierecke grün.

»Wow, das ist wie ein Trip!«, ruft Vi. Langsam wendet sie den Kopf hin und her. Neue Gesichter, neue Quadrate.

»Ich will auch mal!«, quengelt Bettany.

»Gleich, gleich«, wehrt Vi ab. »Du siehst ohnehin alles auf deinem Phone.«

»Ich will aber selbst schauen!« Bettany senkt den Blick wieder auf ihr Smartphone, auf das die Datenbrille überträgt, was Vi sieht. Genauso wie auf die Smartphones von Sally, Adam und Edward.

»Zwinker mal wen an«, fordert Adam Vi auf.

Vis Blick fängt Bettany ein. Sie streicht über den Brillenbügel. Keine zwei Sekunden später werden neben dem Gesicht ihrer Freundin ein Text und einige Bilder eingeblendet. Für Vi scheinen sie neben Bettanys Kopf in der Luft zu schweben.

Cowdry, Bettany

London

Geboren: 25.06.1997

Mehr >

»Haha, geil«, lacht Vi.

»Warte mal!«, ruft Bettany. Sie löst den Pferdeschwanz und kämmt sich das lange dunkle Haar vors Gesicht. »Und, bin ich noch zu erkennen?«

Für einen Augenblick hat Bettany die Gesichtserkennung außer Gefecht gesetzt. Dann greift ein Identifizierungsprogramm für Körperbewegungen und spielt ihre Daten erneut auf die Brille.

»Totale Science-Fiction!«, entfährt es Vi.

»Totale Gegenwart«, erinnert Eddie sie.

»So, jetzt ich!«, fordert Bettany.

»Okay, okay.« Vi reicht ihr die Brille und verfolgt auf ihrem eigenen Smartphone, was Bettany sieht.

Während die Kästchen um die anderen Köpfe auf Vis Touchscreen grün leuchten und verschwinden, bleibt eines hartnäckig rot.

»Was ist mit dem?«, fragt Bettany.

»Nicht zu identifizieren«, erwidert Adam. »Behalt ihn im Blick. Wollen wir doch mal sehen, warum das so ist.«

Kurz entschlossen tritt er auf einen schmächtigen Mann um die dreißig mit dunkler Haut und braunen, leicht gelbstichigen Augen zu. Ein Bengale vielleicht oder Bangladeshi, überlegt Vi.

Adam spricht ihn an: »Guten Tag. Entschuldigen Sie bitte, wir machen eine Umfrage …«

Der Mann mustert ihn misstrauisch. Er hält nicht an, bis Adam sich ihm mitten in den Weg stellt.

»Dürfte ich Ihnen ein paar Fragen …«

Wortlos schüttelt der Mann den Kopf, will weiter. Rückwärts läuft Adam vor ihm her.

»Sir, wollen Sie mir Ihren Namen verraten?«

Der Angesprochene wirft hastige Blicke nach links und rechts und beschleunigt seine Schritte.

Vi wirft einen Blick auf ihr Phone. Das Kästchen bleibt rot.

»Sir?«

Der Bedrängte rudert jetzt mit den Armen, will Adam verscheuchen wie eine lästige Fliege. Doch Adam lässt sich ganz offensichtlich nicht einschüchtern.

»Sir, kann es sein, dass Sie sich illegal in Großbritannien aufhalten?«

Adams Gegenüber reißt die Augen auf, hält einen Moment inne, dann zieht er im Laufschritt an ihm vorbei.

»Sir ...!«

Adam lässt ihn davonhasten. Noch einmal sieht sich der andere nervös um, bevor er in der Menge der Passanten verschwindet.

»Da habe ich wohl ins Schwarze getroffen«, lacht Adam.

»Oder die Gesichtserkennung hat nicht funktioniert«, wendet Eddie ein. »Dann hättest du ihn grundlos beschuldigt.«

»Warum sollte sie nicht funktionieren?«, erwidert Adam.

»Schon ein bisschen gespenstisch«, meint Sally und sucht Eddies Blick.

Als die Smartphones in ihren Händen aufjaulen wie eine Polizeisirene, lässt Vi ihres vor Schreck fast fallen.

»Wow!«, ruft Adam. Dann flüstert er: »Seid still und lasst euch nichts anmerken!«

Vorsichtig nimmt er Bettany die Brille ab, versucht dabei, den Blickwinkel des Sehgeräts möglichst wenig zu ändern, und setzt sie auf.

»Hey ...«, protestiert Bettany, doch Vi fährt dazwischen: »Pst!«

Auf ihrem Handy erkennt sie bereits, was den Alarm ausgelöst hat. Ein Gesicht ist blau blinkend umrahmt. Der bullige Mann kommt ihnen entgegen, ist vielleicht noch sieben, acht Meter entfernt. Er nähert sich mit dem wippenden Gang, den hin und her schaukelnden Schultern, gorillahaft ausgedrehten Armen und nach vorn gewendeten Handrücken jener, die sich mit jedem Schritt größer und breiter machen wollen. Er trägt eine Baseballkappe über der Sonnenbrille, seine Unterlippe und das Kinn sind vorgeschoben, um den Hals blitzt eine fette Goldkette.

Neben dem Rahmen sind Fahndungsbilder eingeblendet.

Gesucht
Lean, Trevor
London
Geboren: 17.04.1988
Verbrechen: Einbruch, Diebstahl,
schwere Körperverletzung
Mehr >

»Scheiße«, zischt Eddie neben ihr. »Was machen wir jetzt?«

»Die Polizei rufen, was sonst?«, erklärt Adam leise. »Lasst euch bloß nichts anmerken. Notruf«, befiehlt er leise.

Vi spürt ihren Puls rasen. Sie wagt nicht, zu dem Typen hinzusehen, der sie fast erreicht hat. Starr hält sie den Blick auf ihr Handy gerichtet, wendet sich sogar ab. Adam jedoch fixiert ihn weiterhin, und so kann Vi die Szene direkt mitverfolgen.

Vor Adams Augen blenden soeben ein Telefonsymbol und die Notrufnummer auf.

Lean sieht sich um. Er schaut Adam direkt in die Augen. Adam weicht seinem Blick aus. Zu spät. Lean beschleunigt seine Schritte.

Vi kann auf ihrem Smartphone mithören, wie sich bei Adam eine weibliche Stimme meldet und sich als Sowieso von der Metropolitan Police vorstellt. Atemlos erklärt Adam der Frau, wen er entdeckt hat und wo. Mit einigem Abstand bleibt er hinter Lean, verliert ihn nicht aus den Augen. Vi und die anderen fallen in Laufschritt, um Adam zu folgen. Vi hat ein ungutes Gefühl bei der Sache. Das ist irgendwie kein Spaß mehr.


An die Eyes-in-the-sky, die rund um die Uhr das Geschehen in den Straßen Londons beobachten, haben die Menschen sich längst gewöhnt. So auch dieses Grüppchen junger Leute, die durch die Mare Street hasten: Sie nehmen die Kameras, die seit den Neunzigerjahren montiert wurden, gar nicht mehr wahr. Weder die eine etwa hundert Meter hinter ihnen noch die andere dreihundert Meter die Straße hinauf. Beinahe mit Lichtgeschwindigkeit jagen die Aufnahmen quer durch die Stadt. Und weil keine Polizeitruppe der Welt dreißigtausend Polizisten vor dreißigtausend Bildschirme setzen kann, um die Bilder aus dreißigtausend Überwachungskameras zu prüfen, erledigt ein modernes Computerprogramm die Arbeit. Fällt der Software etwas Ungewöhnliches auf, schlägt sie Alarm und schickt die Bilder weiter. Auf einen Bildschirm. Vor dem sitzt dann ein echter Polizist. Oder eine Polizistin. Oder ein angestellter Operator – in diesem Fall einer der Closed-Circuit-Television-Überwachungseinheit in Lambeth. Dieses geschlossene Videoüberwachungsnetzwerk darf nur die Polizei verwenden. Theoretisch. Es ist eine der drei Kommandozentralen von Londons Metropolitan Police Service. Wenn jemand von der CCTV-Überwachungseinheit verdächtige Bilder auf den Schirm bekommt, informiert er ein Team im Hauptraum nebenan.

In diesem Saal sitzen Dutzende Angestellte und Polizisten in Zivil vor zahllosen Computerbildschirmen, nehmen Notrufe entgegen, bewerten sie, schicken bei Bedarf die Einsatzkräfte los und koordinieren diese. Das Summen und Brummen ihrer konzentriert wispernden Stimmen erfüllt den Raum.

Über ihren Köpfen erstrecken sich an zwei Wänden des Saals gigantische Monitorwände mit ständig wechselnden Bildern der Überwachungskameras. Gebäude, Straßenzüge, Übersichten, Nahaufnahmen, verschiedene Perspektiven, querende Autos und flanierende oder drängelnde Passanten fügen sich zu einem zersplitterten Stadtpanorama, einem flirrenden Panoptikum, nähren ein sich beständig änderndes Kaleidoskop. Zum Verrücktwerden, wenn man nicht daran gewöhnt ist.

Über sein Headset empfängt der Operator Adam Denhams Anruf, während auf seinen Monitoren die Bilder des Kollegen aus der CCTV-Überwachungseinheit zu sehen sind.

Der Operator erkennt die Situation sofort. Eine Person rennt durch die belebte Straße, vier laufen mit einigem Abstand und unterschiedlichem Eifer hinterher. Der Vordere muss dieser Trevor Lean sein, den der Anrufer erkannt haben will. Er zoomt in das Bild der Kamera, auf die alle fünf in diesem Moment zulaufen. Das Gesicht des Verfolgten wird vom Schirm seiner Kappe verdeckt. Er trägt einen dunklen Trainingsanzug. Die Verfolger sind Jugendliche, der Operator schätzt sie auf siebzehn, achtzehn. Der Erste ist ein stämmiger Junge mit Brille. Der Operator sieht kein Telefon in seiner Hand. Womit telefoniert er dann? Der andere Junge ist etwas kleiner und schmaler, wirkt aber wendiger. Mit Abstand folgen ihnen zwei Mädchen.

»Okay, Junge, hab dich«, flüstert der Operator und spricht ins Headset: »Mister Denham, wir sehen Sie über CCTV. Gehen Sie kein Risiko ein.«

Währenddessen wirft der Flüchtende den Kopf in den Nacken und ringt nach Luft. Jetzt kann der Operator unter der Schirmkappe sein Gesicht erkennen. Er nützt die Gelegenheit und speichert das Bild. Doch für die Gesichtserkennung ist die Qualität zu schlecht.

»Check mal diesen Trevor Lean«, bittet er seinen Nachbarn zur Rechten. Auf einem seiner Monitore ruft der Kollege die Datenbank auf, gibt den Namen ein. Bekommt ein Gesicht, Informationen. Der Operator schielt hinüber. Trevor Lean wird tatsächlich wegen verschiedener Vergehen gesucht, unter anderem schwerer Körperverletzung. Der Fliehende sieht den Fahndungsbildern ähnlich.

»Mister Denham, hören Sie mich?«

Keine Antwort.

Jemand benötigt Hilfe, so oder so. Ganz abgesehen vom öffentlichen Aufruhr, den die Hatz verursacht und den er schleunigst beenden muss, bevor es zu einer Panik kommt. Über sein Headset informiert er die Einheiten in der Nähe: »Verfolgungsjagd auf der Mare Street, Höhe Richmond Road. Mehrere Personen. Eine davon mutmaßlich polizeilich gesucht und gewalttätig.«

Gleich darauf bekommt er die Antwort einer Streife: »Sind unterwegs. Ankunft in etwa zwei Minuten.«

Menschen weichen vor Lean zurück. Er wirft einen gehetzten Blick über die Schulter auf seinen Verfolger.

»Was tust du, Adam?«, fragt der Operator. »Wir haben Lean im Auge. Lass ihn laufen. Wir kriegen ihn schon.«


Vi läuft zehn Meter hinter Adam und Eddie. Sally ist an ihrer Seite, atemlos. Bettany haben sie verloren. Nur ab und zu schafft Vi einen Blick auf ihr Phone, auf die verwackelten Bilder aus Cyns Kamerabrille.

Stopp! Nicht folgen!

Diesen rot blinkenden Text muss auch Adam in der Brille sehen. Warum läuft er trotzdem weiter hinter dem Kerl her? Das hätte er sich früher nie getraut.

Vi zögert, lässt sich ein Stück zurückfallen. Plötzlich sieht sie, wie Lean einen metallischen Gegenstand aus seinem Hosenbund hervorzieht. Der Schock durchfährt sie wie ein Stromschlag. Sie blickt auf ihr Smartphone. Trotz der unklaren Übertragung erkennt sie ganz eindeutig eine Pistole.

»Adam!«, kreischt sie. »Er hat eine Waffe!«


»Fuck!«, zischt der Operator und drischt auf den Alarmknopf. »Bewaffneter in der Mare Street!«, brüllt er ins Headset und ruft damit sein Team zusammen. Die drei Kollegen an den Nachbarmonitoren schalten sich zu.

»Alle Einheiten Nähe Mare Street«, gibt der Operator durch. »Bewaffneter auf der Straße. Läuft Richtung Richmond!«

Auf den Bildschirmen sieht der Operator Menschen zur Seite springen, sich zu Boden werfen, in Deckung gehen. Er kann nichts hören, aber die panikartigen Reaktionen der Passanten sind eindeutig: Lean hat geschossen.

»Bewaffneter schießt!«, warnt der Operator die Einsatzkräfte draußen. »Alle verfügbaren Streifen zur Mare Street/Höhe Richmond!«

Über die Bildschirme des Operators und seiner beiden Nachbarn flirren die Bilder aus sieben Kameras. Durch drei rasen Polizeiwagen. Verschwinden von einem Monitor. Tauchen auf einem anderen wieder auf. Kleiner, größer, andere Richtung, anderer Blickwinkel. Nicht so einfach, die Orientierung zu behalten.

Der Operator weist die Streifenwagen vor Ort an. Die ersten sind fast da, geben ihre Position durch. Sie erreichen Lean, bremsen scharf ein paar Meter vor ihm. Zwei Uniformierte springen aus dem Wagen. In seinem Headset hört der Operator sie brüllen: »Trevor Lean! Stehen bleiben! Sie sind verhaftet!« Passanten halten erschrocken an oder machen, dass sie davonkommen.

Lean und die Polizisten reißen ihre Waffen hoch. Der Operator hört die Schüsse und sieht, wie eine Beamtin wie in Zeitlupe in die Knie geht und dann vornüberfällt. Gleichzeitig kippt Lean nach hinten. Beim Aufschlag kullert die Waffe aus seiner Hand, und er bleibt rücklings liegen, die Arme von sich gestreckt. Unter seinem Brustkorb breitet sich eine Lache aus.

Von verschiedenen Seiten rasen Streifen mit Blaulicht auf die Bewaffneten zu. Die Beamten schnellen aus den Wagen, gehen dahinter mit gezogenen Waffen in Deckung.

Mehrere Uniformierte stürzen mit Waffen im Anschlag auf Lean zu, treten die Pistole weg, messen seinen Puls. Andere kümmern sich um die angeschossene Kollegin. Der Operator kann nicht erkennen, wie schwer sie verletzt ist. Drei Uniformierte haben sich über sie gebeugt. Aus dem Durcheinander in seinen Kopfhörern schließt er, dass die Frau bewusstlos ist. Ein paar Meter weiter kämpfen zwei Polizisten mit Herzmassage und Mund-zu-Mund-Beatmung um Leans Leben. Fieberhaft sucht der Operator die Monitore ab, um zu sehen, ob unbeteiligte Passanten getroffen wurden.

»Wo ist dieser Junge, der ihn verfolgt hat?«, fragt er seinen Kollegen. »Wo stecken der andere Junge und die zwei Mädchen? Ich habe doch noch mehr Angeschossene gesehen!«


Über die Köpfe der drei Mitarbeiter an seinem Besprechungstisch hinweg sieht Will Dekkert über Brooklyns Dächer bis zur Skyline von Lower Manhattan. Mit fünfundvierzig Jahren ist Will der Älteste im Raum, fühlt sich aber nicht so. Die ersten grauen Spuren in seinen Haaren und die Andeutungen erster Falten im Gesicht mögen anderen auffallen, er selbst sieht sie jedoch nicht.

Sein Blick streift das One World Trade Center, als ihm ein rotes Blinken vor den Augen die Aussicht verdirbt.

## Code 705, London, GB

Die drei anderen am Tisch spannen gleichfalls ihre Rücken an und verdrehen die Augen hinter den Brillen, als drohe ein kollektiver epileptischer Anfall.

»Auf den Schirm!«, befiehlt Will. Code 705 ist einer der ganz wenigen, die auch ihn als Freemees Kommunikationsvorstand alarmieren.

Auf einem geteilten Monitor, der eine ganze Wand seines Büros bedeckt, leuchten die Livestreams zweier Überwachungskameras. Menschen laufen durcheinander, dazwischen liegen drei Personen am Boden, eine reglos, die anderen winden sich unter Schmerzen.

»Mare Street, London, UK«, erklären Texteinblendungen am unteren Bildrand, dazu die Namen der beiden Läden vor Ort, deren Überwachungskameras ihre Bilder permanent live ins Internet streamen. Daneben zeigt eine Straßenkarte den Stadtbezirk Hackney. Violette Dreiecke mit kleinen Kamerasymbolen symbolisieren die Sichtfelder aller erfassten privaten Überwachungskameras in dem Gebiet und decken es praktisch komplett ab. In den Straßen bewegen sich zahlreiche rote Punkte. Einer davon blinkt. Will aktiviert ihn mit einer Handbewegung, die von einem unsichtbaren Sensor an der Videowand erfasst wird. Aus dem roten Punkt öffnet sich ein Fenster mit Fotos eines Jugendlichen und dem dazugehörigen Text:

Freemee-Nutzer:
Adam Denham, 18, London, GB
Lebensfunktionen abgebrochen


»F...« Will verkneift sich den Fluch. Mit einer sparsamen Geste aktiviert er den Rundruf für seine Abteilung. »Gesamtes Kommunikations-Department in mein Büro«, befiehlt er. »Wir haben unseren ersten Code 705.«


Vor dem Riesenmonitor in Will Dekkerts Büro drängen sich gut zwanzig Mitarbeiter. Auf dem Bildschirm zeigen verschiedene Fenster die – teils unscharfen und billigen – Aufnahmen der Überwachungskameras in der Mare Street. Notärzte pumpen auf der Brust von Verletzten, Sanitäter knien daneben und halten Infusionen hoch. Schaulustige stehen wie üblich im Weg herum, Polizisten laufen kreuz und quer.

Daneben sind der Stadtplan und die Personeninformationen aus Adam Denhams Freemee-Profil eingeblendet.

»Der Code 705 kam vor fünf Minuten«, erklärt Will. In einigen Gesichtern erkennt er Betroffenheit. Auch ihn wühlen die Bilder auf, doch er ist bemüht, sachlich zu bleiben.

»In London wurde der achtzehnjährige Adam Denham angeschossen, nachdem er mithilfe einer Datenbrille einen gesuchten Kriminellen auf der Straße identifiziert hat. Nach ersten Informationen wurden vier weitere Personen bei der Schießerei schwer verletzt.«

Er weist auf Adam Denhams Freemee-Profil, das an die Profile sozialer Netzwerke erinnert: Porträt, Bilder, Mitteilungen, Kommentare, dazu jede Menge Diagramme und Symbole.

»Über Adam wissen wir genau Bescheid, er ist registrierter

und intensiver Freemee-Nutzer. Auf seinem Konto sammelt er sämtliche seiner messbaren Daten – vom Smartphone, seinem Computer, Internetanschluss, Bank- und Kundenkarten. Hinzu kommen Smartwatch und Schlafband; wir kennen somit seine Bewegungsprofile, sein Kommunikationsverhalten sowie seine Lifestyle-Funktionen. Außerdem nutzt er zahlreiche unserer Ratgeberprogramme zur Selbstverbesserung.«

Will spielt die aufgezeichneten Bilder aus Adams Brille ein, als diese Lean identifiziert. In einem Feld darunter ruft er das Gespräch mit der Polizei auf. Drei weitere Streifen zeigen die Kurven von Pulsschlag, Schritttempo und Hautwiderstand.

»Über eine Datenbrille sendete er die Verfolgung live auf sein Freemee-Konto.«

Die Aufzeichnungen erreichen die Stelle, an der Lean auf Adam schießt. Der Schuss selbst ist kaum zu erkennen, die Aufnahme verwackelt. Dann ist nur noch blauer Himmel zu sehen.

»Als unsere automatischen Tracking- und Analyseprogramme das abrupte Ende von Adam Denhams Körperfunktionen feststellten, obwohl er die Sensoruhr immer noch trug, schlugen sie Alarm.«

Will wendet sich den Livebildern der Überwachungskameras zu. Zwei Sanitäter schieben eine Trage, auf der ein lebloser Körper liegt, in den Ambulanzwagen.

»Laut der Analyse unserer Programme wird der Arzt noch vor Ort den Tod des Jungen feststellen.«

»Mein Gott«, stößt Alice Kinkaid hervor. »Der arme Junge! Die armen Eltern!«

Als Freemees Head of Public Affairs ist sie direkt unter Will für die Öffentlichkeitsarbeit des Unternehmens verantwortlich. Ihr Kopf war schlau genug für einen Abschluss in Computer

Science der Universität Stanford, einen in Jura von Yale und hübsch genug für den Titel der Vize-Miss Virginia.

»Er wird der erste Tote aufgrund der Benutzung einer Brille und Freemees Gesichtserkennung sein«, sagt Will. »Die Geschichte wird für Riesenwirbel in den Medien sorgen. Wir müssen etwas unternehmen.«

»Das Ganze wiederholen, würde ein Zyniker sagen«, erwidert Alice. Sie hat sich rasch wieder gefangen. »Seit Zeros gestriger Presidents'-Day-Aktion explodieren unsere Mitgliederzahlen. Die Neugier der Leute ist offensichtlich größer als ihre Angst vor Datentransparenz. Durch die nun wieder aufbrechende Diskussion werden sie zusätzlich in die Höhe schnellen. Das können unsere Programme relativ klar vorausberechnen.«

»Ist wie nach dem Massenmord an den Schulkindern in Newtown Ende 2012«, bemerkt Pjotr. Zwei Meter groß, lange unfrisierte Haare, Knebelbart, Bäuchlein unter dem Hardrock-T-Shirt. Freemees Head of Statistics. »Man würde annehmen, dass nach einer solchen Katastrophe die Waffenkäufe zurückgehen. Stattdessen schossen sie in die Höhe.«

»Großartiger Vergleich«, meint Will missmutig. »Hat jemand noch mehr davon?«

»Lassen wir den Zynismus mal beiseite. Für heikle Szenarien haben wir unsere Kommunikationskonzepte in der Schublade«, sagt Alice und blickt in die Runde. »Wir wissen damit umzugehen. Angehörigen unser Beileid aussprechen, auf die Vorteile der Anwendungen hinweisen, an ihren korrekten Gebrauch erinnern, vor Missbrauch warnen, uns von ebensolchem distanzieren und so weiter. Das ist wie bei den Mobbingtoten auf Facebook. Nach spätestens zwei Tagen haben die klassischen Medien das Thema vergessen und gehen zum nächsten über. Und die Onlinemedien besitzen ohnehin eine Halbwertszeit von wenigen

Stunden. Maximal. Wichtig ist, dass wir die zu unseren Gunsten nutzen. Argumente haben wir genug.« Sie neigt den Kopf leicht zur Seite. Will kann nicht anders, als sie anzustarren, während sie unbeirrt fortfährt: »So werden wir zum Beispiel die Vorteile unserer Sicherheitsprogramme betonen. Hätte Adam Denham eine Konsumentenversion von Pre-Crime-Programmen zur Verfügung gestanden, hätte diese ihm die Wahrscheinlichkeit vorausgesagt, mit der Lean eine Waffe bei sich trug und von ihr Gebrauch machen würde. Dann wäre er womöglich nie in diese Situation geraten.«

»Es wird wieder Diskussionen über die Live-Gesichtserkennung geben«, gibt Will zu bedenken. »Und Forderungen, sie auf den Stand von früher zurückzufahren, als sie nur Personen aus dem Kontaktkreis des jeweiligen Nutzers erkannte.«

»Wir sind nicht die einzigen Anbieter«, wirft Carl Montik ein. Er ist einer der Gründer von Freemee, Vorstandsvorsitzender und verantwortlich für Forschung, Entwicklung und Programmierung. Er sieht älter aus als achtundzwanzig und ist von gedrungener, athletischer Konstitution. Wie üblich hält er sich im Hintergrund. »Seit Meyes vor vier Monaten an den Start ging und sich nicht kaufen ließ wie Face 2012 von Facebook, gibt es aktuell mindestens vierundzwanzig verschiedene Programme. Im Übrigen könnte der Junge den Typen ebenso gut auf einer Webseite gesehen und auf der Straße wiedererkannt haben. Heute hängen Fahndungsbilder nicht nur auf Polizeistationen, sondern kursieren im Internet. Und vergessen wir nicht, wie oft bereits Kriminelle auf diese Weise dingfest gemacht wurden.« Er lehnt sich zurück; ein Lichtstrahl fällt auf seinen glatt rasierten Schädel und lässt ihn glänzen. »Ich fasse zusammen. Weder die Brille noch die Gesichtserkennung sind schuld an dem, was geschehen ist. Adam Denham ist dem Fremden aus eigenem Antrieb nachgelaufen. Das Programm hat ihn mehrmals aufgefordert, die Verfolgung zu stoppen.«

»Warum hat er nicht darauf gehört?«, fragt Alice.

Carl zieht die Brauen hoch. »Erhöhte Adrenalinausschüttung? Können wir leider noch nicht messen. Ich bin aber dran.«

Alice wirft Will einen schnellen Blick zu, dann ergreift sie auf sein unmerkliches Nicken hin das Wort. »Eigentlich lautet die Frage nicht, wie wir diese Diskussionen unbeschadet bestehen – denn sie schaden uns nicht, im Gegenteil –, sondern vielmehr, wie wir sie am Leben erhalten. Und zwar so, dass sie die Menschen nicht langweilt. Wie gesagt, ein Zyniker würde die Aktion wiederholen. Aber wir können ja nicht jeden Tag Menschen sterben lassen, oder?«


»Wenn du wüsstest«, murmelt Henry Emerald vor sich hin. Er gehört zu den Männern, die auch mit weißen Haaren noch ein Jungengesicht haben. Sein Anzug und das Hemd sind maßgeschneidert, die Seidenkrawatte wurde in einem oberitalienischen Bergdorf handgenäht. Durch die raumhohen Glastüren mit den feinen, hölzernen Unterteilungen entlang der Südfront fällt das Tageslicht wie in einem Bildnis Jan Vermeers. Davor breitet sich feinster Rasen aus, der sich in einer sanften Welle, links und rechts von Wald begrenzt, zum zwei Kilometer entfernten See ausstreckt. Das Zimmer ist so groß, dass andere ganze Häuser darin unterbringen würden und nicht nur eines von neunzig des gesamten Anwesens aus dem Gilded Age. Zwischen seinem original erhaltenen Interieur und den wertvollen Antiquitäten wirkt der moderne Bildschirm auf dem schweren, dunklen Schreibtisch wie ein exotisches Insekt. Henry Emerald lehnt in dem tiefen Ledersessel, eine Hand nachdenklich am Kinn, während er auf seinen Gesprächspartner wartet. Code 705. Alle möglichen Szenarios haben sie vorab bedacht. Für die kritischsten vergaben sie Codes, bei denen je nach Wichtigkeit verschiedene Verantwortliche informiert werden. 705 steht ganz oben auf der Liste. Tod eines Freemee-Nutzers, verbunden mit Verbrechen, Gesichtserkennung, Datenbrille – und dem Experiment.

Auf dem Monitor erscheint Carl Montik, der nun in seinem Büro sitzt. Er trägt eine Datenbrille, über die er das Gespräch führt. Henry zieht nach wie vor den Bildschirm vor. Oder das persönliche Gespräch. Nur weil er in modernste Technologien investiert, muss er sie nicht verwenden. Außer natürlich der abhörsicheren Verbindung und aktuellster Verschlüsselungstechnologien.

»Was war mit diesem Jungen los?«, fragt Henry.

Carl spielt Adam Denhams Freemee-Profil mitsamt dessen Bildergalerie auf Henrys Bildschirm. Auf dem ersten Foto sieht Henry einen übergewichtigen Teenager, dessen Frisur nur seine Mutter geschnitten haben kann. Über die nächsten verwandelt er sich in einen attraktiven, selbstbewusst wirkenden jungen Erwachsenen. Unterhalb der Fotogalerie findet Henry die übliche Übersicht mit Symbolen, Grafiken und Tabellen. Über allem dreht sich ein weiß schimmernder Ball. »Kristallkugel« nennen sie ihn bei Freemee. Ihre Wunderwaffe, ihre »killer application«. Freemees Erfolgsgeheimnis, inzwischen oft kopiert, doch nicht annähernd erreicht.

»Vom Loser zu Mister Cool«, stellt Henry fest. »In nur sechs Monaten. Zu cool.«

»Experimentstufe sieben«, kommentiert Carl. »Höchste Werteveränderung.«

»Den Gangster hätte der Junge früher nicht verfolgt. Ich dachte, wir haben das im Griff?«

»Er ist der Erste seit einem Monat«, wendet Carl ein. »In den betroffenen Gruppen des Experiments ist die Zahl der unnatürlichen Todesfälle seit 28,5 Tagen auf Bevölkerungsdurchschnitt gesunken. Adam Denham ist ein Ausreißer. Das Zusammentreffen mit Lean war nicht vorauszusehen. Noch kennen auch wir so etwas wie den Zufall.«

»Sein Verhalten in so einem Fall war sehr wohl vorauszusehen«, argumentiert Henry. »Genauso wie bei den anderen Versuchspersonen, die sich überschätzten, depressiv wurden oder schlicht verrückt. Dreitausend Tote! So viele wie bei Nine-Eleven! Dieses verdammte Experiment ist wie ein Damoklesschwert, das über uns hängt!«

»Darf ich dich daran erinnern, dass auch du das Experiment wolltest«, erwidert Carl unbeeindruckt.

»Wenn jemals an die Öffentlichkeit dringt, was die Algorithmen angerichtet haben, kann Freemee dichtmachen. Man wird uns einsperren. Bestenfalls.«

»Die Algorithmen haben gar nichts angerichtet. Sie haben nicht auf Adam Denham geschossen«, widerspricht Carl. »Genauso wie bei den anderen. Zu schnell gefahren oder von Brücken gesprungen sind die Menschen selbst.«

*Aber deine Algorithmen haben sie dazu gebracht,* denkt Henry. *Wobei es durchaus gut ist zu wissen, wozu wir in der Lage sind.*

»Außerdem verschwinden die dreitausend Fälle in der Zahl von derzeit einhundertsiebzig Millionen Freemee-Nutzern«, fügt Carl hinzu. »Von den fünf Millionen Versuchsobjekten aus dem Experiment sind weit weniger als ein Promille tot.«

»Joszef fielen sie auf«, erinnert Henry ihn.

»Zum Glück. Sonst hätten wir sie womöglich zu spät entdeckt. Aber Joszef war ein Genie. Und als Statistikvorstand hatte er Zugang zu entsprechenden Daten, die wir seitdem gesperrt haben. Jemand anderer müsste diese Daten erst einmal aus anderen Quellen gewinnen. Und dann müsste er sehr, sehr genau hinsehen, richtig denken und etwas von Statistik verstehen.«

Henry ist nicht überzeugt. »Warum markieren die Programme diese zwei Londoner, Edward Brickle und Cynthia Bonsant? Ein Schüler und eine altmodische Journalistin.«

»Ich weiß«, gesteht Carl schmallippig. »Der gesunde Menschenverstand sagt, dass sie harmlos sind. Auf den müssen wir uns zum Glück nicht verlassen. Die Daten sprechen eine klare Sprache.«

Und Carl vertraut den modernen Datenbergen, weiß Henry, mehr als er menschlichen Gefühlen und Logik vertraut. Denn Menschen suchen nach dem Grund der Dinge. Und finden oft den falschen, weil sie zu wenige Informationen besitzen. Sie meinen, dass der Chef wegen einer Diskussion vom Vortag sauer ist. Dabei hatte er am Morgen Streit mit seiner Frau. Oder einfach schlecht geschlafen. Nur wissen sie *davon* nichts.

In modernen Datenbergen findet Carl zwar häufig auch keine Ursachen. Aber wozu sollte er Ursachen erforschen, wenn ihm die Algorithmen gleich Lösungen bieten?

»Das Problem ist wie Unkrautvernichter, Puderzucker und Diesel«, meint Carl. »Jedes für sich genommen ist harmlos. Doch die Mischung macht sie höchst explosiv.«

Carl öffnet Edward Brickles Profil.

»Edward Brickle war ein guter Freund Adam Denhams und Zeuge dessen Todes. Er ist ebenfalls im Experiment, Stufe vier. Mittlerer Wandel von etwa sechzig Prozent seiner Werte.«

»Das heißt, ihm könnte Denhams rapide Veränderung aufgefallen sein«, überlegt Henry. »Demnach ist nicht auszuschließen, dass er einen Verdacht schöpft.«

Carl nickt. »Wenn er wüsste, dass es etwas zu entdecken gibt, würde er es mit hoher Wahrscheinlichkeit versuchen.«

»Wäre er dazu in der Lage?«

»Brickle ist ein IT-Ass. Die Wahrscheinlichkeit, dass er es herausfindet, ist damit leider gegeben. Das liegt auch an Cynthia Bonsants Einfluss auf ihn, die eine enge Bekannte von ihm ist. Außerdem ist Brickle in ihre Tochter verknallt. Immer wenn er in ihrer Nähe ist, ändern sich seine Werte eindeutig: höherer Puls, geringerer Hautwiderstand et cetera.«

Carl ruft Cynthia Bonsants Datensatz auf. »Sie ist keine Freemee-Nutzerin, aber die allgemein erhältlichen Datenpunkte genügen für unsere Zwecke. Von Beruf ist sie Journalistin, das ist schon einmal schlecht. Ständig auf der Suche nach einer Story. Vor der Geburt ihrer Tochter war sie freischaffend im investigativen Bereich tätig. Bei einigen Werten liegt sie nach wie vor weit über dem Durchschnitt ihrer Berufskollegen: Neugier, Beharrlichkeit, Wahrheit, Transparenz, Verantwortungsbewusstsein, Leidenschaft. Diese Frau liebt es, Schwierigkeiten zu machen – und sich selbst in Schwierigkeiten zu bringen. Wenn sie sich in etwas verbeißt, lässt sie nicht so schnell wieder los. Für die neugierige Bonsant plus den cleveren Brickle bekomme ich eine Wahrscheinlichkeit von 19,38 Prozent, dass sie die Problemfälle entdecken. Das ist weitaus höher als alle bisher.«

Henry spürt, wie innere Unruhe in ihm aufsteigt. »Dein Plan?«

»Ich ändere die Einstellungen von Brickle und Bonsants Tochter. Sie nutzt ebenfalls Freemee. Den Werten zufolge ist sie zwar nicht in Eddie Brickle verliebt, aber vielleicht bringe ich sie so weit, dass sie Brickle ablenkt und er keine Lust kriegt herumzuschnüffeln.«

Er öffnet eine Seite voller Codezeilen, auf der Henry rein gar nichts versteht. Rasend schnell ändert Carl einige davon, löscht andere, fügt neue hinzu.

»Ihre Ratgeberprogramme werden ihnen ab sofort Tipps geben, die sie in diese Richtung steuern, ohne dass sie die Änderung ihrer Einstellungen erkennen können«, erklärt er. »Außerdem steigere ich die Anforderungen an sie, sodass die Programme sie auch in anderen Bereichen mit Aufgaben zudecken und an ihre Grenzen bringen. Bis die Änderungen greifen, können allerdings mehrere Tage vergehen. Ich werde zusätzlich versuchen, Cynthia Bonsant über ihre Tochter zu beeinflussen. Aber da sind meine Möglichkeiten noch beschränkt.«

»Es wird höchste Zeit, das Experiment zu beenden, damit du solchen Kleinkram anderen überlassen kannst«, mahnt ihn Henry. »Deine eigentlichen Aufgaben leiden unter diesen Unvorhersehbarkeiten.«

»Ich weiß«, entgegnet Carl. »Die Endergebnisse des Experiments habe ich in vierzehn Tagen vorliegen, die der Bürgermeisterwahl in Emmerstown in vier Tagen. Und sie werden sensationell ausfallen, das kann ich jetzt schon absehen. Dann beginnen wir mit der Umsetzung.«

Henry beendet die Verbindung. Diese Sache kann er Carl nicht allein überlassen. Er tätigt noch einen kurzen Anruf, bestellt seinen Gesprächspartner auf das Anwesen. Bis zu dessen Eintreffen will Henry seine Konzentrationsübungen absolvieren. Er verlässt den Raum direkt durch die mittlere der sieben Flügeltüren und tritt auf den weichen Rasen hinaus.


Cyn lehnt sich auf ihrem Stuhl zurück. Auf dem Monitor läuft Zeros neuestes Video. Langsam findet sie Gefallen an dem Typen.

»Tja, Mister President, so ist das, wenn man den ganzen Tag beobachtet wird, obwohl man eigentlich seine Ruhe haben will«, verkündet eine undefinierbare Stimme in eigenartigem Singsang zu den Aufnahmen der rasenden Leibwächter. Das Gesicht des Präsidenten erscheint im Bild, verwandelt sich in einer raffinierten Animation fließend in das des Innenministers und weiter in das der Leiter von FBI, CIA und NSA, während Zero fortfährt: »Wir haben den Präsidenten in seinem Urlaub besucht, auch wenn es uns ein paar nette kleine Maschinen gekostet hat. Das Video findest du überall online«, lacht die Stimme. »Viel Spaß noch bei Zeros Presidents' Day! Wir hingegen bleiben privat! Im Übrigen sind wir der Meinung, dass Datenkraken zerschlagen werden müssen.«

»Das Making-of«, amüsiert sich Jeff. »Zero hat es heute Mittag ins Netz gestellt.«

»Der hat Nerven«, brummt Charly. »Dem muss doch klar sein, dass die Amerikaner wie wild nach ihm suchen. Habt ihr die Börsenkurse drüben verfolgt? Die sind nach der Aktion ganz schön in den Keller gegangen.«

»Amerikanische Paranoia«, meint Jeff.

An ihre direkten Arbeitsnachbarn muss Cyn sich erst noch gewöhnen, ebenso wie an die Geräuschkulisse im Maschinenraum vulgo Newsfloor. Jeff und Charly quatschen einfach mal rüber, wenn ihnen danach ist, auch wenn Cyn gerade an einem Text sitzt.

»Wenigstens passt es zu dem Artikel, an dem ich gerade schreibe«, murmelt sie.

»Warum schreibst du schon wieder Texte?«

Dicht hinter ihr baut Anthony sich auf. Die Hände in die Seiten gestemmt, fixiert er Cyns Bildschirm. »Ich will moderne Umsetzungen sehen! Animierte Grafiken, Videos! Was …«

Cyns Smartphone mit dem angesteckten altmodischen Hörer klingelt.

»Handys werden im Newsfloor auf lautlos gestellt«, erinnert sie der Chefredakteur im Ton eines Feldwebels.

Cyn stellt es auf leise.

Auf dem Schirm leuchtet ein Bild von Vi. Sie möchte sie schon wegdrücken, doch Anthony bedeutet mit einer generösen Geste, dass sie das Gespräch ruhig annehmen soll.

Noch bevor Cyn etwas sagen kann, schluchzt Vi in ihr Ohr. Cyn versteht anfangs nicht, wovon sie spricht, nur die Worte »geschossen« und »schwer verletzt« dringen durch das Weinen zu ihr. Cyn spürt Panik bis in die letzten Zellen ihres Körpers schießen. Sie klammert sich an der Armlehne fest, um das Zittern zu unterdrücken, das sie erfasst.

»Beruhige dich, Schatz!«

»Ich kann mich aber nicht beruhigen!«, ruft Vi schluchzend ins Telefon. »Adam … Adam ist tot!«

Cyn fühlt das Blut aus ihrem Gesicht weichen. Adam – ist das nicht einer von Eddies Freunden? Heiser fragt sie: »Was ist mit dir? Wo bist du?« Vi erklärt ihr weinend die Einzelheiten, und Cyn erwidert: »Ich komme.«

Mit bebenden Händen legt sie das Handy ab. Das Herz schlägt ihr bis zum Hals.

»Meine Tochter. Wie es aussieht, ist sie in eine Schießerei geraten. Ich muss sofort los.«

»Eine Schießerei?«, fragt Anthony aufgeregt. »Wo? Nimm deine Brille mit und berichte! Am besten live! Das bringen wir dann auf unserer Homepage!«

Cyn holt aus, um ihm eine zu knallen. Im letzten Moment jedoch hält sie sich zurück. Sie schnappt ihre Handtasche, das Handy und fliegt förmlich aus dem Maschinenraum.


Entlang der Absperrbänder, die sich quer über die Mare Street spannen, drängen sich Schaulustige. Polizisten geben acht, dass sich keiner von ihnen zum Tatort durchschummelt. Über ihren Köpfen knattert ein Hubschrauber im Kreis. Uniformierte in neonfarbenen Westen schleichen umher oder befragen Zeugen. Tränen der Erleichterung schießen in Cyns Augen, als sie Vi dort erspäht. Daneben erkennt sie Eddie, der mit einem Uniformierten spricht. Sie arbeitet sich zu einer Polizistin vor.

»Sie können hier nicht durch«, erklärt ihr die Frau.

Beherrscht zeigt Cyn auf Vi. »Das ist meine Tochter.«

Sie reicht ihr einen Ausweis.

Die Polizistin prüft ihn, murmelt dann in ihr Funkgerät. Nachdem sie eine Antwort erhalten hat, hebt sie das Band und lässt Cyn in den abgesperrten Bereich.

Zunächst sieht Vi sie nicht kommen, doch als sie ihre Mutter entdeckt, schließt sie kurz die verquollenen Augen und beißt sich auf die Lippen. Cyn umarmt sie, und zum ersten Mal seit Jahren erwidert Vi die Geste, spürt Cyn den Druck ihres warmen, zitternden Körpers. Die Polizistin, mit der Vi gesprochen hat, wartet geduldig.

»Ich muss das hier noch zu Ende bringen«, erklärt Vi und löst sich wieder. Sie schlägt den Blick nieder, dann gesteht sie: »Deine Brille hat die Polizei konfisziert.«

Cyn streicht ihr über den Oberarm. »Mach dir darüber jetzt keine Gedanken.«

Während Vi das Gespräch mit der Polizistin fortsetzt, sieht Cyn sich um. Weiter hinten knien Kriminaltechniker in Overalls und sammeln Beweisstücke auf. Cyn nähert sich, bis ein Uniformierter sie aufhält.

Sie erklärt, warum sie hier ist. »Der tote Junge hatte eine Brille auf, die mir gehört.«

»Bekommen Sie wieder«, entgegnet der Mann. »Sobald die Kriminaltechnik sie untersucht hat.«

Cyn hört ein seltsames Brummen, begreift, dass es das Vibrieren ihres Smartphones in der Handtasche ist.

Der Chefredakteur.

»Mit Ihrer Tochter alles in Ordnung?«, fragt er.

»Ja.«

»Bestens! Das freut mich! Gibt es vor Ort was zu berichten? Ist die Konkurrenz schon da? Sie könnten per Brille ein paar Exklusivinterviews mit der Polizei oder Ihrer Tochter führen. Wir senden gleich live!«

»Die funktioniert gerade nicht«, rettet sich Cyn. »Ich muss Schluss machen.«

Das wird ein Theater, wenn er erfährt, was wirklich mit der Brille passiert ist, denkt sie.

Unauffällig sieht sie sich um, sucht Spuren, schießt Fotos mit ihrem Smartphone. Sie stößt auf ein paar Blutflecken. Lean? Oder … Adam?

Cyn schluckt. Sie fragt sich, wie Vi und ihre Freunde in diese Geschichte hineingeraten sind. Und wie sie mit dem, was hier passiert ist, zurechtkommen werden.

Endlich ist Vi fertig. »Ich will nach Hause«, sagt sie. Ihre Stimme klingt erschöpft.

Auch Eddie hat seine Befragung hinter sich. »Hi, Cyn«, grüßt er sie kleinlaut. Er und Vi sind schon seit dem Kindergarten eng befreundet. Sie besuchen dieselbe Schule, wenn auch unterschiedliche Klassen. Für Vi ist Eddie wie ein Bruder. Was Vi für Eddie ist, darüber ist Cyn sich seit ein paar Monaten nicht mehr sicher.

Ein weiteres Mädchen gesellt sich zu ihnen. Ihre blonden Haare wirken verschwitzt, die Augen sind vom Weinen geschwollen. Sally, erinnert Cyn sich. Sie kennt sie von einigen seltenen Besuchen bei ihnen zu Hause.

»Ich kann meine Eltern nicht erreichen«, sagt Sally.

»Ihr kommt alle mit zu uns«, entscheidet Cyn.

Eddie studiert sein Smartphone und stöhnt: »Nein, ich muss nach Hause. Ich habe zu tun.«

Aus den Augenwinkeln erkennt Cyn auf seinem Bildschirm eine Reihe von Textmeldungen.

»Was meinst du – du hast zu tun?«, will sie wissen.

»Ich muss lernen.«

»Lernen? Jetzt? Nach all dem?«

Er hält ihr sein Handy hin.

Du solltest nach Hause zum Lernen, Edward: Mathematik, Physik, Geografie, Saxophon.

»Wer schreibt das? Deine Mutter?«

»Mein ... Phone.«

»Dein Telefon? Unsinn! Du wirst dir doch wohl nicht von deinem Telefon diktieren lassen, was du zu tun hast! Los, wir gehen jetzt.«

»Aber dann sinken meine Werte«, klagt Eddie.

»Was für Werte?«, hakt Cyn nach. »Hast du Zucker? Oder niedrigen Blutdruck?«

»Vergiss es«, sagt er und winkt ab.

An der Absperrung treffen erste Kollegen von Cyn ein, die lautstark Informationen über den Vorfall einfordern. Cyn kennt einige vom Sehen. Noch haben sie sie nicht entdeckt. Entschieden schiebt sie Eddie und Vi in die entgegengesetzte Richtung. Dabei bemerkt sie, dass auch ihre Tochter den Bildschirm ihres Handys mustert, auf dem sich mehrere Textmeldungen befinden. Sally folgt ihnen von allein. An einer unbeobachteten Stelle schlüpft Cyn mit ihnen unter der Absperrung hindurch, und sie tauchen zwischen den Schaulustigen unter.

Gerührt registriert Vi, dass ihre Mutter für den Heimweg ein Taxi herbeiwinkt, obwohl sie es sich eigentlich nicht leisten kann. Sie klettert mit Eddie und Sally in den Fond des Wagens.

Als das Taxi losfährt, beginnt Vi stockend zu erzählen, was passiert ist. Ihre Spielereien mit der Cyberbrille, die Entdeckung des Kriminellen. Adams Anruf bei der Polizei.

Sie kämpft mit den Tränen und gerät ins Stocken.

Während Eddie und Sally mit ihren Müttern telefonieren, kreisen Vis Gedanken beharrlich um ein Bild: wie der Arzt sich über Adam beugt und ihn noch auf dem Straßenasphalt für tot erklärt.

»Wir wollten Adam aufhalten«, sagt sie. »Aber er rannte einfach weiter, direkt hinter diesem Lean her.«

»Er hat in letzter Zeit öfter solche Sachen gemacht«, bemerkt Sally schniefend. »Er ließ sich einfach nicht bremsen.«

»Er hatte ja viel aufzuholen«, wirft Vi ein.

»Wie meinst du das?«, fragt ihre Mutter.

»Bis vor ein paar Monaten war Adam einer von denen, die total out waren«, erzählt Sally. »Dann wurde er aber echt cool.«

»Wahrscheinlich wollte er den Polizeieinsatz dokumentieren«, versucht Eddie eine Erklärung.

»Stattdessen hat er seinen eigenen Tod live ins Internet gesendet«, stöhnt Vi und spürt, wie ihr die Tränen erneut in die Augen schießen. »Wir konnten alles auf unseren Smartphones mitverfolgen. Wenn er es für den Rest der Welt freigegeben hat, läuft es wahrscheinlich schon in allen möglichen Nachrichtensendungen.«

Vi spürt den forschenden Blick ihrer Mutter. Sie wendet sich ab. Angestrengt blickt sie aus dem Fenster des Taxis, während Londons graue Straßen an ihr vorbeiziehen.

»Ho!«, ruft Henry, legt an und drückt ab. Hundert Meter entfernt zersplittert die Tontaube. Statt des Anzugjacketts trägt er jetzt eine ärmellose, dünn gefütterte Weste mit einem Lederfleck an der rechten Schulter.

»Ho!«

Die nächste Taube zerspringt.

Über den Hügel hinter dem Schießplatz sieht er den Mann näher kommen, den er erwartet. Henry nimmt den Gehörschutz und die Brille ab, hängt die Flinte in die Ellenbeuge und begrüßt ihn mit einem Kopfnicken.

Joaquim Proust war einmal Henrys Leibwächter, heute ist er Chef des globalen Sicherheitskonzerns, der sich unter seiner Führung vor Jahrzehnten aus Henrys persönlicher Personenschutzgruppe entwickelte. Er überragt Henry um einen Kopf; sein Gesicht zeigt die kantigen Patrizierzüge eines ehemaligen Elitesoldaten aus gutem Hause.

Auf dem Anwesen, kaum eine Hubschrauberstunde von Manhattan entfernt, weiß sich Henry in absoluter Abgeschiedenheit. Auch wenn Joaquim angesichts der Ereignisse des Presidents' Day die Vorkehrungen für einige Szenarios zu seinem Schutz neu überdenken muss.

Als Einzigen hat Henry ihn grundsätzlich in das Projekt Freemee eingeweiht. Von Beginn an wusste er, dass er dieses Investment mit allen Mitteln würde schützen müssen. Sobald bestimmte Stellen Freemees Potenzial erfassten, würden Begehrlichkeiten von verschiedenen Seiten ebenso wach werden wie Kritik. Um sich seiner Loyalität zu versichern, hat Henry Joaquim sogar zwei Prozent stiller Anteile an Freemee überlassen, von denen Carl nichts weiß. Auch von dem Experiment hat Henry Joaquim erzählt, als es nötig wurde, als es unerwartete Todesfälle gegeben hatte, von denen niemand etwas erfahren durfte.

Joaquim hält sich nicht mit langen Vorreden auf. »Es geht um den Freund des toten Adam Denham, Eddie Brickle, und um die britische Journalistin, nehme ich an.«

»In erster Linie«, erwidert Henry. »Eure Programme haben sogar mich alarmiert. Dabei sehen die beiden so harmlos aus wie alle anderen. Aber wenn die Algorithmen es sagen…«

»Es sind ähnliche Systeme, wie wir sie seit mehreren Jahren bei EmerSec zur Verbrechens- und Terrorbekämpfung beziehungsweise deren Voraussage verwenden. Du weißt, wie zuverlässig sie sind. Brickle wird von Carl über Freemee gesteuert, wir haben ein Extra-Auge auf ihn. Auch an Bonsant sind wir dran.«

»Ich möchte einen zweiten Fall Joszef vermeiden«, sagt Henry.

»Das wollen wir alle«, erwidert Joaquim. »Noch besteht kein Grund zum Eingreifen. Bei Joszef mussten wir sofort handeln, weil die Algorithmen ausgerechnet hatten, dass er mit über neunzig Prozent Wahrscheinlichkeit reden würde. Brickle und Bonsant liegen bei knapp zwanzig.«

»Was, wenn die eintreten?«

»Falls Brickle oder Bonsant tatsächlich auf die dreitausend Toten stoßen, setzen wir nacheinander die üblichen Mittel ein. Zuerst Ablenkung. Falls das nicht genügt, bieten wir ihnen ein Freemee-Aktienpaket, das sie reich macht.«

»Wir versuchen also, sie zu kaufen«, resümiert Henry.

»Ja. Eine Ausschaltung kommt nur im äußersten Notfall oder bei sehr günstigen Bedingungen infrage. So etwas droht immer auffällig zu werden.«

»In Ordnung. Sonst noch wer?«

»Nicht wirklich. Der Typ in Toronto, die zwei in L. A., zwei in Berlin und eine in Sydney liegen über drei Prozent. Sie spekulieren in Blogs und Artikeln. Legen aber keine Fakten vor. Sind also kaum gefährlicher als die üblichen Verschwörungstheoretiker. Vorzeigbare Fakten hat niemand zusammengetragen. Bislang sind wir nicht einmal auf jemanden gestoßen, der es auch nur versucht hätte.«

Henry lädt sein Gewehr. »Gut.«

Er setzt Ohrenschützer und Schutzbrille wieder auf, verabschiedet Joaquim mit einem Nicken, wendet sich um und hebt die Flinte. »Ho!«

Cyn räumt mit den Kindern das Geschirr weg, auf dem die letzten Reste der Pasta kleben. Die Küche ist noch erfüllt vom heimeligen Geruch der Spaghetti Bolognese, als es an der Tür klingelt.

Annie Brickle erdrückt Cyn zur Begrüßung fast, dann stürmt sie ins Wohnzimmer. Eddie weicht den besorgten Umarmungsversuchen seiner Mutter geschickt aus. Sie kommt direkt von ihrer Arbeit in einer Boutique und nimmt Cyns Angebot zu einem kleinen Schluck dankbar an. Sie und Cyn sind Freundinnen seit den Spielplatztagen der Kinder. Eddies Vater hatte Annie zwei Jahre später verlassen als Vis Vater Cyn. Der war bereits kurz nach der Geburt abgehauen. Zum Glück.

Annie drängt die Kinder zurück in die Küche, lässt sich auf einen Stuhl fallen und nötigt sie, noch einmal alles zu erzählen. Diesmal sind die drei gefasster als noch im Taxi. Der erste Schock ist vorüber, Cyn spürt, wie eine Mischung aus Trauer und Wut Vi und ihre Freunde erfasst.

Eddie überlässt das Reden den Mädchen und checkt wieder einmal eine Nachricht auf seinem Smartphone, die ihm scheinbar Sorgen bereitet. Kurz darauf unterbricht auch Vi ihre Erzählung und mustert ihr Telefon kritisch. Aufgeregt tippt sie darauf herum. Cyn nervt diese Unhöflichkeit der Kinder, die ihren Handys Vorzug vor den Menschen geben, mit denen sie sich unterhalten. Gerade will sie etwas dazu sagen, als auch ihr Telefon sich mit der Nummer eines Kollegen von einem Konkurrenzblatt meldet. Cyn tritt in den Flur und nimmt das Gespräch an.

»Deine Tochter war mit dabei!«, sagt er nach einer kurzen Begrüßung. »Wie fühlst du dich? Hast du ein schlechtes Gewissen?«

Eigentlich findet sie den Kollegen nicht so übel, im Gegenteil. Würde er nicht immer betonen, dass er glücklich verheiratet sei, könnte er ihr glatt gefallen. Aber diese Frage macht sie wütend.

»Warum sollte ich?«, fährt sie ihn an.

»Weil deine Tochter solche Dinge treibt?«

»Was für *Dinge*?«

»Keine Stellungnahme also?«

»Sicher nicht«, erwidert sie und beendet die Verbindung. Ihre Gedanken kehren an den Tatort zurück. Hat sie doch jemand von den Kollegen dort gesehen? Oder hat die Polizei Vis Namen herausgegeben? Sie will schon zurück in die Küche, als erneut die Türklingel läutet. In Erwartung, Sallys Mutter zu sehen, öffnet sie. Statt einer Frau stehen zwei Männer vor der Tür, einer hält eine kleine Videokamera vor dem Gesicht.

»Hi, Cynthia«, blökt der andere. »Hast ja voll die Exklusivstory! Ist deine Tochter da?«

»Falls du überhaupt weißt, was dein Nachwuchs treibt«, feixt der mit der Kamera. »Wir würden gern mit ihr sprechen.«

Cyn kennt beide. Kollegen von zwei üblen Revolverblättern. Sie drückt die Tür zu, doch der eine hat seinen Fuß in den Spalt geschoben.

»Und mit dir auch, wenn wir schon da sind. Bist du eine Rabenmutter, wie es Zero in seinem Video zu Adam Denhams Tod behauptet?«

Rabenmutter?

»Welches Video?«

»Sie kennt es noch nicht«, sagt der eine.

»Offensichtlich«, meckert der andere und klingt dabei wie eine Ziege.

»Also, Mutter oder Tochter, wer will zuerst?«

Mit einem deutlichen »Verpisst euch!« schlägt sie die Tür zu. Der laute Schmerzensschrei, mit dem der Typ seinen Fuß zurückzieht, verschafft ihr zumindest einen Hauch von Genugtuung.

»Aasgeier«, zischt sie und lehnt sich mit dem Rücken gegen die Tür.

»Das sind deine Kollegen«, erinnert sie Vi, die sich mit den anderen im Flur versammelt hat. »Glaubst du, so wirst du sie los?«

Von draußen hören sie Stimmen und Faustschläge gegen die Tür.

»Verd…«, flucht Cyn. »Die werden uns belagern. Und das ist wahrscheinlich nur die Vorhut. Von welchem Video redete der Kerl?«

Eddie hält ihr sein Smartphone entgegen. »Dieses hier, vermute ich.«


Zeros seltsames Wechselgesicht wandert durch die Aufnahmen privater Überwachungskameras aus der Mare Street, als wäre er wie ein Reporter mitten im Geschehen gewesen.

»Jetzt sind wir also so weit«, erklärt Zero. »Heute wurden in London zwei Menschen erschossen und mehrere schwer verletzt, weil ein gelangweilter Jugendlicher auf Menschenjagd ging.«

Während die Szenerie einfriert, bewegt sich Zero darin weiter, bis er neben – Adam Denham hält! »Mit einer schicken Datenbrille scannte er die Passanten«, erläutert Zero, während sich die Szenerie ändert, in den Blickwinkel eines Fußgängers, um den der Passantenstrom fließt. Cyn begreift, dass es der Blick durch ihre Brille auf Adam Denhams Nase ist. Vor ihm erscheinen Vi und Eddie im Bild!

»Scheiße«, entfährt es Vi. »Das sind wir.«

»Und das Ganze zeichnete er in seinem Freemee-Profil auf«, fährt Zero fort. »Hey, Eltern! Wisst ihr, was euer Nachwuchs treibt?«, ruft er, während ein blaues Viereck das Gesicht eines Mannes mit Schirmkappe einrahmt. Zu dem farbigen Kasten blenden ein Fahndungsfoto und ein Text ein:

Gesucht

Lean, Trevor

London

Geboren: 17.4.1988

Verbrechen: Einbruch, Diebstahl,

schwere Körperverletzung

Mehr >

»Wie es der Teufel will, entdeckt der Junge einen gesuchten Kriminellen. Ohne mehr über ihn zu wissen – ob er unter Anklage steht, bereits schuldig gesprochen wurde und flüchtig ist –, macht er sich daran, ihn zu verfolgen. Sein Unglück. Denn diese Entdeckung wird er nicht überleben.«

Im Schnelllauf wirbeln die Bilder weiter, bis Lean eine Pistole zieht und auf seinen Verfolger richtet. Dort stoppt die Aufzeichnung. Gnädigerweise.

»Was hat diesen netten Jungen zum Möchtegernsheriff gemacht? Der Wunsch oder die Lust aufzufallen? Nun, das ist ihm gelungen«, sagt Zero, nun in der Gestalt eines alten Mannes, und fährt in lieblichem Singsang fort: »Aber man kann dem jungen Mann keinen Vorwurf machen. Schließlich sind da draußen alle auf Menschenjagd. Banken, Kreditkartenfirmen, Supermärkte, Autohersteller, Kleiderproduzenten, alle. Suchmaschinen, so nennen sich manche Internetgiganten sogar.«

Für einen Moment meint Cyn in Zeros Gesichtszügen die des Google-Chefs zu erkennen, während er sich weiter in den Facebook-Boss verwandelt.

»Facebook – das Buch der Gesichter, nennt sich ein anderer dieser Giganten ganz offen«, erklärt Zero und setzt seine Verwandlungen fort. »Die hatten ja auch schon ihre Probleme und Skandale. Und haben trotzdem Milliarden Mitglieder. Das weiß ja schon die Klowand: Fresst Scheiße, Millionen Fliegen können nicht irren!« Kurz hält Zero inne, dann donnert er los: »Dann fresst diese Scheiße! Jeder von euch! Du! Genau du, der dieses Video gerade ansieht! Es kümmert dich einen Scheißdreck, was die über dich wissen oder was sie mit diesem Wissen tun! Aber wehe, es passiert etwas! Dann jammerst du! ›Wie konnte das nur geschehen? Warum dürfen die das? Das habe ich nicht gewusst!‹ Falsch! Das wolltest du nicht wissen! Solange die Internetkonzerne dir irgendwelche lächerlichen Vorteile bieten, bist du dabei. Hauptsache, du hast es bequem! Wie lange wollt ihr euch das noch gefallen lassen? Wehrt euch! Mich erwischt ihr nicht, ihr Datenoligarchen! Meine Seele steht nicht zum Verkauf! Im Übrigen bin ich der Meinung, dass Datenkraken zerschlagen gehören.«

*Hey, Eltern! Wisst ihr, was euer Nachwuchs treibt?*

Cyns Kehle schnürt sich zu. Das also haben die zwei Rüpel gemeint! Die ganze Welt kann ihre Tochter auf diesem Video identifizieren!

»Scheiße«, bemerkt Eddie. »Wir sind in einem Zero-Video…«

»Achte auf deine Sprache, junger Mann!«, ermahnt ihn seine Mutter. »Wer ist dieser Zero?«

»Mom!«, stöhnt Eddie.

Bevor jemand Annie antworten kann, klingelt erneut Cyns Handy. Die Nummer kennt sie.

»Hi, Cynthia«, meldet sich Anthony. »Wie geht es deiner Tochter? Das ist ja eine Geschichte! Hast du schon was geschrieben? Oder ein Video? Ein Interview mit deiner Tochter? Exklusiv beim *Daily*?«

Wortlos tippt sie den »Beenden«-Button.

*Über eure Reaktionen sollte ich eine Geschichte schreiben!*

Fast gleichzeitig melden sich Eddies und Sallys Telefone.

»Geht nicht dran«, warnt Cyn sie.

Draußen klopfen die Rabauken erneut an die Tür, rufen Cyns Namen. Sie zieht die Schultern hoch. »Es tut mir leid. Ich muss mich für meine Kollegen entschuldigen.«

»Mir tut es leid«, erwidert Vi. Hilflos fügt sie hinzu: »Dieses Video… Wir hatten keine Ahnung, dass so was passiert.«

Cyn verkneift sich eine Bemerkung über den Gebrauch gewisser Geräte und Anwendungen. Stattdessen tröstet sie Vi: »Wir alle kommen dabei nicht besonders gut weg. Geh lieber mit den anderen ins Wohnzimmer.«

Der Lärm draußen vor der Tür wird lauter, Cyn meint, mehr Stimmen zu hören. Ein Blick durch den Spion bestätigt ihre Befürchtungen.

»Großartig. Jetzt sind es schon fünf.«

»Meine Güte«, stöhnt Eddies Mutter. »Belagern die uns? Wie sollen wir denn an denen vorbeikommen? Kannst du nicht mit ihnen reden, so von Kollegin zu Kollegen?«

»Vergiss es. Die wollen ihre Story.«

Auf ihrem Handy leuchtet erneut Anthonys Nummer auf. Cyn ignoriert sie.

»Können wir die Polizei rufen?«

»Wenn die hören, dass ich selbst Journalistin bin, lachen die sich höchstens schlapp.«

»Heißt das, wir sitzen hier fest?«

»Nicht unbedingt«, bemerkt Eddie, über sein Smartphone gebeugt, auf dem er hektisch tippt und wischt.

»Hat eine deiner ActApps eine Empfehlung?«, fragt ihn Sally. Dabei fingert sie selbst auf ihrem Gerät herum. »Vielleicht gibt es ja sogar eine ActApp für solche Situationen. Für Öffentlichkeitsarbeit oder so. Warum hat uns nichts gewarnt?«

»Wurde ich gerade«, antwortet Eddie. »Was meinst du, wie ich drauf kam?«

»Ich auch«, bestätigt Vi. »Hat sogar unseren Wert gesteigert, wegen höherer Bekanntheit.«

»Krass!«, ruft Sally aus.

Cyn versteht nicht, worüber Vi und ihre Freunde reden.

»Was zum Teufel macht ihr da?«, fragt Eddies Mutter.

»Achte auf deine Sprache, junge Dame«, mokiert sich Eddie, ohne den Blick zu heben.

»Leute«, mischt sich Vi ein, »dafür brauchen wir doch keine ActApp! Die wollen eine Stellungnahme von uns? Sollen sie bekommen. Wozu brauche ich heute noch Journalisten, um eine Stellungnahme abzugeben?«

Großartig, denkt Cyn, meine eigene Tochter macht mich arbeitslos.

»Also, wir machen Folgendes…«, beginnt Vi.

Sobald sie ihren Plan erläutert hat, stellen sich alle neben der Tür mit ihren Handys auf. Der Sicherheitsriegel liegt vor, sodass die Tür nur eine Handbreit geöffnet werden kann.

Auf Vis Kommando öffnet Cyn die Tür. Draußen rufen die Reporter durcheinander. Von drinnen strecken alle sechs Anwesenden ihre Handys durch den Spalt und knipsen los.


Carls Laune durchdringt den Konferenzraum wie ein übler Geruch. Es ist das zweite Mal, dass Will seine Truppe an diesem Tag hat zusammenrufen müssen.

»Die jetzt auch noch«, ärgert sich Carl, während auf dem Wandschirm das Schlussbild von Zeros Video leuchtet. »Die nerven. Wer glauben sie zu sein? Savonarola? Howard Beale? V?«

»Wer ist Savoranola?«, hört Will jemand vor der Bildschirmwand flüstern.

Er erteilt Alice das Wort. Immerhin kann er sich auch in dieser heiklen Situation voll und ganz auf ihre Professionalität verlassen.

»Betrachten wir die positiven Aspekte der Aktion«, bemerkt Alice. »Pjotr«, fordert sie den Head of Statistics auf.

»Wie vorhergesagt, nutzt uns die Berichterstattung der vergangenen Stunden aus London«, erklärt dieser. »Besonders in den westeuropäischen Märkten sehen wir massive Zuwächse – der Newtown-Effekt. Dasselbe gilt für Zeros Kritik. Dafür haben wir sogar genaue Zahlen.« Er ruft eine Grafik mit bunten Kurven auf. »Es existiert eine deutliche Korrelation zwischen dem Anstieg von Betrachtern der Zero-Videos und dem Zuwachs unserer Nutzerzahlen. Seit Zeros Presidents'-Day-Aktion gestern sind beide Zahlen explodiert. Allein in den vergangenen vierundzwanzig Stunden haben wir über elf Millionen neue Nutzer gewonnen! Das haben wir durch keine unserer eigenen Marketingmaßnahmen je geschafft. Zeros Freemee-kritische Videos bescherten uns nachweislich besonders viel Zulauf.«

»Zu uns gibt es da auch was?«, fragt Carl empört. »Worüber beschweren sie sich denn?«

»Die Menschenratingagentur, die Beeinflussungsmöglichkeiten, das Übliche eben.«

»Die kritisieren uns, und das nützt uns?«, fragt Carl.

»Wieder der Newtown-Effekt«, sagt Alice.

»Zum Glück wissen sie das nicht«, lacht Will. »Sonst würden sie es wohl sein lassen.«

»Oder es ist ihnen egal.«

»Allerdings wird Zeros Popularität schnell verpuffen, wenn sie nicht bald ähnlich spektakulär nachlegen.« Pjotr präsentiert eine Kurve, die nach einem steilen Anstieg ebenso schnell wieder absinkt. »So sieht die wahrscheinliche weitere Entwicklung aus.«

»Schade«, bedauert Will. »Zeros Popularität wird nachlassen. Und wenn immer weniger Menschen Zeros Videos schauen, verringert das wiederum deren positive Auswirkung auf uns.«

»Stimmt«, bestätigt Alice. »Eigentlich sollten wir aktiv dafür sorgen, dass Zero möglichst populär bleibt.« Sie gibt den anderen Zeit, den Gedanken sickern zu lassen, bevor sie hinzufügt: »Ich hätte da eine Idee.«

»Zero zählt uns zu den Bösen, und du willst ihn fördern?«, fragt Carl.

»Du hast Pjotrs Zahlen gesehen«, meint sie.

Carl nickt. »Gut, und wie willst du das anstellen?«

»Die hysterische Berichterstattung über Zero zeigt es deutlich: Menschenjagden faszinieren die Leute! Umso mehr, wenn die Gesuchten die Gesellschaft spalten. Denkt einmal an die Jagd auf Edward Snowden. Die häppchenweise Berichterstattung. Das Rätselraten, wo er Asyl bekommt, wie es weitergeht. Hinter seiner Flucht könnte man direkt einen Scriptwriter vermuten.«

»Das hält maximal ein paar Tage vor«, wendet Will ein.

»Man kann das Interesse am Köcheln halten und regelmäßig aufwärmen«, entgegnet Alice. »Jede Serie funktioniert nach diesem Prinzip.«

Rasch fingert sie auf ihrem Handy herum, bringt ein Kinoplakat auf die Monitorwand: *Auf der Flucht.*

»Alter Film aus den Neunzigerjahren. Geht zurück auf eine noch ältere TV-Serie aus den Sechzigern. Falls ihr noch wisst, was Fernsehen ist.« Sie erntet ein paar Lacher. Will fühlt sich plötzlich alt.

»Serie wie Film handeln von einem Arzt, der wegen Mordes an seiner Frau gesucht wird, obwohl er unschuldig ist. Der ursprünglichen TV-Serie folgte das Publikum vier Jahre lang. Vier Jahre! Nur um zu sehen, wie ein Typ gejagt wird!«, fährt Alice fort.

»Du willst eine ähnliche Geschichte des Internetzeitalters inszenieren?«, fragt Will ungläubig.

»Wir haben die perfekten Zutaten. Der mächtigste Politiker der Welt ist auf der wütenden Suche nach Zero. Gleichzeitig genießt Zero Sympathien, weil er gegen die allgegenwärtige Bespitzelung auftritt.«

»Zeros Kopf oder Köpfe?«, hakt Will nach.

»Wahrscheinlich Köpfe«, erwidert Alice. »Wie viele Personen hinter Zero stecken, ist unbekannt.«

»Übermacht jagt Underdog«, sinniert Will, zunehmend von Alices Idee eingenommen. »War auch schon bei *Der Staatsfeind Nr. 1, Running Man* und *V wie Vendetta* ein Erfolgsrezept.«

»Und bei vielen anderen«, ergänzt Alice. »Diese Jagd wird

superkontrovers! Datenschützer und Privatsphärenjunkies in aller Welt schreien laut auf, Politiker aller Couleur schließen sich an. Was für eine Publicity! Die einen werden sich auf die Suche nach Zero machen. Andere werden Zero unterstützen. Das Duell zwischen Jäger und Gejagtem wird zu einer Schlacht zwischen Weltanschauungen. Das ist ganz großes Kino – bloß in der Wirklichkeit!«

»Aber wenn nicht einmal das FBI bisher Zero finden konnte…«

»Wir müssen ihn doch gar nicht finden. Es geht um die Suche! Je länger sie andauert, umso besser für uns! Bloß auffällig muss sie sein.«

»Die Sache hat nur einen Haken«, wirft Will ein. »Mit so einer Suche machen wir uns bei vielen Leuten unbeliebt. Die Sympathien der Leute gehören nun mal dem Underdog.«

»Kommt auf den Spin an, den man der Sache gibt«, meint Alice. »Bei uns in den USA gelten Chelsea Manning oder Edward Snowden für viele auch als Verräter. Darum geht es in unserer Angelegenheit aber nicht. Alles, was wir wollen, ist Zeros Bekanntheit steigern, weil diese uns Nutzer zutreibt. Aber du hast selbstverständlich recht: Wir müssen die Jagd von jemand anderem veranstalten lassen.«

»Und von wem?«, fragt Will. Er blickt sich in der Runde um auf der Suche nach einem Vorschlag.

Niemand antwortet, nur Carl tippt mit seinem Zeigefinger gegen den Mund, als denke er ernsthaft darüber nach. Schließlich sagt er: »Lasst mich kurz einen unserer Suchalgorithmen ein wenig umbauen.«

Mit seinem Tabletcomputer setzt er sich an Wills Schreibtisch und beginnt rasend schnell zu tippen.

»Schauen wir, wer am besten geeignet ist«, sagt er dabei. »Wir brauchen das richtige Medium und eine passende Person. Sie muss international funktionieren, eine Identifikation mit unseren Zielgruppen für die kommenden Monate ermöglichen, Kommunikation beherrschen. Je bekannter, desto besser«, zählt er auf. »Außerdem muss sie verfügbar sein. Und sie sollte ein Motiv haben, Zero zu suchen.«

»Ist das ein Ja?«, fragt Alice.

Will ist sich nicht sicher, ob Carl ihren Vorschlag ernst nimmt. Er selbst wäre klassischere Wege gegangen, doch es reizt ihn, Alice mehr Spielraum zu geben. Diese Frau hat Potenzial, so viel ist sicher.

Carl kauert weiterhin wie ein Besessener über seinem Tablet.

»So«, erklärt er schließlich. Mit einem schwungvollen Fingertipp schließt er seine Arbeit ab und schaut zufrieden in die Runde.

»Ich habe jemanden.«


Cyn liebt das Bild ihrer Kollegen vor der Wohnungstür. Wie sie der Handykamera mit geifernden Fratzen ihre eigenen Kameras und Mikrofone einer Waffe gleich entgegenstrecken! Und Cyn staunt über die Unverfrorenheit ihrer Tochter, die Aufnahme einfach auf ihren Onlineprofilen zu veröffentlichen. Dazu hat Vi in großen Lettern einen Text in das Bild montiert.

Ruhe in Frieden, Adam?
Gerade wurde unser Freund Adam Denham vor unseren Augen gewaltsam aus dem Leben gerissen. Unser grenzenloses Beileid gehört seinen Angehörigen. Auch wir trauern aus ganzem Herzen. Leider kennen die Boulevardmedien weder Trauer noch Respekt. Wir bitten sie

trotzdem, die Toten in Frieden ruhen und die Lebenden in Ruhe weinen zu lassen. Bitte teilt diese Botschaft mit euren Freunden, wenn ihr den »Reportern« und ihren Medien ein Zeichen geben wollt.

Vi hat die Namen der Reporter eingefügt sowie die der Medien, für die sie arbeiten. Cyn ist erstaunt über das Geschick und die Schnelligkeit, mit der Vi und Eddie Foto und Meldung zusammengestellt haben.

*Heute ist jeder ein Reporter.*

»Kaum fünfzehn Minuten online und schon mehr als zehntausend Likes, Favs, Yeahs und positive Kommentare auf sozialen Netzwerken«, stellt Vi zufrieden fest. »Schon über siebenhundert Mal geteilt!«

»Auf meinen Konten sieht es ähnlich aus«, berichtet Eddie.

»Bei mir auch«, sagt Sally.

»Komm, Mom, jetzt teil es auch«, fordert Vi sie auf.

Doch Cyn sträubt sich dagegen, die Meldung auf ihren ohnehin wenigen Profilen zu veröffentlichen. Eigentlich sollten sie von den Medien in Ruhe gelassen werden, wie es Vi in ihrer Meldung fordert. Sie sollten stumm bleiben dürfen, mit ihrer Trauer allein, bei sich. Zwar haben die Journalisten vor ihrer Tür und an den Telefonen keine Interviews bekommen, aber letztlich haben sie Vi und die anderen dazu gebracht, sich trotzdem zu äußern. Empfindet nur sie das als Niederlage?

Jetzt summt auch ihr Telefon wieder. Ausnahmsweise mal nicht Anthonys Nummer, der bereits x-mal angerufen hat. Cyn erkennt die ersten Ziffern der Nummer. Sie gehören zu einem großen TV-Sender. Sie zögert einen Moment, dann nimmt sie das Gespräch an. Die Frau am anderen Ende kennt Cyn flüchtig. Sie hat Vis Foto und Meldung gesehen. Sie fragt, ob Vi noch an diesem Abend in eine Talkshow zum Thema kommen will. Und Cyn gleich dazu. Die Elternrolle in der Geschichte sei ja diskussionswürdig. Insbesondere wenn man Zeros Video bedenke. Das hat sie also auch schon gesehen. Cyn lehnt dankend ab.

Vi lugt durch den Spion.

»Hoffen wir, dass es wirkt.«

»Vielleicht finde ich ja noch eine ActApp, die uns zusätzlich hilft«, meint Eddie, während er über das Display seines Smartphones wischt.

»Kannst du mir jetzt bitte endlich einmal verraten, welche Hilfe du von deinem Handy erwartest?«, fragt Cyn unwirsch. »Das ist doch kein Lebensberater.«

»Ja, das würde ich auch gern wissen«, mischt sich Annie ein.

Eddie und Vi wechseln einen Blick, den Cyn von ihnen kennt, seit sie Kinder sind. Ertappt!, besagt er. Darauf folgt ein kurzes Abwägen – hilft leugnen noch? Vergiss es, sie lässt nicht mehr locker.

Und das wird sie auch nicht tun.


»Naja, recht hilfreich sind unsere Handys inzwischen schon«, erwidert Vi. Vor diesem Tag hat sie sich gefürchtet. Ihre Mutter wird einiges nicht verstehen – wollen – von dem, was sie ihr jetzt wohl erklären muss. Das Beste wird sein, so wenig wie irgend möglich preiszugeben. Hoffentlich quatscht Eddie, der Besserwisser, ihr nicht rein.

»ActApps sind individuelle Ratgeberprogramme von Freemee für die verschiedensten Lebensbereiche, von Ernährung über Sport bis zu Mathe«, sprudelt er auch schon los. »Das ist nichts anderes als ein Coach oder Nachhilfelehrer oder schlauer Freund. Und wie du siehst, funktionieren sie ganz super! Was glaubst du, woher Vis gute Noten in den letzten Monaten kommen?«

»Ja klasse, danke, Eddie!«, motzt Vi ihn an. »Vielleicht, weil ich gelernt habe?« *So ein Idiot!* Mit einem Blick versucht sie ihn zum Schweigen zu bringen, doch Eddie lässt sich nicht aufhalten.

»Warum hast du denn überhaupt gelernt? Und so effizient noch dazu.«

»Und was ist mit dir?«, kontert Vi. »Deine guten Noten kommen aus dem Nichts, oder wie?«

»Ich verstehe nur Bahnhof«, wirft Cyn ein. »Geben euch eure Smartphones neuerdings Nachhilfe? Das wäre die erste wirklich nützliche Funktion.«

»Genau! Ist doch super, oder?«, bestätigt Vi. Sie wirft einen raschen Blick auf ihr Handy, das schon wieder einen Anruf meldet. Gut, dass sie auf lautlos gestellt hat.

»Viola!«, ermahnt ihre Mutter sie, während Vi den Anrufer wegdrückt. »Lenk jetzt nicht vom Thema ab, okay? Wie soll das denn funktionieren? Diese Programme kennen dich doch gar nicht. Wie sollen die dich da persönlich beraten?« Sie hält inne. »Ach du meine Güte. So viel wissen die durch Datenklau...?«

Eddie wirft einen vorsichtigen Blick zu seiner Mutter, die ebenfalls aufmerksam zuhört, bevor er seufzend fortfährt: »Nein, kein Datenklau. Ich habe den Spieß umgedreht und sammle meine Daten selbst. Bloß viel effektiver als die bisherigen Datendiebe. Einige Anbieter machen das neuerdings möglich, vor allem aus der Quantified-Self-Bewegung.«

»Der was?«

An der Art, wie ihre Mutter Luft holt, hört Vi förmlich, wie sie an den Neuigkeiten fast erstickt.

»So nennt man Leute, die sich selbst möglichst genau beobachten und alles an sich messen, sogar Ernährung und Körperfunktionen laufend aufzeichnen. Wachsender Trend.«

»Hypochonder hätte man früher dazu gesagt«, erwidert Cyn.

»Wieso?«, meint Eddie. »Auf die Art kannst du dein Leben ganz einfach verbessern. Fitness, Ernährung, Gesundheitscheck, Bildung – alles läuft über eine App. Aber auch die Daten aus allen anderen Quellen: soziale Netzwerke, Handy, Kredit- und Kundenkarten, sogar die GPS-Daten deines Autos können da hinein. So hast du alles beisammen und kannst mit dem Handy drauf zugreifen. Freemee und andere haben Systeme entwickelt, wie du deine Daten laufend in dein Konto einspielen kannst.« Er streckt ihr ein Armband mit Display an seinem Handgelenk entgegen. »Dazu zählen auch die Daten meiner Smartwatch. Sie misst meine Schritte, den Puls, Hautwiderstand, wo ich mich aufhalte, meinen Schlaf.«

»Quantified Self…«

»Du speicherst sogar deinen Puls und deine Schritte?«, fragt Eddies Mutter ungläubig, die offenkundig zum ersten Mal davon hört.

»Ja, Mom«, entgegnet Eddie mit verdrehten Augen. »Das ist nichts anderes als eine Weiterentwicklung der Pulsmessgeräte, die viele Jogger schon seit Jahren verwenden, nur dass ich die Smartwatch eben dauernd trage. Auf dieser Anzeige kann ich mir meine Werte laufend anzeigen lassen. So sehe ich genau, ob ich mich schon genug bewegt habe, ob ich ausgeglichen bin …«

»Um das zu wissen, brauche ich keine Uhr«, wendet Cyn ein.

»Aber auf diese Weise bekomme ich weit bessere Daten über mich, als sie die ganzen Schnüffler jemals zusammenklauen können. Und kann selbst tun, was bisher nur den großen Konzernen möglich war: Durch das Sammeln, Analysieren und Interpretieren von Daten kann ich die Chancen und Risiken für meine Zukunft ausrechnen und verbessern. Warum sollen nur Banken, Supermärkte, Versandhändler oder Kleidermarken über meine Aussichten Bescheid wissen? Am wichtigsten ist diese Information doch eigentlich für mich selbst, oder?«

»Das stimmt natürlich«, gesteht Cyn.

»Freemee hat bei der Datenanalyse und Voraussage nicht zu denken aufgehört«, erklärt Vi. »Es hilft uns nicht nur, unsere Chancen und Risiken zu berechnen, sondern diese Chancen auch zu nutzen und die Risiken zu vermeiden. Damit helfen sie uns, unser Leben zu verbessern. Das willst du doch auch, Mom, oder?«

Bevor Cyn etwas einwenden kann, fährt Eddie fort:

»Deshalb haben sie mithilfe von Psychologen, Soziologen und Fachleuten aus anderen Bereichen jede Menge kleiner Ratgeberprogramme entwickelt – sogenannte Action Applications, kurz ActApps, die dir für viele Lebensbereiche die passenden Empfehlungen geben.«

»Und ihr hört auf die?«, fragt Cyn entgeistert. »Du auch, Vi?«

»Ja«, gibt Vi zu. »Und wie du selbst siehst, wirkt es. Du könntest dich übrigens auch registrieren. Ich habe gehört, deren Partnervermittlerprogramme sind viel, viel besser als herkömmliche.«

Cyn ignoriert die Spitze. »Wie lange verwendest du die schon?«

»Neun, zehn Monate?« Sie zuckt mit den Achseln. Hoffentlich ist die Befragung bald vorbei.


Kurz bevor Vis Verwandlung begann, begreift Cyn sofort. »Auch Adam?«, fragt sie beiläufig.

»Natürlich«, wirft Sally ein.

»Waren also sie es, die ihn vom Daumenlutscher zum Draufgänger verwandelt haben?«

»Kann schon sein«, erwidert Vi. »Er wollte ja cooler werden. Die Programme haben ihm wahrscheinlich dabei geholfen. Genauso, wie es einem Psychiater oder Coach oder Freund gelungen wäre.«

»Dabei haben sie wohl über das Ziel hinausgeschossen«, bemerkt Cyn und möchte sich im nächsten Moment am liebsten die Zunge abbeißen.

»Klasse Wortwahl, Mom. Respekt.«

»Entschuldige, bitte. Wir sind wohl alle ziemlich durcheinander«, sagt sie.

Ihr Telefon zeigt eine SMS von Charly: »Boss richtig sauer. Solltest dich melden.«

Das war zu erwarten. Aber als Betroffene kann sie nicht unabhängig berichten, das sollte er kapieren. Trotzdem wird sie morgen richtig Ärger bekommen. Sie schiebt den Gedanken beiseite.

»Jetzt verstehe ich, warum die Programme so viel über euch wissen«, sagt sie. »Weil ihr sie mit euren Daten füttert. Aber damit können sie doch bestenfalls ungefähre und allgemeine Ratschläge geben. Wie sollen sie sich denn individuell auf einen Menschen einstellen?«

Vi zuckt mit den Schultern. »Keine Ahnung. Hauptsache, es funktioniert.«

»Es ändert sich gerade einfach superviel in dem Bereich«, belehrt Eddie sie großspurig. »Bloß bekommt das mal wieder kaum einer mit.«

*Ich zum Beispiel*, denkt Cyn und sieht verstohlen zu Annie.

»Was war, und was ändert sich?«, möchte sie wissen, obwohl sie Eddies Ton nervt.

Vi verdreht die Augen, doch Eddie lässt sich nicht beirren.

»Die längste Zeit waren Computerprogramme Rechenmaschinen. Du hast sie mit möglichst vielen Informationen gefüttert, und sie errechneten daraus ein Ergebnis. Im Prinzip war das ein gigantisches und weitgehend erfolgloses Speichern und Abrufen.«

Zu Cyns Ärger springt Eddies Blick während seiner Ausführungen immer wieder auf sein Smartphone, über dessen Touchscreen er wiederholt mit dem Daumen streicht. Das gleichzeitige Überfliegen der Nachrichten bremst seinen Redefluss jedoch in keiner Weise.

»Daher entwickelte man eine ganz neue Art von Programmen. Beim sogenannten Maschinenlernen rechnen sie nicht mehr, sondern lernen selbstständig. Einfach gesagt, probieren sie immer eine von zwei Möglichkeiten und messen das Ergebnis. Wenn es gut war, handeln sie in Zukunft wieder so, wenn es schlecht war, wählen sie die andere Möglichkeit. Das ist wie ein Kind, das auf eine heiße Herdplatte greift. Es lernt aus seinen Fehlern. Im Gegensatz zum Menschen benötigen sie dafür aber nicht Jahre, sondern Sekundenbruchteile. Dabei entwickeln sie ihre eigenen Regeln und Annahmen, die ihnen helfen, sich in ihrer Umwelt zu behaupten. Je nachdem, in welchem Umfeld du so ein Programm einsetzt, wird es unterschiedliche Strategien entwickeln und Ergebnisse liefern, um erfolgreich zu sein. Du hast vielleicht schon gehört, dass Computer inzwischen Schachgroßmeister besiegen und einem Menschen bei *Jeopardy!* keine Chance mehr geben.«

Cyn nickt, doch sie findet die Vorstellung beunruhigend.

»Du meinst, die ActApps lernen mich kennen, wie Menschen das tun? Indem sie mir auf eine Weise begegnen und dann ausgehend von meiner Reaktion wissen, ob sie damit falsch- oder richtiglagen?«

»Im Prinzip, ja. Und gemeinsam mit Big-Data-Analysen wie Muster- und Korrelationserkennung kennen sie dich irgendwann besser als du dich selbst.«

»Du verstehst es, einen zu beruhigen«, sagt sie trocken.

Sie versucht zu begreifen, was Eddie ihr da gerade erklärt. »Wie weit geht das? Betrifft das alle Bereiche des Lebens? Kann der Programmierer dann überhaupt noch nachvollziehen, wie das Programm zu seinen Entscheidungen kommt?«

»Je nachdem. Es gibt immer mehr Programmarten, bei denen man das nicht mehr kann.«

»Du meinst, dass dann niemand mehr weiß, warum das Programm zum Beispiel die Empfehlung zum Abschuss einer verdächtigen Passagiermaschine gab oder zur Ermordung eines mutmaßlichen Terroristen durch Drohnen? Dass ein Geheimdienstchef vor dem amerikanischen Senat sagen müsste: ›Wir wissen es nicht. Kein Mensch weiß es‹?«

»Das würde er so nicht sagen«, entgegnet Eddie. »Obwohl er es wohl müsste.«

Cyn schwirrt der Kopf. Am liebsten würde sie sich ausklinken aus dieser Welt. Aber das geht nun mal nicht.

»Die Kommentare auf unser Posting explodieren«, stellt Vi mit einem Blick auf ihr Handy zufrieden fest. »Und praktisch alle unterstützen uns.«

»Dann sind wir die Typen da draußen hoffentlich bald los«, seufzt Eddie.

Cyn beschließt, erst einmal nicht weiter nachzuhaken und später selbst zu recherchieren. Sie spürt einen heftigen inneren Widerstand gegen alles, was sie da hört. Sie will nicht glauben, dass die Science-Fiction-Geschichten ihrer Jugend von der Wirklichkeit längst überholt wurden – ohne dass sie es bemerkt hat! Andererseits muss sie zugeben, dass diese Ratgeberprogramme gut zu funktionieren scheinen. Auf Vi jedenfalls haben sie einen ausgesprochen positiven Einfluss gehabt. Trotzdem bleibt Cyn misstrauisch. Etwas an der Geschichte beunruhigt sie, auch wenn sie nicht genau sagen kann, was es ist. Bei aller Begeisterung über diese Ratgeberprogramme hat Cyn das Gefühl, dass die Kinder ihr nicht alles erzählen. Wieder brummt ihr Telefon. Anthony. Genervt nimmt sie das Gespräch an.

»Bekommen wir endlich eine Reportage?«, bellt er sie an.

»Jetzt sicher nicht.«

»Das ist Arbeitsverweigerung!«, keift er ins Telefon. »Du bist gefeuert! Morgen früh brauchst du nur mehr zu kommen, um dir deine Kündigung und deinen Kram abzuholen!«

Cyn drückt ihn weg. Im Augenblick gibt es Wichtigeres als den *Daily.*


Draußen vor der Tür ist es ruhig geworden. Cyn steht in der Küche am Fenster, zieht einen Vorhang leicht zurück. Auch im Licht der Straßenlampen und der fortgeschrittenen Dämmerung entdeckt sie keinen ihrer aufdringlichen Kollegen mehr. Unruhig fragt sie sich, ob Anthony seinen Wutausbruch ernst gemeint hat. Eine Kündigung kann sie sich nicht leisten. Sie spürt einen Anflug von Panik in sich aufsteigen.

Eddie fingert auf seinem Smartphone herum. »Über hunderttausend Yeahs, Likes und andere Zustimmungen«, meldet er. »Über viertausend Mal geteilt und retweetet. Erste Berichte in verschiedenen Medien.«

Cyn ist hin- und hergerissen. Ein Bild, ein paar Zeilen… diese Achtzehnjährigen setzen sie so routiniert und kaltschnäuzig ein wie die erfahrenen Reporter, die sie mit deren eigenen Waffen geschlagen und von ihrer Tür vertrieben haben.

»Ich denke, wir können jetzt aufbrechen«, stellt Eddies Mutter fest. »Wir bringen dich noch nach Hause«, sagt sie zu Sally.

Gemeinsam verlassen sie die Küche. Beim Hinausgehen fällt Cyns Blick auf Vis Handy, das sie auf dem Küchentisch liegen gelassen hat.

Umarmt euch herzlich zur Verabschiedung, Viola. Das tut euch allen gut. Edward braucht es besonders.

Rät das Telefon. Cyn fühlt einen Schauer über ihren Rücken laufen. Woher weiß der elektronische Ratgeber, dass Eddie und Sally gehen?

Vi umarmt Sally zum Abschied, Eddie drückt sie extralang, beobachtet Cyn. Ihre Tochter hört auf das Telefon.

Nachdem die anderen gegangen sind, tastet Vi als Erstes in den Hosentaschen nach ihrem Smartphone, findet es in der Küche, wirft einen kurzen Blick darauf und erklärt: »Jetzt sollte ich wirklich noch etwas lernen.«

»Sind diese Ratgeber immer so sensibel?«, fragt Cyn.

Vi hält ihr das Handy hin.

Lass Mathe heute bleiben. Die Zeit dafür ist ohnehin vorbei. Ich helfe dir, das Versäumte in den nächsten Tagen nachzuholen. Lern noch etwas Physik, das wird jetzt am besten gehen und dich beschäftigt halten.

Dazu ein Buchtitel, Seitenangaben und mehrere Links zu Seiten im Internet.

»Allerhand«, bemerkt Cyn. »Aber solltest du dich nicht lieber ausruhen?«, gibt sie zu bedenken, selbst noch immer aufgewühlt von den Ereignissen und verwirrt von der Meldung auf

Vis Handy. »Nach allem, was geschehen ist? Kommst du sicher damit zurecht?«, fragt sie besorgt. »Ich meine, euer Freund Adam…«

»Ich mache es nicht ungeschehen, indem ich nichts tue«, entgegnet Vi. »Ablenkung ist jetzt genau das Richtige für mich.«

Cyn fragt sich, ob Vi auch den Spruch von ihrem Handy abgelesen hat. Doch sie will sie nicht bedrängen. »In Ordnung. Ich bin da, wenn du etwas brauchst.«

»Danke, Mom.«

Sie umarmt Vi, drückt ihr einen Kuss auf die Stirn und entlässt sie in ihr Zimmer.

Nachdenklich steht Cyn im Flur, starrt auf die geschlossene Tür. Durch ihren Kopf flirren die Bilder des Tages. In der Hosentasche vibriert ihr Smartphone. Wieder einmal. Sie drückt den Anrufer weg, ohne auch nur einen Blick auf das Telefon zu werfen.


Auf Anthonys Schreibtisch klingeln vier Smartphones gleichzeitig. Seit Stunden wollen sämtliche Anrufer etwas über Cynthia Bonsant und ihre Tochter wissen. Sein E-Mail-Konto quillt über. Anthony kocht! Überall sind die Bilder der Polizei am Tatort zu sehen – und dazu jene von Cyn mit den Jugendlichen, die andere Journalisten außerhalb der Absperrung geschossen haben. Ebenso präsent ist der Schnappschuss, der Cynthias überraschtes Gesicht im Spalt ihrer Wohnungstür zeigt. Die Fotos tauchen inzwischen fast so oft auf wie die Screenshots von Adam Denhams Freemee-Konto mit Leans Identifizierung sowie Adams Blick in Leans Pistolenlauf. Und beim *Daily* müssen sie auf Agenturfotos zurückgreifen, obwohl ihre eigene Angestellte exklusiv vor Ort und deren Tochter sogar Tatzeugin war! In Großbritannien und Teilen Westeuropas hat Adam Denhams Tod den Presidents' Day bereits vom obersten Platz der Schlagzeilen verdrängt. Zeros neues Video dazu wurde mehrere Dutzend Millionen Mal gesehen. Himmel, der *Daily* könnte weltweit führend in der Berichterstattung sein, wenn Cyn kooperativer wäre!

Anthony weiß nicht, was ihn wütender macht – die vertane Chance oder Cyns Arbeitsverweigerung, die er als persönlichen Affront empfindet. Was glaubt sie eigentlich, wer sie ist? Morgen kann sie sich ihre Papiere abholen!

Von draußen klopft Mel, Chef der Anzeigenabteilung, gegen die große Glasscheibe, durch die Anthony den Newsfloor überblickt. Mit einer Geste fordert Anthony ihn zum Eintreten auf.

»Ich habe da eine Anfrage hereinbekommen, über die wir rasch reden müssen«, sagt Mel.

»Warum rasch? Als hätte ich hier nicht schon genug zu tun!«

»Weil sie mit dem Zero-Hype zu tun hat und mit unserer Kollegin Bonsant.«

»Sie ist nicht mehr unsere Kollegin. Ich habe sie gerade eben gefeuert.«

»Das solltest du dir besser noch einmal überlegen.«

»Weshalb sollte ich?«

»Weil ein potenzieller Kunde vier Millionen Pfund in eine Promotion bei uns stecken will. Bedingung ist, dass Bonsant die angekündigte Artikelserie über Zero macht, aber in modifizierter Form.«

»Schon mal etwas von der Trennung zwischen Anzeigenteil und Redaktion gehört?«, fragt Anthony mit spöttischem Unterton.

Mel lacht. »Der war gut!«

Anthony lacht mit ihm. Als er sich wieder gefangen hat, fragt er: »Warum Bonsant?«

»Weil sie durch Adam Denhams Tod, ihre Tochter und Zeros Video ein bekanntes Gesicht wurde…«

»Fünfzehn Minuten Ruhm…«

»…die der Kunde ausdehnen und für seine Zwecke nutzen will.«

»Reden wir jetzt von Jeffs und Cynthias Artikelserie oder von einer Promotion?«

»Ist ein und dasselbe.«

»Verstehe ich nicht. Wer ist der Kunde?«

»*Sheeld*, ein gut finanziertes Start-up, das Apps für die Privatsphäre programmiert.«

Anthony findet die Homepage des Unternehmens.

»Sheeld«, wiederholt er, während er den mageren Einführungstext auf der Startseite überfliegt.

»Verballhornung von *shield*, also Schild«, erläutert Mel. »Sie wollen weder Anzeigen schalten, noch fordern sie eine Erwähnung ihres Namens.«

»Verstehe ich noch weniger. Was soll ihnen unsere Serie dann bringen?«

»Der Typ hat mir das so erklärt: Durch Zeros Presidents'-Day-Aktion ist die Nachfrage nach Privatsphärenprodukten förmlich durch die Decke gegangen. Da Sheeld in ihrem Segment Marktführer sind, profitieren sie von der erhöhten Nachfrage automatisch am meisten. Ihnen genügt es also, wenn die Diskussion um Zero anhält. Das soll unsere – modifizierte – Serie mit Bonsant als bekanntem Gesicht erreichen.«

»Vier Millionen«, sagt Anthony. »Können wir gut gebrauchen. Du sagst ›modifiziert‹. Wie? Was soll Cynthia also tun?«

Vorsichtig wirft Cyn einen Blick durch den Türspalt auf Vi, die bereits schläft. Ihre Tochter atmet ruhig und regelmäßig. Sachte schließt Cyn die Tür. Die Geschehnisse des Nachmittags werden sie lange verfolgen.

Cyn setzt sich mit ihrem Laptop an den Küchentisch. Nach diesem Tag hat sie ein Glas Wein verdient, auch wenn nur eine billige Flasche aus dem Supermarkt im Schrank steht. Sie schenkt sich ein Glas ein und nimmt einen tiefen Schluck.

Als sie die ersten Schlagzeilen neben ihrem Bild sieht, verschluckt sie sich. Der Husten treibt ihr die Tränen in die Augen. Ungläubig überfliegt sie die Berichterstattung, in der sie selbst fast so oft vorkommt wie Adam Denham, wenn auch an zweiter Stelle und in kleinerer Schrift.

*Eltern, wisst ihr, was eure Kinder treiben?*

Ihr Gesicht im Türspalt wird von den Medien zum Symbolbild der ahnungslosen Eltern gemacht. Wütend überlegt sie, Kommentare dazu zu schreiben, lässt es dann aber lieber. Ihr E-Mail-Empfang quillt über vor Nachrichten. Zahlreiche Medien aus dem In- und Ausland wünschen sich eine Wortmeldung. Einige Nachrichten stammen von besorgten Freundinnen und Freunden, die sie telefonisch nicht erreicht haben. In kurzen Worten bedankt sich Cyn für die Anteilnahme.

In den Berichten auf den Nachrichtenseiten diskutieren erhitzte Passanten, empörte Politiker und aufgeregte Kommentatoren über die Brillen und die Gesichtserkennung und darüber, ob man sie verbieten oder zumindest wieder zurückfahren soll. Wie üblich beklagen Kritiker, dass Zehntausende Londoner Überwachungskameras wieder einmal ein Verbrechen nicht verhindert haben.

Sie rollen Adam Denhams Leben auf, seine behütete Kindheit und Jugend als einziger Sprössling einer Lehrerin und eines Bankangestellten.

Das einzige Kind!, denkt Cyn mit einem Kloß im Hals.

Auf den letzten Bildern der Berichte erkennt Cyn die Verwandlung Adams während der letzten Monate. Sofort muss sie an Vis Veränderung denken und an die eigenartigen Tipps auf den Handys der Kinder. Mit einem Mal scheint ihr Vis anständiges, wohlerzogenes Verhalten nicht mehr nur erfreulich, sondern verdächtig. Woher kam nach vier Jahren voller Trotz praktisch über Nacht dieses angepasste, gefällige Verhalten? Sie erinnert sich an den verdächtigen Blickwechsel mit Eddie, bevor die beiden widerwillig über die Ratgeberprogramme redeten. Hoffentlich ist sie nicht in die Fänge einer Sekte geraten!, schießt es Cyn durch den Kopf. Sie muss wissen, wer ihrer Tochter Ratschläge erteilt – und auf wen Vi hört. Waren es nicht dieselben Programme, die Adam Denham vom verschreckten Jungen zum Draufgänger machten? Wurde er nicht viel zu draufgängerisch?

Sie ruft Freemees Unternehmens-Homepage auf. Auf der Startseite prangt das Motto des Konzerns in dunkelgrünen Lettern:

*Unser oberstes Bestreben ist es, jedem Menschen die denkbar beste Entfaltung seiner individuellen Fähigkeiten zu ermöglichen und so ein friedliches, glückliches und für alle gedeihliches Zusammenleben auf der ganzen Welt zu schaffen.*

Na bumm, wenn es sonst nichts ist! Cyn scrollt weiter.

Mehrere fröhliche Gesichter schildern, was sie dank Freemees ActApps schon alles erreicht haben: bessere Schulnoten und Abschlussarbeiten erzielt, Klavier spielen gelernt, einen Partner gefunden, die digitale Privatsphäre zurückgewonnen, ein nettes Nebeneinkommen verdient, einen Arbeitsplatz gefunden …

Nebeneinkommen?

Sie klickt auf das entsprechende Video, in dem eine gut gelaunte junge Frau erzählt: »Jetzt verstehe ich, wie Google und Co. zu den reichsten Unternehmen der Welt wurden. Seit ich meine Daten bei Freemee selbst sammle, erhalte ich dafür Monat für Monat eine dreistellige Dollarsumme! Das zahlt sich wirklich aus! Fang auch du noch heute damit an, deine Daten selbst zu verwerten, statt dich ausspähen und ausbeuten zu lassen! Einfach bei Freemee registrieren – und los geht's!«

Eine dreistellige Summe? Hastig sucht Cyn das Profil ihrer Tochter. Es ähnelt den Profilen auf anderen sozialen Netzwerken, doch Vi hat vieles öffentlich gemacht. Fotoalben dokumentieren ihre Metamorphose während der vergangenen Monate. Am unteren Ende entdeckt Cyn den Button »Professional«. Wie das klingt! Sie klickt ihn an und findet eine Art Fieberthermometer, auf dem Vi offenbar angibt, wie viele ihrer Daten man erstehen kann und in welcher Qualität. Wenn Cyns armselige Interpretationsversuche stimmen, bietet ihre Tochter ihr gesammeltes Datenportfolio feil!

Wie funktioniert das? Was treiben diese Kinder? Ein Blick auf Eddies und Sallys Profile zeigt ihr, dass die beiden es ebenso halten. Entgeistert starrt Cyn auf den Monitor. Die halbe Welt empört sich über Datendiebstahl und Überwachungsskandale, während die Kinder ihre persönlichsten Informationen kurzerhand versilbern! Deshalb haben sich die beiden heute derart gesträubt, mehr preiszugeben! Hat sie doch richtiggelegen mit ihrem Gefühl, dass da mehr dahinterstecken muss. *Na warte, junge Dame, morgen früh ist die Schonzeit vorbei! Du hast einiges zu erklären!*


Im Pyjama sitzt Eddie unter der Bettdecke, den Laptop vor sich auf den Knien. Das kalte Leuchten des Monitors ist die einzige Lichtquelle im Raum und überzieht sein Gesicht und seine Hände mit einem bläulichen Schein. Er kann nicht schlafen. Sobald er die Augen schließt, stürmen die Bilder des Tages auf ihn ein. Adams Blick. Dieser ungläubige Blick, mit dem er sich, wie von einer unsichtbaren Wand im Lauf gestoppt, zu Eddie umwendet und zusammenbricht, als hätte ihm ein Alien die Knochen aus dem Körper gesaugt.

Eddie reißt die Augen weit auf, um diesem Blick zu entgehen. Noch immer schämt er sich, dass er im ersten Moment anhielt, bevor er auf Adams leblosen Körper zustürzte… auch wenn diese Reaktion nur ein Reflex war, gegen den er nichts tun konnte, aber schließlich können auch Reflexe falsch sein, feig, schwach.

Das Gefühl seiner Hände in dem warmen Blut auf Adams Brust, als er dessen Ausströmen zu stoppen versuchte, wird Eddie nicht los, so viel er sich auch wäscht. Seine unsichtbar befleckten Finger zittern über die Tasten und das Trackpad.

Sein Blick wandert über Adams Freemee-Profilseite, die das Unternehmen nur wenige Stunden nach Adams Tod zur Erinnerungsseite umgewidmet hat. Zahllose Kommentare äußern Trauer und Entsetzen. Wie hat das nur passieren können? Manche geben der Brille oder der Gesichtserkennung die Schuld. Das ist natürlich Quatsch. Die Brille hatte Adam sogar noch gewarnt und zum Halten aufgefordert. Die Frage ist ja eher, warum er ihr nicht folgte. Sonst hatte er die Ratschläge der ActApps im letzten Jahr auch immer beherzigt. Hatte sein Styling verändert, seine Frisur. Die Fitness-Apps mit seinen Daten gefüttert, daraufhin mit Rugby begonnen, weil das seiner Statur entgegenkam und sein zuvor ängstliches Gemüt forderte. Auf Adams Freemee-Profil findet Eddie zahlreiche Tabellen und Fotos, in denen Adam seine Fortschritte dokumentierte – gesteigerte Fitness-, Ausdauer- und Kraftwerte, Bilder beim Joggen mit Brustband, Gewichtheben, Selfies mit angespanntem Bizeps oder Sixpack. Vor zwei Monaten war er ins Schulteam aufgenommen worden, auch davon Bilder. Bei den Mädels war er ebenfalls plötzlich angekommen, nachdem er jahrelang als männliche Jungfrau verspottet worden war. Adam grinsend, die neuen Klamotten, der neue Haarschnitt, links und rechts je zwei Chicks im Arm, Adam mit einem Mädchen und noch einem und noch einem anderen.

Die ActApps haben Adam geholfen, ein cooler Typ zu werden. Wie Cyn heute sagte: vom Daumenlutscher zum Draufgänger.

Cyns Nachsatz fällt ihm auch ein.

*Haben sie dabei über das Ziel hinausgeschossen?*

Und Vis Reaktion, volley retourniert.

*Klasse Wortwahl, Mom.*

So ist Vi. Witzig, schlagfertig, clever, mutig. Und seit sie den schwarzen Kram weglässt, sieht sie richtig gut aus. Auch sie hat sich ziemlich verändert in den letzten Monaten. Gern hätte er sie jetzt an seiner Seite. Er weiß selbst nicht, wann genau es passiert ist. Sie kennen sich schon ewig und waren immer wie Geschwister. Aber seit ein paar Wochen – booom! Allerdings nur von seiner Seite, fürchtet er. Noch immer hat er nichts gesagt. Seit ein paar Tagen verwendet er eine Beziehungs-ActApp, die ihm gute Ratschläge gibt, aber Geduld von ihm fordert.

In Adams Bildergalerie stolpert er über ein Foto von ihr mit Adam. Sie lachen in die Kamera, Adam drückt sie mit einem Arm an sich, auf der von ihr abgewandten Hüfte entdeckt Eddie Vis Finger hervorragen, sie umarmt ihn ebenso wie er sie. Eddie spürt einen Stich. Nein, da war nichts zwischen den beiden. Obwohl sie einiges gemeinsam hatten, nicht zuletzt die starke Veränderung zur gleichen Zeit. Und beide liebten es!

Auch Eddie hat sich verändert. Wenngleich deutlich weniger

als Adam oder Vi. Aber in diesem Alter verändern sich ohnehin alle, dauernd, mal mehr, mal weniger. Auch ihm helfen die Ratgeberprogramme, natürlich, wie allen anderen, die er kennt. Von den wenigsten Eltern bekommen sie brauchbare Ratschläge.

Die beschweren sich bloß darüber, dass ihre Kinder stundenlang über ihren Handys und Computern kauern, aber selber hängen sie dauernd vor der Glotze. Na ja, Cyn nicht, soviel er weiß. Obwohl sich Vi jahrelang bitterlich über ihre Mutter beschwerte. Dabei hatte Eddie insgeheim immer mehr Verständnis für Cyn als für ihre finsterbleiche Tochter. Interessant, dass sie die Wandlung ihrer Tochter nicht mit so bissigen Worten kommentiert wie Adams, die scheint ihr ganz recht zu sein. Aber Vi lebt auch noch, Gott sei Dank! Doch sein bester Freund ist tot.

Unversehens überfällt Eddie Wut. Wut auf diesen Gangster, der Adam kaltblütig abknallte. Scheiße, wenigstens hat es ihn selbst erwischt! Ausgleichende Gerechtigkeit. Aber die macht Adam auch nicht lebendig. Eddie wird ihn nie wieder sehen. Nie mehr werden sie gemeinsam durch Kneipen ziehen, sich aus Liebeskummer oder Vergnügen besaufen, Nächte lang diskutieren, programmieren und spielen, gemeinsam Musik hören und den ganzen Scheiß machen, den man mit besten Freunden macht! Eddie steigt das Wasser in die Augen. Auch auf Adam ist er wütend. Warum war der Kerl so verrückt, dem Verbrecher nachzulaufen, obwohl alle Alarmleuchten blinkten?

*Haben die ActApps über das Ziel hinausgeschossen?*
*Klasse Wortwahl, Mom.*

Das vielleicht nicht, denkt Eddie. Aber. Er steht auf, stellt sich ans Fenster, starrt in die finstere Nacht hinaus. Im fahlen Schein der Stadt erkennt er die Konturen einiger armseliger Büsche in dem kleinen Garten, der hinter dem Haus liegt.

Aber die Idee? Konnte das passieren? Dass sie Adam so weit

brachten, die Kontrolle zu verlieren? Blödsinn. Andererseits. Sie haben Adam, Vi, Eddie und viele ihrer Freunde auch zu anderen Dingen gebracht. Bessere Noten, bessere Berufsaussichten, bessere Orientierung, was man in Zukunft machen will, wofür man geeignet ist, mehr Gesundheit, besserer Schlaf, alles Mögliche. Oft haben sie Eddie aber auch richtig gefordert, ihn an seine Grenzen gebracht. Ob beim Sport oder beim Lernen, beim Saxophonüben, im Umgang mit seiner Mutter, Lehrern oder unliebsamen Mitschülern. Manchmal hat er sich geärgert, gewütet und wollte aufgeben, doch schlussendlich hat er es immer geschafft. Haben sie ihn immer weiter gebracht. Und was war das für ein großartiges Gefühl! Seine Grenzen auszudehnen, Neues zu erreichen, Dinge zu schaffen, die man nie für möglich gehalten hätte! Er hat es nie erlebt, dass die ActApps ihn über die Kante stoßen. Haben sie das bei Adam getan? Warum sollten es die ActApps gewesen sein? Adam konnte weiß Gott welchen Antrieb gehabt haben.

Und wenn doch? Quatsch! Man entscheidet immer noch selbst, was man tut. Eddie löst seine verkrampften Finger vom Fenstersims. In seinem winzigen Zimmer beginnt er auf und ab zu tigern, drei Schritte in jede Richtung, was ihn noch nervöser macht.

Konsequent zu Ende gedacht, könnte Adam dann aber nicht das einzige Opfer sein. Freemee könnte viele User sehr selbstbewusst gemacht haben, so wie Adam. Sollten sie sogar. Na ja, eben nicht *zu* selbstbewusst. Konnten sie auch das Gegenteil bewirken, wenn auch unabsichtlich? Verzweiflung, Depressionen, gar Selbstmord wegen Nichterreichen von Zielen oder Überforderung? Weit hergeholt. Eigentlich müssten die Nutzer solcher Lebenshilfe-Programme glücklicher und erfolgreicher sein. Das müsste sich in irgendwelchen Statistiken widerspiegeln. Glückliche und erfolgreiche Menschen sind gesünder, begehen weniger Selbstmorde. Ob sich das in Sterbedaten abbildet? Vielleicht findet er die Zahlen sogar bei Freemee selbst, schließlich stellen dort Hunderte Millionen von Menschen ihre Daten zur Verfügung.

Eddie gibt einige Suchbegriffe ein. Als Ergebnis erhält er nur eine allgemeine Statistik über Freemee-Konten, die nach dem Tod des Nutzers in Erinnerungsseiten umgewandelt wurden. Eddie vergleicht die Zahlen mit den Sterbestatistiken Großbritanniens, der USA und anderer europäischer Staaten, die er über Suchmaschinen schnell findet. Er entdeckt keine Abweichungen.

In einem kleinen Fenster poppt eine Freemee-Meldung auf.

Um morgen fit zu sein, solltest du jetzt schlafen, Eddie.

*Ja, ja. Du klingst schon wie meine Mutter.*

Er klappt den Computer zu und geht in die Küche, um nach einem Snack zu suchen. Eigentlich soll er um diese Zeit nicht essen, ist schlecht für die Verdauung, für den Schlaf, für die Fitness. Aber heute darf er eine Ausnahme machen, selbst die ActApps mit ihren schlauen Tipps können ihm gestohlen bleiben! Chips, Kekse und Schokoriegel bewahrt seine Mutter in einem Schrank bei den anderen Lebensmitteln wie Nudeln und Mehl auf. Als sein Blick auf einen kleinen Papiersack fällt, auf dem Kartoffeln abgebildet sind, macht etwas in seinem Kopf klick. Er sieht hinein, findet darin Kartoffeln ähnlicher Größe.

Hülle. Fülle.

Eilig kehrt er in sein Zimmer zurück. Klappt den Computer wieder auf.

Sollte die Zahl der auf unnatürliche Weise verstorbenen Freemee-Nutzer eigentlich nicht unter jener in der Gesamtbevölkerung liegen? Tut sie aber laut Freemee-Daten nicht.

Dafür kann es mehrere Gründe geben, überlegt Eddie. Er tippt seine Ideen in ein Textdokument.

– Die Zahlen da wie dort sind nicht gut genug erfasst.

– Freemee ist nicht so wirksam, dass es in dieser Sache einen statistisch nachweisbaren Unterschied erreicht.

– Freemee existiert zu kurz, um schon erkennbare Veränderungen in Statistiken zu zeigen.

– Oder es ist so wie in einem Sack voller Kartoffeln.

In der Zwei-Kilo-Packung können sich zwanzig ungefähr gleich große Kartoffeln befinden. Oder drei sehr große und zehn kleine. Der Punkt ist: Solange er nicht in den Sack sehen kann, weiß er es nicht – nur eben, dass zwei Kilo drin sind. So wie bei der Toten-Statistik.

Aber was kann weniger Tote aufwiegen?

Eddie überlegt, doch ihm fällt nur ein Grund ein: Vielleicht gab es weniger Tote in gewissen Freemee-Nutzergruppen. Und mehr in anderen.

Er versucht neue Stichworte für die Suche in der Freemee-Datenbank. Der Service spuckt eine interessante Antwort aus:

»Aus Respekt vor den Verstorbenen werden Informationen zur Ursache des Todes nicht freigegeben.«

Eddie erfährt also nur, dass von allen Freemee-Nutzern eine gewisse Anzahl gestorben ist. Nicht in Erfahrung bringen kann er dagegen, wer diese Toten waren, wo sie lebten, wann und wie sie starben. Nur mit diesen Informationen jedoch könnte er seine These überprüfen. Er kann nicht in den Kartoffelsack hineinschauen. Eddie ärgert sich darüber, dass er nicht weiterkommt. Irgendwo im Internet finde ich diese Informationen sicher, denkt er. Vermutlich nicht ohne Weiteres. Selbst zu suchen ist sinnlos, dafür ist die Datenmenge zu groß. Ein kleines Suchscript müsste das schaffen, das Open-Data-Datenbanken und andere Quellen selbstständig durchsucht. Er schaut auf die Uhr. Drei Uhr morgens!

Fünftausend Kilometer weiter westlich herrscht seit Minuten Daueralarm in Joaquim Prousts Brille.

»Lass es, Junge«, flüstert Carl zu sich selbst. Vor ein paar Minuten machten ihn die automatischen Tracking- und Alarmsysteme auf Edwards Suche aufmerksam. Zuerst tippt Carl nur nervös mit den Fingerspitzen auf die Schreibtischplatte, beginnend an der linken vorderen Ecke, ein unbewusster, zwanghafter Reflex, und während sich die Finger systematisch nach rechts und dann in Reihen weiter nach hinten zurück nach links vorarbeiteten, verfolgt er Edwards Suche durch die Prototypen von Datenlinsen, die Freemee gemeinsam mit dem Institute of Technology entwickelt und die bereits in wenigen Jahren die Datenbrillen ersetzen werden. Von draußen strahlen die Lichter der Nacht, dringen leise die Geräusche der Stadt zu ihm, im Hintergrund flimmert Manhattans nächtliche Skyline. Carls Finger stoßen an die Schachtel eines Testgeräts, seine innere Anspannung steigt, und als Eddie immer noch weiter forscht, beginnt Carl mit nervöser Präzision die Gegenstände auf seinem Schreibtisch zu ordnen, ohne dass er es wirklich wahrnimmt. Er stellt und legt sie der Größe nach in Reih und Glied, die Lampe, das Etui der Datenbrille, den Tabletcomputer, die Ausdrucke, den restlichen Kram, mit exakt demselben Abstand dazwischen, rückt da noch etwas und dort, beginnt dann von Neuem. 17,8 Prozent Wahrscheinlichkeit hatten die Programme ausgerechnet. Mit 17,8 Prozent Wahrscheinlichkeit würde der junge Edward Brickle in London unbequem werden. Mit 82,2 Prozent Wahrscheinlichkeit würde er niemandem Schwierigkeiten machen, weder ihnen noch sich selbst. Doch Brickle hat die 17,8 Prozent gewählt. Carl hasst es, wenn sich die Menschen gegen die größere Wahrscheinlichkeit entscheiden, unberechenbar sind, Unsicherheit in seine Welt bringen. Die Lampe steht zu weit rechts, der Stapel mit den Papieren liegt etwas schief, zurechtschieben, jetzt passt es. Und wie Brickles Suchanfragen zeigen, ist er auf der richtigen Spur. Als Eddie eine kleine Pause einlegt, wird sich Carl der eigenartigen Parade auf seinem Tisch bewusst. Sie macht ihn noch wütender auf den Jungen. Mit einem Mal ist Carl wieder der Zweijährige, den eine Mittelohrentzündung fast taub zurückließ. Danach konnte er durch Hörgeräte zwar Stimmen wahrnehmen. Worte drangen an seine Ohren, sein Gehirn formte sie zu Sätzen, gab ihnen Sinn – aber trotzdem verstand er die Menschen nicht. Als ob die Leute nicht meinten, was sie sagten. Da halfen weder seine mathematische Begabung, die ihn bald als Wunderkind gelten ließ, noch, dass er mit zwölf sein erstes selbst geschriebenes Programm verkaufte. Den anderen blieb er so suspekt wie sie ihm. Bald fand er sich damit ab, dass er als arroganter Eigenbrötler galt. Er brachte sich Methoden bei, aus der Mimik und Gestik der Menschen um ihn herum grundlegende Botschaften abzulesen. Es war wie Mathematik. Augenbraue hoch bedeutete Skepsis. Oder Ratlosigkeit. Er legte sich sogar ein Verzeichnis von Mimiken, Gesten und Verhaltensweisen an, um zu vergleichen, zu verstehen. Bis eines Tages dieses Mädchen in der Klasse auftauchte. Der Lehrer setzte sie in die erste Reihe und behandelte sie anders als ihre Mitschüler. Sie redete nicht viel, und wenn, blieb sie sachlich, galt bald als arrogant, so wie er. Irgendwann sagte jemand: »Du passt perfekt zu Carl.« Bis dahin hatten sie kaum ein Wort gewechselt. Wahrscheinlich wäre es dabei geblieben, doch das Mädchen kam eines Morgens auf ihn zu und fragte: »Bist du auch Asperger?«

»Ich bin Carl Montik«, antwortete er verständnislos und kommt sich heute noch vor wie Forrest Gump, wenn er daran zurückdenkt. Zu Hause sah er den Begriff nach.

Schon die ersten Zeilen waren eine Offenbarung für ihn. Eine Stunde später war er ein neuer Mensch. Ein Gespräch mit seinen Eltern und einen Test bei einem Facharzt später war alles einfacher. Er hat Schwierigkeiten, Gefühle anderer Menschen zu erfassen und zu interpretieren, weshalb er lieber für sich bleibt. Er weiß, er braucht seine Routine und Ordnung. Nur wenn er sehr nervös wird, kippt er in hektische, körperliche Ordnungsaktivitäten ab, die ihm helfen sollen, überbordende Eindrücke unter Kontrolle zu bekommen. Was ihm nicht immer gleich bewusst ist. So wie jetzt gerade. Ruckartig richtet er sich auf und presst die Handflächen flach auf den Tisch.

Brickle ist clever genug und kann ausreichend programmieren. In wenigen Tagen kann er ein Suchprogramm schreiben, das ihm die notwendigen Daten im Internet zusammensucht. So viel Zeit bleibt Carl. Um Brickle davon abzubringen. Indem er Edwards Interessen auf andere Schwerpunkte lenkt. Nicht viel Zeit. Freemee ist ein mächtiges Instrument, aber kein schnelles. So grundlegende Veränderungen bewirkt es nicht binnen weniger Stunden, dazu braucht es Tage, eher Wochen oder Monate. Bis dahin muss Carl Zeit gewinnen, mit anderen Mitteln.

Er öffnet das Konto des Jungen durch die geheime Hintertür und ändert einige Einstellungen, damit die ActApps Eddie noch strenger an die Kandare nehmen. Bis jetzt ist der Junge Freemees Empfehlungen immer gefolgt.

Tu es auch weiterhin!, denkt Carl. In deinem eigenen Interesse.

Mit Eddie ist er vorerst fertig. Bleibt die Mutter seiner Freundin, diese lästige Journalistin. Für die Aufgabe, die Alice ihr zugedacht hat, braucht sie Hilfe. Diesmal muss er kein Suchprogramm starten, um jemand Geeigneten zu finden. Auf seiner Brille ruft er einen Kontakt auf, der ihm für diesen Einsatz passend scheint. Der ist zwar gerade auf Urlaub in Europa, entsprechend ist es bei ihm mitten in der Nacht. Trotzdem meldet sich der andere schnell und offensichtlich nicht verschlafen.

»Hast du solche Sehnsucht nach mir, dass du um diese Zeit anrufst?«, fragt Carls Gesprächspartner grinsend, »oder ist es so wichtig?«

Erbens Finger gleiten über das angelaufene Glas seines Cocktails. Er liebt das Gefühl der feuchten Kälte auf seiner Haut, mit dem er zuerst seine Spuren am Glas hinterlässt, bevor er die Undurchsichtigkeit nach und nach, Fingerstrich für Fingerstrich, entfernt und er auch von außen klaren Durchblick gewinnt. Das Klirren der Gläser, das Scheppern des Geschirrs, Stimmen in allen Tonlagen und die Musik weben einen dichten Geräuschteppich in dem exklusiven Club, der jeden Versuch, jemanden abzuhören, so gut wie unmöglich macht.

Äußerlich gelassen steht Erben Pennicott an der Bar, winkt mal dahin, zeigt mal dorthin in den Raum. Er kennt fast alle der Anwesenden, so wie alle ihn kennen. Die Mitglieder sind handverlesen, Personenschutz benötigt Erben nicht. Ihm ist bewusst, dass er mit seiner Anwesenheit hier nach Zeros Presidents' Day ebenso ein Zeichen setzt wie mit der Wahl seines Gesprächspartners, der neben ihm an der Bar Platz genommen hat. Seine Gegenwart signalisiert: alles nicht ernst zu nehmen. Und stärkt dem Mann den Rücken. Ein Mann, mit dem Erben noch einiges vorhat. Vorerst aber müssen sie einige Dinge besprechen.

»Der Präsident möchte wissen, ob das neue Zero-Video eine Spur zu den Typen bringt«, sagt Erben. Er hasst das Thema. Jede weitere Beschäftigung mit diesen Aktivisten hält er für reine Zeitverschwendung. »Die demonstrieren, wir regieren«, hatte ein deutscher Politiker einmal so treffend formuliert. Mit dem Presidents' Day hatten sie ihre fünfzehn Minuten weltweiten Ruhm als Triebabfuhr, als Selbstbefriedigung der Machtlosen. Wäre der Präsident nicht selbst ein solcher, zudem maßlos eitel und persönlich gekränkt, Erben würde die Sache abschließen. Zumal die Aufmerksamkeit bereits abflaut. Keine Toten? Keine Terroristen? Nächstes Thema. Trotzdem muss Erben wenigstens die Frage stellen.

»Bislang nicht«, erklärt Jonathan Stem. »Unsere größte Hoffnung bis jetzt waren die Mobilfunkkarten aus den Drohnen. Doch sie führten zu nichts. Die Untersuchung der digitalen Spuren zeigt zwar erste Tendenzen, aber wir sind weit davon entfernt, reale Personen zu identifizieren.«

»Wir haben das mächtigste Überwachungssystem aller Zeiten geschaffen und die ganze Welt zu einem Panopticon gemacht, trotzdem finden wir diese Hosenscheißer nicht?«

Jon zuckt bedauernd mit den Augenbrauen. »Dass wir alles sehen und hören können, heißt nicht, dass wir es auch sehen oder hören. Du kennst die Schwächen des Systems. Eine ganze Menge Daten verschwinden auf Nimmerwiedersehen im Bauch der Maschinen.«

»Du weißt, wie wichtig dem Präsidenten die Sache ist.« Jon nickt. »Aber eigentlich will ich darüber gar nicht reden«, fährt Erben fort. »Das ist Geschichte. Freemee. Was weißt du darüber?«

»Erfolgreiches Internet-Start-up für individualisiertes Daten-sammeln und -verwerten. Wenn die so weitermachen, gehören sie irgendwann zu den ganz Großen.«

Erben fixiert Jon mit einem harten Blick, für einen Moment lässt er den Sound des Clubs in ihr Gespräch dringen, um sicher-zugehen, dass sich elegant darin verwebt und nur für Jons Ohren hörbar ist, was er als Nächstes sagt: »Wir brauchen die Kontrolle über dieses Unternehmen.«

Jons Augen sind fast so unleserlich wie Erbens, trotzdem weiß der Stabschef, was sein Gegenüber jetzt denkt. Jon ist clever, flei-ßig, loyal und bekommt Dinge geregelt. Aber Visionen hält er für etwas, womit man besser zum Arzt geht. Deshalb versteht er nicht, was Freemee für sie tun kann. Für ihn, Erben Penni-cott, tun kann. Und auch für Jonathan Stem, wenn er denn will. Wenn er begreift. Gerade überlegt er verzweifelt den Grund für Erbens Forderung.

»Wir?«, fragt Jon.

Ein Ausweichmanöver, um Zeit zum Nachdenken zu gewin-nen, weiß Erben.

»Du. Ich. Der Präsident. Wir. Du weißt schon.«

Natürlich muss er für Jons Loyalität hier den Präsidenten er-wähnen. Auch wenn der nichts damit zu tun hat. Gar nichts, im Gegenteil. »Eine Bedingung erschwert die Aufgabe. Eine andere macht sie leichter.«

»Das gleicht sich dann ja aus.«

»Entscheidend ist, dass unsere Kontrolle unbekannt bleibt«, fordert Erben. »Das macht die Sache schwierig. Nach außen soll sich nichts ändern. Das Führungspersonal, insbesondere Carl Montik, muss vorerst bleiben. Er ist Freemees Superhirn. Auch die Investoren sollen weiterhin ihr Geld verdienen. Offiziell sind es etwa ein Dutzend Wagniskapitalgesellschaften, deren eigentliche Besitzer aber nicht alle bekannt sind. Ist auch gleichgültig. Sie müssen davon gar nichts erfahren.«

Zu Erbens Vergnügen kann Jon seine Verwirrung für einen Sekundenbruchteil nicht völlig verbergen.

»Das ist nämlich der Punkt, der die Sache leichter macht: Eigentlich brauchen wir nur die Kontrolle über Carl Montik. Er hat das System entworfen und geplant. Er hat die grundlegenden Algorithmen entwickelt und geschrieben. Er koordiniert und kommandiert die Programmierer.«

An seiner reduzierten Mimik erkennt Erben, dass Jon im Ansatz zu begreifen beginnt, worum es gehen könnte. »Wir brauchen einen Draht zu Montik«, fährt er fort. »Einen direkten. Einen stabilen. Einen sicheren. Einen geheimen. Einen, an dem er widerspruchslos hängt. Finde einen Weg. Jeden, der notwendig ist. Je früher, desto besser.«

**LotsofZs:**

War ein bisschen ein Schnellschuss. Hätten die Kids nicht so bloßstellen sollen.

**ArchieT:**

Haben sie doch selbst getan. Live den eigenen Tod übertragen!

**Submarine:**

Und die Mutter?

**ArchieT:**

Genau darum geht es doch: In dieser vernetzten Welt hängst du immer mit drin.

**Snowman:**

Ich für mein Teil werde den Rest des Abends abhängen. Ciao!

# Mittwoch

Zeit zu schlafen, Eddie. Hier sind ein paar wunderbare
Einschlaftipps:

Zum wiederholten Male ermahnen die ActApps Eddie nun
schon. Sie nerven. Und sie können auch nicht alles wissen. Wie
sollten sie ihm für eine solche Ausnahmesituation die richtigen
Tipps geben? Sein bester Freund ist tot. Ermordet. Wie oft geschieht das schon in Großbritannien, in einem vergleichbaren
Umfeld? Nicht oft genug, dass die Programme daraus die opti-
malen Schlüsse ziehen und Empfehlungen geben können, da ist
sich Eddie sicher. Sie sehen nur, dass es fast schon wieder Morgen und er noch immer wach ist. Vielleicht haben sie sich auch
bei Adam so vertan?

Eddie öffnet sein Freemee-Konto und deaktiviert die Ratgeberfunktion. Keine guten Tipps mehr vorerst. Seinen Datenwer-
ten wird das zwar nicht guttun, aber er muss sich jetzt konzentrieren. Einen Augenblick lang fühlt er sich seltsam, ein wenig
verloren, als ihm bewusst wird, dass er seine digitalen Berater
zum Schweigen gebracht hat – wenn auch nur vorübergehend –
und völlig allein unterwegs ist. Auf sich gestellt.

Er kehrt zurück ins Codierungsprogramm, wacher denn
je. Einige Male muss er noch Spezialforen zu Rate ziehen. Er
braucht möglichst viele Open-Data-Quellen, in denen er die gesuchten Daten womöglich findet. Die kann er natürlich nicht

alle selbst suchen, das Programm muss sie finden. Seine Quellen werden nicht nur Zahlen und Statistiken sein, sondern auch Texte. Daher muss das Programm semantische Fähigkeiten besitzen, also auch aus Texten Informationen gewinnen können. Eddie hat damit bereits erste Erfahrungen, aber er sucht in den Foren nach weiteren Tipps und Tools. Wolfram Alpha wird er auch einbeziehen. Er muss Qualitätssicherungsschleifen einbauen, die Daten sinnvoll verknüpfen, und sich über einige Statistikdetails schlaumachen.

Als er sich schließlich zufrieden und erschöpft zurücklehnt, stellt er fest, dass es sich gar nicht mehr lohnt, noch ins Bett zu gehen. Egal. Dann wird er sich mit einer kalten Dusche für den Tag frisch machen. Mit einem schwungvollen Hieb auf die Returntaste schickt er sein Suchprogramm los. Er rubbelt sich durch die Haare, räumt den Bildschirm auf, entdeckt in einem Browserfenster noch sein Freemee-Konto, in dem er die Ratgeberfunktion ausgeschaltet hat. Um sie zu reaktivieren, müsste er sich anmelden. Er will gar nicht wissen, welche Vorwürfe ihm die ActApps nach der durchwachten Nacht machen werden. Das kann bis nach der Dusche warten.


»Du verkaufst dich!«, empört sich ihre Mutter.

*Früher oder später musste sie ja dahinterkommen*, denkt Vi. Seelenruhig streicht sie ihr Frühstücksbrötchen und antwortet: »Besser ich als jemand anders. Sieh es doch mal realistisch. Ich verkaufe nicht mich, sondern meine Daten. Na und? Die längste Zeit wurden wir über den Tisch gezogen, du noch immer! Du gibst Daten im Wert von mehreren Tausend Pfund pro Jahr preis, im Tausch gegen deine Gratis-E-Mail und eine Suchmaschine! Von mir kriegt niemand einfach so eine komplette Sammlung meiner Daten. Ich sammle sie selber und viel mehr, als mir die Datendiebe jemals klauen können. Deshalb sind meine Daten auch wertvoller als die aller Datenhändler.«

»Du hast auch so eine …« Cyn zeigt auf Vis Handgelenk.

»Smartwatch. Oder Wearable, Smartstrap und so weiter. Damit ich besser über mich Bescheid weiß.«

»Die Geräte müssen doch ein Vermögen kosten?«

»So teuer sind die nicht. Diese kostet ungefähr achtzig Pfund, wenn man sie im Laden kauft.«

»Wie bitte? Das nennst du *nicht so teuer*?«

»Reg dich ab. Ich musste überhaupt kein Geld dafür ausgeben. Für meine Daten kriege ich bei Freemee sogenannte Frees. Das sind so Bonuspunkte, die ich online einlösen kann, wenn ich was kaufen will. Nicht nur bei Freemee, sondern auch anderswo im Net.« Sie beißt ein Stück ihres Brötchens ab, dann fährt sie fort. »Außerdem sind das keine Ausgaben, sondern Investitionen. Mein Datenpaket wird dadurch umfangreicher, exakter und wertvoller.« Sie lacht. »Erwachsene können sich die Frees übrigens als Geld aufs Konto überweisen lassen.«

»Das ist … das ist …«

»Ziemlich genial, ja«, bemerkt Vi.

»Und wie viele Frees bekommst du da so?«

*Oje.*

»Je nach abgerufenen Daten. Letzten Monat habe ich etwa zweihundertvierzig Frees bekommen.«

»Wie viel Geld ist das?«

»Rund hundertsechzig Pfund«, sagt Vi möglichst beiläufig, um die Summe kleinzureden. Klappt natürlich nicht.

»Einhundertsechzig Pfund?« Ihre Mutter betont jede Silbe, ihr Gesicht zeigt ungläubiges Staunen. »Da brauchst du ja gar kein Taschengeld mehr!«

»Was für Taschengeld? Die paar Pfund im Monat.«

Als sie Cyns Blick sieht, bereut sie ihre Worte sofort. »Sorry, das war gemein.« Sie weiß ja, wie bitter sich ihre Mutter die bescheidene Summe jeden Monat abspart.

»Wie kommen die auf diesen Wert?«

»Steht alles auf der Homepage. Im Prinzip ist es die Summe, die ich pro Jahr zum Ausgeben zur Verfügung habe, für Essen, Haushalt, Kleidung, Freizeit, außerdem bin ich als junge Erwachsene eine wichtige Beeinflusserin meiner Eltern bei Kaufentscheidungen, minus diverser Handlinggebühren bei Freemee und den Datenkäufern, minus deren Gewinn, anderer Kosten und so weiter ... Überleg mal, was du allein für Lebensmittel pro Monat ausgibst. Jede Supermarktkette ist scharf auf dein Geld.«

»Hast du dir schon einmal Gedanken gemacht, was die mit deinen Daten machen?«, fragt Cyn beherrscht. »Du hast doch keinerlei Privatsphäre mehr.«

»Privatsphäre!«, lacht Vi. »Darf ich dich an deine Kollegen gestern erinnern? An flächendeckende Überwachungskameras in London und vielen anderen Landesteilen? Ganz zu schweigen von der Totalüberwachung durch die Geheimdienste? Google, Facebook und alle anderen Datensammler? Privatsphäre!«, lacht sie noch einmal, diesmal lauter. »Mom, seit ich ein Kind bin, weiß ich, dass überall Kameras hängen. Dass aufgezeichnet wird, wann immer man mit seiner Kredit- oder Kundenkarte zahlt. Dass unsere Smartphones jede Bewegung sichern und weitergeben, genauso wie die Adressen und Telefonnummern unserer Freunde. Dass Geheimdienste, Banken, Supermärkte und inzwischen unsere Kaffeemaschinen Charakterprofile von uns anlegen.« Sie zuckt die Schultern. »Wir sind halt so aufgewachsen. Mobiltelefone und das Internet kamen vor meiner Geburt in die

Welt. *Eure* Generation hat diese Welt für unsere gebastelt. Wir waren das nicht. Also regt euch nicht darüber auf.«

»Unsere Generation? Ich habe mein Tagebuch noch mit einem Schloss versperrt.«

»Was stand denn so Besonderes drin?«, erwidert Vi grinsend. »Hattest du keine Freundinnen, mit denen du drüber sprechen konntest?«

»Aber nicht in aller Öffentlichkeit.«

Typisch, ihre Mutter versteht sie mal wieder nicht. Vor einem Jahr hätte das Vi noch auf die Palme gebracht. Die ActApps haben ihr beigebracht, mit Dinosauriern gelassen zu bleiben. »Wenn sich sowieso alle ein Bild von mir machen, gestalte ich es doch am besten selbst mit.« Sie seufzt. »Schon die alten Griechen haben sich über die jungen Griechen aufgeregt. Weil sie die Schrift verwendet haben! Du bist genauso.«

Ihre Mutter zerbröselt unbewusst ihr Sandwich zwischen den Fingern, bemerkt Vi.

»Du könntest deine Daten bestimmt noch besser verwerten als ich«, ködert Vi sie. »Schließlich hast du viel mehr Möglichkeiten als ich, mit deiner Kreditkarte, dem Bankkonto und deinen ganzen Kundenkarten. Geld kannst du doch immer brauchen. Und nach den heutigen Schlagzeilen sind deine Daten bestimmt viel mehr wert.«

»Welche Schlagzeilen?«

»Sag bloß, du hast die noch nicht gelesen.« Sie zückt ihr Handy, sucht die News und hält sie Cyn vor die Nase.

Noch immer steht Adams Bild ganz oben, doch darunter kommen gleich die Schnappschüsse von Cyn am Tatort und im Türspalt daheim.

»Ihre Brille«, schreibt eine Schlagzeile dazu.

»Die Polizei hat bekannt gegeben, von wem Adam das Gerät hatte«, erklärt Vi. Sie ruft weitere Seiten auf. »Hey, du bist über Nacht ziemlich bekannt geworden. Dein Gesicht steht für alle Eltern, die sich nie richtig für uns und die neuen Techniken interessiert haben, weil sie glauben, dass Ältere sowieso immer schlauer sind als wir.«

»Zeig her«, verlangt ihre Mutter und nimmt ihr das Gerät ab. Sie streicht über den Touchscreen, wird bleich.

»Nimm's nicht so tragisch«, tröstet Vi sie. »Deine Bekanntheit steigert auch meinen Wert. So ist sie immerhin für was gut. Aber vielleicht fängst du ja jetzt wirklich an, mit der Zeit zu gehen.«

Sie holt sich das Handy zurück. »Ich schicke dir eine Einladung. Falls du dir einen Beitritt überlegst, mach es über mich! Dann bekomm ich einen Bonus.«

Wieder erntet sie einen dieser fassungslosen Blicke.

»Willkommen in der Gegenwart, Mom.«


Der Termin mit Anthony bereitet Cyn während der Fahrt ins Büro Sorgen. Was soll sie tun, wenn er ihr wirklich kündigt? Um die Panik niederzukämpfen, lenkt sie ihre Gedanken auf die Diskussion mit Vi. In ihrer Aufregung über die Entdeckung von Vis Datenverkauf hat sie gestern Abend völlig vergessen, sich das Unternehmen selbst anzusehen. Wer steckt eigentlich hinter diesem Laden? Auf der Informationsseite zum Management findet sie fünf Gesichter. Will Dekkert, ein Mittvierziger mit ersten grauen Strähnen im kurzen Haar und Dreitagebart, ist Vorstand für Marketing und Kommunikation. Sie dachte immer, Dotcom-Milliardär kann man nur werden, wenn man jünger ist als dreißig. In seinem Lebenslauf liest sie, dass Dekkert gar nicht zu den Gründern gehört. Ebenso wie sein Vorstandskollege Kim Huang. Ins Leben gerufen wurde Freemee vor zwei Jahren von drei anderen, die alle unter dreißig sind. Jenna Wojczewski, Carl Montik, Joszef Abberidan. Wusste sie es doch. Der Dritte ist nicht länger dabei, er wird sich inzwischen schön ärgern bei den Gewinnen, die das Unternehmen wahrscheinlich einfährt. Cyn sucht nach ihm, solche menschlichen Geschichten interessieren sie immer. Nein, der Dritte ärgert sich nicht mehr. Joszef Abberidan, ehemaliger Vorstand für Statistik und Strategie, verunglückte vor zwei Monaten bei einem Autounfall. Auch Milliardäre sterben, denkt Cyn.

Sie sucht weitere Informationen zur Historie des Unternehmens und findet jede Menge Artikel. Im jungen Markt der persönlichen Datenspeicher und -verwerter scheint Freemee unangefochtener Platzhirsch mit hundertsiebzig Millionen oder mehr Nutzern. Manche sagen der Firma bereits eine Zukunft wie Facebook oder gar Google voraus. Doch nach allem, was Cyn in den letzten Jahren von dieser Branche mitbekommen hat, wurde das schon vielen prophezeit und war meistens bloß geschickt gestreute PR.

Als Cyn den Maschinenraum betritt, ebbt das beständige Murmeln der Kollegen für einen Moment deutlich ab. Sie tut so, als bemerke sie es nicht, strafft sich und geht zu ihrem Arbeitsplatz. Sie ist noch nicht angekommen, da hört sie schon Anthonys Stimme, die quer durch den Saal brüllt:

»Cynthia, in mein Büro!«

Auf dem Weg dorthin muss sie zwischen den Tischreihen hindurch an den Augen aller Kollegen vorbei. Ein Spießrutenlauf! Unwillkürlich zieht sie die Schultern hoch. Jetzt hat sie Angst um ihren Job. Kaum schließt sie Anthonys Bürotür hinter sich, schwillt das Geflüster wieder an.

Wortlos deutet Anthony auf den Besucherstuhl vor seinem Schreibtisch. Seine andere Hand spielt mit ihrer Brille.

»Die lieferte heute Morgen die Polizei ab«, erklärt er mit Unschuldsmiene. Er mustert sie, wartet auf eine Antwort.

Soll er doch sein Spielchen spielen. Cyn schweigt. Sie plagen schon genug Schuldgefühle, weil sie Vi die Brille überlassen hat. Nicht wegen Anthony, diesem Fatzke. Hätte Vi nicht die Brille von ihr bekommen, wäre es nie zu dieser Verfolgungsjagd gekommen. Adam wäre noch am Leben. Und es hätte auch Vi erwischen können.

»Na gut«, seufzt Anthony. »Du hast dir überlassenes Unternehmenseigentum zweckentfremdet verwendet beziehungsweise sogar von anderen verwenden lassen. Dadurch kam es zu einem Todesfall, der großes öffentliches Aufsehen erregt. Der Brillenhersteller droht uns mit einer Klage!«

Jetzt platzt Cyn der Kragen. »Das ist wohl ein Scherz! Wer ermöglicht überhaupt erst den Einsatz dieser Anwendungen? Doch diese vermaledeiten Dinger! Und jetzt wollen sie sich aus der Verantwortung stehlen?« Sie senkt die Stimme, fasst sich. »Was nicht heißt, dass ich meinen Teil der Verantwortung nicht übernehme.«

Anthony zuckt mit den Schultern. »Lassen wir das. Noch schwerer wiegt, dass du dich geweigert hast, deine Arbeit zu tun.«

»Ich habe … was? Meine Tochter war in einer Ausnahmesituation! Sie …«

»Der Junge, dem du die Brille überlassen hast, ist tot. Deine Tochter ist unverletzt. Du hättest ohne Weiteres berichten können. Stattdessen lässt du sogar zu, dass deine Tochter unseren Berufsstand verunglimpft.«

»Das haben diese Aasgeier durch ihr indiskutables Benehmen selber getan! Du beschuldigst den Überbringer der schlechten Botschaft statt deren Verursacher! Meine Tochter hat das Ganze nur dokumentiert und veröffentlicht. Heute ist jeder ein Reporter – deine eigenen Worte.« Cyn kocht. Immerhin, die Wut fühlt sich besser an als diese gärende Mischung aus Schuld und Existenzangst.

»Genau«, erwidert Anthony. »Deshalb brauchen wir Reporter wie dich eigentlich nicht mehr. Ich habe bereits mit der Arbeitnehmervertretung gesprochen. Du hattest schon mehrere Abmahnungen. Wegen der oben genannten Punkte darf ich dir sogar fristlos kündigen. Ohne Abfindungszahlung.« Er winkt mit der Brille. »Im Falle einer Klage durch den Brillenhersteller behalten wir uns natürlich Regress gegen dich vor.«

Cyn ist den Tränen nahe. »Das hat vor keinem Gericht Bestand!« Sie sieht sich bereits im Job-Center. Eine Journalistin über vierzig ohne nennenswerte Referenzen in den neuen Medien. Und ohne Rücklagen. Dafür ist das Leben in London zu teuer. Sie wird nie wieder einen Job in ihrem Beruf finden! Wie lange bekommt sie Arbeitslosenunterstützung? Und danach? Wie durch einen Vorhang hört sie Anthony sagen:

»Unser Anwalt sieht das anderes. Ich sagte dir doch, du stehst auf meiner Liste.«

Am liebsten möchte Cyn aufspringen und den Raum verlassen, doch ihre Füße gehorchen ihr nicht. Sie ist so mit sich und ihren Gefühlen beschäftigt, dass sie zuerst nicht versteht, was Anthony sagt:

»Aber ich will dir noch eine Chance geben.«

Als die Worte sie schließlich erreichen, holt sie tief Luft, um sich zu sammeln. Sie hofft, Anthony interpretiert die so entstandene Pause als Zeichen von Gelassenheit. Sie hasst den Gedanken, sich vor diesem Emporkömmling eine Blöße zu geben.

»Wenn hier jemand dem anderen noch eine Chance gibt, dann ich euch«, sagt sie und reckt den Kopf.

»Lieb von dir«, erwidert Anthony spöttisch. »Aber überreiz es nicht, Cyn. Also, geben wir uns beide noch eine Chance.«

Misstrauisch fragt sich Cyn, woher seine plötzliche Versöhnlichkeit kommt. Ihr bleibt keine Zeit, darüber nachzudenken, denn er fährt bereits fort: »Ich möchte, dass du diese Serie machst, über die wir gestern gesprochen haben. Seit gestern bist du weltweit das Gesicht digital überforderter Eltern …«

»Großartig! Was soll ich schreiben? Eine Kolumne, Titel: ›Eltern, wisst ihr, was eure Kinder treiben?‹«

Anthony stutzt, dann lacht er laut los.

»Das ist gut! Köstlich! Nein, wirklich!«

»Schön, dass sich wenigstens einer darüber amüsieren kann.«

»Man könnte meinen, du hast das absichtlich gemacht, um die Serie schon vorab zu promoten«, grinst Anthony. »Nutzen wir die Bekanntheit zu deinem Vorteil.«

»Meinem? Oder dem des *Daily*?«

»Meinetwegen beider.«

Cyn denkt kurz nach. Anthony ist ein Frettchen. Aber sie ist lieber Schreiberin beim *Daily* als gar keine Journalistin. Und sie braucht das Geld.

»Okay«, sagt sie. »Zu schreiben gibt es genug. Gestern habe ich entdeckt, dass die Kinder ihre Daten verscherbeln! Für Geld! Darüber muss man berichten! Das ist …«

»Das ist längst nichts Neues mehr«, sagt Anthony. »Du hast es bloß nicht mitbekommen. Ist ein Geschäftsmodell, den Konsumenten die Verfügungsgewalt über ihre Daten zurückzugeben. Die Unternehmen schießen wie die Pilze aus dem Internet …«

»Ich kann nicht jede neue Sau kennen, die durchs globale Dorf getrieben wird«, erwidert Cyn patzig.

»Aber die wichtigen«, entgegnet Anthony kühl. »Deswegen machen die Konzepte zu diesen Themen auch besser andere. Wir müssen weiterdenken. Spannender. Kontroversieller. Wir sind Journalisten. Investigative Journalisten!«

Und du ganz besonders, denkt Cyn. Jetzt bloß nicht losprusten!

»Wir wollen den Dingen auf den Grund gehen, sie enthüllen. Wir dürfen nicht nur über Zero schreiben, wir müssen Zero finden, mit ihm sprechen!«

»Weshalb?«

»Weil es heute nicht mehr genügt, die Leserschaft nur zu informieren. Wir müssen sie aktivieren!«

»Unterhalten, möchtest du sagen.« Anthonys Worte kommen ihr einstudiert vor. Vielleicht sogar vor dem Spiegel geübt.

»Was ist schlecht daran, wenn die Leute Spaß dabei haben, informiert zu werden?«, erwidert er. »Geben wir den Leserinnen und Lesern die Möglichkeit, uns bei der Suche nach Zero zu unterstützen – oder Zero zu helfen. Einerlei, Hauptsache, sie beteiligen sich! Das involviert sie emotional in die ganze Geschichte.«

Cyn hat keine Ahnung, wie er sich das vorstellt.

»Ich wette, hinter Zero sind sämtliche Geheimdienste der USA her. Auch wenn sie es vielleicht nicht offen zugeben, um ihr Gesicht zu wahren. Und wir sollen da jetzt auch noch mitmachen?«

»Wir suchen Zero als Gesprächspartner, nicht als Verbrecher.«

»Und wir haben keine Chance, ihn zu finden«, sagt Cyn. »Wir haben nicht die Mittel dazu. Es geht dir nur um Pseudo-Action als Verkaufsvehikel für ein Medium.«

»Das dein Gehalt bezahlt«, erinnert Anthony sie. Und fügt hinzu: »Falls du weiterhin eines möchtest.«

Natürlich möchte sie.

»Wir suchen Zero. Punkt«, erklärt Anthony bestimmt.

Zeros letztes Video taucht vor Cyns innerem Auge auf. *Eltern, wisst ihr, was eure Kinder treiben?* Ihr eigenes Gesicht wird seit letzter Nacht mit diesen Worten assoziiert. Sie gesteht sich ein, dass Anthonys Vorschlag, Zero zu finden, einen gewissen Reiz auf sie ausübt. Und sei es nur, um Zero ebenso bloßzustellen, wie er es mit ihr getan hat.

»Wir starten mit einer Umfrage unter den Lesern, ob sie Zero finden oder unterstützen möchten«, erklärt Anthony. »Über unsere Bemühungen berichten wir, so weit es sinnvoll ist. Wer will, kann mitmachen. Oder uns sabotieren.«

»Hinter Zero könnte eine ganze Gruppe stecken, womöglich aus allen Teilen der Welt«, gibt Cyn zu bedenken.

»Gut möglich.«

Noch immer ist sie hin- und hergerissen. Zwischen ihrem Zorn auf Anthony, weil er sie in der Hand hat. Zwischen ihrer ewigen Abhängigkeit vom Geld und weil sie sich verbiegen muss, um Vi und sich durch den Tag zu bringen. Zwischen Anthonys Idee und der Tatsache, dass sie dieser sogar was abgewinnen kann. Sie sucht nach Gründen gegen das Konzept.

»Wir müssten Dutzende Videos analysieren. Inhaltlich. Technisch. Onlinespuren verfolgen. Ich habe keine Ahnung davon. Jeff? Charly? Unsere IT-Leute? Wer soll das erledigen? Sind sie dazu überhaupt in der Lage? Wohl kaum.«

»Dafür haben wir einen Spezialisten«, erwidert Anthony und steht auf.


Anthony bedeutet Cyn, ihr in das Besprechungszimmer hinter seinem Büro zu folgen. An dem großen Tisch in dem kühlen, nüchternen Raum arbeitet ein Mann vor seinem Laptop. Cyn stockt der Atem, als sie seinen Blick einfängt. Der Typ sieht umwerfend aus!

»Das ist Chander.«

Seine Vorfahren müssen vom indischen Subkontinent stammen. In seinen dunklen Augen kann Cyn nicht lesen, aber das will sie auch gar nicht. Versinken möchte sie darin. Seine Haut schimmert in der Farbe ewigen Sommers. Das schwarze Haar bändigt er mit viel Öl. Cyn schätzt ihn auf Ende zwanzig, aber bei nächster Gelegenheit wird sie das Internet befragen.

»Freut mich«, strahlt Chander sie an und streckt ihr lange, schlanke Finger entgegen.

*Und mich erst!*

Sein Händedruck ist so gewinnend wie sein Lächeln.

»Chander ist unser ›Q‹«, erklärt Anthony. »Er ist IT-Forensiker.«

Ginge auch als Filmstar durch, denkt Cyn. Dieser Sweetie muss gecastet sein.

»Er hat schon für das FBI, Interpol, Europol und die größten Unternehmen der Welt gearbeitet«, fährt Anthony fort.

Chander verdreht die Augen, lächelt bescheiden. »Große Worte«, erwidert er mit seiner samtenen Stimme. »Ich halte mich lieber im Hintergrund.«

»Chander klingt indisch«, bemerkt Cyn.

»Meine Eltern leben in Mumbai«, plaudert Chander mit dem Englisch der britischen Nobeluniversitäten drauflos. »Ich habe in Mumbai, Stanford und Oxford studiert.«

*Klug ist er auch noch.*

Mit einem Kopfnicken zu seinem Laptop sagte sie: »Schon auf…«, und bricht verschämt ab, weil ihre Stimme peinlich piepsig klingt.

Sie räuspert sich. Was soll das Teenager-Gehabe? Sie setzt noch einmal an, diesmal sitzt die Stimme richtig.

»Schon auf der Suche nach Zero?«

»Chander ist bestens von mir instruiert worden«, prahlt Anthony.

*Na dann,* denkt Cyn. »Wie sieht es aus? Haben wir denn überhaupt eine Chance, Zero zu finden?«, fragt sie, an Chander gewandt.

»Warum nicht?«, fragt er zurück. »Wir mögen nicht die Mittel einer NSA oder des FBI haben, dafür sind wir flexibler und kreativer.«

»Dann lasst uns keine Zeit verlieren«, sagt Anthony. Schon wieder klatscht er in die Hände. »Wir müssen das Momentum nutzen! Lasst uns ein kleines Video zum Start der Aktion drehen.« Er drückt Cyn die Brille in die Hand. »Hier. Die wirst du brauchen.«

Cyn wirft sie fast auf den Besprechungstisch.

»Das ist nicht dein Ernst! Das Ding hat gestern ...«

»Das Ding gehört künftig zu deinem Job«, erwidert Anthony.

Cyn erinnert sich an die Diskussion mit den Kindern. Der Brille gaben sie keine Schuld an Adams Tod. In ihren Augen ist sie bloß ein Werkzeug, das man einsetzen kann. Ob zum Guten oder Schlechten, hängt von einem selbst ab. Und dennoch ...

»Haben wir vielleicht noch eine, die nicht ...«, hebt sie an.

Anthony zuckt mit einer Augenbraue, spart sich einen Kommentar und sagt dann: »Ich denke, das lässt sich machen.«

Er verschwindet in seinem Büro und kehrt kurz darauf mit zwei Schachteln zurück.

»Da, die Brille. Und wenn du schon über den Kram schreiben willst, gleich noch ein Teil.«

Es ähnelt Vis Smartwatch.

»Wozu brauche ich die?«

»Passt zum Thema. Du willst ja wohl nicht über etwas berichten, wovon du keine Ahnung hast, oder?«

Anthony wird selbst in dem Video auftreten, deshalb hat er zu dem Filmteam Maske und Styling gebucht. Leise flüsternd übt er seinen Text und die entsprechende Körperhaltung vor dem Spiegel, während eine junge Frau seine Stirn und Nase pudert. Er dreht und wendet den Kopf, um sicherzugehen, dass er nirgends glänzt. Neben ihm werden Chander und Cyn vorbereitet. Der IT-Mann wirkt gelassen, hält die Augen geschlossen. Cyn dagegen blickt, als male man ihr eine Teufelsmaske auf.

»Muss ich wirklich mit in dieses Video?«, fragt sie.

Diese Frau steht sich nur selbst im Weg!

»Wir machen extra die Dreierkonferenz mit dir, damit du nicht allein vor die Kamera musst«, erwidert Anthony.

»Wie selbstlos«, murmelt Cyn.

Gut gelaunt springt er auf und zieht Cyn und Chander mit vor die Kamera. Sie stehen in einer Greenbox, im Hintergrund werden später Zeros Videos einmontiert. »Bitte recht freundlich«, fordert er mit einem Seitenblick auf Cyn.


»Mit dem Presidents' Day hat Zero sich mächtige Feinde gemacht«, spricht Anthony in die Kamera.

»Aber auch viele Freunde«, bemerkt Cyn neben ihm.

»Ja, Cynthia, über Nacht wurde Zero zum Superstar«, sagt er. »Deshalb würden wir vom *Daily* auch gern mit Zero sprechen.«

»Oh, und ich ganz besonders«, wirft Cyn mit einem bissigen Lächeln ein.

»Das kann ich mir vorstellen.«

Chander tritt zu ihnen ins Bild, eine Einblendung stellt ihn als IT-Experten vor: »Darum haben wir beschlossen, Zero zu suchen.«

»Doch wie finden wir ihn?«, fragt Anthony. »Wer ist Zero? Warum versteckt Zero sich hinter wechselnden Gesichtern?«

»Aus Vorsicht, weil ihn der US-Geheimdienst sucht?«, meint Cyn. *Wir müssen Zero provozieren, damit er sich zu Fehlern hinreißen lässt,* hat Anthony gemeint, als er das Script für den Spot präsentierte. »Vielleicht hat er ja einfach Angst?«

»Aber er hat sich schon davor verborgen«, gibt Chander zu bedenken.

»Nein, ich glaube, Zero versteckt sich aus grenzenloser Eitelkeit!«, tönt Anthony. »Eben weil er ein Star sein will. Früher waren jene wenigen Menschen Stars, die es auf den Bildschirm schafften. Heute dagegen hat jedes Baby seinen eigenen YouTube-Kanal!«

»Wie schon Andy Warhol prophezeite: Eines Tages wird jeder für fünfzehn Minuten berühmt sein ...«, meint Cyn.

»Genau. Nur hat ebendieser Umstand alles umgedreht. Wer heute auf einem Bildschirm erscheint, ist Teil der Masse. Der Star jedoch hebt sich von der Masse ab. Um darin aufzufallen, muss man unsichtbar bleiben!«

»Die wahren Stars sind heute also jene wenigen Menschen, deren Gesichter man noch nicht kennt ...«, überlegt Chander.

»Und das bringt Zero in ein Dilemma«, erklärt Anthony. »Denn eitel sind sie doch, diese Unsichtbaren – und wie! Sie ertragen es nicht, unbekannt zu bleiben. Deshalb tauchen sie trotzdem auf und setzen sich in Szene. Verkleidet. Verhüllt. Maskiert.«

Hinter ihnen spielt der Schluss eines Zero-Videos ein, in dem das Wandelgesicht ruft: »Mich kriegt ihr nicht!«

»Mich kriegt ihr nicht«, wiederholt Anthony. »Er will nicht gesehen werden und zeigt sich doch. Nichts als Koketterie und Show.«

»Oder Vorsicht?«, gibt Cyn noch einmal zu bedenken.

»Eitle Stars oder feige Aktivisten, wer ist Zero?«, fragt Anthony in die Kamera. »Stimmen Sie ab! Helfen Sie mit, Zero zu finden. Oder zu verteidigen! Und gewinnen Sie wertvolle Preise! Live beim *Daily*!« Er zwinkert mit einem Auge. »Wir sehen uns. Beim *Daily*. Dich auch, Zero?«

»Na bravo«, konstatiert Carl. »Das Zeitalter der Aufmerksamkeitsökonomie hat kaum begonnen, und ihr bringt es schon wieder um. Der Unbekannte als letzter Star? Reichlich anspruchsvolles Konzept.«

»Aber woher!«, entgegnet Alice. »Eine bewährte Strategie. Der geheimnisvolle Maskierte ist seit je ein Garant für Aufmerksamkeit – vom Mann in der eisernen Maske über Zorro bis hin zu all den Superhelden in ihren Verkleidungen.«

»Erst wenn das letzte Gesicht gezeigt wurde, werdet ihr merken, dass man Aufmerksamkeit nicht essen kann.«

»Ja, wie in dieser Geschichte von …«, setzt Alice an, lässt es aber dann.

Carl wendet sich Will zu. »Verstehe. Der Unbekannte als Archetyp …«

»Und Zero weiß das ganz genau«, bestätigt Will. »Was meinst du, warum seine Videos als Absender immer eine Null haben? Er spielt mit der Rolle seit seinem ersten Auftritt. Das ist eine genau kalkulierte Markenstrategie.«

»Dann sind diese Cynthia Bonsant und Anthony Heast wohl die Einsen, oder? Aber euer Konzept für den Spot – es ist doch eures, gebt es zu – ist schief«, meint Carl. »Hinter Zero kann jemand stecken, der längst identifiziert ist.«

»Das ist eines der hübschen Paradoxa an der Geschichte und

verstärkt ihren Reiz«, wirft Alice ein. »Welches Geheimnis gilt es eigentlich zu lüften? Nichtexistenz kannst du nicht beweisen.«

»Willst du jetzt eine Diskussion über Identität beginnen?«, fragt Will Carl. »Das ist ein Promotionvideo, keine philosophische Abhandlung.«

»Nein. Aber ich bin gespannt, ob ihr damit erreicht, was ihr euch vorgestellt habt.«

»Ich auch«, lacht Will.


»Soll das ein Scherz sein?«, fragt Marten. »Die geballte Macht der amerikanischen Geheimdienste sucht nach diesen Typen. Und jetzt will diese Juxtruppe Zero finden? Viel Glück!«

»Heast weist einen nicht unoriginellen Lebenslauf auf«, erklärt Luís. »Als Publizistikstudent nahm er an einer der ersten britischen ›Big Brother‹-Staffeln teil und flog immerhin erst als Drittletzter raus. Danach machte er sich rasch einen Namen bei verschiedenen Medien, wenn auch mehr durch sein Auftreten als durch seine Erfolge.«

»Cynthia Bonsant kennen wir bereits seit Zeros Video gestern«, sagt ein Zweiter. »Davor sprachen eher ihre Artikel für sie. Allerdings beschäftigte sie sich nie mit den Themen, um die es aktuell geht. Vor zwanzig Jahren schrieb sie viel beachtete Magazinbeiträge. Interessante, wenn auch wenig kommerzielle Artikel, Thema Menschenrechte, einzelne Schicksale. Dann kam ein Knick in ihrer Karriere, aus privaten Gründen. Anschließend landete sie beim *Daily*.«

»Und dieses Pärchen möchte besser sein als die größte Geheimdienst- und Überwachungsmaschinerie der Welt?«, fragt Marten. »Mit dem Glück der Dummen vielleicht.«

»Interessant finde ich den Ansatz, das Publikum in die Suche mit einzubeziehen«, meint der erste Techniker.

»Dieser Chander Argawal ist übrigens ein anderes Kaliber«, bemerkt ein dritter Techniker. »Ein Top-Programmierer und IT-Forensiker. Er hat schon für die ganz Großen gearbeitet, auch für uns. Wie kommt der in diese Truppe?«

»Frag mal die Kollegen von der NSA«, fordert Marten. »Wozu schneiden die denn weltweit sämtliche elektronische Kommunikation mit?«

Ein Anruf, und sie wissen, dass Argawal tatsächlich vorsichtig war.

»Er verwendet verschlüsselte Kommunikationswege, an die selbst die NSA nicht herankommt«, sagt der dritte Techniker. »Was er jedoch nicht verbergen kann, sind zumindest Teile seiner Lebensgeschichte. Wann er wo zur Schule ging, studierte und arbeitete, wen er dort kennenlernte, Metadaten einiger Teile seiner Kommunikation, vor allem auch der älteren, als er noch keinen Wert auf Verschleierung legte. Und da sind die Kollegen gerade dran.«

»Lassen Sie mich wissen, wenn sie etwas herausfinden«, sagt Marten, fügt aber gleich hinzu: »Eigentlich kann es uns recht sein, wenn einer wie Argawal bei der Geschichte mitmacht. Es kostet uns nichts, einen kleinen Alarm einzurichten, sollten diese Hobbykopfjäger tatsächlich das Glück der Dummen haben. Vielleicht helfen sie uns tatsächlich, Zero zu finden. Man weiß ja nie.«

»Und wie willst du Zero wirklich finden?«, fragt Cyn Chander. Gemeinsam mit Anthony, Jeff, Charly, einer jungen Onlinedesignerin und einer Praktikantin sitzen sie an einem der Tische in der geräumigen Tee- und Kaffeeküche des *Daily*. Auch hier hängen überall Bildschirme, von denen Nachrichtensender und Webseiten feuern. Außerdem kann sie jeder – der weiß, wie – mit seinem Handy ansteuern und die Inhalte ansehen, die ihn gerade interessieren.

»Eine Kombination aus unserer Suche und Crowdsourcing«, antwortet Chander mit seinem strahlenden Lächeln.

Cyn möchte ihn am liebsten sofort in die Besenkammer zerren. Stattdessen wiederholt sie etwas einfältig: »Crowdsourcing.«

»Wir lassen die Leserinnen und Leser des *Daily* die Arbeit machen«, lacht Anthony. »Ist billiger, bringt bessere Ergebnisse, wenn man es richtig gestaltet, und macht den Teilnehmern mehr Spaß, als nur zu lesen oder zuzusehen.«

»Kimberly und Frances«, sagt Jeff mit einem Blick auf die beiden jungen Frauen am Tisch. »Die beiden haben in Anthonys Auftrag bereits das Forum aufgebaut, in dem die Teilnehmer sich austauschen können. Frances« – die Praktikantin – »wird es moderieren.«

»Suchprogramme durchstöbern alle eingehenden Meldungen auf Relevanz, Seriosität, Parteinahme pro oder contra Zero und noch ein paar andere Faktoren«, erklärt Frances.

»Euer Video funktioniert sogar ganz gut«, sagt Kimberly mit dem selbstbewusst gelassenen Ton der jungen Leute, den Cyn so gut von Vi kennt und den sie in diesem Alter und in einer solchen Situation niemals hervorgebracht hätte. »Kaum eine Stunde draußen, und wir haben schon mehrere hundert Beiträge.«

»Und das Erfreuliche daran ist«, fügt Frances mit einem Lächeln an Anthony gerichtet hinzu, »dass sie aus siebzehn Ländern weltweit kommen. Die Aktion funktioniert international. Genau, wie Anthony sich das wünscht.«

»Und was kommt da so?«, will Cyn wissen.

»Viel Mist«, lacht Frances. »Aber auch einiges Brauchbare. Bereits nach wenigen Minuten machten sich verschiedene Leute über die E-Mail- und IP-Adressen her, über die Zeros YouTube-Konto und die Webseite für den Presidents' Day registriert wurden. Und natürlich gibt es jede Menge Protest und Sympathiebekundungen. Einige Typen, die angeben, unter dem Anonymous-Label aktiv zu sein, drohen dem *Daily* sogar mit einer Attacke, sollte er die Suche ernsthaft fortsetzen.«

»Wunderbar«, schwärmt Anthony, »Das sorgt für zusätzliche Publicity.«

»Eure Techniker sollten sich darauf vorbereiten, falls Anonymous tatsächlich angreift«, mahnt Chander.

»Sind schon dabei.«, sagt Charly.

»Aber was ist jetzt deine Aufgabe?«, fragt Cyn Chander noch einmal.

»Im Prinzip mache ich dasselbe wie die Leute da draußen. Mit verschiedenen Spezialprogrammen das Internet durchsuchen. Da habe ich einiges auf Lager. Aber ich bin nicht der Einzige. Ich würde sogar jede Wette eingehen, dass ein paar sehr gute Hacker mit einsteigen werden, ich bin gespannt, auf wessen Seite. Wahrscheinlich pro Zero. Aber ein paar helfen uns vielleicht auch.«

»Und was hofft ihr zu finden?«

»Fehler. Willst du dich anonym online bewegen, kannst du zum Beispiel das TOR-Netzwerk oder Virtual Private Networks verwenden. Bei TOR, the Onion Router, wird dein Internetverkehr über verschiedene Server geleitet, die deine ursprüngliche IP-Adresse verschleiern. Da muss man allerdings aufpassen. Erstens dürften die Geheimdienste das inzwischen auch teilweise unterlaufen haben, und zweitens hinterlassen manche Dateiarten, wie zum Beispiel Videos, über deinen Browser Spuren.

Bei Virtual Private Networks, kurz VPN, kannst du deine Herkunft ebenfalls verschleiern, weil du über ein fremdes Netzwerk umgeleitet wirst. Allerdings können VPN-Anbieter in den USA von den Geheimdiensten und dem FISC dazu gezwungen werden, ihre Daten herauszugeben.« Er lehnt sich zurück. »Zero hat all das in seinem *Guerilla Guide* selbst umrissen. Aber trotzdem. Irgendwann macht jeder, der sich im Internet anonym umtun möchte, einen Fehler. Meistens hat er ihn schon vor Jahren gemacht, als er noch keinen großen Wert auf Anonymität legte, sich noch nicht so gut auskannte, unaufmerksam war …«

»Du meinst, wenn ich heute keinen Grund habe, mich zu verstecken, vielleicht denke, dass ich nicht interessant genug bin, um meine Spuren verwischen zu müssen, mache ich dabei den großen Fehler, nicht an ein unbestimmtes ›Morgen‹ zu denken, wo alles ganz anders aussehen kann …«, überlegt Cyn. »Und so kannst du Zero rankriegen. Über vergangene Spuren, die er nicht mehr ausradieren kann.«

»Exakt. Es gibt eine Menge Möglichkeiten, Mist zu bauen. Wir müssen sie bloß entdecken.«

»Das musst du mir dann noch im Detail erklären«, sagt sie und versucht ein Lächeln.

»Gern«, erwidert er mit blitzenden Augen.

»Was ist mit Zeros Videos aus der Vergangenheit?«, wirft Anthony ein.

»Müssen wir uns auch noch einmal genau ansehen«, sagt Chander. »Auf Metadaten haben wir sie bereits geprüft, aber wichtige Details wie Ersteller, Programmhinweise und anderes hat Zero immer sorgfältig entfernt. Doch vielleicht finden wir in den verwendeten Filmschnipseln etwas.«

»Und die Inhalte? Ich meine, um die geht es doch eigentlich«, meint Cyn.

»Die bekommen die Leute ohnehin mit, wenn sie sie ansehen«, sagt Anthony. »Aber wenn du willst, kannst du ein paar Worte dazu schreiben. Wenn du noch interessante findest. Neu sind sie nicht.«

*Für dich vielleicht nicht,* denkt Cyn. *Ich wusste vieles noch nicht.*

Anthony erhebt sich, ist schon fast draußen. »Ich muss. Ihr macht das schon!« Er klatscht in die Hände und ist weg.

»Meine Tochter sammelt und verscherbelt ihre Daten«, platzt Cyn heraus.

Die beiden jungen Frauen zucken mit den Schultern, sehen sie erstaunt an.

»Na und? Tu ich auch«, sagt Kimberly.

»Ich auch«, sagt Jeff. »Endlich kann ich das, da kommt schon was zusammen. Aber wenn dich so was schon aufregt, habe ich gleich das richtige Zero-Video für dich.«

»Ich liebe Ranglisten!«, verkündet der Olympiasieger mit der Medaille um den Hals – und verwandelt sich in ein langbeiniges Model auf dem Laufsteg. »Wer ist am schönsten, schnellsten, stärksten, gescheitesten, reichsten?« Sie wird zu einem Typ, der eine Liste abhakt. »Ranglisten helfen mit beim Bewerten. Und nicht nur mir. Wir alle bewerten«, erklärt ein Händler, der ein Gewicht auf eine Waagschale legt. »Andauernd. Bewusst oder unbewusst. Bewertungen machen dein Leben einfacher, sie ermöglichen dir Entscheidungen. Du suchst deine Lebenspartner danach aus, deine Freunde, deine Feinde und dein Smartphone. Je besser du bewerten kannst, desto besser entscheidest du. Und desto besser ist dein Leben. Du bewertest Bücher, Hotels, Elektrogeräte, Onlinehändler und arbeitest so mit an Ranglisten.«

Und schwupps – wird der Händler selbst in eine überdimensionale Waagschale geworfen! Mühsam zieht er sich über ihren Rand hoch, gleitet jedoch ab und rutscht in der Schale hin- und her. »Aber natürlich: du wirst *auch* bewertet. Werbeunternehmen bewerten dich nach deiner Kaufkraft, deinem Einkaufsverhalten und deinen Vorlieben für bestimmte Marken. Kreditauskunfteien bewerten dich seit Jahrzehnten. Du bekommst keinen Kredit, deine Kreditzinsen sind hoch oder deine Zahlungsbedingungen beim Onlinehändler schlecht? Dann steckt die Kreditauskunft dahinter. Banken und Versicherungen bewerten dich nach deinem Einkommen, der Wohngegend, deinem Auto, deinem Geschlecht und vielem mehr. Google verdient sein Geld u.a. damit, die Werte seiner Nutzer zu kennen und dieses Wissen an die Werbetreibenden zu verkaufen. Mit einem E- oder Online-Reputation-Score bewerten Unternehmen deine Aktivität im Netz. Portale zur Partnersuche leben davon, Mitglieder mit ähnlichen Werten zu verkuppeln. In manche soziale Netzwerke dürfen nur ›schöne Menschen‹ – nach Fotos bewertet von den anderen Mitgliedern. In Rating-Communities teilen dir die Mitglieder mit, für wie attraktiv, intelligent oder sexwillig sie dich halten. Die meisten Firmen haben Bewertungssysteme für ihre Mitarbeiter, von Stechuhren über Balanced Scorecards bis zu Smartwatches. Forbes erstellt die Rangliste der reichsten Menschen. Und nun gibt es eine neue Liste!« Zettel regnen auf ihn, einen Mann in Frack, herab, bis er darunter begraben ist. Prustend taucht er wieder auf, einen davon in der Hand, den er amüsiert betrachtet: »Bei einem Haufen neuer Dienste kannst du deine Daten jetzt selbst verwerten! Schau dir an, wie viel du wert bist – ja, genau du!… Ach, deine Daten sind schon ab einem Cent zu haben? Aber die deines Nachbarn erst ab sieben Cent? Verdammt, bin ich etwa weniger wert als er? Na ja, wenn du es unbedingt wissen willst: Schau nach! In dem netten kleinen Programm ManRank. Damit ordnet ein findiger Programmierer bei Freemee die Datenpreise aller Menschen nach ihrem Wert! Über Freemee und andere macht ihr selbst sie ja öffentlich. Jetzt kennen wir nicht nur die hundert reichsten Milliardäre der Welt, nein: Jetzt kennen wir auch die Milliarden Armen dahinter! Die Forbes-Liste der neunundneunzig Prozent. Vorbei die Zeiten, als es nur Ratingagenturen für Unternehmen und Staaten gab! Hier ist sie: ManRank, die erste öffentliche Ratingagentur für Menschen!« Sein Frack wirkt nun abgerissen und schmuddelig, Blick und Stimme werden ernst. »Aber ich muss meine Daten nicht verwerten, wirst du sagen. Dann komme ich nicht im Ranking vor. Schlau! Schlau? Nun, wie dir jede Kreditauskunftei erklären wird: Du kannst nur ein Rating haben, das noch schlechter ist als ein ganz miserables, nämlich – gar keines! Egal, ob es um einen Kredit geht, deinen Job oder deinen Partner: besserer Wert bedeutet bessere Chancen. Schlechterer Wert gleich schlechtere Chancen. Kein Wert heißt keine Chance.« Er zupft an seiner Fliege, dann wandelt sich seine Miene, er strahlt, und auch sein Frack sieht wieder besser aus: »Zum Glück kannst du deine Werte verbessern, mit jeder Menge kleiner digitaler Coaches, die dir gute Ratschläge geben. Ist es nicht großartig, wenn du dich in einer Rangliste nach oben klettern siehst?! Du wirst alles tun, um dort zu bleiben! Oder noch weiter zu steigen! Denn es erhöht deine Chancen. Auf den besseren Job. Auf den besseren Partner. Auf mehr Erfolg, Geld, Macht und Liebe. ›Heutzutage kennen die Leute von allem den Preis und von nichts den Wert‹, witzelte Oscar Wilde. Nun, die Zeiten ändern sich. Wilde würde staunen. Heutzutage kennen wir von jedem Wert den Preis! Frag Acxiom. Frag Google. Frag Apple. Frag Facebook. Frag Freemee. Kennst du deinen? … Im Übrigen bin ich der Meinung, dass Datenkraken zerschlagen werden müssen.«

»Wovon reden die?«, fragt Cyn. »Eine Ratingagentur für Menschen?«

Jeff ruft eine Webseite auf.

»Gibt es seit einigen Monaten. Da ist die größte. Quasi eine Weiterentwicklung und Zusammenfassung ursprünglicher Listen, die Zero erwähnte. Über vier Milliarden Menschen nach dem Wert ihrer Daten gereiht!«

»Das ist ja…«, stammelt Cyn fassungslos.

»…nichts anderes, als Datensammler, -händler und -verwerter schon lange machen. Bloß kann es hier jeder sehen. Es ist die Demokratisierung der Wertung, wenn du so willst.«

»Demokratisierung, pah!«

Cyn ist nicht sicher, ob sie die Bedeutung dieses Instruments erfasst, aber etwas erschüttert sie zutiefst, wie bislang nur in wenigen Momenten ihres Lebens. Bei ihrer ersten Periode. Am Ende der Schule. Violas Geburt. Garys Verschwinden. Der Tod ihrer Mutter. Das instinktive Wissen, dass ab sofort alles anders ist.

»Willst du deine Werte sehen?«

Bevor sie sich dagegen wehren kann, gibt Jeff ihren Namen ein.

Eine Grafik zeigt Cyns Wertentwicklung wie die zackigen Kurven eines Aktienkurses. Mittendrin macht sie einen gewaltigen Sprung, und danach steigt sie weiter steil aufwärts, bevor sie ein Plateau erreicht. An ihrem Ende wechselt eine vielstellige Zahl sekündlich ihren Wert.

»Aktuell liegst du zwischen Rang 1 756 385 884 und 1 861 305 718 von über vier Milliarden«, sagt Jeff.

*So schlecht?* Verärgert ruft sich Cyn zur Ordnung. *Du nimmst diese Bewertung doch nicht ernst!*

»Siehst du die Aufwärtsbewegung seit gestern?« Jeff fährt mit dem Cursor über die Linie, ein Pop-up-Fenster zeigt verschiedene Begriffe wie Bekanntheit, Popularität, Sympathie… »Seit den ersten Fotos von dir in den Medien wuchs deine Bekanntheit rapide. Das steigerte auch deinen Gesamtwert. Zeros Video gab ihm dann den Turbo-Boost. Davor lagst du an der Grenze zwischen drei und vier Milliarden, also am unteren Rand des Mittelfelds.«

»Du kannst deine Werte auch mit anderen vergleichen«, erklärt Frances geschäftig. »Wie bei Finanzseiten im Internet oder Börsenhandelssoftware.«

Sie sagt das ganz ohne ironischen Unterton, stellt Cyn fest. »Aber das hier sind Menschen und keine Wertpapiere!«, ruft sie. »Fehlt nur noch, dass man in mich investieren oder Wetten auf mich abschließen kann. Wie an der Börse!«

»Du wirst lachen, mehrere Unternehmen arbeiten an solchen Konzepten«, schiebt Jeff trocken nach.

»Sind wir also endgültig als berechenbare Größe, als lesbare Kurve in das kapitalistische System integriert. Was ergibt die Summe dieser Kurve aller Briten? Aller Deutschen, aller einäugigen Japaner über sechzig, kinderlosen Frauen, Pariser Männer, Kinder Nigerias?«

»Cyn, das bist du seit Jahren, Jahrzehnten! Zahllose Unternehmen kategorisieren dich, das hat Zero in seinem Video doch gerade erklärt«, erinnert sie Jeff. »Nur wird es dir hier ganz klar in einer Grafik gezeigt. Freemee sind mit ManRank ja auch nur die größten der öffentlich einsehbaren Listen. Andere ziehen gerade nach. Die Daten haben sie so oder so, sie müssen sie nur entsprechend aufbereiten.«

Sicher kennt Vi diese Liste auch, schießt es Cyn durch den Kopf. *Und sie ist ein genialer Anreiz für Freemee-Nutzer, den Empfehlungen der ActApps zu folgen! Das perfekte Belohnungssystem!* Eine weitere Erkenntnis jagt ihr einen kalten Schauer über den Rücken: Google, Facebook und andere filtern zwar Informationen und können damit das Verhalten der Menschen beeinflussen. Doch die ActApps geben Handlungsanweisungen! Das bedeutet, Anbieter von Ratgeberprogrammen wie Freemee haben einen direkten Einfluss auf das Verhalten der Menschen. Und die folgen den Ratschlägen freiwillig, um ihre Werte zu steigern. Das eröffnet solchen Unternehmen ungeheure Manipulationsmöglichkeiten!

»Wieso bin ich überhaupt da drin?«, fragt sie gereizt. »Ich nutze keinen dieser Datenverwerter.«

»Die haben genug über dich, um es trotzdem einigermaßen zu berechnen«, sagt Frances.

»Natürlich stündest du wesentlich besser da, würdest du selber sammeln«, meint Frances.

»Aber was, wenn ich gar nicht in der Liste sein will?«

»Dann lässt du dich austragen«, sagt Jeff. »Sie bieten eine Opt-out-Möglichkeit. Aber wie bemerkte Zero gerade? Du kannst nur ein Rating haben, das noch schlechter ist als ein ganz miserables Rating, nämlich gar keines. Dann bist du buchstäblich wertlos.«

»Oder suspekt«, ergänzt Frances. »Wie Leute, die kein Profil in sozialen Netzwerken haben oder ihren Strom nicht durch intelligente Zähler messen lassen.«

»Das ist grauenvoll!«, entfährt Cyn.

»Allerdings«, sagt Frances. »Wer will schon wertlos sein?«

Cyn starrt sie sprachlos an.

»Und wer ist Nummer eins?«, fragt Cyn, als sie wieder Worte findet.

Jeff wechselt zur Listenansicht. Aber auf den vorderen Rängen wechseln die Namen zu schnell, um sie lesen zu können. Er senkt den Zeitdurchschnitt von »laufend« auf »eine Woche«. Die neue Liste liefert ein statisches Ergebnis. Die Namen sagen ihr nichts.

»Deckt sich das mit der Forbes-Liste?«

»Nein«, erklärt Kimberly. »Bei ManRank wird nicht nur das Vermögen berücksichtigt, sondern sämtliche Wertkategorien.«

»Du kannst dir auch Detaillisten ansehen«, sagt Jeff. »Von Vermögen über Einfluss bis zu Liebe, Mut oder Kreativität. Insofern stimmt das mit der Integration ins kapitalistische System nur teilweise – wenn überhaupt. Denn die anderen Werte fließen ja auch in deine Rangerstellung ein. Und jeder Wert bekommt das Gewicht, das ihm die Gesamtgesellschaft gibt. Liebe oder Frieden könnten also sehr hoch im Kurs stehen und einen starken Einfluss auf die Liste haben – wenn die Menschen sich entsprechend verhalten.«

»Tun sie aber nicht, oder?«, flüstert Cyn.

Jeff zuckt mit den Schultern. »Das ist der Punkt: Hier werden Taten gemessen und bewertet, nicht Gerede.«

»Aber es leben doch mehr als vier Milliarden Menschen auf der Erde«, wirft Cyn ein.

»Es fehlen vor allem Menschen in Entwicklungsländern ohne Internetzugang oder Handy«, sagt Jeff. »Aber auch die werden nach und nach erfasst. In ein paar Jahren ist fast jeder Mensch online.«

Kopfschüttelnd starrt Cyn auf die Anzeige. Nie zuvor war ihr so bewusst, dass sie ein winziger Teil eines riesigen Systems ist. Und es gibt kein Entkommen.

»Wie kommen diese Werte zustande?«

»Sie werden permanent aus dem Verhalten der Menschen neu errechnet«, sagt Jeff. »Wenn Ehrgeiz oder Liebe oder Macht für eine große Anzahl von Menschen wichtiger werden und sie sich entsprechend verhalten, ändern sich die Parameter, dann bekommen diese mehr Einfluss auf den Gesamtwert. Das System ist ständig in Bewegung.«

Er wechselt zu den grafischen Darstellungen. Sie sind beeindruckend, muss Cyn zugeben. Für sie sehen sie aus wie permanent wabernde, bunte Spinnennetze, die Milliarden lebendiger Punkte durch noch mehr Linien zu einem gigantischen Organismus verbinden. Wenn sie es richtig versteht, bildet dieses System sämtliche Beziehungen und Entwicklungen von Milliarden Menschen ab. In Echtzeit! Erst in diesem Moment begreift sie, was die großen Internetunternehmen hinter verschlossenen Türen seit Jahren wirklich treiben. Und irgendeiner dieser zahllosen Punkte in diesem monströsen Gespinst gegenseitiger Verbindungen und Abhängigkeiten ist sie, unlösbar darin verwoben. Wie eine winzige Fliege im Netz.

»Darüber muss ich schreiben«, erklärt sie entschlossen.

»Haben schon genug andere. Mach lieber ein cooles Video«, empfiehlt Frances. »Obwohl… auch die gibt es schon.«

Cyn verbeißt sich einen Kommentar. Frances klingt schon wie Anthony. An alle gerichtet, fragt sie: »Verwendet ihr auch diese Ratgeberprogramme?«

»Ich schon«, sagt Jeff, »klar.«

»Wir auch«, bestätigen die jungen Frauen.

»Um eure Werte zu steigern?«, stellt Cyn halb fragend fest.

»Unter anderem, natürlich«, sagt Jeff. »ManRank liefert ja die perfekte Orientierung. Endlich durchschaut man, wie unsere Gesellschaft funktioniert.«

»Damit habe ich dann wohl das erste Thema für meine Kolumne«, sagt Cyn und stöhnt auf.

»Wasserfälle?«, fragt Jon ungeduldig. »Was soll das?«

Alles fließt auf dem Monitor des Technikers. Eine Kachel-wand Dutzender kleiner Videobilder zeigt Nahaufnahmen ver-schiedener Varianten des Spiels von Wasser, Gischt und Licht.

»Tauche ein in die Entspannung«, lädt die Überschrift in kur-siven Lettern ein.

Der Techniker klickt eines der Videos an und vergrößert es bildschirmfüllend. Blaugrüne Ströme stürzen senkrecht hinab, umschwebt von Wolken feinen weißen Wasserstaubs.

»Die einzige Auffälligkeit bis jetzt«, sagt Marten. »Eine Home-page, auf der man zum Meditieren in die Aufnahmen oder Live-übertragungen von Wasserfällen starren kann.«

»Und was hat das mit Zero zu tun?« Jon mag es nicht, wenn andere seine Zeit vergeuden. Oder ihm ein Stück voraus sind. Und nicht zum Punkt kommen.

»Die Kollegen von der NSA haben unter anderem die E-Mail- und IP-Adressen überprüft, mit denen Zeros YouTube-Konto und die Homepage für die Presidents'-Day-Aktion registriert wurden. Dabei checken sie zusätzlich verschiedenste Namensvarianten und alle Orte im Netz, an denen die Adressen und mögliche Varianten auftauchen, mit wem sie sie austauschen und so weiter«, erklärt Marten ohne jede Eile. »Beide Adressen sind Wegwerfadressen, und die IP-Adressen kommen aus dem Anonymisierungnetzwerk TOR. Als Zero das YouTube-Konto im Jahr 2010 registrierte, fühl-ten sich TOR-Nutzer noch sehr sicher. In derselben Sitzung, als Zero das YouTube-Konto anlegte, registrierte er sich mit einer an-deren E-Mail-Adresse bei einer ganz normalen Nachrichtenseite, um dort im Forum an Diskussionen teilnehmen zu können. Diese E-Mail-Adresse tauchte wenig später in Esoterikforen auf, immer mit ähnlichen Einträgen, etwa: ›Bin da neulich auf die Seite *fall-in-meditation* gestoßen. Was haltet ihr davon? Funktioniert es?‹«

Während Martens Erklärung ruft der Techniker auf einem zweiten Bildschirm die Meldung auf.

»Das ist klassische Online-Promotion, um eine Webseite viral zu verbreiten. Das wäre weiter noch nicht ungewöhnlich, doch die Programme schlugen sofort Alarm, denn« – der Techniker ruft unter der Meldung eine zweite, ähnliche auf – »eine andere Adresse promotete die Wasserfälle ebenfalls: Muctiponap89@sedjak.com. Wie man unschwer erkennt, ist das nichts anderes als die latinisierte Form der anderen E-Mail-Adresse, nur rückwärtsgeschrieben. Fragen Sie mich nicht, wie genau, aber die Jungs von der NSA behaupten, dass sie zu einer Familie von E-Mail-Adressen gehört, die von demselben Nutzer oder derselben Nutzergruppe eingesetzt werden wie die panopticon-Adresse, von der die Presidents'-Day-Homepage registriert wurde.«

»Zero bewirbt in seiner Freizeit also Esoterikseiten, na und? Passt doch zu den Typen! Mehr haben wir nicht?« Jon zieht die Brauen hoch.

»Immerhin ist das ein Anfang«, erwidert Marten. »Wir überprüfen gerade alle Besucher der Seite. Wobei das inzwischen Hunderttausende sind. Vielleicht dient sie Zero ja als eine Art Treffpunkt. Oder einige von Zeros Mitgliedern haben sich dort kennengelernt.«

»Woher wissen wir, dass es mehrere sind?«

»Eine Aktion wie den Presidents' Day bekommt eine Person allein kaum gebacken. Außerdem weisen laut NSA-Kollegen einige Verhaltenssymptome der untersuchten E-Mail-Familien auf mehrere Benutzer hin.«

Nachdenklich betrachtet Jon den bildfüllenden Wasserfall auf dem einen Schirm. Obwohl es auf dem rastlosen Bild kein unbewegliches Pixel gibt, spürt er schon nach wenigen Sekunden, wie bei ihm eine entspannende Wirkung einsetzt.

»Auffällig ist außerdem«, erklärt Marten währenddessen, »dass die allermeisten Betrachter der Seite sie nicht anonymisiert besuchen. Nur ein kleiner Prozentsatz kommt von anonymisierten IP-Adressen und lässt sich schwer bis gar nicht nachverfolgen.«

Ist diese Seite mit ihrer einschläfernden Wirkung irgendeine Psycho-Geheimwaffe?, fragt sich Jon, der sich den glitzernden Bildern nur schwer entziehen kann

»Wer betreibt diese Seite?«

»Eine weitere Auffälligkeit«, sagt Marten. »Auch sie wurde anonym registriert.«

»Würde ich auch tun, wenn ich so einen Quatsch in die Welt setze«, sagt Jon und wendet sich abrupt zum Gehen. »Geben Sie mir Bescheid, falls Sie wirklich etwas haben.«


Der Weg in die Redaktion und von dort nach Hause war für Cyn jahrelang eine wunderbare Gelegenheit, um abzuschalten und die Gedanken schweifen zu lassen. Doch seit dem Aufkommen des Mobiltelefons, des Internets und der Smartphones nützte sie diese Zeit immer öfter für Kommunikation und Information. Auch jetzt greift sie, kaum in der U-Bahn, zu der neuen Brille, die ihr Anthony gegeben hat. Einen Moment lang zögert sie, doch dann setzt sie das Gerät auf. Seltsam, dass sie weniger Vorbehalte dagegen hat, nur weil es andere Gläser sind als jene, die Adam trug.

Heute will sie keine Passagiere ausspionieren. Das Recherchieren ist mit der Brille einfach wesentlich komfortabler als auf dem Smartphone. Noch einmal ruft sie ManRanks Seite auf. Liest die FAQs. Für ihren Artikel braucht sie Informationen. Sie klickt die Seite an und gibt Vis Namen ein. Zu Cyns Überraschung liegt Vi weit vorn, zwischen den Rängen 575 946 335 und

493 551 091. Cyn findet auch einige Freundinnen von Vi, Sally, Brenda, Bettany. Und eine ehemalige, Ashley, deren Profilbild noch immer den Goth-Look zeigt, den ihre Tochter so lang trug. Einen Moment lang ist Cyn irritiert, ohne zu wissen, warum, dann sucht sie weiter. Sie findet ein paar ihrer eigenen Freundinnen und Freunde. Den höchsten Wert schafft ein Bekannter mit einem technischen Spezialunternehmen – er hält sich um Platz 8 500 000. Am schlechtesten schneidet eine Kollegin ab, rund um die Ränge im 2,3-Milliarden-Bereich. Anthony! Natürlich checkt sie Anthony. Er hält sich gar nicht schlecht, bei plusminus 15 Millionen. Chander Argawal liegt sogar im 4-Millionen-Bereich! Jeff schafft es gerade einmal etwas über Vis Niveau, so wie Cyns junge Kolleginnen Kimberly und Frances.

Alle jungen Leute lassen sich von diesen kleinen Programmen beraten. Muss sie die selbst ausprobieren, um darüber zu schreiben? Cyn spürt heftigen Widerwillen. Die Abneigung der Alternden gegen Neues? Alte Griechen gegen junge, wie Vi es ausdrückte? So wollte sie doch nie werden!

Zögerlich ruft sie über Vis Einladung Freemees Homepage auf.

Ein Video beginnt zu spielen, zu einladender Musik erscheint ein Textchart:

»Hi, Cynthia, schön, dass du bei uns vorbeischaust!

Entdecke Freemee und wie du dein Leben angenehmer machen kannst!«

Schnitt auf einen Wecker, der sechs Uhr morgens anzeigt. Eine Frau in Cyns Alter steht munter auf und streckt sich mit einem Lächeln im Gesicht. Textchart:

»Wie soll ein besserer Tag für dich aussehen?

Ausgeschlafen aufwachen? Probier unsere TräumSüß-ActApp.«

Eine schlanke junge Frau mischt einen knackigen Salat, und

Cyn fragt sich, warum diese Speisen immer so köstlich aussehen und sie trotzdem keinen Appetit darauf hat.

»Du willst so richtig gesund und trotzdem echt lecker essen? Schau in die Is(s)Gut-ActApps, du wirst staunen!«

Als Nächstes ist die Frau beim Joggen zu sehen. So gut gelaunt wie sie ist Cyn beim Laufen nie. Wenn sie es denn überhaupt tut. Wäre nett, wenn ihr mal jemand sagen würde, wie man das hinkriegt.

»Fit sein? Da hätten unsere Fit-ActApps tolle Ideen für dich! Und sie verraten dir auch gleich die richtige Technik, damit du endlich Spaß dran hast!«

Als hätten die Macher dieses Videos ihre Gedanken gelesen!

»Im Job soll es so richtig gut laufen? Dann sind unsere Karriere-ActApps für dich genau das Richtige!«

Beschwingten Schritts kommt die Frau aus einer Schuhboutique, mit zwei vollen Tüten in den Händen.

»Oder vielleicht ein bisschen Extra-Einkommen gefällig? Finde heraus, wie du deine Daten selbst zu Geld machen kannst. Aber nicht musst! Schließlich sind es deine – und nur deine!«

Ja ja, okay, es reicht! Diese Marketingtypen wissen genau, wie sie einen um den Finger wickeln.

Noch einmal studiert sie die Werbe- und Erklärungsvideos, die Texte zu den ActApps.

So kritisch sie auch ist: Die gut gelaunten, glücklichen Menschen darin haben keine Ähnlichkeit mit den Verkäuferinnen der TV-Shoppingkanäle, sondern wirken authentisch. Auf YouTube findet Cyn unzählige weitere positive Schilderungen. Kann es sein, dass ein Unternehmen wie Freemee das alles nur vortäuscht?

Cyn muss sich eingestehen: Am schlimmsten fände sie es, wenn die ActApps wie versprochen funktionierten. Sie müsste ihre Skepsis begraben! Und, wenn sie ehrlich zu sich ist: Die Vorstellung von mehr Erfolg in Beruf und Liebe hat durchaus etwas Verführerisches. Mit ihren bisherigen Strategien war Cyn ja weder im einen noch im anderen erfolgreich.

Hin- und hergerissen klickt sie auf den Anmelde-Button. Eine Anmeldemaske erscheint vor ihren Augen.

Vorname, Name... Alles schon ausgefüllt!

Soll sie? Sie weiß genau, was sie fürchtet. Dass sie, einmal dabei, gefangen bleibt, freiwillig, sei es aus Bequemlichkeit oder gar aus Überzeugung. Sie redet sich gut zu: Es ist nur zu Recherchezwecken. Wenn es nicht klappt oder sie Bedenken bekommt, kann sie jederzeit aufhören.

Die Registrierung läuft schnell und erfreulich einfach. Alle notwendigen Fakten sind Freemee ohnehin bekannt, Cyn muss nur mehr den Geschäftsbedingungen und der Registrierung zustimmen.

Wieder zögert sie. Wie üblich bestehen die Geschäftsbedingungen aus einer unendlichen Wurst von Kleingedrucktem. Aber selbst wenn sie die liest, wird sie aus dem Juristenkauderwelsch nicht schlau werden. Und selbst wenn sie es verstünde und Einwände hätte – wenn sie nicht zustimmt, kann sie den Dienst nicht verwenden.

Also, was soll's.

»Okay«, flüstert sie.

»Willkommen in deiner Welt voll neuer Möglichkeiten, Cynthia! In deinem Konto kannst du jetzt deine Daten ergänzen. Jene aus öffentlichen Quellen haben wir bereits für dich zusammengestellt. Sei nicht überrascht, wie viele das sind!«

Und doch ist Cyn überrascht davon, was Freemee bereits über sie gespeichert und nach verschiedenen Themen geordnet hat. Adresse, E-Mail-Adressen (privat und beruflich), Telefonnummern, auch Handy, alles schon da. Okay, das war zu erwarten. Viele Läden und Supermärkte, in denen sie einkauft oder bereits einmal eingekauft hat. Welche Verkehrsmittel sie wann, wie und wie oft verwendet. Surfverhalten. Je tiefer sie eindringt, desto entsetzter ist sie, was da draußen alles über sie im Umlauf ist. Praktisch alle Artikel, die sie je verfasst hat, auch wenn sie nur in Printmedien erschienen. Kreditratings. Ihr momentaner Standort. Moderne Analyseprogramme, so erklärt ein kurzer Text, erkennen die Trägerin, den Träger eines Handys am Schritt. Bis hin zu einem relativ ausführlichen Persönlichkeitsprofil. Cyn überfliegt es. In den meisten Punkten trifft es sie ziemlich gut. Aber nicht in allen, findet sie.

»Wir würden dich gern noch genauer kennenlernen, Cynthia«, erklärt ein Text. »Dazu bitten wir dich, die folgenden Fragen zu beantworten. Es sind über dreihundert. Du musst sie aber nicht beantworten. Oder wähle nur die, bei denen du es gern möchtest.«

Das kennt Cyn von den Partnersuchportalen.

»Wir wollen ehrlich zu dir sein, Cynthia. Diese Fragebogen dienen vor allem dazu, dein Selbstbild mit deinem Verhalten abzugleichen – in welchen Situationen und Lebensbereichen du dein Verhalten richtig beurteilst und in welchen du dich falsch einschätzt (ohne es zu wissen).«

Will ich überhaupt so genau wissen, wann ich mir selbst etwas vormache?, fragt sich Cyn.

Die Fragen füllt sie einfacher am Touchscreen ihres Smartphones als über die Brille aus. Wie von anderen Portalen gewohnt, beginnt sie die Kästchen der einfachen Multiple-Choice-Fragen anzutippen. Sie merkt, dass sie manche Fragen anders beantwortet, als sie es sonst tun würde. *Was machst du abends am liebsten, wenn du von der Arbeit nach Hause kommst? Weiterarbei-*

*ten, Sport, Fernsehen, Abendessen kochen…* Sie denkt nach, wie es wirklich ist, was sie tatsächlich wünscht, liebt, tut. Verändert sie bereits ihr Selbstbild? Hat Freemee schon mit der Manipulation ihrer Persönlichkeit begonnen? Im Geist macht sie sich Notizen für ihre Artikel.

Die Brille erinnert sie daran umzusteigen. Cyn unterbricht das Formularausfüllen und verlässt den Zug.

»Willkommen, Miss Bonsant«, flüstert Carl in dem Fahrstuhl, mit dem er in den achtundvierzigsten Stock gleitet. Ihre vorausgesagte Neugier bestätigt sich. Der Vorteil ist, dass Carl nun daran arbeiten kann, sie zu beeinflussen. Bei ihrer Tochter sieht man eindeutig, dass es funktioniert. Auch wenn die kleine Bonsant wie alle anderen Testpersonen von Carls Experiment-Software ausgewählt worden ist, die auch die Wertumstellungen durchgeführt hat. Eigenhändig hätte Carl unmöglich Millionen handverlesen durcharbeiten können. Das tut er nur bei einzelnen, besonders heiklen Fällen wie Cynthia Bonsant. Er wird sie sedieren, so stark er kann. Allerdings wird er vorsichtig vorgehen müssen. Bonsant wird misstrauisch bleiben. Mit kurzen Fingerbefehlen am Brillenbügel und Augenzwinkern ruft er ihr neu geschaffenes Konto auf und taucht in die Codezeilen, in denen er sich so daheim fühlt.

Oben angekommen, tritt er aus dem Lift und beendet seine Arbeit im Foyer, bevor er weitergeht. Auf dieser Etage sitzt das Herz der Verwaltung von Henrys Imperium. Die gediegene, doch unprätentiöse Einrichtung erinnert an die moderne Version einer altehrwürdigen europäischen Privatbank – ohne den pragmatischen Neureichenpomp ihres US-amerikanischen Pendants. In Henrys Vorzimmer sitzt seit fünfunddreißig Jahren dieselbe Dame. Carl ist selten hier. Besuche bei Investoren sind für jemanden wie ihn zwar nicht ungewöhnlich. Da Henry offiziell jedoch nur einen geringen Teil an Freemee hält, beschränken sie die Zusammentreffen an diesem Ort auf wenige Gelegenheiten.

Angesichts Henrys Vermögens findet Carl sein Büro vergleichsweise bescheiden. Beeindrucken lässt er sich jedoch jedes Mal von dem Blick über Midtown und den Central Park. Wie immer ist Henry makellos gekleidet und frisiert. Er legt die Papiere beiseite, die er bei Carls Eintreten studiert hat.

Papier! So zwanzigstes Jahrhundert! Noch immer staunt Carl darüber, dass Henry Freemees Potenzial seinerzeit gleich erkannt hatte.

Henry bittet ihn zu der Sitzecke mit den Ledersesseln. Auf einem Glastisch steht eine Karaffe mit Wasser und zwei Gläsern. Carl fallen die Untersetzer mit den Jagdmotiven ins Auge. Etwas stört ihn daran.

»Das Experiment geht seinem Ende zu«, erklärt Henry ohne lange Einleitung. »Der nächste Schritt bedeutet ein Sicherheitsrisiko, besonders in der Anfangsphase, nachdem du deinen Vorstandskollegen die Neuigkeiten mitgeteilt haben wirst. Deine Programme überwachen und steuern sie bislang zwar sehr gut, aber ich möchte kein Wagnis eingehen. Freemee ist ein ungeheuer mächtiges, aber auch etwas träges Instrument. Und wird teilweise wirkungslos werden bei jenen, die um seine Kraft wissen. In manchen Situationen muss man schnell und sehr individuell reagieren können. Außerdem solltest du endlich von diesem operativen Kleinkram entlastet werden. Deshalb habe ich mir erlaubt, Unterstützung heranzuziehen. Wie du weißt, gehört zu meiner Gruppe ein global agierendes Sicherheitsunternehmen. Sein Chef und ein eingeweihtes Team wissen, was sie wissen müssen, um ihren Job zu tun. Mehr nicht.«

Auf ein unsichtbares Zeichen hin öffnet sich die Tür für einen baumlangen Mittsechziger mit der Aura eines Ironman-Athleten und dem Kurzhaarschnitt eines ehemaligen Soldaten.

»Ich darf dir Joaquim Proust vorstellen. Joaquim, das ist Carl Montik, das Superhirn hinter Freemee.«

Prousts Lächeln soll wahrscheinlich gewinnend sein, mutmaßt Carl, während sie Hände schütteln.

»Meine Idee ist, dass Joaquims Team in Zukunft spezielle Sicherheitsaufgaben für Freemee übernimmt, die euer eingeführtes und etabliertes Sicherheitssystem offiziell nicht leisten kann und darf. Dazu gehören Dinge wie die sorgfältige Beobachtung mancher Kritiker, aber auch – wenigstens in der kommenden Zeit – eine verstärkte Beschäftigung mit deinen Vorstandskollegen, bis wir uns ihrer Loyalität unter den neuen Umständen sicher sein können. Ab sofort kannst du das alles ihm überlassen. Joaquim bekommt von den Programmen dieselben Alarmierungen wie du und ich und kann entsprechend handeln. Ich würde dich bitten, ab sofort deine Benachrichtigungen für Code 703 bis 708 zu deaktivieren, damit du dich voll und ganz auf deine eigentlichen Aufgaben konzentrieren kannst.«

»Nichts lieber als das«, sagt Carl. Endlich kann er seine Zeit wieder effizienter einsetzen. Eine Frage hat er allerdings: »Was machen wir, wenn wir uns ihrer Loyalität nicht sicher sein können? Wenn Journalisten schädliche Geschichten veröffentlichen wollen? Diese Britin etwa?«

»Um Cynthia Bonsant haben Sie sich ja gerade gekümmert, wie ich gesehen habe.« Prousts weiche Stimme bildet einen überraschenden Kontrast zu seinem Äußeren. »Hoffen wir, dass es wirkt. Im Prinzip arbeiten wir ähnlich wie Freemee, vorbeugend und konstruktiv. Im Wesentlichen geht es darum, Gefahrensituationen rechtzeitig zu erkennen. Ein Beispiel: Ihre Vorstandskollegen sind Intensivnutzer von Freemee. Die Software weiß also ohnehin die meiste Zeit, wo sie mit wem sind. Auch kann sie Verhalten mit einer hohen Wahrscheinlichkeit voraussagen. Wir dagegen wollen eine möglichst hohe Sicherheit gewähren. Ungewöhnliches Verhalten wie ein längeres Ablegen der Sensorgeräte meldet Freemee. In dieser Zeit übernehmen andere automatische Systeme, etwa ein zumindest in einigen Weltgegenden mittlerweile recht engmaschiges Netz privater Überwachungskameras und moderner Gesichtserkennung, GPS-Ortung von Kraftfahrzeugen, Minidrohnen und andere. Sollten selbst diese nicht greifen, sind unsere Leute da. Falls ein Vorstandsmitglied etwa Personen trifft, bei denen der Verdacht auf Geheimnisverrat besteht, oder wir eindeutige Gespräche mitbekommen, können wir eingreifen. Mit einfachen Mitteln wie vorübergehender Ablenkung, Irritation und anderem. Das gibt uns in der Folge die Möglichkeit, mit dem Kollegen oder der Kollegin noch einmal unter vier Augen zu sprechen.«

Carl ist amüsiert darüber, wie Proust sich bemüht, die Totalüberwachung in rhetorische Watte zu verpacken.

»Ähnlich machen wir es mit zu neugierigen Personen«, fährt der Sicherheitsmann fort. »Henry hat mir von den neuesten Zugängen in London erzählt. Die übernehmen wir jetzt auch.«

Carl weiß, von wem er spricht. Edward Brickle, das kleine IT-Genie.

»Mir gefällt das nicht«, erklärt er dann. »Aber ich sehe die Notwendigkeit.«

Henry und Proust wechseln einen Blick.

»Wir ergreifen diese Maßnahmen nur so lange, wie es nötig ist«, sagt Henry.

Jetzt erkennt Carl, was an den Untersetzern falsch war. Mit zwei knappen Handbewegungen richtet er sie rechtkant zum quadratischen Tisch aus. Dann steht er auf und verabschiedet sich mit einem Nicken in Henrys und auch Joaquims Richtung.

Nach ihrem U-Bahn-Wechsel beantwortet Cyn Freemees Fragen weiter, wenn auch mit großen Lücken. Den Rest kann sie ja ein anderes Mal ausfüllen. Sie ist gerade fertig damit, als die Brille sie erneut zum Umsteigen auffordert. Während sie durch den Verbindungstunnel der U-Bahn geht, bedankt sich Freemee in der Brille. Sie ist eben am nächsten Bahnsteig angekommen, als es heißt:

»Und jetzt: Verbessere deine Werte! Dank unserer praktischen DatenaboApp kannst du jetzt selbst die Daten bekommen, die bis jetzt nur andere über dich sammeln. Die Daten sind völlig sicher und gehören nur dir, solange du sie nicht zur Verwertung freigibst.«

Eine Liste erscheint mit sämtlichen infrage kommenden Unternehmen. Kaum mehr überrascht nimmt Cyn zur Kenntnis, dass Freemee ihre Bank kennt, ihre Kundenkarten, sozialen Netzwerkkonten, Mobilfunk- und Internetprovider, mobilen Geräte. Oberhalb der Liste thront eine fette Schlagzeile:

**Damit du weißt, was Unternehmen über dich wissen!**
**Und mehr!**

Neben jedem Firmen- und Funktionsnamen laden leuchtende OK- und Info-Buttons Cyn zum Tippen ein.

Cyn hadert.

*Damit du weißt, was Unternehmen über dich wissen! Und mehr!*

Cyn steigt in den nächsten Zug. Noch einmal studiert sie die Liste. Nun gut, bei den Daten, die über ihr Facebook-Konto generiert werden, macht sie sich weniger Sorgen. Viel ist da nicht, sie ist nur selten eingeloggt.

OK.

Ähnlich geht es ihr bei den verschiedenen Handydaten. Und den Kundenkarten. Es sind ja ihre Daten. Warum sollen nur die anderen sie besitzen?

OK. OK. OK. …

Die Bank. Na ja. Die dann vielleicht doch nicht.

»Dein Kreditscore liegt im unteren Durchschnitt«, leuchtet ein Text vor ihren Augen auf, als hätte Freemee schon wieder ihre Gedanken gelesen. »Optimierung deines Geldmanagements kann ihn verbessern. Freemees MoneyManager-ActApps helfen dir dabei. Und du musst die Daten nicht veröffentlichen.«

Creepiness-Effekt. Hatte Jeff es nicht so genannt?

Aber irgendwie findet Cyn es nicht mehr wirklich gruselig. Sie wundert sich über gar nichts mehr.

Die Brille kündigt ihre Ausstiegestation an. Ihr Zeigefinger schwebt kurz über dem Button, dann tippt sie:

OK.

»Danke, Cynthia. Wir kümmern uns umgehend um die Einholung der Daten. Von einigen der Unternehmen wirst du in den kommenden Stunden Formulare erhalten. Mit ihnen kannst du ab sofort laufend deine Daten anfordern und bestätigst dies mit deiner Unterschrift. Sobald die Formulare unterschrieben zurückgesendet sind, werden deine Daten in dein Freemee-Konto geladen.«

Cyn kann nicht glauben, was sie getan hat. Für den restlichen Fußweg nach Hause steckt sie ihr Smartphone ein. Die Sonne ist schon verschwunden, Schatten legen sich über die Straße. Eine warme Brise streicht über Cyns Gesicht und durch ihr Haar. Was für ein seltsamer Tag!

Während des Spaziergangs nach Hause rekapituliert sie die Ereignisse, um sie in ihrem Kopf für einen Artikel zu ordnen.

Sie ist kaum daheim angekommen und hat ihre Schuhe ausgezogen, als ihre Brille sie aufmerksam macht: »Dein Anmeldevorgang bei Freemee ist noch nicht beendet. Möchtest du ihn fortsetzen, Cynthia?«

Cynthia wirft sich auf das Sofa.

»Okay.«

Wenn es sein muss.

Freemee will wissen, ob sie Körperdaten-Messgeräte trägt. Cyn denkt an die Smartwatch in ihrer Handtasche, die Anthony ihr am Vormittag hingeknallt hat.

Nein danke. Vorerst verzichtet sie lieber auf eine solche Sensorenmaschine. Beim gegenwärtigen Stand errechnet Freemee maximale Erlöse von zweihundertzwanzig Frees oder etwa hundertzweiunddreißig Pfund monatlich! Schon steckt sie mitten im Verwertungsmodell.

»Verbessere deine Werte! Wenn du deine Körperdaten aufnimmst, steigert das den aktuellen monatlichen Wert deines Kontos derzeit auf dreihundertdreißig Frees/hundertachtundneunzig Pfund.«

Fast siebzig Pfund extra nur für das Tragen einer Uhr? Ein verlockendes Angebot. Cyn muss an die fröhliche Frau aus dem Video mit den Schuheinkäufen denken. Lass dich nicht von ihren Tricks einwickeln!, ruft sie sich in Erinnerung. Du willst bloß eine Reportage machen. Oder? Das kannst du später immer noch probieren. Sie lehnt ab, auch wenn es ihr nicht ganz leichtfällt, wie sie im Kopf für ihren Artikel notiert.

Doch Freemee hat noch mehr auf Lager. Als Nächstes bieten sie ihr Einzelsensoren für den Haushalt an. Um sie am Kühlschrank, der Kaffeemaschine, im Bett, an Medikamentendosen und sonst wo anzubringen, wo sie Verhalten messen können. Damit sie dich an deine Pilleneinnahme erinnern oder daran, dass du heute schon vier Kaffee getrunken hast. Sie kosten, wenn auch nicht viel. Und wären auf Frees-Kredit zu haben. Klar. Auch das verschiebt Cyn auf später. Richtig neugierig ist sie, das muss sie inzwischen zugeben, auf die Kristallkugel – den Blick in ihre Zukunft. Natürlich glaubt sie nicht daran. Höchstens so, wie sie es mit Horoskopen hält: Einer guten Voraussage wird sie gern glauben. Eine schlechte wird sie nicht ernst nehmen. Bestimmt nicht.

Als sie mit dem Cursor über den Ball gleitet, informiert sie ein Text:

»Hallo Cyn! Du benutzt die Gratisversion unserer Freemee-Kristallkugel. In dieser stehen dir nicht alle Möglichkeiten der Kristallkugel zur Verfügung. Möchtest du die Vollversion nutzen?

Vollversion: 7 Frees/4 Pfund monatlich.«

Wie hätte es auch anders sein sollen, denkt Cyn ernüchtert. Sie wird sich erst einmal mit der Gratisversion begnügen. Dabei weiß sie sehr wohl, dass auch diese in Wahrheit nicht kostenfrei ist.

Nach dem Anklicken warnt sie ein Comicmännchen mittels Sprechblase: »Dein Datenprofil ist noch sehr unvollständig, Cynthia. Die Analysegenauigkeit liegt bei 67 Prozent.«

Was soll's, denkt Cyn. Umso besser kann ich die Ergebnisse als Unfug abtun, wenn sie mir nicht in den Kram passen.

Sie klickt den Ball an, er wirbelt, zerspringt und gibt eine Menge kleiner, im Comic-Stil gezeichneter Cynthias frei. Jede trägt ein andersfarbiges T-Shirt mit einem speziellen Schriftzug: Gesundheit, Karriere, Liebe, Vermögen, Freizeit… – wie im Horoskop!

»Vorschlag: Du hattest immer schon Lust, Saxophon zu lernen. Fang heute noch an, mit FreeSax ist es ganz einfach«, schreibt die »Freizeit«-Cyn in einer Sprechblase. Darunter pulsiert ein goldfarbenes Saxophon.

Von diesem Wunsch wissen nur ganz wenige ihrer Freundinnen, denkt Cyn überrascht. Andere aber anscheinend auch.

Wie auch immer, Freizeit hat sie sowieso keine. *Also fragen wir die Kugel doch einmal, was sie zum Thema »Liebe« sagt.* Cyn klickt das rote Shirt der »Liebe«-Cynthia an. Neben der erscheint eine sehr transparente männliche Comicfigur, wie ein flüchtiger Geist. Über eine Sprechblase teilt ihr das Cynthia-Püppchen mit: »Deine Chance auf einen neuen Partner in den nächsten 12 Monaten beträgt 13 Prozent.«

Tolle Nachrichten! Da kann sie ja gleich Nonne werden! Die beiden Zahlen sind bunt gefärbt. Darunter blinkt ein rosafarbener Text: »Verbessere deine Chancen mit den passenden ActApps! Wähle aus den Love-ActApps!«

Cyn sieht eine Reihe von Symbolen für verschiedene Love-ActApps, die angeblich am besten auf ihre Bedürfnisse zugeschnitten sind. Manche der Apps sind kostenlos, für andere müsste sie bis zu zwanzig Pfund berappen. Monatlich! Zahlung per Freemee-Daten oder Datenvorschuss möglich. Die günstigste unter den Top Ten kostet zehn Frees oder sieben Pfund monatlich.

*Wow!*

Allerdings bieten alle eine Dreißig-Tage-Test-Version an.

Cyn kann die Liste auch nach dem Preis ordnen. Als sie das entsprechende Menü anklicken will, erscheint ein kleines Popup: »WARNUNG! Die Reihung der ActApps ist für dich maßgeschneidert, Cynthia. Wir empfehlen die Nutzung der gereihten ActApps. Information: Vielleicht vermisst du die in solchen Listen üblichen Kundenbewertungen. Freemee empfiehlt jedem

Kunden eine individuelle ActApp-Liste. Was für jemand anderen gut ist, muss es nicht für dich sein, Cynthia. Daher sind ActApp-Bewertungen durch Kunden sinnlos.«

Cyn überlegt kurz, dann klickt sie auf »Abbrechen«. Ihr Kopf ist voller Eindrücke, die sie erst einmal verarbeiten muss. Sie nimmt die Brille ab.

Bleich sitzt Eddie in seinem Zimmer vor dem Laptop und schwitzt. Wie heißt es in diesem Film? Nur weil du paranoid bist, bedeutet es nicht, dass sie nicht hinter dir her sind? Zwar ist niemand hinter ihm her, aber wenn die Zahlen seines kleinen Suchprogramms auf dem Bildschirm stimmen, wären sie geeignet, Eddie paranoid zu machen.

Hat er irgendwo einen Fehler gemacht? In seiner Interpretation? Im Script? Es sind nur erste Ergebnisse. Wo könnte sein Fehler liegen? Kann er die Zahlen anders auslegen? Es muss eine vernünftige Erklärung für die Abweichungen geben. Freemees Geschäft ist Statistik, sie wären doch sicher schon selbst darauf gekommen.

Seine ActApps hat Eddie wieder ruhiggestellt, damit sie ihn nicht ununterbrochen ermahnen. Es fällt ihm nicht leicht, auf sie zu verzichten. Immer wieder schweift seine Konzentration ab. Seine Werte werden weiter sinken. Das ist nicht gut. Fast macht es ihn nervös.

Und was, wenn er keinen Fehler gemacht hat? Wenn sein Verdacht zutrifft? Die Konsequenzen wären …

Eddie lässt sich zurückfallen, in seinem Kopf wirbeln die Gedanken. Er steht auf, blickt aus dem Fenster, auf die Büsche in der Dämmerung, in den schwarzblauen Londoner Abendhimmel.

Solange er keine Klarheit hat…

Zögerlich betrachtet er die Smartwatch an seinem Handgelenk, spielt mit dem Verschluss. Öffnet ihn. Legt die Smartwatch auf das Fensterbrett, lässt seine Hand kurz darauf liegen.

Dann kehrt er zu seinem Laptop zurück, zwiegespalten. Öffnet sein Freemee-Konto. Setzt das Datensammelabonnement vorübergehend aus.

Ein Dialogfenster fragt, ob er das wirklich will.

OK.

»Vergiss nicht, dein Abo bald wieder zu aktivieren, Eddie«, erinnert ihn Freemee. »Willst du uns inzwischen kurz mitteilen, warum du das Abo pausieren lässt?«

O Ich bin mit den Ratschlägen der ActApps nicht zufrieden

O Ich habe trotz des Gebrauchs von Freemee meine Ziele nicht erreicht

O Ich habe Datenschutzbedenken

O andere Gründe _ _ _

Eddie beantwortet die Frage nicht.

Nein, abmelden wird er sich noch nicht. Aber er muss das jetzt überprüfen. Falls er einen Fehler gemacht hat, wird er das Abo wieder aktivieren. Aber bis er sicher ist… Zuerst muss er sich das Script ansehen. Zeile für Zeile. Wo könnte sein Denkfehler liegen? Oder ein simpler Codefehler? Er öffnet die Datei und beginnt zu lesen.

»Junge, Junge«, flüstert Joaquim fünftausend Kilometer weiter westlich hinter seiner Brille. »Dünnes Eis. Sehr dünnes Eis.«

»Finde ich gut, Mom, dass du dich bei Freemee angemeldet hast«, begrüßt Vi ihre Mutter und stellt zwei Taschen mit Einkäufen auf den Tisch. »Hat dich Zeros Spruch über die ahnungslosen Eltern so getroffen?«

»Ja«, lacht Cyn. »So sehr, dass ich darüber schreiben werde.«

»O weh!«

»Ich habe mich nur zu Recherchezwecken registriert.«

»Ja klar.« Vi grinst. »Ich hab euer Promovideo übrigens gesehen. Fand es mäßig.«

»War nicht meine Idee. Immerhin sichert mir die Geschichte vorläufig meinen Job.«

Gemeinsam bereiten sie in der Küche das Abendessen zu. Vi hat gesund eingekauft.

»Kennst du eigentlich ManRank?«, fragt Cyn beiläufig, während sie den Salat auf zwei Teller verteilt.

»Klar«, antwortet Vi und setzt sich an den Tisch.

»Deine ehemalige Freundin Ashley hat ähnliche Werte wie du. Obwohl sie noch immer Goth ist. Kommt dir das nicht eigenartig vor?«

Vi zuckt mit den Schultern. »Bist du sauer, weil ich lieber auf die ActApps gehört habe statt auf dich?«

»Nein, warum denn? Mich interessiert bloß, wie die Empfehlungen der ActApps zustande kommen, die deine Werte verbessern.«

»Das rechnen die Programme aus. Keine Ahnung, guck dir doch die Videos von Freemee an, da wird alles genau erklärt. Es läuft wohl so ähnlich wie bei Google, wenn es meine persönliche Suche optimiert. Oder Facebook meine Timeline.«

»Wunderbare Beispiele. Und wer garantiert dir, dass Google die Suche wirklich nach deinen persönlichen Vorlieben sortiert? Und nicht nach seinen eigenen?«

Vi blickt sie verständnislos an. Sie spießt ein Stück Tomate auf. »Na, Google. Wer sonst?«

»Genau. Wer sonst?«

»Meine Güte, Mom! Bist du paranoid? Diese Diskussion ist doch uralt! Was habt ihr bloß alle? Ist vielleicht irgendwas Schlimmes passiert?«, fragt Vi. »Haben Google oder Facebook oder Freemee mein Gehirn gewaschen? Nein. Also, bitte!«

»Das wichtigste Kennzeichen einer Gehirnwäsche ist, dass der Betroffene sie nicht merkt.«

»Wie recherchierst du denn? Etwa nicht mithilfe von Google?«

»Touché. Aber Freemee hat dich verändert, das gibst du zu.«

»Nein, Mom. Ich habe mich verändert. Freemee hat mir dabei geholfen. Und es funktioniert. Ich bin in der Schule besser. Wir beide kommen miteinander aus. Wenigstens, solange du nicht mit diesen Diskussionen anfängst. Ich ernähre mich gesünder. Ich habe mehr und angenehmere Freunde als früher. Ich fühle mich viel wohler als damals und bin heilfroh drüber. Du nicht? Wo liegt dein Problem?«

Ja, wo liegt ihr Problem eigentlich, fragt sich Cyn.

»Apropos«, sagt Vi, »ich gehe nachher noch zu Sally lernen und übernachte dann dort.«

Vor einem Jahr hätte sich Cyn deshalb noch Sorgen gemacht. Jetzt sagt sie nur: »Okay. Aber erklär mir noch eins … wie hat das damals funktioniert? Hast du in die Kristallkugel geschaut?«

»Nein«, erklärt Vi, »meine Werte waren schlecht. Ich habe einfach gefragt, wie ich sie verbessern kann. Darauf boten mir die ActApps verschiedene Tipps an und rechneten mir auch gleich aus, welche Werte das in etwa ergeben würde.«

Cyn erinnert sich an Tage, an denen Vi aus der Schule kam und sich ohne ein Wort in ihrem Zimmer vergrub. Natürlich ging es ihr nicht gut, und sie selbst konnte ihre Tochter nicht aus dem Tief herausholen. Aber das ist es wohl nicht, was mit schlechten Werten gemeint ist.

»Wie lauteten denn die Vorschläge?«, will sie wissen. »Waren sie so, dass du sie von Beginn an befolgen wolltest?«

»Manche mehr, manche weniger. Manche gar nicht. Eigentlich ist es total einfach. Bei uns Schülern sind nun mal die Noten wichtig. Die ActApp erklärte mir, dass ich noch so gut sein könnte, doch solange ich als Goth herumlaufe, würde ich von den meisten Lehrern immer um ein, zwei Noten schlechter eingestuft werden als meine Mitschüler.«

Cyn legt die Gabel beiseite. »Die guten Werte waren dir also wichtiger als deine Identität?«

»Also komm! Welche Identität denn? Gestern war ich Goth, heute nicht. Na und? Das war bereits bei deiner Generation so, denk an Madonna. Jedes Jahr eine neue Identität.«

Dagegen kann Cyn wenig sagen.

»Ich hab meine Frisur geändert, die meisten Piercings rausgeholt und die Schminke gewechselt. Half meinen Werten.«

»So schnell haben die Lehrer dir bessere Noten gegeben?«

»Nein, die Werte stellt Freemee fest. Fotos von mir, Messen meiner Körperfunktionen.«

»Du könntest tricksen, Frisur und Piercing nur für ein paar Fotos verändern, die du hochlädst.«

»Und dann lädt eine meiner Freundinnen ein Foto mit Spikes und Piercings hoch, und alles fliegt auf?«

»Das findest du nicht befremdlich? Dass du Angst davor hast aufzufliegen? Das heißt doch, dass du dich eigentlich gar nicht so verhalten wolltest, dich aber kontrolliert gefühlt hast.«

»Ach, Mom! Ich fühle mich überhaupt nicht kontrolliert. Höchstens von dir, aber das hat sich ja auch gebessert. Ich glaube, du siehst da Gespenster.«

»Aber warum durfte Ashley Goth bleiben, wenn das bei den Lehrern so schlecht ankommt?«

Vi zuckt mit den Schultern. »Keine Ahnung.« Sie beginnt den Tisch abzuräumen. Viel haben sie nicht gegessen.

»Habt ihr denn nie darüber gesprochen, du und Ashley? Welche Tipps du bekommst? Und welche Ratschläge ihr die ActApps geben? Warum sie so verschieden sind?«

»Nein.«

»Irgendwann wird sie sich über deine Veränderung doch gewundert haben.«

»Da haben wir uns schon nicht mehr so oft gesehen. Irgendwann haben wir uns eben gar nicht mehr getroffen. Du weißt doch, wie das ist. Manchmal verändern sich Leute. Freundschaften gehen auseinander. Hast du etwas dagegen, dass Freemee Vielfalt fördert?«

Cyn hat es sich auf dem Sofa bequem gemacht. Vi ist nach dem Essen zu Sally gefahren. Lieber hätte Cyn den Abend mit ihr verbracht, so wie früher. Doch das ist Unsinn, ihre Tochter ist erwachsen. Und sie selbst hat eigentlich noch genug zu tun.

Ihr E-Mail-Konto ist voll mit Anfragen, Kommentaren und auch unschönen Beschimpfungen. Nachdem sie einige davon gelesen hat, löscht Cyn alle anderen Nachrichten, deren Absender sie nicht kennt. Sie ist nicht in der Stimmung, sich von Fremden anfeinden zu lassen.

Sie überlegt, was genau sie zu ManRank schreiben soll, probiert, findet aber noch immer nicht den richtigen Ansatz. Sie schaut in das *Daily*-Forum zur Zerosuche. In dem wird auch zu dieser Stunde noch heftig diskutiert. Cyn verliert schnell die Übersicht. Von den Ursprungsdiskussionen spalten sich zahlreiche ab und von diesen wieder neue. Teilweise handelt es sich um technische Themen, von denen Cyn kein Wort versteht, nicht einmal ahnt, worum es überhaupt geht. Andere interessieren sie mehr, aber vielleicht auch nur, weil sie den Inhalt nachvollziehen kann. An einer saugt sie sich fest. In ihr geht es darum, was Zero bewirken will und ob das gerechtfertigt ist oder nicht. Cyn liest die Statements, von denen die meisten Zeros Kritik zustimmen. *Sie klingen wie ich in meinen Diskussionen mit Vi*, denkt Cyn. Dabei fällt ihr auf, wie ängstlich und altmodisch die Argumente tatsächlich oft klingen. Wie damals, als Cyns Eltern sie vor den Gefahren des Fernsehers oder des Walkmans warnten. Eckige Augen. Verdummung. Vereinsamung. Nichts davon trat ein. Und doch fühlt sie sich den Kritikern näher als den Befürwortern. Suche ich die Diskussion, fragt sie sich, oder bloß Bestätigung meiner ablehnenden Haltung?

»Man versteht sein eigenes Wort nicht«, meint Jon mit einer Geste in die Dunkelheit, aus der das Gezeter der Grillen und Zikaden schallt.

»Gut«, entgegnet Erben. »Dann versteht es auch niemand anderer.«

Worüber er sich wenig Gedanken machen muss. Wenigstens einmal täglich lässt er sein Anwesen am Potomac von mehreren unabhängigen Sicherheitsfirmen überprüfen. Er hat die Villa mit dem weitläufigen Park noch vor dem Umzug nach Washington gekauft, damit seine Kinder ausreichend Natur um sich haben. Sie schlafen schon, so wie Jons beide Kleinen, während ihre Ehefrauen am anderen Ende der überdachten Veranda bei einer Flasche französischen Weins tuscheln und lachen. Über ihre Schultern haben sie Jäckchen geworfen gegen die kühle Nachtluft, die langsam vom Wald und den Wiesen hereinzieht. Aus dem weitläufigen Rasen vor ihnen ragen die dunklen Konturen einer jahrhundertealten Eiche ins Mondlicht. Über ihnen zieht sich das Band der Milchstraße dahin.

Erben streicht mit dem Zeigefinger über den Tau an seinem Glas mit dem Martini-Cocktail.

»Wasserfälle«, murmelt er kopfschüttelnd. »Armselig. Vielleicht sollten wir den Etat der NSA kürzen, wenn das alles ist, was sie herausfinden.«

Auch Jon schüttelt den Kopf, dann prostet er ihm zu. »Danke noch mal für die Einladung.«

»Du und Samantha, ihr seid uns immer willkommene Gäste«, erwidert Erben.

»Henry Emerald«, sagt Jon.

Erbens Blick wandert zu den Sternen. »Was ist mit ihm?«

»Du kennst ihn.«

»Natürlich, wie sollte ich nicht? Emerald gehört zu den zweihundert reichsten Menschen des Landes, hält unzählige Beteiligungen an verschiedensten Firmen von Energie über Software bis Sicherheit und ist ein wichtiger Unterstützer des Präsidenten. Was ist mit ihm?«

»Neulich hast du erwähnt, dass wir die Kontrolle über Carl Montik gewinnen sollten. Weil du die Kontrolle über Freemee brauchst.«

»Was hat Emerald damit zu tun?«

»Er besitzt Anteile an dem Unternehmen, vier Prozent.«

»Damit wird sein Einfluss auf Montik bescheiden ausfallen.«

»Offiziell«, entgegnet Jon und nimmt einen Schluck von seinem Brandy. »Wir haben uns die Beteiligungskonstruktionen genauer angesehen. Freemee-Anteile werden von insgesamt über vierzig verschiedenen Investoren gehalten. Die meisten davon sitzen irgendwo offshore und halten ihre Eigentumsverhältnisse bedeckt.«

»So weit normal.« Erbens Blick folgt dem Weg einer Sternschnuppe.

»Wir haben ein bisschen gegraben. Mit unseren Mitteln.«

»Von denen ich gar nicht so viel wissen möchte. Worauf seid ihr gestoßen?«

»Einundfünfzig Prozent liegen in den Händen der Gründer oder ihrer Erben.«

»Erben?«

»Einer der Gründer starb vor einigen Monaten bei einem Autounfall. Er hinterließ eine Lebensgefährtin, mit der er zwei Kinder hatte.«

»Und die restlichen neunundvierzig? Minus vier, die Emerald gehören?«

»Gehören auch Emerald.«

Erben wischt die restliche Feuchtigkeit von seinem Glas.

»Ist Emerald nicht ein großer Auftragnehmer der Regierung? Sein Sicherheitsunternehmen EmerSec bekommt doch Milliarden von uns, oder?«

»Yep. Ein zuverlässiger Partner. Seit Jahrzehnten.«

Erben kippt seinen Drink mit einem Schluck herunter. Als er es auf dem schmiedeeisernen Tisch abstellt, klirren die Eiswürfel im Glas.


Halb drei Uhr nachts! Cyn sollte längst schlafen! Doch ihre Gedanken kreisen geradezu zwanghaft um die Ereignisse der letzten vierundzwanzig Stunden, saugen immer neue Texte und Kommentare auf.

Um sich zu entspannen, besucht sie ihr Konto auf der Partnervermittlungs-Homepage. Drei neue Nachrichten, aber niemand, der ihr gefällt. Sie seufzt. Chander würde ihr gefallen, obwohl er etliche Jahre jünger ist als sie. Oder vielleicht gerade deshalb. So ein kleines Abenteuer könnte sie mal wieder brauchen. Das letzte ist viel zu lange her.

Sie fahndet ein wenig im Netz nach ihm. Die Einträge bei Google bestätigen Anthonys Angaben über Chanders berufliche Erfahrungen. Privates findet sie wenig. Ob er wohl eine Freundin hat? Nacheinander klickt sie seine Profile bei sozialen Netzwerken an. Doch er hat jedes einzelne nur für Freunde sichtbar gemacht. So kommt sie nicht weiter.

Und wenn sie eine dieser Love-ActApps fragt, die Vi so gelobt hat?

Cyn nimmt die Brille zur Hand und ruft die Liste auf, die Freemee ihr angeboten hat. Dreißig Tage gratis testen. Die erste ActApp in der Aufzählung trägt keinen Kunstnamen wie »Lovematch« oder »Datequeen«, sondern nennt sich einfach »Peggy«. Als wäre sie ihre beste Freundin.

Cyn zögert. Was tut sie da überhaupt? Andererseits reizt es sie herauszufinden, wie diese angeblich maßgeschneiderten Apps funktionieren.

Sie vergewissert sich noch einmal, dass sie beim Dreißig-Tage-Gratis-Angebot keine unangenehmen finanziellen Fußangeln erwarten, dann aktiviert sie Peggy.

Verdammt komisch kommt sie sich dabei vor.

Im nächsten Moment steht in ihrem engen Wohnzimmer eine transparente Frau in Cyns Alter, Typ attraktive Modeverkäuferin, blonde Haare, schlank.

»Hi, Cynthia«, sagt sie mit einer Stimme, die Cyn entfernt an ihr Navigationssystem erinnert, sieht sich um und fragt mit einer Geste auf den Sessel neben dem Sofa: »Darf ich mich auf das Sofa oder den Sessel setzen?«

Cyn ringt mit den Worten, nicht nur wegen der perfekten Animation, sondern auch weil sich das Gespenst in ihrem Wohnzimmer zurechtfindet. Das heißt: Die Brille muss mitfilmen und den Ort in das Programm live einbauen! Sie sollte sofort alles ausschalten.

»Ich freue mich, dich kennenzulernen«, fährt Peggy fort und lächelt sie an.

Was soll's. »Bitte, setz dich«, bringt Cyn hervor und deutet auf den Sessel. Zu nahe muss Peggy ihr auch nicht kommen! Sie ertappt sich dabei, Peggys Projektion zu beobachten, als säße ihr ein echter Mensch gegenüber. Die Haare. Die Gesichtszüge. Der Körper. Ihre Schuhe.

»Wie kann ich dir helfen, Cynthia?«

Cyn muss sich daran erinnern, dass sie mit einem Programm spricht. Irgendwie fühlt sich das weniger peinlich an, als mit einer Frau aus Fleisch und Blut über ihre geradezu pubertären Gefühle zu reden.

Du recherchierst bloß, sagt sie sich. Wollen wir doch mal sehen, was diese Peggy draufhat.

»Chander Argawal«, sagt sie, bevor sie es sich anders überlegen kann. »Er gefällt mir. Kann man da was machen?«

»Dieser Chander?«, fragt Peggy und blendet ein Bild des jungen Inders in den Raum vor Cyn.

»Ja.«

»Ein interessanter Mann. Er sieht gut aus«, sagt Peggy. »Ich kann dich verstehen, Cynthia.«

Cyn ist das Ganze ziemlich unangenehm. Immerhin trübt die Maschinenstimme die Illusion, mit einem echten Menschen zu sprechen. Sei mal ein bisschen lockerer, befiehlt sie sich. Sieh es wie ein Spiel.

»Meine Tipps sind natürlich umso besser, je mehr ich über dich weiß«, fährt Peggy fort. »Gerade bei zwischenmenschlichen

Themen spielen körperliche Faktoren eine wesentliche Rolle. Um die besser zu bestimmen, wäre ein Sensorgerät sehr hilfreich, Cynthia. Möchtest du eines verwenden?«

Sie präsentiert ihr die Liste, die Cyn schon von der Anmeldung kennt. Darauf entdeckt sie auch die Smartwatch, die noch immer in ihrer Handtasche steckt. Sie zögert, dann stemmt sie sich mit einem Ächzen aus dem Sofa, tappt ins Vorzimmer, wo ihre Tasche auf der kleinen Kommode steht, und holt die Uhr. Sie ist aus irgendeinem Kunststoff und besitzt ein kleines Display. Datenhandschelle!, denkt Cyn. Doch gleichzeitig drängt ihre Neugier sie dazu, sie auszuprobieren. Was soll schon passieren? Im Gegensatz zu einer Handschelle kann sie die Smartwatch jederzeit abnehmen. Jetzt ist es ohnehin schon egal. Wenn sie sich auf das Spiel einlässt, dann richtig. Es ist nur ein Scherz. Außerdem braucht sie mehr Informationen. Also muss sie da durch. Auf dem Weg zurück ins Wohnzimmer legt sie die Smartwatch an.

Die Brille fragt sie, ob das Gerät Daten aufnehmen und bei Freemee speichern soll. Sie muss bloß zustimmen, und sofort fließen ihr aktueller Pulsschlag, ihre Bewegungen, Schritte, Hautwiderstand und andere Werte, von denen Cyn gar nicht wusste, dass es sie gibt, in ihr Datenkonto. *Wie unheimlich das alles ist!*

»Dein Datenwert stieg gerade um einundzwanzig Prozent«, teilt ihr die Anzeige mit.

»Fabelhaft!«, freut sich Peggy. »Das ging schnell! Gib mir bitte ein paar Sekunden … So«, erklärt sie nach der angekündigten Wartezeit. »Was kann ich zu Chander und dir sagen? Der Gute ist zwölf Jahre jünger als du.«

Das ist mir klar, denkt Cyn. Andererseits, was weiß diese Maschinen-Peggy schon über zwischenmenschliche Anziehung?

»Auf jeden Fall findest du eine Affäre mit ihm wesentlich interessanter als umgekehrt.«

Damit Cyn diesen unerfreulichen, wenn auch zu erwartenden Umstand schnell und einfach versteht, haben Peggys Designer Cyn und Chander zu zwei kleinen Figürchen vereinfacht, die sich – buchstäblich – nicht gerade nahe stehen. Chander leuchtet in einem kühlen Blau am linken Rand ihres Gesichtsfeldes, Cyn rötlich warm am rechten.

»Chanders Begehrlichkeiten in dieser Richtung liegen bei lediglich zwanzig Prozent«, meint Peggy und zeigt auf das blaue Männchen. »Aber immerhin.«

Genau. Immerhin!

»Willst du etwas über die zugrundeliegenden Statistiken erfahren?«, fragt Peggy. »Oder gleich Lösungen hören?«

Das ist doch mal eine Freundin! Cyn kann sich ein Grinsen nicht verkneifen. Kein Geschimpfe über Männer im Allgemeinen oder gar im Besonderen. Stattdessen die Ärmel hochkrempeln und Lösungen anbieten.

Ein bisschen testen will sie Peggy allerdings schon. Schließlich ist sie bloß die Gratisversion.

»Gib mir eine Zusammenfassung der Gründe«, fordert Cyn sie auf. »Aber kurz, bitte.«

»Gründe oder Ursachen dafür sind mir nicht bekannt«, belehrt sie Peggy. »Ich arbeite mit Statistiken. Meine Erkenntnisse beruhen ausschließlich auf dem Vergleich zahlreicher Daten anderer Menschen. Ich weiß nicht, *warum* Verhältnisse so sind, wie sie sind, ich weiß nur, *dass* sie so sind.«

»Dann gib mir eine Zusammenfassung deiner *Erkenntnisse*«, befiehlt Cyn.

»Bei möglichen Paaren wie euch ist der Altersunterschied einer der kleineren Hindernisse. Problematischer sind die großen Unterschiede bei eurem sozialen Hintergrund« – die Cyn-Chander-Figürchen laufen noch weiter auseinander, und Cyn fragt sich, was »sozialer Hintergrund« in diesem Fall genau bedeuten soll. Da könnte Peggy doch mal ein wenig an der Genauigkeit ihres Wortgebrauchs arbeiten. »Auch mit der gemeinsamen kulturellen Basis bei vergleichbaren Paarungen sieht es nicht gut aus.«

Kulturelle Basis. Noch so ein Begriff. Ganz zu schweigen von »Paarung«. Macht Peggy das absichtlich?

»Immerhin findet er intelligente Frauen anziehend.«

»Danke für das Kompliment.«

»Schwierig wird es bei einigen biologischen Werten«, stellt Peggy fest, »die dazu führen können, dass er dich buchstäblich nicht riechen kann. Aber das lässt sich zumindest teilweise ändern.«

Cyn traut ihren Ohren nicht. Oder den Knochen dahinter, in die Peggys Stimme übertragen wird.

»Seine bisherigen Freundinnen waren alle ein anderer Typ als du. Groß, schlank und weiblich, blond.«

Ein leiser Stich weiblicher Eifersucht regt sich in ihr. Sind aber lauter Exfreundinnen, murrt sie im Stillen. Peggys Schlussfolgerung, der Typ sei nichts für sie, provoziert sie. So, wie Chander sie heute im Besprechungsraum angeblitzt hat, fühlte sich das ganz anders an. *Dir werde ich beweisen, dass du falschliegst! Du bist nur ein Programm! Was weißt du von Gefühlen!*

»Was empfiehlst du also?«

»Iss weniger – oder am besten gar kein – Fleisch und stattdessen mehr Gemüse.«

Das soll wohl die biologischen Faktoren ändern, vermutet Cyn. Stichwort: riechen. Gar nicht so dumm. Gar nicht so dumm? Oder völlig verrückt?

Peggy hat noch weitere, ähnlich einleuchtende Ratschläge auf

Lager. Cyn hört sie an. Sie soll Vegetarierin werden, sich beim Yoga verrenken, klassische Konzerte besuchen und bestimmte Rollenspiele am Computer ausprobieren. Außerdem empfiehlt Peggy Seifen und Parfums in bestimmten Duftrichtungen. Folgt sie diesen Empfehlungen, kann sie die 20 Prozent Wahrscheinlichkeit für eine Affäre seitens Chanders immerhin auf 51 Prozent steigern.

Peggy würde auch gern noch etwas zu Cyns Outfit sagen, doch dafür stehen ihr zu wenig Daten zur Verfügung, beschwert sich die virtuelle Blondine fast beleidigt.

»Wenn du dich vor dem Spiegel filmst, würde mir das helfen«, erklärt sie.

»Sicher nicht!«

»Das respektiere ich. Wir werden auch so zurechtkommen. Übrigens stört Chander die Narbe nicht, die du verbirgst.«

Einen Atemzug lang drohen die Bilder des Unfalls Cyn zu übermannen. Feuerzungen. Schmerz. Wochen in der Klinik. Die Scheu und auch die Wut, so entstellt zu sein.

Cyn hat Freemee nichts davon erzählt. Woher weiß Peggy davon? Beim Saxophon fand sie es noch harmlos. Doch jetzt! Creepiness-Effekt. Und zwar richtig! Cyn möchte sich ausklinken. Die Geräte allesamt abstellen, all die Überwachungskameras und was sonst noch immer in ihren privaten Angelegenheiten schnüffelt. Doch sie weiß, dass sie das nicht kann. Sie könnte die Smartwatch wieder ablegen. Sich bei Freemee abmelden. Und dann? Aus ihrem völlig durchleuchteten Alltag kann sie dennoch nicht entkommen. Sie kann nur das Spiel mitspielen … und im entscheidenden Augenblick klüger sein.

**ArchieT:**

Eitelkeit! Wir!

**LotsofZs:**

Fühlst du dich angesprochen? ;-)

**ArchieT:**

Habt ihr diesen Chefredakteur gesehen? Bei aller Beschei-
denheit – dem werde ich zeigen, was Eitelkeit ist!

# Donnerstag

Als Cyn am nächsten Morgen leicht übermüdet in den Maschinenraum tritt, fangen Jeff und Frances sie gleich ab.

»Wir haben erste Ergebnisse von unseren Leserinnen und Lesern«, erzählt Jeff aufgeregt.

Gemeinsam gehen sie in das Besprechungszimmer, das Anthony als Chanders Arbeitsplatz und Zentrale für die Suche nach Zero bestimmt hat.

»Guten Morgen«, grüßt Chander sie mit einem Strahlen, als stünde sie allein im Raum.

Chander, den ihre Narbe nicht stören würde. Gary hat sie gestört.

Von der U-Bahn-Fahrt trägt Cyn noch die Brille. Mit einem geflüsterten Befehl aktiviert sie Peggy, während Chander sich nach Cyns Wohlbefinden erkundigt. Ihre blonde Ratgeberin hält sich optisch zurück, nur ihre Stimme versorgt den Knochen hinter Cyns Ohr pausenlos mit Tipps. Körperhaltung, Mimik, Stichworte. Cyn hat Peggys Einstellung zu großzügig gewählt, nun kann sie sich gar nicht auf Chander konzentrieren. So muss sich eine Schizophrene fühlen, überlegt sie.

»Danke, äh, mir geht es gut«, stammelt sie. »Ich bin gleich wieder da.«

So wird das nichts. Auf der Toilette stellt sie Peggy um, damit sie ihr nur noch Tipps gibt, die mit mindestens achtzig Prozent Wahrscheinlichkeit erfolgreich sind.

Als sie zurückkehrt, haben Chander, Jeff und Frances sich vor einem Bildschirm versammelt.

»Da bist du ja wieder«, sagt Chander. Dieses Lächeln!

»Ja. Was gibt es denn Aufregendes?«

Peggy meldet sich nur mehr gelegentlich, und die Ratschläge fügen sich wie selbstverständlich in Cyns Gedankenstrom ein. Cyn kann sich problemlos der Unterhaltung mit Chander widmen. Doch der ist inzwischen ganz bei der Arbeit.

»Die Leserinnen und Leser haben das Programm identifiziert, mit dem Zero seine Videos animiert«, erklärt Chander. »3DWhizz. Hier siehst du einen Eintrag von checkmax98, in dem er ein paar Beispiele bringt, die das belegen sollen.«

Auf dem Monitor öffnet Jeff den Beitrag, unter dem sich zahllose Antworten befinden.

»In der anschließenden Diskussion hinterfragen und bestätigen immer mehr User die Annahme und bringen weitere Beispiele.«

»Wie viele Menschen verwenden dieses Programm?«, fragt Cyn.

»Millionen weltweit«, sagt Chander.

»Na, das schließt ein paar Milliarden ja schon mal aus«, spottet Cyn.

»Nimm Chanders Arbeit ernst!«, mahnt Peggy in Cyns Kopf. *Wow, die kann sogar Semantik analysieren!* Doch sie hat natürlich recht. Mit ihrem Sarkasmus hat Cyn schon so manchen in die Flucht geschlagen.

»Aber wahrscheinlich kannst du daraus tatsächlich ein paar Schlüsse ziehen, oder?«, fährt sie an Chander gerichtet fort. Schleimerin, denkt sie, während er antwortet:

»In Kombination etwa mit Zeros Sprache, ja. Die ist so gut, dass sie noch nicht allein elektronisch erzeugt werden kann. Irgendjemand spricht diese Texte wirklich, erst danach werden sie durch diverse elektronische Filter geschickt. Das heißt, der Sprecher oder die Sprecher beherrschen perfektes Englisch.«

»Können das die Leute da draußen auch herausfinden?«

»Mal sehen«, sagt Chander. »Vielleicht geistert die Registrierungsliste von 3DWhizz-Kunden sogar durch das Internet, weil sie irgendjemand mal beim Unternehmen gehackt hat.«

»Bis jetzt ist bloß noch nichts aufgetaucht«, sagt Jeff. »Dann werden wir wohl auch selber suchen müssen. Machen wir uns an die Arbeit.«

In den nächsten Stunden widmet sich Cyn ihrem Beitrag über ManRank, recherchiert die Reaktionen nach der ersten Veröffentlichung des Videos vor vier Monaten und wie sich diese seither verändert haben. Während anfangs die üblichen Kritiker lautstark protestierten und den endgültigen Untergang der Kultur ausriefen, fand das Programm unter den meisten Nutzern schnell viele Anhänger. Für sie bringt es Ordnung in eine chaotische, unübersichtliche Welt, begreift Cyn. Einige Fragen bleiben für sie aber immer noch offen. Eine wunderbare Gelegenheit, sich mit Chander zu unterhalten, findet sie. Sie konsultiert Peggy.

»Chander redet auch privat am liebsten über das Internet und technologische Entwicklungen«, erklärt diese. Das findet Cyn jetzt nicht so prickelnd. Aber sie wird den Wissensvorsprung zu ihrem Vorteil nutzen. »Weitere Interessensgebiete sind derzeit kreatives Kochen und Sport, insbesondere die indische Kampfkunst Kalarippayat.«

Gut zu wissen, denkt Cyn. Obwohl der Reiz einer Unterhaltung mit dem anderen Geschlecht früher ja nicht zuletzt darin bestand, gerade solche Dinge herauszufinden.

Chander sitzt im Besprechungszimmer. Er schaut etwas irr in seine Brille und tippt zwischendurch auf seinem Tablet.

»Hast du kurz Zeit?«, fragt sie.

Mit seinem umwerfenden Lächeln lädt er sie ein, sich zu ihm zu setzen.

»Was gibt's?«

»Mich lässt eine Bemerkung aus einem Zero-Video nicht los. Wie kann ich sichergehen, dass die Ergebnisse von Google und Co. wirklich anzeigen, was ich suche? Und nicht das, was mir der Suchmaschinenbetreiber zeigen will? Woher weiß ich, dass die Empfehlungen der ActApps tatsächlich zu meinem Besten sind? Und nicht zum Besten des ActApp-Programmierers?«

»Die Antwort ist ganz einfach: Du kannst nie sicher sein, solange du die zugrundeliegenden Algorithmen nicht kennst.«

Cyn nickt. Das hat sie sich schon gedacht.

»Suchmaschinen wird immer wieder vorgeworfen, die Ergebnisse zu manipulieren«, erläutert Chander. »Google drohte deshalb sogar eine Milliardenstrafe der EU. Aber die Frage lautet vielmehr, wo die Manipulation anfängt.«

Cyns schenkt ihm einen hilflosen Blick, der ihn auffordern soll, deutlicher zu werden.

»Jeder Software liegen grundsätzliche Annahmen ihrer Programmierer über das Funktionieren der Welt zugrunde. Diese Annahmen fließen in das Programm ein. Ob man beispielsweise Anhänger der nicht kooperativen Spieltheorie ist oder der kooperativen. Das heißt, das Programm bildet letztlich die Weltanschauung der Personen ab, die es schreiben. Wenn du das Programm von anderen Menschen mit anderen Ansichten schreiben lässt, wird es ein anderes Programm, das andere Ergebnisse auswirft, wenn vielleicht auch nur in Nuancen. Ist das schon Manipulation?«

Als Antwort hat Cyn nur ein Zucken mit den Augenbrauen.

»Außerdem individualisieren Suchmaschinen die Suche«, setzt Chander seinen Vortrag fort. »Wenn du und ich bei Google Zero oder einen beliebigen anderen Begriff eingeben, bekommen wir ganz unterschiedliche Ergebnisse. Ist das Manipulation? Nach welchen Kriterien individualisieren die Suchprogramme?

Suchmaschinenbetreiber beeinflussen die Ergebnisse jedoch teilweise auch bewusst. Etwa wenn es um Pornografie oder Volksverhetzung geht. Oder wenn sie ihre Dienste in Diktaturen oder fernöstlichen Monarchien anbieten. Dann nehmen sie zum Beispiel Links zu Potentaten- oder Monarchenbeleidigungen aus dem Index, weil diese dort gesetzlich verboten sind. Das waren bloß einige Beispiele. Kurz gesagt, es gibt keine neutralen Suchergebnisse. Dasselbe gilt für die meisten Ergebnisse und Empfehlungen im Internet. Wir reden daher nicht von Informationsfreiheit, sondern von Informationsfilterung. Nichts davon ist wirklich neutral. Warum auch? Das Internet ist ja keine neue Welt, sondern einfach ein weiterer Teil unserer bisherigen. Da wird genauso getrickst und betrogen, verheimlicht, enthüllt und entblößt, manipuliert und intrigiert, verehrt und verhöhnt, gehasst und geliebt wie woanders auch.« Er zuckt mit den Schultern. »Bloß von viel mehr Menschen und viel schneller als früher. Einen Dienst im Internet in Anspruch zu nehmen ist, als würdest du in einer fremden Stadt einen Taxifahrer bitten, dich in ein gutes Hotel zu bringen. Im besten Fall tut er das. Im zweitbesten bringt er dich zu einem, das er für gut hält – nur leider hat er ganz andere Vorstellungen von gut als du. Und in den meisten Fällen bringt er dich in das Hotel seines Cousins.« Er grinst. »Aber worauf willst du hinaus?«

Peggy mahnt Cyn, auf seinen Witz einzugehen. Doch sie ist zu tief in Gedanken, um jetzt zu flirten.

»Mit ihrer Informationsfilterung haben all diese Unternehmen Einfluss auf unsere Meinung und unser Handeln«, stellt sie fest.

Chander verzieht das Gesicht. »Du bist Journalistin. Misstrauen ist deine Berufskrankheit.«

»Verlorenes Vertrauen ist keine Berufskrankheit, sondern unsere neue Kultur«, erwidert Cyn nachdenklich.

»Willkommen im Lande Paranoia!«, lacht er.

»Meine Worte!«

»Natürlich haben diese Unternehmen Einfluss auf unsere Meinung und unser Handeln, ob sie wollen oder nicht. Das ist vielleicht sogar der entscheidende Punkt. Wollen sie diesen Einfluss? Und wenn ja, in welcher Weise wollen sie ihn? Und die nächste Frage lautet: Werden die Nutzer darüber informiert, in welche Richtung sie beeinflusst werden sollen?«

»Aber…«

»Was ist denn das?«, unterbricht er Cyn und deutet auf ein kleines Feld rechts oben im Bildschirm.

*Neues Video!*, meldet es. Darunter läuft eine Bildsequenz in einem daumennagelgroßen Bild.

»Das sieht aus wie…«

»Zero«, tönen Cyn und Chander im Chor.

Im selben Moment stürzt Anthony ins Zimmer, gefolgt von Jeff.

»Zero hat ein neues Video hochgeladen!«

»Haben wir gerade gesehen«, sagt Chander. »Direkt bei uns!«

»Kannst du herausfinden, woher es kommt?«, will Anthony von Chander wissen.

»Schon dabei.«

Seine Finger fliegen über das Keyboard seines Tablets.

Jeff hat das Video bereits bildschirmfüllend vergrößert. Cyn erstarrt.

Aus Zeros Video grinst Cyn sich selbst entgegen! Und erklärt: »Jetzt sucht mich also noch jemand.« Ihr Gesicht und die Stimme wandeln sich zu Anthonys: »Na ja, da mache ich mir wenig Sorgen. Dabei sollten die Herrschaften ganz andere Menschen besuchen: Takisha Washington zum Beispiel. Takisha lebt in Philadelphia. Sie ist Mutter von zwei Kindern und arbeitete in einer Filiale der regionalen Supermarktkette Barner's.«

Zero in der Gestalt eines übergewichtigen Hawaiihemdenträgers spaziert vor besagtem Laden auf und ab.

»Leider ging es Barner's in den letzten Jahren nicht besonders gut. Vor einigen Wochen mussten sie ein paar Leute freisetzen, wie es so schön heißt. Gleich zwanzig Prozent der Belegschaft! Stellte sich für Barner's die Frage: Wer muss gehen?«

Anthony zappelt ungeduldig neben Chander: »Was ist? Hast du schon etwas rausgefunden?«

»So schnell geht das nicht.«

Cyn widmet sich weiter aufmerksam dem Video, um irgendwelche Anhaltspunkte zu finden.

»Barner's hat ein internes Mitarbeiterbewertungssystem, das verschiedene Kriterien beurteilt. Dummerweise stellte sich heraus, dass fast neunzig Prozent der Belegschaft den Kriterien entsprachen.«

Wie in den früheren Videos bewegt sich Zero durch echte Szenen. Im Laufe der Erzählung taucht er seltener auf. Das Video beginnt sich von den bisherigen zu unterscheiden, stellt Cyn fest. Die Aufnahmen erinnern sie an TV-Reportagen, die echte Szenen nachstellen, während die Stimme des Sprechers kommentiert. Formulare, Filialen des Supermarkts mit Kunden, Archivbilder von Mitarbeitergesprächen … Mindestens so aufwendig wie Zeros übliche Animationen und Montagen, denkt sie, aber weniger effekthascherisch.

»Ich habe einen Server«, murmelt Chander, ohne aufzusehen. »In Deutschland. Sicher nur eine Zwischenstation.«

Cyn konzentriert sich auf die üppige Schwarze, die nun im Video zu sehen ist. Sie steht in einem Blümchenkleid vor einem Mülleimer und wird von einer Texteinblendung als Takisha Washington vorgestellt.

»Ich hab sieben Jahre lang in der Filiale gearbeitet, über der sich auch die Verwaltungszentrale von Barner's befindet«, erklärt sie in breitem amerikanischem Slang.

»Wer hat dieses Interview geführt?«, fragt Anthony. Er weist Jeff und Frances an, Takisha Washington schnellstens ausfindig zu machen.

»Ich hatte Schichtende«, berichtet Takisha weiter, »und musste noch was in den Müll werfen. Da finde ich diese Liste hier.«

Sie hält ein zerknittertes Bündel Papiere in die Kamera. »Sie wissen schon. Irgendwer aus der Personalabteilung hat den Ausdruck weggeworfen, statt ihn in den Schredder zu stecken. Hat sich wohl nichts weiter dabei gedacht.«

»Ein Server in Brasilien«, wirft Chander ein. »Zero hat seine Spur verwischt. Oder legt eine falsche.«

»Ich sehe mir die Liste genauer an und entdecke auch meinen Namen drauf. Es ist 'ne komische Liste. Sehen Sie her.«

Washington zeigt auf die Tabelle mit Namen und mehreren Spalten voller Zahlen.

»Ich habe sie!«, ruft Jeff.

Anthony steht bereits hinter ihm, stiert auf den Bildschirm.

»Takisha Washington. Sieh her, das Gesicht, das ist sie. Inklusive Kontaktdaten.«

Anthony tippt schon auf seinem Smartphone. Cyn hat Schwierigkeiten, sich auf das Video zu konzentrieren. Aber jetzt muss alles schnell gehen.

»Ich wusste, dass Entlassungen anstanden, und da dachte ich mir, dass die Liste was damit zu tun haben könnte. Also nahm ich sie sicherheitshalber mit nach Hause.«

Das Video wechselt wieder in den Reportagestil. Wer immer das gefilmt hat, könnte ihnen Hinweise auf Zero geben. Sie müssen Takisha Washington sprechen.

»Ein paar Tage nach meiner Entlassung erhielt ich Post von meiner Kreditkartenfirma.« Takishas dunkle Finger mit den leuchtend roten Fingernägeln ziehen ein Schreiben aus einem Kuvert. »Sie haben meinen Rahmen auf null runtergesetzt. Den Großteil meiner offenen Schulden sollte ich gleich bezahlen. Hallo? Ich hatte gerade meinen Job verloren! Wie sollte ich da auch noch Schulden bezahlen? Aber nichts da, mein Credit score war durch die Entlassung gesunken, und wenn ich nicht wollte, dass meine Karte gesperrt wird, musste ich bezahlen. Also, was tun? Ich musste die Miete überweisen, und ich habe zwei Kinder in der Schule. Deren Väter zahlen keinen Cent. Also musste ich mein Auto verkaufen. Großartig!« Takisha steht vor einer verbeulten Autotür. Geldscheine wechseln von einer Männerhand in die ihre. »Als Nächstes meldete sich mein Vermieter. Er hatte Sorge, dass ich meine Miete nicht bezahlen konnte. Da hatte er recht. Ich nahm jeden Job an, den ich kriegen konnte. Viele bekam ich schon deshalb nicht, weil ich kein Auto mehr habe. Meine Kreditkarte war längst gesperrt, die Kreditkartenfirma drohte mit Klage.«

»Kann nicht sein!«, flüstert Chander neben Cyn und meint damit nicht Takishas Geschichte. Noch schneller als zuvor flitzen seine Finger über den Touchscreen.

Cyn ist neugierig, was er herausgefunden hat. Doch einer muss Takishas Erzählung folgen.

»Nach zwei Monaten kündigte mir mein Vermieter. Da stand

ich also, mit zwei Kindern.« Takisha steht auf der Straße einer heruntergekommenen amerikanischen Vorstadt. »Job weg, Kredit weg, Wagen weg, Wohnung weg. Ich fand Unterschlupf bei Freunden, aber nur für zwei Wochen. Beim Packen fiel mir die Liste wieder in die Hände. In der Zwischenzeit hatte ich die völlig vergessen. Ich wollte sie schon wegwerfen, aber dann fuhr ich mit dem Bus zu meiner alten Filiale. Dort zeigte ich die Liste einer der Frauen in der Personalabteilung. Zuerst wurde sie ganz rot und fragte, woher ich sie habe. Dann sagte sie, dass das Papier nicht wichtig wär. Außerdem wäre es Eigentum des Unternehmens, und ich müsste es ihr geben. Hab ich natürlich nicht getan. Stattdessen nahm ich mir einen Anwalt. Der kannte sich aus. Die Spalten auf der Liste enthielten die Noten aus verschiedenen Bewertungssystemen, die Barner's verwendet. Barner's Human Ressources, das interne Beurteilungssystem der Firma für Arbeitgeber allgemein, und ein Untersystem, Barner's Social für soziale Aspekte. Zuletzt kam ManRank. Der Anwalt erklärte mir, das wäre irgend so ein neumodisches Bewertungssystem im Internet. Kannte ich nicht. Er meinte, ich hätte eine Chance. Nicht, weil die ManRank verwendet haben. Sondern weil sie mir nicht gesagt haben, dass sie das tun. Vielleicht müssen sie mir ja meinen Job zurückgeben. Aber selbst wenn, verdammt! Ich habe alles verloren! Haben die eine Ahnung, wie das auf der Straße ist? Wegen so einer Scheißliste bin ich da gelandet! Kann man sich das vorstellen? Ich meine, ich habe gehört, dass Leute wegen dämlicher Postings auf Facebook ihren Job verloren haben oder einen Kredit oder Job nicht bekamen, weil man auf Google noch immer fünfzehn Jahre alte Bekanntmachungen über eine Zwangsversteigerung ihres Hauses findet. Verdammt, worauf muss man heute denn noch alles achten?«

»Tja, worauf?«, wiederholt Zero in der Gestalt eines traurigen

Clowns. »Gefeuert wegen ManRank, Freemees öffentlicher Ratingagentur für Menschen. Der erste uns bekannte Fall. Das war fast live aus Philadelphia, Zero. Und damit zu unserem üblichen Ende.« Wie ein Dirigent wiegt Zero den Arm im Takt. »Sagen wir es alle gemeinsam: Im Übrigen bin ich der Meinung, dass Datenkraken zerschlagen werden müssen.«

»Fuck!«, flucht Carl. Seine Stimme überschlägt sich fast, als er mit seiner Tirade fortfährt. »Die Story wird in allen Nachrichten kommen, landauf, landab! Fucking Miss Washington wird durch jede Talkshow in diesem Land tingeln und zur besten Sendezeit ihre Geschichte erzählen! Auf allen sozialen Netzwerken und sogar bei uns gibt es bereits erste Solidaritätsseiten! Das ist ein verdammtes Desaster!«

Will lässt ihn sich austoben. Wenn Carl in dieser Stimmung ist, kann er nicht an ihn herankommen, das weiß er nur zu gut.

»Du irrst dich«, entgegnet Alice unbeirrt. »Die Suche nach Zero hat noch gar nicht richtig begonnen, und schon bringt uns Zero ins Gespräch.«

»Als die erste Ratingagentur für Menschen!«

»Als die erste öffentliche …«

»Als ob das einen Unterschied macht.«

»Das tut es«, sagt sie und blendet eine Grafik ein. »Hier kannst du live verfolgen, wie während des Berichts unsere Beitrittszahlen in die Höhe schossen. Ganz zu schweigen vom Interesse von Firmenkunden.« Sie lacht. »Der Kundendienst geht unter in Anfragen. Wir geben der Story den richtigen Spin. Die Stimmung wird sich in erster Linie gegen Barner's richten, weil die ihre Mitarbeiter nicht informiert haben.«

Mit nervösen Fingern schiebt Carl eine kleine Blumenvase,

Stifte und ein Smartphone auf dem Besprechungstisch in eine akkurate Reihe.

»Aller Wahrscheinlichkeit nach hast du recht«, gibt er zu. »Aber mit der Ratingagentur für Menschen hat Zero ein griffiges Schlagwort geprägt, das uns langfristig schaden könnte.«

»Öffentliche…«

»Von mir aus…« Er schiebt einen Stift zurecht, der in Wills Augen längst exakt parallel zu den anderen lag.

»Nein, denn das ist der entscheidende Unterschied. Zero tut uns damit einen Riesengefallen. So können wir bei unserer Story bleiben. Freemee macht transparent, was andere verheimlichen.«

»Und deshalb werden Leute gefeuert.«

»Wofür Barner's verantwortlich ist, nicht Freemee«, erwidert Alice.

»Wie das klingt: Die anderen sind schuld!« Er muss noch einen Stift korrekt ausrichten.

Will hätte gute Lust, alle Teile gründlich durchzumischen.

»Herrschaftszeiten, wir haben einen Hit! Genieß es! Die Geschichte ist ein Coup! Jetzt möchten die Journalisten der halben Welt wissen, wer hinter Zero steckt, und suchen ihn ebenfalls. Unser Konzept geht auf.«

Wills Brille meldet eine Nachricht. Er überfliegt sie, während er Carls Erwiderung mit einem Ohr zuhört. Dessen Worte interessieren ihn im nächsten Moment jedoch nicht mehr.

»Der *Daily* sendet gleich ein Live-Gespräch mit Takisha Washington.«

»Bitte nicht«, stöhnt Carl.

Will ruft die Homepage des britischen Mediums auf und schaltet den Stream auf den Monitor an der Wand.

»Danke, Miss Washington, dass Sie bereit sind, sich mit uns zu unterhalten«, erklärt Anthony und schenkt das ihr, was er für sein gewinnendstes Lächeln hält.

Noch sind sie nicht auf Sendung.

Kaum eine Stunde ist seit dem Auftauchen des Zero-Videos vergangen. Takisha Washington trägt ein anderes Kleid als in dem Video. Ebenfalls geblümt. Sie hat sich vor einer guten Kamera platziert und auf ordentliche Beleuchtung geachtet.

»Im Video ändern wir den Ausschnitt«, befiehlt Anthony leise. Nervös starrt er auf den Bildschirm vor sich. »Über eine Million Zuschauer«, flüstert er. »Das ist fantastisch!«

In aller Eile haben sie ein improvisiertes Livestudio im Maschinenraum errichtet. Cyn sitzt mit Anthony und Chander an einem Tisch, Jeff, Frances und auch Charly halten sich im Hintergrund bereit. Jeder von ihnen trägt eine Datenbrille. Auf sie gerichtet sind fünf Kameras in verschiedenen Positionen. Im Hintergrund ist der Newsfloor mit seinen Redakteuren an den langen Tischen zu sehen. Die riesige Monitorwand dient als Kulisse.

»Konntest du etwas herausfinden?«, fragt Anthony Chander.

Der nickt abwesend, über sein Tablet gebeugt. »Vielleicht.«

Cyn trinkt einen Schluck Wasser. Sie ist nervös. Die Zuschauer überall da draußen können sie auf ihren Computerbildschirmen, Handys oder in ihren Brillen sehen.

»Okay«, sagt Anthony zu Cyn. »Gleich gehen wir live in den Stream. Fast live. Wir haben einen Puffer von neunzig Sekunden. Falls es Übertragungsschwierigkeiten gibt oder wir uns verplappern oder sonst was passiert, das eine Reaktion erfordert. Wir können also ganz entspannt sein.«

Klar werde ich ganz entspannt sein, wenn mir eine Million

Menschen zusehen und ich keinerlei Ausbildung für das hier habe, schießt es Cyn durch den Kopf.

Takisha Washington wird ihr direkt in die Brille gespielt. Anthony will eine Doppelmoderation, wie er es von verschiedenen Nachrichtensendungen aus dem Fernsehen kennt. Also so ähnlich, wie sie es im Promovideo gehalten haben.

»Sind alle bereit?«, fragt Anthony.

Allgemeines Nicken.

Anthony gibt das Zeichen. Dann beginnt er: »Miss Washington, ich begrüße Sie im Live-Studio des *Daily*. Vielen Dank für Ihre Zeit. Erzählen Sie uns, wie kam der Kontakt zu Zero zustande?«

»Eines Tages rief mich dieser Typ an, der mich interviewen wollte«, antwortet Takisha Washington mit leicht heiserer Stimme. »Ich sollte ihm meine Geschichte erzählen. Er hat gesagt, er wollte sie in seinem Blog und auf seinem Videokanal bringen.«

»Woher wusste er davon, was Ihnen passiert ist?«, fragt Cyn.

»Ich hatte was auf Facebook gepostet. Bis zu dem Anruf hat aber kaum einer drauf reagiert.«

Cyn merkt, dass ihr das Gespräch leichter fällt als erwartet. Ihre Nervosität verschwindet, sie konzentriert sich voll auf ihr Gegenüber. »Und dann haben Sie ihn getroffen. Einen Mann?«

»Ja, es war ein Mann.«

»Wie hieß er denn?«

»Er hat sich als Don Endress vorgestellt.«

»Haben Sie ihn vor Ihrem Treffen überprüft? Ich meine, seinen Blog angesehen, in dem er Ihre Geschichte bringen wollte?«

»Klar. Der Blog, den er mir genannt hat, also, den gab es wirklich. Der sah ganz in Ordnung aus.«

»Und dann kam er zu Ihnen, um Sie zu interviewen.«

»Ja.«

»Wie hat er denn ausgesehen?«

Takisha Washington streckt ein Smartphone in Richtung Kamera. Auf dem Touchscreen erkennt Cyn den Schnappschuss eines Männergesichts.

»So.«

»Großartig!«, ruft Anthony. »Sie haben ein Bild von ihm! Können Sie es uns noch genauer zeigen?«

Takisha schiebt das Handy noch näher vor die Kamera.

Chander hat bereits ein Standbild gespeichert und jagt es durch die Gesichtserkennung.

Sie haben neunzig Sekunden Vorsprung gegenüber dem Rest der Welt.

Identifizieren

»Das ist ja fabelhaft. Dieser Mann hat also mit Ihnen gesprochen?«

»Ja.«

»Und was hat er Sie als Erstes gefragt?«

Kosak, Alvin
Cincinnati, USA
Geboren: 12.10.1964
Größe: 1,81 m

Den Rest der Daten erfasst Cyn nicht mehr. Anthony flüstert ihr zu: »Mach du weiter!«

Anthony und Jeff geben sich ein Zeichen und ihren Brillen leise Anrufbefehle. Anthony gestikuliert eifrig. Jeff und Frances versuchen ebenfalls, Kontakt zu Alvin Kosak aufzunehmen.

»Er hat mich gefragt, wie ich mich mit der ganzen Sache fühle«, antwortet Takisha.

»Was haben Sie denn empfunden? Es war bestimmt nicht leicht für Sie…«

»Ich hab mich miserabel gefühlt! Betrogen.«

Neben sich hört Cyn Anthony aufgeregt flüstern: »Alvin Kosak?«

Sie muss sich auf ihr eigenes Gespräch konzentrieren. Ist nicht einfach, weil auch sie unbedingt wissen will, was die anderen herausgefunden haben. Anthony tuschelt aufgeregt mit Charly und einem Techniker.

»Und dann haben Sie ihm Ihre Geschichte erzählt«, fährt Cyn fort. Inzwischen wird Alvin Kosaks Identität online veröffentlicht worden sein.

Cyn bekommt nicht mit, was Washington als Nächstes sagt, denn Anthony raunt ihr zu: »Wir haben zweieinhalb Millionen Zuschauer! Und wir haben Alvin Kosak dran. Er ist bereit, live einzusteigen!«

Cyn sieht ihn mit großen Augen an. »Was soll ich jetzt tun?«, flüstert sie.

»Improvisiere«, zischt Anthony. »Sag ihr, dass wir eine Überraschung für unsere Zuschauer haben und Alvin Kosak jetzt live zu Gast bei uns ist.«

Cyn tut, was er sagt. Takisha Washington wirkt nicht überrascht, sie ist eher der phlegmatische Typ. In Cyns Blickfeld wird neben Takisha Alvin Kosak eingeblendet. Sein Gesicht wird von der Kamera seines Smartphones unvorteilhaft verzerrt.

»Verehrte Zuschauer und Zuschauerinnen«, kündigt sie an, wie sie es von TV-Moderatoren kennt. »Alvin Kosak! Der Mann, der als Don Endress Takisha Washington interviewte. Alvin Kosak, sind Sie Zero?«

Kosak runzelt die Stirn. »Ich? Nein. Ich habe mit Zero nichts zu tun. Außer, dass mich der – oder muss man sagen, die? Also, mich hat bloß wer angerufen … Hi, Miss Washington!«

»Von wo hat Zero Sie angerufen?«, fragt Cyn.

»Woher soll ich das wissen?«

Chander neben ihr tippt wie ein Verrückter auf seinem Tablet herum, während Anthony sich leise mit Takisha Washington unterhält.

»Warum hat Zero Sie angerufen?«

»Er wollte, dass ich ihm meine Geschichte erzähle.«

»Ihre Geschichte?«

»Ja. Wir haben ein paarmal miteinander geredet. Das letzte Mal zwei Tage, bevor ich mit Miss Washington sprach. Damals sagte Zero auch, dass sich die Medien bald bei mir melden würden.«

Cyn stockt eine Sekunde, bevor sie nachfragt: »Die Medien? Zero wusste, dass die Medien Sie anrufen werden?«

»Er hat es angekündigt.«

Unsicher schielt Cyn zu Anthony. Der zieht ratlos die Schultern hoch und bedeutet ihr mit einer Geste weiterzumachen.

»Was … was hat er sonst noch gesagt?«

»Dass ich nach Philadelphia zu Miss Washington fliegen und das Interview machen soll. Zero hat mir Geld für den Flug und ein Honorar überwiesen. Außerdem bekam ich eine E-Mail, in der er mir eine Web-Adresse schickte, auf die ich das Filmmaterial hochladen sollte. Und er sagte, ich solle mich Don Endress nennen.«

»Und das haben Sie einfach so gemacht?«

»Ich hatte ja nichts anderes zu tun. Und das Geld konnte ich gut gebrauchen. Außerdem meinte er, dass ich dadurch bald im ganzen Land bekannt werden und schnell einen neuen Job bekommen würde. Das habe ich ihm zwar nicht geglaubt. Aber was hatte ich schon zu verlieren?«

Cyn beschließt, ihrem Instinkt zu folgen. Kosak ist kein besonders charismatischer Redner, aber etwas an seiner Geschichte macht sie neugierig.

»Einen neuen Job? Haben denn auch Sie Ihren Job verloren?«

»Ja, deshalb hat Zero mich doch kontaktiert. Er hat wohl meinen alten Blog gelesen. Da war er wohl der Einzige …«

Noch während Kosak redet, begreift Cyn Zeros Plan. »Und er hat Ihnen unseren Anruf angekündigt?!«

Zero hat damit gerechnet, dass Kosak identifiziert wird, von welchem Medium auch immer, dem er das Video zu schicken plante. Hat ihn wahrscheinlich extra deshalb zu Takisha Washington geschickt. Damit sie ihn finden.

»Er meinte, ich soll meine Geschichte auch Ihnen erzählen. Da würden wahrscheinlich noch mehr Leute zusehen.«

Anthony grinst und nickt anerkennend. Er hält seine rechte Hand hoch und spreizt die Finger. Dazu formt er mit seinen Lippen das Wort »Millionen« und reißt die Augen auf.

Cyn versteht. Sie haben jetzt fünf Millionen Zuschauer. Die Neuigkeiten verbreiten sich wie ein Lauffeuer.

Anthony ballt eine Faust im Triumph.

Sie wirft einen letzten fragenden Blick zu Anthony. Soll sie weitermachen?

Anthony nickt.

»Dann erzählen Sie uns doch Ihre Geschichte, bitte.«

»Also, ich hatte diesen Vintage-Store in Cincinnati. Schöne Sachen, kein billiges Zeug. Bei mir bekamen Sie die großen Marken, Prada, Gucci, das ganze Zeug, kaum getragen.«

»Ein Secondhandshop, in dem Leute mit gutem Einkommen ihre Sachen verkaufen, wenn sie Geld brauchen?«, hakt sie nach.

»Nein, die Leute brauchen kein Geld, die brauchen Platz im Schrank für die Sachen aus der neuen Sommer- oder Winterkollektion.« Er kratzt sich an der Nase. »Und ich bevorzuge den Begriff Vintage. Wir waren keine billige Klitsche, in der es nach Staub, ungewaschenen Kleidern und Mottenkugeln roch, verstehen Sie?«

Cyn versteht, auch wenn sie selbst sich nicht einmal das Designerzeug aus dem Vintage-Store leisten kann.

»Die Geschäfte liefen«, erzählt Kosak. »Sie liefen gut. Wir hatten jede Menge Kunden, doch dann ...«

Kosak hält das Gesicht mit den leicht gelblichen Zügen und den dunklen Augenringen jetzt dicht vor die Kamera, während er erzählt. »Vor einem Jahr bemerkte ich, dass die Kunden wegblieben. Zuerst dachte ich, das gibt sich, nach Thanksgiving kommen die alle wieder. Weihnachten war auch für mich immer die wichtigste Saison des Jahres. Aber sie kamen nicht. Mein Umsatz brach völlig ein. Mitte Dezember bekam ich Panik ...«

Cyn hat Mühe, sich auf Kosak zu konzentrieren. Sie wünschte, er würde sein Smartphone irgendwo abstellen, damit das Bild ruhiger wird. Aber sie will ihn jetzt nicht unterbrechen.

»... Ich hatte eine gut besuchte Facebook-Seite für den Laden, einen Blog, twitterte, mehrere Tausend Fans, ordentlich Interaktion. Ich hatte auch eine ziemlich große Stammkundendatei und versandte täglich Mails. Nichts half. Nichts! Im Vergleich zum Vorjahr hatte ich einen Rückgang an Einnahmen von siebzig Prozent. So etwas bringt jedes Geschäft um. Vielleicht gab es ja irgendwo Konkurrenz, überlegte ich. Ich startete Aktionen und Promotions. Senkte die Preise. Aber auch das brachte nichts. An manchen Tag war ich der einzige Mensch im Geschäft.« Für einen Augenblick verschwimmt das Bild. Dann redet er weiter.

»Eine Woche vor Weihnachten traf ich einen ehemaligen Stammkunden auf der Straße. Ich fragte ihn ganz ungezwungen, wie es ihm denn so gehe. Er drückste herum, er sei weggezogen und würde nur noch selten in die Gegend kommen. Ich traf noch andere Kunden. Alle nannten irgendwelche Gründe, warum sie länger nicht da gewesen waren, versprachen jedoch, bald wieder mal hereinzuschauen. Keiner kam. Im Frühjahr musste ich schließen. Das war's dann. Seitdem geht es mir ähnlich wie Miss Washington. Mein Credit score verschlechterte sich brutal, ich musste in eine Einzimmerwohnung ziehen, und wer weiß, wie lange ich mir die noch leisten kann. Vielleicht muss ich bald in meinem Auto übernachten.«

Er zieht die Nase hoch.

»Ich dachte, ich hätte was verkehrt gemacht. Bis ich eines Abends in einer Bar zufällig einen weiteren ehemaligen Stammkunden traf. Wir kamen ins Plaudern, tranken, na ja, die alten Römer wussten ja schon, in vino veritas, auch wenn es bei uns Bier war. Schließlich erzählte ich ihm, dass ich den Laden hatte schließen müssen. Dann fragte ich ihn geradeheraus, warum er eigentlich weggeblieben war. Zuerst redete er um den heißen Brei herum, dann rückte er jedoch damit raus. Er würde da so ein neues Programm nutzen, Freemee, von dem er ziemlich begeistert klang.«


»Ich wusste es!«, stöhnt Carl.

»Ich hatte zwar davon gehört«, erzählt Kosak weiter, während sein Gesicht mit allen unschönen Details überlebensgroß auf der Monitorwand in Wills Office prangt. »Ich hatte mich aber noch nicht so genau damit beschäftigt.«

»Hättest du mal tun sollen«, murmelt Carl.

»Kurzum, er erklärte mir, dass ihm das Programm Tipps gibt, wie er seinen Lifestyle verbessern kann …«

Carl ordnet die Stifte neu, ohne seinen Blick von dem Monitor zu nehmen.

»…um mehr Kohle zu machen, bessere Chancen bei den Frauen zu haben. Er klang gerade so, als wollte er Mister Universum werden. Er war echt überzeugt von der Sache. Für mich klang das eher nach einer Sekte.«

»Sekte!«, lachte Carl spöttisch. »Wir brauchen keinen Guru, keine Parolen, keinen Psychoterror!« Irritiert betrachtet er seine Ordnung auf dem Tisch, schiebt die Blumenvase eine Handbreit nach links. »Strukturen«, murmelt er. »Auf die kommt es an. Die Menschen brauchen bloß Strukturen.«

»…auf jeden Fall hatte ihm das Programm irgendwann geraten, keine gebrauchte Kleidung und alten Kollektionen zu kaufen. Das würde sich negativ auf seine Werte auswirken. Die anderen Leute würden denken, er könne sich die neue Kollektion nicht leisten und müsse sein Geld zusammenhalten. Seine *Werte*. Wie aus dem Labor. Die haben irgendwie ersetzt, was früher mal das Ansehen oder das Image waren. Und deshalb kam er nicht mehr in meinen Vintage-Store. Weil meine Sachen schlecht für seine Werte waren! So eine bescheuerte Erklärung hatte ich nicht erwartet.«

Kosaks Gesicht verwackelt. »Warten Sie«, bittet er, »ich muss das Gerät mal wo abstellen, mir fällt schon der Arm ab.«

»Was will er denn noch erzählen?«, fragt Carl genervt. »Wir haben es begriffen. Du verweigerst neue Techniken und fliegst deshalb auf die Nase. Patsch! Selber schuld.«

Das Bild stabilisiert sich, Kosak fährt fort: »…nächsten Morgen dachte ich mir, dass ich ja nichts zu verlieren hatte, wenn ich das mal überprüfe. Also rief ich ein paar von meinen ehemaligen Stammkunden an. Plauderte mit ihnen, Sie wissen schon, und fragte dann beiläufig, was sie von Freemee hielten. Nach einigem Hin und Her gaben einige zu, aus demselben Grund wie der Typ vom Vorabend nicht mehr bei mir aufgetaucht zu sein. Weil ihnen dieses Scheißprogramm empfohlen hatte, lieber neue Ware zu kaufen statt Vintage! Verstehen Sie? Die haben sich alle ihr Scheißgehirn waschen lassen!«

»Im Gegenteil«, kommentiert Carl. »Die haben endlich begonnen, ihr Gehirn zu benutzen.«


»Yeah, die spinnen!«, mischt sich Takisha Washington nun ein, und zwischen den beiden entspinnt sich ein Austausch gegenseitigen Bemitleidens und Schimpfens auf moderne Technik, den Anthony schnell beendet, weil er sieht, wie die Zuschauerzahlen sinken. Sie verabschieden sich vorerst von den beiden und beenden die Übertragung.

»War das geil!«, jubelt er anschließend. »Um die Quoten würde uns manche TV-Show beneiden!«

»Während ihr euren Spaß hattet, habe ich gearbeitet und Zeros Video analysiert«, sagt Chander. »Ich weiß zwar nicht, warum, aber diesmal haben sie einen kapitalen Fehler gemacht.«


»Schluss mit dem Mist!«, tobt Carl. »Der *Daily* versaut uns alles! So eine verdammte Scheiße!«

Will lässt ihn gewähren. Er weiß, dass der Ausbruch gleich vorbei sein wird. Sobald Carl Dampf abgelassen hat, erklärt er: »Das ist alles kein Drama. Wir haben die Pläne für so ein Szenario in der Schublade.«

»In eurer Schublade findet ihr höchstens Kaugummis. Die wichtigen Dinge liegen auf Servern!«

»Hast ja recht«, beschwichtigt ihn Will. »Aber solche Berichte mussten früher oder später kommen. Erinnere dich, wir haben darüber gesprochen.«

»Ja, ja«, lenkt Carl ein. »Es ist trotzdem ärgerlich, dass die Leute nicht verstehen, wie durch die ActApps ganz normale soziale Prozesse angestoßen werden.«

»Dazu sind wir da«, versichert Will. »Um ihnen genau das zu erklären. Um ihnen die Chancen aufzuzeigen, die sie dadurch gewinnen. Dieser Trödler wäre mit seinem Geschäft ohnehin früher oder später unter die Räder gekommen, wenn der Vintage-Trend wieder abflaut …«

»Er war noch nicht mal ein Freemee-Nutzer!«, fährt Carl dazwischen.

»Eben. Mit den geeigneten Mitteln hätte er seine Insolvenz vorhersehen und gegensteuern können. *Das* werden wir den Menschen verklickern. Schaut voraus! Nutzt eure Möglichkeiten! Denkt längerfristig! Verbessert eure Aussichten! Dank Freemee habt ihr endlich die Mittel dazu!«

»Zero hat trotzdem genug Schaden angerichtet. Wir sollten jemand Kompetentes auf ihn ansetzen und nicht diese Stümper.«

»Es geht um die Suche«, erinnert Will ihn.

»Nein«, entgegnet Carl. Schnelle Fingerbewegungen ordnen die Stifte um die Vase herum. »Jetzt geht es ums Finden.«

»Lass du uns unsere Öffentlichkeitsarbeit machen. Schau dir doch mal die Zahlen an. Du wirst sehen, das war erst der Anfang.«

»Ich schaue mir die Zahlen an«, erwidert Carl. »Und sie zeigen viele Unabwägbarkeiten.«

»Das liegt in der Natur der Sache«, sagt Will. »Aber die Wahrscheinlichkeiten sind auf unserer Seite.«

»Dann sorgt dafür, dass sie das bleiben«, erwidert Carl, erhebt sich und verlässt den Raum.

»Sag schon!«, fordert Cyn Chander auf. »Was hast du herausgefunden?«

Chander gibt seine Brille frei. Jetzt können Cyn und Anthony gleichzeitig mit Chander sehen, was dieser in die Geräte einspielt. Cyn ist etwas enttäuscht: Da kommt nichts als Tabellen, Ziffern- und Buchstabenfolgen. Die wieder aktivierte Peggy rät ihr, Chander ein anerkennendes Lächeln zu schenken. Okay, okay.

»Jede Datei, wie etwa Zeros Videos, enthält sogenannte Metadaten«, hebt Chander an. »Diese Metadaten haben Vor- und Nachteile. Ein Vorteil ist: Man findet darin verschiedene Informationen, zum Beispiel, mit welchem Programm eine Datei hergestellt wurde, eventuell den Lizenzcode des Programms, das Datum der Dateierstellung und so weiter. Der Nachteil: Bei der Umwandlung in verschiedene Videoformate gehen sie meist verloren. Außerdem kann man diese Metadaten löschen oder manipulieren. Selbst wenn wir sie finden, können wir ihnen also nur bedingt trauen. Auf diese Metadaten hatte ich Zeros Videos gleich zu Beginn unserer Recherchen abgesucht. Sie waren konsequent gelöscht. Bis heute. Warum auch immer, beim Washington-Video scheint Zero das schlicht vergessen zu haben.«

»Oder es ist Absicht«, wirft Cyn ein. »Und die Daten sind manipuliert.« *Du solltest ihn für seine Arbeit loben. Danach kannst du deine eigene Meinung äußern,* maßregelt Peggy sie.

Cyn runzelt die Stirn. Sie soll Weibchen spielen?

»Es wäre möglich«, räumt Chander ein. »Aber das glaube ich nicht. Die Metadaten verraten in diesem Fall eine ganze Menge. Erstens das Programm, mit dem das Video erstellt wurde. Es heißt tatsächlich 3DWhizz und wird vom US-amerikanischen Unternehmen 3D Wonder Vision hergestellt. Zweitens fand ich darin die Lizenznummer, unter der die benutzte Programmkopie registriert wurde. Und drittens steckte in den Metadaten sogar die MAC-Adresse, also eine spezifische Kennnummer des Rechners, auf dem die Kopie läuft!«

*Und was soll uns das bringen?* Cyn verbeißt sich die Frage. Peggys Mahnung im Ohr, wirft sie Chander ein bewunderndes Lächeln zu und sagt: »Das ist ja großartig!«

Was Chander sogleich mit einem Strahlen belohnt.

»Und was genau nützt uns das nun?«, fragt sie weichgespült. Brrrr! Aber Chander scheint darauf einzusteigen.

»Das, meine Liebe, verrät uns womöglich den Nutzer der Programmkopie«, erklärt er nachsichtig. »Und wenn die Daten nicht manipuliert wurden oder der Rechner geklaut, dann könnte es sich dabei tatsächlich um ein Mitglied von Zero handeln.«

»Mir ist immer noch nicht klar, wie du in der Lage bist, das mit diesen paar Ziffern und Zahlen herauszufinden.«

»Ganz einfach.«

Ganz einfach. Sicher. Cyn stellt sich auf eine ganz einfache Erklärung eines IT-Experten ein. Von der sie kein einziges Wort versteht.

»Ich habe mich in ein paar Onlinespezialforen nach möglichen Schwächen von 3DWhizz umgesehen. Und bin fündig geworden. Wie die allermeisten Programme ist auch dieses an der einen oder anderen Stelle schlampig oder eigenartig geschrieben. Es hat eine Schwäche, die uns helfen könnte, denn vor dem Benutzen muss man sich online beim Hersteller mit der Lizenznummer registrieren. Auch nach der Registrierung kann es auf maximal zwei Geräten benutzt werden.« Cyn nickt. Ihren Drucker daheim hat sie ebenfalls registriert. Wegen des kostenlosen

Kundensupports, hieß es. »So beugt der Hersteller Raubkopien und illegaler Nutzung vor. Beim Registrierungsprozess weist das Programm allerdings ein für solche Programme nicht unbedingt übliches Verhalten auf: Es checkt die lokale IP-Adresse des Nutzers, schon bevor dieser über mögliche Anonymisierer geht, und sendet sie dann an 3D Wonder Vision. Das tut das Unternehmen höchstwahrscheinlich, um mehr über seine Nutzer zu erfahren, selbst wenn diese etwa ihre IP-Adresse und Herkunft verschleiern möchten. Wenn jemand seine Kopie von 3DWhizz registriert, weiß also die Herstellerfirma nicht nur, dass es geschehen ist, sondern in etwa auch, wo der Nutzer das getan hat. Soll heißen, bei 3D Wonder Vision kennen sie die lokale IP-Adresse, über die eine Programmkopie registriert wurde, mit der Zero arbeitet.«

»Schön für Wonder Vision«, konstatiert Anthony. »Aber was bringt das uns?«

»Eine ganze Menge. Wenn wir geschickt genug sind. Wir werden einfach ein wenig Social Engineering betreiben.«

»Social – was?«

»3D Wonder Vision sitzt in den USA«, erklärt Chander und schenkt Cyn ein Lächeln. »Dort rufe ich jetzt einfach mal an!«

Chander schaltet Cyn, Jeff und Anthony dazu, sodass sie das Gespräch mithören können. Gleich nach dem ersten Freizeichen meldet sich eine überfreundliche Männerstimme und rattert eine Begrüßungsformel herunter.

Irgendein Callcenter, denkt Cyn. Dem Akzent des Sprechers nach in Indien.

»Hi«, erwidert Chander ebenso superfreundlich. »Ich habe eine Riesenbitte. Vor einiger Zeit habe ich mich für 3DWhizz registriert. Jetzt bräuchte ich für die Steuer die Rechnung und stelle fest, dass ich die verloren haben muss. Könnten Sie so gut sein und mir bitte noch einmal eine Kopie zusenden?« Bevor der andere etwas sagen kann, fährt Chander schon fort: »Sie brauchen natürlich die Lizenznummer für meine 3DWhizz-Kopie.« Dann liest Chander dem Mann jene Nummer vor, die er in den Metadaten von Zeros Video fand. »Meine E-Mail-Adresse hat sich inzwischen aber geändert«, erklärt er weiter. Chander gibt eine Mail-Adresse durch, die er soeben eingerichtet hat. Sie besteht aus einem Buchstabensalat, der keine Rückschlüsse auf einen Namen zulässt.

Der Mitarbeiter des Callcenters hat sicher weder mit der Frage nach der Rechnung noch mit einer geänderten Mail-Adresse zum ersten Mal zu tun. Ohne Umstände gibt er freundlich bekannt: »Da habe ich Sie schon. Ah, Mister Tuttle, Sie sind ja ein treuer Nutzer unseres Programms.«

Tuttle?, registriert Cyn aufgeregt. *Wir haben einen Namen!* »Und da habe ich auch schon Ihre Rechnung. Ist unterwegs. Kann ich sonst noch etwas für Sie tun?«

Chander checkt seine Mailbox. Die Nachricht mit der Rechnung im Anhang ist schon da. Er überfliegt das Dokument, lächelt.

»Danke, das war's. Schönen Tag noch.«

»Ihnen auch«, säuselt der Mann, wo immer er sitzt.

Chander beendet die Verbindung.

»Einen Namen! Wir haben einen Namen!«, ruft Anthony begeistert.

Cyn staunt nicht schlecht. Das war wirklich einfach. Social Engineering. Der Begriff Engineering hatte sie wieder etwas Technisches vermuten lassen. Mitnichten. Tricksen und täuschen, zutiefst menschlich. Gefällt ihr.

»Der stellt keine Sicherheitsfragen? Nichts?«, will sie wissen.

»Weshalb?«, fragt Chander zurück. »Wer außer dem Programmnutzer sollte die Lizenznummer denn kennen? Das ist so, wie wenn du wegen deiner Telefonrechnung eine Frage hast und sie deine Kundennummer verlangen.«

»Verstehe. Und auf der Rechnung stehen Name und Adresse von Zero!«, erwidert Cyn aufgeregt.

»So nachlässig sind die sicher nicht, das Programm unter ihrem echten Namen zu registrieren.«

Cyn wirft einen Blick auf das Dokument. »Archibald Tuttle ...«, sagt sie. »Woher kenne ich den Namen?«

»Aus einem Film«, grinst Chander. »*Brazil*. Tuttle ist ein Subversiver in einem Überwachungsstaat. Netter Insiderwitz.«

»Und was auf dieser Rechnung macht dich dann so zufrieden?«

»Gebt mir ein paar Minuten.«

Während Chander noch wegen der Rechnung von 3D Wonder Vision recherchiert, kommen Cyn, Jeff und die anderen nicht mehr nach, all die eingehenden Anrufe entgegenzunehmen.

Schon wieder leuchtet in Cyns Brille das Telefonsymbol. Sie nimmt das Gespräch an. Die Frau am anderen Ende behauptet, von einem TV-Sender zu sein, dessen Namen Cyn nicht versteht. Sie klingt aufgedreht wie eine Verkäuferin in einem Shopping-Kanal. Gerade hat sie die Berichte beim *Daily* verfolgt. Sie hätte Cyn in drei Tagen gern in einer Talkshow. Cyn fragt noch einmal nach dem Namen des Senders.

NBC.

»Der US-Sender?«, fragt sie irritiert. Jetzt spielt ihr die Brille auch Informationen zu ihrer Gesprächspartnerin ein. Tatsächlich ist sie Produzentin bei dem amerikanischen Network. Aber in New York. »Ich wusste nicht, dass Sie auch in Großbritannien Talkshows produzieren.«

»Tun wir nicht«, erwidert ihre Gesprächspartnerin befremdet. »Ich möchte Sie hier in New York haben.«

Cyn erspart sich eine Nachfrage. Sie hat schon richtig verstanden. Thema der Show soll sein: Macht uns Big Data zu Marionetten? – so die Dame jenseits des Großen Teichs.

»NBC will mich für eine Talkshow«, flüstert sie Anthony zu.

»Dich?« Anthony verzieht das Gesicht, ringt sich ein Lächeln ab und stößt ein »Super!« hervor. Dann widmet er sich wieder seinem aktuellen Gesprächspartner.

»In New York«, fügt sie hinzu.

Anthonys Lächeln gefriert. »Weiß sie, dass ich die Redaktion des *Daily* leite?«

»Keine Ahnung. Was meinst du?«, sagt Cyn. »Soll ich …«

»Wenn du nicht willst, opfere meinetwegen ich mich«, antwortet er gnädig.

Cyn gibt ihrer Gesprächspartnerin den Vorschlag weiter.

»Nein, wir wollen Sie«, erwidert diese bestimmt. »Sie haben dieses Interview gerade ganz hervorragend geführt. Ihre Tochter war außerdem live bei der Verfolgung des Verbrechers und bei Adam Denhams Tod dabei. Und wir brauchen eine Frau in der Runde«, fügt sie lapidar hinzu.

»Sie wollen mich«, informiert sie Anthony.

Für einen Moment verdüstert sich Anthonys Miene, dann reckt er beide Daumen nach oben.

»Schätzchen, du hast gerade vor fünf Millionen Zuschauern debütiert«, zischt er ihr zu. »Und schon rufen die Talkshows an! Scheint, als hättest du was richtig gemacht. Du sagst natürlich zu! Das ist brillante PR für uns. Frag, wer noch dabei ist!«

Ein Soziologieprofessor, der Chefredakteur einer angesehenen Tageszeitung, wenn möglich Takisha Washington, Alvin Kosak und der Kommunikationsvorstand von Freemee, antwortet die Produzentin auf Cyns Frage.

»Oh«, fällt Cyn dazu nur ein. Der Freemee-Mann wird sie bestimmt nicht mit Samthandschuhen anfassen. Einen Schreckensmoment lang fragt sie sich, was er alles über sie weiß. Peggy? Sie greift sich an den Kopf. Peggy ist ein Programm. Und ein Programm kann man einsehen. Was, wenn der Freemee-Mann sie vor versammeltem Publikum bloßstellt? Aber das ist Unsinn. Er wird wohl kaum die Millionen Nutzer einzeln im Blick haben. Und selbst wenn er es hätte, würde er es nicht zugeben. Immerhin wirbt Freemee damit, dass Cyn ihre Daten ganz allein gehören, solange sie sie nicht veröffentlicht.

Anthony drängt sie, endlich zuzusagen.

*Ja, Mann! Lass mich kurz nachdenken! Im Gegensatz zu dir war ich noch nie im Fernsehen.* Wenn sie ehrlich ist, fühlt sie sich geschmeichelt. Selbst wenn sie gerade im Stream vor fünf Millionen Menschen aufgetreten sind, ist sie ein Kind der TV-Generation. Für sie ist Fernsehen immer noch größer als das Internet. Und jetzt wird sie in eine Talkshow zu einem der großen US-Networks eingeladen. Sie müsste lügen, wenn sie behauptete, dass sie insgeheim nicht schon immer davon geträumt hat. Außerdem war sie noch nie in New York.

»Gut, ich komme.«

Mit zwei Fingertippern an die Brille deaktiviert sie Peggy. Sicher ist sicher, denkt sie.


»Okay, Leute«, ruft Chander. »Pause! Wir haben etwas.«

Anthony beendet seine Unterhaltung, Cyn nimmt keinen neuen Anruf mehr entgegen. Sollen sich die Techniker vorerst allein darum kümmern.

»Haben wir Zero?«, fragt Anthony.

»Das wäre zu schön gewesen«, erwidert Chander. »Nein. Aber auf der Rechnung stand etwas, was fast genauso wertvoll ist wie ein Name.«

»Spann uns nicht auf die Folter«, schimpft Cyn, »sonst ...«

Chander wirft ihr einen schelmischen Blick zu, dann sagt er: »Auf der Rechnung stand die IP-Adresse, von der aus der Nutzer seine 3DWhizz-Kopie registrierte.«

»Oha. Wir wissen, wo Zero wohnt?«

»Leider nicht ganz. Die IP-Adresse gehört zu einem WLAN-Netz, das mehrere Lokale auf einem Platz in Wien ihren Gästen anbieten.«

»Wien. Als Gast eines der Lokale kann ich dort drahtlos ins Internet?«

»Genau. So wie bei uns in den meisten Coffee-Shops.«

»Wer immer diese Kopie von 3DWhizz also registrierte, saß dabei in einem dieser Wiener Lokale?«

»So ist es.«

»Aber wann war das? Zero verwendet das Programm doch schon recht lange, oder?«

»Diese Kopie erst seit zwei Jahren.«

»Der Typ war möglicherweise nur ein einziges Mal an diesem Ort!«, wendet Cyn ein.

»Deshalb habe ich etwas nachgeforscht. Wie ich bereits sagte, haben mir die Metadaten des Zero-Videos neben dem Programm und der Lizenznummer auch die MAC-Adresse des Computers verraten, von dem das Video ins Internet hochgeladen wurde.«

»Wobei hilft dir die?«

»Diese WLAN-Netze in Lokalen sind meistens nicht besonders gut gesichert. Ich konnte mich relativ leicht in das fragliche Wiener Netz einhacken. Dort musste ich dann nur noch die

Logs, also die Protokolle, durchsuchen. In denen finde ich Angaben zum Beispiel über die MAC-Adressen der Geräte, die sich über dieses WLAN ins Internet loggen, wann sie das tun und so weiter. Dreimal darfst du raten, was dabei aufgetaucht ist.«

»Das Gerät, mit dem die 3DWhizz-Kopie damals registriert wurde«, schlussfolgert Cyn.

»Exakt!« Er strahlt Cyn an. »Und zwar regelmäßig. Dieser Computer loggt sich alle paar Tage in das WLAN-Netz ein. Sein Besitzer ist Stammgast an diesem Ort. Das passt auch ganz gut. In Deutschland und Österreich gibt es besonders laute Stimmen für den Datenschutz. Es ist nicht ganz abwegig, dass dort Zero-Mitglieder leben.«

»Kann die Nummer nicht auch woanders auftauchen?«, wirft Jeff ein.

»Natürlich«, antwortet Chander. »Wir werden sofort ein Suchprogramm darauf ansetzen.«

»Wer sagt uns, dass Zero nicht auch uns an der Nase herumführt?«, will Cyn wissen.

»Das könnte natürlich sein. MAC-Adressen kann man manipulieren. Ich halte es aber eher für unwahrscheinlich. Die eigenartige Programmierung von der 3DWhizz-Registrierung wurde in einschlägigen Kreisen publiziert, aber die Nachricht hat für keinerlei Aufsehen gesorgt. Selbst nach Veröffentlichung ließ sich 3D Wonder Vision noch ein halbes Jahr lang Zeit, den *bug* zu beheben. Beides geschah erst, nachdem die fragliche Lizenz registriert wurde. Der Nutzer wusste also damals noch gar nichts von dem Fehler. Und wenn er etwa ein Filmstudent oder Designer und kein Programmierer ist, weiß er es womöglich bis heute nicht.«

»Bei Zero sitzen sicher auch ein paar IT-Cracks, die ihn informiert haben«, hält Jeff dagegen.

»Auch die sind nur Menschen und machen schon mal Fehler. Wie heute mit der Lizenznummer. Oder halten sich für unangreifbar.«

»Und was heißt das jetzt für uns?«, überlegt Cyn.

»Wir müssen nach Wien«, verkündet Anthony.

»Aber ich soll nach New York!«, wendet Cyn ein.

»Erst in drei Tagen«, wendet Anthony ein. »Doch zur Not machen Chander und ich Wien ohne dich.«

»Du kommst mit?«

»Selbstverständlich! Das lasse ich mir nicht entgehen.«

»Ich will auch mit«, sagt sie rasch. Mit Chander nach Wien? Das lässt auch sie sich nicht entgehen! »Du brauchst mich für die Doppelkonferenz.«

»In Ordnung. Wir werden noch schnell ein Video drehen, in dem wir ankündigen, dass wir eine heiße Spur zu Zero haben. Quick 'n' dirty!« Anthony reibt sich die Hände.

»Du willst alles verraten?«, fragt Cyn.

»Nein«, sagt Anthony. »Diese Informationen teilen wir vorerst nicht mit dem Publikum. Wir reden nur von einer heißen Spur. Ein bisschen Spannung muss schon sein.«

»Ich würde sogar das Video weglassen«, erwidert Chander. »Um keine schlafenden Hunde zu wecken. Wir brauchen ohnehin Glück. Ein paar Cracks in unserer Mitmach-Crowd werden die Metadaten schnell entdecken. Und wahrscheinlich auch den Bug in 3DWhizz. Ist höchstens die Frage, ob sie so wie wir auch noch an die IP-Adresse kommen. Irgendwann wird nämlich bei 3DWhizz ein Programm Alarm schlagen, wenn sie zu oft abgefragt werden. Aber wenn im Zero-Forum auf der *Daily*-Seite darüber diskutiert wird, wird Zero womöglich gewarnt, dass es da eine Schwachstelle gab. Wenn das so ist, wird er dieses WLAN in Wien in Zukunft meiden.«

»Nun gut«, sagt Anthony wenig begeistert.

»Wann geht es los?«, fragt Cyn. Chander wirft ihr einen schnellen Blick zu. Sie spürt, wie sie errötet.

»Morgen früh mit der ersten Maschine«, sagt Anthony mit einem Blick auf sein Smartphone. »Die Tickets lasse ich gleich buchen. Wir treffen uns um neun in Heathrow am Gate.«


»Interessant«, sagt Luís zu Marten. »Erst vor wenigen Minuten fragte ein Anrufer die Rechnung der Erstregistrierung ab. Ein Servicemitarbeiter hat sie verschickt.«

»An wen?«

»Eine getarnte E-Mail-Adresse. Wer dahintersteckt, konnte ich ebenso wenig ausmachen wie den Anrufer. Er schickte seinen Anruf über diverse Anonymisierungsdienste.«

»Jemand anderer hat die Metadaten auch entdeckt und den Service von 3D Wonder Vision reingelegt.«

»Anzunehmen.«

»Wir beantragen Amtshilfe über Interpol. Die österreichische Polizei soll die Typen ausfindig machen.«

»Inzwischen prüfen wir schon einmal Archibald Tuttle.«

»Was machen die Wasserfälle?«, fragt Marten nur halb im Spaß. Ernster zu nehmende Spuren haben sie weiterhin keine.

»Es sind dreihundertvierundsiebzig«, sagt Luís, während er über zahllose Bilder fließenden Wassers auf seinem Monitor scrollt. »Dreihundertzwölf konnten wir identifizieren, beziehungsweise hat das die Besucher-Community der Seite gemacht, die selber laufend neue Wasserfälle darauf stellt. Über die unbekannten rätseln sie, das wird auf der Seite geradezu als Sport betrieben.«

Er wechselt zu einem Textdokument mit einer Weltkarte daneben, die von roten Punkten übersät ist, von denen sich die meisten in Großstädten zusammenballen. »Der Großteil der Besucher der Seite verbirgt sich nicht, IP-Adressen sind nachzuvollziehen und zuordenbar. Nur etwa fünf Prozent kommen über Anonymisierungsverbindungen wie TOR oder VPN. Einige aus TOR konnten die Kollegen von der NSA sogar auch finden. Bislang haben die Programme aber nichts Verdächtiges ausgespuckt. Etwa ein Prozent kam oder kommt über VPN-Anbieter. An denen sind wir dran. Zwei der Anbieter haben ihren Sitz in den USA. FISA-Order und NSL an die Betreiber sind beantragt. Sobald sie bewilligt sind, müssen sie die Daten rausrücken. Vielleicht ist etwas dabei.«

»Nun gut«, sagt Marten. Er überlegt kurz, seufzt. »Und was Wien betrifft: Die Kollegen aus Langley sollen auch jemanden hinschicken.«


Erschöpft und übernächtigt starrt Eddie auf den Bildschirm. Wieder und wieder hat er das Script geprüft. Seinen Ansatz. Seine Interpretationen. Er kann keinen Fehler entdecken. Inzwischen hat das Suchprogramm weitere Ergebnisse geliefert. Sie ähneln den gestrigen. Eine wesentliche Frage hat sich ihm sofort gestellt: Weiß Freemee von dem Problem? Vielleicht sollte er Kontakt mit ihnen aufnehmen. Er klickt die Kontaktseite des Unternehmens an, doch natürlich folgt sofort ein weiterer Gedanke: Freemees Geschäft ist Statistik und deren Auswertung. Wer, wenn nicht sie, müsste solche Unregelmäßigkeiten entdecken? Ein weiterer Umstand lässt Eddies Puls rasen. Dass Freemee genau jene – und nur jene – Daten angeblich aus Pietätsgründen sperrt, aus denen jeder, der sich auskennt, die Schlüsse ziehen könnte, die Eddie gerade zieht. Und noch ein Gedanke treibt ihn um. Er fand nur Daten für einen kleinen Teil der Freemee-Nutzer. Er kann nicht ausschließen, dass die Angelegenheit eine viel größere Dimension umfasst. Die Konsequenzen wären erschreckend!

Eddie versucht, einen kühlen Kopf zu bewahren. Dennoch glaubt er mehr und mehr, dass Freemee einen gigantischen Skandal vertuscht. Ein schreckliches Geheimnis!

*Ich schaue mir zu viele Verschwörungsgeschichten an. Sicher gibt es eine ganz einfache Erklärung.*

Er weiß nicht, was er mit den Ergebnissen anfangen soll.

Er könnte Vi davon erzählen, schließlich haben ihre Beschwerden über Cyns Gerede ihn überhaupt erst auf die Sache gebracht. Doch seine IT-Geschichten beeindrucken sie nicht, das weiß er. Sie langweilen Vi. Als Journalistin müsste Cyn sich dafür interessieren. Die Frage ist, ob sie verstehen würde, worum es geht. Sie ist gegenüber der wichtigsten Kulturtechnik der Gegenwart ähnlich ignorant wie neunundneunzig Prozent der restlichen Bevölkerung. Er könnte seine Erkenntnisse auch einfach veröffentlichen und zur Diskussion stellen, auf seinem Freemee-Profil – was besonders pikant wäre. Oder auf anderen Plattformen, auf denen er sich herumtreibt. Doch dafür fühlt er sich in der Sache zu unsicher. Lieber würde er die Zahlen zuerst mit einigen Experten diskutieren und von ihnen überprüfen lassen. Er hat weder Lust, sich zu blamieren, noch von Freemee wegen Verleumdung in den lebenslangen Bankrott geklagt zu werden.

Als Erstes beginnt er damit, eine kleine Präsentation zu erstellen. Wem er sie zeigen wird, kann er später entscheiden.


Niemand in dem Besprechungssaal merkt, dass der Fokus von Joaquims Blick nicht vorne auf dem großen Monitor liegt, sondern auf einem abhörsicheren Telefon direkt vor seiner Nase.

Damit verschickt er eine Nachricht, die nur aus einem kurzen Zahlencode besteht. Sein Empfänger weiß, was die Botschaft bedeutet. Joaquim richtet die Aufmerksamkeit wieder auf den Sprecher neben dem Monitor.

**Snowman:**

Und schon wieder in den Schlagzeilen rund um den Globus ^^

**Peekaboo777:**

Wie war das mit der Eitelkeit? ;-)

**Nachteule:**

Jetzt haben die Leute vielleicht endlich mal eine Idee davon bekommen, was Souveränität über ihre Daten bedeutet!

**ArchieT:**

Datensouveränität ist auch nur ein *business model*.

**Peekaboo777:**

Jeder von uns ist nur ein *business model*.

**Snowman:**

Ich wär lieber im *model business*.

# Freitag

Auf dem Weg zur Schule stöpselt Eddie sich Kopfhörer in die Ohren. Seine Mutter bezeichnet das, was er hört, zwar nicht als Musik, aber er muss sich konzentrieren. Und das kann er am besten, wenn er Rap hört. Mit schweren Beinen schleppt er sich Richtung U-Bahn-Station. Er hat kaum geschlafen. Die ganze Nacht lang hat er seine Gedanken hin und her gewälzt, wie auch seinen übermüdeten Körper.

Er fasst einen Entschluss. Es ist zwar noch etwas früh für einen Anruf, aber Eddie muss über das reden, was er herausgefunden hat. Er holt sein Smartphone hervor, dreht die Musik ab und – steckt es wieder ein. Er sieht sich nach einer Telefonzelle um, findet zu seiner Verwunderung sogar eine nahe dem Eingang zur U-Bahn und ruft Cyn zu Hause auf ihrem Festnetztelefon an.

Nach dem dritten Freizeichen meldet sie sich.

»Eddie! So früh am Morgen! Was gibt's? Willst du Vi sprechen?«

Bei der Erwähnung von Vis Namen macht sein Herz einen kleinen Satz. Er reißt sich zusammen. »Nein. Ich wollte mit dir reden. Als Journalistin.«

»Um diese Zeit? Okay. Ist es dringend? Ich muss nämlich gleich zum Flughafen.«

»Holst du wen ab?«

»Nein, ich fliege nach Wien.«

»Oh.«

»Worum geht es denn?«

»Ich habe da etwas entdeckt. Erinnerst du dich, nach Adams Tod haben wir über Verschiedenes gesprochen, auch über Free-mee.«

»Ich erinnere mich.«

»Da hätte ich vielleicht eine Geschichte. Ist aber zu kompliziert fürs Telefon. Muss ich dir persönlich erzählen.«

»Geht das, wenn ich aus Wien zurück bin? Ich bleibe höchstens zwei, drei Tage.«

Dann kann ich alles noch einmal prüfen, überlegt Eddie.

»Okay. Was machst du in Wien? Vi hat mir was von New York erzählt.«

»Darf ich noch nicht verraten. Und New York ist erst übermorgen, nach meiner Rückkehr.«

»Na dann, schöne Weltreise.«

Eddie setzt seinen Weg fort, schaltet die Musik wieder an und erreicht die U-Bahn-Station. Auf dem überfüllten Bahnsteig dreht er die Musik lauter, damit er von den anderen Passagieren nicht so viel mitkriegt. Jemand rempelt ihn an. Verärgert fährt Eddie herum. Ein Mann mittleren Alters steht neben ihm, er trägt eine getönte Brille und einen Hut.

»Guten Morgen, Eddie.«

Irritiert weicht Eddie zurück, stößt an jemanden hinter ihm, hält. Er kennt den Mann nicht, dessen Stimme durch die Musik zu ihm durchdringt.

»Ich möchte mit dir reden«, sagt der Mann und deutet dabei auf Eddies Kopfhörer.

»Wer sagt, dass ich mit Ihnen reden möchte?«, erwidert Eddie und tritt einen Schritt beiseite. Der Bahnsteig ist so voll, dass er sich kaum bewegen kann. Der Mann ist ihm unheimlich. Aber

Angst hat er keine, er weiß ja, dass überall Kameras hängen. Vor deren Augen wird ihn wohl niemand ernsthaft belästigen.

Dem Mann gelingt es, sich wieder vor Eddie zu schieben.

An seinen Lippen erkennt Eddie, dass er etwas sagt. Dann lächelt er ihn an. Entnervt gibt Eddie auf und dreht die Musik ab.

»Was wollen Sie?«

»Dir ein Angebot machen. Ein Angebot, wie du es nur ein Mal in deinem Leben bekommst.«

Als Eddie nicht antwortet, fährt er fort: »Entschuldige bitte, wie unhöflich von mir. Ich heiße William Bertrand und komme von einem Personalunternehmen. Ich will nicht lange herumreden. Du bist verdammt talentiert am Computer. Du könntest fabelhafte Jobs bekommen. Viel Geld verdienen. Sehr viel Geld. Ich möchte dir so einen Job anbieten.«

»Hier?«, fragt Eddie und sieht sich in dem Getümmel um. »Sind Sie mir hierhergefolgt? Was soll das? Ich gehe noch zur Schule.«

»Das kannst du weiterhin. Wenn du willst in New York.«

»Lassen Sie mich in Frieden. Wenn Sie was von mir wollen, schicken Sie mir eine Nachricht oder rufen Sie an. Aber lauern Sie mir gefälligst nicht in der U-Bahn auf.«

Der Zug fährt ein, in die Menge kommt Bewegung.

»Ich will deutlicher werden«, erklärt der Mann und folgt Eddie dichtauf, bis in den Waggon hinein. »Du hast etwas herausgefunden, was sehr wichtig ist. Und sehr viel Geld wert ist. Für dich.«

Eddies Puls beschleunigt sich. Redet der Mann etwa, wovon Eddie glaubt, dass er redet? Er sagt nichts, versucht ruhig zu bleiben, und lässt den anderen kommen. Am liebsten würde er sein Smartphone heimlich auf Aufnahme stellen, seine Hand tastet danach, doch hier drinnen in der Bahn ist es zu laut.

»Du weißt, wovon ich rede«, sagt Bertrand.

Eddies Herz schlägt wie wild. Aus jeder seiner Poren dringt Schweiß. Obwohl er versucht hat, anonym zu arbeiten, haben sie ihn beobachtet und verfolgt! Und jetzt steht einer von denen vor ihm! Nur wenige Stunden nach seiner Entdeckung!

*Verdammte Scheiße!*

Trotz der aufkommenden Panik bemüht er sich, seine Stimme besonders cool klingen zu lassen, als er antwortet: »Keine Ahnung. Sagen Sie es mir.«

Bertrand lächelt ihn an. »Wir bieten dir zwanzig Millionen Dollar, zahlbar sofort, wenn du dich verpflichtest, dein Wissen für dich zu behalten«, sagt er leise genug, dass nur Eddie ihn versteht. »Außerdem einen großartigen Job in New York. Falls du Lust darauf hast. Denn du wirst dein Leben lang nicht arbeiten müssen.«

Eddie krallt sich an den Haltegriff, während seine Knie unter ihm nachgeben. Er bekommt kaum noch Luft.

Bertrand mustert ihn mit einem Grinsen. »Nette Summe, nicht wahr?«

Eddie verzieht das Gesicht. Geld. Als ob es ihm darum ginge!

»Es … es stimmt also«, bringt er schließlich über die Lippen.

Bertrand antwortet nicht.

Eddie fühlt den Schweiß hinter seinen Ohren hinabrinnen. Seine Kopfhaut juckt. Nervös leckt er sich über die Lippen. Tief aus seinem Inneren steigt ein Zittern auf, das er kaum kontrollieren kann.

»Sie … wollen mich kaufen.«

»Wir wollen uns dein Talent und Know-how sichern«, erwidert Bertrand.

»Ich … weiß nicht, was ich sagen soll.«

»Ja. Sag einfach Ja. Zu einer großartigen Zukunft.«

In Eddies Augen schießen Tränen, was ihm besonders peinlich ist. Er ist völlig überfordert von der Situation. »Und wenn ich nicht will?«

»Dann erhöhen wir unser Angebot«, antwortet Bertrand weiterhin freundlich.

Aus den Lautsprechern wird die nächste Station angekündigt.

»Mehr als zwanzig Millionen?«, fragt Eddie ungläubig.

»Nenn eine Summe.«

Eddies Magen fährt Karussell. Diese Situation ist komplett surreal. Er steht in einem übervollen U-Bahn-Waggon, neben ihm ein Unbekannter, der ihm absurde Vorschläge zuflüstert. Fuck!, flucht er innerlich. Ich und meine verdammte Neugier!

Der Wagen hält, die Menschen drängen hinaus.

»Du musst hier umsteigen«, erinnert ihn Bertrand.

Eddie hat Mühe, der Aufforderung zu folgen, seine Beine wollen ihm kaum gehorchen. Bertrand hält sich dicht neben ihm. Mit der Menge schieben sie sich über den Bahnsteig, während der Zug ratternd im Tunnel verschwindet.

»Wie wollen Sie sicher sein, dass ich mich an die Abmachung halte?«, fragt Eddie.

»Weil du ein ehrlicher Mensch bist. Aber das weißt du ja selbst am besten. Wenn du es nicht glaubst, sieh in dein Free-mee-Profil. Deine Daten sind da ziemlich eindeutig.«

»Diese Ehrlichkeit würde ich aufgeben, wenn ich das Angebot annehme«, gibt Eddie zu bedenken.

»Nein«, widerspricht Bertrand. »Uns gegenüber würdest du ehrlich bleiben.«

Schweigend fahren sie die Rolltreppe hoch. Eddie muss den Weg zur Circle Line nicht suchen, wie jeden Tag geht er ihn automatisch.

Tief atmet er durch. »Fünfzig Millionen. Pfund.« Ob der Typ wohl drauf einsteigt?

Bertrand zieht die Augen zusammen und mustert ihn. »In Ordnung«, sagt er dann. »Wir haben dein Wort.«

»Ja«, entgegnet Eddie. Mit einer Grimasse fügt er hinzu: »Sie haben mich eh auf dem Radar. Immer und überall.«


Kühl betrachtet Joaquim auf dem Monitor vor sich die Bilder aus der Brille des Mannes, der sich Bertrand nennt. Über zwei Bildschirme daneben laufen die Analysen der Sensoren aus Eddies Smartphone und dem kleinen Mikrofon, das wie ein Knopf an Bertrands Jacke aussieht. Schade, dass sie nur mitbekamen, wie Eddie mit Cynthia Bonsant telefonierte, aber den Inhalt nicht mithören konnten. Sie hätten Bonsants Wohnung doch verwanzen sollen. Ihr Festnetztelefon. Schade für Cynthia Bonsant.

Die nervösen Kurven und Linien auf den Bildschirmen springen und schlagen aus, Alarmlichter leuchten.

Schon bald nach dem Jahrtausendwechsel wurden die ersten Programme entwickelt, die anhand der Stimme feststellen können, ob jemand die Wahrheit sagt. Seitdem wurden sie laufend verbessert und gehören längst zur Standardausrüstung professioneller Sicherheitsdienste. Kombiniert mit den Daten anderer Körperreaktionen liefern sie sehr gute Ergebnisse, selbst wenn der Betroffene weiß, dass er überprüft wird. Die altmodischen Lügendetektoren, wie man sie aus alten Agentenfilmen kennt, wirken dagegen wie Faustkeile aus der Steinzeit. Freemee setzt die Techniken inzwischen mit großem Erfolg bei seinen Dating-ActApps ein. Bei Eddie zeigen sie eine Lügenwahrscheinlichkeit von mehr als achtzig Prozent.

»Er lügt«, sagt Joaquim und fragt sich, wie der Junge glaubt davonzukommen, obwohl er die Lage doch glasklar erfasst hat.

Fünftausend Kilometer weiter östlich hört der Mann, der sich Bertrand nennt, über den kleinen Knopf in seinem Ohr Joaquims Codewort und weiß, was er zu tun hat.


Auf der Fahrt zum Flughafen ist Cyn so aufgeregt, dass sie sich nicht auf die Brille konzentrieren kann. Während sie aus dem Zugfenster schaut, wird ihr bewusst, dass sie zum ersten Mal seit acht Jahren die Insel verlässt. Damals war es ein superbilliger Last-Minute-Urlaub nach Südspanien, den sie sich und Vi gegönnt hatte. Vis einziger Flug bisher. Und Cyns letzter seitdem. Ihre Sporttasche mit der Kleidung für zwei Tage und dem Laptop liegt über ihr im Gepäckfach. Nervös kramt sie in ihrer Handtasche. Ihr Pass, das Portemonnaie, ihr Smartphone. Sie widersteht der Versuchung, Vi noch einmal anzurufen, ob alles in Ordnung ist. Natürlich ist alles in Ordnung, was soll schon sein? Ihre Tochter sitzt im Unterricht und könnte ohnehin nicht rangehen.

Eingecheckt wurde Cyn noch am Vorabend online von Anthonys Assistentin. Da Cyn ihr überschaubares Gepäck nicht aufgeben muss, geht sie nach der Ankunft am Flughafen direkt zum Sicherheitscheck.

Dahinter trifft sie Chander und Anthony. Sie spürt, wie sie sich bei Chanders Anblick anspannt. Und sie bemerkt, dass ihr Peggys Ratschläge fehlen. Sie fühlt sich unsicher, als wäre beim Autofahren in einer fremden Stadt das Navigationssystem ausgefallen. Aber bis zu der TV-Show mit dem Freemee-Vorstand lässt sie ihre neue Freundin lieber ruhen.

»Na, bereit für ein Abenteuer?«, strahlt Chander sie an.

»Und wie!«

»Darf ich dir die schwere Tasche abnehmen?«

Ganz Gentleman.

»Danke.«

Er stellt das unförmige Teil auf seinen kleinen Rollkoffer.

»Du hast noch weniger Gepäck als ich«, stellt sie fest.

»Den Rest habe ich aufgegeben«, erklärt er.

Anthony begrüßt sie knapp, dann wendet er sich ab und setzt ein Telefonat über seine Brille fort.

»Für einen Kaffee ist noch Zeit«, sagt Chander. Sie setzen sich bei der nächstbesten Cafeteria auf die Barhocker und bestellen. Anthony telefoniert.

Cyn muss sich von ihrer Nervosität ablenken.

»Was macht die Diskussion im *Daily*-Forum?«, fragt sie.

»Sync dich mit meiner Brille«, fordert Chander sie auf, und sie gehorcht. Während sie vor ihren Augen dasselbe sieht wie er, erklärt Chander:

»Die Metadaten wurden natürlich schnell entdeckt. Später auch der Bug in 3DWhizz. Allerdings wurde das Thema nur in einer Unterdiskussion besprochen. Die breite Nutzerschaft hat sich nicht dafür interessiert. Ist ihr wohl wieder einmal zu technisch.«

»Aber die Wiener IP-Adresse taucht nirgends auf«, stellt Cyn nach einer kurzen Suche fest. Sie sieht ihn an. »Zero könnte gewarnt sein.«

»Kann, aber muss nicht sein. Hängt davon ab, wie intensiv sie die Diskussionen verfolgen. Immerhin sind das Tausende von Beiträgen. Wir wissen nur davon, weil uns klar ist, worauf wir schauen müssen.«

Sie machen sich auf den Weg zum Gate. Während Anthony noch immer telefoniert, nimmt Chander seine Brille ab. Seine Augen blitzen.

»Ich muss wegen Zero und anderer Sachen auch nach New

York«, sagt er. »Ich denke, ich werde nach Wien gleich rüberfliegen. Kennst du die Stadt?«

Cyn spürt, wie sie rot anläuft.

»Nein, ich war noch nicht dort.«

»Dann zeige ich sie dir«, sagt er fröhlich. »Tolle Stadt, du wirst sehen! Vielleicht hängst du ja noch ein paar Tage dran.«

»Mal sehen, ob das geht.« *Ganze Arbeit, Peggy*, denkt sie aufgeregt.

Im Flieger kämpfen sie sich durch zu ihren Plätzen.

»Economy«, seufzt Anthony. »Eine Zumutung. Aber was soll man machen. Die Sparvorgaben der Eigentümer …«

Die Herren überlassen Cyn den Fensterplatz. Chander sitzt in der Mitte der Dreierreihe.

Anthony telefoniert noch immer – bis ihn eine Stewardess auffordert, endlich sein Gerät auszuschalten. *Wichtigtuer.* Missmutig schiebt er die Brille auf die Stirn und starrt grimmig auf die Köpfe der Leute in der Reihe vor ihnen. Seine Finger trommeln nervös auf die Armlehne. Die Maschine beschleunigt, hebt ab. Die schweigsamen Minuten, während sie sich, in ihre Sessel gedrückt, beim Abheben nach hinten neigen, blickt Cyn aus dem Fenster. Die Welt da unten wird immer kleiner.

»Was machen wir, falls wir Zero wirklich finden?«, fragt Cyn leise, als sie in die Wolken kommen und der Ausblick vernebelt.

»Wir werden ihn interviewen, was sonst?«, antwortet Anthony ebenso leise.

»Oder sie«, ergänzt Cyn. »Könnten ja auch Frauen dabei sein.«

»Oder sie.«

»Und wenn sie nicht reden wollen?«

»Filmen und veröffentlichen wir sie. Live.«

»Aber … sie werden von den USA gesucht!«

»Die werden schon nichts unternehmen, wenn die Öffentlichkeit zusieht.«

»So etwas werde ich nicht mitmachen, das sage ich gleich«, zischt Cyn. »Interviewen, ja. Ausliefern, nein.«

»Okay, okay«, lenkt Anthony ein. »Wir werden das ohnehin situationsabhängig entscheiden müssen.«

Sie werden unterbrochen von einer Ansage des Piloten zur Flugzeit und dem Wetter in Wien. Sonnig bis bewölkt.

Danach suchen sie auf Anthonys Laptop zum x-ten Mal in Zero-Videos nach Anhaltspunkten. Besonders einige ältere Videos haben sich inhaltlich inzwischen überholt oder aber als prophetisch erwiesen.

»… Daten sind nicht nur das neue Öl«, erklärt ein verschmiertes Gesicht unter einem schmutzigen Helm, »wie manche gern bildhaft erklären, sondern haben in vielen Bereichen klassisches Geld längst als Währung abgelöst. Einige Unternehmen beginnen diesen Umstand neuerdings auf innovative Weise zu einem Eckpfeiler ihres Geschäftsmodells zu machen wie Cycoin, Freemee oder BitValU. ›Frees make the world go round‹«, singt und tanzt Zero wie Liza Minelli in Cabaret. »Warte nur, bald wird jemand Zinsen auf deine Daten zahlen oder erheben, es wird Dateninflationen und -deflationen geben, raffinierte Finanzprodukte und Spekulationsblasen. Die dann und wann auch platzen …«

»Mir läuft es kalt den Rücken herunter«, sagt Cyn. »Sollten wir nicht einen Rest privates Leben behalten?«

»Ach, Cyn«, sagt Anthony mitleidig. »Früher oder später werden wir alle lernen müssen, damit zu leben, dass die Welt das eine oder andere über uns weiß. Das war im Übrigen schon immer so. Ich bin in einem echten Kaff in Sussex groß geworden. Jeder kannte jeden. Wusste, wer mit wem hinter der nächsten Brombeerhecke fremdging. Wer soff, wer krank oder impotent war oder ein Geschäft plante. Heute wohne ich eben im globalen Dorf.«

»Das alte Dorf war ein überschaubarer Kreis.«

»Aber er war nicht angenehmer. Und auch nicht gnädiger. Wehe, du hast nicht mitgespielt, warst am Sonntag nicht in der Kirche oder beim Feuerwehrfest oder im Elternrat der Schule. Anonymität, Privatsphäre? Fehlanzeige. Ein Außenseiter hat kein leichtes Leben im Dorf.«

»Aus dem Dorf kann man wegziehen. Stadtluft macht frei. Warum bist du in London?«

»Weil man da draußen nur Schafhirte oder Alkoholiker werden kann?«, fragt Anthony. »Oder beides?«

»Aus dem globalen Dorf kann man nicht wegziehen.«

»Willst du das denn?«

»Ich habe schon ganz gern einen Platz, an dem ich nicht gestört werde.«

»Ich habe nichts zu verbergen«, meint Anthony jovial.

»Wie langweilig!«, erwidert Cyn und amüsiert sich über Anthonys verdutzte Miene. Chander im Nebensitz grinst mit ihr.

»Wie viel verdienst du eigentlich?«, fragt sie.

»Was hat das damit zu tun?«, fragt Anthony zurück.

»Wie viel verdienst du?«

»Ich … ähm«, druckst Anthony herum.

»Na also, geht doch! Wie sieht dein bestes Stück aus?«

»Ja, los, sag schon«, lacht Chander.

»Ich weiß, worauf du hinauswillst«, lächelt Anthony nachsichtig. »Dass wir alle unsere kleinen Geheimnisse brauchen.«

»Sie hat dich erwischt, mein Lieber«, spottet Chander.

»Die Menschen lebten ganz gut ohne Privatsphäre, bis sie ein raffinierter Anwalt vor hundert Jahren erfand«, entgegnet Anthony, um Haltung bemüht.

»Er erfand sie nicht, sie wurde bloß damals erst in die Gesetze aufgenommen«, widerspricht Cyn.

»Gesetze kommen und gehen. Die Privatsphäre wohl auch.«


Augen, große und kleine, stecken in Cyns Nasenlöchern und Mund und allen Öffnungen ihres nackten Körpers und wollen immer tiefer hinein. Sie winden sich, wispern miteinander, drehen ihre Pupillen in alle Richtungen, dass Cyn bei dem Anblick ganz schwindelig wird.

»Aufwachen.« Chander stupst sie sanft. »Wir sind gleich da.«

Sie braucht einen Moment, um sich zurechtzufinden, dann setzt das Fahrwerk etwas unsanft auf der Landebahn auf. Willkommen in Wien.

Als sie das Flugzeug verlassen, ist der Himmel bewölkt, die Luft angenehm warm. Ein Taxi bringt sie in ihr Hotel. Es liegt in einem charmanten Altstadtbezirk nahe dem Ort, an dem sie hoffen, ihren Kandidaten zu finden. Cyn würde gern mehr von der Stadt sehen, doch die Arbeit geht vor. Nachdem sie ihre Zimmer bezogen und sich erfrischt haben, erwartet Chander sie bereits am Empfang. Für jeden hat er einen kleinen Rucksack vorbereitet.

»Was ist da drin?«, will Anthony wissen.

»Wirst du schon sehen«, erwidert Chander. »Jetzt lasst uns erst einmal losgehen.«

Sie spazieren durch die Gassen mit alten Häusern, bis sich vor ihnen ein weiter Platz inmitten historischer Prunkbauten öffnet. Durch einen Torbogen betreten sie den riesigen Hof eines barocken Gebäudekomplexes mit zwei modernen Museen, wie die Aufschriften erklären, mehreren Lokalen im Freien und bunten Liegemöbeln aus Plastik, auf denen es sich Hunderte Menschen in der Sonne bequem gemacht haben. Dazwischen schlendern Besucher, tollen Kinder, schieben Anwohner ihre Fahrräder. Cyn fühlt sich wie auf einem Volksfest ohne Buden. *Hoffentlich müssen wir unseren Verdächtigen nicht hier in dieser Menschenmenge suchen*, denkt sie.

»Das ist das Museumsquartier«, erklärt Chander. »Neben diesem großen Hof gibt es noch kleinere Höfe, zwei Museen, sechs Lokale und verschiedene andere Einrichtungen. Aus dem öffentlichen WLAN-Netz des Quartiers registrierte sich die Person, die wir suchen.«

»Das ist ja völlig hoffnungslos!«, stöhnt Anthony. »Wie sollen wir hier jemals irgendwen finden?«

»Das ist einfacher, als du denkst«, erwidert Chander und steuert auf eine futuristisch anmutende Imbissbude zu. »Lasst uns erst mal etwas bestellen.«

»Komisch, dass sie in Wien keine Wiener Würstchen verkaufen«, stellt Anthony fest. Er bestellt die Würste mit dem seltsamen Namen, Chander und Cyn wählen Salate.

Sie lassen sich auf einem breiten Sitzmöbel nieder, das gerade von einer Gruppe Jugendlicher verlassen wird. Zu dritt finden Cyn, Chander und Anthony darauf bequem Platz.

»Wir machen das im Prinzip so, wie man auch Handys lokalisiert«, erklärt Chander zwischen zwei Bissen. »Wir hängen uns ins WLAN-Netz und warten, bis sich der gesuchte Computer ebenfalls einloggt. Dann wissen wir, dass er in der Nähe ist. Als Nächstes triangulieren wir ihn.«

»Klingt wie strangulieren«, sagt Cyn.

»Das wird es für ihn letztlich auch sein«, lacht Chander. »Jetzt dürft ihr eure Rucksäcke öffnen.«

In ihrem findet Cyn einen Laptop, ein stabartiges Gerät, das sie nicht kennt, und eine zylinderförmige Dose mit Kartoffelchips. Nein, keine Chips, die Dose ist leer. Anthony packt die gleichen Utensilien aus.

»Die Computer haben wir, damit wir bei Bedarf nicht alles über die Brillen machen müssen. Und dieser Stab ist wie ein Richtmikrofon«, erläutert Chander. »So können wir uns aufteilen und damit versuchen, das Signal des gesuchten Computers zu orten. Sobald wir ihn alle haben, müssen wir nur noch sehen, wo sich unsere Richtstrahlen schneiden – dort sitzt er.«

»Richtantennen?«, wiederholt Cyn. »Ist das nicht zu auffällig?«

»Nein, denn dazu haben wir die Chipsdosen. Darin verstecken wir die Antennen. Die sind innen sogar mit Aluminium ausgekleidet und verstärken die Wirkung daher noch. Die Dose legst du einfach auf einen der Tische oder eins dieser komischen Sitzmöbel und drehst sie langsam hin und her, als ob du vor lauter Langeweile damit herumspielen würdest. Von einer Antenne merkt kein Mensch etwas.«

Cyn schiebt den Stab in die Dose, bis er verschwunden ist, und legt sie vor sich hin. Das fällt wirklich niemandem auf. James Bond trifft MacGyver. Sie kann nicht glauben, was sie da tut. Verstohlen blickt sie sich um. Kein Mensch schenkt ihnen in dem Treiben seine Aufmerksamkeit.

»Voll Hightech«, stellt sie fest.

»Ach wo«, meint Chander. »Einfachstes Nerdspielzeug, bekommst du in jedem besseren Elektronikladen.«

»Ist das legal?«, fragt sie.

»Ist das nicht egal?«, fragt Chander zurück. »Auf, lasst es uns ausprobieren. Die Geräte sind schon konfiguriert. Ihr müsst sie nur noch einschalten.«

Cyn und Anthony tun wie geheißen.

»Unser Kandidat kommt normalerweise alle zwei bis drei Tage

zur Mittagszeit. Zuletzt war er vor zwei Tagen da. Vielleicht ist er heute da, und wenn nicht, ist die Wahrscheinlichkeit ziemlich groß, dass wir ihn morgen antreffen. Das Triangulieren können wir aber jetzt schon einmal üben.«

Auf den Computern hat Chander eine Software installiert, die ihre Suche sehr anschaulich macht. Auf Satellitenbildern eines Onlinekartendienstes zeigen drei rote Punkte ihre aktuellen Standorte. Transparente rötliche Streifen visualisieren die Ortungswellen der Richtantennen. Chander erklärt ihnen die Anzeigen auf dem Bildschirm, sie drehen ihre Antennen ein wenig und sehen die Veränderungen.

Als Nächstes verteilen sie sich über den Hof. Cyn sucht sich zwischen anderen Touristen ihren Weg. Am Rand der Treppe vor dem grauen Museum, das eine Hälfte des Hofs überragt, findet sie ein freies Plätzchen etwas abseits der Gruppen von Jugendlichen, die sich über die ganze Treppe verteilt haben. Anthony setzt sich ans andere Ende in den Schatten des weißen Museums. Chander platziert sich in der Nähe des Eingangs in der Mitte auf einer Bank. Neben Cyn liegt die Chipsdose mit der verborgenen Richtantenne. Über ihre Brillen beziehungsweise Smartphones bleiben sie miteinander verbunden.

»Alle bereit?«, fragt Chander.

Cyn und Anthony geben ihr Okay.

Chander beschreibt ihnen, dass er sich in das Netz einloggt und forscht, ob die Nummer des gesuchten Geräts auftaucht. Vorläufig sieht es nicht danach aus.

»Ist wohl nicht da«, stellt er fest. »Dann sollten wir in der Zwischenzeit ein bisschen üben.«

Chander wählt eine beliebige MAC-Adresse und startet die Ortung. Auch Cyn beginnt, ihre Dose zu drehen. Binnen weniger Minuten haben sie ihren Zieltriangel. An der entsprechenden Stelle sitzen drei junge Mädchen am Tisch eines Lokals und tippen auf ihren Smartphones herum.

»Eine von denen bedient unser Übungsgerät«, sagt Chander. »Genauer können wir es nicht bestimmen, dazu sitzen sie zu nah beieinander.«

Er gibt Cyn und Anthony eine andere Geräteadresse durch. Keine zwei Minuten später haben sie einen bärtigen Mann mit Laptop auf einem der Sitzmöbel ausgemacht.

Cyn ist beeindruckt. Ihre Finger spielen unbewusst mit der Dose, während sie das Treiben auf dem Platz verfolgt.

Die Wärme der Sonne und des aufgeheizten Bodens machen sie schläfrig. Sie lehnt sich an die Museumswand und schließt für einen Moment die Augen.

Als Chanders Stimme sie aufschreckt, bemerkt sie, dass sie weggedöst sein muss.

»Hört ihr mich?«

»Klar und deutlich«, erwidert Anthony.

»Ja, ich auch«, bestätigt Cyn schlaftrunken.

»Gut. Dann beginnt mit der Ortung. Ich habe eure Antennen bereits auf die entsprechende MAC-Adresse eingestellt.«

Chander hat den Gesuchten im Netz aufgespürt! Und sie hat es verschlafen! Langsam dreht sie die Chipsdose im Kreis. Auf ihrem Bildschirm wandert der rote Strahl über den Hof. Chanders Strahl findet das Signal des gesuchten Geräts als Erster. Er hält seinen Strahl an. Irgendwo auf dieser Linie muss der Typ sitzen. Cyn kreuzt ihre rote Linie mit Chanders, Anthony tut das Gleiche. Vorsichtig lässt sie die Antenne kreisen, bis ihr Laptop ein Signal gibt. Gleich darauf schlägt auch Anthonys Gerät Alarm.

»Wir haben ihn!«, hört sie ihn rufen.

Aufgeregt sucht sie die auf den Satellitenbildern markierte Stelle in der Realität. Sie muss mitten auf dem Platz liegen. Fieberhaft fliegt Cyns Blick über die großen Sitzmöbel. Auf einem lehnt ein schlaksiger junger Mann in Jeans und T-Shirt, wie so viele andere hier mit Schirmkappe und Sonnenbrille. Auf seinem Schoß hat er einen kleinen Laptop.

»Der Typ mit der blauen Kappe und Sonnenbrille?«, fragt Anthony.

»Ja«, bestätigt Chander.

Auf den Liegen links und rechts von ihm lungern Jugendliche herum, unterhalten sich miteinander, einige spielen ebenfalls mit Computern oder Smartphones. Das übliche Bild.

»Ich werde versuchen, auf seinen Computer zu kommen«, erklärt Chander. »Vielleicht sind wir dann klüger.«

»Das kannst du?«, fragt Cyn ungläubig.

»Wenn er nicht verschlüsselt ist.«

Cyn zoomt den Unbekannten mit der Brille heran. Eine weitere praktische Fähigkeit des Geräts: das eingebaute digitale Objektiv. Obwohl der Mann mindestens dreißig Meter von ihr entfernt sitzt, scheint er jetzt zum Greifen nahe. Er trägt einen dichten dunklen Schnurrbart, seine Wangen sind unrasiert. Er macht auf sie einen konzentrierten, aber unbefangenen Eindruck. Ab und zu sieht er hoch, wirkt auf Cyn dabei jedoch, als würde er nachdenken. Kein nervöses Rundumblicken. Der Typ fühlt sich sicher. Wegen der Sonnenbrille braucht sie die Gesichtserkennung an ihm nicht auszuprobieren.

»Ich bin mir ziemlich sicher, dass das unser Mann ist«, hört sie Chander sagen.

»Was hast du auf seinem Computer gefunden?«, fragt Anthony.

»Nichts«, antwortet Chander. »Er hat ihn ausgezeichnet gesichert. Das tut Otto Normalverbraucher nicht. Was schon einmal verdächtig ist. Falls ich ihn überhaupt knacken kann, brauche ich dafür Stunden, wenn nicht Tage. Da weiß jemand ganz genau, was er tut.«

»Soll ich hingehen und ihn ansprechen?«, fragt Cyn. »Wegen eines Interviews.«

»Wir gehen online«, verkündet Anthony.

»Wie? Was?«, fragt Cyn verwirrt. »Aber wir haben doch besprochen…«

»Und jetzt ist es eben anders«, schneidet ihr Anthony das Wort ab.

»Das bekommt er doch mit!«

»Womöglich. Dann wird er darauf reagieren. Wir sind drei, er ist allein«, entgegnet Anthony. »Er kann uns nicht entkommen. Es geht um die Show! Du sollst schließlich über eine Suche berichten. Von Finden war nie die Rede.«

Was, zum Teufel…

Cyn zoomt Anthony heran. Er spricht mit jemandem über seine Brille. Dann sagt er, wieder für sie und Chander vernehmlich: »Ich übertrage die Perspektive meiner Brille zum *Daily*. Wenn ihr wollt, könnt ihr euch dazuschalten. Dann übernehmen sie in London die Regie.«

Das wird Cyn nicht tun. Fassungslos verfolgt sie, wie sie gerade selbst Teil einer internationalen Liveschaltung wird. Mit einer Brille und einem Smartphone.


»Die Idioten gehen tatsächlich live!«, schimpft Jon.

»Das macht die Sache nicht einfacher«, murmelt Marten.

Bis jetzt haben sie die Szene nur über die Brillenkameras der vier CIA-Männer vor Ort verfolgt. Sie haben den Typ kurz vor

Heasts Juxtruppe identifiziert, nachdem die Österreicher der Bitte um Amtshilfe nicht schnell und gründlich genug nachgekommen waren.

»Noch so eine Blamage wie den Presidents' Day können wir uns nicht leisten«, presst Jon hervor.

»Weiß ja keiner außer uns, dass wir da sind«, entgegnet Martens.

Zu den Livebildern von einem Platz mit zahllosen Menschen erklärt dieser Heast die ganze Story von 3DWhizz über Lizenznummern zu Metadaten, die sie schließlich nach Wien geführt haben. Der Blick der Kamera in Heasts Brille schweift über den Platz. Die Bilder ähneln jenen der CIA-Agenten. Was macht der Idiot? Wieso überträgt er seine Suche in die Öffentlichkeit und warnt damit möglicherweise sein Opfer? Auch die Agenten werden unruhig. Langley hat sie über die Berichterstattung informiert, sie wissen nun, dass der Platz weltweit beobachtet wird.

»Könnt ihr dem nicht den Saft abdrehen?«, fragt einer. »Der macht uns alles zunichte.«

»Geht das?«, fragt Jon, an Marten und Luís gewandt.

»Theoretisch«, antwortet Luís, »aber nicht so schnell. Außerdem ist das nicht unser Job, sondern Sache der CIA. Die müssen tun, was sie für nötig halten. Wir können nur zusehen.«

Zunehmend genervt verfolgt Marten die Übertragung. Zu blöd, dass er die Kamera nicht selbst bedienen kann. Heast gefällt sich darin, wie ein drittklassiger Thrillerregisseur die Suche nach Zero zu inszenieren. Um die Spannung zu steigern, setzt er auf Ablenkung. Viel Ablenkung.

»Wenn er so weitermacht, schaut ihm bald ohnehin keiner mehr zu«, ätzt Jon.

Doch Heast hat sein Unterbewusstsein nicht im Griff, erkennt Martens geübtes Auge. Er verrät sich selbst. Seine Kamera bleibt immer wieder Sekundenbruchteile an einer bestimmten Stelle hängen. Marten sieht in ihrem Zentrum den Typen mit Laptop und dunkelblauer Schirmkappe über der Sonnenbrille, den sich auch die CIA-Agenten ausgeguckt haben.

»Wir können bloß hoffen, dass sich Zero nicht denselben Alarm zum *Daily* gesetzt hat wie wir«, seufzt er.


»Wie lange wollen wir hier untätig sitzen bleiben?«, fragt Cyn Chander.

Während Anthony mit aufgeregten Schilderungen versucht, Stimmung zu erzeugen, tippt der junge Mann, den Chander verdächtigt, seelenruhig auf seinem Laptop. Er zeigt keinerlei Anzeichen von Nervosität oder Angst. Cyn überlegt, ob sie den Falschen im Visier haben.

Auf ihrem Monitor verfolgt sie die Bilder, die Anthony auf die Webseite des *Daily* sendet. Kurz entdeckt sie sogar sich selbst, als er die Kamera über das Areal schwenkt. Da öffnet sich auf ihrem Bildschirm ein Fenster. Darauf sieht sie – die Livebilder des *Daily*! Hat das jetzt Anthony veranlasst?

Im Unterschied zu den Aufnahmen auf der Webseite des *Daily* flitzen animierte Augenpaare durch die Landschaft und gucken den Leuten über die Schultern, beschnüffeln sie, schlüpfen einem Mädchen schon mal in die Bluse, bevor sie weitersausen.

Darüber ist ein Text eingeblendet.


Achtung! Im Museumsquartier wirst du gerade beobachtet und live ins Internet gesendet! Wurdest du um Erlaubnis gefragt? Willst du dir das gefallen lassen? Verantwortlich dafür ist dieser Mann: Anthony Heast, Chefredakteur des britischen *Daily*! Sag ihm, dass du das nicht willst!

»Scheiße!«, hört sie Chander fluchen.

In dem Fenster erscheint ein großes Porträt von Anthony, wie er auf der anderen Seite des Platzes steht!

Der Text ändert sich von Deutsch zu Englisch. Cyn blickt sich um. Einige der Menschen um sie herum, die gerade auf einem Laptop arbeiten oder mit ihrem Smartphone hantieren, ziehen überraschte Gesichter. Mehrere drehen sich neugierig um.

»Der Mistkerl hat das WLAN übernommen«, zischt Chander in Cyns Brille. »Alle, die hier gerade im Netz sind, sehen das auf ihrem Bildschirm!«

In verschiedene Gruppen auf dem Platz kommt Bewegung, während auf Cyns Bildschirm der Text nun in die italienische Version wechselt. Immer mehr Köpfe wenden sich in Anthonys Richtung. Andere tuscheln miteinander, zücken weitere Telefone, Tablets und Laptops.

Anthony sieht sich inzwischen selbst nervös um.

*Unterbrich die Übertragung*, denkt Cyn.

Die Unruhe unter den Leuten nimmt zu. Erste erheben sich und steuern auf Anthony zu.

Der schiebt die Chipsdose mit der Antenne hastig in den Rucksack.

Schon strömen vom ganzen Platz Leute in seine Richtung. Einige von ihnen rufen etwas.

»Kannst du etwas dagegen tun, Chander?«, fragt Anthony angespannt.

Cyn ist hin und her gerissen. Anthony hat sich das selbst eingebrockt, doch sie will nicht in seiner Haut stecken. Vom Jäger zum Gejagten. Auf ihrem Bildschirm sieht sie die Übertragung von Anthonys Brille. Eine Schar ernst dreinblickender Typen hält direkt auf ihn zu.

»Hör auf zu senden!«, fordert Chander Anthony auf.

Der ganze Platz ist jetzt in Bewegung. Wenigstens dreihundert Menschen haben sich erhoben und verdichten sich zu einer Menschenmasse, die Anthony einzukreisen beginnt.

Anthony deutet hektisch auf den Mann mit der Schirmkappe in der Mitte des Platzes: »Zu ihm müsst ihr hin! Er wird womöglich von der Polizei mehrerer Länder gesucht!«

Doch durch Anthonys Brille sieht Cyn nichts als aufgebrachte Gesichter.

Schnell beendet Anthony seine Sendung, wie Cyn auf ihrem Computer erkennt. Kurz verschwinden auch die Bilder aus Zeros Übertragung, dann kehren andere zurück. »Der Mistkerl«, flucht Chander. »Er benutzt irgendeine Webcam eines Users oder eine der Überwachungskameras hier.«

Die Bilder zeigen Anthony, der inzwischen von einer Menschenmasse umringt ist, die den halben Platz bedeckt. Immer mehr kommen dazu. Cyn sieht ihn beschwichtigend gestikulieren, auf die Bildschirme mitgebrachter Geräte weisen, doch die Leute sind nicht so leicht zu beruhigen. Anthonys Brille sendet noch immer Ton, und so bekommt sie die aufgebrachten Kommentare und Vorwürfe in verschiedenen Sprachen mit. Rufe nach der Polizei werden laut. Ein paar Leute telefonieren jetzt. Andere filmen Anthony mit ihren Smartphones. Ein Mann mit langem Bart schlägt auf Anthonys Rucksack. Anthony hebt abwehrend die Hände.


»Raffiniert«, bemerkt Marten. Über die Brillen zweier CIA-Männer verfolgt er den Tumult rund um Heast. Nicht alle Passanten scheinen aggressiv. Manche sind offenbar nur neugierig.

»Feine Retourkutsche von Zero, wenn er es denn ist«, sagt auch Jon.

»Ich verstehe nicht, warum die Leute so aufgebracht sind«, erwidert Luís. »Auf der Homepage des Museumsquartiers liefert ein Social Stream laufend Meldungen von Besuchern, unter anderem mit Fotos und Videos. Warum also die Aufregung über ausgerechnet diesen Bericht?«

»Wie lange unsereins noch gebraucht werden, wenn sich die Leute jetzt schon gegenseitig überwachen und auch gleich aktiv werden?«, fragt Marten in den Raum. Abseits der Menschentraube um Heast stehen auf dem ganzen Platz Menschen in Gruppen und reden miteinander. Von den verschiedenen Eingängen her strömen neue Besucher herein, von denen die meisten bald von den Diskussionen rund um sie herum angezogen werden. Nun erkennt Marten sogar die ersten Uniformierten. Nur der Typ mit der dunkelblauen Schirmmütze schenkt den Ereignissen nicht die geringste Aufmerksamkeit, klappt entspannt seinen Laptop zu, schiebt ihn in eine Hülle und schlendert Richtung Ausgang. Dabei wählt er nicht einmal den nächsten, sondern passiert die britische Journalistin, die bislang unbehelligt auf einer der Treppen sitzt und ihn nicht mal bemerkt.

»Lässt ihn entwischen«, feixt Jon. »Amateurin.«

»Wie sieht es in dieser Stadt mit Kameras aus?«, fragt Marten Luís.

»Schlecht«, sagt sein Nachbar. »Wir kommen zwar an die Überwachungskameras von U-Bahn, Bahn und Verkehrsüberwachung, aber die sind längst nicht flächendeckend.«

»Wie kriegen wir Zugriff auf die Kameras?«

Luís lacht auf. »Da kommt sogar Anonymous hinein. Die haben vor Jahren E-Mails der österreichischen Polizei veröffentlicht, in denen Passwörter zu den Bahnkameras an Beamte unverschlüsselt verschickt wurden. Ein Sprecher der dortigen Polizei erklärte zwar, dass es sich nur um ein Testkonto gehandelt hat, aber, na ja, du weißt ja, wie das ist.«

Marten lächelt in sich hinein. Ja, er weiß, wie das ist. Sorgen muss er sich aber ohnehin nicht machen, wie es aussieht. Vier CIA-Agenten folgen dem Verdächtigen in verschiedenen Abständen.

Cyn beobachtet den jungen Mann mit der Kappe, wie er nur wenige Meter von ihr entfernt vorbeigeht. Seit dem Beginn des Gegenschlags hat sie ihn nicht aus den Augen gelassen. Aus Chanders Flüchen zu schließen ist sie sicher, dass er diesen Aufruhr inszeniert hat. Respekt. Seine lässige Art beeindruckt sie. Dafür lässt sie ihn gern gehen und tut, als bemerke sie ihn nicht.

»Er haut ab«, flüstert Chander, obwohl das nicht notwendig wäre. Das Treiben auf dem Platz sorgt für eine ausreichende Geräuschkulisse. Cyn will etwas erwidern, doch da meldet sich Anthony über die Brille.

»Ich komme hier nicht weg«, klagt er. »Im Gegenteil, ich könnte langsam Hilfe gebrauchen.«

»Die Polizei ist unterwegs«, bemerkt Chander.

»Sehr witzig.«

»Meine ich ganz ernst. Sie ist bereits hier. Aber keine Sorge. Du hast nichts Illegales getan. Bleib einfach freundlich. Wir treffen uns dann im Hotel. Cyn und ich sehen zu, dass wir dem Typen hinterherkommen. Cyn?«

Dann muss sie wohl mit auf die Jagd. Soll Anthony zusehen, wie er sich allein aus dem Schlamassel windet.

»Das könntet ihr streamen«, ruft Anthony noch.

»Wenn der Typ keine Datenlinsen trägt – was ich bezweifle, da bislang nur Prototypen existieren –, weiß er jetzt nicht, dass er verfolgt wird«, meint Will. »Diese Sonnenbrille ist kein Datengerät, sondern eine ganz normale Brille.«

»Seine Zero-Kumpels sehen sicher zu und informieren ihn«, sagt Alice.

Will beobachtet, wie ihre Lippen sich weiter bewegen, als wolle sie das Schicksal mit einem stummen Gebet beschwören. Sie fiebert richtig mit, denkt er amüsiert.

Während es in New York noch recht früh ist, hocken sie in Wills Büro und starren auf die riesige Monitorwand. Über die Bilder des *Daily*, die aus Chander Argawals Livekamera übertragen werden, sehen sie nur den Rücken des Verfolgten. Sein Weg führt durch schmale Gassen mit historisch wirkenden Häusern, wie sie nur drüben in Europa stehen. Chander gibt sich keine Mühe, das Ganze zu kommentieren, wie es Anthony tat. Bonsant scheint nichts zu senden. Die Spannung entsteht aus verwackelten Bildern einer Jagd und der Frage, ob das Opfer etwas davon bemerkt oder nicht und ob es entkommen kann.

»Da, jetzt«, sagt Alice und zeigt auf den Monitor.

Der Mann zieht ein Smartphone hervor und hält es an sein Ohr. Das Gespräch ist kurz. Er steckt das Gerät weg und geht weiter wie zuvor.

»Jetzt bin ich aber gespannt«, murmelt Alice. »Jede Wette, das war der Warnanruf?«

Offensichtlich hat einer der Techniker in London so etwas wie die Regie übernommen. Die Bilder schalten um zu Anthony, der seine Brille ebenfalls wieder aktiviert hat. Noch immer ist er von einer Gruppe Menschen umringt, zu der sich zwei Polizisten in Uniform gesellt haben. Die Unterhaltung mit Anthony findet in einfacherem Englisch statt. Will versteht nicht alles. Anthony präsentiert ihnen den Inhalt seines Rucksacks. Laptop. Chipsdose. Geschickterweise hat er sie zuvor verschlossen. Da er in seiner Reportage nichts von den Antennen erzählt hat, schöpfen die Uniformierten keinen Verdacht. Das Bild wackelt, und auf einmal sieht man Anthonys Gesicht. Einer der Polizisten muss die Brille aufgesetzt haben.

»Blaukappe seift sie ein«, sagt Alice.

Wer immer in London an den Schalthebeln sitzt, wechselt nun zu Chanders Brillenbildern. Sie zeigen inzwischen größere Gebäude und in der Mitte der Straße eine Straßenbahn.

Schneller als vorher sucht der Mann mit der blauen Kappe seinen Weg, verschwindet immer wieder zwischen den Passanten. Seine Verfolger halten ausreichend Abstand, um ihn nicht zu verlieren.

Parallel verfolgt Will die Reaktionen in den Social Media. Tatsächlich kommentieren auf Twitter und Freemee bereits mehrere Hundert Personen aus aller Welt ihre Sicht der Dinge. Blaukappes Fans sind eindeutig in der Überzahl, denkt sich Will. Sie senden ihm Aufmunterungen und Warnungen, andere beschimpfen die Verfolger, nicht wenige mit unzitierbaren Begriffen, manche drohen ihnen sogar.

Die Straßenbahn hält. Blaukappe steigt ein. Die Bilder verwackeln, werden unscharf, verpixelt. Chander läuft, Will hört seinen gehetzten Atem. Eine braune Hand fährt zwischen die beiden Flügel der sich schließenden Tür, drückt sie wieder auf. Der Waggon ist voll, Will sucht Blaukappe vergeblich.

»Blaukappe ist im vorderen Wagen«, sagt Alice.

Das scheint auch Chander gesehen zu haben. Zwischen den anderen Passagieren schiebt er sich nach vorn. Bei der nächsten Station steigt er aus, sieht sich um, kontrolliert. Cynthia Bonsant kommt ins Bild, verschwindet wieder. Sie steigen in den vorderen Waggon. Als sich die Türen schließen, steigt weiter vorn jemand aus. Der junge Mann mit der Kappe. Der alte Trick.

Wieder muss Chander seine Hand in eine sich schließende Tür stecken, drückt sie auf, springt aus dem Wagen. Nun sind die Fronten geklärt. Aus Chanders Perspektive sehen Will und die anderen, wie der Mann mit der blauen Kappe etwa zehn Meter entfernt steht und Chander unverhohlen mustert, während die Straßenbahn davonrumpelt.

Dann dreht er sich um und läuft los.

»Was soll das bringen?«, keucht Cyn. Verdammt, sie ist völlig untrainiert! Lange hält sie das nicht durch. Zum Glück blendet ihr die Brille einen Stadtplan ein und zeigt ihr, wo sie gerade ist. »Er wird uns nirgendwo hinführen«, stößt sie hervor und ringt nach Luft. »Und festhalten dürfen wir ihn auch nicht.«

Chander antwortet nicht. Vernünftig. Verwendet die Luft zum Atmen statt zum Reden. Sie sind vielleicht zweihundert Meter gelaufen, und ihre Oberschenkel schmerzen bereits. Der Flüchtende weicht einem Radfahrer aus und hastet nach einem kurzen Blick bei Rot über eine Kreuzung. Autos hupen, Reifen quietschen. Der Laptop in der Hand behindert ihn.

Sie holen auf. Als sie an der Kreuzung sind, zeigt die Ampel schon Grün. An seiner Laufhaltung erkennt Cyn, dass auch dem Mann die Puste ausgeht. Er hat seine Schultern zurückgezogen, den Kopf etwas in den Nacken gelegt, wird langsamer, sieht sich um. Cyn fällt zurück, während Chander ihm immer näher kommt. Zu ihrer Überraschung laufen zwei Männer an Cyn vorbei, als ob auch sie hinter dem Mann her wären. Als der sich kurz umdreht, tritt vor ihm eine Frau aus einem Hauseingang. Die beiden stoßen heftig zusammen, sie wirbelt herum und fällt fast, kann sich jedoch an der Hauswand fangen. Er stolpert, stürzt, verliert den Laptop. Verdattert rappelt er sich hoch, sieht sich nach dem Computer um, der in seiner Hülle unter ein parkendes Auto geschlittert ist. Die Frau zetert, er ruft etwas, Chander und die zwei anderen Männer haben sie fast erreicht. Er sieht seine Verfolger, sucht hektisch nach dem Laptop, entdeckt ihn, doch da ist Chander schon bei ihm. Er greift dem Mann ins Gesicht und will ihm Brille sowie Kappe abnehmen. Der Mann wehrt sich. Nach einem kurzen Handgemenge kann er sich losreißen, gerade bevor auch die beiden anderen Verfolger dazustoßen. Er rennt davon, gefolgt von den beiden unbekannten Männern. Schwer atmend sieht Chander ihm nach, entschuldigt sich dann bei der Frau. Während sie ihres Weges geht, kramt Chander in seinem Rucksack und zieht etwas hervor.

Cyn hat ihn erreicht. Sie ist nassgeschwitzt.

In der Hand hält er eine Maschine von der Größe einer kleinen Maus mit zwei Propellern. »Dann betreiben wir jetzt mal ein bisschen Luftaufklärungsjournalismus.«

Er wirft das Ding in die Luft – und es steigt. Cyn blickt auf das Smartphone in seiner anderen Hand.

»Die Fernbedienung«, erläutert er.

»Ist das eine Drohne?«, fragt sie ungläubig.

»Handlich, nicht? In etwa so ein Ding, wie Zero am Presidents' Day einsetzte. Und ganz einfach damit zu steuern.«

»Woher hast du das?«, will sie wissen.

»Bastelsatz«, sagt Chander. »Bekommst du problemlos online oder in guten Technik- und Spielzeugläden.« Sein Daumen gleitet über den Screen des Phones. Über den Livebildern der Kamera aus dem kleinen fliegenden Ding leuchten die Navigationssymbole. Die Bilder auf seinem Handy zeigen die Straße, in der sie stehen. Cyn erkennt Chander und sich von oben. An der nächsten Kreuzung meint sie die blaue Kappe auszumachen. Die beiden anderen Verfolger sind ein Stück hinter ihm.

»Und das ist auch legal?«, fragt Cyn.

»Solange wir in Sichtkontakt zu unserer dicken Hummel da oben bleiben und nicht nur eine einzelne Person filmen, tun wir nichts anderes als ein TV-Team in einer Fußgängerzone.«

»Wer sind die beiden Männer?«, fragt Cyn.

»Keine Ahnung.«

*Luftaufklärungsjournalismus.* Der Zynismus dreht Cyn den Magen um. Sie sollte einfach stehen bleiben. Diese ganze Jagd passt ihr nicht.

»Holst du bitte den Computer unter dem Auto hervor?«, sagt Chander. »Darauf finden wir vielleicht Interessantes.«

»Aber den können wir nicht einfach mitnehmen. Er gehört uns nicht.«

»Sollen wir ihn liegen lassen? Wir können ihn bei der Polizei abgeben. Aber vorher schauen wir ihn uns an.«

Widerwillig beugt Cyn sich hinunter und zieht mit Mühe den Laptop unter dem Wagen hervor.

Chander nimmt die Verfolgung des Jungen wieder auf, den Blick auf das Smartphone in seinen Händen gesenkt. Cyn kann darauf kaum etwas erkennen, die Straße mit dem Bürgersteig sieht aus, als wäre sie voller Ameisen. Eine davon rennt, gejagt von inzwischen vier anderen! Plötzlich stellen sich ihnen drei Gestalten in den Weg. Die Verfolger rempeln sie brutal um, werden dadurch aber gebremst.

Wenigstens muss Cyn nicht mehr laufen. Erschöpft trottet sie neben Chander her, den Laptop unter dem Arm.

Mitläuferin, denkt sie. Buchstäblich. Was machst du hier eigentlich?

Sie ist sich selbst nicht sicher, warum sie auf einmal Skrupel hat, den Mann zu stellen. Zero jedenfalls hatte keine, als er sie in dem Video nach Adams Tod vor aller Welt bloßstellte.

Und trotzdem … Vier gegen einen, das ist nicht fair. Außerdem sind ihr die unbekannten Verfolger nicht geheuer. Was geht hier vor?

»Er telefoniert wieder«, murmelt Chander. »Ich wüsste gern, wer da noch hinter ihm her ist. Unterstützt da schon jemand unsere Arbeit?«

»Oder es sind Ermittler, die ihn wegen des Vorfalls am Presidents' Day suchen.«

»Dann sollte er besser schnell sein.«

Wenn Cyn es richtig versteht, haben sie keinen Sichtkontakt mehr zu ihrer Drohne, die in einer Seitenstraße schweben muss.

Das Bild auf Chanders Handy wackelt beständig hin und her. Entweder ist er nicht besonders geübt darin, Drohnen zu steuern, oder das kleine Ding ist empfindlich gegen die Windböen – oder beides.

»Mist, er läuft in die U-Bahn!«, flucht Chander und rennt los.

Eine U-Bahn-Station entdeckt Cyn nirgends. Sie fällt in einen lockeren Laufschritt ohne große Ambitionen, Chander einzuholen. Der verschwindet gerade um die nächste Ecke. Als Cyn sie erreicht, ist er bereits fünfzig Meter weiter. Die U-Bahn-Station liegt etwa dreihundert Meter entfernt die Straße hinunter. Außer Chander sieht Cyn noch andere Personen laufen, wenigstens ein halbes Dutzend. Der junge Mann ist schon im Untergrund verschwunden.

Vor der Treppe stoppt Chander und tippt hastig auf seinem Phone. Dann duckt er sich, dreht sich um. Cyn begreift, dass er versucht, die Drohne zu fangen. Chander springt mit gestrecktem Arm in die Luft, vergeblich. Cyn unterdrückt ein Lachen. Vielleicht sollte ich die Szene per Brille live zum *Daily* senden, überlegt sie, doch plötzlich hört sie ein bedrohliches Sirren näher kommen.

»Kopf runter!«, brüllt Chander.

Sie spürt den Luftzug, gleich darauf zersplittert die Drohne ein paar Meter weiter hinter ihnen auf dem Asphalt.

»Shit!«

Hastig sammelt Chander die Trümmer ein und stürmt die Treppen hinunter in die U-Bahn-Station. Cyn setzt ihm nach und verstaut dabei den Laptop in ihrem Rucksack, der dadurch nicht gerade leichter wird.

»Konntet ihr herausfinden, wer den Mann anrief und ihn warnte?«, will Jon wissen.

»Nein«, antwortet Luís. »Prepaid-Karten. Nicht zuordenbar.«

Marten flucht leise.

»Wo will der hin?«, denkt er laut.

Über die Bildschirme flirren verwackelte, unscharfe Bilder. In unterschiedlicher Größe ist darauf der junge Mann mit der blauen Schirmkappe von hinten zu sehen. Er verlässt die U-Bahn-Station am anderen Ende und kommt auf einer belebten Straße mit Marktständen ans Licht. Kurz zögert er, was ihren Männern vor Ort die Gelegenheit gibt aufzuholen. Dann rennt er weiter über einen Parkplatz, bis er hinter einem Geländer verschwindet und irgendwo hinunterzuklettern scheint. Als die CIA-Agenten an die Stelle kommen, erkennt Marten zwischen zwei Straßen eine Art tiefer liegendes betoniertes Flussbett.

»Wienfluss«, blendet seine Brille ein. Die Agenten steigen über eine Leiter herunter. Das Flussbett mündet in einen Tunnel. Sie tauchen ins Dunkel ein. Ihre Schritte hallen, ihre Körper werfen lange Schatten an die Wand, bevor Marten im Zwielicht nur noch Schemen erkennt. Für diese Lichtverhältnisse sind ihre Brillenkameras nicht gemacht.

»Was wird das jetzt?«, flüstert Marten. »*Der dritte Mann*, oder was?«

Mit wenigen Sekunden Verzögerung zeigt der *Daily* ähnliche Bilder. Sie müssen von dem Inder stammen. Auf ihnen verschmelzen die CIA-Agenten bereits mit der Dunkelheit. Seine Kamera ist zu schlecht, um sich dem plötzlichen Wechsel der Lichtverhältnisse anzupassen.

»Da unten kann wenigstens nicht jeder zusehen«, meint Jon.

»Hoffentlich«, sagt Marten.


»Das ist nicht euer Ernst«, stöhnt Cyn, als Chander in dem Tunnel verschwindet. Vielleicht zehn Meter breit spannt sich das betonierte Flussbett, links und rechts ragen meterhohe Wände empor, Cyn fühlt sich mickrig dazwischen. In der Mitte verliert sich ein vielleicht zwei Meter breites und keinen halben Meter tiefes Bächlein.

Mit ihnen sind inzwischen gut drei Dutzend Typen hinter dem Unbekannten her; Cyn hat keine Ahnung, wer sie sind oder was sie von ihm wollen. Eine ganze Horde entert mit ihr das Loch, in dem sich der Hall ihrer Schritte und Stimmen mit dem Plätschern des Wassers vereint. Alle tragen Brillen – Datenbrillen, vermutet Cyn – oder halten ihre Smartphones in Händen, mit denen sie wahrscheinlich filmen. Von ihnen mitgerissen stolpert sie ins Zwielicht, in dem die kleinen Bildschirme wie große Glühwürmchen leuchten. Zu ihrer Überraschung wird es nicht ganz dunkel. Weit vorn entdeckt sie ein Deckenlicht und dann noch eines. Sie spenden gerade genug Helligkeit, dass sie die Silhouetten der anderen Verfolger noch erkennt, die sie langsam abhängen. Als sie näher herankommt, erkennt sie, dass es sich um Kanalgitter handelt, durch die von oben spärliches Tageslicht dringt.

Zu beiden Seiten des weiten Tunnels münden in regelmäßigen Abständen kleinere Kanäle ein. Cyn möchte gar nicht wissen, was da so dahergeflossen kommt. Zum Glück riecht es bis jetzt nur feucht und modrig. Ein Mann überholt sie, dann noch zwei.

Jemand rempelt sie heftig an, Cyn fällt ins Wasser. Sie vernimmt das Echo ihres Schreis, spürt Grund unter Händen und Füßen, ihr Gesicht taucht unter. Das Wasser ist nicht tief, aber der Untergrund glitschig. Sie hält die Luft an, presst die Lippen aufeinander, findet genug Halt unter ihren Knien und Handflächen, um sich an den Rand zu robben, als ein weiterer Stoß ihren Kopf unter Wasser drückt. Verzweifelt schlägt sie um sich im Versuch, das Gewicht von ihrem Genick zu lösen. Wasser dringt ihr in die Nase, in den Mund. Sie bekommt etwas zu fassen, das sich wie ein Arm anfühlt, krallt sich fest, hofft, dass er sie hochzieht. Stattdessen packt ein brutaler Griff ihr Handgelenk und reißt es los. Nun drückt auch etwas auf ihren Rücken. Panisch strampeln ihre Arme und Beine im Wasser, während sie langsam über den glatten Boden rutscht. Ein ganzer Körper scheint sich auf sie zu legen und unter der Oberfläche zu halten! Sie braucht Luft! So gern möchte sie den Mund aufreißen und ihre Lunge füllen, die zu platzen droht. Sie weiß, dass ihr nur noch wenige Sekunden bleiben, bevor sie das Bewusstsein verliert. Vis Gesicht taucht vor ihr auf, will etwas sagen. Mit ihrer ganzen verbliebenen Kraft wirft sich Cyn zur Seite. Das Gewicht auf ihrem Rücken bewegt sich nicht, drückt sie noch gewaltsamer auf den Grund, über den ihr Bauch, ihre Brust, Schenkel, Knie geschleift werden. Cyn kann oben und unten nicht mehr unterscheiden, vor ihren Augen wird es mit einem Mal heller, ihre Muskeln entspannen sich. Sie wird jetzt atmen. Tief und lange. Sie spürt keine Schwere mehr, schwebt, fliegt. Dieses Lied. Geigen, Klavier, Flöte, eine sanfte Männerstimme singt von Windmills. Im Gegenlicht der Spätnachmittagssonne gleitet sie über eine Sommerwiese voller Blumen, wie in einem Liebesfilm aus den Siebzigerjahren. Weiche, weiße, schwerelose Samen und leuchtende Insekten begleiten sie lautlos ins Paradies.


Marten sieht schwarz. Ihre Agenten und andere Übertragende hasten durch eine unterirdische Halle mit Säulen, Treppen, Stegen und verschiedenen Ein- oder Ausgängen – soweit er erkennen kann, denn die Brillenkameras sind nicht für diese Lichtverhältnisse gemacht, und immer öfter reißt die Übertragung überhaupt ab.

»Sieht aus wie ein verdammtes Labyrinth von Escher«, sagt Jon.

»Wenn sich der Typ da unten auskennt, kriegen die ihn nicht«, prophezeit Marten.

Außer ihren Agenten irren wenigstens zwei Dutzend weitere Personen da herum, weitere tauchen aus den Tunneleingängen auf.

»Wer sind all diese Leute?«, will Jon wissen. »Andere Geheimdienste, die auch nach Zero suchen und es unterlassen haben, sich mit uns abzustimmen?«

»Wirken mir eher wie Hobbyjäger. Vielleicht wollen sie mit einer Suche nach Zero von dessen neuer Prominenz profitieren«, sagt Marten. »Oder Unterstützer, die die Jäger stoppen wollen.«

Die Bilder des *Daily* sehen nicht besser aus. Nur noch ruckartig flimmern sie über den Bildschirm, unterbrochen von Schwarzphasen. Die dunklen Schemen und Schatten darauf sind nicht wirklich als etwas Bestimmtes zu erkennen.

Die Brillenträger erreichen ein Treppenlabyrinth. Herdentrieb, denkt Marten. Alle rennen den anderen nach, obwohl offensichtlich keiner mehr den Verschwundenen im Blick hat. Das sieht nicht gut aus. »Spielen Sie noch mal die Szene ab, als der junge Mann seinen Laptop verliert«, fordert Jon.

Luís hat alle Aufnahmen gespeichert. Er springt zu der Szene des *Daily*, in der dem Mann sein Computer unter ein Auto rutscht.

»Unsere Leute laufen einfach daran vorbei!«, stöhnt Jon.

Auf den folgenden verwackelten Bildern ist nicht zu erkennen, ob der Inder oder die Reporterin den Computer mitnehmen.

»Haben sie ihn oder nicht?«

Der Mann hastet auf jeden Fall ohne seinen Laptop weiter. Immerhin haben sie in Langley den Vorfall mitgekriegt und einen der Agenten sofort zurückgeschickt. Aber als er an der Stelle ankommt, findet er keinen Laptop.

»Die Gelegenheit haben sich die vom *Daily* sicher nicht entgehen lassen«, sagt Marten.

»Vielleicht hat ihn auch ein Passant gefunden«, überlegt Luís.

Sie werden der Sache später nachgehen müssen. Auf Martens Splitscreen blitzen Lichter auf. Nur mehr zwei Brillen senden. Durch das Rauschen des Wassers und die schlechte Übertragungsqualität hören sie Stimmen streiten. Im fahlen Licht einiger Smartphones kommt es zum Handgemenge.

»Was ist los?«, fragt Jon. »Haben sie ihn gefasst?«

»Klingt eher nach einem Streit zwischen den verschiedenen Verfolgergruppen«, meint Marten.

Zwei der Agenten rangeln mit anderen, unbekannten Personen.

»Reißt euch zusammen, Leute, auch wenn ihr in einem stinkenden Kanal Mitteleuropas schwitzt«, ärgert sich Jon. »Die ganze Welt kann euch sehen!«

»Das ist er nicht!«, sagt Alice.

Will kann nichts entdecken außer Schatten, die aufgeregt durcheinanderlaufen, und Finger, die in verschiedene Richtungen zeigen, dazu das zerhackte Rufen mehrerer Stimmen und ihrer Echos.

»Da habt ihr eure Promotion«, sagt Carl hinter ihnen. Unbemerkt ist er in den Raum getreten, stellt sich zu Will und Alice. Für einige Minuten herrscht zwielichtiges Chaos auf dem Bildschirm, begleitet von unverständlichem Lärm.

»Wer sind all diese Leute?«, fragt Carl.

»Sieht mir nach Freizeit-Wasweißichs aus«, sagt Will. »Machen auf *Daily* in klein. Bloß, dass sie alle da unten keinen Empfang mehr haben.«

»Bravo«, ätzt Carl. »Jetzt haben wir wirklich *Running Man*.«

Will wechselt auf seiner Brille zu den Social-Media-Kanälen des *Daily*, spielt die Bilder auch auf die Wand. Sekündlich erscheinen neue Kommentare, wie auf der Webseite auch.

»Schon Zehntausende Kommentare seit Beginn der Übertragung!«, versucht er Carl zu überzeugen. »Die meisten feuern den Verfolgten an. Mehrere TV-Stationen haben die Bilder übernommen, zahllose Internetseiten bloggen live.«

»Erinnert mich an die Menschenhatz in Boston auf die Attentäter des Marathons 2013«, sagt Alice. »Wie Anwohner und alle möglichen Unbeteiligten aus aller Welt damals über Stunden durchs Netz twitterten, bloggten und berichteten, Handyaufnahmen nächtlicher Schießereien in Watertown veröffentlichten, genauso wie den Polizeifunk interpretierten, diskutierten und vor allem Gerüchte und Bilder zu Unrecht Verdächtigter verbreiteten, wie sich im Lauf der Stunden herausstellte.« Sie schüttelt sich. »Ich mag mir noch heute nicht ausmalen, was der digitale Mob getan hätte, wäre ihm in dieser Phase eine dieser Personen in die realen Finger gefallen.«

»Der endgültige Tod der klassischen Medien und ihrer Berichterstattung, meinten manche«, sagt Will.

»Oder eine moderne Auflage der Ovid'schen Fama«, widerspricht Alice.

Will könnte mehr als zufrieden sein. Stattdessen wächst ein unangenehmes Gefühl in ihm. Irgendetwas an dieser Sache ist nicht richtig, denkt er. Noch kann er nicht festmachen, was es ist.

»Ich sehe da niemanden, dem die folgen«, stellt Alice fest. »Ich glaube, sie haben ihn verloren.«

»Zum Glück«, murmelt Alice.

»Warum?«, fragt Carl mit zusammengekniffenen Augen.

Irritiert sieht sie ihn an. »Na, weil unsere Promotion dann schon zu Ende wäre«, entgegnet sie.


Der Schlag in den Magen treibt Cyn Tränen in die Augen. Kopfüber hängt sie mit dem Bauch über etwas Balkenartigem. Hustend und würgend speit sie einen Schwall Wasser aus. Und noch ein Hieb in ihre Leibesmitte. Ihm folgt ein weiterer Wasserschwall. Cyn ringt nach Luft, röchelt, spuckt, kotzt, hustet sich die Seele, aber vor allem noch mehr Wasser aus dem Leib, während die zwei kräftigen Arme um ihren Leib ihr helfen, auf den Boden zu gleiten. Auf Händen und Knien kommt sie langsam zu sich. Unter sich spürt sie den kalten, nassen Stein des Kanals.

Eine Hand streicht über ihren Rücken, Cyn zuckt zurück.

»Geht es wieder?«, fragt eine Männerstimme leise in eigenartigem Englisch. »Keine Angst, ich tue Ihnen nichts. Der Typ, der Sie untergetaucht hat, ist mit ein paar Beulen, schätze ich, abgehauen.«

Er flüstert mit einem Akzent, den Cyn nicht einordnen kann. Sie setzt sich und sieht hoch – an seinem Schnurrbart und der Kappe erkennt sie den jungen Mann, den sie verfolgt haben! Hier in der Dunkelheit hat er die Sonnenbrille abgenommen.

»Was hat der gegen Sie?«, fragt er. Er atmet schwer, wirkt angespannt.

Cyn schüttelt nur den Kopf. Sie hat keinen Schimmer.

»Wo … wo sind die anderen?«, keucht sie.

»In die falsche Richtung«, wispert der Mann. Er zieht sie hoch, Cyn lässt es widerstandslos geschehen, und er zerrt sie in einen schmalen Gang, von dem er noch zwei Mal abbiegt, bis sie in einer kleinen Erweiterung halten.

In der Dunkelheit erkennt Cyn nicht viel von seinem Gesicht – der Umriss seines Kopfes wird von hinten schwach beleuchtet, kaum wahrnehmbares Licht streift Wangenknochen, Nase und Kinn.

»Danke«, stammelt Cyn so leise wie er. »Sie … haben mir das Leben gerettet, wie es aussieht. Und das nach allem, was wir heute getan haben.« Sie zittert am ganzen Körper.

Er zieht sie weiter in den Gang.

»Damit haben Sie womöglich *mein* Leben gerettet. Ich habe zu danken. Da waren nicht nur Sie hinter mir her, sondern ganz andere Kaliber. Womöglich der US-Geheimdienst. Ohne Ihre Veröffentlichung hätte ich nichts davon mitbekommen. Dieses Scheißprogramm, wer ahnt denn, dass die von 3DWhizz so datenhungrig sind! Kommen Sie!«

»Haben Sie … die Diskussionen darüber in den Foren des

*Daily* nicht verfolgt?«, fragt Cyn, während sie ihm hinterherstolpert.

»Alle? Unmöglich. Gab es welche?«

»Hmnja.«

»Na ja. Ist ja gerade noch einmal gut gegangen.«

Sie erreichen eine Kreuzung, an der sich der Gang in zwei noch schmalere gabelt. Er streckt seine Hand aus, während er sich nervös umsieht.

»Meinen Computer bitte.« Als sie nicht gleich reagiert, fügt er hinzu: »Obwohl der nach Ihrer Tauchtour ohnehin hinüber ist.«

Cyn spürt die Träger des Rucksacks in ihre Schultern schneiden. Den hatte sie völlig vergessen. Sie nimmt ihn ab, öffnet ihn. Sein Inhalt ist so durchnässt wie sie selbst.

Sie reicht ihm das Gerät. Ihr wird bewusst, dass sie bei dem Unterwasserkampf ihre Datenbrille verloren haben muss. Und das Handy in ihrer Hosentasche ist wohl auch hinüber.

»Sind Sie denn nun Zero? Oder gehören dazu?«

»Wir sollten abhauen. Bevor jemand zurückkommt. Offensichtlich hat es da jemand nicht nur auf mich abgesehen. Folgen Sie mir!«

Cyns Beine bestehen noch immer aus Wackelpudding. Kann sie dem Mann trauen? Womöglich war er es, der sie untergetaucht hat. Will er sie wirklich hinausbringen?

Er geht los, merkt, dass sie zögert, hält an. An die kaltfeuchte Wand gestützt, folgt sie ihm schließlich. Er tastet sich den Gang entlang, bis sie einen größeren erreichen. Cyns nasse Kleidung klebt an ihr, sie beginnt zu frösteln. *Vielleicht stehe ich unter Schock,* lautet einer der wenigen klaren Gedanken, die sie fassen kann.

»Als kleines Dankeschön erzähle ich Ihnen etwas«, sagt der Schatten vor ihr, während er seinen Weg fortsetzt. »Wenn Sie mir versprechen, es niemandem weiterzusagen, schon gar nicht am Telefon, über E-Mail oder andere elektronische Wege.«

Cyn tappt hinter ihm her, immer auf der Hut. Doch er macht keine Anstalten, sie anzugreifen. Den Weg mit all den Abzweigungen kann sie sich ohnehin nicht merken, es wäre sinnlos, ihm davonzulaufen.

»Versprochen«, sagt sie. »Wäre nicht mein erstes Hintergrundgespräch.« Die Ankündigung weckt ihre professionelle Neugier, gleichzeitig lenkt sie Cyn von ihrer Angst ab.

»Anthony Heast und der *Daily* betreiben die Suche nach Zero auf Vorschlag eines Unternehmens namens ›Sheeld‹. Dafür bezahlt ›Sheeld‹ Millionen. Doch ›Sheeld‹ ist nur vorgeschoben. Das weiß aber nicht einmal euer Chefredakteur oder die Anzeigenabteilung.«

*Millionen.* »Wer steckt hinter ›Sheeld‹?«

»Eigentlich kommt das Geld von Freemee.«

Cyn stolpert, zwischen ihren Füßen quiekt etwas, erschrocken schreit sie auf.

»Ratten«, erklärt der Mann und hält an.

Cyn erstarrt. Der Mann fasst sie am Arm, sie schreckt zurück, doch mit festem Griff zieht er sie hastig weiter.

»Was … warum macht Freemee das?«

Als er merkt, dass sie sich nicht widersetzt, lässt er los, ohne anzuhalten. Sein Griff hat ihre Sinne wieder geschärft. Aber sie hat Mühe, ihm auf den Fersen zu bleiben.

»Berichterstattung über Zero steigert Freemees Nutzerzahlen besser als alle anderen Promotions.«

»Unsere Suche … ist eine Promotion für Freemee?«

»Heast glaubt, dass es eine Promotion für ›Sheeld‹ ist.«

»Auch nicht besser! Woher wissen Sie das alles?«

»Ich habe meine Quellen. Um deren Sicherheit zu bewahren,

dürfen Sie aber nichts davon erzählen. Niemandem! Aber ich dachte, es hilft Ihnen trotzdem.«

»Allerdings!« Sie stolpert weiter, in ihrem Kopf löst sich ein Gedanke.

»Heute Morgen wollte mir ein Freund etwas über Freemee erzählen. Es klang wichtig. Aber er wollte nicht am Telefon darüber sprechen. War es das?«

Cyn rammt den Mann, der vor ihr angehalten hat.

»Unmöglich«, sagt er. »Hat er nichts angedeutet?«

»Nein. Aber was wollte er dann?«

Ihr Führer setzt seinen Weg fort.

»Keine Ahnung«, sagt er.

Ein neuerliches Quieken in der Nähe schreckt sie kaum, so sehr ist sie gefesselt und empört zugleich. Der junge Mann klettert in einen kaum mannsbreiten Kanal, und mit einem Mal befallen Cyn wieder Angst und Zweifel.

»Sind wir bald draußen?«, will sie wissen. Ihre Stimme klingt unnatürlich hoch.

»Zwei Minuten noch.«

Sie schiebt sich hinter ihm zwischen den feuchten Wänden entlang.

»Der *Daily* wurde übrigens ausgesucht, weil Sie dort arbeiten. Freemee wollte ausdrücklich Sie als Berichterstatterin der Suche.«

»Mich?« Schon wieder muss sie anhalten. »Aber weshalb?«

»Sie wurden ausgesucht. Von den Programmen. Als geeignetste Person für den Zweck zu diesem Zeitpunkt.«

»Das ist doch Quatsch.«

»Das ist, was ich weiß«, erwidert er.

*Deshalb hat Anthony ihr nicht gekündigt.* Sie gelangen in einen breiteren Gang, an dessen einem Ende Cyn erleichtert Licht entdeckt.

»Dort kommen Sie hinaus«, sagt ihr Begleiter.

»Und Sie?«

»Ich nehme einen anderen Weg«, sagt er und wendet sich in die Dunkelheit.

»Woher… wie… kann ich Sie kontaktieren?«, ruft sie ihm nach.

Doch er ist verschwunden, klatschende Schritte verhallen, bis Cyn nur noch von irgendwoher das Plätschern des Wassers hört.


»Wir brauchen diesen Computer«, sagt Jon und greift zum Telefon. »Das muss vorerst über den kleinen Dienstweg gehen.« Er wählt die Nummer eines Verbindungsoffiziers bei Interpol. Knapp schildert er die Ereignisse in Wien.

»Zeros Mitglieder werden wegen Bildung einer kriminellen Vereinigung und mutmaßlichem Terrorismus gesucht«, erklärt er ihm. »Wir brauchen sofort Polizisten in Wien, die einen internationalen Haftbefehl ausführen. Die erste Spur zu dem Verdächtigen ist ein Computer, der vermutlich bei drei Personen zu finden ist, die ihn an sich genommen haben, oder der als Fundgegenstand abgegeben wurde.« Er gibt Namen und Hoteladresse von Heast, Argawal und Bonsant durch. »Wir liefern die offiziellen Dokumente nach, aber jetzt muss schnell gehandelt werden.«

»Ich weiß nicht, wie viel ich da tun kann«, erwidert sein Gesprächspartner. »Ohne offiziellen Auftrag…«

»Verdammt, ich sagte doch, der folgt! Aber jetzt eilt es!«

»Sie wissen ja, wie die internationalen Kollegen sind…«

»Ich weiß. Aber das ist ja nicht das erste Mal, dass wir schnell handeln müssen.«

»Manche Europäer sind gerade nicht sonderlich gut auf uns zu sprechen.«

»Die werden noch viel schlechter auf uns zu sprechen sein, wenn sie die Konsequenzen ihrer Widerborstigkeit zu spüren bekommen! Machen Sie denen das klar!« Er knallt den Hörer auf.

Hoffentlich unternehmen die Typen der CIA etwas in der Sache, nachdem sie den Rest schon gegen die Wand gefahren haben. Genervt trommelt er mit den Fingern auf den Tisch.

»Diese Idioten«, brummt er.

Die Übertragung des *Daily* hat an Reiz verloren, wie die Regie in London wohl inzwischen auch festgestellt hat. Immer wieder wechseln die Bilder zu Anthony Heast, der mehrere Mannschaftswagen der österreichischen Polizei beobachtet und dabei berichtet, wie die Uniformierten versuchen, der Tumulte im Untergrund Herr zu werden. Als ein verschmutzter Mann blinzelnd aus einem Loch im Boden krabbelt, nehmen ihn ein paar Beamte sofort in Empfang und führen ihn zu einem der Mannschaftswagen. Sie nehmen seine Personalien auf und lassen ihn dann gehen.

Jons gesichertes Telefon meldet sich. Erben.

»Der Präsident hatte nichts Besseres zu tun, als die Sache in Wien zu verfolgen. Waren wir dabei?«

Jon räuspert sich.

»Ja.«

»Erfolgreich?«

»Ich habe noch keine Meldung. Langley ist vor Ort.«

»Hoffentlich war das nicht die zweite Blamage innerhalb weniger Tage.«

Grußlos beendet Erben das Gespräch. Den Dialog abwägend, steckt Jon das Telefon weg. Auf den Bildschirmen nichts Neues.

»Verdammt!«, schimpft er. »Wenn der junge Typ zu Zero gehörte, ist er entwischt. Schuld daran sind die Idioten vom *Daily*! Das passiert uns nicht noch einmal! Denen hetzte ich unsere britischen Kollegen auf den Hals!« Wütend fährt er Luís an: »Wisst ihr schon etwas zu diesem Archibald Tuttle?«

»Nein.«

»Haben wir sonst *irgendetwas*?«

»An zwei VPN-Betreiber hier in den USA sind FISA-Order unterwegs, dass sie uns ihre Nutzerdaten aushändigen müssen. Samt einem *National Letter of Security*, der ihnen verbietet, darüber auch nur zu sprechen.«

»Das machen wir andauernd«, erwidert Jon bissig. »Wird es uns weiterbringen?«

Luís bleibt cool. »Das sehen wir dann.«


Das Licht schimmert unter einer alten Tür aus Holzbohlen hindurch. Cyn findet einen kalten, gusseisernen Griff, drückt ihn hinunter. Mit einem Knarren öffnet sie die Tür. Sie gelangt in einen Raum, der wie ein antiker Keller aussieht, ein paar Meter weiter wartet noch eine Tür. Von ferne hört sie Stimmengewirr. Vorsichtig lugt sie durch den nächsten Türspalt. Ein hell erleuchteter Gang, Holzboden, Veranstaltungsplakate an den Wänden. Eine ältere Dame kommt die Treppe herab und verschwindet hinter einer Tür im Gang. Cyn tritt hinaus. Die Stimmen werden lauter, für Cyn klingt es nach einem Lokal. Auf der Tür, hinter der die Dame verschwunden ist, prangt die altmodische Metallfigur einer Frau in einem langen Kostüm. Auf einer Tür gegenüber trägt ein Metallmann einen Gehrock. Zero muss sie in die Toilette eines Restaurants entlassen haben! Spaßvogel. Heilfroh verschwindet Cyn auf dem Damenklo. Ihr Spiegelbild ist alles andere als erfreulich. Jetzt merkt sie auch, dass sie riecht, als wäre sie direkt aus dem Abfluss geklettert. Notdürftig reinigt sie sich im Waschbecken, als die Dame von vorhin aus einer der Kabinen erscheint. Bei Cyns Anblick schreckt sie angewidert zurück.

Cyn schaut zu, dass sie davonkommt. Auf ihrem Weg durch das voll besetzte Kellerlokal mit dem Tonnengewölbe, den rustikalen Möbeln und einer fröhlichen Musikgruppe wäre sie am liebsten unsichtbar, doch die ausgelassenen Gäste meist älteren Semesters beachten sie gar nicht.

Erleichtert tritt Cyn ins Freie, eine schmale Gasse aus alten Häusern. Die Dämmerung hat eingesetzt. Jetzt muss Cyn nur noch in ihr Hotel finden. Sie kennt zwar Namen und Adresse, aber ohne ihre Geräte wird sie nicht hinfinden. Einen papiernen Stadtplan hat sie natürlich nicht bei sich, er wäre sowieso durchnässt.

Sie sieht an sich hinab. Die Leute müssen sie für eine Obdachlose halten. Obwohl sie Geld hat, kann sie in diesem Zustand ein Taxi vergessen. Keines wird sie mitnehmen.

Ihr bleibt nichts anderes übrig, sie wird jemanden nach dem Weg fragen müssen.

Die ältere Dame, auf die sie als Erstes zusteuert, weicht gekonnt aus und blickt angestrengt zur anderen Seite. Auch bei ihren nächsten zwei Versuchen ist Cyn nicht erfolgreicher. Erst ein junger Mann mit Bart und Dreadlocks, die er mühsam zu einem Schweif gebändigt hat, hält an, beäugt sie zwar misstrauisch, hört jedoch zu. Sie bemerkt die Erleichterung in seinem Gesicht, als sie ihn nicht um Geld anbettelt, sondern nur nach dem Weg fragt. Bereitwillig beschreibt er ihr in anständigem Englisch die Route, hält aber auffällig Abstand. *Gott, muss ich stinken*, denkt Cyn. Zwei Mal fragt sie nach, um sich den Weg sicher zu merken. So schnell wird sie wohl nicht noch einmal jemanden finden, der mit ihr zu reden bereit ist. Der junge Mann fragt sogar, ob sie Hilfe braucht, aber sie verneint, bedankt sich und geht los. Mit gesenktem Kopf schleicht Cyn durch die bevölkerten Straßen des sommerlichen Abends. Wer sie rechtzeitig sieht, weicht aus, die anderen beeilen sich, an ihr vorbeizukommen.

Cyn spürt die Müdigkeit in jeder Faser ihres Körpers. In ihrem Kopf überschlagen sich die Bilder des Nachmittags. Wieder spürt sie den Druck im Genick, der sie unter Wasser hielt und fast ertränkt hätte. Nur mit Mühe kann sie die Tränen zurückhalten, das Zittern verbergen.

Zwanzig Minuten später will die Empfangsdame Cyn nicht ins Hotel lassen. Cyn steht kurz davor, entweder zu explodieren oder zusammenzubrechen. Mit letzter Kraft fordert sie die Frau auf, Chander oder Anthony auf ihren Zimmern anzurufen. Hoffentlich sind sie da. Sie hat keine Ahnung, wie die Jagd ausgegangen ist und wo die beiden sein könnten. Die Empfangsdame ruft tatsächlich an.

Zwei Minuten später stürmt Anthony in die Lobby. »Du liebe Güte, wie siehst du denn aus? Was ist passiert?«

»Erzähle ich dir später. Jetzt brauche ich erst mal ein Bad.«

»Und wie! Chander sah auch so aus. Musstet ihr denn da hinunter in die Kloake?«

»Du hast dich ja auf dem Partyplatz amüsiert«, erwidert sie und drückt ihm den Rucksack in die Hand, den er mit spitzen Fingern entgegennimmt. Sein Handy meldet sich mit Rockmusik.

Cyn schließt sich in ihr Zimmer ein, doch das mit dem Bad lässt sie. Im Wasser ist sie für ihr Gefühl heute genug gelegen. Dafür nimmt sie die längste Dusche ihres Lebens.


Eine Stunde später trifft sie Anthony und Chander an der Bar. Die beiden sitzen im Hof des Hotels, vor sich jeweils einen Laptop, im Gesicht ihre Brillen. Auf einem großen Grill braten

Köstlichkeiten. Beide erkundigen sich besorgt nach ihrem Befinden.

Cyn bestellt einen Drink mit viel Gin und anderem Zeugs. Den braucht sie jetzt. Dann erzählt sie. Zuerst zögert sie, doch schließlich schildert sie den Moment, als sie fast ertränkt wurde.

»Jemand hat dich untergetaucht?« Vor Aufregung leert Anthony sein fast volles Bierglas mit einem tiefen Schluck.

»Und dann hat der Typ mit der Kappe dich gerettet?«, fragt Chander und zieht eine Braue hoch.

»Behauptet er zumindest«, sagt Anthony. »Vielleicht war er es ja, der sie zuerst unter Wasser gedrückt hat. Um an den Computer zu kommen. Oder sich für die Jagd zu revanchieren. Wir müssen zur Polizei!«

»Ich habe keinerlei Beweise.« Sie dreht sich um, senkt ihren Kopf, um ihnen den Nacken zu zeigen, schiebt den Ärmel ihrer Bluse bis zum Ellenbogen hoch. »Seht ihr vielleicht etwas? Abdrücke? Blaue Flecken?«

»Nein«, antworten beide nach kurzer Untersuchung.

»Eben. Dann hat ein Besuch bei der Polizei auch wenig Sinn«, meint Cyn und will ihre Erzählung gerade fortsetzen, als Anthony den Blick abwendet und über die Brille ein Gespräch entgegennimmt. Er entfernt sich ein paar Schritte, um ungestört reden zu können.

»So geht das schon die ganze Zeit«, erklärt Chander und sieht ihm nach. »Die Jagd auf den mutmaßlichen Zero hat einiges Aufsehen erregt. Dauernd rufen ihn irgendwelche Medien an. Aber wie geht es dir nach dieser Sache?«, fragt er mitfühlend. »Kann ich irgendetwas für dich tun?«

Du könntest mich in den Arm nehmen, denkt Cyn. Stattdessen sagt sie nur: »Danke, das ist lieb von dir. Ich komme schon zurecht.«

Anthony kehrt zurück. »So, was unternehmen wir in der Sache? Polizei?«

»Lass lieber«, sagt Cyn.

»Du hast noch nicht fertig erzählt«, drängt er. »Was ist danach geschehen? Ist er einfach fort? Habt ihr geredet?«

Cyn mustert ihn, dann sagt sie: »Nein. Er wollte seinen Laptop wiederhaben.«

»Und du hast …? Mist.«

»Der war ohnehin kaputt, wenn Cyn unter Wasser war«, sagt Chander.

»Wer waren diese anderen Leute überhaupt, die ihn verfolgt haben?«, fragt Cyn, um das Gespräch in eine andere Richtung zu lenken.

»Das analysiert gerade die Crowd«, erklärt Anthony begeistert und präsentiert der erstaunten Cyn auf seinem Tablet die Zero-Suchseite des *Daily*. »Hunderttausende auf der ganzen Welt beteiligen sich an der Diskussion! Im Wesentlichen waren es wohl Hobbyreporter oder -jäger, die unsere Suche begleiten wollten. Sie haben ihre Livestreams auf ihren Social-Media-Konten veröffentlicht.«

»Das ist doch krank …«, schnaubt Cyn.

»Aber nicht alle«, sagt Chander. »Das hat die Crowd auch schon herausgefunden …«

»Ist echt irre, wie sich die Leute da hineinsteigern!« Anthony ist in seiner Begeisterung kaum zu stoppen. »Durch Vergleiche der veröffentlichten Aufnahmen haben sie zum Beispiel herausgefunden, dass acht der Jäger bereits seit dem Museumsquartier hinter dem jungen Mann her waren. Aber fünf davon sendeten keine Liveübertragung.« Hektisch ruft er entsprechende Clips zu seinen Erklärungen auf. »Von den fünfen gibt es inzwischen Bilder aus den Aufnahmen anderer Jäger. Leider sind sie nicht scharf genug, um sie durch die Gesichtserkennungspro-gramme zu schicken, außerdem tragen sie getönte Brillen, Kappen. Sogar über die seltsamen Brillenmodelle tauschen sich die Leute da draußen bereits aus! Es scheint nämlich, als wären in ihre Brillen Mechanismen eingebaut, die Gesichtserkennungs-programme blenden und anderweitig an einer Identifikation hindern. Die Leute suchen jetzt nach anderen Körpermerkma-len wie Muttermalen und Tattoos. Echt der Hammer! Manche meinen in zweien von ihnen Ähnlichkeiten zu Typen erkannt zu haben, die in anderen Fällen als CIA-Mitarbeiter auftauch-ten!«

»Die Leute lieben solche Verschwörungstheorien«, bemerkt Cyn skeptisch. Zugleich muss sie an die Worte des jungen Man-nes denken, der sie aus dem Wasser gezogen hat. Dass noch ganz andere Kaliber hinter ihm her waren.

»Ist gar nicht so abwegig«, sagt Chander. »Die Chancen, dass wir tatsächlich hinter einem Zero-Mitglied her waren, sind hoch. Wir sind ja auch extra nach Wien gereist. Warum also nicht die Geheimdienste?«

»Dann hatte er also recht«, sagt Cyn nachdenklich. Sie frös-telt.

»Was meinst du?«, hakt Chander nach.

CIA. Sheeld. Freemee. Einen Atemzug lang wünscht Cyn sich, Anthony wäre weit weg und sie könnte sich Chander an-vertrauen. Dann hat sie sich wieder im Griff.

»Wir waren es, die Zero die Geheimdienste auf den Hals ge-hetzt haben«, sagt Cyn.

»Ich denke, das haben die auch ohne uns geschafft.«

»Unseretwegen brachte er das Video mit Kosak und Washing-ton – und dem Fehler, der uns auf seine Spur brachte – und die anderen auch.«

»Ich denke, das hätte er bald auch ohne uns veröffentlicht«, sagt Chander.

»Mir gefällt das nicht«, erklärt Cyn und schüttelt den Kopf.

»Wie trennen wir in diesem Gerüchtechaos die Spreu vom Weizen?«

»Das machen die Leute früher oder später selber«, meint Chander. »Frances als Forumsmoderatorin hilft ihnen dabei.«

»Wir haben inzwischen noch zwei Praktikanten darangesetzt«, sagt Anthony. »Allein bewältigt sie das nicht mehr. Auch wenn sie wirklich sehr talentiert ist. Jeff beaufsichtigt das Ganze, Charly recherchiert nach. Wir sind das Medium der Stunde! Wir haben Hunderte Millionen Zugriffe aus der ganzen Welt! Höchste Zeit, dass du auch wieder auftauchst, Cyn!«

Nachdenklich starrt Cyn ins Leere, die Erinnerungen an den Nachmittag unter der Erde werden wach. Die Hatz auf den Unbekannten. Mehr und mehr Menschen, die in die Kanalisation dringen. Wie Ratten. Sie trinkt ihren Cocktail in einem Zug aus.

»Okay«, sagt sie. »Dann schalt uns live. Ich berichte von meinen Erlebnissen in den Kanälen. Quick 'n' dirty. Wie du so schön sagst.«

»Hier?«, fragt Anthony irritiert.

Cyn sieht sich um. »Ist doch eine wunderbare Kulisse. Was ist?«

»Okay«, meint Anthony. Er flüstert ein paar Anweisungen, dann sind sie live. Er blickt Cyn direkt an.

»Hallo Leute, hier ist noch einmal Anthony Heast vom *Daily*. Ich sitze gerade hier mit unserer Reporterin Cynthia Bonsant, die Zero heute tief in die Wiener Kanalisation folgte. Cynthia, was kannst du uns von da unten berichten?«

Cynthia lächelt in die Kamera, bevor sie zu sprechen beginnt.

»Es war Scheiße, Anthony.« Sie amüsiert sich über seinen erschrockenen Gesichtsausdruck. »Wir haben eine Person gejagt, die nichts anderes getan hat, als dem Oberschnüffler der Welt einmal so auf die Pelle zu rücken, wie er und seine Schergen es jeden Augenblick des Tages bei uns allen tun. Ich für meinen Teil bitte Zero dafür um Entschuldigung und mache da nicht länger mit. Was wir hier betreiben, ist abartig! Gejagt gehören doch die anderen. Zero sucht ihr ab sofort ohne mich.«

Anthony blickt sie verdutzt an, dann ändert sich sein Mienenspiel zu verärgert, während er etwas flüstert, wahrscheinlich Anweisungen für das Redaktionsteam in London. Er nimmt die Brille ab, steckt sie extra weg.

»Du musst!«, fordert er. »Erinnere dich an unsere Abmachung.«

»Ich muss gar nichts«, sagt Cyn. »Ich habe dir schon im Flieger erklärt, dass ich für so etwas nicht zu haben bin.«

In diesem Moment taucht eine junge Frau in Hoteluniform neben ihnen auf.

»Sind Sie Miss Cynthia Bonsant?«, fragt sie.

Als Cyn bejaht, erwidert die Hotelangestellte: »Ihre Tochter bittet um einen Rückruf, für mich klang es sehr dringend.«

Mein Handy!, fällt Cyn ein. Sie kann mich nicht erreichen.


Auf ihrem Zimmertelefon wählt Cyn Vis Mobilnummer. Ihre Tochter hebt sofort ab. Bevor Cyn fragen kann, was passiert ist, sagt Vi mit heiserer Stimme: »Eddie ist tot.«

Cyn starrt aus dem Fenster auf die Stuckverzierungen der gegenüberliegenden Fassade. Sie muss sich verhört haben.

»Hast du gesagt: Eddie ist tot?«, fragt sie nach.

»Ja.«

Cyn lässt sich auf die Bettkante sinken. »Mein Gott!«, stammelt sie. Eddie… Die arme Vi! Der zweite Freund innerhalb weniger Tage! »Wie geht es dir? Mein armer Schatz!«

Cyn spürt, wie sie von einem Zittern überfallen wird, gegen das sie nichts tun kann. Vi stammelt etwas, dann beginnt sie zu weinen. Cyn ist verzweifelt, weil sie ihre Tochter nicht fest in die Arme nehmen kann. Was kann sie nur tun?

Sie muss an Annie denken. Hätte es nicht Eddie getroffen, sie würde Vi zu ihr schicken. Gleichzeitig zittert sie selbst so sehr, dass sie den Hörer kaum halten kann.

Ihr Blick fliegt auf die Uhr. Um diese Zeit bekommt sie keine Maschine mehr nach Hause.

»Ich fliege gleich morgen früh zurück, Schatz«, erklärt sie. Sie reißt sich zusammen, obwohl ihr genauso nach Heulen zumute ist. »Ich rufe Gwen an. Vielleicht kannst du bei ihr übernachten.«

»Brauchst du nicht«, schnieft Vi. »Ich komme schon zurecht.«

»Heute Morgen habe ich noch mit ihm telefoniert«, erinnert sich Cyn. Eddies Gesicht entsteht vor ihrem inneren Auge, wie er nach Adam Denhams Tod bei ihnen am Küchentisch saß. Das kann alles nicht wahr sein.

»Kurz danach muss es passiert sein«, sagt Vi. Ihre Stimme fängt sich, bemerkt Cyn.

»Weißt du, wie?«, fragt Cyn vorsichtig.

»Er ist auf die U-Bahn-Gleise gestürzt.«

»Gestürzt?!«

»Der Bahnsteig war sehr voll, sagt die Polizei. Morgendliche Rushhour. Sie werten noch die Bilder der Überwachungskameras aus.«

In Cyn steigt die Erinnerung an die Ereignisse in der Kanalisation hoch. Ihr Körper fühlt mit einem Mal nichts.

»Die arme Annie! Hast du mit ihr gesprochen? Wie geht es ihr?«

Schweigen am anderen Ende, bis Vi sagt: »Was glaubst du? Sie ist völlig am Ende.«

Noch ein paar Minuten lang trösten sie sich gegenseitig, dann beenden sie das Gespräch mit der Versicherung, später noch einmal miteinander zu telefonieren.

Nach dem Gespräch sitzt Cyn wie betäubt auf dem Bett. Abermals erfasst sie dieses Zittern. Sie weiß nicht, ob sie noch die Kraft aufbringt, Annie anzurufen. Dann fällt ihr ein, dass sie ihre Telefonnummer gar nicht mehr auswendig kann. Die war in ihrem Handy gespeichert. Und das ist heute im Kanal ersoffen. So wie sie beinahe auch.

Eddie tot. Ein Mordversuch an ihr. Denn nichts anderes war das heute. Zufall? *Willkommen in Paranoia, Cyn!*

Mit wackligen Knien kämpft sie sich in die Hotellobby. Eine Rezeptionistin findet Annies Nummer im Internet und notiert sie auf einem Zettel, den sie Cyn reicht. Wie ein Automat nimmt sie ihn entgegen und stakst damit zurück auf ihr Zimmer.

Auch bei Cyns fünftem Versuch geht Annie Brickle nicht ans Telefon.


Appetitlos stochert Cyn in ihrem Abendessen herum. Umso mehr trinkt sie vom Wein. Sie hat Chander und Anthony von Eddies Tod erzählt. Die Nachricht hält Anthony davon ab, mit ihr über ihre Weigerung zu streiten, weiter an der Zero-Suche teilzunehmen. Er telefoniert ohnehin laufend, wenn er nicht über seine Brille, sein Smartphone und einen Tabletcomputer gleichzeitig die Entwicklungen auf der *Daily*-Homepage verfolgt. Alle paar Minuten hält er ihnen neue Meldungen über die

Menschenjagd vor die Nase. Die Aktion hat tatsächlich weltweit für Aufsehen gesorgt. Cyn merkt, dass es seine unmögliche Art ist, die sie trotz ihres öffentlichen Rückzugs aus der Zero-Suche auf andere Gedanken bringt. Sie ist fast gerührt darüber. Muss der Alkohol sein.

Mit Anthonys Einverständnis bucht Chander drei Tickets für den Flug am nächsten Vormittag.

»Hier können wir ohnehin nichts mehr ausrichten«, meint Anthony. »Aber buch Business für mich.«

Nach einem weiteren Telefonat verkündet er: »Ich soll in den Abendnachrichten des hiesigen öffentlichen Rundfunks eine Diskussion mit dem Moderator führen. Das beginnt in einer Stunde. Ich muss los.«

Kaum ist er verschwunden, fasst Chander ihre Hand und drückt sie.

Cyn kämpft mit den Tränen. Auch der Alkohol lässt ihren Blick leicht verschwimmen.

»So schlimm?«, fragt er mitfühlend.

»Es war alles zu viel heute.«

Er nimmt sie in den Arm und führt sie zur Bar. »Du brauchst einen ordentlichen Drink.«

»Ich bin schon beschwipst.«

»Heute darfst du mehr.«

Er bestellt zwei Cocktails. Cyn wehrt sich nicht. Chander fragt sie nach Eddie.

Cyn erzählt.

»Stell dir vor, er rief mich an dem Morgen noch an.«

»Das hast du bereits erzählt«, erinnert Chander sie sanft.

Den Cocktail stürzt sie in einem Zug hinunter. Danach schüttelt es sie, aber sie bestellt noch einen. Langsam verwandelt sich ihr Gehirn in nasse Watte.

»Und er hat nicht gesagt, was er dir erzählen wollte?«, fragt Chander.

Sie überlegt noch einmal.

»Ich weiß nicht, nein …« Cyn schüttelt den Kopf, und es fühlt sich an, als wäre er ein reifer Kohl auf einem sehr dünnen Stängel. Nach diesem muss ich aufhören, denkt sie, als der Barkeeper den zweiten Cocktail vor sie stellt. Als Chanders Hand sanft und beruhigend über ihren Rücken streicht, durchfährt sie ein Schauer. Sie lässt ihn gewähren.

Chander wechselt das Thema. Er erzählt von früheren Wienbesuchen und anderen Reisen. Er ist viel herumgekommen. Seine Geschichten dringen an ihre Ohren, als wäre er weit entfernt und sie unter Wasser. Unvermittelt unterbricht sie ihn. Sie leiht sich sein Smartphone, um Vi anzurufen. Als sie sich in eine stille Ecke der Bar zurückzieht, merkt sie, dass ihre Schritte nicht mehr ganz sicher sind.

Die Stimme ihrer Tochter klingt inzwischen gefasster als beim vorigen Telefonat. Cyn muss sich zusammenreißen, damit sie beim Reden nicht zu sehr lallt.

»Was machst du?«, fragt sie.

»Dies, das«, erwidert Vi. »Chatten, telefonieren.«

Cyn kann sich denken, worüber.

»Und du?«

»Den Kummer ertränken«, gesteht sie.

»Gute Idee.«

»Annie habe ich noch nicht erreicht«, sagt Cyn.

»Ich auch nicht mehr«, sagt Vi.

»Ich lande morgen Mittag. Dann sehen wir uns bald«, sagt Cyn noch. Sie wünschen sich eine gute Nacht, und Cyn probiert noch einmal Annies Nummer. Nicht einmal die Mailbox meldet sich.

Zum Glück ist die Bar jetzt so gut besucht, dass Cyn nicht den direktesten Weg zurück nehmen kann, wodurch ihr schlingernder Kurs nicht so auffällt. Zwischendurch strafft sie sich mehrmals. Sie schafft es bis zu Chander, ohne jemanden anzurempeln.

Gefühlvoll erkundigt er sich nach ihrem Gespräch. Cyn hat keine Lust mehr, sich zu beherrschen. Mit leichtem Zungenschlag berichtet sie. Der Alkohol lässt sie die Situation weniger tragisch nehmen, als sie ist.

»Wirst du trotzdem nach New York fahren?«, fragt Chander.

»Ich weiß noch nicht«, sagt sie. Zuerst muss sie Vi sehen und Annie. Danach wird sie sich entscheiden. Nach den Behauptungen des jungen Mannes in den Kanälen heute sieht sie sich fast verpflichtet zu fahren. Sie muss herausfinden, was hinter alldem steckt.

»Ich muss ins Bett«, erklärt sie schließlich. An die Kopfschmerzen morgen früh will sie lieber nicht denken.

»Ich begleite dich hinauf«, sagt Chander und umfasst ihre Schulter.

Ihre Zimmer liegen auf demselben Flur nebeneinander. Vor Chanders Tür warten zwei Männer. Einer präsentiert Chander einen Polizeiausweis und mehrere Schreiben. »Wir holen den Computer, den Sie heute mitgenommen haben. Er ist beschlagnahmt.«

Sofort ist Cyn stocknüchtern, und ihre Angst kehrt zurück.

Chander macht sich nicht die Mühe, die Papiere des Mannes genauer zu untersuchen. »Haben wir nicht«, antwortet er stattdessen und öffnet seine Zimmertür. »Sie können gern hereinkommen und alles durchsuchen. Auch bei meiner Kollegin hier.«

Cyn nickt. »Ich habe ihn in der Kanalisation verloren«, erklärt sie. »Ins Wasser gefallen. Wenn Sie mir nicht glauben, schauen Sie in meinem Zimmer nach.«

Die beiden Polizisten sehen sich zweifelnd an, dann betreten sie Chanders Raum. Sie stöbern unter Sofakissen, in den wenigen Schränken, im und unter dem Bett. Nach ein paar Minuten sind sie fertig. Dieselbe Prozedur wiederholen sie in Cyns Zimmer.

»Und Herr Heast?«

»Ist beim Fernsehsender«, erwidert Chander. »Auf den müssen Sie warten. Oder Sie bitten das Hotelpersonal um einen Schlüssel. Aber das hilft Ihnen auch nicht weiter. Wir haben den Computer nicht. Leider.«

Die zwei verabschieden sich brüsk und wenden sich zum Gehen.

»Hoher Besuch«, bemerkt Chander, sobald sie verschwunden sind. Die Hand auf ihrem Rücken, geleitet er Cyn sanft, aber bestimmt in sein Zimmer. Er deutet auf seine Brille. »Hat mir die Typen ganz schnell vorgestellt. Von wegen österreichische Polizei. Laut öffentlicher Daten stammen sie von einer amerikanischen Unternehmensniederlassung in Wien. Tarnfirma der CIA, wenn du mich fragst«, erklärt er, während er ins Bad geht und in seinem Waschbeutel kramt. »Gut möglich, dass von denen heute Nachmittag jemand mit auf der Jagd war.«

Er reicht ihr eine Kopfschmerztablette und füllt ein Glas mit Wasser. »Hier, nimm die. Vorbeugend.«

Cyn spürt die Wirkung des Alkohols zurückkehren, stärker als zuvor. Ihre Zunge fühlt sich schwer an. »Die haben sich über unsere Liveübertragung sicher nicht gefreut.«

»Darauf kannst du wetten.«

Toll, jetzt stehe ich bei den Amis auf der Schwarzen Liste!, flucht Cyn im Stillen und spült das Medikament hinunter.

Chander nimmt ihr das Glas ab. Dabei streift seine Hand ihre Finger, und einen Atemzug lang stehen sie sich unschlüssig gegenüber.

»Geht's?«, fragt er tröstend und streicht über ihre Arme.

»Ja«, sagt sie und erwidert seinen Blick. Sie spürt seinen warmen Atem. Dann seine Lippen, Chander umarmt sie sanft. Für einen Moment zögert Cyn. Dann erwidert sie seinen Kuss.

**ArchieT:**

Scheiße, das war knapp!

**Nachteule:**

Alles ok?

**ArchieT:**

Yep. Bin vorübergehend Berlin.

**LotsofZs:**

Die Idioten vom *Daily* haben uns gerettet.

**Submarine:**

Wo überall ist uns noch so ein Mist passiert wie bei 3DWhizz?

**LotsofZs:**

Ich sage nur: Metadaten.

**Snowman:**

Sorry!

**ArchieT:**

Was machen wir mit Bonsant?

# Samstag

Cyn erwacht mit einem pulsierenden Kopf, trotz Chanders vorbeugendem Schmerzmittel am Vorabend. Der Geruch sagt ihr sofort, dass sie nicht in ihrem Zimmer ist. Sie öffnet die Augen, Schmerzen schießen in ihr Hirn, sofort schließt sie die Lider wieder. Sie erinnert sich an sehr viel Alkohol. Und an Chander. Vorsichtig tastet sie zur Seite, findet seinen Körper. Er schläft dicht neben ihr. Bis auf den Kopf fühlt sich ihr Körper sehr angenehm an. Sie genießt es für ein paar Minuten, während sie Chanders regelmäßigem Atem lauscht. Vorsichtig versucht sie, sich bequemer hinzulegen, da spürt sie die Narbe. Die Narbe! Instinktiv legt sie eine Hand über die Stelle, windet sich möglichst lautlos aus den Laken und sucht ihre Sachen zusammen, die über das halbe Zimmer verstreut liegen. Dürfte also etwas gewesen sein gestern Nacht. Sie schleicht ins Bad, kleidet sich rasch an, richtet ihr Haar notdürftig. Auf Zehenspitzen huscht sie zum Bett und drückt Chander einen Kuss auf den Mund. Er wacht nur halb auf, und Cyn flüstert: »Bis später.«

Dösig flattern seine Augenlider, er streckt die Hand nach ihr aus, doch da ist sie bereits an der Tür und gleich darauf draußen.

In ihrem Zimmer nimmt sie eine lange Dusche. Das warme Wasser tut dem Kopf gut, doch schon bald drängen sich die Ereignisse des Vortags mit Macht in ihre Gedanken. Wie sie fast ertränkt wurde. Mit einem Mal bekommt sie keine Luft mehr. Sie stolpert aus der Dusche, steht nach Atem ringend vor dem

Spiegel. Kein schöner Anblick. Zitternd wickelt sie sich in den Bademantel. Kämmt sich das Haar. Lehnt sich mit dem Rücken an die Wand, starrt in den Spiegel. Der Bademantel verrutscht, gibt einen Blick auf die Narbe frei. Sie zieht ihn wieder zu. Muss an Eddie denken. Gibt es da Zusammenhänge? Willkommen in Paranoia. Sie gibt sich einen Ruck, fährt sich noch einmal durchs Haar und cremt die Narbe ein. Erinnert sich bei der Berührung ihrer Haut an die letzte Nacht. Einen Moment lang sehnt sie sich nach Chander.

Im Taxi zum Flughafen muss Anthony noch einmal seinen TV-Auftritt beschreiben. Der hat zwar nur zwei Minuten gedauert, aber in denen war er brillant! Und er war zur Zero-Suche vor Cyn im Fernsehen, wie es sich für einen Chefredakteur gehört! Während des Frühstücks kam er gar nicht dazu, alle Details seines Auftritts zu erzählen. Er hat die österreichischen und internationalen Zeitungen aus dem Hotel mitgenommen, die alle über den Zwischenfall in Wien berichten. Mit Bildern. Er zeigt jeden einzelnen Artikel Cyn und Chander, die auf der Rückbank sitzen. Das Papier raschelt laut.

»Wir sind jetzt wirklich so etwas wie Stars«, dröhnt er. »Und der *Daily* hat einen gigantischen Sprung in Sachen internationale Bekanntheit und Zugriffe gemacht. Schon allein deshalb hat sich die Reise ausgezahlt.«

»Und Zeros Bekanntheit erst recht«, bemerkt Chander. »Immerhin waren wir die Gelackmeierten.«

»Weil du deine Drohnen nicht richtig bedienen kannst!«, lacht Anthony.

»Weil wir live gesendet haben. Andernfalls hätten wir jetzt vielleicht unser Interview«, wirft Cyn ein.

»Oder die CIA hätte ihn sich gekrallt«, schnappt Anthony zurück. »Was ist überhaupt los mit dir?«, fragt er. »Das gestern hast du nicht ernst gemeint, oder? Dass du nicht mehr nach Zero suchen willst.«

»Völlig ernst«, antwortet Cyn.

Anthony winkt ab. »Reden wir in London noch mal in Ruhe darüber«, sagt er und blättert zu den Wirtschaftsseiten eines Blatts.

»Ich kann heute Nachmittag nicht in die Redaktion kommen«, sagt sie mit Grabesstimme. »Ich muss mich um meine Tochter und die Mutter des toten Jungen kümmern.«

Die Geschichte hat er ganz vergessen! »Das ist in Ordnung«, sagt er, ohne den Blick von den Börsenkursen zu heben. Er überfliegt sie flüchtig, legt sie wieder weg, aktiviert die Brille, als Chander von hinten dazwischenquatscht:

»Ich bekomme gerade einen Alarm rein. Wegen der gestrigen Aktion rekrutiert Anonymous Leute für eine Attacke gegen den *Daily*.«

Wovon redet der?

»Rekrutiert Leute?«, Anthony runzelt die Stirn. »Für eine Attacke? Was für eine Attacke?«

»Du solltest deine Techniker schleunigst warnen. Falls sie sich nicht ohnehin einen derartigen Alarm eingerichtet haben.«

»Was soll das?«, empört er sich. »Wie soll das denn funktionieren? Ich dachte, Anonymous arbeiten im Verborgenen, so wie der Name sagt.«

»Anonym, aber nicht verborgen. Das ist eine bewährte Vorgehensweise von Anonymous. Über anonyme Konten stellen sie Videos auf YouTube, twittern und so weiter. Und dann kann jeder mitmachen. Du musst dafür nur kleine Gratisprogramme aus dem Netz auf deinen Computer laden oder auf bestimmte

Webseiten gehen. Über die werden dann automatisiert Denial-of-Service-Attacken und Ähnliches durchgeführt.«

»Unsere Webseite soll mit Anfragen zugemüllt werden, bis sie zusammenbricht und nicht mehr erreichbar ist?«, hakt Anthony nach.

»Yep.«

»Okay, das geht gar nicht. Kann man die abwehren?«

»Einigermaßen, wenn wir sofort damit beginnen.«

»Ich rufe gleich Jeff an«, sagt Anthony und murmelt: »Diese Mistkerle!«

Während Anthony über seine Brille aufgeregt mit den Technikern in London diskutiert und Chander besonnen seine Kommentare dazu gibt, lässt Cyn die Landschaft vor dem Fenster vorbeigleiten. Sie fahren über eine Autobahn, der Stadtrand geht über in Industriegebiete und Felder. Cyn denkt an Annie, Eddie. An Vi. Für einen Moment spürt sie ihr Knie an Chanders, schiebt ihren Unterschenkel gegen seine, peinlich darauf bedacht, ihn sofort zurückzuziehen, sollte Anthony sich umdrehen. Chander erwidert den Druck kurz, wendet sich ihr zu und lächelt, dann widmet er sich erneut seinem Gespräch.

Cyn blickt wieder hinaus. Was wird sie Annie sagen? Ein Schwarm Stare formt sich gerade zu einer lebendigen Wolke über den Feldern, dann ist das Taxi schon vorbeigefahren.

Beim Aussteigen und Bezahlen redet Anthony gleichzeitig mit seiner Brille und dem Taxifahrer. Nach der Gepäckabgabe und dem Securitycheck erklärt er ihnen: »Ich muss in die Lounge, arbeiten. Bis später, ihr Turteltäubchen«, fügt er mit einem schmutzigen Grinsen hinzu und ist weg.

Cyns Haarwurzeln glühen. Chander lächelt sie bloß an und

zuckt mit den Schultern. »Lass uns noch einen Kaffee trinken.«

Zurück in London, stellen sich ihnen kurz vor dem Ausgang mehrere Zollbeamte in den Weg. »Kommen Sie bitte mit.«

Bevor Cyn auch nur eine Frage stellen kann, haben zwei Beamtinnen sie von den beiden Männern getrennt.

»Sie stehen unter Verdacht der Unterstützung von Terroristen«, erklärt eine der Frauen.

Cyn gefriert mitten im Laufen. Die Beamtinnen schieben sie unsanft weiter.

»Sie müssen mich verwechseln«, erklärt sie und überlegt fieberhaft, was das zu bedeuten hat. Die Männer vom Vorabend fallen ihr ein. Sie erinnert sich an den Skandal im Sommer 2013, als der Partner eines amerikanischen Journalisten neun Stunden lang auf dem Flughafen festgehalten wurde. Harte Hände auf ihrem Rücken drängen sie vorwärts.

»Das erklären Sie den Ermittlern«, sagt eine der Beamtinnen.

Sie bringen sie in einen kahlen Raum. In seiner Mitte stehen ein einfacher Tisch und zwei Stühle, an einer Wand eine Liege. Bevor Cyn sich widersetzen kann, nimmt ihr die eine Beamtin ihre Handtasche ab. Sie leert den Inhalt auf den Tisch.

»Ausziehen«, fordert die andere.

»Wie bitte?!«

»Leibesvisitation.«

»Weshalb?!« In Cyn steigt Panik auf. Sie muss an den Angriff vom Vortag denken, spürt wieder ihre Todesangst unter Wasser.

»Sie haben kein Recht …!«

»Haben wir«, erwidert die Frau streng. Dann, genervt: »Machen Sie es sich und uns nicht schwieriger als nötig. Sie legen kurz Ihre Kleidung ab, wir untersuchen Sie, und dann ist auch alles schon wieder vorbei.«

Cyn sieht sich um. In zwei Ecken an der Decke entdeckt sie kleine Kameras.

»Und dabei werde ich gefilmt?!«

»Vorschrift. Zu unserer Sicherheit.«

»Zu *Ihrer*?!«

»Ma'am?«, fordert sie die Frau noch einmal mit einer Geste auf.

Cyn versucht sich zu beruhigen. Sie beginnt zu begreifen, worum es hier geht. Schikane. Einschüchterung.

»Nein«, sagt sie und verschränkt die Arme vor der Brust.

Die Frau seufzt, nähert sich Cyn.

»Rühren Sie mich nicht an!«, befiehlt Cyn so entschieden, wie es ihr in diesem Augenblick möglich ist. Mit einer Geste zu den Kameras: »Die filmen mit. Sagen Sie selbst.«

Die Frau hält inne, lässt den Arm sinken. Tritt einen Schritt zurück. Wartet.

Cyn hat keine Ahnung, welche Rechte die Typen haben. So stehen sie gefühlte Minuten, Cyn weiß, dass es nur ein paar Sekunden sind, trotzdem.

»Okay«, sagt die Frau schließlich und zeigt auf einen der Stühle. »Setzen Sie sich.« Sie wendet sich ab, öffnet die Tür.

Ein kleiner Triumph, denkt Cyn. Oder ein Pyrrhussieg? Sie wählt den anderen Stuhl. Psychospielchen. Nur mit Mühe unterdrückt sie das Zittern, das sie wie ein Schüttelfrost überfällt. Die wenigen Schritte zum Stuhl werden für ihre Butterknie zur Schwerstaufgabe. *Von mir werdet ihre keine Schwäche sehen!*

Eine weitere Frau und ein Mann, beide in Zivil, treten ein. Sie stellen sich mit Rang und Namen vor, doch Cyn ist so verstört, dass sie alles gleich wieder vergisst.

»Wir befragen Sie auf Basis des Terrorism Act 2000«, erklärt die Frau.

»Ich bin Journalistin«, sagt Cyn. »Ich möchte einen Anwalt.«

»Wir sind hier in keiner TV-Serie«, erwidert der Mann kühl. »Sie können mit uns kooperieren oder nicht.«

»Da gibt es nichts zu kooperieren«, erwidert Cyn aufgebracht. »Ich tue bloß meine Arbeit.«

»Und wir tun unsere. Wo ist der Laptop des jungen Mannes? Sie haben ihn in Wien aufgehoben und an sich genommen.«

»Und ihn dann in meinem Arsch versteckt, um ihn hier ins Land zu schmuggeln?! Haben Sie noch alle? Ich habe ihn auf der Jagd in der Kanalisation verloren.« Cyn spürt, wie die Wut auf diese willkürliche Befragung ihren Widerspruchsgeist weckt. »Aber das wissen Sie bestimmt. Sie haben sicher alles Bildmaterial gesichtet, das die Menschen ins Netz stellten, wahrscheinlich auch das von den Überwachungskameras in Wien. Dabei werden Sie bemerkt haben, dass ich ohne Laptop aus dem Untergrund kam.«

Der Mann untersucht die Gegenstände aus Cyns Handgepäck, die auf dem Tisch ausgebreitet liegen. Er nimmt das Handy und sagt: »Das beschlagnahmen wir.«

»Gern«, lacht Cyn. »Es ist sowieso kaputt.«

»Sonst trug sie keine technischen Geräte bei sich?«, fragt er die Uniformierten.

»Nein, Sir.«

Seine Partnerin wendet sich an Cyn.

»Sie haben durch Ihre Aktion gestern einem mutmaßlichen Terroristen bei der Flucht geholfen.«

»Das ist Quatsch, und das wissen Sie. Weder habe ich ihm geholfen, noch ist der Mann ein Terrorist – nach allem, was wir über Zero wissen, selbst wenn er an der Aktion am Presidents'

Day beteiligt war.« Cyn sprüht inzwischen vor Zorn. Sie muss sich beherrschen, um nicht laut zu werden.

»Und jetzt lassen Sie mich gefälligst gehen! Ein guter Bekannter von mir ist gestern gestorben, ich muss zu seiner Mutter.«

»Sie werden vielleicht erst in achtundvierzig Stunden gehen«, erklärt der Mann. »So lange dürfen wir Sie festhalten.«

Die nächste Stunde über stellen sie immer wieder die gleichen Fragen, doch Cyn bleibt hartnäckig bei ihrer Geschichte. Sie drohen ihr, versuchen sie einzuschüchtern. Irgendwann schweigt Cyn genervt und sagt gar nichts mehr.

Kurz darauf betritt ein Mann den Raum und flüstert den beiden Ermittlern in Zivil etwas zu. Sie mustern Cyn mit einem unfreundlichen Blick, dann schnaubt die Frau: »Sie können gehen.«

Cyn packt ihre Tasche, nur das Mobiltelefon lässt sie liegen.

Draußen warten Anthony und Chander auf sie. Auch sie wurden befragt.

»Wir sprechen uns noch!«, schleudert Anthony den Beamten wütend hinterher.

Cyn ist es leid, darüber zu diskutieren. Auf sie wartet Wichtigeres.

Endlich bekommen sie ihr Gepäck zurück. Cyn erkennt sofort, dass jemand an ihrer Sporttasche war, sie wurde nicht einmal wieder ordentlich verschlossen.

Anthony und Chander fahren direkt ins Büro, um die Abwehr des Anonymous-Angriffs voranzutreiben. Auf Cyn wartet ihre Tochter.

Zu Hause empfängt sie eine blasse, fahrige Vi. Nun kann auch Cyn die Tränen nicht mehr zurückhalten. Sie nimmt Vi in den Arm. Minutenlang stehen sie schluchzend im Flur, bis Cyn sich als Erste fängt.

Bei einer Tasse Tee erzählt Vi vom Stand der Ermittlungen. »Laut Polizei war es ein Unfall.«

Cyn kann sich nicht gegen ihre Zweifel wehren.

»Eddie rief mich an, kurz bevor ich nach Wien flog«, erzählt sie Vi. »Er wollte mir etwas erzählen. Hat er mit dir darüber gesprochen?«

Vi schüttelt den Kopf. »Nein. Keine Ahnung, was er wollte. Vielleicht... nein.«

»Sag schon!«

»Ich glaube, seit einiger Zeit war Eddie in mich verschossen«, druckst Vi herum.

»Und du?«

»Ich mochte Eddie. Aber bloß als Freund.«

»Du glaubst, darüber wollte er mit mir reden?«

Vi zuckt mit den Schultern. »War nur eine Vermutung.«

Vielleicht ging es Eddie wirklich nur darum, hofft Cyn. Aber warum hätte er dann Freemee erwähnt?

Von ihrem Festnetztelefon versucht Cyn es wieder bei Annie Brickle. Als jemand abhebt, bildet sich ein Knoten in ihrem Magen. Sie erkennt Annies Stimme fast nicht wieder. Ihre eigene bricht, als sie »Annie, es tut mir so leid« stammelt. »Soll ich vorbeikommen? In einer Dreiviertelstunde kann ich bei dir sein.«

»Das... wäre gut«, schluchzt Eddies Mutter.

»Bis gleich.«

»Möchtest du mitkommen?«, fragt Cyn ihre Tochter.

Vi schüttelt den Kopf.

»Besser nicht.«

»Verstehe ich. Ist in Ordnung.«

Cyn nimmt ein Taxi. Damit fühlt sie sich sicherer. Von den Vorfällen in der Wiener Unterwelt hat sie Vi nichts erzählt. Sie will ihre Tochter nicht unnötig beunruhigen.

Als Annie die Tür öffnet, sieht sie ebenso gebrochen aus, wie ihre Stimme am Telefon klang.

Cyn nimmt sie in die Arme, sagt nichts, führt Annie in die Küche.

Mit zitternden Händen versucht Annie Tee zuzubereiten, bis Cyn ihr den Kessel abnimmt und das heiße Wasser in die Kanne gießt. Dabei redet Annie stockend und nicht immer zusammenhängend.

»Es war ein Unfall, sagt die Polizei. Im Gedränge auf dem Bahnsteig. Auf den Aufzeichnungen der Kameras sieht man nichts Genaues. Zeugen ist nichts aufgefallen. Niemand kann etwas dafür, sagen sie.«

Sie sitzt da und stiert vor sich hin. In ihrem Gesicht glänzen feine Rinnsale, die am Kinn zusammenlaufen.

Cyn stellt eine Tasse vor Annie auf den Tisch. Ich würde die Videos gern sehen, denkt sie. Obwohl… Gern ist das falsche Wort. Sie verdrängt den Verdacht, der sich wie eine Zecke in ihrem Kopf festgesaugt hat und ständig wächst.

»Er hat sich so darauf gefreut, den Führerschein zu machen«, sagt Annie tonlos.

Cyn schweigt. Nippt an ihrem heißen Getränk. Ein paar Minuten lang redet keine von ihnen. Cyn hört auf die Geräusche der Küche, die Klänge von der Straße. Sie sieht Eddie vor sich, mit Vi auf dem Spielplatz, der nachdenkliche kleine Junge mit den großen braunen Augen, der beim Herumtollen immer vorsichtiger war als ihre Tochter. Sein schüchternes Lächeln, das sich in der Pubertät zu einem gewinnenden Lachen wandelte. Ihr war nicht entgangen, dass er seit ein paar Monaten anders für Vi empfand als früher.

»Was mache ich denn jetzt?«, fragt Annie mit zitternden Lippen.

Cyn stellt sich hinter sie, umarmt sie, spürt das Beben in Annies Körper. Ewig steht sie so, bis Annies Leib vor ihr wieder zur Ruhe kommt.

»Tut mir leid«, schnieft Annie, wischt sich die Tränen aus dem Gesicht und richtet sich auf.

»Nichts braucht dir leidzutun«, erwidert Cyn sanft. Sie muss an ihr letztes Gespräch mit Eddie denken, überlegt, ob sie Annie davon erzählen soll.

»Er hat …«, setzt Annie an, stockt, fährt fort. »Vor seinem Tod hat er mit dir telefoniert, sagt die Polizei.«

»Ja«, antwortet Cyn mit einem Kloß im Hals. »Das muss kurz davor gewesen sein.«

»Das … war sein letztes Gespräch mit jemandem. Was … hat er gesagt?«

Cyn versucht sich an den genauen Wortlaut zu erinnern, doch es gelingt ihr nicht. »Er wollte mir etwas erzählen. Über ein Unternehmen. Ich weiß nicht, was. Er sagte, er hätte vielleicht eine Geschichte für mich. Weißt du etwas darüber?«

»Eine Geschichte?« Annie sieht sie ratlos an. »Was für eine Geschichte? Nein.« Abwesend streift sie ihr Kleid glatt, ordnet ihre Haare.

Cyn kann mitfühlen, was Annie empfindet. Bedeutungslose letzte Worte. Nicht an seine Mutter gerichtet.

»Weißt du … weißt du vielleicht, womit er sich zuletzt beschäftigt hat?«

Annie zuckt mit den Achseln. »Was schon? Er saß nächtelang vor seinem Computer. Wie so oft.«

Cyn zögert, doch dann stellt sie die Frage trotzdem. »Ist sein Laptop da?«

Wortlos führt Annie sie in Eddies Zimmer. Es sieht aus, als würde er gleich nach Hause kommen. Poster von Rappern an der Tür und der Schrankwand. Der Geruch eines Jungenzimmers. Annie bleibt an der Tür stehen, sie bringt es anscheinend nicht über sich, einen Fuß in den Raum zu setzen. Vorsichtig tritt Cyn ein. Der Laptop liegt geschlossen auf dem Schreibtisch. Doch ein Unfall?, überlegt Cyn. Wenn ihn jemand wegen einer Geschichte ermordet hätte, die er Cyn erzählen wollte, hätte er dann nicht Eddies Laptop an sich gebracht?

Nur weil du glaubst, dass dich jemand angegriffen hat, muss das nicht für Eddie gelten, sagt sie sich. Du stellst Verbindungen zwischen Ereignissen her, weil sie am selben Tag passiert sind. Dabei haben sie höchstwahrscheinlich gar nichts miteinander zu tun.

Cyn klappt den Laptop auf, drückt den Startknopf.

»Er wünschte sich eine dieser Brillen«, sagt Annie dumpf. »Wie dieser andere Junge eine hatte.«

»Die wollen sie alle«, erwidert Cyn.

Auf dem Bildschirm erscheint ein Fenster, das die Eingabe eines Passworts verlangt.

»Kennst du das Passwort?«, fragt Cyn.

Stumm schüttelt Annie den Kopf.

Cyn klappt den Computer wieder zu, lässt ihre Finger darauf liegen. »Ich …«, beginnt sie, bricht ab. Hebt erneut an zu sprechen. »Darf … ich ihn mitnehmen? Du bekommst ihn natürlich zurück!«

»Er ist verschlüsselt. Was soll ich schon damit anfangen?«

Cyn nimmt den Laptop unter den Arm und verlässt Eddies Zimmer.

»Wann …«, will Cyn fragen, bringt die Worte jedoch nicht über die Lippen. Ihr Hals ist wie zugeschnürt.

Annie weiß auch so, was sie sagen wollte.

»Ich weiß es noch nicht«, antwortet sie. »In den nächsten Tagen.«

Cyn umarmt sie abermals. »Hast du jemanden, der für dich da ist?«

»Danke. Meine Schwester muss gleich kommen.«

»Ich … ich muss morgen dringend weg. Wir können aber jederzeit telefonieren.« Dafür brauche ich noch ein neues Mobiltelefon!, fällt ihr ein. »In ein paar Tagen bin ich wieder da.«

»Ist schon in Ordnung. Mali und Ben und ein paar andere sind auch noch da. Danke fürs Kommen.«


»Marten, komm mal her!«, ruft ihm Luís quer durch die Räume zu.

Marten verlässt seinen Glaskubus und eilt hinüber zu den Technikern. Auf einem von Luís' Bildschirmen sieht er die Homepage mit den Wasserfällen. Der Monitor daneben ist voll Text.

»Das kam eben von der NSA«, sagt Luís. Er zeigt auf eine Liste von E-Mail- und IP-Adressen sowie weiteren unübersichtlichen Informationen.

»Sie haben die Besucher der Wasserfälle geprüft. Dabei stießen sie auf eine IP-Adresse, von der aus unter anderem die E-Mail-Adresse DaBettaThrillCU@ … benutzt wurde.«

»Der bessere Thrill, wir sehen uns?«, übersetzt Marten die verballhornten Kürzel, doch schon während des Lesens begreift er, worum es sich wirklich handelt. »Ein Anagramm von Archibald Tuttle.«

»Genau«, sagt Luís. »Nachdem die Kollegen weitergegraben haben, konnten sie über einige Umwege schließlich eine Verbindung zu dem Wiener Tuttle herstellen. Unser guter Archie war in jungen Jahren nicht nur bei der Registrierung von 3DWhizz unvorsichtig. Allerdings besuchte DaBettaThrillCU aka Archibald Tuttle die Wasserfälle nur einmal 2010 kurz nach deren Etablierung. Danach nie wieder. Trotzdem glaube ich nicht an einen Zufall.«

»Du meinst, da steckt etwas anderes dahinter?«

»Ja. Ich habe bloß keine … Was hast du eben gesagt?«

»Du meinst, da steckt was anderes dahinter«, wiederholt Marten.

»Du bist ein Genie!«

»Ich weiß. Sag mir jetzt noch, warum.«

»Als Genie solltest du das wissen.«

»Was habe ich gesagt?«

»›Da steckt etwas anderes dahinter.‹ Kennst du die Szene aus *Jurassic Park*, wo sich die Kids hinter dem Wasserfall verstecken?«

»Klar.«

»Ein noch besseres Beispiel gibt es in dem Comic *Der Sonnentempel* aus der Tim-und-Struppi-Serie …«

»Kenne ich nicht.«

»Darin entdeckt Tim hinter einem Wasserfall den geheimen Eingang zum Sonnentempel der Azteken.«

»Actionfilme und Comics. Bei Gelegenheit sollten wir uns über deine kulturelle Bildung unterhalten.«

»Und über deine, wenn du den *Sonnentempel* nicht kennst.«

Marten lacht. »Und was soll sich hinter diesen Wasserfällen

verbergen? Das ist eine Webseite.« Demonstrativ beugt er sich zur Rückseite der Monitore. »Nichts dahinter«, sagt er. »Nur Kabel.«

»Da hilft mir meine Bildung«, sagt Luís. »Ich verknüpfe jetzt einfach ein paar lose Enden. Hast du seinerzeit den Film *Contact* gesehen?«

»Jodie Foster trifft die Außerirdischen.«

»Erinnerst du dich an die Szene, als Jodie Foster und ihr blinder Kollege unter einem verrauschten Signal ein zweites entdecken?«

»Adolf Hitlers Rede zur Eröffnung der Olympischen Spiele 1936. Du meinst…«

Luís nickt.

»Steganografie.« Mit einem Schlag ist Marten ernst. Schon als Junge hat er gern verborgene Botschaften verfasst. Mit Zitronensaft auf Papier, lesbar erst, wenn man das Blatt über eine Kerze hält und sich der trockene Saft braun färbt. Das Verstecken von Botschaften in einem völlig unverdächtigen Medium gehört zu den Grunddisziplinen der Kriegführung, ob in der Geheimdienstarbeit, unter Widerstandskämpfern, Guerillas oder Terroristen.

»Warum würde jemand ausgerechnet in den Wasserfällen verborgene Botschaften schicken?«

»Sie sind aus zwei Gründen das perfekte Versteck und Medium«, erklärt Luís. »Aus technischen Gründen brauchst du ein bewegtes Bild. Und zwar komplett bewegt. Kein Pixel darf über die kritische Zeit gleich bleiben. Das wäre sonst die Achillesferse, über die man an die Botschaft gelangen könnte. Ich erspare dir die technischen Details. Wasserfälle sind im Close-up ideal. Alles bewegt sich permanent. Und zweitens macht das harmlose Umfeld sie völlig unverdächtig. Wer vermutet hinter einer Esoterikseite die versteckte Kommunikationsplattform von Internetaktivisten?«

»Und woher willst du wissen, dass sie es tatsächlich ist?«

»Kann ich nicht wissen. Das ist das Brillante an dem Konzept. Wenn sie keinen Fehler gemacht haben, bleibt es eine Seite mit Videos und Streams von Wasserfällen. Wir können nicht einmal feststellen, ob darin tatsächlich Nachrichten versteckt sind, geschweige denn diese lesen.«

Marten überlegt, was Luís gesagt hat.

»Sie haben schon andere Fehler gemacht«, stellt er schließlich fest. »Jeder macht Fehler. Es ist deine These. Hältst du es für sinnvoll, sie zu verfolgen?«

»Wie du sagst: Jeder macht Fehler. Und wenn sie jemand findet, dann wir. Gemeinsam mit den Kollegen der anderen Dienste.«

»Dann los!«

»Zwei tote Freunde innerhalb einer Woche«, sagt Vi kleinlaut. Trotzdem wirkt sie auf Cyn einigermaßen gefasst.

Sie sitzen am Küchentisch bei einem Auflauf, den Vi zubereitet hat. Beide essen sie ohne Appetit, die Teller bleiben halb voll. Cyn fühlt sich vollkommen zerrissen. Als Mutter sorgt sie sich um Vi, als Freundin möchte sie Annie beistehen. Doch sie will auch unbedingt nach New York, wo sie auf den Freemee-Vorstand treffen wird und das Unternehmen seinen Sitz hat. Soll sie ihm berichten, dass ein junger Mann starb, der mit ihr über Freemee sprechen wollte, und das wenige Stunden, bevor jemand auf sie einen Mordanschlag verübte? Zu gern wüsste sie außerdem, was es mit den Behauptungen des Unbekannten in der Wiener Kanalisation auf sich hat.

*Willkommen in Paranoia!*

»Wann musst du morgen los?«, fragt Vi.

»Ich weiß nicht, ob ich wirklich fliegen soll«, erwidert Cyn.

»Aus einem anderen Grund, den ich jetzt nicht erklären kann, müsste ich nach New York. Obwohl ich eigentlich bei euch bleiben und die Sendung sausen lassen möchte.«

»Ich komme schon zurecht, wenn du das meinst«, sagt Vi.

»Ich habe ein schlechtes Gewissen.«

»Ich bin achtzehn, Mom.«

Sie ist ein erwachsenes Mädchen.

»Ich weiß. Du kannst mich jederzeit anrufen.«

»Auf welchem Telefon?«

Sie ist auch ein schlaues Mädchen. Cyn holt den Zettel aus ihrem Zimmer, auf dem sie die Nummern notiert hat.

»Hier, das Hotel in New York. Und mein neues Handy. Der *Daily* hat mir eins besorgt, sie bringen es morgen zum Flughafen.«

»Kommt jemand von ihnen mit?«

»Ja, der Jüngere, Chander«, sagt Cyn so beiläufig wie möglich.

Vi nickt abwesend, während sie den Zettel nimmt und die Nummern betrachtet.

»Ich muss morgen um zehn Uhr hier los«, sagt Cyn.

»Dann können wir noch zusammen frühstücken«, sagt Vi. Sie starrt auf die Telefonliste.

»Verrückt ist das alles«, flüstert sie, und etwas lauter zu Cyn: »Findest du nicht?«

Wenn du wüsstest, wie verrückt, denkt Cyn.

»Ja.«

Die Glocke der Haustür läutet. Cyns und Vis Blicke treffen sich.

»Erwartest du noch jemanden?«, fragt Cyn.

»Nein.«

Cyn geht in den Flur, fragt über die Gegensprechanlage, wer da ist.

»Ein Paket für Cynthia Bonsant«, antwortet eine Frauenstimme.

Um die Zeit? Es ist kurz nach zwanzig Uhr. Cynthia drückt
auf den Knopf für die Haustür, wartet, beobachtet durch den
Spion. Eine Minute später erscheint im Hausflur eine Fahrrad-
botin. Sie trägt ein Paket in der Größe einer Schuhschachtel. Aus
der Küche hört Cyn Vi das Geschirr abräumen.

Cyn zögert, als die Botin läutet, doch dann öffnet sie.

»Von wem ist das?«, fragt Cyn. Die Frau zuckt mit den Schultern und drückt die Box Cyn in die Hände. Die Schachtel ist
in einfaches Packpapier gewickelt. Bis auf Cyns Adresse scheint
sie unbeschriftet. Cyn dreht und wendet sie, bis sie auf einer
Schmalseite ein großes mit Filzstift gemaltes Oval findet. Sieht
aus wie ein »O«. Darüber steht in kleinen, sorgfältigen Druck-
buchstaben: »Beste Grüße.«

Die Botin hält ihr den Block mit den Empfangsquittungen
unter die Nase, Cyn unterschreibt, dann zieht sie sich wieder in
den Flur zurück und schließt die Tür von innen ab.

Cyn trägt das Ding in die Küche und stellt es auf den Tisch.

»Was ist das?«, fragt Vi.

»Keine Ahnung.«

»›Beste Grüße‹«, liest Vi. »›O‹.« Sie sieht Cyn an. »O wie o«,
sagt sie langsam. »Oder o wie Zero.«

»Quatsch.«

»Vielleicht ist es eine Bombe«, sagt Vi. »Die Typen haben
allen Grund, auf dich sauer zu sein.«

»Ich habe mich öffentlich entschuldigt und bin aus der Suche
ausgestiegen«, erinnert Cyn sie. Außerdem wirkte der Typ aus
der Kanalisation nicht wie ein Bombenwerfer auf sie. Aber von
dem weiß Vi ja nichts. »Vielleicht erlaubt sich auch bloß jemand
einen dummen Scherz.«

Sie schiebt einen Fingernagel unter eine Falte der Verpackung und reißt sie auf. Ein wenig mulmig ist ihr dabei schon zumute. Das Papier gibt schnell nach, auf der Innenseite ist es metallisch beschichtet, stellt Cyn fest. Darunter kommt ein einfacher brauner Karton zum Vorschein. Cyn hält inne, dann sagt sie: »Geh in dein Zimmer.«

»Du spinnst!«, ruft Vi. »Wenn du wirklich glaubst, dass da was Gefährliches drin sein könnte, darfst du es gar nicht öffnen!«

»Es ist nichts Gefährliches.«

»Dann kann ich ja bleiben.«

Bevor Cyn sie aufhalten kann, hebt Vi den Deckel an. Cyn möchte ihre Hand daraufhalten, doch da ist die Schachtel schon offen.

Im Innern liegt eine durchsichtige, zigarettenschachtelgroße Plastikbox, die eine Platine und anderen kleinen Technikkram enthält. Cyns Herz stockt. Genau so sehen Bomben in Filmen aus. Daneben liegt ein zusammengefalteter Zettel. Unter der Plastik-Platinen-Box scheint sich eine Art Tastatur zu verstecken.

Nichts tickt oder blinkt. Vi entfaltet das Papier, sodass Cyn mitlesen kann.

Liebe Cynthia Bonsant,

die Umstände unserer Bekanntschaft waren wenig erfreulich. Dein öffentlicher Austritt aus der Suche nach uns dagegen schon. Hier die Antwort auf deine letzte Frage. Wenn du mehr willst, als nur aussteigen – wir sind gespannt.

Mit freundlichen Grüßen,

Zero

Sprachlos starren Cyn und Vi einander an.

»Was für eine Frage?«, will Vi wissen, redet aber gleich weiter: »Glaubst du, das ist echt?« Ohne auf eine Antwort zu warten, liest sie weiter:

In dieser Box findest du einen vorkonfigurierten Minicomputer Raspberry Pi, eine kleine Tastatur und einige Kabel. Verbinde den Pi mittels der Kabel mit der Tastatur und deinem TV-Gerät wie auf der untenstehenden Skizze gezeigt. Das Gerät wird sich automatisch in ein freies WLAN in deiner Nähe einloggen. Merk dir deinen Benutzernamen im Dialogfeld. Schreib ihn nicht auf. Erlaube niemandem, dem du nicht 110-prozentig vertraust, Zugriff auf das Gerät. Nimm es nicht mit auf Reisen ins Ausland (Gepäckkontrolle!). Versteck es an einem sicheren Platz, wenn du es nicht verwendest. Im Notfall vernichte die SD-Karte (siehe Skizze).

»Scheiße«, flüstert Vi. »Eine Verbindung zu Zero.«

»Glaubst du wirklich? Ich habe tausend Fragen!«

»Jetzt kannst du sie stellen.«

Mitsamt der Schachtel ist Vi schon unterwegs ins Wohnzimmer. Zwei Minuten später hat sie den Pi mit der Tastatur und dem Fernseher verbunden.

Auf dem Bildschirm erscheint ein Durcheinander bewegter und rauschender Bilder, kachelartig bedecken sie den Schirm. Alles scheint in Bewegung, kein einziger Punkt steht still.

»Was ist das?«, fragt sie.

»Keine Ahnung«, erwidert Vi.

»Erinnert an Bilderrauschen. Gischt. Schau mal, das da sieht aus wie fließendes Wasser! Wasserfälle?«

Vor den flirrenden Aufnahmen springt ein weißes Fenster auf, wie Cyn es von ihrem E-Mail-Programm kennt.

Hallo Cynthia!
Diese Plattform ist sicher. Feine Ansprache gestern. Entschuldigung angenommen. Und nochmals danke für gestern.

»Was meinen die damit?«, fragt Vi.

»Egal«, flüstert Cyn. »Es sieht so aus, als wäre das wirklich Zero.«

Aufgeregt schnappt sich Cyn die Tastatur von Vi. Als sie zu tippen beginnt, erscheint über dem Text ein Benutzername.

Guext:
Was habt ihr mir dort unten verraten?

»Was soll das? Guext? Ist das jetzt dein Benutzername?«, fragt Vi irritiert, als schon die Antwort kommt.

Jakinta0046:
Ist das ein Test? Hintergründe und Finanzierung der Zerosuche.

Cyn lässt sich in das Sofa zurückfallen.

»Es ist tatsächlich Zero«, wispert sie.

»Ich verstehe nur Bahnhof«, sagt Vi.

»Das ist auch besser so. Ich erkläre es dir später. Am besten lässt du mich kurz allein.«

Vi wirft ihr einen verletzten Blick zu, Cyn hält ihm stand, nickt bestätigend, bis Vi sich erhebt, zur Tür geht, von wo sie den Bildschirm nicht sehen kann, und dort mit verschränkten Armen trotzig stehen bleibt.

Cyn tippt. Sie muss herausfinden, was wirklich passiert ist.

**Guext:**
Da unten in den Kanälen erzählte ich von einem Freund, der mir vor meiner Abreise eine Geschichte erzählen wollte. Über Freemee. Er ist tot. Unfall. Kurz bevor ich in Wien angegriffen wurde. Hätte am Ende auch nach Unfall ausgesehen. Zufall? Kann es nicht doch wegen der versteckten Finanzierungsgeschichte gewesen sein?

**Jakinta0046:**
Keinesfalls. Muss was anderes sein.

**Guext:**
Ich habe seinen Computer. Ist verschlüsselt.

Pause.

**Jakinta0046:**
Dann kommen wir da derzeit nicht dran. Kannst du wen anderen bitten?

**Guext:**
Ja. Hatte ich morgen vor.

**Jakinta0046:**
Wenn wir sonst helfen können, sag Bescheid.

**Guext:**
Ein Interview mit Zero ☺.

**Jakinta0046:**
Was wir zu sagen haben, sagen wir selbst. Aber vielleicht können wir dich bei deiner Geschichte unterstützen. Gib uns Bescheid, wenn du mehr hast.

Beim nächsten Mal benötigst du ein Passwort. Gib jetzt eines ein, das du dir merken kannst. Mindestens zehn Stellen, Ziffern, Groß- und Kleinbuchstaben, Sonderzeichen.

Cyn muss kurz nachdenken. Der kritische Teil des Dialogs ist inzwischen aus dem Fenster gerutscht.

> **Guext:**
> MT17.Ablonde
> **Jakinta0046:**
> Ok.

»MT17.Ablonde?«, fragt Vi. Erschrocken sieht Cyn auf. Sie hat Vi nicht kommen gesehen oder gehört, so vertieft war sie in den Chat.

»Ich sagte doch …«, setzt sie wütend an, doch Vi unterbricht sie: »Ohne mich hättest du das doch gar nicht hinbekommen.«

Cyn presst die Lippen zusammen, dann gibt sie nach.

»›Meine Tochter‹, dein Geburtsdatum und deine Haarfarbe.«

»Ob das sicher ist?«, zweifelt Vi.

»Weißt du ein besseres?«

Vi schüttelt den Kopf.

»Frag sie noch, was die Bilder im Hintergrund sollen.«

Cyn gibt die Frage ein.

> **Jakinta0046:**
> Tarnung.
> Bis zum nächsten Mal.

Ein paar Sekunden starren sie stumm auf den Bildschirm, aber außer den rauschenden Bildern geschieht nichts mehr.

»Wo verstecken wir das Ding?«, fragt Vi.

»Ich habe kein gutes Gefühl, es im Haus zu haben«, antwortet Cyn. Die Befragung am Flughafen kommt ihr in den Sinn. »Wir hatten eben Kontakt mit gesuchten Terroristen.«

Sie entfernt die linsengroße SD-Karte aus dem Raspberry Pi, wie auf der Skizze gezeigt, zieht die Kabel ab und packt alles außer der Karte wieder in die Schachtel.

»In der Dunstabzugshaube über dem Herd«, sagt Vi. »Die funktioniert sowieso nicht.«

»Gute Idee.«

In der Küche hat Vi mit wenigen Handgriffen einen Filter aus dem Abzug montiert, schiebt die Schachtel durch das entstandene Loch und lässt den Filter wieder einschnappen.

Die SD-Karte legt Cyn im Vorzimmer in eine kleine Schüssel mit Schlüsseln, Anhängern, Stiften und anderem Kram.

»Offenes Versteck«, sagt sie. »Wie in der Geschichte von Edgar Allan Poe. Und du rührst mir das Ding nicht an!«

Vor dem Schlafengehen kontrolliert Cyn noch einmal die Türschlösser. Sie packt in ihren einzigen, ramponierten Koffer Kleidung für vier Tage und etwas Schickes für die Talkshow. Kann sie Vi jetzt wirklich allein lassen? Muss sie sich zusätzlich Sorgen machen wegen dieses Kästchens? Sie erinnert sich, wie ihre Tochter das Paket öffnete und das Gerät ansteckte. Sie ist mutiger als ich, denkt Cyn. Warum sollte ich mir Sorgen machen? Weil sie weniger weiß als ich. Das muss auch so bleiben.

Mit dem Laptop im Bett kommt sie endlich dazu, sich über Sheeld schlauzumachen. Ein wenig bekanntes Start-up, doch weder personell noch über Gemeinsamkeiten bei Investoren entdeckt sie eine Verbindung zu Freemee. Schlaf findet sie keinen. Zu viel ist geschehen in den vergangenen achtundvierzig Stunden. Zu viel davon versteht sie nicht.

**Nachteule:**

Traut ihr Bonsant?

**Snowman:**

Du meinst wegen der Geschichte?

**ArchieT:**

Was könnte der tote Junge über Freemee herausgefunden haben?

**Peekaboo777:**

Keine Ahnung.

# Sonntag

Mit geschwollenen Augen zwingt sich Cyn am nächsten Morgen aus dem Bett. Beim Frühstück will Vi nur über ihren Chat mit Zero reden und die anstehende Talkshow bei NBC.

»Was wirst du denn sagen?«

»Hängt davon ab, was sie fragen.«

Ganz wohl ist ihr bei dem Gedanken an die Talkshow nicht. Die anderen Gäste sind sicherlich erfahrene Diskussionsteilnehmer. Ob sie da überhaupt zu Wort kommt? »Du hast's gut, New York!«, schwärmt Vi.

»Irgendwann schaffen wir es da zusammen hin, und zwar ohne dass ich arbeiten muss«, meint Cyn.

»Apropos arbeiten, ich muss für Französisch lernen. Wir schreiben morgen eine Arbeit.« Mit diesen Worten verschwindet sie in ihrem Zimmer, und Cyn bereitet sich auf ihre Abreise vor.

»Ich melde mich sofort, wenn ich angekommen bin«, versichert sie Vi zum Abschied.

»Du machst das schon«, sagt Vi, die Cyns Aufregung spürt.

Als Cyn sich eine Stunde später dem Check-in nähert, wartet Chander schon. Sie spürt, wie ihr Herz schneller schlägt. Wie immer wirkt er frisch und ausgeruht, während er ihr zur Begrüßung sein strahlendes Lächeln schenkt. Aufmerksam erkundigt er sich nach ihrem Befinden, nach Vi und Annie.

Cyn spürt, wie sie sich in seiner Gegenwart ein wenig entspannt. Du bist verrückt, denkt sie sich. Er ist zwölf Jahre jünger als du. Du hast nicht mal eine Ahnung, wo er als Nächstes hingeht, wenn die Arbeit beim *Daily* für ihn beendet ist. Und trotzdem.

Von ihrer Unterhaltung mit Zero erzählt sie Chander vorerst nichts. Sie weiß selbst noch nicht so recht, wie sie mit der Situation umgehen soll.

»Wie war die Anonymous-Attacke?«, fragt sie.

»Mit leichten Blessuren überstanden. Anthonys Techniker sind ganz fit.«

Sie geben ihre Koffer auf, nur einen kleinen Rucksack behält Cyn bei sich. Als sie die Sicherheitsbeamten vor der Kontrolle sieht, kommt wieder diese Mischung aus Angst und Wut in ihr hoch, die sie tags zuvor während der Befragung empfand. Doch sie schenken ihr keine größere Aufmerksamkeit.

»Noch eine Stunde bis zum Boarding«, sagt Chander mit einem Blick auf die Uhr. »Komm, lass uns da drüben einen Kaffee trinken!«

Im Coffeeshop überreicht Chander Cyn das neue Smartphone und ein Brillenetui. »Mit besten Grüßen von Anthony. Du sollst diesmal besser darauf aufpassen, meinte er. Außerdem spendiert dir die Firma für die Tage in New York einen Auslandstarif.«

»Ich will mit seiner Suche nach Zero nichts mehr zu tun haben. Hat er das nicht begriffen?«

Chander lacht. »Du kennst deinen Chef länger als ich.«

Cyn zögert kurz, blickt sich rasch nach allen Seiten um. »Ich habe auch was für dich.« Sie öffnet den Rucksack, zieht den Laptop hervor und legt ihn auf den Tisch. »Der gehörte Eddie.« Sie klappt ihn auf und schaltet ihn an. »Kurz vor seinem Tod haben wir ja noch telefoniert. Er klang, als wäre es wichtig.«

»Woher hast du den?«, fragt Chander. So schaut er, wenn er

sich besonders konzentriert, denkt sie. Peggy hatte recht: Wenn es um Computer geht, ist er voll dabei.

»Von seiner Mutter.«

»Er hat die Festplatte verschlüsselt«, stellt Chander fest, als das Fenster mit dem Passwortfeld auf dem Bildschirm erscheint.

»Kannst du das knacken?«

»Machen das Journalisten immer so?«

»Wenn es sein muss.«

Chander mustert das Gerät. »Kommt auf einen Versuch an. Kann aber dauern. Bis zum Start schaffe ich es wahrscheinlich nicht.«

»Versuch es. Bitte. Ich muss wissen, was wirklich passiert ist.«

Chander packt seinen eigenen Laptop aus. »Hatte er Ahnung von IT?«

»So viel ich weiß, schon.«

»Gut. Solche Leute halten sich nämlich gern für besonders schlau und machen daher die dümmsten Fehler. Zuerst probieren wir die unkomplizierte Tour. Wenn das Passwort kurz und einfach genug war, kommen wir so womöglich hinein.«

»Kannst du mit bestimmten Varianten beginnen?«

»Klar. Hast du eine Idee?«

»Alles, was mit Viola zu tun hat.«

»Deine Tochter?«

»Ich glaube, er war in sie verknallt.«

Fünf Minuten später liegen Eddies gesammelte Daten offen vor ihnen.

»Guter Riecher«, sagt Chander anerkennend. »Wonach suchen wir?«

»Womit hat er sich zuletzt beschäftigt? Etwas, das nichts mit der Schule, Spielen oder Musik zu tun hat.«

»Noch eine halbe Stunde bis zum Boarding«, stellt Chander fest. »Während des Flugs haben wir jede Menge Zeit.«

»Aber jetzt haben wir auch nichts zu tun«, drängt Cyn.

Chanders Finger tanzen über Tastatur und Trackpad, schließlich sagt er: »Die Leute machen Fehler. Sie machen immer Fehler. Dieser hier ist allerdings besonders interessant.«

Er zeigt auf einen Ordner am Monitor. »Den wollte jemand löschen. Und zwar nicht einfach nur über den Papierkorb. Sondern so richtig. Und ich habe den Verdacht, dass es nicht Eddie war.«

»Sondern?«

»Jemand, der sich Zugang zu seinem Computer verschafft hat. Online. Vielleicht kann ich herausfinden, wer es war. Aber erst in New York.«

»Was ist in dem Ordner? Kannst du die Dateien öffnen?«

»Programmscripts, Tabellen. Und ein Video.«

»Lass sehen.«


Eddies Anblick schnürt Cyn den Hals zu. Er wirkt blass, übernächtigt. Im Hintergrund erkennt sie die Wand seines Zimmers, vollgehängt mit Postern.

»Bis vor einem Dreivierteljahr war Adam Denham ein schüchterner Junge«, spricht Eddie in die Kamera. »Dann begann er Freemees ActApps zu benutzen und verwandelte sich schnell in einen attraktiven, übermütigen jungen Mann. Zu übermütig? Vor ein paar Tagen starb er in einer Schießerei bei der Verfolgung eines gesuchten Verbrechers. Kurz darauf brachte mich jemand auf eine eigenartige Idee: Könnte es sein, dass Freemees ActApps schuld daran sind?«

Cyn bricht der Schweiß aus. Meint er etwa sie?

»Verrückte Idee«, flüstert Chander.

»Blödsinn, dachte ich. Dann müssten ja andauernd Leute sterben, die durch Freemee zu wagemutig wurden. Also habe ich mir die Daten dazu angeschaut.«

Eddie blendet ein Balkendiagramm ein, während er weiterspricht: »Ich verglich die Todesrate von Freemee-Nutzern und -Nichtnutzern. Das Ergebnis ist eindeutig. Seit Freemees Start vor zwei Jahren unterscheidet sich die Zahl der toten Freemee-Nutzer nicht von jener vergleichbarer Nichtnutzer.«

»Also alles in Ordnung«, sagt Chander. »Worauf will er dann hinaus?«

»… doch wenn Freemee unser Leben wirklich positiv verändert, dürfte es eigentlich weniger Unfälle, Selbstmorde oder derlei Todesursachen geben. Die Todesrate unter Freemee-Nutzern müsste zurückgehen. Tut sie aber nicht. Dafür kann es mehrere Gründe geben, überlegte ich.«

Eddie hat eine Liste eingespielt. »Erstens: Die Zahlen da wie dort sind nicht exakt genug erfasst. Zweitens: Freemee ist nicht so wirkungsvoll, wie behauptet wird. Wobei – Tode zu verhindern ist vielleicht zu viel verlangt. Drittens: Der Unterschied ist zu gering, um statistisch aufzufallen. Viertens: Man sieht es nicht, weil es wie bei diesem Sack Kartoffeln ist.«

»Cleveres Kerlchen«, bemerkt Chander, während Eddie wieder auftaucht und einen Sack Kartoffeln in die Kamera hält. »Zwei Kilo sind da drin. Das ist wie die Todeszahlen, die wir kennen. Wir wissen aber nicht, wie sie sich zusammensetzen. Auf das Beispiel mit den Kartoffeln übertragen heißt das: Sind lauter gleich große da drinnen oder mehrere große und ein paar kleine? Oder eben: viele natürliche und wenige unnatürliche Tode? Ich beschloss, meine Suche zu verfeinern. Den Kartoffelsack sozusagen zu öffnen. Und nach unnatürlichen Todesursachen unter Freemee-Nutzern zu suchen. So wie bei Adam Denham. Unfälle. Selbstmorde, Morde. Die Anzahl der großen und der kleinen Kartoffeln finden. Aber für die Todesursachen stellt Freemee keine Zahlen zur Verfügung. Aus Rücksicht auf die Toten, wie sie erklären.«

Eddie blickt direkt in die Kamera, als er weiterspricht.

»Das fand ich verständlich. Andererseits hat mich das herausgefordert. Jetzt wollte ich es wissen. Doch an diese Daten kommt man nicht so leicht ran. Zum Glück gibt es verschiedene innovative Suchmaschinen wie Wolfram Alpha und jede Menge Open-Data-Projekte – amtliche Daten, die allen zugänglich sind, ohne dass man bei irgendeinem Amt anfragen müsste.«

»Hm, da hat er sich etwas vorgenommen«, meint Chander.

Cyn schielt auf die Uhr. Das Boarding rückt näher. Doch sie kann sich nicht von dem Video losreißen. Auch Chander wirkt gebannt.

»Ich schrieb ein Suchprogramm und sammelte tatsächlich ausreichend Informationen, um mir ein Bild machen zu können. Und das ist das Ergebnis!«

Cyn erkennt erst einmal nur eine bunte Grafik, die ihr nichts sagt. Sie weiß nicht, worauf Eddie hinauswill.

»Die Anzahl der unnatürlichen Todesarten änderte sich nicht signifikant. Was lernen wir daraus?«

»Dass man noch genauer hinschauen muss«, flüstert Chander.

Auf dem Monitor erscheint eine Karte von Großbritannien und Nordamerika, darauf farbige Felder, gelb bis dunkelrot, als wären die Landmassen von Lava überflutet.

»Ich habe nach weiteren Kriterien gesucht: Alter, Wohnort und so weiter. Und da wurde es interessant. In gewissen Gebieten und Gruppen stieg vor einem halben Jahr die Anzahl von Selbstmorden und Unfällen unter Freemee-Nutzern erkennbar an! Auf jeden Fall sollten Experten das überpüfen!«

»Fuck!«, entfährt es Chander.

»Ich verstehe nicht, was er meint.«

»Schau auf die Grafik. Bei zumindest zwei Gruppen von Free-mee-Nutzern, die dieser Junge identifizierte, fand er eine deutlich höhere Anzahl unnatürlicher Todesursachen als bei vergleichbaren Nichtnutzern: zum einen in der Region San Francisco und Umgebung, zweitens unter deutschen Schülern. Beginnend vor etwa sieben Monaten, ansteigend auf fünf bis zehn Prozent über Bevölkerungsdurchschnitt. Das ist deutlich außerhalb statistischer Schwankungsbreiten. Bei allen anderen Freemee-Nutzern, zu denen er Daten fand, war die Anzahl der unnatürlichen Tode gleich geblieben oder sogar zurückgegangen. Deshalb erkennt man an der Gesamtzahl der Toten nicht viel, weil sich Plus und Minus etwa aufheben. Wie bei dem Sack Kartoffeln. Da sind zwei Kilo drin, egal ob große oder kleine.«

Cyn blickt auf ihre Uhr. »Boarding. Wir müssen uns beeilen!« Chander klappt den Laptop zu, sie laufen zum Gate.

»Wie es scheint, normalisierte sich die Zahl der unnatürlichen Tode in den letzten zwei Monaten wieder. Irgendwas hat sich geändert. Wenn seine Zahlen stimmen«, sagt Chander leise, während sie am Gate in der Schlange der Wartenden stehen. »Ich würde das gern überprüfen.«

»Sind seine Zahlen denn nicht zuverlässig?«

»Du hast ja gehört, was er zum Schluss gesagt hat. Er wollte die Präsentation gern mit Fachleuten diskutieren. Aber dazu ist er nicht mehr gekommen.«

»Weil er, kurz nachdem er mir davon erzählen wollte, einen Unfall hatte.«

Chander sieht sie wieder mit diesem Blick an.

*Willkommen in Paranoia!*

»Ich muss kurz telefonieren«, erklärt sie.

»Ich auch«, sagt Chander.

Hastig sucht Cyn auf ihrem Smartphone Freemees Kontakt-seite. Sie wählt die Nummer, hofft, dass in einem aufstreben-den Start-up auch am Samstag gearbeitet wird, und verlangt den Kommunikationsvorstand Will Dekkert. Sie erklärt, wer sie ist, erinnert an die Washington-Kosak-Geschichte, erwähnt, dass sie mit Dekkert am nächsten Abend in einer Talkshow auftreten soll. Sie muss ihn dringend sprechen, noch vor ihrem Abflug. Jetzt gleich. Zu ihrer Überraschung wird sie durchgestellt.


»Dieses Telefonat hat die Software markiert?«, fragt Jonathan Stem. Er spielt die Unterhaltung zwischen Cynthia Bonsant und Will Dekkert ab.

»Wegen verschiedener Stichworte, die für die Suche nach Zero hinterlegt wurden«, bestätigt Marten. »Plus Namen von Verdächtigen oder Interessierten wie neuerdings diesen Leuten vom *Daily*.«

»Es war richtig, dass Sie damit sofort zu mir gekommen sind«, sagt Stem. Sein Büro ist kleiner, als man es bei einem Mann sei-ner Position erwarten würde. Die Mahagonitäfelung wirkt zwar edel, doch sie macht den Raum dunkler und enger. Neben Mar-ten haben zwei Agenten Platz genommen, die er nicht kannte.

»Was hat unsere Suche nach Zero mit Freemee zu tun?«, fragt Stem.

»Unsere gar nichts. Aber vielleicht die des *Daily*.«

»Verstehe. Ihre Leute sollen weiterhin nach Zero suchen. Sie dagegen besorgen sämtliche Intelligence zu Cynthia Bonsant und Will Dekkert. Sie unterstehen Agent Dumbrost zu Ihrer Linken, der das Team leitet. Ihre beiden Kollegen hier und der Rest des Teams werden den Inhalt des Telefonats nachprüfen und bestätigen oder widerlegen. Höchste Priorität, oberste Geheimhaltungsstufe. Das Team berichtet ausschließlich an mich. Ich möchte ein Ergebnis, bevor diese Frau in New York landet. Das heißt, Sie haben noch sechs Stunden Zeit.«

Marten ist froh, dass er sich nicht mit dem Statistikkram herumschlagen und nur den Hintergrund der zwei Telefonierenden ausheben muss. Standardaufgabe. Worum es in dem Telefonat genau ging, hat er nicht komplett verstanden. Um Tote. Welche Toten?

»Okay, Sir.«

Für ein paar lautlose Sekunden mustert Carl Will.

»Interessant?«, sagt er endlich. »Mit wem hast du darüber gesprochen?«

»Nur mit dir«, sagt Will.

»Mit Alice?«

»Nein.«

»Oder anderen Mitarbeitern?«

»Mit niemandem.«

»Diese Bonsant ist eine verzweifelte Journalistin, die ihre besten Jahre längst hinter sich hat und dringend eine Story sucht. Sprich nicht mehr mit ihr.«

»Und wenn sie trotzdem dranbleibt?«

»Wimmelst du sie ab«, fährt Carl ihn ungeduldig an. »Oder quasselst irgendeine PR-Scheiße, dass wir zwar das Leben verbessern, aber nicht den Tod verhindern können. Denk dir was aus, das ist schließlich dein Job.«

Will gefällt der Verlauf dieses Gesprächs nicht.

»Hast du in besagter Zeit an den Algorithmen etwas geändert?«, fragt er.

»Wir optimieren und erweitern die Algos permanent. Das weißt du genau.«

»Daran kann es also nicht gelegen haben?«

»Auf wessen Seite stehst du?«, schnaubt Carl.

»Wow!«, stößt Will hervor.

»Freemee hat aktuell an die einhundertachtundneunzig Millionen begeisterte Nutzer, Tendenz steil steigend. Einige von ihnen konnten wir in den vergangenen Monaten weniger gut bei ihren Problemen unterstützen als andere. Sie machen einen verschwindend geringen Prozentsatz aus. Das soll uns nicht davon abhalten, immer mehr Menschen zu mehr Glück und Erfolg in ihrem Leben zu verhelfen. Um deren Zukunft geht es, nicht um die Vergangenheit. Darauf wollen wir uns konzentrieren.«

Will presst die Kiefer zusammen. Er spart sich eine Erwiderung. Carl studiert ihn mit seinem undurchschaubaren Blick.

»Okay«, sagt er unvermittelt.

Er greift nach seiner Brille, die er zu Beginn ihres Gesprächs abgelegt hat. »Kim, Jenna«, nennt er die Vornamen ihrer Co-Vorstände. »Sagt alle eure Termine für heute Vormittag ab. Wir haben eine wichtige Präsentation. In einer halben Stunde im Bunker.«


NBC hat Cyn einen Platz in der Businessclass spendiert.

Wie es aussieht, kann sich Chander diesen Luxus privat leisten, der *Daily* hat ihm das sicher nicht bezahlt.

»Schön, dass du neben mir sitzt«, sagt Cyn.

»Das wollte ich nicht versäumen«, sagt er und legt die Hand auf ihren Oberschenkel.

Kurz lehnt sie den Kopf an seine Schulter.

»Diese Geschichte macht mir zu schaffen, Chander. Ich

kannte Eddie schon als kleinen Jungen ... Entschuldige, wenn ich nicht so auf Flirt-Kurs bin.«

»Ich werde dich in New York schon auf andere Gedanken bringen«, sagt er mit einem jungenhaften Grinsen.

Cyn muss lächeln, doch in Gedanken ist sie noch immer bei dem Video. Wenn Eddies Tod wirklich damit zusammenhängt, muss etwas an der Geschichte dran sein.

»Die Todesserie beginnt also vor etwa sieben Monaten und endet vor ein bis zwei«, rekapituliert sie.

»Bist du schon wieder in Paranoia?«, fragt Chander und streckt sich. »Du glaubst doch nicht wirklich, dass Freemee diese Menschen in den Tod getrieben hat?«

»Nicht absichtlich, obwohl ... na ja, lassen wir solche Ideen einmal außen vor. Vielleicht war es eine Art Betriebsunfall. Nicht ausgereifte Kristallkugel, unsauber programmierte ActApps, etwas in der Art. Big Datas Tschernobyl. Wäre kein Wunder, angesichts der Art, wie Software heute auf den Markt gebracht wird: als permanente Testversion. Wir sind alle nichts als Labortierchen für die Entwickler.«

»Je länger ich darüber nachdenke, desto skeptischer werde ich«, widerspricht Chander. »Der Junge hat gut recherchiert, aber er hat keine anderen möglichen Ursachen für die Todesfälle geprüft. Schlechtwetter, langer Winter, kulturelle Gründe, welche Ursachen für Selbstmord und Unfälle es auch geben mag.«

»Du musst die Zahlen überprüfen.«

»Ich bin angeheuert, um Zero zu suchen. Außerdem kann ich mich in deiner Gegenwart schlecht konzentrieren«, neckt er sie.

»Wenn diese Zahlen stimmen, müssen sie an die Öffentlichkeit!«

Er seufzt. »Seriöse Journalisten wie du brauchen mehr. Und wen interessiert schon das Thema Internet? Zu abstrakt.«

»Hunderte Tote?«

»Selbst der Boulevardpresse ist die Suppe zu dünn, jede Wette. Aber du kennst deine Kollegen sicher besser.«

»Du hast ja recht«, seufzt Cyn. Sie nimmt seine Hand, streicht über seine langen Finger. Dann hält sie inne. Aus einem verborgenen Winkel ihres Gedächtnisses taucht eine Erinnerung auf. Formt sich zu einer Idee. Schon wieder Paranoia!

»Sag mir, wer ist bei Freemee zuständig für diese ganzen Statistiken?«, fragt sie.

»Statistiker«, meint er achselzuckend. »Einer der wichtigsten Jobs in so einem Unternehmen.«

»Einer der Freemee-Gründer war Statistiker. Er starb vor zwei Monaten bei einem Unfall. So wie Eddie«, ergänzt sie.

Chander entzieht ihr seine Hand. »Mein Gott, Cyn! Das hängt doch alles nicht zusammen!«

Erinnert er sich denn nicht, was mit ihr vorgestern erst in Wien passiert ist? Eddies Video macht ihr Angst. In New York muss sie als Erstes Vi anrufen. Vi!, durchfährt es Cyn. Ist sie überhaupt sicher?


»Bonsant macht die Pferde scheu«, stellt Henry fest. »Aus zwanzig Prozent Wahrscheinlichkeit wurden …?«

»Knapp sechzig«, antwortet Joaquim, »schon nach Brickles Telefonat mit ihr. Die Gelegenheit in Wien war günstig, deshalb haben wir erst gar nicht den Versuch gemacht, mit ihr zu reden. Leider war der kurzfristig vor Ort angeheuerte Freie eine Niete. Jetzt stehen wir bei neunzig Prozent. Wir werden mit ihr reden müssen. Für die andere Variante werden sich kurzfristig kaum unauffällige Möglichkeiten ergeben.«

»Carl hat die Flucht nach vorn angetreten und präsentiert das

Experiment und seine Ergebnisse bereits heute seinen Vorstands-kollegen.«

»Die erhalten ab sofort unsere ganz besondere Aufmerksam-keit«, sagt Joaquim. »Vorbereitet darauf sind wir.«

Sie sitzen in Henrys Büro, mit Blick auf den Central Park. Draußen nieselt es, Regentropfen zeichnen Striche an die Fens-terscheiben, die sich zu kleinen Rinnsalen vereinen. Die oberen Etagen der höheren Wolkenkratzer verschmelzen übergangslos mit dem grauen Nebel.

»Hoffentlich besser als bei Bonsant und Brickle. Wie kam sie an die Informationen des Jungen?«

»Sie hatte Hilfe. Von diesem Inder. Der crackte Brickles Fest-platte. Und fand den gelöschten Ordner.«

»Der nicht wirklich gelöscht war. Schlamperei?«

Joaquim antwortet mit einem Zucken der Augenbraue. »Nein.«

Henry muss ihm glauben. Im Detail kennt er sich mit diesen Dingen zu wenig aus. Auch wenn er meint, gehört zu haben, dass das Löschen ohne irgendwelche Spuren für Profis ein Leich-tes sei. Steckte womöglich Absicht hinter der unsauberen Arbeit?

»Was machen wir mit Bonsant? Sie darf nichts davon veröf-fentlichen. Selbst wenn die Zahlen unzuverlässig sind, würden andere auch mit Nachforschungen beginnen.«

»Sie landet in dreieinhalb Stunden. Danach wird sie erst ein-mal ins Hotel fahren. Und eine Stellungnahme von Will Dek-kert einholen wollen. Die er ihr vorerst verwehrt. Sobald der Computer wieder verfügbar ist, löschen wir die Daten endgültig und hundertprozentig oder nehmen ihn an uns.«

»Und dann?«

»Wir haben fertige Pläne für eine Ausschaltung, falls sie nicht kooperiert. Ein Zwölf-Mann-Team steht bereit, anders als in Wien. Ich hoffe, dass wir es nicht einsetzen müssen.«

»Was sagen die Kristallkugeln?«

»Mit hoher Wahrscheinlichkeit wird sie sich mit Dekkert treffen. Die Prognosen für seine Haltung nach Montiks Präsentation sind leider sehr unscharf. Freemees Analyseprogramme können Standardsituationen mit hoher Genauigkeit voraussagen. Das hier jedoch ist keine Standardsituation mehr. Dafür gibt es zu wenige statistische Vergleichsdaten. Die Programme lernen zwar schnell das individuelle Verhalten der Nutzer aus dem, was die gerade tun, aber die Ergebnisse entstehen erst zeitnah.«

»Das heißt, er könnte ihr alles bestätigen und am Ende noch mehr erzählen? Wollen wir es so weit kommen lassen?«

»Dekkerts Wertefeld ist in der Sache unklar. Tendenziell steht er auf der Seite von Freemee und auf der seines eigenen Geldbeutels. Doch er hat auch andere Charakterzüge, die ihn zu einem nicht ganz zuverlässigen Kandidaten machen. Wahrscheinlich wäre es die günstigste Situation, ihr ein Angebot zu machen.«

»Wenn er dazu bereit ist.«

»Carl weiß auch von dem Telefonat. Er wird mit Dekkert reden. Und ab sofort werden wir natürlich immer in der Nähe sein«, sagt Joaquim mit der Andeutung eines Lächelns, welches Henry versichert, dass die Sache in bewährten Händen liegt.

»Ich weiß, dass du anderes zu tun hast«, sagt Luís am Telefon. »Aber dafür solltest du dir ein paar Minuten Zeit nehmen. Ich glaube, wir haben eine Spur zu Zero.«

Marten entschuldigt sich bei seinen Kollegen, mit denen er in Sachen Bonsant und Dekkert ermittelt. Ein paar Minuten später ist er zwei Stockwerke tiefer am anderen Ende des J. Edgar Hoover Buildings bei seinen Mitarbeitern.

»Wir haben die Daten von den zwei VPN-Anbietern in den USA bekommen, und die NSA hat sie ausgewertet. Die IP-Adressen, von denen aus auf die Wasserfälle zugegriffen wurde, haben sie mit allen Personen abgeglichen, die in irgendeiner Weise mit der Geschichte verbunden sind – und sei es noch so weitläufig. Dabei sind sie auf einen interessanten Zusammenhang gestoßen. Bis vor drei Jahren wurden die Wasserfälle unter anderem von einer IP-Adresse aus besucht, die zu einem Internetcafé gehört. Dieses ist nur zweihundert Meter entfernt vom damaligen Wohnort einer Frau, die heute Freemee-Mitarbeiterin ist.«

»Schon wieder Freemee«, sagt Marten. »Das ist ein rein amerikanisches Unternehmen.«

»Auch die Mitarbeiterin ist US-Bürgerin. Na und?«

»Die überwachen wir doch nicht«, sagt Marten trocken.

Beide lachen aus vollem Hals.

»Okay«, sagt Marten, nachdem er sich wieder beruhigt hat. »Genügt uns für einen Verdacht schon die Nähe eines Internetcafés zum ehemaligen Wohnort einer US-Bürgerin, die bei einem erfolgreichen Start-up arbeitet?«

»Wir haben einen Hintergrundcheck. Während ihres Studiums beschäftigte sie sich intensiv mit den Themen Privatsphäre und Datenschutz – Zeros Themen. Half ihr wohl auch mit dem Job bei Freemee.«

»Sonst noch was?«

»Seit etwa drei Jahren verwendet sie keine Anonymisierungswerkzeuge wie TOR oder VPN mehr.«

Marten zieht die Brauen zusammen. »Das ist auffällig. Ich werde mit Stem reden.«

»Warum?«, fragt Jon.

»Ihre Bewegungsmuster im Internet veränderten sich vor etwa drei Jahren abrupt«, erklärt Marten. »Wir nehmen an, dass sie seitdem getrennte Geräte verwendet. Offizielle, die nicht anonymisiert sind und die wir ihr folglich zuordnen können. Und andere, die sie ausschließlich für anonyme Kommunikation verwendet.«

»Oder ihre Lebensumstände haben sich damals drastisch geändert.«

»Das haben wir schon überprüft. Haben sie nicht, zumindest nicht auf den ersten Blick. Da steigen wir noch tiefer ein. Vielleicht hat die Veränderung damit zu tun, dass sie damals zur Aktivistin wurde. Nicht lange zuvor sind übrigens die Wasserfälle online gegangen. Ein paar Dinge passen hier zusammen.«

»Aber wie passen Aktivistin und die Tätigkeit bei einem Unternehmen wie Freemee zusammen? Wer sich ein wenig mit denen beschäftigt, weiß, dass auch die Kraken sind, wenngleich in etwas anderer Weise als die anderen.«

»Vielleicht deshalb? Denken Sie an Edward Snowden. Es passt sogar sehr gut, wenn man ihre heutige Position bedenkt – und sich ansieht, wofür sie gegenwärtig offenbar mit verantwortlich ist.«

»Nämlich?«

»Wir haben starke Hinweise darauf, dass Freemee-Chef Carl Montik die überaus aufmerksamkeitsstarke Zero-Jagd des britischen *Daily* unterstützt. Nicht auszuschließen ist, dass Freemee diese ganze Geschichte ausgeheckt hat und womöglich sogar finanziert, aus welchen Gründen auch immer. Wir untersuchen gerade die Geldflüsse. Als Leiterin der Unternehmenskommunikation ist sie an einer solchen Kampagne ziemlich sicher beteiligt. Falls sie zu Zero gehört, würde das sogar Sinn machen.

Dann würde Freemee letztlich eine Promotion für Zero bezahlen.«

»Ohne davon eine Ahnung zu haben, nehme ich an.«

»Wahrscheinlich. Aber wer weiß?«

»Okay«, sagt Jon. »Wir beantragen eine Total-Beschattung. Trojaner, Anzapfen, Verwanzen, Personal auf der Straße, das volle Programm.«


Der »Bunker« liegt im Zentrum der sechsstöckigen ehemaligen Seifenfabrik, in die Freemee erst vor einem halben Jahr eingezogen und die trotzdem schon wieder zu klein ist. Seine Wände bestehen aus einem halben Meter dickem Stahlbeton, in den diverse Mittelchen eingebaut sind, um ihn von außen abhörsicher zu machen. Jeder Besucher des Bunkers muss vor dem Betreten sämtliche elektronischen Geräte abgeben und eine Sicherheitsschleuse inklusive Leibesvisitation passieren.

Anwesend sind nur die vier Vorstände von Freemee: Carl selbst, Kim Huang, Jenna Wojczewski und Will Dekkert.

Carl ist kein Mann langer Einleitungen: »Okay, Leute, es gibt gute und schlechte Nachrichten. Ich fange mit den guten an. Fast neunzig Prozent der Freemee-Nutzer folgen inzwischen den Empfehlungen der ActApps, um den Wert ihrer Daten zu steigern. Beispiel: An jeder Schule gibt es eine bestimmte Gruppe Jugendlicher – die Meinungsführer. Die Coolen. Alle wollen zu dieser Gruppe gehören. Dank unserer Werkzeuge wissen wir schon vor ihnen, welche neuen Marken sie demnächst tragen werden. Wenn jemand zu den Coolen gehören möchte, empfiehlt ihm eine ActApp, sich ebenfalls damit einzukleiden – noch bevor die Coolen das erste Mal damit in der Schule auftauchen.«

»So weit, so bekannt«, bemerkt Jenna. Will mustert sie. Hat sie abgenommen? Ihre Handgelenke und der Hals wirken ungewohnt sehnig.

»So weit, ja. Vor einigen Monaten habe ich mir zur Optimierung des Programms erlaubt, mehrere kleine Experimente zu starten. Aus Gründen, die ihr bald verstehen werdet, habe ich niemanden darüber informiert. Die Ergebnisse sind so brisant, dass ich sie vorerst nur mündlich präsentieren werde, um keine unnötigen Dokumente zu produzieren.«

»Scheiße«, flüstert Jenna.

Auch Will dämmert, womit Carl da experimentiert haben könnte.

»Aha«, lacht Carl. »An euren Gesichtern sehe ich, dass ihr ahnt, worauf das hinausläuft. Und genau das tut es auch. Ich habe das im kleinen Rahmen getestet. Keine Sorge, die Programmierer, die ich dafür einsetzte, wissen nicht, worum es bei den Umcodierungen ging, die ich ihnen angegeben habe.«

In Wills Magen braut sich ein ganz übles Gefühl zusammen.

»Ich habe drei Millionen Jugendliche in mehreren Gebieten der USA und Kanadas, Großbritanniens, Japans, Deutschlands, Frankreichs und Skandinaviens in das Programm aufgenommen. Dort haben wir bereits große Nutzerzahlen mit sehr hochqualitativen Daten. Im ersten Versuch habe ich das oben genannte Beispiel angewendet. Die Frage lautete: Was passiert, wenn die ActApps den Meinungsführern und anderen Jugendlichen eine Marke empfehlen, die weniger ihrem Wertefeld entspricht? Würden sie diese Marke trotzdem kaufen, wenn sie damit den Wert ihrer Daten verbessern? Kurz: Ich wollte den Einfluss der ActApps auf ihre Probanden in den Fällen messen, in denen geringe bis keine Übereinstimmung der Werte von Individuum und Marke vorlag. Also ließ ich die Algos entsprechend umcodieren. Und was soll ich sagen? Mit der Karotte vor ihrer Nase, dass der Wert ihrer Daten steigt, kauften die Jugendlichen, was ihnen die ActApps empfahlen.« Stolz blickt er in die Runde. »Zugegeben, das Ganze hat noch seine Grenzen. Eine gewisse Überschneidung der Wertefelder von Person und Marke muss existieren, damit sie zugreifen, aber diese Schnittmenge liegt je nach Individuum bei zwanzig bis fünfunddreißig Prozent.«

»Scheiße«, sagt Jenna. »Soll das heißen, die Teenies kaufen, was ihnen die ActApps sagen, egal, ob es ihnen gefällt oder nicht?«

»Nein«, grinst Carl, »die ActApps *sagen* den Jugendlichen, *was* ihnen gefällt. Und deshalb kaufen sie es dann.«

Ein paar Sekunden herrscht Stille im Raum. Diese Nachricht müssen sie erst einmal verdauen. In Wills Kopf rasen die Gedanken weiter. Carl manipuliert die Menschen wie Marionetten! Wenn das herauskommt …

»Nach diesem positiven Ergebnis habe ich weitere Tests unternommen mit unterschiedlichen Produkten wie Schuhmarken, Sportmarken, elektronischen Geräten, Spielen, Lernhilfen«, redet er weiter. »Und Kontrollgruppen dazugenommen. Die Algos funktionieren in allen Bereichen.«

Jenna schüttelt ungläubig den Kopf, murmelt: »Und die Leute handeln gegen ihre Wertvorstellungen, weil sie ihre Werte verbessern wollen? Das ist schizophren.«

Carl zuckt mit den Schultern. »Nein, sie handeln nicht dagegen. Sie *ändern* sie.«

»*Du* änderst sie.«

»Ich zwinge niemanden. Die Menschen sind so. Jeder von uns ändert seine Wertvorstellungen im Lauf des Lebens. Die einen mehr, die anderen weniger. Was hast du schon alles getan, um bei jemandem zu punkten? Um jemandem zu gefallen?«

Jenna nickt widerwillig. Carl hat sie erwischt, denkt Will.

»Ich habe das noch weiter getestet. Und Erstaunliches beobachtet: Die Änderung ihrer Wertvorstellung in einem Bereich hatte bei den meisten Probanden auch Verhaltensänderungen in anderen Bereichen zur Folge, die ich gar nicht direkt beeinflusst hatte. Ich mache es kurz: Wir können aus Skatern Golfer machen und damit aus Möchtegernrevoluzzern angepasste Lieblingsschwiegersöhne – und umgekehrt. Das geht bis zur politischen Einstellung.«

Will stöhnt auf.

»Das glaube ich nicht«, sagt Jenna.

»Wie gesagt, so sind die Menschen. Du kannst fast alles berechnen, vorhersagen, steuern.«

»Nein. Ich kann es nicht glauben, dass du das wirklich getan hast!«

»Aber die Weiterentwicklung der ActApps ist eine logische Folge ihres Designs.«

»Wenn das jemand erfährt, gibt es einen Aufschrei! Jugendliche als Laborratten!«

Wieder lacht Carl. »Zur Verifikation musste ich natürlich auch Erwachsene testen.«

Will spürt einen scharfen Schmerz von seinen verspannten Nackenmuskeln aus hinauf in seinen Kopf fahren. Er reibt sich die Schläfen. Wo führt das hin?

»Was habt ihr denn? Ist doch nichts anderes als das, was die Werbung seit Jahrzehnten schon macht: der Versuch, unser Verhalten und unsere Vorlieben zu beeinflussen. Große Internetunternehmen manipulieren Informationen. Indem sie aussuchen, welche Inhalte sie auf welche Weise zur Verfügung stellen. Damit beeinflussen sie das Handeln der Menschen. Und in meinen Versuchen habe ich die Erwachsenen immerhin dazu gebracht, umweltfreundliche Produkte zu benutzen und Bio-Lebensmittel einzukaufen.«

Und sich umzubringen, denkt Will.

»Durch die ActApps beeinflussen wir die Handlungen weitaus direkter«, sagt er.

»Du hättest vorab mit uns darüber reden können«, wirft Kim Carl vor.

»Hätte ich das?«

Kim schweigt. Will hält sich noch zurück.

Carl registriert es, sagt aber nichts dazu. »Das bringt uns zu der Bürgermeisterwahl in Emmerstown«, fährt er stattdessen fort.


»Du hast nicht …«, stößt Jenna hervor.

»Ich musste«, grinst Carl. »Himmel, was schaut ihr denn so? Tut nicht so, als hättet ihr euch noch nie Gedanken darüber gemacht. Zumindest in den letzten Minuten.«

»Um ehrlich zu sein …«, versucht Jenna.

»Siehst du, sei froh, dass ich dir diese Entscheidungen abgenommen habe. Du kümmerst dich um die Finanzen.« Er bemerkt, dass seine Finger nervös auf den Tisch klopfen, und presst die Hand auf die Platte. »Ich kümmere mich um Strategie und Technik. Und die Technik macht erstaunliche Dinge möglich! Außerdem waren schon in den Wahlkämpfen der vergangenen Jahre Big Data und Algorithmen die wichtigsten Wahlkampfhelfer. Bloß haben das nicht viele Leute mitbekommen. Der Algorithmus steht nicht vor der Tür und bequasselt dich oder drückt dir im Einkaufszentrum ein Flugblatt in die Hand. Er sagt bloß den Wahlkampfmanagern, wo sie die Wahlhelfer aus Fleisch und Blut hinschicken sollen. Und das inzwischen zielgenau bis zur Hausnummer.

Emmerstown war nur der logische nächste Schritt. Die Stadt ist eine Fünfzigtausend-Seelen-Gemeinde in Massachusetts.

In Emmerstown hatte der demokratische Kandidat das Amt bereits acht Jahre lang inne. Die Bürger waren mit ihm zufrieden. Ein halbes Jahr vor der Wahl sahen die Umfragen zweiundzwanzig Prozent Vorsprung vor dem republikanischen Herausforderer und zwei weiteren Kandidaten. Sechs Monate vor der Wahl begann ich im Hintergrund mit dem Spin. In dem Fall war es schwieriger als bei den anderen Versuchen. Ich konnte unseren Nutzern keine direkten Wahlempfehlungen geben, weil Freemee laut Statuten unpolitisch ist. Um es kurz zu machen: So wie ich Skater zu Golfern gemacht habe, konnte ich Republikaner, Demokraten und Unentschlossene zu Alternativen verwandeln, indem ihre ActApps ihnen Produkte, Marken und Handlungsweisen empfahlen, die mit den Wertvorstellungen eines der unabhängigen Kandidaten übereinstimmten. Angetrieben von dem Begehren, ihre Werte zu steigern, folgten sie den Empfehlungen und begannen ihr Verhalten und damit ihre Einstellung zu ändern. Erleichtert wurde die Sache dadurch, dass ich nicht alle Wähler beeinflussen musste. In diesem Fall waren es etwa dreißig Prozent. Und das ist viel. Ich hätte es mir auch einfach machen und nur vom Demokraten auf Republikaner umstellen können. Dafür hätte ich sogar nur zwölf Prozent umpolen müssen. Zur Überraschung aller – außer mir, gebe ich zu – gewann der alternative Kandidat!« Carl lacht. »Fast hätte ich *mein* Kandidat gesagt.«

Will hört die Atome im Bunker schwirren. Carl erklärt ihnen gerade, dass sie die neuen Herrscher der Welt sind.

»War das jetzt die gute oder die schlechte Nachricht, von der du zu Beginn gesprochen hast?«, fragt Jenna.

Alle lachen. Solange man lachen kann, ist die Lage nicht ernst, denkt Will. Oder hoffnungslos, würden Pessimisten sagen. Aber von denen sitzt keiner im Raum.

»Die schlechte Nachricht ist ganz einfach«, erwidert Carl und wendet sich dabei an Will, »und zwar für dich.«

»Wie verkaufen wir die Sache?«, nimmt er Carl weitere Erklärungen vorweg. »Das ist allerdings eine harte Nuss.«

»Exakt. Das Potenzial ist ungeheuer. Wir können praktisch jeden Lebensbereich der Menschen zumindest in der westlichen Welt nachhaltig beeinflussen. Nicht über Nacht, aber dafür umso wirkungsvoller.«

»Mit einer entscheidenden Einschränkung«, wirft Kim ein. »Die Leute dürfen nichts davon erfahren. Wenn diese Möglichkeiten bekannt werden, verlieren unsere Nutzer sofort das Vertrauen und melden sich ab. Das wäre Freemees Ende.«

»Das sehen meine Berechnungen anders«, widerspricht Carl. »Solange die Menschen meinen, dass die Vorteile überwiegen, ist es ihnen egal. Sind die Nutzer von Google, Facebook, Amazon, Handys, Kredit-, Bank- oder Kundenkarten weniger geworden, obwohl inzwischen jedem klar sein muss, was die alles an Daten absaugen? Im Gegenteil, sie haben mehr Kunden denn je. Aber besser wäre es, sie wissen nichts. Als Kunden kommen ohnehin nur Großkonzerne und -organisationen infrage, die ausreichend Geld haben, solche Kampagnen zu finanzieren. Denn dass wir uns solche Kampagnen obszön gut bezahlen lassen können, ist ja wohl klar.«

Hinter Jennas Stirn sieht Will es bereits rechnen. »Das ist eine echte Herausforderung«, bemerkt er.

»Vielleicht sollten wir ganz anders denken«, schlägt Kim vor. »Nämlich: Welches Geschäftsmodell steckt eigentlich dahinter?«

»Ich weiß, worauf du hinauswillst«, sagt Carl. »Wir können

nur beeinflussen und auf Umwegen davon profitieren. Wir kaufen Aktien einer Kleidungsmarke und pushen diese Marke dann. Die Aktien steigen. Funktioniert natürlich auch in der Gegenrichtung. Meinst du das?«

»In etwa, ja.«

»Das ist Kursmanipulation und illegal«, wendet Jenna ein. »Dafür gehst du lange ins Gefängnis.«

»Oh, dann hoffe ich, dass nie jemand die Abwärtstrends zweier bekannter Consumer-Goods-Marken genauer untersucht, auf die ich jetzt nicht näher eingehen will, und auf einige Shortpositionen, mit denen jemand, den ich hier nicht mit Namen nennen will, gerade einen dreistelligen Millionengewinn gemacht hat.« Zufrieden lehnt er sich in seinem Stuhl zurück.

Jenna lässt wortlos ihren Kopf auf die Tischplatte sinken.

»Ich muss Jenna recht geben«, sagt Kim. »Es widerspricht dem wesentlichen Unternehmenskern von Freemee – Transparenz und Eigenkontrolle. Wir beschädigen damit das Herz der Marke. Das sollten wir nicht tun.«

Carl bricht in einen Lachanfall aus. Kaum bringt er die nächsten Worte heraus. »Wir sitzen hier in einem abhörsicheren, fensterlosen Bunker, und er spricht von Transparenz!«, prustet er. Er beginnt wild mit den Händen zu fuchteln. »Transparenz und Eigenkontrolle am Arsch! Wo herrscht denn bei uns Transparenz? Wissen die Nutzer, wie die Algorithmen geschrieben sind? Wie ihre Werte genau errechnet werden? Nichts wissen sie! Interessiert sie auch nicht – außer ein paar Berufsnörgler –, solange es funktioniert!« Er springt auf, beginnt um den Tisch zu laufen. »Und Kontrolle? In dieser vernetzten Welt ist Kontrolle über dein Leben eine Illusion! Willst du die Vorzüge der modernen Zivilisation genießen, kannst du das nicht ohne die andere Seite der Münze. Und das sind wir, die digitalen Vernetzer und Steuermänner.«

Er rückt einen leeren Stuhl zurecht, der schief steht.

»Schon seit 2007 kommunizieren mehr Maschinen mit dem und über das Internet, als Menschen es tun. Die digitale Welt steckt in jedem Teil der realen Welt, in unseren Telefonen und Brillen, Smartwatches und Wearables, Fernsehern, Kaffeemaschinen und Autos, bald in unseren Lebensmitteln, unserer Kleidung, im Boden, den Wänden, im Wasser, in der Luft, in unseren Körpern. Die digitale Welt *ist* längst die reale Welt!«

Noch zwei Stühle, die er an der Tischkante ausrichtet.

»Wie es dir außerhalb dieser Welt geht, kannst du an jedem Hinterwäldler oder Obdachlosen auf der Straße feststellen. Es heißt entweder drinnen oder draußen, ein oder aus, 1 oder 0. Das ist das Wesen der digitalen Welt, denn sie kennt keine dritte Möglichkeit. Damit ist es heute auch das Wesen der gesamten Welt. Sie kennt kein *bisschen*, kein *Vielleicht*, kein *Weder-Noch*, keine Zwischentöne.«

Zwei weitere Stühle, damit stehen alle leeren Stühle im gleichen Abstand parallel zur Tischkante.

»Das entspricht ohnehin der Weise, wie die meisten Menschen ihre Welt ordnen: schwarz-weiß, gut-schlecht. Wie wussten schon Jesus und Präsident Bush: ›Wer nicht für mich ist, ist gegen mich.‹« Er winkt ab. »So viel zur Eigenkontrolle.«

Nachdem er sich wieder auf seinen Stuhl hat fallen lassen, fragt Jenna nachsichtig: »Hast du dich ausgekotzt, Herr Professor? Gut.«

Carl wiederholt seine abfällige Geste.

»Ich meine«, fährt Jenna fort, »dass wir alle erst einmal über die Sache nachdenken müssen. Das ist zu groß, um es hier und jetzt zu entscheiden. Setzen wir uns morgen wieder zusammen. Bis dahin kann sich jeder eine Meinung bilden.«

Carl ist schon wieder gut gelaunt. Energisch klatscht er seine

Handfläche auf den Tisch. »Genau!«, lacht er. »Und dann wissen wir auch, wen wir zum nächsten Präsidenten der Vereinigten Staaten machen! Und da wir schon dabei sind, wen zum britischen Premierminister und zum deutschen Kanzler.«

»Auf ein Wort«, hält Will Carl zurück, während Jenna und Kim den Bunker verlassen.

»Die Totenstatistiken haben recht, stimmt's?«, fragt Will.

Carl rückt einen Stuhl. Millimeter.

»Einen Zusammenhang zwischen Freemee und einem Todesfall wirst du kaum nachweisen können.«

»Aber die Gesamtzahlen ...«

»... sind natürlich nicht schön. Aber kein Beweis.«

»Wenn bekannt wird, dass du die Algorithmen manipuliert hast, wäre das schon deutlicher.«

Carl fixiert ihn. »Ich habe nichts *manipuliert*. Ich habe lediglich alternative Einstellungen eingesetzt. Wenn es bekannt wird, kenne ich ja das Leck. Einer von uns vieren.«

»Wie kam es zu den Todesfällen?«, möchte Will wissen.

»Verschiedene Gründe«, entgegnet Carl in einem Tonfall, als würde er das Misslingen eines Kochrezepts erläutern. »Ich konnte nur Stichproben untersuchen. Manche Nutzer setzten sich in ihren Kristallkugeln zu hohe Ziele, anderen gaben ActApps zu extreme Tipps. Es kam zu übersteigerter Selbstsicherheit und vermindertem Risikobewusstsein. Im zweiten Fall zu Frustrationen, die bis zu Depressionen führten. Mit den bekannten Konsequenzen. Vereinzelt kam es zu *false negatives* oder *false positives*, also schlicht falschen Ergebnissen, aus denen die ActApps natürlich schlechte Empfehlungen ableiteten. Und manche Schwachköpfe meinten, das System mit schlechten Daten füttern und trotzdem benutzen zu können. Führt zu klassischem *garbage in, garbage out* – befüllst du ein System mit miesen Daten, bekommst du eben auch miese Ergebnisse. Die größte Gruppe aber dürften wir übertriebenen Wertunterschieden ausgesetzt haben. Für sie war das wie verordnete Schizophrenie. Die meisten davon stiegen ohnehin einfach aus oder wählten andere ActApps. Nur eine Handvoll sind damit nicht fertiggeworden.«

Obwohl sie im abhörsicheren Bunker sitzen, zischt Will: »Einige Hände voll! Wir reden von Hunderten Menschen!«

»Tausende, um genauer zu sein. Deine Informantin hat wohl nur einen Teil der Daten gefunden.«

»Die Freemee auf dem Gewissen hat.«

»Nein. Diese Leute haben Freemee und die ActApps freiwillig genutzt. Sie selbst sind zu schnell mit dem Auto gefahren oder von der Brücke gesprungen. Wir hatten weder den Fuß am Gaspedal, noch haben wir sie geschubst.«

»Warum endete die Todesserie relativ schnell?«

»Wir haben die entsprechenden Parameter justiert.«

»Technokratensprache.«

»Nenn es, wie du willst. Sprache ist dein Metier.«

»Woher wusstest du davon?«

Langsam umrundet Carls Zunge seine Lippen, während er Will fixiert. »Joszef hat mich darauf aufmerksam gemacht«, antwortet er. Seine Lippen sind jetzt sehr rot in dem immer blassen Gesicht.

»Wusste er von deinen Versuchen?«

»Bis dahin nicht.«

»Was hat er gesagt?«

»Dasselbe wie ihr. Er war abgestoßen und fasziniert zugleich. Ich denke, das ist die normale Reaktion.«

»Und dann ist er gestorben.«

»Verdammt noch mal!« Carl beginnt wieder um den Tisch zu laufen, richtet dabei alle Stühle neu aus. »Ohne Versuche erreicht man nichts! Wir würden immer noch auf Bäumen klettern, uns vor Löwen verstecken und mit Hyänen um Futter streiten, wenn nicht irgendwann einer heruntergeklettert wäre! Joszef war mein Freund seit Studientagen! Du weißt, dass ich kaum welche habe! Ihr sitzt da und lamentiert und kassiert eure Millionengehälter und glaubt, die gibt es für Klugscheißerei und eure hübschen Nasen! Und wieder darauf geschissen! Wagen musst du! Und tun! Eine Idee ohne Umsetzung ist nichts wert! Ein Ideal auch, wenn wir schon dabei sind! Mir willst du Vorwürfe machen? Schau dich an! Für eine verkackte Promotion veranstaltest du eine Menschenhatz! Findest du das in Ordnung? Wie anders hätten wir die Grenzen der ActApps denn herausfinden sollen? Mit Tests an Fruchtfliegen? Glaubst du, ich habe mich gefreut, als ich davon erfahren habe?«

Die Stühle stehen in Reih und Glied. »Ich verstehe Gefühle anderer vielleicht nicht, aber das heißt nicht, dass ich keine habe!«

Mit Wucht tritt er einen Stuhl um, der gegen die Wand schleudert.

Will schreckt zurück.

Carl fängt sich wieder. Hebt den Stuhl auf.

»Entschuldige.«

Er stellt ihn zurück zu den anderen, stützt sich darauf. Und hält sich daran fest, begreift Will.

»Verstehst du, was wir hier in der Hand haben?«, fragt Carl. »Spielereien mit Aktienkursen oder eine Bürgermeisterwahl waren notwendige Fingerübungen, um Möglichkeiten und Grenzen des Systems auszuloten. Jetzt wissen wir, dass sie fast grenzenlos sind! Wir können die Welt zu einem besseren Ort machen! Wir machen die Menschen glücklicher und erfolgreicher. Wir bringen sie dazu, gesünder zu leben, die Umwelt zu respektieren und in Frieden miteinander zu leben.«

*Oder wir bringen sie um.*

»Das versprechen uns die Erfinder jeder neuen Technologie seit Jahrtausenden«, erinnert Will ihn. »Außerdem, wer ist *wir*? *Du* schreibst die Algorithmen – oder weist die Programmierer an. *Du* entscheidest damit, wie die Werte erfasst, analysiert und interpretiert werden. *Du* bestimmst auf diese Weise, was Gesundheit, Glück, Erfolg und Frieden bedeuten – für Hunderte Millionen Menschen, wahrscheinlich bald für Milliarden. Und das völlig unkontrolliert! Der freie Wille wird zur Illusion! *Deine* Algorithmen sind die neuen Zehn Gebote! Bloß, dass niemand davon weiß!«

»Will«, seufzt Carl, die Fingerspitzen tanzen über den Tisch, »du musst dich nicht vor mir niederwerfen.«

»Mach dir keine Hoffnungen«, lacht Will, doch es ist kein fröhliches Lachen.

»Irgendjemand hat immer die Werte einer Gesellschaft definiert. Priester, Philosophen, Wissenschaftler, Politiker, Juristen, Bankiers, Unternehmer.«

»Spätestens seit einigen Revolutionen bemühte man sich, Werte in einem Dialog zu definieren, an dem alle teilnehmen können. *Land of the free*, vielleicht erinnerst du dich.«

»Mach dich nicht lächerlich! Die Freiheit haben wir heute ja schon erschöpfend behandelt«, feixt Carl. »Freemee tut nichts anderes, als gesellschaftliche Dynamiken und Prozesse abzubilden. Wie verständigen wir uns auf gemeinsame Werte? Hier haben wir ein neues Instrument für deinen gesellschaftlichen Dialog. Ein gerechteres, weil praktisch jeder Zugang dazu hat.«

»Dessen zugrundeliegende Regeln du geschrieben hast. Und die niemand außer dir kennt.«

»Ja, ich habe diese Algorithmen geschrieben oder zumindest konzipiert. Aber auch ich bin ein Produkt meiner Umwelt. Sie fließt also mit ein.«

»Einer wohlhabenden, weißen, westlichen Umwelt…«

»Zu der auch du gehörst, also sei doch froh! Die erfolgreichste, reichste, gesündeste und glücklichste Gesellschaft, die je existierte!«

»Ein Kind des modernen Neoliberalismus, der alles zur Ware macht, auch den Menschen, zum berechenbaren Teil der großen Maschine…«

»Mutierst du jetzt zum Linken?«, amüsiert sich Carl mit großen Augen. »Himmel, Will, wir sind doch nicht die *Body Snatchers*! Wir wollen keine seelenlosen Einheitsmenschen produzieren, im Gegenteil! Mit Freemee soll endlich jeder sein ganz individuelles Potenzial voll ausschöpfen können.«

»Sagt ausgerechnet jemand, der anerkanntermaßen Schwierigkeiten hat, andere Menschen überhaupt zu verstehen! Entschuldige bitte, dass ich persönlich werden muss. Aber dass jemand mit einem psychischen und sozialen Problem die Grundregeln des menschlichen Zusammenlebens schreibt, ist absurd, findest du nicht?«

»Wenn ich dir so zuhöre, muss ich mich fragen, ob du deinen Job hier noch machen willst. Überlege es dir schnell, denn wir haben viel zu tun. Du kannst unfassbar viel gewinnen! Falls du das nicht willst, muss ich dich nicht extra an deine absolute Verschwiegenheitpflicht erinnern, die du unterzeichnet hast.«

»So einfach wirst du mich nicht los«, lächelt Will.

»Wusste ich es doch!« Carl klopft ihm auf die Schulter.

Will kann sich nicht erinnern, diese joviale Geste bei Carl schon jemals erlebt zu haben.

»Über tausend«, wiederholt Erben Pennicott, während er den Ausdruck studiert. Wie es sich gehört, hat Jon die Daten und Legenden mit Tarnbegriffen belegt, sodass Nichtautorisierte mit den Zahlen und Diagrammen nichts anfangen können, sollte das Papier in falsche Hände gelangen.

Mit Jonathan Stem sitzt er in einem der zwei Räume des Weißen Hauses, die er mehrmals täglich von verschiedenen unabhängigen Sicherheitsunternehmen auf Überwachungstechnik prüfen lässt. Hier können sie ungestört reden.

»Wahrscheinlich bekam sie die Informationen von einem Jungen aus ihrer Bekanntschaft«, erklärt Jon. »Er starb vor wenigen Tagen bei einem Unfall.«

»So ein Zufall.«

»Wahrscheinlich nicht. Diesbezüglich forschen wir noch.«

»Unsere Leute haben ganz andere Möglichkeiten und Datenquellen als ein achtzehnjähriger Laie. Daten und Analysen waren binnen zwei Stunden erstellt. Man muss nur auf die Idee kommen.«

»Was liest du aus den Aufstellungen?«

»Unsere Statistiker meinen, dass die Schwankungen bei den unnatürlichen Todesfällen in bestimmten Gruppen außerhalb der Norm liegen. Das Schwierigste war, die Gruppen überhaupt zu bestimmen. Sie definieren sich weniger über klassische soziale Ordnungsparameter wie Alter, Geschlecht, sexuelle Orientierung, Familienstand, Wohnort oder Einkommen, sondern über Wertebündel. Das macht es natürlich erst einmal komplizierter, überhaupt herauszufinden, dass es in bestimmten Gruppen eine Häufung gibt, da wir nicht wissen, welche Wertebündel Freemees Algorithmen einer Person zuordnen. Bislang konnten unsere Analyseprogramme fünf identifizieren, wahrscheinlich gibt es mehr. Unsere Leute arbeiten daran.«

»Diese Statistik zeigt also, dass es aus irgendeinem Grund bei gewissen Nutzergruppen von Freemee zu einer deutlich erhöhten Todeszahl kam.«

»Ja. Den Grund dafür haben wir noch nicht gefunden.«

Erben fragt sich, ob Jon die volle Tragweite der Erkenntnisse erfasst. »Wahrscheinlich sind es mehrere«, überlegt er laut. »Aber das wird mir Carl Montik persönlich erläutern. Ich gehe davon aus, dass unsere Leute vertrauenswürdig sind.«

»Selbstverständlich.«

»Diese Sache unterliegt vorerst der obersten Stufe nationalen Interesses und absoluter Geheimhaltung. Unter keinen Umständen darf etwas davon den Kreis des Teams verlassen oder an die Öffentlichkeit dringen. Auch nicht durch diese Journalistin, den Inder oder sonst jemanden.«

»Ich verstehe. Es gibt übrigens vielleicht eine erste Spur zu Zero. Kurioserweise führt sie ebenfalls zu Freemee.«

Jon gibt Erben eine kurze Zusammenfassung. Nachdem er gegangen ist, ruft Erben über sein altmodisches Tischtelefon seine Sekretärin im Nebenzimmer an.

»Ich brauche einen Flug nach New York, bitte.«

Sein nächster Griff gilt einem der abhörsicheren Mobiltelefone, die er immer bei sich trägt. Mit Henry Emerald hat er ohnehin schon zu lange nicht mehr geplaudert.


Noch während sie im Flugzeug auf das Aussteigen warten, ruft Cyn Vi an. Als sie Vis Stimme hört, fällt die Anspannung der vergangenen Stunden von Cyn ab.

»Und Eddie hat dir wirklich gar nichts gesagt, worüber er mit mir sprechen wollte?«, fragt sie laut und deutlich. Nur für den Fall, dass ihr Handy abgehört wird.

»Gar nichts, das sagte ich dir doch schon«, erwidert Vi leicht genervt.

Habt ihr das gehört?, denkt Cyn. *Paranoia.*

Um Vi nicht weiter zu beunruhigen, wechselt Cyn das Thema, plaudert über den Flug und beendet dann das Gespräch.

Sie fürchtet sich vor der Grenzkontrolle. Wenn die Amerikaner denselben Affentanz veranstalten wie ihre britischen Kollegen gestern, kann sie für nichts garantieren. Doch die Einreiseformalitäten gestalten sich völlig unkompliziert. Wie von dem TV-Sender angekündigt, wartet am Ausgang ein Mann mit einem Schild, auf dem Cyns Name steht.

Sie steigen ein. Als Cyn eine gute halbe Stunde später zum ersten Mal die Skyline aus der Nähe sieht, misst ihre Smartwatch einen beschleunigten Puls und verstärkte Transpiration. Ob das Gerät auch ihre Gefühle identifizieren kann? Die Aufregung und Freude, die Unsicherheit, Neugier? Wie gern hätte sie jetzt Vi dabei!

Das Bedley-Hotel liegt an der Lower East Side und ist ein funktionaler Bau aus den Siebzigerjahren, aufgepeppt mit modernem Design. Beim Einchecken erhält Cyn ein Begrüßungspaket des Senders mit den notwendigen Informationen und kleinen Aufmerksamkeiten wie Shopping- und Ausgehtipps. Ihr Zimmer befindet sich im siebten Stock mit Blick in den Hof auf die Rückseite anderer Gebäude und jede Menge Feuerleitern. Chander hat ein eigenes Zimmer gebucht, ein Stockwerk darüber. Er will sie abholen, sobald sich beide frisch gemacht haben.

Cyn packt ihre Kleider in den Schrank, duscht. Dabei lassen sie die Gedanken an Eddies Video nicht los. Noch im Bademantel speichert sie das Video von Eddies Laptop auf einen USB-Stick und überspielt es zusätzlich auf ihren eigenen Laptop. Von diesem baut sie die gesicherte VPN-Verbindung auf, die sie verwenden muss, wenn sie auf ihren Speicherplatz am *Daily*-Server zugreifen möchte. Sie gibt Benutzername und Passwort ein und speichert das Video auch dort ab.

Während es noch lädt, ruft sie Jeff auf seinem Handy an.

»Wo erwische ich dich?«, fragt sie.

»In der Redaktion.«

»Am Sonntag?«

»Ja, wegen der Anonymous-Attacke schieben wir alle Wochenend-Schicht. Und du? Bist du schon in New York?!«

»Ich habe eben ein Video auf meinen Speicher hochgeladen«, erklärt sie. Wenn da jetzt jemand mithört, kann sie auch nichts machen. Egal. Jetzt hat Jeff das Video auch. »Das gebe ich dir gleich frei. Wie ging das noch mal?«

Jeff erklärt es ihr, und Cyn folgt seinen Anweisungen.

»Kannst du es dir ansehen und mir mehr dazu sagen? Vielleicht kannst du die Zahlen nachprüfen. Es stammt von Eddie, dem Jungen, der angeblich einen Unfall hatte. Behandle es aber bitte vorerst vertraulich.«

»Wird gemacht. Bye!«

Als Nächstes verstaut sie den USB-Stick im Zimmersafe.

Dann ruft sie Will Dekkert an. Sofort wird sie durchgestellt. Freundlich erkundigt sich Dekkert nach ihrer Reise, bevor er fragt: »Haben Sie heute Abend schon etwas vor? Ich möchte mit Ihnen essen gehen.«

Cyn ist elektrisiert. Würde Dekkert sich mit ihr treffen, wenn er ihre Frage problemlos dementieren wollte – und könnte? Ihre Gedanken fliegen hin und her. Ist sie in seiner Gegenwart sicher? Kurz überlegt sie, Chander mitzunehmen. Doch unter vier Augen wird sie in jedem Fall mehr erfahren, als wenn sie in Begleitung kommt.

»Okay«, sagt sie, bevor sie es sich anders überlegen kann. »Ihre Stadt. Wann und wo?«

Eine Viertelstunde später klopft Chander an ihre Tür.

»Ausgehfertig?«, fragt er und strahlt sie an. »Wo willst du zuerst hin? Zum Times Square? Oder in die Fifth Avenue?«

Als Cyn ihm erzählt, dass sie mit Will Dekkert zum Dinner verabredet ist, mimt Chander den Gekränkten. Doch er sieht ein, warum sie den Freemee-Mann allein treffen will.

»Ich kann inzwischen die Daten des Jungen überprüfen«, meint er. »Gib mir noch einmal seinen Laptop.«

»Komm rein«, bittet sie ihn.

Sie nimmt den USB-Stick, auf den sie das Video kopiert hat, aus dem Safe und steckt ihn in ihre Handtasche. Chander drückt sie den Laptop in die Hand und einen Kuss auf den Mund, dann ist sie draußen.


Zum vereinbarten Treffpunkt fährt Cyn mit einem Taxi. Neugierig blickt sie durch die Scheibe hindurch auf die Wolkenkratzer, deren Spitzen sie gar nicht sieht. Zwischen den Häuserschluchten kommt sie sich ein wenig verloren vor. An der Tür des Lokals staunt sie über ein Verbotsschild für Datengeräte aller Art – Brillen, Smartwatches, Sensoren, Smartphones.

Also gibt sie bei dem jungen Mann an der Garderobe alles ab, außer ihrer Smartwatch. Ein Versuch. Als sie durch die Tür in den Gastraum tritt, stellt sich ihr der Restaurantmanager entgegen.

»Entschuldigen Sie, Madam«, sagt er höflich. »Es scheint, Sie haben vergessen, eines Ihrer Geräte abzulegen.«

Cyn spielt die Überraschte, sieht auf ihre Smartwatch. »Ach ja! Wie haben Sie das bemerkt?«

Er deutet auf den Türrahmen. »Hier ist eine Sicherheitskontrolle eingebaut, wie auf dem Flughafen.«

Cyn liefert die Smartwatch an der Garderobe ab.

»Danke, Madam. Sie haben reserviert?!«

Cyn nennt Dekkerts Namen und blickt sich um. Das Restaurant wirkt modern, schick und teuer. Die Hälfte des Publikums würde sich gut als Models machen, nun ja, für ein Versandhaus vielleicht.

Cyn fühlt sich wie in einer Zeitblase. Niemand hier hat einen Sensor oder Kommunikationsapparat bei sich. Außer vielleicht einen ganz neuen Prototyp, der so klein, unsichtbar oder anders ist, dass er ihn durch die Schleuse am Eingang schmuggeln kann und ihn keiner als solchen erkennt. Vielleicht ist es das Hemd, das der Typ da drüben trägt. Oder das Tattoo auf diesem Unterarm. Ist aber eigentlich keine Innovation mehr, der Chip als Klebetattoo – das hat sie in den Gesprächen der letzten Tage mit Chander gelernt.

Der Restaurantmanager führt sie in den hinteren Bereich des Lokals, in dem die Tische weniger gedrängt stehen. An einem Tisch erkennt sie Will Dekkert. Er ist kleiner und schmaler, als sie erwartet hat, vibriert jedoch vor Energie, als er sich erhebt und auf sie zukommt. Oder ist es Nervosität?

»Ihnen verdanke ich ganz schöne Schwierigkeiten!«, erklärt er mit der unnachahmlichen Begeisterung, in der nur ein US-Amerikaner Ärger in fröhliche Herausforderung verwandelt.

»Nennen Sie mich Will!«

»Cynthia. So etwas habe ich noch nie gesehen.« Sie zeigt hinter sich auf die unsichtbare Schleuse.

Will lacht. »Der Großteil der Gäste hier arbeitet bei irgendeinem Datensammler. Die Stadt starrt vor Überwachungskameras. Wir wollen auch einmal unsere Ruhe.«

»Philister«, spottet Cyn.

Neben dem Tisch wartet eine Flasche in einem Kühler mit

Eiswürfeln. Ein Kellner schenkt ihnen Prickelndes ein. Während sie die Speisekarte studieren, eröffnet Will ihre Unterhaltung mit unverbindlichem Smalltalk über ihre Reise, ihre ersten Eindrücke von New York.

Nachdem sie bestellt haben, mustert er sie. »Woher haben Sie die Zahlen, von denen Sie geredet haben?«, platzt er heraus.

»Von einem jungen Mann«, erwidert Cyn. »Und einem Kollegen, der sie mir erklärte.« Mehr muss ihr Gegenüber vorerst nicht wissen.

»Chander Argawal?«, fragt er, und bevor sie etwas darauf antworten kann, fügt er hinzu: »Natürlich habe ich mich informiert.« Will nimmt einen Schluck. »Darf ich Ihnen eine Frage stellen. Warum veröffentlichen Sie die Zahlen nicht? Würden sie stimmen, hätten Sie eine Story, die noch zugkräftiger wäre als die Washington-Kosak-Geschichte oder die Jagd auf Zero in Wien.«

Warum eiert er so herum? Cyn hat das Gefühl, dass er ihr etwas erzählen will, sich aber nicht wirklich traut. Sie kennt diese Stimmung von einigen ihrer Interviewpartner. Sie muss ihm Zeit geben. Und im richtigen Moment den Schwachpunkt finden.

»An der Jagd auf Zero bin ich nicht mehr beteiligt«, stellt sie klar. »Und was die Zahlen angeht, so muss ich sie noch von anderen überprüfen lassen. Ich möchte Freemee außerdem die Gelegenheit zu einer Stellungnahme geben. Und wie es aussieht, sind Sie dafür zuständig.« Sie sucht einen Blickkontakt zu Will. »Die Frage ist, ob Sie mir sagen wollen, was Sie mir sagen sollen oder was Sie mir sagen wollen.«

Will leert sein Glas in einem Zug, stellt es ab. Legt seine Hände vor dem Mund aneinander, als bete er und wolle sich gleichzeitig mit beiden Zeigefingern die Lippen verschließen. Kurz macht er die Augen zu. Dann öffnet er sie wieder, löst die

Hände vom Gesicht und lässt sie verschränkt auf den Tisch sinken. Die Knöchel treten weiß hervor.

»Was würden Sie tun, wenn die Zahlen stimmen?«


Das Klappern des Geschirrs, das Klimpern des Bestecks, das Klingen der Gläser, das Stimmengewirr. So laut mit einem Mal, so nah.

Cyn hat erwartet, dass sie so etwas wie ein Triumphgefühl empfindet. Über ihren Instinkt, über eine große Story. Stattdessen spürt sie nur Ratlosigkeit, und sie bleibt vorsichtig. Das Geständnis kam so rasch.

»Zuerst einmal würde ich wissen wollen, wie es dazu gekommen ist«, sagt sie.

Will schenkt Cyn und sich nach. Er holt tief Luft, zögert. Dann erzählt er. Von übertrieben eingestellten Werten. Von überambitionierten ActApps. Von zweifelhaften Analysen und Empfehlungen der ActApps. Bis Joszef Abberidan mit den ersten Statistiken ankam. Danach änderten sie die Einstellungen, die Zahlen sanken.

»Abberidan«, wiederholt Cyn den Namen. »Der vor zwei Monaten starb. Kurz bevor die Kurve wieder sank.«

»Sie wollen nicht darauf hinaus, worauf ich glaube, dass Sie hinauswollen?«

»Ich stelle nur fest.«

»Allerhand. Cheers!«

Cyn sieht es hinter seiner Stirn arbeiten.

»Es war ein Unfall«, erklärt Will. »Mit dem Auto.«

»Das weiß ich.«

»Joszef fuhr gern zu schnell. Es war nicht sein erster Unfall.«

Cyn zieht die Brauen hoch. Kann sie glauben. Muss sie nicht.

»Der junge Mann, von dem ich die Daten habe, starb auch bei einem Unfall«, sagt sie. »Vor wenigen Tagen. Kurz, nachdem er mit mir darüber sprechen wollte.«

»Das ist nicht Ihr Ernst.«

»Doch. Er war ein lieber Freund.«

»Das tut mir leid«, erwidert Will und wirkt ehrlich betroffen. Und leicht angesäuselt. »Aber Sie wollen jetzt nicht wirklich einen Zusammenhang herstellen?«

Cyn erzählt nichts von dem Anschlag auf sie in der Wiener Kanalisation, den sie mit nichts beweisen kann. Will würde sie am Ende noch als Paranoikerin abstempeln.

»Ich weiß es nicht«, sagt sie stattdessen.

Der Kellner bringt ihre Vorspeisen. Will bestellt eine Flasche Wein. Sie fragt sich, ob er immer so viel trinkt.

»Ich habe ein paar ActApps probiert«, erklärt Cyn. »Aber ich kann mir nicht vorstellen, dass sie die Menschen so weit treiben, nur indem sie ein paar Tipps geben.«

»Der Wunsch, seine Werte zu verbessern, kann ein geradezu übermächtiger Antrieb sein. Da wird Ehrgeiz wach. Konkurrenzkampf. Manche Menschen sind schon immer an ihre Grenzen und darüber hinaus gegangen. Um jemand zu sein, um das Image zu verbessern, den Ruf, die Qualifikationen ... Unsere Werte sind nichts anderes als eine quantifizierte Darstellung dieser Begriffe. Aber es gibt noch andere Mechanismen, die wir einsetzen. Sie sind meist viel wirkungsvoller als die klassischen Tipps.

Beispielsweise das Prinzip der unbewussten Anstöße, *Nudges*. Wurde vor ein paar Jahren sehr populär. Das bekannteste Beispiel ist kein geeignetes Gesprächsthema bei Tisch.«

»Ich bin nicht so empfindlich«, entgegnet Cyn und zeigt auf ihren leeren Teller: »Außerdem bin ich mit der Vorspeise fertig.«

»In Männerpissoirs bringt man seit ein paar Jahren das kleine Bild einer Fliege an, das senkt die Reinigungskosten um sagenhafte achtzig Prozent, weil die Männer besser zielen.«

»Wow! Und wie gibt Freemee diese unbewussten Anstöße?«

»Auf tausenderlei Weise. Das beginnt bei der Formulierung der Empfehlungen und endet bei der Sorte, dem Design und der Struktur der ActApps. Ein Beispiel: Man kann den Leuten hundertmal sagen, sie sollen ihre Zähne besser putzen. Wirksamer wird es, wenn wir ihnen eine Belohnung dafür geben. Bei Freemee steigen deine Werte – du musst nur eine elektrische Zahnbürste haben, die an dein Konto senden kann, oder einen Sensor an deiner Bürste anbringen, der das übernimmt. Noch weiter angespornt werden die Leute durch den Wettbewerb. Zahnputzwettbewerb.« Er verdreht die Augen. »Innerhalb der Familie. Zwischen Freunden. Und natürlich der Blick in die Zukunft: ein lückenhaftes, faules Gebiss? Und so weiter. Gamification, der Einbau spielerischer Elemente. Und natürlich *Priming, Framing, Mere exposure*, Heuristiken nutzen oder falsche und ungeeigente korrigieren, kognitive Verzerrungen und Basisratenfehler ausmerzen, Anker-Effekte und so weiter, der ganze psychologische Werkzeugkasten – es ist das Kombinieren von Psychologie, Soziologie und IT, um letztlich Denken und Entscheiden zu automatisieren.« Nachdenklich betrachtet Will sein Weinglas, dreht den Stil zwischen den Fingern. »Sehr, sehr wirkungsvoll«, fügt er abwesend hinzu.

»Der Blick in die Zukunft… bekommen denn die Voraussagen der ›Kristallkugel‹ nicht im Moment ihres Bekanntwerdens eine neue Bedeutung?«, fragt Cyn. Sie erinnert sich an ihre Reaktion auf Peggys erste Prognosen zu Chander. »Oder verlieren gar ihren Wert? Negative Voraussagen versucht man schließlich zu umgehen oder zu verhindern.«

»Natürlich. Es ist ein ähnliches Problem wie die Tatsache, dass Menschen ihr Verhalten ändern, wenn sie wissen, dass sie beobachtet werden. Das zeigen zahlreiche Studien. Wer zum Beispiel einen intelligenten Stromzähler daheim installiert bekommt, spart Strom – aber nicht, weil er sich günstigere Tarife wählt, sondern weil er weiß, dass die Elektrizitätsgesellschaft ihn laufend kontrollieren kann, und er daher bewusster mit dem Strom umgeht.«

»Allein die Tatsache der Überwachung sichert also Unterwerfung«, ächzt Cyn.

»Ja. Die USA sollten Edward Snowden eine Medaille verleihen, statt ihn zu verfolgen«, spottet Will. »Dank ihm wissen wir jetzt, dass die NSA alle überwacht. Und haben bei jeder Kommunikation schon die Schere im Kopf.«

»Freemee beobachtet mich auch.«

»Nein, mit Freemee beobachtet man sich selber. Aber auch diese Reaktionen und Strategien rechnen die Programme bereits meistens mit ein«, erwidert Will. »Und geben entsprechende Empfehlungen. Sie können nicht nur Verhalten voraussagen, sondern auch die Wahrscheinlichkeit, mit der das jeweilige Verhalten *beeinflussbar* ist.«

»Das heißt, Sie wissen genau, wen Sie besser manipulieren können und wen schlechter.«

»Wen bei welchen Themen und Gelegenheiten… Die Programme wissen es. Das ist sehr hilfreich für das Marketing oder auch bei Wahlen. Man kann seine Kräfte und sein Budget auf jene konzentrieren, die am beeinflussbarsten für die jeweilige Sache sind. Barack Obama etwa gewann für seine zweite Amtszeit so die entscheidenden Stimmen in den *Swing States*.«

Darauf braucht Cyn erst einmal einen ordentlichen Schluck.

»Sie geben also alles zu?«, fragt sie. »Warum? Das könnte Freemees Ende bedeuten.«

»Nicht unbedingt. Den Menschen bleibt doch ihr freier Wille. Weder müssen sie Freemee nutzen noch den Empfehlungen der ActApps folgen. In Gefahr gebracht oder gar getötet haben sie sich selbst.«

»Das Argument der Waffen- und Zigarettenindustrie.«

Will wirft hilflos die Arme hoch.

»Also noch mal, warum erzählen Sie mir das alles? Schlechtes Gewissen? Ärger in der Firma?«

»Wenn, dann Ersteres«, gesteht Will.

Cyn lacht: »Oder ist es der Wein?«

»Der hilft«, meint Will.

Noch fühlt sich Cyn fast erschlagen von der Tatsache, dass Eddie recht hatte. Zugleich regt sich Misstrauen in ihr und ein Funken Angst. Will sie das alles überhaupt wissen? Doch für vorsichtiges Taktieren ist es zu spät. Sie braucht Beweise.

»Eines verstehe ich nicht«, sagt sie. »Warum treten die Todesfälle nur in bestimmten Gruppen gehäuft auf? Ich kenne mich in Statistik nicht aus, aber müssten sie nicht über alle Freemee-Nutzer gleichmäßig verteilt sein, wenn Ihre Erklärung stimmt?«

Überrascht fokussiert Will den Blick wieder auf sie.

»Ich bin auch kein Statistiker«, sagt er dann, ohne seine Augen von ihr zu lassen.

Cyn lehnt sich auf ihre Ellenbogen und beugt sich ihm so weit wie möglich über den Tisch entgegen. »Sie müssen darüber reden«, fordert sie ihn leise, aber eindringlich auf.

Er mustert sie weiterhin, als fände er in ihrem Gesicht die Antwort. Dann leert er sein Glas mit einem Schluck, schenkt sich nach und trinkt auch dieses Glas leer.

»Okay«, sagt er leise. »Okay.«

Cyn hat auch diese Situation schon öfters bei Interviewpartnern erlebt. Will ist kurz vor einem Geständnis. Was will er noch erzählen? Er hat doch schon alles zugegeben. Sie darf ihn jetzt nicht drängen.

»Die Toten waren auch ein Unfall«, erklärt er fast unhörbar.

Und dann erzählt Will, fast flüsternd, von Jugendlichen, die Skater statt Golfer wurden oder umgekehrt, von Bürgermeisterwahlen und von Aktienkursen, von seiner Diskussion mit Carl Montik, während der Kellner ihren Teller abräumt, die Hauptspeise bringt und die nächste Flasche Wein, auch diesen Teller irgendwann wegräumt, ohne dass Cyn überhaupt gemerkt hätte, was sie davon gegessen hat, weil sie begreift, was mit Vi und Adam und Eddie geschehen ist, und in ihr eine Angst um ihre Tochter wächst, die sie kaum beherrschen kann. Nachdem Will geendet hat und die zweite Flasche durch die dritte ersetzt ist, muss Cyn erst einmal tief Luft holen. Zum zweiten Mal innerhalb weniger Tage hat sie das Gefühl, dass für sie ein neues Zeitalter begonnen hat. Ein Zittern ergreift sie, ohne dass sie sich dagegen wehren könnte. Sie presst ihre Handflächen auf die Tischplatte und spannt alle Muskeln an, um die Kontrolle über ihren Körper wiederzuerlangen.

»Dieses Werkzeug ist noch mächtiger, als wir es uns in unseren kühnsten Träumen ausgemalt haben«, sagt Will düster.

»In unseren schlimmsten Träumen …«

Jetzt braucht auch sie einen ordentlichen Schluck.

»Warum erzählen Sie mir das alles?«, fragt sie noch einmal.

Er dreht den Stiel seines Weinglases zwischen den Fingern, betrachtet versunken die wirbelnde Flüssigkeit.

»Ich habe es selbst erst heute erfahren.«

Sagt er.

Cyn ist auf der Hut. »Woher weiß ich, dass Sie mir keine Märchen vorschwindeln?«

Er lächelt schief. »Ist das nicht paradox? Wir wissen mehr

denn je über jeden Einzelnen von uns und trotzdem weniger denn je, wem wir vertrauen können.«

»Ich brauche Beweise.«

»Habe ich nicht. Noch nicht.«

»Können Sie welche beschaffen? *Wollen* Sie welche beschaffen?«

Schon wieder setzt er das Glas an die Lippen, doch Cyn legt ihre Hand auf seine, um ihn davon abzuhalten. Jetzt weiß sie, warum er schon den ganzen Abend so viel trinkt. Ihn zerreißt der Konflikt zwischen seiner Firmenloyalität und seinem Gewissen. Wenn er die Wahrheit sagt.

*Paranoia.*

»Stellen Sie sich vor, es gibt ein Instrument, um die Welt zu einem besseren Ort zu machen«, fragt Will. »Müsste man das nicht nützen?«

»Kommt darauf an, wer das will«, entgegnet Cyn. »Hitler? Pol Pot? Bin Laden? Die Tea Party? Oder bloß Carl Montik und Will Dekkert?«

»Danke für den Vergleich.«

»Gern geschehen. Vor allem, was heißt besser? Freemee hat ganz offenbar Tausende Menschen auf dem Gewissen. Wollen Sie etwa so weitermachen wie bisher? Wer sagt denn, dass Sie die Welt wirklich zu einem besseren Ort machen wollen? Und ob Ihr *Besser* auch mein *Besser* ist?« Sie holt tief Luft. »Ich will nicht, dass Freemee, Google, Facebook und all die anderen meine Daten sammeln und mir dafür gnädig irgendwelche E-Mail-Dienste, Landkarten, Übersetzer oder Freunde spenden. Oder mein Kind erziehen. Millionen von Kindern erziehen. Ich will selbst aussuchen, was ich von wem nutze. Ich …«

»Freemee raubt nicht. Und bei den Übrigen sind die Nutzer selbst schuld. Weil sie alles umsonst wollen. Entwicklung kostet Geld. Oder eben die moderne Währung: Daten.«

»Man sieht das Ergebnis: Datenoligarchen, kaum besser als die Räuberbarone des neunzehnten Jahrhunderts. Und wir sind ihnen schutzlos ausgeliefert.«

»Keiner ist gezwungen, die Produkte zu nutzen.«

»Das ist lächerlich! Natürlich muss ich das, um am modernen Leben teilnehmen zu können! Sie nutzen doch auch Freemee.«

»Würde ein schlechtes Bild auf uns werfen, wenn die Unternehmensvorstände ihr eigenes Produkt nicht verwenden.«

Cyn denkt einen Moment nach. Sie braucht die Hoheit über dieses Gespräch. Einen Trumpf hat sie noch.

»Wer garantiert Ihnen eigentlich, dass Carl Montik Sie nicht genauso manipuliert wie die anderen?«

Zuerst stiert er sie an, vermutlich der Wein, denkt sie, genug getrunken hat er definitiv, dann lacht er los: »Der ist gut!«

In Cyns Ohren klingt das Lachen nicht echt.

»Ich muss meine Frage von vorhin wohl anders formulieren«, meint er, nachdem er sich wieder gefangen hat. »Wenn man die Toten als unglückliche Anfangsunfälle betrachtet, die sich nicht wiederholen werden: Was würde Cynthia Bonsant mit einem solchen Instrument tun?«

»Woher soll ich das wissen? Sehen Sie in meiner Kristallkugel nach«, antwortet sie schnippisch. »Vielleicht die Welt zu einem besseren Ort machen, so wie Sie es vorschlagen.« Nun lacht sie. Wie kann sie jetzt lachen? Auch der Wein. »Und nebenbei mache ich mich unendlich reich und mächtig.«

»Das nennt man wohl eine Win-win-Situation.«

»Bloß habe ich die Möglichkeit nicht«, erinnert ihn Cyn. »Sie haben sie.«

»Und wenn Sie die Möglichkeit bekämen?«, fragt Will.

Cyn erstarrt.

»Sind wir deswegen hier? Sollen Sie mir ein Angebot machen, dass ich den Mund halte?«

»Eigentlich nicht. Möchten Sie etwa eines?«

Cyn kippt den Inhalt ihres Glases hinunter, um Zeit zu gewinnen. Als sie es wieder abstellt, hat sie einen Entschluss gefasst.


»Was treibt sie?«

Marten steht dicht hinter Luís, auf dessen Monitoren in den Bildern mehrerer Überwachungskameras Passanten durch das abendliche Brooklyn laufen.

»Geht nach Hause«, sagt Luís.

Gemeinsam folgen sie Alice Kinkaid durch die belebte Straße voller Lokale und Läden. Automatisch schaltet das Programm, das die Frau anhand von Bewegung und Kleidung identifiziert, um zur nächsten Kamera. Alice verschwindet in einem 24-Stunden-Shop, die Software wechselt auf die Indoor-Kameras des Geschäfts. Alice kauft Getränke, Snacks, Brot, Gemüse, zahlt, setzt ihren Weg fort.

»Warum sollte sie das tun?«, fragt sich Marten. »Eine clevere, gut aussehende Frau mit bester Ausbildung und vielversprechender Zukunft.«

»Vielleicht deshalb?«, sagt Luís.

Alice betritt ein Apartmenthaus, ein typisches Brownstone, die Ansichten wechseln zu den Sicherheitskameras im Treppenhaus. Alice nimmt den Lift und fährt in den siebten Stock.

»Schick«, sagt Luís.

»Kann sie sich leisten«, meint Marten.

Alice sperrt die Tür zu ihrem Apartment auf, streift die Schuhe ab, bringt ihre Einkäufe in die Küche.

»Wir haben in jedem Raum Kameras«, erklärt Luís. »Keine toten Winkel.«

Die Montage war ein Kinderspiel gewesen. Ihre Leute haben sich nicht einmal als Elektriker oder Klempner ausgeben müssen. Sie sind einfach hineinspaziert, während Alice gearbeitet hat, haben eine Stunde lang ungestört die Geräte installiert und sind wieder gegangen. Bei der Gelegenheit haben sie die Wohnung auf Geräte durchsucht, mit denen Alice unbemerkt kommunizieren könnte, fanden aber nichts.

Alice geht ins Bad, beginnt sich zu entkleiden. Luís stößt einen leisen Pfiff aus.

»Benimm dich!«, fordert Marten, während Alice in die Dusche steigt. Sie sehen nur ihre Silhouette hinter der trüben Plastiktür, hören das Wasser rauschen.

Luís schiebt die Bilder verkleinert in eine Ecke seines Monitors ganz links.

»Die Programme melden sich, sobald sie ein elektronisches Gerät aktiviert«, sagt er.


In den Etagen unter ihm arbeitet noch mindestens die Hälfte seiner Belegschaft, weiß Carl, obwohl es kurz vor zweiundzwanzig Uhr und dazu auch noch Sonntag ist. Er selbst grübelt über ein paar Codes, als sein Assistent anruft.

»Am Eingang ist jemand vom FBI, der mit dir sprechen will.«

Carl spielt ein Bild der Überwachungskamera aus der Empfangshalle in die Brille. An dem futuristischen Tresen wartet ein untersetzter Mittvierziger. Die Gesichtskontrolle bestätigt den Mann als Mitarbeiter der Bundespolizei. Aus den verfügbaren Daten kann Carl viel über ihn lesen, aber nicht, was er um diese Zeit von ihm will. Er lässt ihn in sein Büro schicken.

Carl erwartet ihn stehend. Sein Assistent lässt den Zivilpolizisten ein und verschwindet auf ein Zeichen von Carl.

Der Mann stellt sich vor und sagt nur: »Ich soll Ihnen das hier bringen.« Mit diesen Worten reicht er ihm ein Smartphone.

Carl erkennt es als abhörsicheres Behördengerät. Kaum hält er es zwischen den Fingern, vibriert es.

»Nehmen Sie das Gespräch an«, fordert der FBI-Mann ihn auf.

Carl kommt der Aufforderung nach. Die Stimme an seinem Ohr, die ihn begrüßt, kennt er nicht. Den Mann schon.

»Hier spricht Erben Pennicott.«

Carl traf den Stabschef bei mehreren Gelegenheiten, aber immer nur kurz. Ihre Gespräche waren stets oberflächlich.

»Ich möchte mich gern mit Ihnen unterhalten«, erklärt Pennicott.

*Jetzt erst?* Carl hat früher mit dieser Kontaktaufnahme gerechnet. Einzig beunruhigend findet er, dass sie genau zu dem Zeitpunkt passiert, als das Experiment aufzufliegen droht. Er spielt den Naiven. »Gern. Mein Terminplan ist eng, aber wir…«

»Jetzt. Der Mann mit dem Telefon bringt Sie zu mir.«

Wer glaubt Pennicott, dass er ist?

Carl setzt zu einer nicht eben freundlichen Erwiderung an, aber Pennicott kommt ihm zuvor.

»Es geht um Tausende verdächtiger Todesfälle unter Freemee-Nutzern.«


Der FBI-Mann zeigt auf Carls Brille, sein Smartphone und die Smartwatch. »Die können Sie hierlassen.«

Carl hat große Lust, eine Diskussion darüber anzufangen, was er tun und was er lassen kann. Doch an diesen Typen wäre seine

Intelligenz verschwendet. Der Mann ist nicht mal Freemee-Nutzer. Also tut er, wie ihm geheißen, und folgt dem Mann hinaus auf die Straße.

In zweiter Reihe vor dem Freemee-Gebäude wartet eine dunkle Limousine. Der FBI-Mann öffnet Carl die Tür. Carl setzt sich auf den Rücksitz. Der andere lässt sich auf dem Beifahrersitz nieder.

»Wohin fahren wir?«

Der Mann antwortet nicht.

Ein paar Straßen weiter biegen sie in eine Tiefgarage. Im dritten Untergeschoss halten sie an einem düsteren Platz in einem hinteren Winkel.

»Wir steigen um«, erklärt Carls Begleiter.

Wahrscheinlich gibt es hier unten keine Kameras, denkt Carl. Trotz des seltsamen Manövers hat er keine Sorge, dass sie ihm etwas antun. Wollten sie das, würden sie sich sicher weniger Mühe machen.

Sie wechseln in einen beigen Wagen mit getönten Scheiben. Die schwarze Limousine verschwindet im fahlen Licht der langen unterirdischen Gänge. Zwei Minuten später verlässt der Fahrer des neuen Wagens die Garage. An der Ausfahrt warten zwei Autos vor ihnen, hinter ihnen kommen drei weitere dazu. Carl fragt sich, ob sie alle zu diesem Ablenkungsmanöver gehören. Und wem gilt es? Allen, die daran interessiert sind, mit wem sich der Stabschef trifft.

Während der Fahrt von Brooklyn nach Manhattan schweigen Carls Begleiter. Sie nehmen die Brücke. Carl hat keinen Blick für das Lichtspiel der Autoscheinwerfer zwischen der Stahlkonstruktion. Kühl überlegt er, wie Pennicott wohl vorgehen wird und wie er selbst darauf reagieren soll. Mehrfach hat er dieses zu erwartende Gespräch im Kopf durchgespielt. Dass Pennicott von dem Experiment weiß, verändert natürlich die Ausgangslage. Viele Möglichkeiten gibt es nicht.

Der Chauffeur fährt sie in die Garage des Hotels Waldorf Astoria. Carl nimmt an, dass hier ebenfalls ein diskreter Bereich für VIPs existiert, der nicht überwacht oder für solche Fälle entsprechend vorbereitet wird.

Ein Fahrstuhl bringt ihn und den Mann mit dem Telefon in den vierzigsten Stock. Als die Tür lautlos zur Seite gleitet, öffnet sich vor Carl eine der Suiten im Art-déco-Stil. Hinter großen, geteilten Fenstern leuchtet die Skyline der Stadt. Davor sitzt auf einem großzügigen Sofa im Licht zweier schummriger Stehlampen Erben Pennicott in Freizeithosen und Hemd, den obersten Hemdknopf offen, ohne Schlips.

Neben ihm hat – wie immer makellos gepflegt und gekleidet – Henry Emerald Platz genommen.


»Es ist ganz einfach«, beginnt Henry. »Wie du weißt, ist Emer-Sec seit Jahrzehnten ein verlässlicher Partner der US-Sicherheitsdienste. Als Erben heute auf mich zukam und vorschlug, Freemee in die Sicherheitsarchitektur der Vereinigten Staaten«, er lächelt, »beziehungsweise der westlichen Welt einzubeziehen, empfand ich das selbstverständlich als große Ehre.«

Trotz wiederholter Aufforderung, auf einem der samtbezogenen Sessel Platz zu nehmen, bleibt Carl stehen. Er umrundet das Sofa und steht nun im Rücken der beiden Männer, sodass sie sich fast verrenken müssen, um ihn anzusehen.

»Es bestätigt, wie ernst Freemee bereits genommen wird«, fährt Henry fort, dem es gelingt, auch in dieser verdrehten Sitzposition Haltung zu bewahren. »Wir stehen auf einer Stufe mit den ganz Großen.«

»Freemee soll dabei eine besondere Rolle zukommen«, wirft Erben ein und steht auf.

Carl ist bewusst, dass es sich um mehr dreht als um die üblichen Überwachungskooperationen, die andere Unternehmen mit der National Security Agency und ähnlichen Diensten eingehen – oder eingehen müssen. Jetzt geht es darum, das Spiel zu spielen.

»Was ist nun mit den Toten, von denen Sie sprachen?«, fragt er harsch.

»Ach«, winkt Erben ab. »Lassen wir die Vergangenheit ruhen. Reden wir über die Zukunft. Und Freemee hat eine großartige Zukunft vor sich!«, meint er. »Sie beide werden sehr, sehr viel Geld damit verdienen. Mehr, als je ein Mensch verdient hat.«

Carl lässt den Stabschef reden. Desinteressiert wendet er sich den Panoramafenstern zu und blickt über die Stadt. Erben und Henry sieht er als düstere Schattenrisse in den Glasspiegelungen.

»Henry hier«, Erben deutet auf den Investor, »bestätigte mir bereits, was ich vermutet habe, nachdem ich die Daten erhielt.«

Erben kommt um das Sofa. Er überragt Carl fast um einen Kopf. Leger setzt er sich auf die Rücklehne des Sofas und begibt sich damit zurück auf Carls Augenhöhe.

»Sie haben da ein unfassbar mächtiges Instrument geschaffen«, nickt er ihm anerkennend zu. »Erst recht, wenn es sich weiterhin so erfolgreich entwickelt wie bisher. Vierhundert Millionen Nutzer bis Jahresende, zwei Milliarden in zwei Jahren, ergeben die Berechnungen. Eindrucksvoll!«

Carl fixiert ihn.

»Henry und ich sind uns einig, dass wir großartige Synergien nutzen können«, eine ausschweifende Geste mit der Rechten, »zwischen den Möglichkeiten des Staates«, eine Geste mit der Linken, »und Freemees Fähigkeiten.« In einer umarmenden Bewegung führt er seine Hände zusammen wie zum Gebet.

Henry nickt zustimmend.

»Ich weiß nicht, von welchen Möglichkeiten des Staates Sie sprechen«, erwidert Carl kühl. »Wenn Sie meinen, dass ihr alles und jeden abhört und mitlest – was habt ihr davon? Im Übrigen können wir das bei unseren Nutzern auch. Im Gegensatz zu euch jedoch geben sie uns die Erlaubnis dazu – nein, sie wünschen es sogar ausdrücklich! Um sich selbst besser kennenzulernen, bessere Ratschläge für ein glücklicheres, erfolgreicheres Leben zu bekommen – und natürlich um den Wert ihrer Daten zu steigern.«

»Unsere Möglichkeiten, lästige Mitmenschen auszuforschen und unschädlich zu machen, beispielsweise«, sagt Erben. »Ich hörte, Sie ärgern sich über jüngste Veröffentlichungen von Zero ebenso wie wir«, sagt er mit einem bedeutungsvollen Blick zu Henry. »Ich höre aber auch, dass unsere Leute bereits eine heiße Spur haben. Kurioserweise führt sie angeblich in euer Haus…«

»Zu Freemee? Das ist absurd!«

»Es hat etwas mit Wasserfällen zu tun…«

»Wollen Sie mir unterstellen…?«

»Gott behüte, nein! Ich unterstelle gar nichts. Es dürfte sich um reinen Zufall handeln. Ich will damit bloß sagen, dass auch wir unsere Qualitäten haben.«

»Und jetzt sollen wir Sie wohl zum nächsten Präsidenten der Vereinigten Staaten machen«, folgert Carl. »Ist es nicht so?«

Es ist Henry, der den Moment der darauf folgenden Stille beendet. »Präsidenten wurden immer schon gemacht, Carl. Lediglich die Mittel dazu ändern sich. Und für uns hat es durchaus seine Vorteile, einen Präsidenten zum Freund zu haben«, gibt er zu bedenken.

»Du hast recht.« Carl grinst Erben an. »Zumal einen Präsidenten von unser Gnaden.«

»Nun, ich denke, es ist eine Win-win-Situation für uns alle«, entgegnet Erben. »Und Freemee kann weitermachen wie bisher«, fügt er mit einem vielsagenden Blick hinzu.

»Meinetwegen«, sagt Carl gelangweilt. »Gut möglich, dass er der letzte Präsident ist.«

Erben lächelt nachsichtig. »Mag sein. Wozu noch einen Präsidenten wählen – oder irgendeinen anderen Politiker –, wenn wir in Zukunft ohnehin wissen, was die Menschen wollen? Weil ein paar wenige dieses Wollen steuern können. Und selbst wenn sie es nicht mehr können – weil das System zu komplex wird –, kennen alle dank ManRank und ähnlicher Instrumente die Wertvorstellungen der Bevölkerung. Es genügt eine Verwaltung, die aus ManRank die Werte und Wünsche der Menschen abliest und umsetzt. Diese Verwaltung setzt sich aus jenen zusammen, die laut ManRank am besten dafür geeignet sind. Die Algorithmen entscheiden. Dasselbe gilt für das Management in der Wirtschaft, letztlich für alle Jobs. Und so weiter. Das ›denkende Tier‹ Mensch entthront sich selbst als ›Krone der Schöpfung‹. Wir werden ›Menschsein‹ neu definieren müssen.« Er lacht. »Beziehungsweise werden es die Programme für uns definieren. So ungefähr?«

»In etwa«, sagt Carl. Pennicott ist ein ebenbürtiges Gegenüber, muss er sich eingestehen. »Und warum wollen Sie dann überhaupt noch Präsident werden?«

»Weil ich es mir vor Jahren vorgenommen habe.«

»Verstehe«, sagt Carl. »Liste abhaken.« Das findet er jetzt etwas langweilig. Ist Pennicott doch nicht so gut?

»Und weil es nicht ganz so schnell so weit kommen wird«, fügt Erben hinzu. »Ein paar Präsidenten werden wir noch herkömmlich wählen, bevor es so weit ist.«

»Nachdem du deine Vorstandskollegen bereits informiert hast, wolltest du in den kommenden Wochen einige deiner wichtigsten Programmierer ins Vertrauen ziehen«, unterbricht Henry die Unterhaltung. »Bei dieser Gelegenheit werden wir auch einige Experten von Erben dazunehmen. Damit sie die Entwicklung seiner Fortschritte begleiten können.«

»Begleiten, hm?«, meint Carl. »Und was hat der neue Präsident dann so vor? Wobei sollen wir ihm helfen? Für welche Werte stehen Sie?«

»Was für eine Frage aus Ihrem Mund«, lacht Erben. »Wenn das jemand wissen sollte, dann Sie.«

»Touché«, grinst Carl. Er klopft sich ab, wie auf der Suche nach etwas. »Leider kann ich sie gerade nicht abfragen.«


»Das sieht nach Zustimmung aus«, stellt Jon Stem in der Suite nebenan fest, als die Grafiken zu Carls Stimmanalyse keine asynchronen Ausschläge zeigen.

»Carl Montik ist ein rational kalkulierender Pragmatiker«, sagt Joaquim Proust. »Warum sollte er sich sein Lebenswerk durch eine derartige Petitesse ruinieren?«

»Weil er nach anderen Werten lebt als Pennicott?«, schlägt Jon vor.

»Sie haben natürlich recht«, hören sie Erben gerade auf dem Bildschirm sagen, auf dem sie die Vorgänge in der Nachbarsuite beobachten. »Es geht um Werte. Immer. Und Freemee hat das so deutlich gemacht wie niemand zuvor. Auch damit haben Sie den Menschen einen großen Gefallen getan.«

»Der wird ein guter Präsident«, bemerkt Joaquim. »So wie er es versteht, den Menschen Honig ums Maul zu schmieren!«

Joaquim ruft die Wertefelder von Erben und Carl auf. Erben ist zwar kein Freemee-Nutzer, aber so sehr in der Öffentlichkeit, dass Freemees Algorithmen ihn ebenso gut darstellen können.

»Sehen ziemlich ähnlich aus. Die dominierenden Wertebündel der beiden gruppieren sich in dem Wertefeld um Anerkennung, Eitelkeit, Selbstwertgefühl und Ähnliches«, erklärt Joaquim, während auf einem anderen Monitor Erben Carl die Hand reicht.

»Ich denke, wir werden miteinander auskommen«, erklärt Erben jovial, als Carl die Hand ergreift.

Mit zufriedenem Gesicht tritt Henry Emerald dazu und legt seine Hand auf die der beiden jüngeren Männer. In seinem schwarzen Anzug sieht er dabei aus wie ein Geistlicher, der einem jungen Paar in der Kirche den Bund fürs Leben segnet, findet Joaquim.


Zurück im Hotel, ruft Cyn Chander an und bittet ihn zu sich. Zwei Minuten später ist er da. Cyn zieht ihn ins Zimmer, und Chander möchte sie schon stürmisch umarmen, doch sie nimmt ihm die Brille ab, streckt die Hand aus und fordert: »Dein Smartphone.«

Verdutzt reicht er ihr das Gerät, und sie legt beide unter die Bettdecke. Dann schleppt sie ihn weiter ins Bad.

»Ah«, gurrt Chander, »eine gemeinsame Dusche …?«

»Jetzt nicht«, sagt Cyn, dreht den Wasserhahn auf und beginnt in das Rauschen hinein zu erzählen.

Nachdem sie geendet hat, fragt sie Chander: »Kannst du diese Behauptungen Dekkerts überprüfen?«

Chander schüttelt den Kopf. »Das kann ich aus öffentlich zugänglichen Daten nicht destillieren. Zumal ich nicht einmal genau weiß, wonach ich suchen müsste. Deine Angaben sind viel zu ungenau. Bei Freemee würdest du das Material finden, allerdings im kostenpflichtigen Bereich. Du müsstest Unsummen ausgeben, bis wir die richtigen Daten haben. Und auch da müsstest du erst einmal wissen, wonach du genau suchst. Dagegen war die Totenstatistik verhältnismäßig einfach. Und selbst wenn du die Statistiken fändest«, führt Chander aus, »beweisen sie gar nichts. Auch wenn du die Algorithmenänderung nachweisen kannst, bleibt es normales Verhalten der Menschen aufgrund der Empfehlungen der ActApps. Was es im Übrigen auch ist. Sie wurden ja tatsächlich zu nichts gezwungen. Um die unterschiedliche Behandlung verschiedener Nutzergruppen zu beweisen, bräuchtest du Zugang zu den Algorithmen. Zu den üblichen und den geänderten. Können wir das bitte abdrehen?«, fragt er und zeigt auf die Armatur.

»Nicht, solange wir darüber reden.«

»Dann reden wir eben nicht«, grinst er und schiebt seine Hand unter ihre Bluse.

»Keine Manipulation? So siehst du das?«

»Unterschiedliche Behandlung, mehr nicht«, erwidert Chander mit einem Achselzucken. »Individualisiert. Das passiert andauernd. Selbst eine Mutter behandelt ihre Kinder nicht gleich. Kann sie gar nicht.«

»Aber gerade die Algorithmen sollten es!«

»Im Gegenteil. Sie sollen auf jeden von uns individuell eingehen.«

»Aber nicht nach Carl Montiks Vorstellungen allein!«

»Warum hat dir Dekkert diese Geschichten überhaupt erzählt, wenn er keine Beweise liefert? Will er, dass du sie veröffentlichst?«

»Ohne Beweise würde ich mich lächerlich machen, das hast du selbst gesagt. Und ich würde mir die teuerste Verleumdungsklage der Geschichte einhandeln.«

»Anzunehmen. Vielleicht war das ja Sinn und Zweck eures Treffens.«

»Du meinst ... Dekkerts Erzählungen sind erfunden?«

»Willkommen in Paranoia!«, lacht Chander. »Das wird unsere Standardphrase.«

»Die Totenstatistik hat er bestätigt. Er behauptet, dass es sogar viel mehr gewesen seien.«

»Beweise?«

»Fehlanzeige«, muss Cyn zugeben. »Aber warum hat er dann ...?« Sie stoppt.

»Hat er was?«

»Mir ein Angebot gemacht«, gesteht Cyn zögerlich.

»Angebot wofür?«

»Bei Freemee einzusteigen. Darüber sollen wir morgen bei Freemee sprechen.«

»Eine weitere Finte?« Chander grinst schief. »Um zu sehen, ob du käuflich bist? Gehst du darauf ein, wirst du für alle Zukunft unglaubwürdig, falls du etwas Negatives über Freemee veröffent-lichst.«

»Willkommen in Paranoia«, murmelt Cyn.

»Versteh mich nicht falsch«, sagt er. »Ich glaube dir. Ich frage mich nur, welche Motive und Ziele Will Dekkert hat.«

»Ich auch.«

»Und was ist eigentlich mit mir? Ich weiß auch über die To-ten Bescheid. Bekomme ich ebenfalls ein Angebot? Oder verhan-delst du für mich, und wir werden gemeinsam reich?«

»Du kommst mit.«

»Wenn das Angebot gut genug ist, kommst du ja vielleicht nicht mehr auf dumme Gedanken«, meint Chander. Seine Fin-ger versuchen es schon wieder. »Dekkert hat nicht unrecht. Mit Freemee kannst du die Menschen zu einer Menge guter Dinge bewegen.«

»Wohl wahr«, entgegnet sie. »Aber auch üble.«

»Warum solltest du?«

Er umfasst ihre Taille, zieht sie an sich, mustert sie nachdenklich. »Wenn es stimmt, was du gehört hast – und ich möchte nicht ausschließen, dass es so ist, denn Freemee bietet wahrscheinlich diese Möglichkeiten –, dann ist das zu groß für dich. Um mehrere Nummern. Zu groß für jeden von uns. Kann sein, dass wir die Zukunft gesehen haben. Wer sich dagegenstellt, kann nur verlieren.«

»So wie Eddie? Oder Joszef Abberidan? Oder ich fast in Wien?«

»Willkommen in …«

»Ach, hör auf!«

Cyns Anspannung lässt nach, seit sie Chander alles erzählt hat. Der Alkohol kann seine segensreiche Wirkung entfalten, sie ist hundemüde, sie kann nicht mehr nachdenken. Sie lässt sich von Chander aus dem Bad ins Zimmer und weiter aufs Bett ziehen. Sie lässt sich seinen Kuss gefallen. Er schaltet ihren Kopf ab. Genau das, was sie jetzt braucht. Sie küsst ihn zurück.

**Teldif:**

In China gibt es auch schon Ratgeberplattformen. Lebens-
hilfe, programmiert im Auftrag des Zentralbüros!^^

**ArchieT:**

Und bei uns? An Freemee hält Henry Emerald Anteile.
EmerSec ist seit Jahrzehnten wichtiger Bestandteil des militä-
risch-industriellen Komplexes.

**Submarine:**

Denk an Edward Snowden. Kam an seine Infos auch als
Mitarbeiter eines privaten Unternehmens.

**xxxhb67:**

Der militärisch-industrielle Komplex ist längst der militärisch-
informationelle Komplex.

**ArchieT:**

Ist er schon seit dem Arpanet.

**Submarine:**

In China programmiert also das Zentralkomitee die
Ratschläge, in Russland der Kreml und bei uns …

**Snowman:**

… die Komplexler.

# Montag

Wills erster Weg am nächsten Morgen führt ihn in Carls Büro. Der stiert durch seine Brille auf den Tabletcomputer auf seinem Tisch. Will arbeitet mittlerweile auch häufig auf beiden Geräten gleichzeitig.

»Wie war dein Abendessen mit Frau Bonsant?«, fragt Carl und wirft ihm einen kurzen Blick zu. »Du hast Ringe unter den Augen.«

»Du und dein Charme.«

»Meine Stärke, wie du weißt.«

»Am Mittag kommt sie her. Mit ihrem Kollegen Argawal.«

»Habe ich im Kalender gesehen.«

»Bunker«, fordert Will Carl auf.

Carl zuckt mit der Augenbraue, doch dann unterbricht er seine Arbeit. Wie es die Hausregeln verlangen, legen sie ihre Geräte am Bunkereingang ab. Sie betreten den fensterlosen Raum, schließen die Tür.

Will lässt Sekunden verstreichen, bevor er fragt: »Und ich?«

Ihre Blicke messen sich. »Hast du meine Werte auch *eingestellt*?«

»Will, Will, Will.« Lächelnd schüttelt Carl den Kopf. »Noch zu viel Restalkohol im Blut? Du hast es selbst gesagt. Ich habe die Grundlagen der Algos geschrieben, an denen du dein Handeln längst ausrichtest. Welchen Unterschied machen da graduelle Änderungen?«

»Gestern standen wir am Rand des Abgrunds. Heute sind wir einen Schritt weiter. Diesen Unterschied.«

»Lustig! Erinnere dich, wir verbessern die Algos laufend.«

»*Du* verbesserst sie. Und sie sich selber wahrscheinlich auch schon. Ich will wissen, ob ich auch eine Laborratte bin. Ob du dir gefügige Vorstandskollegen heranzüchtest.«

Carl fixiert ihn. »Nein.«

»Wie kann ich mir dessen sicher sein?«

»Könntest du sie lesen, würde ich dir die Standardalgorithmen und das Protokoll deines Datenkontos für einen Vergleich geben.«

»Wie du weißt, kann ich damit nichts anfangen.«

»Ich kann nichts dafür, dass ihr alle digitale Analphabeten seid. Dann musst du mir eben vertrauen.«

»Wie könnte ich das, nach dem, was du uns erzählt hast?«

»Genau deshalb kannst du es – weil ich euch davon erzählt habe. Statt es geheim zu halten, euch umzuprogrammieren, aus dem Unternehmen zu drängen und die Welt zu übernehmen.« Wieder dieses Lachen. »Ich glaube, du überschätzt Freemee. Wir sind in keinem James-Bond-Film mit einem Superschurken. Wir haben Mitbewerber mit ähnlichen Modellen, die großen alten Player bieten erste Konkurrenzangebote an. Es entsteht ein Wettbewerb der Systeme, wie es sich für eine freie Gesellschaft gehört.«

»Ein Wettbewerb wie bei Betriebssystemen, Suchmaschinen und Onlinehändlern? Nirgends existiert echter Wettbewerb, sondern es herrschen Quasimonopole.«

»Ach was! Microsoft ist ein sterbender Riese, ehemalige Superstars wie AOL oder MySpace waren nach wenigen Jahren Geschichte, Facebook und Apple sind schon Dinos, und Google …«

»Willst du damit sagen, dass du Freemee ohnehin nur ein paar Jahre gibst?«

»Ich will damit sagen, dass wir künftig nicht in der Diktatur des *Máximo-Líder* Carl Montik leben werden, die du an die Wand malst«, lacht er. Sein Gesicht wird wieder zu dieser Fläche, die Will nicht durchschauen kann. »Ich will den Menschen bloß ein großartiges Werkzeug bieten, um ihr Leben zu verbessern! Willst du mitmachen?«

Wer wollte dazu Nein sagen?

»Dasselbe werden wir dann später auch Frau Bonsant fragen«, meint Carl. »Obgleich ihre Kristallkugel uns derzeit lediglich achtzehn Komma sechs Prozent Hoffnung auf ein Ja macht.« Er erhebt sich, rückt seinen Stuhl penibel zurecht. »Ach übrigens«, sagt er, als auch Will aufsteht und sich zum Verlassen des Bunkers anschickt. »Vielleicht holst du dir noch gleich Verstärkung in Sachen Vertriebsideen und weihst Alice Kinkaid ein. Früher oder später muss sie es ja erfahren.«


Marten und Luís beobachten Alice beim Betreten der Freemee-Zentrale. Sie trägt helle Hosen zum Blazer und eine große Handtasche. Ein zweites Fenster zeigt den Blick durch Alices Brille.

»Wir sind in ihrem Smartphone, ihrer Brille, ihrer Smartwatch«, sagt Luís.

»Und in ihrer Handtasche?«, fragt Marten.

»Sobald sie mit der Brille hineinschaut«, sagt Luís.

Über Alices Brille verfolgen sie ihren Weg in ihr Büro. Unterwegs grüßt sie ein paar Kollegen, bleibt da und dort für ein paar Worte stehen.

»Kommunikative Dame«, bemerkt Luís.

»Ist ja auch Leiterin Kommunikation«, brummt Marten. »Soll lieber mit ihren Zerokumpels Kontakt aufnehmen, statt zu quatschen.« Seine Augen fühlen sich an, als hätte jemand Sand hineingestreut. Das lange Wochenende im Büro fordert seinen Tribut.

Kaum hat es sich Alice auf ihrem Stuhl eingerichtet, wird sie von Will Dekkert über die Brille angerufen.

»Wir müssen dringend etwas Wichtiges besprechen«, sagt er. »Wann hast du Zeit?«

Alice konsultiert ihren Kalender.

»Bis zwölf bin ich in Terminen«, sagt sie.

»Okay«, sagt Will. »Zwölf. Im Bunker.«


Auf der Straße laufen Cyn und Chander gegen eine Wand aufkommender New Yorker Sommerhitze. Zum Glück schickt Will ihnen einen Wagen. Das Innere auf frostige Herbsttemperaturen gekühlt, kutschiert sie der Fahrer durch die Straßen, über denen die Luft flirrt. Cyn hört keinen Motor surren.

»Elektroantrieb«, erklärt der Chauffeur auf ihre Frage.

Da bemerkt sie, dass er das Lenkrad gar nicht hält!

»Ist ein selbst fahrender Wagen«, erzählt er. »Neuer Prototyp. Freemee hat einige davon im Fuhrpark, um sie zu testen. Vorläufig muss noch einer hinter dem Steuer sitzen. Aus Versicherungsgründen. Irgendwann machen mich die Scheißdinger arbeitslos.« Er zeigt hinaus auf die Horden gelber Taxis, die den Großteil des Verkehrs ausmachen. »Und die auch.«

Wie so oft in den vergangenen Tagen wähnt Cyn sich mitten in einem jener Science-Fiction-Filme, in denen der Held nach langem Tiefschlaf in einer fremden Zukunft aufwacht. Bloß ist diese Zukunft hier bereits die Gegenwart.

An den südlichen Ausläufern Chinatowns vorbei fahren sie Richtung Westen und dann auf die Brooklyn Bridge. Rechter Hand entdeckt Cyn die Freiheitsstatue, die sie gestern nicht gesehen hat. Was Liberty zu den Umtrieben Freemees wohl sagen würde, könnte sie sprechen?

Freemee residiert in einem alten Brownstone, das nach ehemaligem Industriegebäude aussieht. Heute prangt das Logo der Onlinefirma über dem Eingang. Ein junger Mann empfängt sie und bringt sie in eines der oberen Stockwerke. Vor der Tür zu einem Konferenzraum erwartet sie ein Sicherheitsmann. Er bittet sie um ihre technischen Geräte. Irritiert gibt Cyn Brille, Smartphone und -watch ab. Chander hat sogar zwei Telefone.

Das Besprechungszimmer hat keine Fenster, fällt Cyn auf.

»Abhörsicher«, flüstert Chander ihr zu.

Sie müssen nicht lange warten. Noch sitzen sie nicht, als Will und Carl Montik eintreten. Sie stellen sich gegenseitig vor, tauschen Freundlichkeiten aus, bekommen Getränke angeboten.

Etwas an Carl Montik irritiert Cyn. Es ist sein Blick.

»Sie haben verstanden, was Freemee kann«, eröffnet Montik ohne Umschweife. »Unser Angebot: Sie erhalten Freemee-Anteile im Wert von zurzeit je dreißig Millionen Dollar. Erwarteter Wert in einem Jahr: siebzig Millionen. In zwei Jahren: hundertzwanzig. Konservativ gerechnet. Dafür verpflichten Sie sich zur absoluten Verschwiegenheit über Ihre Erkenntnisse.«

Die Direktheit überrascht Cyn – und imponiert ihr zugleich. Doch sie wird sich nicht einwickeln lassen.

»Ich habe verstanden, was Freemee kann«, erwidert sie forsch. »Menschen in den Tod treiben.«

Carls Mundwinkel zucken, als hätte ihn eine Wespe gestochen.

»Kinderkrankheiten«, entgegnet er unwillig. Seine Hände liegen flach auf dem Tisch, doch seine Fingerspitzen beginnen nervös zu klopfen. »Warum so negativ? Das haben wir längst im

Griff. Da Sie die Statistik kennen, wissen Sie auch, dass die Sterberate bei anderen Gruppen zurückging. Inzwischen insgesamt. Freemee ist gut für die Menschen.«

»Sie wollen mit Freemee die Welt verbessern?«

»Finden Sie das schlecht?«

»Wenn Sie allein darüber entscheiden wollen, was gut ist und was nicht ...«

»Oh, fangen Sie nicht auch noch mit dieser Diskussion an«, stöhnt Carl. »Was sollte ich Ihrer Meinung nach denn tun?«

»Ihre Sprache verrät Sie«, antwortet Cyn schnippisch. »Ich. – ›Was sollte *ich* tun ...‹ Sehen Sie, Sie beziehen nicht einmal Ihre Mitgründer und Vorstandskollegen ein. Geschweige denn Freemees Nutzer.«

Carl lacht auf, er wirkt ehrlich amüsiert.

»Sie schaffen eine Diktatur«, wirft sie ihm vor. »Ja, lachen Sie! Ich weiß, es ist populär, über das post-demokratische Zeitalter zu philosophieren. Nicht wenige Dummköpfe sehnen wieder starke Männer herbei.«

Ihr Blick springt zu Chander, der sich völlig aus der Diskussion herausnimmt. Warum hat sie ihn überhaupt mitgenommen? Eine Unterstützung ist er jedenfalls nicht. »Interessant eigentlich, dass man in diesem Zusammenhang immer von starken Männern spricht. Aber wie auch immer, es gibt keine ›gute‹ Diktatur. Die Position des Diktators an sich ist immer gefährlich, ganz gleich, wie gut der Mensch ist, der sie besetzt. Und bei Ihnen weiß ich nicht einmal, ob Sie gut sind.«

Carl folgt ihren Ausführungen mit wachsender Ungeduld. Seine Hände ordnen unsichtbare Gegenstände auf dem leeren Tisch. »Sie können unsere Ethikbeauftragte werden«, platzt er heraus, »wenn Sie zu dem Geld noch eine Aufgabe wollen.« Er wendet sich an Will. »Haben wir da schon jemanden?«

»Nicht direkt«, sagt Will.

»So etwas brauchen wir! Möchten Sie unsere Ethikbeauftragte werden?«, fragt Carl, der von seiner eigenen Idee mehr und mehr begeistert ist. »Stabsstelle. Vorständin, wenn Sie darauf bestehen«, fügt er hinzu, als Cyn nichts erwidert. »Ethikvorständin! Ausgezeichnet. Bringen Sie sich ein, statt nur zu kritisieren. Wir geben Ihnen die Möglichkeit, Freemee so zu verbessern, wie Sie es für richtig halten!«

Cyn ist verunsichert. Meint er das ernst?

»Sie brauchen ohnehin einen neuen Job«, sagt er. »Zero ist schon bald Geschichte.«

Der Gedanke erschreckt Cyn.

»Woher wollen Sie das wissen?«

»Von den Leuten, die ihn praktisch schon haben.«

Kann das sein? Sie spürt den Impuls, Zero warnen zu wollen. Doch ohne den Pi kann sie das nicht. Und Vi will sie da nicht hineinziehen.

»Wer soll das sein?«, erwidert sie.

»Werden Sie schon noch erfahren«, sagt er gelangweilt und wechselt das Thema. »Verstehen Sie, wir wissen, dass in der Vergangenheit manches schiefgelaufen ist. Aber Sie wissen auch, dass wir es sofort abgestellt haben, als wir davon erfuhren. Unser oberstes Anliegen ist, unseren Nutzern ein optimales Produkt zu bieten.« Er versucht ein freundliches Gesicht. »Sie haben Biss, sind hartnäckig und durchsetzungsfähig, deshalb sind Sie heute hier. Wir brauchen Menschen wie Sie, um Freemee und damit das Leben von Hunderten Millionen von Menschen auf der Welt besser zu machen. Wer weiß, vielleicht werden es irgendwann Milliarden! Helfen Sie uns aktiv, die Welt zu einem besseren Ort zu machen. Das ist es doch, was Sie wollen. Warum nicht bei uns?«

Cyn spürt, dass Carl den richtigen Knopf in ihrem Inneren gedrückt hat. Ihre Empörung über den Erpressungsversuch schwindet, sie beginnt zu überlegen. Wie müsste man Freemee verändern, sodass es Cyns Ansprüchen gerecht wird?

»Ich frage mich nach wie vor, ob nicht die Idee des Programms an sich verkehrt ist.« Sie muss an Vi denken, die sich so positiv verändert hat. War es denn positiv? Cyns Kopf sagt Ja. Aber tut er das, weil Cyn es leichter hat mit Vi? Nein – weil Vi es im Leben leichter haben wird, sagt sie sich. Vi hat mehrmals beteuert, dass sie sich nie gezwungen gefühlt hätte, sich zu verändern. Aber geschah es wirklich aus eigenem Antrieb? Kann Cyn sicher sein, dass Vi nicht von außen zu dieser Veränderung gedrängt wurde? Manipuliert wurde? Irgendetwas in ihrem Bauch sagt ihr, dass an dem Ganzen etwas nicht richtig ist. Und auf ihr Bauchgefühl kann sie im Allgemeinen vertrauen. Auch wenn es sie immer wieder in Schwierigkeiten bringt.

»Haben Sie meine Tochter manipuliert?«, fragt sie.

Carl sieht sie befremdet an, dann Will, dann wieder sie, bevor er antwortet: »Manipuliert? Nein.«

Verunsichert sucht Cyn Chanders Blick, dann Wills, doch keiner der beiden reagiert.

»Wollen Sie mehr Geld?«, fragt Carl. »Ist es das?«

»Nun, das wäre ein Ansatz«, mischt sich Chander zum ersten Mal ein. »Freemee wird bereits auf hundert Milliarden geschätzt. Da sind dreißig Millionen ja wohl eher ein Almosen. Um nicht zu sagen eine Frechheit.«

Carl stiert ihn einen Moment lang an, dann poltert er: »Almosen? Fürs Nichtstun? Haben Sie sie noch alle?«

Will räuspert sich, Carl versteht das Zeichen. Ruhiger fährt er fort: »Das sind angemessene Summen. Denken Sie darüber nach.«

Er erhebt sich.

War es das?, fragt sich Cyn, während Carl zur Tür geht. Diplomat wird der Mann in diesem Leben gewiss nicht.

»Ich und Ihr Kommunikationsvorstand hier sind heute Abend in einer Talkshow eingeladen, die mehrere Millionen Zuschauer erreicht«, sagt Cyn in den Raum hinein.

Das lässt Carl innehalten. »Fernsehen«, spuckt er verächtlich aus und dreht sich zu ihr um. »Und was wollen Sie dort erzählen? Etwas von Statistiken, die niemand versteht und die nichts beweisen? Vor einem Publikum, dessen Hälfte bereits von Freemee überzeugt ist, wie unsere Zahlen zeigen – und das sich seine kleinen Helferchen im Alltag nicht madigmachen lassen will? Will hier wird sein Übriges tun. Er ist ein brillanter Verkäufer.«

»Ich könnte einen Stein ins Rollen bringen«, entgegnet Cyn.

»Warum sollten Sie das? Sie würden die Menschheit womöglich um ein großartiges Werkzeug bringen, ihr Leben zu verbessern – und die globalen Probleme nachhaltig anzugehen. Das wollen Sie doch nicht, oder?«

Cyn kann das Argument nicht mehr hören! Vor allem, weil ihr keine besseren Gegenargumente einfallen als die bereits genannten. »Sie bringen immer dasselbe Argument. Freemee macht dich erfolgreicher und glücklicher. Was macht es da schon, dass sie dein Leben kontrollieren können? Der Staat überwacht dich jede Sekunde? Dafür bist du sicher. Zumindest bis zum nächsten Anschlag, der dann leider doch nicht verhindert werden konnte – oder sollte.«

»Nun, vielleicht sind normalen Menschen all diese Werte, die Sie hier so geringschätzig abtun – Erfolg, Glück, Sicherheit –, wichtiger als das, was Sie in den Vordergrund rücken? Warum wollen Sie die Leute darüber nicht selbst entscheiden lassen?«

»Weil sie eben nicht mehr selbst entscheiden!« Cyn platzt der

Kragen. »Darum geht es doch die ganze Zeit! Sie werden manipuliert, beschissen und belogen von euch Datenoligarchen. Ihr redet von Freiheit und einer besseren Welt und habt doch nur euren Geldbeutel im Sinn! Ich bin eine Aktienkurve! Die Milliarden Menschen, die den ganzen Tag über ihren Computern, Tablets, Smartphones und hinter ihren Brillen hängen, sind doch in Wirklichkeit nicht eure Nutzer, sondern es ist genau umgekehrt – ihr benutzt sie! Sie sind eure Augen auf diesen Moloch, eure Fernsteuerungen für die Milliarden Zellen dieser Riesenmaschine, die für euch Geld schaufelt!«

»Wow! Die Tirade könnte glatt von Zero stammen.«

»Wie weit die Gehirnwäsche schon geht, sieht man doch daran, dass die Leute euren Argumenten folgen!«

»Einspruch. Die Leute verwenden Produkte, die ihr Leben erleichtern. Freiwillig. Ich halte niemandem eine Pistole an den Kopf, damit er Freemee nutzt. Google, Apple, Facebook, Amazon und die anderen tun das auch nicht. Das ist keine Gehirnwäsche. Haben Sie zu Hause etwa keine Waschmaschine und kein Wasserklosett? Schicken Sie Nachrichten immer noch mit berittenen Boten? Nichts anderes ist das hier. Man nennt es Fortschritt.«

Cyn merkt, dass sie in dieselbe Falle getappt ist wie in ihren Diskussionen mit Vi: die alternde Mutter ohne Verständnis für die Gegenwart. Platon, der über die Schrift klagt und ihretwegen den Verlust des Denkens befürchtet. An welcher Stelle hat sie nicht aufgepasst?

»Aber es liegt an Ihnen, diesen Fortschritt in Ihrem Sinn zu gestalten«, sagt Carl versöhnlich. »Als Freemees Ethikvorständin.« Er öffnet die Tür. »Unser Angebot liegt auf dem Tisch. Mir ist klar, dass Sie darüber nachdenken müssen. Setzen wir uns doch morgen wieder zusammen.«

Beim Hinausgehen nimmt Carl seine Brille und sein Smartphone entgegen. Die Linse in seinem Auge musste er nicht abgeben, da sie ohne Smartphone als Basisstation wertlos ist. Dabei reicht er dem Sicherheitsmann unauffällig das winzig kleine Aufnahmegerät, das er bei sich trug. Dieser spielt die Sprachdatei über eine gesicherte Verbindung sofort an die Adresse, die ihm angegeben wurde.

Joaquim Proust sitzt in seinem Kämmerchen mit den Maschinen und jagt die Datei durch das Sprachanalyseprogramm. Bis er ein Ergebnis hat, wird er einige Minuten warten müssen. Zu blöd, dass der Bunker tatsächlich abhörsicher konzipiert wurde und die Programme nicht live analysieren konnten. Am liebsten würde er die Unterhaltung gleich schnell querhören, um Verlauf und Ergebnis zu erfahren.

Direkt eingespielt werden ihm nun jedoch die aktuellen Aufnahmen aus Carls Brille, der sich mit dem Inder ein Stück hinter Cynthia Bonsant und Will hält. Und sie fordern seine ganze Aufmerksamkeit.

»Ich lasse mich jedenfalls nicht mit dreißig Millionen abspeisen«, hört er Chander Argawal an Carl gewandt flüstern. Wie auf ein geheimes Zeichen hin wendet Carl den Kopf, sodass Joaquim nun auch Chanders Gesicht durch Carls Brille erkennen kann. »… und für den Fall, dass ihr auf irgendwelche Ideen kommt: Ich habe Kopien von dem Video des Jungen an sicheren Orten deponiert. Sollte mir ebenfalls etwas zustoßen, werden sie veröffentlicht. Das wäre euer Ende.«

Die Stimmanalyse auf Joaquims Bildschirm zeigt, dass er blufft. *Schwach, Mister Argawal.*

»Was soll der Unsinn?«, fragt Carl genervt.

»Muss ich genauer werden?«, erwidert Chander.

Der Inder wird sich nie zufriedengeben, denkt Joaquim. Mit

ihm zu verhandeln ist sinnlos. Für ihn müssen sie eine andere Lösung finden. Eine endgültige. Und zwar umgehend. Bevor er seine leere Drohung in die Tat umsetzen kann.

Zu gern wüsste Joaquim, was Cynthia Bonsant und Will Dekkert bereden, doch Carl und Chander sind zu weit weg, und Will hat seine Brille nicht auf.

»Warum haben wir nicht über unsere Unterhaltung von gestern Abend ...«, beginnt Cyn, doch Will unterbricht sie.

»Weil das heute nicht das Thema war.«

»Natürlich war es das. Die Manip...«

»Wie gesagt«, fällt er ihr erneut ins Wort. »Denken Sie darüber nach.«

»Meint er wirklich, mich mit diesem Angebot kauf...«

»Carl macht Ihnen einen ernst gemeinten Vorschlag, weil er Ihre Ansichten schätzt«, schneidet er ihr das Wort ab. »Wir gehen bereits in die Akquise. Bislang waren nur Vorstände über das Experiment informiert, jetzt soll ich auch unsere Kommunikationschefin einbeziehen.«

»Carl gibt und nimmt mir Jobs, wie es ihm gefällt? Ich sage Ihnen was: Ich weiß längst, dass Freemee mich persönlich bei dieser Zerosuche dabeihaben wollte. Und dass Sie deshalb die Promotion des *Daily* finanziert haben ...«

»Wo haben Sie denn so was aufgeschnappt?«

»Nicht nur Carl hat seine Quellen. Ich verstehe bloß noch immer nicht, warum ich.«

Will geht ein paar Schritte schweigend neben ihr her. »Das weiß nicht einmal Ihr Chefredakteur, dass Freemee dahintersteckt«, sagt Will mehr zu sich selbst. »Nur eine Handvoll Leute hier im Haus ...«

»Wessen Idee war diese Suche nach Zero überhaupt?«

»Die unserer Kommunikationschefin, Alice Kinkaid.«

»Die Sie jetzt einweihen sollen? Hm. Aber warum sollte ausgerechnet ich bei der Suche dabei sein?«

»Ein Programm hat Sie ausgesucht«, gesteht Will. »Nach einer Menge verschiedener Kriterien.«

»Ausgerechnet mich? Lächerlich. Welches Programm? Wer hat es geschrieben, wer hat die Suchkriterien bestimmt?«

»Carl«, antwortet Will nach kurzem Zögern.

Cyn lacht auf. »Sehen Sie, was ich meine?«

»Ich habe keine Ahnung, ehrlich«, beteuert er, verfällt aber gleich wieder ins Grübeln. »Ich muss wissen, von wem Sie die Informationen haben«, sagt er dann.

Cyn weiß noch immer nicht, ob sie ihm trauen kann. In ihrem Kopf arbeitet es.

»Tut mir leid«, sagt sie.


In höchster Konzentration beobachtet Joaquim durch Carls Brille das Grüppchen in dem Gang, der aus dem Bunker führt. Soeben hat Carl mit dem Inder zu Dekkert und der Britin aufgeschlossen. »Denken Sie über Carls Angebot nach«, sagt Will zu ihr.

»Vielleicht tue ich das«, antwortet Cynthia Bonsant.

Ihre Stimme verheimlicht etwas, stellt Joaquim fest. Leider kann er nicht feststellen, was es ist. Er weiß auch nicht, ob sie sich für oder gegen Carls Angebot entschieden hat.

»Und?«, fragt Carl jovial von hinten. »Wie werden Sie die verbleibenden Stunden bis zur Talkshow nutzen? Kleine Shoppingtour? Könnten Sie sich in Zukunft ja leisten.«

Cyn wirft Will einen Blick zu, doch der reagiert nicht darauf. Sie haben die Lobby erreicht.

»Wir sehen uns dann heute Abend«, sagt er zum Abschied.

»Und wir morgen«, fügt Carl hinzu.

»Das werden wir noch sehen«, murmelt Joaquim.


»Ich fasse es nicht!«, schimpft Cyn, kaum vor der Tür.

»Dass sie so wenig Geld bieten?«, fragt Chander. »Eine Unverschämtheit!«

Der Freemee-Chauffeur öffnet ihnen die Tür zur selbst fahrenden Limousine.

Cyn lehnt ab. »Danke. Wir nehmen ein Taxi.«

»Was ist denn mit dir?«, fragt Chander.

»Ich lasse mich nicht kaufen«, erklärt sie und winkt den vorbeifahrenden gelben Autos. Keines hält an. Cyn geht weiter, winkt. Die Hitze treibt ihr den Schweiß auf die Stirn. Jemand rempelt sie an, zornig fährt Cyn herum, doch der Mann ist schon weiter.

»Lass uns doch die Limo nehmen«, fordert Chander.

»Willst du etwa annehmen?«, fragt sie aufgebracht.

»Auf jeden Fall wäre es komfortabler, als durch die Hitze zu laufen.«

Cyn bemüht sich weiterhin vergeblich um ein Taxi. Genervt sieht sie sich um. »Wo ist hier die nächste U-Bahn-Station?«

»Lass. Uns. Die. Limo. Nehmen.«

»Jetzt setz mal dieses Ding ab!« Bevor Chander sich wehren kann, hat sie ihm die Brille abgenommen. »Steck sie irgendwo hin, wo sie nichts sehen oder hören kann. Ich muss ernsthaft mit dir reden.«


Fünfhundert Meter weiter sieht Joaquim, dass sein Bildschirm schwarz wird und der Ton von Chanders Brille verstummt.

Er schaltet um auf die Bilder der zahlreichen Überwachungskameras von Läden in der Umgebung, die den Bürgersteig vor
ihren Eingängen filmen und die Aufnahmen live ins Web stellen. Auf zweien erkennt er Chander und Cyn. Gerade zieht Cyn
ihre Hand aus Chanders Tasche, in der sie wohl seine Brille verstaut hat, während sie aufgebracht auf ihn einredet. Mist. Die
Bilder sind zu schlecht, um die Software fürs Lippenlesen einzusetzen.

»Was heißt das, du weißt es nicht?«, fragt Cyn.

»Freemee bietet verdammt viel Geld. Darüber sollte man zumindest nachdenken.«

»Geld ist nicht alles.«

»Aber auch nicht nichts. Überleg doch nur, was man mit
einer ordentlichen Summe anfangen kann. Und sie müssten in
Zukunft noch mehr bieten, wenn wir stillhalten sollen«, fährt
Chander fort.

»Das ist jetzt ein Witz«, stellt Cyn entsetzt fest. »Du willst sie
erpressen?«

»Nein. Ich will handeln. Und es müsste ja nicht allein ums
Geld gehen. Du könntest als Ethikvorständin deine Interessen
durchsetzen.«

»Mit solchen Methoden. Großartig!« Sie schüttelt den Kopf,
ihr ist zu heiß. »Diskutieren wir das später«, sagt sie, als endlich einer der gelben Wagen anhält. Cyn springt hinein, Chander
rutscht nach. Cyn nennt dem Fahrer die Hoteladresse.

»Was tun sie jetzt?«, fragt Marten. Auf Luís' Monitor hat er die
Perspektive aus Alice Kinkaids Brille. Er sieht, wie Will Dekkert

seine Brille abnimmt und sein Smartphone aus der Hosentasche nimmt. Dann verwischen die Bilder zur Unkenntlichkeit.

»Gehen in den sogenannten Bunker, Freemees abhörsicheren Raum«, sagt Luís. »Hatten sich heute Morgen dort verabredet.«

Das Bild wird dunkel, Marten hört nur mehr dumpfe Sprachfetzen, Klappern und Rauschen, als die Geräte offensichtlich weggepackt werden.

»Vielleicht erzählt er ihr ja jetzt endlich etwas, das sie ihren Zerokollegen postwendend mitteilen wird«, sagt Luís. »Du sagtest doch, dass er das tun würde.«


»Wo ist es?«, ruft Cyn vor dem Bildschirm von Eddies Laptop. Sie hat das Gefühl, als ob alles Blut aus ihrem Körper weicht. »Gestern Abend war es doch noch da!«

»Bist du sicher, dass du das Video richtig abgespeichert hast?«

»Für wie blöd hältst du mich eigentlich?«

Sie hastet zum Tresor, findet den Stick, den sie am vergangenen Abend wieder dort eingeschlossen hat. Möchte ihn schon in den Laptop stecken, dann aber fragt sie Chander: »Kann der Computer den Stick in dem Augenblick löschen, in dem man ihn einsteckt?«

»Theoretisch könnte man so etwas installieren. Soll ich nachsehen?«

»Tu das!«

Chander setzt sich an die Tastatur und taucht in die unergründlichen Tiefen der Festplatte ein. Nach ein paar Minuten erklärt er: »Nichts da.«

»Und das Video? Vor unserem Abflug konntest du es doch auch zurückholen!«

»Diesmal waren sie gründlicher.«

»Wer ist *sie*?«

»Was glaubst du denn?«

»Verdammt! Das ist Einbruch, oder nicht? Und mit diesen Leuten soll ich Geschäfte machen?«

Cyn schließt die Faust um den Stick.

»Ich muss telefonieren«, sagt sie und gibt ihm mit einem Blick zu verstehen, dass sie dabei allein sein will.

»Ich werde in meinem Zimmer auf dich warten. Ich brauche sowieso dringend eine Dusche nach der Jagd auf das Taxi …«

»Es dauert nicht lange«, verspricht sie. »Ich komme dann hinauf.«

»Ich lasse die Tür offen«, sagt er, schenkt ihr ein Lächeln und geht.

Cyn eilt zum Telefon, wählt. Jeff hebt sofort ab.

»Cyn, dieses Video …«

»Jeff, ich habe noch viel mehr!«, zischt sie. »Wir müssen …«

»Cyn?«

Das ist nicht Jeffs Stimme.

»Ich bin es, Anthony«, erklärt der Chefredakteur. »Was soll der Scheiß? Ein Jugendlicher behauptet Absurditäten, und du willst das veröffentlichen? Willst du den *Daily* in den Ruin treiben? Freemee verklagt uns bis zum Sanktnimmerleinstag, wenn wir das bringen. Wenn die nur eine Ahnung davon bekommen, dass wir überhaupt in die Richtung recherchieren, decken die uns mit Klagen wegen Verleumdung und sonst was zu!«

»Aber wir müssen …«

»Jeff wird sehen, was er tun kann. Aber das wird dauern. Und wir haben Wichtigeres zu tun.«

»Ich weiß inzwischen viel mehr …«

»Fakten? Unterlagen? Beweise?«

Cyn beißt sich auf die Lippen. »Liefere ich noch.«

»Wenn du so weit bist, reden wir weiter. Vorher will ich nichts mehr davon hören. Sieh lieber zu, dass du ordentlich durch diese TV-Show kommst!«

Freizeichen. Feiger Mistkerl! Sie stürmt hinaus. Chander muss ihr helfen.


Vor Joaquim erscheint Henrys Gesicht. Er muss sich längst keine Gedanken mehr darüber machen, ob die Bilder seiner Gesprächspartner echt sind oder nicht. Eine kleine App klärt ihn mittels einfacher Symbole während eines Gesprächs zuverlässig darüber auf, ob jemand reale, bearbeitete oder künstliche Bilder von sich sendet. Ebenso wie die Stimmenanalyse ihn laufend darüber unterrichtet, ob sein Gegenüber offen mit ihm spricht oder Geheimnisse verbirgt.

Das Bild von Henrys Gesicht ist künstlich erzeugt. Das immerhin überrascht Joaquim, vermeidet Henry die Geräte doch im Allgemeinen.

»Wie lauten die Ergebnisse der Analyse?«, fragt Henry.

Joaquim schielt auf die Dateien in einem anderen Teil seines Gesichtsfelds.

»Chander Argawal ist ehrlich bereit, Carls Angebot anzunehmen. Allerdings will er mehr. Sein Charakterbild anhand sämtlicher uns zur Verfügung stehender Daten zeigt, dass er das immer tun wird, gleichgültig wie viel wir ihm jetzt geben. Über kurz oder lang wird er einen Nachschlag wollen. Und dann noch einen. Er wird nie zufrieden sein.«

»Er wird uns erpressen«, sagt Henry.

»Mit achtundneunzig Prozent Wahrscheinlichkeit.«

»Dann werden wir mit ihm leider zu keiner Übereinkunft kommen. Und die Engländerin?«

»Hält sich für etwas Besseres. Sie werden noch eine Weile diskutieren. Argawal wird sie umstimmen wollen. Es wird ihm jedoch nicht gelingen. Sie wird verraten, was Eddie Brickle herausgefunden hat.«

»Du warst immer gut darin, Probleme zu lösen«, erwidert Henry nur.

Joaquim weiß, was diese Worte bedeuten. »Und wir werden sie schnell lösen«, sagt er. Er beendet die Verbindung und ruft eine neue auf. Mit diesem Gesprächspartner kann er nur über ein gesichertes Gerät telefonieren, so wie es hohe Politiker, Manager und Geheimdienste verwenden. Joaquim gibt ihm die Codeworte durch, die für einen von mehreren zuvor besprochenen Plänen stehen.

Angespannt lehnt er sich zurück. Auch wenn er sicher sein kann, dass seine Leute effizient vorgehen, bleibt doch immer ein Restrisiko. Wie bei jedem Geschäft.


Wie versprochen hat Chander seine Zimmertür nicht abgesperrt. Seine Sachen liegen auf dem Bett, aus dem Bad hört Cyn das Rauschen der Dusche.

Ein Lichtreflex lenkt Cyns Blick auf Chanders Tasche. Er stammt von der Brille, deren eines Glas herausragt und sie anzuschauen scheint. Das kann natürlich Zufall sein.

Trotzdem wirkt das Glas für einen Augenblick riesengroß. Mit zitternden Knien umrundet Cyn das Bett und nähert sich der Brille von hinten. Zuerst schiebt sie die Brille in die Außentasche zurück, damit sie nichts mehr sieht, sollte sie auf Sendung sein. Dann öffnet sie hastig die Klappe zum großen Fach der Tasche, in dem Chander seine zwei Smartphones verstaut. Keines ist mit einem Passwort gesichert! Chanders eigene Worte:

IT-Leute fühlen sich oft so schlau, dass sie die dümmsten Fehler machen. Jedes in einer Hand, überprüft sie, ob eines mit der Brille verbunden ist. Bei dem in ihrer Rechten wird sie fündig. Das Gerät empfängt Bilder der Brille. Bedeutet aber im Grunde gar nichts. Höchstens Paranoia. Sie überlegt noch, als das Symbol für eine neue Nachricht aufblinkt.

Neugier ist ihre Berufskrankheit, hat Chander das nicht einmal gesagt? Und Vi warf ihr Indiskretion vor. Wie auch immer, sie kann nicht widerstehen. Hastig blickt Cyn zum Bad, dann liest sie.

gesendet von: Carl Montik
Ruf mich an!

Darüber dokumentieren weitere Felder, dass Chander mit Carl Montik seit Tagen Nachrichten austauscht! In aller Eile überfliegt Cyn den Inhalt der Nachrichten. Beinahe fällt ihr das Phone aus der Hand – es geht um sie und um Eddies Video! Jene, die älter sind als einen Tag, drehen sich nur um sie. Die erste Botschaft sendete Chander, nachdem er Cyn beim *Daily* kennengelernt hatte.

Heute Bonsant kennengelernt.
Ist älter, als ich dachte. ☺

Wie betäubt schiebt sie die Telefone zurück in die Tasche und schließt die Klappe.

Ein Verdacht trifft sie wie ein Faustschlag in den Magen. Chander war gar nicht auf Zero angesetzt, sondern auf sie! Seine Zärtlichkeiten waren keine Leidenschaft, sondern kühl kalkulierte Ausführung eines Jobs. Aber weshalb?

In dem großen Spiegel gegenüber entdeckt sie ein verzweifeltes Lächeln auf ihrem Gesicht, das sich in eine schmallippige Grimasse verwandelt und sie alt aussehen lässt. Älter, als er dachte.

Aus dem Bad hört sie noch immer die Dusche. Keinen Moment länger hält sie es hier aus.


Cyn läuft zur Tür. Im selben Moment Klopfen, eine Stimme: »Zimmerservice!«

Sie zögert. Die Tür hat keinen Spion. Hat Chander etwas bestellt? Cyn öffnet sie einen Spalt, sieht einen livrierten Pagen. Sie zieht die Tür weiter auf. Aus den Augenwinkeln erkennt sie vier weitere Personen nahe der Wand. Cyn schlägt die Tür zu. Sie hört, wie jemand am elektronischen Schloss hantiert. Sie stürzt zum Fenster, vor dem die Feuerleiter in den Hof und auf das Dach führt. Sie schiebt das Fenster hoch.

»Was machst du da?« Chander tritt aus dem Bad.

Cyn antwortet ihm nicht, sieht ihn nicht einmal richtig an, nimmt sein verdutztes Gesicht nur mehr aus den Augenwinkeln wahr, während sie durch die Fensteröffnung hinaus auf das Metallgitter flüchtet. Der Hof ist schmal, düster und gefüllt mit schwüler Hitze. Hinter sich möchte Cyn das Fenster schließen, doch es klemmt, ein letzter Spalt bleibt offen. Sie steigt die ersten Stufen hinab, als sie sieht, wie die Zimmertür geöffnet wird. Chander, der in seiner Tasche wühlt, wendet sich um. Einige Personen stürmen den Raum, zwei überwältigen Chander, drei machen sich am Fenster zu schaffen. Cyn hört ihre Stimmen, Wortfetzen wie »Hof«, »unten«, »abfangen«, »Falle«, doch ihre Aufmerksamkeit gilt nur noch den eisernen Stufen, die unter ihren Füßen scheppern und von denen sie jetzt mehrere gleichzeitig auf einmal nimmt. Chanders Zimmer liegt im achten Stock. Zwei Etagen hat sie bereits geschafft. Aber unten wird sie sicher erwartet. Noch entdeckt sie niemanden, doch gleich müssen sie kommen. Bilder von Verfolgungsjagden aus Filmen schießen ihr durch den Kopf. Wieder eine Etage, während ihre Gedanken so hektisch durcheinanderstolpern wie ihre Füße. An ihren Handflächen spürt sie das heiße Metall des Geländers. Über sich hört sie das Trampeln ihrer Verfolger. Sie will keine Zeit mit einem Blick nach oben verlieren, um zu zählen, wie viele es sind. Nächste Etage. Neben ihr steht das Fenster zu einem Zimmer halb offen. Ohne nachzudenken, reißt sie es hoch, windet sich hinein, drückt es zu, verriegelt es hastig und rennt an den verdutzten Gästen vorbei zur Tür. Einen halben Atemzug lang überlegt sie, ob sie eine Finte wagen soll, sich im Bad verstecken, hoffen, dass die Gäste nichts verraten, und warten, dass ihre Verfolger durchs Zimmer auf den Flur rennen. Zu riskant.

Sie reißt die Tür auf, tritt auf den Flur und wirft sie hinter sich wieder zu.

Fiebrig blickt sie sich um. Die Männer über ihr haben sicher gesehen, wohin sie geflüchtet ist. Vielleicht hält sie das geschlossene Fenster für ein paar Sekunden auf. Vielleicht schlagen sie es einfach ein. Sicher benachrichtigen sie ihre Verbündeten im Hof über die neue Lage. Wo kommen die jetzt herauf? Mit dem Fahrstuhl. Durch das Treppenhaus. Dort begegnet sie ihnen auf jeden Fall. Mit dem Fahrstuhl hat sie eine winzige Chance. Wenn er rechtzeitig kommt. Wenn sie dort unten nicht schon jemand erwartet. Allerdings war die Lobby bisher immer recht belebt, wie Cyn sich erinnert. Ist sie dort sicher? Wenigstens für einen Moment?

Sie hastet zu den Aufzügen. Von den vier Stück sind zwei unterwegs nach oben, einer kommt von oben, einer steht still. Cyn drischt auf den Knopf ein und betet. Vor ihr öffnet sich eine Tür. Der Lift ist leer. Cyn springt hinein, drückt den Knopf für die Empfangshalle. Die zwei Hälften der Metalltür schließen sich.

Atemlos und verschwitzt versucht sie, ihre Gedanken zu sortieren. Ihr bleibt höchstens eine halbe Minute, bis sich die Tür im Erdgeschoss öffnet. Wenn sie noch eine Bestätigung gebraucht hätte, dass Eddies Tod und wahrscheinlich auch der von Joszef Abberidan kein Zufall gewesen waren, dann hat sie die jetzt wohl erhalten. Obwohl … sie traut Carl Montik und auch Chander zu, ihr das Video vom Computer zu stehlen. Aber wären sie fähig, einen Mord zu begehen? Nein, das kann sie sich nicht vorstellen. Warum hat Chander das Video am Flughafen in London überhaupt wiederhergestellt, nachdem es bereits von jemandem gelöscht worden war? Steckt er vielleicht doch nicht mit Freemee unter einer Decke? Oder hat er von dem Experiment selbst nichts gewusst? Wie lautet sein wirklicher Auftrag? Sie zu überwachen, sie abzulenken? Will er sie tatsächlich nur benutzen, um Kasse zu machen? Warum der Anschlag auf sie? Warum kein neuer Versuch, stattdessen das Angebot? Ein Verdacht dreht ihr fast den Magen um: Dank Cyns Selbstvermessung mittels Smartwatch, Brille und Datensammlung kennt Freemee ihre Einstellungen mittlerweile ziemlich gut. Sie selbst hat bereitwillig ihre Daten weitergegeben. Wegen Peggy. Nein, korrigiert sie sich. Wegen Chander. Sie spürt einen bitteren Geschmack wie von Galle im Mund. Sie schluckt, während ihre Gedanken weiterrasen. Hat Will sie wegen ihrer Werte zu dem Termin überredet und Carl ihr das Angebot gemacht? Weil Freemees Programme Chancen sehen, dass sie auf das Angebot eingeht? Wäre sie jemals bereit dazu gewesen? Einen Moment lang hat sie es überlegt!

*Ihr könnt mich!*

In Joaquims Brille zittern die bunten Anzeigen für Cynthias Geräte, kleine Ziffern daneben zeigen in rasender Veränderung, wie die Höhenmeter weniger werden, während sie mit dem Fahrstuhl Richtung Erdgeschoss fährt.

»Sie fährt mit dem Lift herunter«, zischt er in das Brillenmikro. »Beeilt euch! Und denkt daran, das Hotel überwacht mit Kameras die Fahrstühle und den Empfangsbereich. Dort also kein auffälliges Verhalten, kein Laufen, keine Gruppen bilden und keine Identifikation zulassen!«


Fast geben Cyns Knie nach, als der Aufzug hält. Mit einem leisen Schleifen schieben sich die Türhälften zur Seite. Davor wartet ein Pulk von sieben Personen, allen voran eine ältere Schwarze mit großer Brille. Neben ihr eine Familie mit zwei Kindern und ein junges Pärchen in kurzen Hosen und Rock. Hinter ihnen gehen mindestens dreißig Menschen in alle Richtungen, warten an der Rezeption, andere stehen in Gruppen beisammen. Die Wartenden vor Cyn treten ein wenig zur Seite, um sie passieren zu lassen. Mit einem Blick kontrolliert sie den übrigen Bereich vor den Fahrstühlen auf Verdächtige, ist sich nicht sicher bei zwei Männern in Anzügen und einem in Jeans.

Sie müsste dem Mann an der Rezeption erzählen, was passiert ist, doch dort warten fünf Leute. Der Gedanke, sich in diese Schlange stellen zu müssen, macht sie nervös. Die zwei Anzugträger erscheinen ihr außerdem immer noch verdächtig. Sie entschließt sich anders und geht mit langen Schritten zum Ausgang. Zwei Mal wendet sie sich um, doch niemand folgt ihr.

Draußen umhüllt sie die Hitze, trotzdem bewegen sich die meisten Menschen schnell. Sie hätte gern eine Kappe und eine Sonnenbrille, nicht wegen des Sonnenlichts, sondern gegen die öffentlichen und privaten Überwachungskameras, über die man sie hier schnell wird finden können. Mit gesenktem Kopf mischt sie sich in das Treiben. Rasch schlängelt sie sich bis zur nächsten Kreuzung durch.

An der Gebäudeecke bettelt eine Obdachlose. Schnell beugt sich Cyn zu ihr hinab, als wollte sie Geld in ihren Becher werfen. Dabei streift sie die Smartwatch ab, und bevor die Frau sich wehren kann, schiebt sie ihr das Armband über das Handgelenk.

»Ein Geschenk«, sagt Cyn. »Tragen Sie es, bevor Sie es verkaufen.«

»So einfach ist das nicht«, flüstert Joaquim vor sich hin.

Die öffentlichen Bilder der Überwachungskamera eines Coffeeshops ließen ihn zwar nicht erkennen, was Cyn bei der Pennerin getan hat. Die für wenige Sekunden unterbrochene Datenmessung von Cyns Smartwatch sowie die danach veränderten Puls- und anderen Werte, besonders natürlich die Ortsdaten, verraten ihm jedoch, dass nun jemand anderes die Sensorenuhr trägt.

In scharfem Ton gibt er die Informationen seinen Männern durch. Was hat sich der Teamleiter dabei gedacht, niemanden in der Lobby zu stationieren und stattdessen alle in den Hof und hinauf zu beordern? Immerhin werden sich die Typen jetzt extra anstrengen, um die Scharte auszuwetzen.

»Was für das Hotel galt, ist auf der Straße noch wichtiger«, erinnert er die Teammitglieder. »Bleibt unauffällig, damit euch das *Domain Awareness System* nicht erfasst. Maximal ein Verfolger auf Bonsants direkter Route. Ich habe sie im Blick und weise euch an.«

An der Kreuzung wartet Cyn in einem Pulk von Fußgängern vor der roten Ampel. Unauffällig lässt sie ihre Datenbrille in die Messengertasche eines jungen Mannes gleiten. Dabei sieht sie darin ein Smartphone schimmern und versucht ihr Glück. Behutsam zieht sie es heraus. In der hohlen Hand testet sie mit einem Fingertippen den Schirm. Unverschlüsselt. So, dass es unter ihrer Hand niemand sehen kann, steckt sie es in ihre Hosentasche. Als die Lichter zu Grün wechseln, drückt sie ihr eigenes Smartphone einer Jugendlichen in die Hand.

»Schenke ich dir«, erklärt sie und läuft weiter, ohne auf die Rufe des Mädchens zu reagieren.

Netter Versuch, denkt Joaquim, Frau Bonsant hat wohl *Staatsfeind Nr. 1* gesehen.

Dank der praktisch flächendeckenden und live ins Internet übertragenden Überwachungskameras von Geschäften und Unternehmen in diesem Teil Manhattans behält er sie trotzdem gut im Blick, auch wenn die mangelnde Bildqualität vieler billiger oder veralteter Geräte es ihm nicht leichtmacht. Von den Mitgliedern seines Verfolgerteams bekommt er die Auskunft, dass sie Bonsant in unterschiedlichem Abstand folgen. Unnötig, er weiß genau, wo sie sind.

»Wir sind nicht mehr Mom's und Dad's Polizei«, erklärte New Yorks Bürgermeister im Jahr 2012, als er das *Domain Awareness System* des New York Police Departments vorstellte. Und in der Tat, die Anlage des *Real Time Crime Centers* in Lower Manhattan erinnert eher an eine futuristische Filmszene als an eine gewöhnliche Polizeizentrale. Vor einer neun Meter langen Videowand sitzen Dutzende Polizisten in dunklen Anzügen an ihren Monitoren und versorgen die Kollegen auf der Straße mit Informationen. Was sie früher stunden-, tage-, vielleicht monatelang in Archiven suchten und möglicherweise gar nicht fanden, liefern ihnen die Computer nun auf Knopfdruck. Zudem verknüpft und analysiert modernste Software unfassbare Datenmengen von Tausenden Verbrechensakten, Bewährungsdaten, Millionen personenbezogener Akten, über detaillierte Stadtpläne, Satellitenbilder und Adressverzeichnisse bis zu Notrufen, den Bildern Tausender Überwachungskameras, den Nummernschildern jedes Autos, das nach Manhattan fährt oder die Insel verlässt, und noch viel mehr.

Als der Notruf aus dem Bedley-Hotel eingeht, in dem eine Managerin einen Schwerstverletzten mit Kopfwunde meldet, spuckt das *Domain Awareness System* binnen Sekunden Luftbilder und Straßenpläne des Gebiets in der Lower East Side aus, dazu Aufnahmen sämtlicher Überwachungskameras aus einem Umkreis von fünfhundert Metern, beginnend dreißig Sekunden vor Eingang des Notrufs. Während die ersten Streifen losgeschickt werden, poppen weitere Daten auf.

Die Anruferin weiß nicht, wie lange das Opfer, ein Mann, schon in dem Zimmer liegt, ihren ersten Informationen nach können es aber nur wenige Minuten gewesen sein. Daraufhin rufen die Beamten im RTCC die Aufzeichnungen der nahe liegenden Überwachungskameras ab, um auch in der Zeit vor besagten dreißig Sekunden nach Verdächtigem Ausschau zu halten.

Die Anruferin ist eine besonnene Frau, die ruhig ihre Angaben macht. Gebucht war das Zimmer, in dem das Opfer gefunden wurde, auf einen gewissen Chander Argawal. Sie hat den Namen kaum genannt, da blinken im Center mehrere rote Lichter auf, und jeder im Raum spürt, wie die Luft vor Anspannung vibriert.

»Mögliche Verbindung zu terroristischen Aktivitäten!«, verkündet eine Standardwarnung auf den Monitoren der großen Videowand.

Nach dem nächsten Atemzug verfügen die Polizisten bereits über umfangreiche Informationen zu dem IT-Spezialisten, inklusive Lebenslauf, Arbeitgeber, Bilder, Videos und Medienberichten. Sie sehen, dass er US-Bürger ist, erst am Vortag mit einem Flug aus London über den JFK-Airport in die USA einreiste und in den vergangenen Tagen im Zusammenhang mit der Jagd auf als Terroristen gesuchte Internetaktivisten auffiel. Umgehend schaltet der Leiter des RTCC die Antiterroreinheit des NYPD ein.

Informationen, die Richard Straiten auf seine Brille erhält. Die soll er als einer der ersten Homicide-Detectives des NYPD testen. Währenddessen lässt sein Kollege am Steuer den Einsatzwagen auf dem Weg zum Bedley-Hotel förmlich aus der Garage springen.

In Cyns Ohren rauscht das Blut. Immer wieder blickt sie sich um. Jetzt meint sie, Unruhe unter den Passanten vor dem Häuserblock hinter der nächsten Kreuzung zu erkennen. Obwohl sie nichts Konkretes sieht, hetzt sie los, biegt an der nächsten Kreuzung ab, fällt wieder in schnellen Schritt zurück. Hier sind noch mehr Menschen unterwegs. Sie muss erst einmal weg von der Straße!

Vor sich entdeckt sie einen der typischen Touristenläden. An Ständern auf dem Bürgersteig hängen Tücher, T-Shirts, Sonnenbrillen und Schirmkappen. Cyn greift sich eine Kappe und die nächstbeste Brille, setzt sie auf und ist schon wieder unterwegs. Sie ist den halben Block hinunter, als sie jemanden rufen hört.

Sie dreht sich um, entdeckt eine Frau, wahrscheinlich die Verkäuferin, die ihr eine Faust nachschüttelt, aber keine Anstalten macht, sie zu verfolgen. Trotzdem verfällt Cyn in einen langsamen Laufschritt. An der nächsten Kreuzung dreht sie sich kurz um, die Frau ist verschwunden, dafür reckt ganz hinten ein Mann suchend seinen Hals. Das könnte sonst wem gelten. Sicherheitshalber geht sie flott weiter, dreht nur alle paar Meter leicht den Nacken, um aus den Augenwinkeln nach hinten zu blicken, und biegt schnell um die nächste Ecke. Hundert Meter vor sich entdeckt sie das Schild einer U-Bahn-Station.

»Sie trägt eine grüne Schirmkappe und eine braune Sonnenbrille«, erklärt Joaquim dem Team. »Sie geht soeben in die U-Bahn-Station Grand Street, Ausgang Süd.« Er schaltet um auf die Überwachungskameras aus der U-Bahn, auf die er Zugriff hat, auch wenn er das nicht haben dürfte.

Angespannt läuft Joaquim in dem Büro auf und ab. Auf seiner Brille prüft er, ob in der Subway gerade Freemee-Nutzer unterwegs sind, vielleicht sogar welche mit aktiven Brillen. Einen Augenblick später hat er die Statistik vorliegen. Wie in vielen Dingen sind die New Yorker vorne mit dabei. Von den etwa drei Millionen Menschen, die sich täglich in Manhattan aufhalten, nutzen bereits zweiundzwanzig Prozent Freemee. Immerhin rund sechshundertsechzigtausend Personen. Nicht ganz die Hälfte davon besitzt eine Datenbrille. Auf so einem kleinen Gebiet wie Manhattan besteht also durchaus die Chance, dass einer von denen sich gerade in der Grand Street Station aufhält und Cynthia Bonsant sehen und identifizieren könnte.

Doch noch ist es zu früh, den Nutzern eine Meldung auf ihre Geräte zu schicken. Solange keine plausiblen Aussagen von Zeugen aus dem Bedley-Hotel oder der Polizei kommen, die Cynthia Bonsant mit einem Mord in Verbindung bringen, kann Freemee das nicht tun. Wenigstens auf die erste davon wird Joaquim warten müssen.

Jetzt hält die Britin an, drückt sich an eine Wand, den Rücken zu den Kameras. Joaquim kann nicht sehen, was sie aus ihrer Hosentasche zieht, und auch nicht, was sie damit im Schutz ihres Körpers macht. Sie hebt eine Hand ans Ohr. Was hält sie da? Noch ein Telefon? Woher hat sie das? Wem gehört es? Mit wem spricht sie?

Vi sitzt mit einem Sandwich als Abendessen vor ihrem Laptop und chattet mit Freundinnen, als ihr Smartphone sich meldet. Die Nummer kennt sie nicht, sie hat eine ausländische Vorwahl.

»Hallo?«

»Hör mir zu, Schatz, stell jetzt keine Fragen, tu einfach, was ich dir sage«, hört sie die Stimme ihrer Mutter. Sie klingt abgehackt und nervös. Im Hintergrund hört Vi Stimmengewirr, Rauschen, Schritte.

»Erinnere dich an vorgestern Abend, die Überraschung. Verwende sie. Und schreib etwas hinein. In der linken Schublade im Wohnzimmerschrank findest du eine gelbe Haftnotiz mit einer Info. In der Küche in der Krimskramslade findest du noch eine rosafarbene mit zwei wirren Zeilen. Das gibst du ein. Sie sollen das überprüfen. Hast du alles verstanden?«

Das war nicht so kompliziert. Vi ist bereits unterwegs und sucht die Zettel, findet sie. Auf dem gelben steht eine Internetadresse beim *Daily*. Die Zeilen auf dem rosafarbenen sehen aus wie ein Benutzername und ein Passwort. Aber warum bleibt ihre Mutter so kryptisch? »Ich denke, ja. Aber was …«

»Danach brauchst du die Zettel nicht mehr! Und noch etwas. Schreib dazu noch eine kurze Nachricht. Ich habe Informationen, dass man ihnen dicht auf den Fersen ist, womöglich speziell hier, wo ich bin.«

»Okay … Auch wenn ich null Ahnung habe, wovon du redest.«

»Das ist gut so, glaub mir. Gib auf dich acht! Ich hab dich lieb.«

Damit endet die Verbindung. Ratlos betrachtet Vi ihr Phone, die zwei Zettel.

Von welchem Telefon aus spricht sie da?«, fragt Marten Luís.

»Checke ich gerade«, sagt Luís.

»Wovon reden die?«

»Ich schätze, die Kleine soll mit irgendjemandem Kontakt aufnehmen.«

»Mit wem?«

»Keine Ahnung. Der Redaktion vielleicht?«

»Warum ruft die Mutter dann nicht direkt dort an? Und redet nur in Andeutungen.«

»Das Handy gehört einem Jesús Dominguez aus New York. Ich lasse ihn überprüfen. Vielleicht hat sie es ihm auch bloß geklaut.«

»Können wir es orten?«

»Dauert ein wenig, aber ja.«

»Sind wir im Laptop der Tochter und kriegen ihre Kommunikationen?«

»Klar. Haben wir sicherheitshalber vor ein paar Stunden eingerichtet, so wie das Smartphone.«

Mit ein paar Tastenbefehlen zaubert Luís mehrere Fenster auf einen seiner Bildschirme.

»Da haben wir Viola Bonsants Laptop. Ist angeschaltet. Aber sie tut nichts damit.«

»Vielleicht sollten wir die britischen Kollegen bitten, bei der jungen Dame vorbeizusehen«, meint Marten und greift zum Telefon.

Vi hat den Pi startbereit, auf dem Fernseher erscheinen die Wasserfälle und das Dialogfenster. Nervös gibt sie zum Einloggen den Benutzernamen und das Passwort ein, die sie in der gestrigen Sitzung vereinbart haben. Dabei geht ihr nicht aus dem Sinn, dass sie Leute kontaktiert, die als Terroristen gesucht werden. Klang ihre Mutter deshalb so eigenartig am Telefon? So hektisch? Vi schreibt die Nachricht, wie Cyn sie ihr aufgetragen hat.

**peekaboo777:**
Nachricht erhalten. Wer ist da? Cyn ist es nicht.
**Guext:**
Ist doch egal, oder? Hauptsache, ihr habt die Info.

In dem Fenster passiert ein paar Sekunden lang nichts. Vi will schon aussteigen, da schreibt peekaboo777:

Viola?

Vi schießt das Blut ins Gesicht. Erschrocken will sie die Verbindung unterbrechen, da erscheinen die nächsten Worte:

Ok. Wir sehen uns das an.
– Session beendet –

406

Mit pochendem Herzen sitzt Vi im Wohnzimmer. Was meinte ihre Mutter, als sie sagte, dass sie die Zettel nicht mehr braucht? Soll Vi sie vernichten? Die ganze Sache ist ihr unheimlich. Sie spült die beiden Haftnotizen im Klo hinunter. Sicher ist sicher.

Im unterirdischen Neonlicht drängelt sich Cyn durch einen langen Gang. Die Luft ist heiß und stickig, das Atmen fällt ihr schwer. Die Sonnenbrille nimmt sie nicht ab, doch damit ist sie nicht die Einzige hier unten. Nach dem Telefonat mit Vi kennen mögliche Lauscher die Nummer des geklauten Handys und können es vielleicht orten. Weg damit! Sie wirft es in einen Mülleimer, entschuldigt sich stumm bei seinem Besitzer. Sie gelangt an die Ein- und Ausgangssperre, kramt aus den Taschen ihrer Jeans ein paar Münzen, wirft sie in den Automaten, der ihr ein Ticket ausspuckt. Von irgendwoher hört sie einen Zug anrumpeln. Gemeinsam mit Dutzenden anderen zwängt sie sich in einen Waggon. Das Gesicht an eine Fensterscheibe gedrückt, sucht sie nach möglichen Verfolgern, entdeckt aber niemanden, der ihr durch Hast oder suchende Blicke auffällt.

Erschöpft lehnt sich sie zurück und starrt auf die Gesichter der anderen Passagiere. Die meisten glänzen matt von einer feinen Schweißschicht. Instinktiv will Cyn ihre Brille aktivieren, um über den jungen Schwarzen ihr gegenüber etwas zu erfahren, der sie wiederum durch seine Brille mustert. Ob es eine Datenbrille ist? Cyn kann es nicht erkennen.

Sie hofft, ihre Verfolger vorläufig abgehängt zu haben. Selbst wenn sie Autos auftreiben, sind sie in Manhattans Verkehr nicht schneller unterwegs als die U-Bahn.

Cyn überlegt ihren nächsten Schritt. Soll sie sich direkt zu NBC durchschlagen? Oder doch besser zur Polizei? Sie hat Zweifel, dass die sie verstehen, geschweige denn ihr glauben werden. Seit der Behandlung durch die Beamten in London traut sie den Sicherheitsbehörden nicht mehr. Hätte ihr jemand vor zwei Wochen davon erzählt, sie hätte denjenigen für einen Spinner gehalten.

Sie tastet nach dem USB-Stick in ihrer Jeanstasche. Dann legt sie sich die Reihenfolge ihrer nächsten Schritte zurecht: Wenn möglich, muss sie Zugang zu einem Computer und dem Internet finden. Wenn ihr das nicht gelingt, wird sie sich zu NBC durchschlagen.

Mit schrillem Quietschen der Bremsen fährt der Zug in die nächste Station ein. Die ist so voll, dass sie unmöglich jede wartende Person prüfen kann. Ihr Blick fliegt über die Menge, in der Hoffnung, instinktiv etwas Auffälliges zu bemerken. Jetzt wäre die Brille mit der Gesichtserkennung Gold wert! Wenn sie hier unten empfangen könnte. Und wenn sie nicht gleichzeitig ihren Aufenthaltsort verraten würde.


Als Detective Richard Straiten am Hotel ankommt, beginnen die Uniformierten gerade damit, die Straße abzusperren. Zwischen den Lichtern der Streifenwagen blinken rot die des Rettungswagens. Mit quietschenden Reifen reiht sich Straitens Partner in die Reihe der Wagen vor dem Hoteleingang ein. Von der anderen Seite rast ein Critical-Response-Wagen an, aus dem die schwerbewaffneten Mitglieder des Hercules-Teams springen. Mit ihren Waffen im Anschlag sichern einige den Eingang des Hotels, während andere hineinstürmen. Verschreckte Passanten drücken sich an Hauswände, andere zücken ihre Smartphones und filmen.

Straiten zeigt seinen Ausweis vor und gelangt mit seinem Partner in die Empfangshalle. Dort befindet sich bereits ein gutes Dutzend Uniformierter zwischen einigen Zivilisten und den Hotelangestellten. Die Anwesenden wirken angespannt, aber ruhig. Von draußen hört Straiten weitere Einsatzwagen heranfahren. In wenigen Minuten wird es hier von Beamten wimmeln. Straiten fragt sich zu der Managerin durch, die angerufen hat. Die große, schlanke Latina erwartet ihn in Gesellschaft eines weiblichen Officers und einer weiteren Frau in Hoteluniform am Empfangstresen. Sie stellt ihm ihre Mitarbeiterin als jene Frau vor, die das Opfer gefunden hat.

Das Mitglied des Reinigungsservice ist auf dem Gang von einem Gast auf Schreie in einem Zimmer hingewiesen worden, dessen Tür offen stand.

»Darin fand ich einen Mann leblos am Boden liegen. Am Kopf hatte er eine blutige Wunde. Neben ihm lag ein blutverschmierter Laptop. Daraufhin habe ich sofort die Managerin verständigt.«

»Welcher Gast hat Sie benachrichtigt?«, möchte Straiten wissen. »Ist er jetzt hier unten oder auf seinem Zimmer?«

Weder die Servicefrau noch die Managerin können die Frage beantworten. Bislang hat sich der Mann nicht gemeldet. Straiten fragt nach den Aufzeichnungen der hoteleigenen Überwachungskameras.

»Wir haben nur hier in der Lobby und in den Fahrstühlen welche«, erklärt die Managerin. »Nicht auf den Fluren.«

Straiten flucht innerlich. »Konnten Sie denjenigen erreichen, der das Zimmer gebucht hat?«

»Nein. Ich will nicht ausschließen, dass er selbst das Opfer ist. Identifizieren konnte ich ihn nicht, da er auf dem Bauch lag und sein Gesicht zu blutverschmiert war.«

Nein, Ungewöhnliches ist ihnen an dem Gast seit seiner Ankunft nicht aufgefallen. »Aber weil Sie danach fragen, jetzt erinnere ich mich an ein anderes Ereignis, das Gäste kurz vor der Entdeckung des Opfers meldeten. Sie behaupten, dass eine Frau über die Feuerleiter durch das Fenster in ihr Zimmer eindrang, es aber durch die Tür gleich wieder verließ. Allerdings war das einige Etagen unterhalb des Tatorts. Leider gibt es auch davon keine Bilder, weil wir keine Kameras auf den Fluren und im Hof haben.«

»Vielleicht hat sie danach den Aufzug benutzt«, meint Straiten. »Stellen Sie mir bitte sofort alle Überwachungsvideos aus diesem Zeitraum zusammen.«

Er stellt noch ein paar Fragen, dann geht er hoch ins Zimmer, wo der Mann gerade von Sanitätern und einem Arzt auf einer fahrbaren Krankenbahre abtransportiert wird. Unter der Atemmaske und dem Blut kann Straiten sein Gesicht nicht erkennen.

Er bleibt an der Tür stehen. Im Zimmer durchsuchen zwei Mitglieder des Hercules-Teams vorsichtig jeden Winkel. Gleichzeitig rücken die Leute von der Spurensicherung in ihren Overalls an. Hier wird Straiten so bald nichts erfahren. Er kehrt zurück in die Lobby.

Die Managerin hat ihm inzwischen die Überwachungsvideos auf einen Computer in ihrem Büro überspielt.

»Ich habe schon einmal ein wenig gesucht«, erklärt sie ihm und zeigt auf ein Bild, das eine Frau mittleren Alters beim Einsteigen in eine Fahrstuhlkabine zeigt. »Wenige Sekunden nach der Beschwerde der Gäste im vierten Stock fährt diese Frau aus genau dieser Etage ins Erdgeschoss.«

»Und die anderen Kabinen?«

»Waren unterwegs. Eine von ihnen hält – von unten kommend – ein paar Sekunden später ebenfalls auf dieser Etage. Da ist die Frau aber schon weg.« Sie zeigt die Bilder einer Kabine mit fünf Personen, von denen zwei Männer im vierten Stockwerk aussteigen. Die Kamera filmte nur ihre Rückenansicht.

»Sonst steigt in den folgenden Minuten niemand auf dieser Etage ein«, sagt die Frau. Sie ruft noch einmal die Bilder der Frau auf. »Ihr Gesicht erkennt man ja ganz gut. Ich habe mir erlaubt, es gleich durch eine Gesichtserkennungssoftware zu schicken.«

Mach du nur unsere Arbeit, denkt Straiten genervt, sagt aber höflich: »Danke. Sehr gut mitgedacht.«

»Dabei habe ich etwas Interessantes entdeckt«, fährt die Managerin geschmeichelt fort. »Sie ist ebenfalls Gast bei uns. Cynthia Bonsant, eine britische Journalistin. Das Zimmer für sie wurde von NBC gebucht.«

»Dem TV-Sender?«

»Hat ein Kontingent bei uns. Schickt regelmäßig Leute her. Talkshowgäste und so.«

In Straitens Kopf schrillt ein Alarm. Journalistin! TV-Sender! Die Typen machen aus einer Mücke einen Elefanten und drehen die Dinge, wie sie es brauchen. Die Ermittlungen werden unter dem Brennglas der Öffentlichkeit stattfinden. Straiten und seine Kollegen müssen jeden ihrer Schritte wohl kalkulieren und dürfen sich keine Ausrutscher erlauben.

»Unsere Anmeldedaten zeigen, dass Miss Bonsant gleichzeitig mit dem Mann eincheckte, in dessen Zimmer das Opfer gefunden wurde.«

»Chander Argawal«, bemerkt Straiten. »Das ist nun wirklich interessant.«

Mit einem Fingerstrich über den Bügel seiner Brille stellt er eine Verbindung zum Real Time Crime Center her.

»Cynthia Bonsant, britische Journalistin«, sagt er zu dem Kollegen, dessen Konterfei vor ihm auftaucht. »Ich brauche alles, was wir über sie haben.«

Vi ist kaum zurück aus dem Bad, als ein Freemee-Alarm auf ihrem Bildschirm aufpoppt.

Dein Datenwert stieg gerade um mehr als fünf Prozent!
Mehr >

Irgendetwas muss passiert sein. Nach dem Telefonat mit ihrer Mutter ohnehin schon nervös, klickt sie die Meldung an.

Die Bekanntheit deiner Mutter Cynthia Bonsant stieg gerade signifikant. Davon profitierst auch du, Viola. Mehr >

Die Talkshow!, fällt Vi ein. Die hat sie total vergessen! Aber sollte die nicht erst später stattfinden? In New York ist es gegen halb vier Uhr nachmittags. Sie klickt auf »Mehr«. Auf ihrem Monitor springt ein Fenster mit mehreren Spalten auf, in denen sich die Meldungen aus verschiedensten sozialen Netzwerken überschlagen. Sie erneuern sich so schnell, dass Vi Mühe hat, den Inhalten zu folgen. Schnappschussartig erfasst sie einige.

Wow, was ist hier los? Jede Menge Polizei und Blaulicht beim Bedley-Hotel! #NYC #wasgehthiervor (Foto)

Passanten wollen Verfolgungsjagd in der #LowerEastSide gesehen haben

Sah nervöse Frau aus Bedley-Hotel eilen. Überall Polizei. Nun Befragung statt Shoppingtour :-(

Polizei sucht angeblich nach Frau, die mit dem Opfer reiste #nyfugitive

Another day, another dead #NYC

Shit! Seht euch die Typen an! Stürmen Bedley-Hotel in #NY (Foto)

Auf dem Foto erkennt Vi zwei Typen in schwerer schwarzer Panzerung, mit vermummten Gesichtern, Helmen und automatischen Waffen, wie sie an dem Freizeitfotografen vorbeirennen. Vi kann das Stampfen ihrer Füße und ihre gebellten Befehle förmlich hören.

Toter in Bedley-Hotel, NYC? Polizei vor Ort

Noch immer viel Aufruhr vor Bedley-Hotel. Polizei sperrt Straße vor Hotel (Foto)

Ambulanz transportiert Opfer von Hotelanschlag ab (Foto)

Nervöse Frau auf Flucht #LowerEastSide? Eingefangen von meiner Brille Minuten vor Polizeieinsatz in Bedley-Hotel (Video)

Beunruhigt klickt Vi das Video an. Was haben diese Meldungen mit ihrer Mutter zu tun?

In dem verwackelten Video aus der Perspektive der Posterin hastet eine Person aus einem Gebäude. Zuerst ist sie nur eine Silhouette im Nachmittagslicht, die sich zwischen den Passanten hindurchschlängelt, bis sie fast mit der filmenden Person zusammenstößt. Jetzt erkennt Vi eindeutig ihre Mutter. Nervös kehrt sie zu den Meldungen zurück. Was ist da passiert?

Eine Menge Aufregung im südlichen #Manhattan. Polizei jagt mutmaßliche Mörder/in

Mord in #Bedley-Hotel #NYC schon bestätigt?

Nein. Bislang keine Bestätigung der Polizei. Nur viele Uniformen und Blaulichter

Angeblich sieben Tote bei Anschlag in #Bedley-Hotel, #NYC (Link)

Noch ein Film der Flüchtenden aus dem #Bedley-Hotel, #NYC, aufgenommen von meiner Brille (Video)

Mit klopfendem Herzen sieht sich Vi auch diese Aufzeichnung an, die kaum eine halbe Stunde alt ist, wie der Timecode zeigt. Verrauschter Straßenlärm dröhnt aus den Lautsprechern ihres Laptops. Aus dem Blickwinkel dieses Passanten stolpert ihre Mutter aus dem Hotel, sieht sich kurz links und rechts um, bevor sie dem Filmenden den Rücken zuwendet, rasch davongeht, fast läuft, und zwischen den Menschen verschwindet. Wer Cyn nicht kennt, könnte sie auf diesen Bildern allerdings nicht identifizieren, denkt Vi, dafür sind sie zu unscharf und fahrig.

Mit einem Gefühl wachsender Panik wirft Vi einen Blick auf die neuesten Meldungen.

Berichte von drei Toten bei Explosion in Bedley-Hotel #NYC via @jjkwnews

Polizei bestätigt bislang keinen Anschlag in Bedley-Hotel #NY Ermittlungen laufen

Bilder von Personen, die Bedley-Hotel unmittelbar nach Anschlag verließen. Aufgenommen mit #eyeclick (Fotos)

Was soll sie tun? Sie wählt die Nummer, von der ihre Mutter sie zuvor anrief. Nach mehreren Freizeichen hört sie die mechanische Stimme der Sprachbox. Sie versucht es noch einmal, mit demselben Ergebnis. Hektisch schreibt sie eine SMS an die Nummer:

»Du wirst gesucht! Was ist los?!! Melde dich!!!«

Minutenlang wartet sie auf eine Antwort, verfolgt währenddessen die Meldungen. Als ihr Phone stumm bleibt, loggt sich Vi noch einmal mit dem Pi bei den Wasserfällen ein.

**Guext:**
Habt ihr mitbekommen, was mit meiner Mutter los ist?

Die Antwort kommt fast sofort.

**peekaboo777:**
Ja.
**Guext:**
Sie war das nicht. Helft ihr bitte!
**peekaboo777:**
Wir versuchen es

»Was jetzt?«, fragt Alice. »Ein Toter? Drei? Sieben? Schießerei? Explosion? Anschlag? Warum posten die Leute Nachrichten, wenn sie keine Ahnung haben?«

Mit Will steht sie vor der Videowand in seinem Büro und verfolgt die Jagd nach Cynthia Bonsant. »Dieser Bildschirm ist kein Nachrichtenmedium, sondern eine unüberschaubare, wabernde Gerüchtewolke!«

In einem Fenster laufen die Bilder eines regionalen TV-Newssenders. Alice dreht den Ton lauter, nimmt ihre Brille ab, steckt sie ein und fordert Will auf, dasselbe zu tun.

Polizeifunk (Link): #NYPD sucht Frau namens @Cynthia-Bonsant als Zeugin wg. Vorfälle in #Bedley-Hotel #NY; (Foto)

Hotelgast Ann Tsilakis angeblich vermisst
#NYPD kündigt erste Pressekonferenz nach #Bedley-Hotel-Zwischenfall in #NY für 17.00 ET an

Die Frau, die #NYPD nach #Bedley-Hotel-Zwischenfall sucht: @CynthiaBonsant facebook.com/Cyn... freemee. com/cyn...

»Was ist hier los?«, fragt sie Will so leise, dass sie das Gerede der Reporter nicht übertönt. »Cynthia Bonsant erfährt Freemee-Geheimnisse, und plötzlich wird sie nach möglichen Morden polizeilich gesucht?«

»Wir wissen nicht, was geschehen ist. Es ist zu früh, irgendwelche Vermutungen anzustellen.«

»Ich habe ein ganz schlechtes Gefühl bei der Sache. Wir müssen so schnell wie möglich herausfinden, was da passiert ist. Und wir brauchen Beweise für das, was du mir im Bunker erzählt hast. Am besten, noch bevor du zu der TV-Show gehst. Dann kannst du sie dort präsentieren.«

»Die werden wir nicht bekommen.«

»Wir müssen es versuchen. Ich glaube, ich weiß auch schon, wie.«

Bei ihrem hastigen Einstieg in die nächste U-Bahn hat Cyn nicht auf die Linie geachtet und beim Nachdenken einige Stationen achtlos passiert. Jetzt studiert sie noch einmal die Karte über den Fenstern. Sie scheint eine der grünen Linien 4, 5 oder 6 erwischt zu haben. Nächste Station ist Hunter College. Internetzugang bekommt sie vorerst wohl keinen. An die Adresse von NBC erinnert sie sich auch ohne Notizen. Sie entdeckt sogar eine eigene Haltestelle für das Rockefeller Center, in dem sich die Studios befinden. Bei der nächsten Station muss sie aussteigen, zurückfahren und umsteigen in die Linie Richtung Times Square.

Cyn steht nahe der Tür, um sie herum starren die Menschen in ihre Brillen, spielen mit ihren Smartphones oder reden mit unsichtbaren Gesprächspartnern. Nur wenige haben wie Cyn einen Blick für die anderen Passagiere übrig. Fast meint sie eine Komplizenschaft mit ihnen wahrzunehmen. Ein junger Mann im Kapuzenshirt fixiert sie durch seine Brille beinahe aufdringlich, wendet jedoch rasch den Blick ab, als der ihre seinen trifft. Eine junge Frau in Businesskostüm zwei Schritte hinter ihm betrachtet sie ebenso interessiert, gleichfalls durch eine Brille. Ist es noch eine Brille oder schon ein transparenter Datenmonitor?, fragt Cyn sich wie so oft in den vergangenen Tagen. Als Cyn sie länger mustert, wandelt sich ihr Blick von scharf zu gelangweilt und schweift in irgendwelche Weiten. Inzwischen schielt der junge Mann wieder zu ihr, registriert Cyn. Macht der sie an? Oder ist irgendetwas an ihr seltsam? Irritiert blickt sie sich um. Auf einer Bank in der anderen Richtung tuscheln zwei Jugendliche über ein Smartphone gebeugt. Cyn könnte schwören, dass der Finger des Jungen eben noch in ihre Richtung zeigte, aber schnell zurückgezogen wurde, als sie sich ihm und seinem Begleiter zuwandte.

Cyn fährt herum und ertappt den jungen Mann und die Businessfrau dabei, wie sie ihre Blicke wieder eilig von ihr abwenden. Cyn tut so, als hätte sie es nicht bemerkt, und stellt sich so hin, dass sie aus den Augenwinkeln sowohl die beiden links von sich als auch die zwei Jungs mit ihrem Smartphone rechts beobachten kann. Deren Finger wischen über ihr Gerät, und Cyn ist sicher, dass sie abwechselnd zu ihr hochsehen, während der Zug langsamer wird und in die Hunter College Station einfährt.

*Willkommen in Paranoia, Cyn!*

Denke, sah #CynthiaBonsant in #NYSubway, Linie 5, St Hunter College (Foto) #NYPD #Bedley-Hotel-Zwfall

Ann Tsilakis weiterhin gesucht #Bedley-Hotel-Zwfall #NY Hat sie jemand gesehen? (Foto)

Von #NYPD in #Bedley-Hotel-Zwfall gesuchte #Cynthia-Bonsant stiehlt Kappe und Brille. via Livestream Ü-Kamera @MarinasBeauty (Video)

#NYPD bestätigt ein Opfer nach Bedley-Hotel-Zwfall in #NY. Sucht brit. Journalist @CynthiaBonsant angeblich nicht mehr nur als Zeugin

Darauf hat Joaquim gewartet. Die Nachricht an alle Freemee-Nutzer in der näheren Umgebung geht automatisch hinaus.

Achtung: Das New York Police Department sucht Cynthia Bonsant als Zeugin in einem Mordfall. Falls du sie siehst, melde dies umgehend über den Notruf 911. Anrufen >> Denk daran: Der Polizei zu helfen erhöht deinen Datenwert. ACHTUNG: möglicherweise bewaffnet!

Mit der Meldung folgt ein Bild von Bonsant und ein Link zu den Social-Media-Streams mit allen Neuigkeiten zur Suche.

Sah #CynthiaBonsant #Subway #Linie 5 North verlassen bei #HunterCollege (Foto)

#CynthiaBonsant geplanter Talkshowgast at #NBC Heute Abend mit #TakishaWashington #AlvinKosak #PhilDekkert #Freemee #NYPD

Ist das #CynthiaBonsant in #HunterCollege #NY #Subway #Linie 5, Richtung Süden? (Foto)

»Sie will zu den NBC-Studios im Rockefeller Center«, erklärt Joaquim dem Team. Obwohl einige Irre die Frau sogar in Taiwan und Feuerland gesehen haben wollen.

Er ist ein wenig genervt davon, dass die Algorithmen Cynthia Bonsants Verhalten nicht genauer voraussagen können. Er hatte zwar ein *Crime-Programm* auf sie angesetzt, das EmerSec zum Aufspüren flüchtiger Verbrecher verwendet, doch dessen Prognosen sind ihm zu vage. Schließlich ist Bonsant zwar auf der Flucht, aber keine Verbrecherin. Deshalb verhält sie sich auch anders als ein fliehender Gangster.

Er überlegt schon, das *Crime-Programm* mit anderen zu kombinieren. Solchen, die zum Aufspüren weggelaufener Kinder entworfen wurden, und solchen zur Überwachung und Abwehr kritischer Journalisten und Aktivisten. Doch dafür fehlt ihm die Zeit. So lässt er momentan sämtliche ihm zur Verfügung stehenden Informationen in die Analyse einfließen und das Programm seine eigenen Schlüsse bestätigen oder Denkanstöße geben. Selbst wenn die Meldungen aus der Mongolei kommen.

Irritierend sind für ihn die Analysen der U-Bahn-Bilder. Die Kameras wollen Bonsant an Orten gesehen haben, wo sie nicht sein kann. Aber vielleicht sind einige der Geräte noch veraltet und das Bildmaterial zu schlecht.

Das Bild zeigt eindeutig ihre Mutter. Hilflos verfolgt Vi, wie Cyn in der fremden Stadt öffentlich gesucht wird. In Vis Newsstream rattern die Meldungen so schnell dahin, dass sie nur jede zehnte lesen kann, bevor sie auch schon wieder aus dem Fenster rutscht.

Ihr irrt euch! @CynthiaBonsant ist hier! #CentralParkSouth #nypd #Bedley-Hotel-Zwfall #NY (Foto)

Die Frau auf dem Foto könnte ihre Mutter sein, doch sie ist zu weit weg und zu unscharf, als dass Vi es mit Sicherheit sagen könnte. Dazwischen entdeckt Vi immer mehr Meldungen mit dem Namen einer anderen Frau, Ann Tsilakis. Angeblich wird auch sie im Zusammenhang mit den Ereignissen gesucht oder vermisst oder – wer weiß das schon genau?

Die einzigen Nachrichten aus halbwegs offizieller Quelle sind Mitschnitte des New Yorker Polizeifunks, die irgendwelche Leute online stellen. Aber wie soll Vi sicher sein, dass es sich wirklich um solche handelt? Und nicht um dumme Scherze irgendwelcher Wichtigtuer? Außerdem sind die Stimmfetzen ziemlich vage oder unverständlich.

Online sucht sie nach Informationen über diese andere Frau, findet aber wenig. Sie bestätigen, was Vi bereits aus den Kurzmeldungen weiß: eine Managerin aus San Francisco, zwei Jahre jünger als ihre Mutter. Eine gewisse Ähnlichkeit zu Cyn erkennt

Vi, auch wenn sie sich nicht vorstellen kann, dass man die beiden verwechselt.

Da ist wieder jemand, der meint, Cyn gesehen zu haben, diesmal an einem ganz anderen Ort in Manhattan. Doch die Frau auf dem dazugehörigen Bild ist wie die andere zuvor zu weit weg, als dass Vi sie zweifelsfrei identifizieren könnte.

Erwischt! #CynthiaBonsant an 2nd Ave, 92 St. #NYPD #Bedley-Hotel-Zwfall (Foto)

Wo steckt ihre Mutter denn wirklich? Was kann sie nur tun?

Bevor sich Will auf den Weg ins NBC-Studio macht, sieht er noch einmal bei Carl vorbei.

»Ich habe wegen der Präsentation noch ein paar Fragen zu den Experimenten, die du …«

»Pst!«, fährt Carl ihn an, legt den Finger auf die Lippen und springt auf. Er packt Will hart am Oberarm, zieht ihn aus dem Zimmer und bellt nur ein Wort: »Bunker.«

Will lässt seine Hand in die Hosentasche gleiten und schaltet die Aufnahme-Funktion seines Smartphones ab.

Vor dem abhörsicheren Raum entledigen sie sich aller Geräte. Carl kontrolliert sogar Wills Augen auf Linsen.

»Na klasse«, entgegnet Will lakonisch, »dein Vertrauen ist grenzenlos.«

Carl hat ihn durchschaut. Wie wörtlich man diese Metapher heute nehmen muss, denkt Will. Halbherzig stellt er Carl Fragen. Ohne eine Aufnahme sind die Antworten für ihn wertlos. Während Carl redet, überlegt Will, wie er anders an verwertbare Beweise für Carls Experimente kommen könnte.

»Gut, dass du an der Präsentation arbeitest«, sagt Carl in seine Gedanken hinein. »Übermorgen werden wir die erste halten.«

Will fühlt sich überrumpelt. Sollte er nicht erst mal eine Strategie ausarbeiten, wie man Carls »Entwicklung der ActApps«, wie er sie vorsichtig nennt, an den Mann bringen kann? Wieder bekommt er deutlich zu spüren, dass er nur ein Vorstandsmitglied zweiter Klasse ist, ein hoch bezahlter Hilfsarbeiter Carls. Der hat alles längst geplant.

»Wer?«, fragt er knapp. »Wäre gut zu wissen, um die Präsentation darauf einzustellen.«

Carl nennt ihm den Namen eines der größten Konzerne der Welt.

»Aber sie sind nur die Ersten«, fügt Carl mit einem selbstzufriedenen Grinsen hinzu.

Will würde ihm am liebsten mitten hineinhauen.

Kaum hat Carl seine Brille wieder aufgesetzt, erhält er eine Nachricht von Joaquim, Henrys neuem Wachhund für Freemee. Mit der Bitte um sofortigen Rückruf. Widerwillig folgt Carl der Aufforderung, während Will auf dem Flur vorausgeht.

Joaquim verwendet nicht einmal ein Bild oder einen Avatar für seine Gespräche mit der Brille. Carl muss mit einem Namen sprechen.

»Will Dekkerts Besuch und sein offenes Ansprechen des Experiments waren kein Zufall«, erklärt ihm Joaquims Stimme. »Wir sind in seinem Phone. Als er zu Ihnen ins Zimmer kam, hatte er eine Aufnahme-App aktiviert.«

»Mistkerl.«

»Er darf auf keinen Fall zu dieser Talkshow. Schickt jemand anderes hin.«

»Wen?«

»Keine Ahnung. Alice Kinkaid hat gerade das Haus verlassen. Aber die hätte man ohnehin nicht schicken können. Entweder Sie gehen. Oder wir sagen ab.«

»Welchen Grund gebe ich an?«

»Keine Ahnung. Die Jagd auf Cynthia Bonsant. Sagen Sie ihm, er muss im Haus sein, um auf überraschende Ereignisse reagieren zu können. Wir müssen mit ihm reden. Bis dahin darf er das Haus nicht verlassen und mit niemandem kommunizieren. Schicken Sie ihn am besten zu einer Besprechung in den Bunker.«

Carl beendet das Gespräch, ruft die Security an und befiehlt sie zu ihm. Dann läuft er hinter Will her, der gerade um eine Ecke verschwindet.

»Du kannst nicht zu der TV-Show gehen«, erklärt er ihm, als er ihn eingeholt hat.

»Warum?«

»Wir müssen noch etwas Wichtiges besprechen. Geh schon einmal zurück in den Bunker.«

»Dann muss ein anderer zum Sender«, sagt Will. »Am besten Alice, sie hat Erfahrung mit Talkshows.«

»Wohin geht sie?«, fragt Marten.

»Was essen, nehme ich an«, sagt Luís.

Sie sehen Alice über Kameras verschiedener Läden und durch die drei Brillen ihrer Beschatterinnen. Alice selbst hat ihre Brille in der Handtasche verstaut.

»Macht sie das immer?«

Luís ruft Alices Profil auf, überfliegt es.

»Gelegentlich, aber nicht regelmäßig.«

»Hat sie sich mit jemandem verabredet?«

»Weder haben wir ein Gespräch mitbekommen, noch sagt ihr Kalender etwas.«

Alice verschwindet im Eingang eines trendigen Café-Restaurants.

»Eine hinterher«, befiehlt Marten den Beschatterinnen. Durch deren Brille sieht er, wie Alice sich einen der letzten freien Tische hinten im Lokal sichert. Die Agentin bekommt nur mehr einen Platz am anderen Ende des Raums. Von dort kann sie Alice im Auge behalten, aber nicht jeden Handgriff genau beobachten, zu viele Köpfe und Körper sitzen und bewegen sich dazwischen. Vorerst müssen sie sich damit zufriedengeben.

Eine Kellnerin bringt Alice die Karte. Alice überfliegt sie, legt sie zur Seite. Sie kramt ihre Brille aus der Tasche, setzt sie auf.

»Jetzt«, sagt Luís. »Doch nicht«, seufzt er, als Alice bloß ein paar Seiten aufruft, die über die Suche nach Cynthia Bonsant berichten.


Inzwischen hat sich Detective Straiten an die sprechenden Gesichter vor seinen Augen gewöhnt. Der Hotelflur vor dem Zimmer, in dem die Tat geschah, riecht nach Teppichreiniger. Über die Brille erklärt ihm ein Kollege aus dem *Real Time Crime Center*: »Momentan erreichen uns Hunderte Hinweise. Die Analysen sagen, dass sie in Midtown ist. Mit unseren Kameras haben wir sie in der Subway noch nicht gefunden. Irgendetwas stimmt nicht mit denen, die spielen verrückt. Mit Brille und Kappe wird das auch schwierig. Das gilt ebenso für die immer öfter auftauchenden Fotos anderer Passanten, die sie gesehen haben wollen. Auch auf denen müssen wir sie selbst identifizieren, für Gesichts- und Körpererkennungssoftware sind die Bilder zu schlecht.«

Endlich lässt die Spurensicherung Straiten in das Hotelzimmer. Er begutachtet die Stelle, an der das Opfer lag. Den Teppich wird das Hotel neu verlegen lassen müssen. Neben dem halb getrockneten Blutfleck liegt ein blutverschmierter Laptop in einem durchsichtigen Beweismittelbeutel.

»Das Opfer wurde identifiziert. Es handelt sich tatsächlich um Chander Argawal. Die Ärzte geben ihm keine Überlebenschance.«

Straiten geht zum Fenster, dessen untere Hälfte hochgezogen ist. An den Scheiben erkennt er die Spuren der Techniker zur Sicherung von Fingerabdrücken. Er blickt in den schmalen Hof, in dem bereits Dämmerung herrscht, obwohl über den hohen Fassaden noch ein blaues Viereck leuchtet. Vier Stockwerke darunter lief eine Frau, von der Feuerleiter kommend, durch ein Zimmer. Straiten zeigt auf die Fingerabdrücke am Fensterglas und fragt die nächststehende Technikerin: »Habt ihr schon eine Identifizierung?«

»Gerade bekommen«, erwidert die Frau, deren Wegwerfoverall etwas eng sitzt. Sie wirft einen Blick auf ihren Tabletcomputer. »Von vier Personen. Drei von den Gästen des Zimmers vor Chander Argawal. Und die von Cynthia Bonsant.«

»Habt ihr von draußen auch welche?«

»Klar«, erwidert die Frau. »Einige stammen ebenfalls von Bonsant. Auch am Fenster und der Zimmertür im vierten Stock. Hat überall ihre Spuren hinterlassen.«

Straiten wendet sich dem Laptop in der Tüte zu. »Das Tatwerkzeug?«

»Der Arzt hält es für wahrscheinlich. Solides Ding. Damit kann man schon jemandem den Schädel einschlagen.«

»War das die Verletzung?«

»Mit Hirnaustritt.«

»So genau wollte ich es nicht wissen.«

»Aber wir fanden Bonsants Prints nur auf der Oberseite. Wenn sie damit zugeschlagen haben soll, trug sie Handschuhe oder hatte etwas anderes zwischen Haut und Gerät gesteckt.«

»Dann müsstet ihr davon Spuren finden. Habt ihr?«

»Können wir erst im Labor analysieren.«

»Wir haben die Auswertungen einiger Überwachungskameras«, erklärt der Kollege aus dem *Real Time Crime Center* Straiten in seiner Brille.

Straiten bedankt sich bei der Technikerin und fordert: »Schieß los.«

Der Kollege spielt ihm ein Video zu. Es füllt Straitens Gesichtsfeld fast völlig aus, legt sich vor die Kulisse des Hotelzimmers. Straiten erkennt den Hoteleingang aus vielleicht fünfzig Meter Entfernung. Die Bildqualität ist nicht besonders gut, Bonsants Gesicht kann er nicht wirklich erkennen.

»Das ist Cynthia Bonsant, wie sie das Hotel verlässt. Danach lässt sich ihr Weg gut verfolgen. Ganz interessant ist, was sie unterwegs tut.«

Der Kollege spielt ihm neue Aufzeichnungen zu. Bonsant beugt sich zu einer Obdachlosen, die an einer Hauswand bettelt.

»Was macht sie da? Geld wird sie ihr keines geben, oder?«, fragt Straiten. »Entsorgt sie Beweise?«

»Das haben wir uns auch gefragt.« Im Schnelllauf spielt er die Szene zurück bis zu einer Stelle etwa zwei Meter früher, an der Straiten Bonsants Oberkörper und Arme sieht. »Achte auf ihr linkes Handgelenk.«

»Sie trägt eine Uhr.«

»Exakt. Und jetzt…«

Er spielt vor, in der unnatürlichen Hektik des Schnellvorlaufs beugt sich Bonsant wieder zu der Frau am Boden, richtet sich auf und geht weiter. Das Bild stoppt.

»Die Uhr ist weg«, stellt Straiten fest.

»So ist es. Wir haben recherchiert. Es war keine normale Uhr, sondern eine Smartwatch.«

»Mit der sie ihre Körperdaten aufzeichnet?«

»Yep.«

»Warum gibt sie die ab?«

»Warte.«

Zwei Minuten später weiß Straiten, dass Cynthia Bonsant auch ein Smartphone an eine Passantin verschenkte und einem jungen Mann ihre Datenbrille unterschob.

»Ich würde sagen, sie will jedes Gerät loswerden, über das man sie elektronisch orten und verfolgen kann«, konstatiert Straiten.

»Sieht so aus.«

»Haben unsere Leute die Geräte schon eingesammelt?«

»Die Smartwatch haben sie. Das Mädchen mit dem Smartphone und den Jungen mit der Brille haben wir geortet, zwei Streifen sind unterwegs.«

»Warum tut sie das? Ist doch sinnlos angesichts unserer Kameras überall. Von denen müsste sie doch wissen, nach ihren Reportagen der vergangenen Tage.«

»Gegen die Kameras stiehlt sie ein paar Blocks weiter eine Schirmkappe und Sonnenbrille. Dann verschwindet sie in der Subway.«

»Kappe und Brille helfen ihr nichts gegen ein flächendeckendes Netz, wenn wir sie einmal gesichtet haben. Auch das muss sie wissen«, erwidert sein Kollege.

»Vielleicht denkt sie nicht daran. Sie ist keine Profikillerin. Falls sie diesen Argawal erschlagen hat, befindet sie sich in einem psychischen Ausnahmezustand.«

»Anhand des Armbands oder der anderen Geräte können wir feststellen, wo sie zum Tatzeitpunkt war.«

»Auf die Sekunde genau werden die Ärzte die Tat nicht festlegen können.«

»Checkt auch gleich die Ortsdaten seiner Geräte für den Tatzeitraum«, fordert Straiten. Machen die im RTCC ohnehin, wie er weiß, aber er will auf Nummer sicher gehen.

»Wissen wir, wo sie jetzt ist?«


Unmittelbar neben der Waggontür wartet Cyn unruhig auf die Einfahrt in den Grand Central Terminal. Wie schon zuvor hat sie das Gefühl, dass die Leute sie beobachten. Kaum öffnen sich Türen, ist Cyn draußen. Der Bahnsteig ist so voll, dass sie kaum weiterkommt. Auch hier ist die Luft stickig. Hoffentlich haben die im Studio eine Dusche, damit sie sich ordentlich frisch machen kann. Eine Katzenwäsche reicht da nicht. Auch ihre Kleidung ist inzwischen völlig hinüber. Dabei hat sie extra schickes Zeug für die Gelegenheit mitgenommen! *Verrückt, dass ich jetzt an meine Garderobe denke.*

Sie lässt sich mit dem Strom der Menschenmengen zur Stoßzeit treiben, bis sie auf einmal in der riesigen Bahnhofshalle steht, die sie aus Filmen und von Bildern her kennt. Hier wollte sie eigentlich nicht hin. Cyn fühlt sich an eine Kathedrale erinnert, bloß dass die Menschen nicht in stiller Andacht verharren, sondern in alle Richtungen hasten, um dem modernen Gott Beschleunigung zu huldigen. Nur einige halten kurz vor der großen Anzeigetafel oder schießen ein Foto als Erinnerung. *Wohin muss sie jetzt?*


Auf drei Livestreams aus Cyberbrillen kann Vi aus unterschiedlichen Blickwinkeln verfolgen, wie ihre Mutter scheinbar ziellos durch das Grand Central Terminal läuft. Offensichtlich hat sie nicht die geringste Ahnung, dass sie inzwischen von mehreren Passanten entdeckt wurde, die ihr Bild direkt in alle Welt übertragen. Einer der Sender begnügt sich nicht damit, sie im Auge zu behalten, sondern folgt ihr mit einigem Abstand. Dabei brabbelt der Freizeitreporter etwas vor sich hin, von dem Vi nur Fetzen versteht, weil es von den Geräuschen in der Halle überlagert wird.

In Vis Nachrichtenstrom kündigt sich ein vierter Überträger an. Sie öffnet auch dessen Aufnahmen in einem neuen Browserfenster. Er steht offensichtlich erhöht und überblickt die ganze Halle. Er zoomt Cyn heran, dann wieder weg. Cyn ist nur noch ein winziger Punkt unter vielen, doch einer, den er immer im Mittelpunkt seines Gesichtsfeldes behält.

Währenddessen flackern weitere Meldungen über das Fenster, in dem Vi den Newsstream verfolgt.

Neuer Polizeifunk (Link): #NYPD sucht #CynthiaBonsant als mögliche Verdächtige wg #Bedley-Hotel-Zwfall #NY #nyfugitive

#NYPD sucht immer noch nach Ann Tsilakis im #Bedley-Hotel-Zwfall. Jemand Tsilakis in #NY gesehen (Foto)

Footage d Ü-Kamera v Lebby's Deli: #CynthiaBonsant gibt Phone weg (Video)

#NYPD bestätigt ein Opfer in #Bedley-Hotel-Zwfall #NY; Verletzungsgrad unbekannt. Weitere Opfer unbestätigt

#CynthiaBonsant in Verbindung mit #Terrorismus? #Zero #0

Hallo #NYPD, hier ist #CynthiaBonsant #GrandCentral #NY!!!

Opfer aus #Bedley-Hotel-Zwfall lt. anonym. Quelle #CynthiaBonsants Partner in #Zerosuche, Chander Argawal

Mehr Footage v Lebby's Deli Ü-Kamera: #CynthiaBonsant schiebt Typ etwas unter. Was? Brille? (Video)

Ann Tsilakis: Verdächtige oder Opfer im #Bedley-Hotel-Zwfall? #NY Wo ist sie? via @nycregex (Link)

Noch ein Video (Link), das #CynthiaBonsant beim Diebstahl von Kappe u Sonnenbrille zeigt. So sieht sie jetzt aus (Foto)

Vi weiß nicht, was sie glauben soll. Sie verfolgt die beiden Videos, die ihre Mutter angeblich dabei zeigen, wie sie ihr Handy und ihre Brille weggibt. Die Überwachungskamera von Lebby's Deli muss aus dem neunzehnten Jahrhundert stammen. Dass es sich bei der Person um Vis Mutter handelt, kann höchstens jemand angeben, der über andere Kameras ihren Weg bis genau zu dieser Stelle nachvollzogen hat. Vi erkennt Cyn jedenfalls nicht. Noch kann sie in dem schwarzen Fleck, den die Person einer anderen reicht, ein Smartphone identifizieren. Gerüchteküche! Noch einmal versucht sie einen Anruf, landet wieder in der Sprachbox.

»Okay, jetzt ist die Polizei da«, ertönt deutlich der Kommentar eines Brillenträgers im Grand Central. Tatsächlich entdeckt sie zwischen den anderen Passanten die Uniformen zweier Beamter. Auf den Bildern des vierten Livesenders kann sie, wegen seiner erhöhten Stellung, die Situation besser überblicken. Am linken Bildrand bahnen sich die zwei Uniformierten ihren Weg durch die Menge in der Halle. Am rechten studiert Cyn eine Tafel mit Wegweisern, den Rücken zur Halle.

Die permanent hereinströmenden Kurznachrichten, Fotos und Livebilder vermitteln Vi das Gefühl, direkt vor Ort zu sein. Sie fiebert mit den Berichterstattern ebenso wie mit ihrer Mutter, ihre Hände sind verschwitzt, gekrümmt hockt sie vor dem Laptop, daneben der Pi, den ganzen Körper angespannt. Instinktiv möchte sie ihrer Mutter zurufen: »Achtung, Polizei! Hinter dir!« Doch muss sie hilflos mit ansehen, wie die Uniformierten ihrer Mutter immer näher kommen – und Cyn ist die Einzige, die es nicht bemerkt!

Vi ballt die Hände zu Fäusten. Fieberhaft überlegt sie, was sie tun kann. Zero? Denen hat sie schon geschrieben. Aber sie sind die einzige Chance, die sie haben.

Über den Pi schreibt sie:


Guext:
Könnt ihr meiner Mutter nicht helfen?!
Peekaboo777:
Schon dabei. Bekommen Unterstützung von Anonymous.
Sind bereits in NYs U-Bahn-Kamerasystem und manipulieren
Bilder. Als Nächstes Grand Central. Apropos: Wie hat dich
deine Mutter kontaktiert?
Guext:
Telefon.
Peekaboo777:
Deines?
Guext:
Ja.

**Peekaboo777:**

Hau ab! Wenn möglich, vermeide Kameras. Nimm den Pi mit, werde ihn unbeobachtet los, vernichte die SD! Sofort!

— Session beendet —

Vis Magen rebelliert, ihre Hände zittern. Ohne lange nachzudenken, rafft sie den Kram zusammen, schlüpft in einen Kapuzensweater, schnappt sich eine Sonnenbrille. Vermeide Kameras, empfahl Zero. Sie befürchten, dass Vi überwacht wird. Verdammt, sie ist eine ganz normale Achtzehnjährige, was soll der Scheiß? Dazu noch mitten in der Nacht? Wo soll sie überhaupt hin?

Sie zögert, dann streift sie ihre Smartwatch ab. Das Smartphone lässt sie liegen. Das Haus hat einen Hinterausgang, der zu einem schmalen Fußweg führt. So viel sie weiß, ist dort keine Kamera montiert. Sie muss es versuchen.

»Miss Cynthia Bonsant?«, fragt der Polizist in dem Moment, als er Cyn erreicht.

Überrascht bejaht sie. Mit einem mulmigen Gefühl überlegt sie, woher er ihren Namen weiß und warum er sie anspricht.

Eine Polizistin tritt an Cyns Seite. »Miss Bonsant, wir möchten Sie bitten, mit uns zu kommen«, sagt sie.

Jetzt wird Cyn wirklich nervös. Um Ruhe bemüht, fragt sie: »Worum geht es denn?«

»Unsere Kollegen haben ein paar Fragen zu Ereignissen in dem Hotel, in dem Sie wohnen.«

Die hat sie auch!

Mit einer Geste deutet ihr der Polizist den Weg. Cyn folgt ihm. Die beiden Uniformierten nehmen sie in die Mitte. Einige

Passanten verlangsamen ihre Schritte oder halten kurz inne. Zwei scheinen ihnen sogar in einiger Entfernung zu folgen, während sie die Halle Richtung Hauptausgang durchqueren.

»Von welchen Ereignissen genau reden wir denn?«, fragt Cyn beunruhigt.

»Das werden Ihnen die Kollegen erklären«, erwidert die Polizistin.

»Wie haben Sie mich hier überhaupt gefunden?«, erkundigt sie sich. »Über die Überwachungskameras?«

Der Mann zuckt mit den Achseln. »Anzunehmen. Wir sind nur hergeschickt worden. Es hieß, Sie seien hier. Dazu bekamen wir ein paar aktuelle Bilder.« Er checkt sein Handy. »Ja, sieht aus wie von irgendwelchen Kameras. Hängen in der ganzen Stadt. Vielleicht auch von irgendwelchen Typen, die Sie mit ihren Brillen gesehen haben.«

Obwohl sie vollständig bekleidet ist, fühlt Cyn sich auf einmal splitterfasernackt. »Hören Sie«, beginnt sie. »Ich muss Ihnen etwas Wichtiges erzählen. Ich habe hier…«, sie klopft auf ihre Hosentasche.

Die Polizisten reißen ihre Waffen hoch, Cyn streckt sofort ihre Hände weit von sich. Zu spät. Die Beamten stürzen auf sie zu, werfen sie zu Boden und drehen ihre Hände auf den Rücken. »Nein, nein!«, schreit sie. »Ich habe keine Waffe! In meiner Hosentasche ist ein Stick mit einem Video, das Sie unbedingt überprüfen müssen! Beziehungsweise Kollegen von Ihnen, die sich mit dieser Materie auskennen. Es geht um Hunderte Tote, vielleicht sogar Tausende!«

Die Nachricht beeindruckt die beiden nicht im Geringsten. »Das können Sie alles den Kollegen erzählen«, erwidert der Polizist unwirsch. Sie tasten Cyn auf Waffen ab, ziehen sie hoch und zerren sie zwischen aufgeregten Passanten zum Ausgang. Instinktiv will sie sich wehren, lässt es jedoch bleiben. Immerhin haben sie ihr keine Handschellen angelegt. Doch der Griff des Mannes lockert sich nicht.

»Ich hatte mehrere Kopien von diesem Video«, fährt Cyn fort. »In meinem Hotelzimmer, auf einem Computer. Sie sind alle verschwunden! Es muss noch eine geben, beim *Daily*! Das müssen Ihre Kollegen untersuchen!«

Als sie den Ausgang passieren, ist die Luft draußen immer noch schwül. Im dichten Strom der Passanten schenkt ihnen kaum jemand Aufmerksamkeit bis auf einige wenige, die dastehen und sie beobachten, als hätten sie auf Cyn und die Polizisten gewartet. Cyn erinnert die Szenerie an das New York aus den Filmen. Auf der Straße schleichen dicht an dicht die Autos dahin, jedes zweite ein gelbes Taxi. Aus einem Kanalgitter steigt Dampf auf. Einige Meter die Straße hinunter stehen drei Bauarbeiter in orangefarbenen Signaljacken nebeneinander und starren in ein Loch in der Straße. Am Gehsteigrand wartet ein Polizeiwagen, zu dem sie die Beamten führen.

»Verstehst du, worüber die reden?«, fragt Carl Joaquim in seiner Brille, während er versucht, von einem der sechs live übertragenden Passanten eine brauchbare Tonspur zu finden. Er sitzt in einer Limousine, die ihn zu den NBC-Studios im Rockefeller Center bringt.

»Nein«, erwidert Joaquim. »Die Straße ist viel zu laut.«

Auch halten die Filmenden zu viel Abstand, um das Gespräch zwischen Cyn und den Cops einfangen zu können. Die Beamten erreichen mit Cyn ihren Wagen, als daneben plötzlich eine dunkle Limousine in zweiter Spur hält und der Polizei sowohl den Einstieg auf der Fahrerseite als auch die Wegfahrt versperrt.

»Oha, da macht sich jemand Freunde«, spöttelt Carl.

»Ja, das sieht nach Ärger aus«, bekräftigt Joaquim.

Tatsächlich schimpft der Polizist in Richtung der Limousine, aus der zwei Männer und eine Frau in dunklen Anzügen steigen. Er lässt Cyns Arm los, sagt etwas zu seiner Kollegin und stapft auf die Anzugträger zu, die inzwischen den Polizeiwagen umrundet haben.

Carls Blick springt zwischen den verschiedenen Übertragungen hin und her, um zu erkennen, was vor dem Grand Central geschieht. Einer der Männer weist sich aus, der Polizist prüft den Ausweis, gibt ihn ihm zurück. Widerwillig führt er die drei zu Cyn und seiner Partnerin.

»Und wer sind die jetzt?«, fragt Carl.


»FBI«, erklärt die Frau in dem dunklen Hosenanzug Cyn. »Sie kommen mit uns.«

Gleichzeitig verstärkt sich der Griff der Polizeibeamtin um ihren Arm. Fragend blickt Cyn zwischen den beiden Frauen hin und her, während der Cop über Funk seine Vorgesetzten zu erreichen versucht.

»Entscheiden Sie sich vielleicht mal«, meint Cyn. »Was wollen Sie überhaupt von mir?«

»Das erfahren Sie schon noch«, antwortet die Dame vom FBI unfreundlich.

»Und wenn ich nicht mitkomme?«

»Die Wahl haben Sie nicht«, blafft die FBI-Frau sie an.

»Die beiden scheinen das anders zu sehen«, erwidert Cyn mit einer Geste zu den Polizisten vom NYPD. Dann existiert diese absurde Konkurrenz zwischen Stadt- und Bundespolizei, wie Cyn sie aus Filmen kennt, also tatsächlich?

»Mir reicht's, ich gehe nirgendwohin«, stellt Cyn kategorisch fest. »Solange ich nicht erfahre, warum ich das tun soll. Oder bin ich etwa festgenommen?«

»Allerdings«, antwortet die FBI-Frau. »Wegen des Verdachts auf Terrorismus.«

»Das ist ein Scherz!«

Der Polizist taucht aus dem Wagen auf, schiebt sich zwischen Cyn und die Anzugträger und baut sich vor allen auf. »Sie kommt mit uns«, verkündet er. »Mordverdacht.«

»Wie bitte?«, ruft Cyn so laut, dass er sich die Hand erschrocken ans Ohr hält. »Wen soll ich denn bitte schön ermordet haben?«

»Chander Argawal«, raunzt der Polizist.

Chander ist tot?

Schockiert beobachtet Cyn, wie die drei FBI-Leute versuchen, um den Polizisten herum auf sie zuzugreifen. Wendiger, als sie seiner untersetzten Gestalt zugetraut hätte, hält er die Agenten ab, zumal ihm nun seine Kollegin zu Hilfe eilt. Im nächsten Augenblick erkennt Cyn nur ineinander verschlungene Arme und Köpfe, ein Drängen und Rangeln, hört gegenseitige Beschimpfungen, Befehle, das Funkgerät aus dem Auto und eine Sirene, die aus dem Grand Central zu kommen scheint.

Cyns Entsetzen über Chanders Tod wandelt sich mit einem Mal in Wut, die ihre Lebensgeister weckt. Die Polizisten werden von dem Alarm im Bahnhof abgelenkt, aus dem Menschenmassen zu strömen beginnen. Hastig wendet Cyn sich um, sucht die Deckung in der drängenden Masse, die schon den ganzen Bürgersteig überschwemmt, und entfernt sich, ohne auffällig zu laufen. Sie ist vielleicht sieben, acht Meter weit, als ihr ein kurzer Blick zurück zeigt, dass die Streithälse ihre Flucht entdeckt haben. Doch inzwischen sind sie von der panischen Menge eingekeilt. Cyn ist noch am vorderen Ende der Fluchtwelle und kann loslaufen. Da aber schießt ihr durch den Kopf, was der Beamte zuvor gesagt hat: »Die Kameras hängen überall. Oder es war einer der Typen mit einer Brille.«

Sie hat keine Chance zu entkommen. Was kann sie tun?

Ein paar Schritte vor ihr klettert ein Bauarbeiter aus dem abgesperrten Loch im Boden.

Gesucht wegen Terrorismus und Mordes. Vom FBI und der New Yorker Polizei. Absurde Vorwürfe, aber nach allem, was man über beide Organisationen sieht, hört und liest, will Cyn angesichts des doppelten Verdachts keiner von beiden in die Hände fallen. Auf der Straße ist sie Freiwild, aber wohin soll sie fliehen? *In die Unterwelt, wie Zero in Wien!*

Sie springt über die Absperrung der Baustelle, wirft einen kurzen Blick in das Loch – es scheint bodenlos zu sein, aber an der Wand führen Sprossen in die Tiefe –, und bevor die Arbeiter überhaupt reagieren können, klettert Cyn schon hinab, ja, lässt sich fast fallen, berührt kaum die kalten Metallsprossen, während über ihr die ersten Rufe der Arbeiter als Echo widerschallen.

Je tiefer sie steigt, desto dunkler und heißer wird es. Sie rutscht ab, findet keinen Halt mehr mit den Füßen, hängt in der Luft. Der Blick nach unten sagt ihr, dass der Schacht in einen größeren Kanal mündet, der Grund aber noch drei Meter unter ihr im Zwielicht liegt.

Der Blick nach oben zeigt ihr die Silhouette ihres ersten Verfolgers, die das Loch ausfüllt. Nur mit den Händen hangelt sich Cyn bis zur letzten Sprosse, dann lässt sie sich fallen. Sie landet hart, rappelt sich auf. Der Kanal, drei Meter hoch und ebenso breit, läuft gerade in beide Richtungen von dem Schacht weg. In regelmäßigen Abständen fallen von oben schwache Lichtkegel durch Kanalgitter, die Cyn ein Mindestmaß erkennen lassen.

Sie rennt los. Wenigstens ist diese Strecke trocken, auch wenn sie sich so die Luft im Regenwald vorstellt.

Wie viele klettern denn noch hinter der Frau in dieses Loch?, fragt sich Alice. Außer den beiden Männern im Anzug und den Polizisten, die sich neben dem Polizeiwagen gestritten haben, folgen Cynthia Bonsant zwei weitere Typen und dann immer mehr. Das Loch scheint einen nicht unbeträchtlichen Teil der aus dem Grand Central flüchtenden Masse förmlich aufzusaugen. Neben der Baustelle stehen Passanten mit ihren Brillen oder Smartphones herum und scheinen nur darauf zu warten, auch herunterklettern zu dürfen. Die Bauarbeiter haben es inzwischen aufgegeben, die Leute aufzuhalten, und beobachten teilnahmslos die Szene. Auf ihrer Brille hat Alice jetzt elf Fenster mit Livestreams von der Verfolgungsjagd geöffnet. Längst kann sie nicht mehr allen zusehen, weil sie sie entweder kleiner machen müsste oder sie sich überlappen würden. Der Nachrichtenstrom quillt förmlich über. Zwischendurch wirft Alice immer wieder einen Blick in das Restaurant. Keiner der Gäste wirkt auffällig. Sie setzt die Brille ab und steckt sie in eine Außentasche ihres Blazers.

Dann nimmt sie ihre Handtasche und geht auf die Toilette. Dabei sieht sie sich nicht einmal um. Sie kennt den Laden. Die Klos sind sehr sauber und ordentlich. Und vor allem ist jedes eine abschließbare Zelle mit soliden Wänden, nichts, wo man drüber oder drunter durchlugen könnte, oder Plastikwände, die umfallen, wenn man sie nur schief anschaut. Zwei der fünf sind besetzt. Sie schließt sich in einer freien ein, lässt den Deckel herab und setzt sich darauf. Dann öffnet sie ihre Handtasche und zieht aus dem Seitenfach den Raspberry Pi, den sie dort mit sich trägt, wenn sie ihn nicht gerade woanders versteckt hält, die kleine Tastatur und den Minimonitor. Rasch baut sie mit dem handtellergroßen Computer eine verschlüsselte, anonyme Verbindung auf. Eine der besetzten Toiletten wird aufgeschlossen, Alice hört Stöckelschuhe auf die Fließen knallen. Gleich darauf beginnt sie zu tippen. Den Text hat sie sich während des Essens sorgfältig überlegt, um ihn so knapp und doch verständlich wie möglich zu halten.

»Ich will wissen, was die da drin macht!«, bellt Marten. Auf dem Bildschirm vor ihm flackern die verwischten Bilder der Damentoilette. Seine Agentin scannt die Schlösser der Türen, ob sie verschlossen sind oder nicht. Ihre Hand kommt ins Bild, als sie zuerst die beiden unverschlossenen Türen öffnet und dann behutsam die drei verschlossenen versucht.

»Tritt die Türen ein, tu etwas, egal was«, fordert Marten von ihr. Ein zweites Fenster zeigt die Sicht der zweiten Agentin, die soeben das Lokal betritt, doch vom Manager aufgehalten wird.

Die Agentin im Klo flüstert: »Ich weiß nicht, hinter welcher Tür sie ist.«

»Diese Schwachköpfe«, zischt Marten so, dass ihn niemand versteht. »Dann mach alle auf!«, befiehlt er lauter.

Durch die Brille der Frau sieht er, wie ihr Blick die Türen auf Schwachstellen untersucht. Dann taucht wieder ihre Hand im Blickfeld auf, zwischen den Fingern hält sie eine Kreditkarte. Damit beginnt sie an einer Tür zu arbeiten. Mit ein paar raschen Bewegungen hat sie das Schloss geöffnet. Sie reißt die Tür auf.

Der Schrei lässt Alice vor Schreck fast den Pi und die Tastatur von ihren Knien werfen.

»Was machen Sie da?«, brüllt eine Frau hysterisch aus einer der Toilettenkabinen neben ihr. Alice hört eine andere Frauenstimme etwas sagen, versteht die Worte jedoch nicht. Sie ist mit ihrer Nachricht fast fertig. Hektisch tippt sie weiter, während sie von draußen Schimpfen, Rufen und Streit hört. Dann werden die Stimmen leiser. Gleichzeitig schabt etwas an ihrer Tür.

»Wer ist da?«, fragt sie, während sie sich zu den Wasserfällen einloggt. »Hier ist besetzt.«

Auf Alices Bildschirm leuchtet eine Botschaft auf.

**ArchieT:**
Run!

Fuck!

»Machen Sie auf!«, fordert eine Frauenstimme.

»Einen Moment noch!«, erwidert Alice unfreundlich, doch gleichzeitig erfasst sie Panik. Trotzdem schickt sie ihre Nachricht noch in die Wasserfälle.

Jemand poltert gegen die Tür und fummelt am Schloss herum.

»Aufmachen!«

Mit fliegenden Fingern reißt Alice die SD-Karte aus dem Gehäuse und wirft sie in den Abfluss.

»Was soll das?«, beschwert sie sich dabei. »Ich bin ja gleich fertig!« Stimmt sogar. Sie spült die SD-Karte hinunter und verstaut Raspberry, Tastatur und Monitor in ihrer Handtasche, als die Tür mit Wucht gegen ihren Rücken rammt und sie fast in die Kloschüssel stolpert.

»Alice Kinkaid?«, ruft die Stimme harsch.

Marten sieht auf dem Monitor Alices erschrockenes Gesicht, quer darüber Haarsträhnen wüst verteilt. Mit beiden Händen stützt sie sich an der Klowand ab.

»Sind Sie verrückt?«, brüllt sie die Agentin an, durch deren Augen Marten alles mitverfolgt. »Was soll das?«

»Was machen Sie hier?«, kreischt die andere und packt Alice am Arm.

»Nach was sieht es denn aus?«, beißt Alice zurück und drückt mit ihrer freien Hand noch einmal die Spülung.

Die Agentin reißt sie so heftig beiseite, dass Marten einen lauten Schmerzschrei hört. Sie stürzt zu der Muschel, in der das Wasser rauscht. Zwei Hände tauchen darin unter, Marten hört Flüche. Über die Brille der zweiten Agentin, die jetzt auch dazugestoßen ist, erkennt er das Hinterteil der ersten in der Kabine. Vor ihr stützt sich Alice am Boden ab und hält sich mit einer Hand die Schulter. Aus der Klomuschel tauchen zwei nasse Hände auf – leer.

»Scheiße!«, flucht die erste Agentin.

»Das kann man so sagen«, kommentiert Luís.

»Sind Sie völlig übergeschnappt?«, schreit Alice. »Kann man nicht einmal mehr ungestört aufs Klo gehen?«

»Zeigen Sie mir Ihre Handtasche!«, fordert die zweite Agentin Alice auf.

»Im Traum nicht! Waschen Sie sich erst einmal die Hände!«, ruft sie und stürmt aus der Toilette, bevor die beiden sie aufhalten können.


Cyn hat keine Ahnung, wo sie sich befindet. Im Bauch New Yorks. Wie in jedem Gedärm ist es feucht, heiß, und es stinkt. Eine entfernte Lichtquelle sorgt dafür, dass sie die Konturen dieses Gangs zumindest erahnen kann. Unter der Erde ist es still, sollte man meinen. Stattdessen rumpelt und zischt, quietscht, pfeift und schmatzt es in einem fort, als würde die Stadt Cyn bereits verdauen. Von allen Seiten hört sie Stimmen oder Schritte. Doch keine scheinen ganz nah. Sie läuft einfach weiter, während durch ihren Kopf die Ereignisse der vergangenen Stunden in Schnappschüssen fetzen. Der Beginn dieser irrwitzigen Jagd im Hotel. Ihre instinktive Flucht vor den Fremden an Chanders Tür. Ihre Eingebung war richtig. Wer sonst als diese Männer sollen Chander ermordet haben? Aber verfolgt wird deshalb sie. Womöglich haben sie es auch auf sie abgesehen. Doch wer? Und warum? Freemee? Wenn sie sie umbringen wollten, hätten sie ihr kein Angebot gemacht. Es sei denn, sie wussten erst nach dem Gespräch, dass sie es nicht annehmen würde …

Die Finsternis wird immer dichter. Cyn kann sich nur mehr tastend fortbewegen. Stimmen, Schritte, jetzt näher.

Plötzlich sieht sie klar. Sie wissen es! Wie auch immer die Algorithmen es herausgefunden haben. Freemee weiß, dass Cyn heute in der Talkshow alles offenlegen wollte. Deshalb sind sie hinter ihr her.

Die verdammten Programme lesen in ihr wie in einem Buch! Irgendwo da vorne wieder ein ganz schwacher Lichtschein. Kennen sie auch schon ihre nächsten Schritte? Das wäre einmal hilfreich, denn Cyn hat keine Ahnung, was sie tun soll. Doch wenn sie es wissen, werden sie an der richtigen Stelle auf sie warten. Aber wo ist die? Ursprünglich wollte sie sich zum Sender durchschlagen, doch dazu wird sie keine Gelegenheit mehr bekommen – mit der New Yorker Polizei und dem FBI auf den Fersen. Um das zu wissen, braucht sie keine Computerprogramme.

Immer wieder lauscht Cyn ins Dunkel. Die unheimlichen Geräusche dringen weiterhin von allen Seiten an ihr Ohr, Stimmen und Schritte wieder etwas weiter entfernt. Was täuschen mag in diesem Labyrinth.

Mit einem Schlag wird ihr klar, wie sie sich verhalten muss: Sie muss unberechenbar werden! Sie muss etwas anderes tun, als man von ihr erwartet. Als sie selbst von sich erwartet.

Ist das die Definition von »kreativ« oder schon die von »verrückt«?

Andererseits – Freemee weiß, dass sie die Fähigkeiten der Algorithmen kennt. Kalkulieren sie womöglich damit, dass sie genau solche Überlegungen anstellt? Wenn sie gut sind, berechnen sie die Unberechenbarkeit. Kann man Unberechenbarkeit berechnen? Existiert Unberechenbarkeit überhaupt noch? Und wenn, welchen Schluss müsste sie selbst daraus ziehen? Dass sie doch das tun sollte, was man in solch einer Situation von ihr erwartet, weil die Programme davon ausgehen, dass sie versucht, etwas Ungewöhnliches zu unternehmen? Und wenn sie auch diesen Gedanken von ihr vorausplanen? Dann müsste sie doch wieder etwas Unerwartetes tun.

Knoten im Kopf! Sie greift in etwas Feuchtes, Schleimiges, das sich bewegt, unterdrückt einen Aufschrei und rennt weiter.

Was erwartet man von ihr?, fragt sie sich. Flucht. Untertauchen, so wie sie es getan hat. So wie sie seit Beginn des ganzen Schlamassels immer getan hat, was von ihr erwartet wurde! Die Jagd auf Zero. Bis hin zu der Flucht aus dem Hotel und der Flucht vor den Polizisten und dem FBI. Was sonst tut jemand, der als Verbrecher gesucht wird? Dem man womöglich einen Mord unterschieben will? Der als Terrorverdächtiger weder öffentlich nachvollziehbare Ermittlungen, eine anständige Verteidigung oder ein faires Gerichtsverfahren vor einem normalen Gericht erwarten darf, sondern womöglich mit Isolationshaft, Folter und Sondergerichtshöfen rechnen muss? Atemlos hält sie an, stützt sich auf den Knien ab. Lauscht. Nahe Stimmen. Cyn versteht nicht, was sie sagen. Tritte klatschen durch Pfützen. Weiter!


Beim Betreten von Cynthia Bonsants Zimmer fällt Detective Straiten sofort die offene Tür des Kleiderschranks auf, aus der die gleichfalls geöffnete Tür des Zimmersafes ragt. Straiten begleiten zwei Tatorttechniker, die sofort mit ihrer Arbeit beginnen.

Der Safe ist leer. Vielleicht war gar nichts drin, überlegt Straiten. Er selbst deponiert auf seinen seltenen Reisen nie etwas in einem Zimmersafe. Wer das muss, hat zu viel Gepäck, das ist seine Devise. Im Schrank liegen und hängen einige Kleidungsstücke. Das Bett ist gemacht. Straiten ruft die Managerin an und fragt, wann der Zimmerservice Bonsants Raum reinigte. Am Vormittag, gegen elf Uhr, lautet ihre Antwort nach einer kurzen Rücksprache mit dem Personal. Aber Cynthia Bonsant war danach noch im Haus, wie die Aufzeichnungen der Kameras aus Lobby und Fahrstuhl zeigen.

Auf dem kleinen Schreibtisch vor dem Fenster steht ein aufgeklappter Laptop. Er streift Latexhandschuhe über und tippt dann eine Taste an. Der Computer ist angeschaltet, möchte allerdings ein Passwort sehen. Sollen sich die IT-Profis darum kümmern. Den Inhalt von Chander Argawals Gerät müssen sie auch analysieren. Wenn sie drankommen. Der Mann war immerhin Profi und wusste wohl, wie man sich gegen unliebsame Eindringlinge schützt.

Nachdenklich steht Straiten vor dem leeren Safe und fragt sich, was darin gelegen haben mag. Die sorgfältig aufgehängten und zusammengelegten Kleidungsstücke im Schrank deuten auf eine ordentliche Person. Hätte Bonsant den Safe nicht benutzt, wäre seine unverschlossene Tür angelehnt, spekuliert Straiten, und wahrscheinlich auch die Schranktür geschlossen. Jemand hat hier in großer Eile etwas herausgeholt.

»Guten Abend, meine Damen und Herren!«, begrüßt der Moderator sein applaudierendes Publikum überschwänglich. »Eigentlich wollten wir heute über die neuen Selbst- und Weltverbesserungsdienste sprechen, die nach den Videos der Aktivistengruppe Zero zum Thema wurden. Aufgrund der aktuellen Entwicklungen hier in New York haben wir das Thema jedoch aktualisiert!«

Statt der üblichen Studiodekoration bildet hinter dem Moderator eine riesige Videowand die einzige Kulisse, vor der er, Carl und die anderen Diskussionsteilnehmer zu Zwergen schrumpfen. Auf neun verschiedenen Abschnitten flirren Bilder verwackelter Straßenaufnahmen aus Cyberbrillen und statischen Überwachungskameras, Berichte der vergangenen Stunden, Nachrichten und Fotos aus sozialen Netzwerken.

»Die britische Journalistin Cynthia Bonsant sollte eigentlich heute mit uns über Überwachung und Manipulation diskutieren. Stattdessen wird sie selbst gerade unter den Augen der Öffentlichkeit in New York gejagt! Die Regie hat eine kleine Zusammenfassung vorbereitet.«

Interessiert verfolgt Carl den rasanten Zusammenschnitt aus zahllosen Videos. Er endet mit Bildern einer Horde Menschen, die Cynthia Bonsant wie ein Tausendfüßler in ein Kanalloch folgen, und finsteren, fahrigen Bildern der Dunkelheit im Untergrund.

»Meine Damen und Herren! Gut zehn Prozent der Menschen in Manhattan tragen Cyberbrillen. Das sind über dreihunderttausend Personen! Und praktisch jede besitzt ein Smartphone, ein Handy mit Kamera. Wie es aussieht, liefern sich nicht wenige davon momentan ein Wettrennen mit der Polizei, wer Cynthia Bonsant zuerst findet!«

Die Wand hinter ihm bringt mindestens zwei Dutzend kleine Fenster mit Liveübertragungen aus dem dunklen Untergrund, die bestenfalls Schemen erkennen lassen.

»Unter dem Kennwort #nyfugitive beteiligen sich inzwischen Tausende Menschen in ganz Manhattan daran! Über- oder unterirdisch senden sie die Bilder ihrer Brillen und Phones live ins Netz! Alle Streams können Sie übrigens auf unserer Homepage verfolgen! Unser Thema erweitern wir damit auf eines der dominierenden Phänomene unserer Zeit, das der Beobachtung – sei es die Beobachtung anderer oder unserer selbst! Doktor Syewell«, wendet er sich an den eingeladenen Philosophen, der Carl eher an einen Rap-Musiker erinnert, »vielleicht wollen Sie als Erster dazu …«

»Gern, Lyle! Ich würde noch weitergehen und Überwachung dazu sagen. Die entscheidende Frage ist, ob sie Mittel zu einem Zweck ist oder ein eigenständiges Phänomen, wie bei Hypochondrie oder Narzissmus. Wobei ganze Kulturen davon betroffen sein können, man spricht ja schon länger von der narzisstischen Gesellschaft, und ich würde die hypochondrische Gesellschaft hinzufügen, die unter anderem glaubt, sich mit überdimensionierten Überwachungs- und Geheimdienstapparaten vor vermeintlichen Schädlingen zu schützen, was natürlich völlig …«

Warum müssen manche Leute alles durch eine negative Brille sehen?, denkt Carl. Dabei gibt es so viele positive Seiten! Fortschritt ist komfortabel.

Als Erstes muss Cyn einen Weg aus diesen Kanälen finden. Jedes Mal, wenn sie ein Kanalgitter passiert, klettert sie über die rostigen Griffe im Beton hinauf, doch sie ist zu schwach, die Gitter wegzudrücken, oder diese sind verschlossen. Frustriert muss sie wieder hinabsteigen und ihre Suche nach einem Ausgang fortsetzen. Die Zeit seit ihrem Eintauchen in das Gedärm der Stadt scheint ihr endlos, zwölf Kanaldeckel hat sie bereits vergeblich versucht hochzustemmen, trotzdem klettert sie auch zum dreizehnten hoch. Die Fußgänger über ihr erzeugen in dem Schacht Licht- und Schattenspiele, mehr Schatten als Licht, so viele Leute sind dort unterwegs. Von den Schuhsohlen der Vorübereilenden bröselt Cyn Schmutz ins Haar und in die Augen. Doch davon lässt sie sich nicht aufhalten. Mit Schultern und Genick stemmt sie ihr ganzes Gewicht gegen das Metall. Sie spürt, wie es nachgibt, bevor heftiger Gegendruck sie fast den Halt verlieren und abstürzen lässt. Cyn klammert sich fest und schiebt weiter, doch unter dem Trampeln der Passanten knickt sie abermals ein. Wütend steigt sie noch eine Sprosse höher und drückt mit ihrer ganzen verbliebenen Kraft. Mit einem Ruck schiebt sich ihr Kopf ins Freie, das Gitter rutscht laut klappernd auf den Asphalt. Zwischen Beinen, die gegen ihren Kopf und ihre Schultern rempeln, und Füßen, die auf ihre Finger treten, zieht sich Cyn rasch hoch, setzt sich auf die Kante des Lochs und holt tief Luft. Die Menschen weichen ihr aus, einige bedenken sie mit einem kurzen, überraschten Blick, doch niemand hält an. Sie ist in einer schmalen Straße gelandet, ein paar Läden, Bürogebäude, Baustellen, Lokale, Parkhäuser, Hotels und Theater. Sie hebt die Beine aus dem Schacht und schiebt das Gitter wieder darüber, damit niemand hineinfällt.

»Was macht denn die da?«, fragt der Polizei-Operator im *Real Time Crime Center* seinen Kollegen, der neben ihm sitzt. Gerade hat ihm die Analysesoftware der Überwachungskameras die Bilder einer Begebenheit auf den Bildschirm gespielt, die sie als außerhalb der Norm identifizierte. Die Kamera überwacht einen Abschnitt der West 49th Street Nähe Broadway.

In einem gesonderten Fenster auf seinem Monitor spielt der Operator die letzten dreißig Sekunden vor dem Alarm der Software ab. Auf dem belebten Bürgersteig hebt sich ein Kanaldeckel, und daraus steigt eine schmale Person mit Schirmkappe. Sie trägt weder die Uniform eines Kanalarbeiters noch die Schutzweste eines Bauarbeiters.

Im Hauptfenster steht die Person inzwischen aufrecht. Der Operator zoomt das Bild heran. Unter der Schirmkappe ragen nur Kinn und Mund hervor.

»Kann das etwa diese britische Journalistin sein, die wir überall suchen?«, fragt sein Nachbar. Er ruft Bilder von Cynthia Bonsant vor ihrem Abtauchen auf. »Die Kleidung ist schmutziger. Aber ansonsten … jede Wette, das ist sie!«

»Ich schicke ein paar Streifen hin«, erklärt der erste Operator und öffnet bereits den Funkkanal.

»Sie läuft nicht weg. Was hat sie vor? Quatscht sie da die Leute an?«

Cyn sieht nicht gerade aus, als käme sie aus einer der schicken Boutiquen. Trotzdem fragt sie die erstbeste Passantin: »Entschuldigen Sie, können Sie mir kurz Ihr Telefon leihen?«

Die Frau weicht ihr aus und läuft weiter. Cyn begreift, dass sie anders vorgehen muss. In der Straße ist nicht viel los. An der nächsten Kreuzung tummeln sich mehr Menschen. Sie läuft darauf zu. An der Straßenecke erklären ihr die Schilder, wo sie ist: W 49 St/Broadway. Kurz ruft sie sich den Stadtplan in Erinnerung, soweit sie das kann. Das Studio muss ganz in der Nähe sein, aber sie weiß nicht, wo. Sie könnte sich durchfragen. Versucht es.

»Sorry, Tourist«, lautet die Antwort. Aufmerksam mustert sie die Leute, während sie den Broadway entlangmarschiert. An einigen Gebäuden hängen gigantische Werbeplakate, weiter vorn auch riesige Monitore. Ab sofort spricht sie nur noch Brillenträger an. Auf gut Glück, denn auf den ersten Blick erkennt sie nicht, ob ihre Besitzer normale oder Datenbrillen tragen. Fünf, sechs hasten an ihr vorbei, ohne auch nur anzuhalten oder zu antworten, als jemand von hinten ihren Oberarm packt.

»Ich habe sie!«, ruft eine Stimme.

Cyn wirbelt herum, versucht, sich aus dem harten Griff zu befreien, doch schon umklammert eine zweite Hand auch ihren anderen Arm. Zwei junge Männer mit Brillen halten sie fest und reden auf sie ein. Oder miteinander. Oder mit wem? Cyn schnappt nur Fetzen ihres erregten Wortwechsels auf.


»Meine Damen und Herren«, schneidet der Moderator Alvin Kosak das Wort ab. »Wie Sie selbst auf unserer Videowand sehen, überschlagen sich die Ereignisse! Zwei Passanten haben soeben Cynthia Bonsant auf dem Broadway nahe dem Times Square identifiziert!«

Die Mikrofone der Männer übertragen den Wortwechsel mit Cyn, den die Regie nun lauter stellt.

Carl verfolgt die Show auf der Monitorwand betont kühl.

»Einen Laptop!«, ruft Cynthia Bonsant. »Ich brauche einen Laptop!«

Ihre Hand fährt ins Bild, Carl erkennt den USB-Stick, als sich die Kamera der Brille scharf stellt.

»Wir müssen zeigen, was da drauf ist!«

»Das können Sie der Polizei zeigen«, erwidert einer der beiden Männer.

»Die Polizei interessiert das nicht!«, ruft Cyn. »Die glauben, ich hab jemanden umgebracht! Stimmt nicht! Hier geht es um mehr! Um Tausende Tote! Um ein ungeheuerliches Experiment! Ein Video auf diesem Stick...«

Nicht das schon wieder!, stöhnt Carl innerlich. Woher hat sie den Stick? Er legt seine Hand über das Mikrofon des TV-Senders an seinem Revers und flüstert Joaquim, mit dem er ebenso verbunden ist wie mit Henry, in seiner Brille zu: »Ich dachte, ihr habt alle Sicherungskopien vernichtet. Auch die beim *Daily*.«

»Liebe Zuschauer«, überbrüllt der Moderator Joaquims Antwort, »unsere Regie versucht nun, einen der Männer zu erreichen, die Cynthia Bonsant gefunden haben! Bei den zweien...«

Er hat es immer noch nicht verstanden, denkt Carl. Wozu soll einer der Männer noch mit einem TV-Heini reden, wenn sie selbst online senden und jeder Mensch auf der Welt mit einem Internetanschluss sie sehen kann? Dutzende Medien werden gerade versuchen, den Typen zu kontaktieren.

»Ich habe dich nicht verstanden«, wispert Carl, ohne die Lippen zu bewegen.

»Ich sagte, wir haben alle Sicherungskopien von Bonsant vernichtet«, wiederholt Joaquim.

»Und was hat sie dann in der Hand?«


»Ich hätte einen Laptop«, ruft jemand aus der Menschentraube, die Cyn und ihre beiden Häscher inzwischen umringt.

Zuerst sieht sie nur die Schutzhülle des Geräts über den Köpfen der Schaulustigen schwanken. Dann taucht das Gesicht eines jungen Mannes auf. Seine blonden Haare hängen wirr ins gebräunte Gesicht. Seine klobige Cyberbrille der ersten Generation erkennt Cyn auf den ersten Blick als solche.

»Hier!«, ruft er, zerrt das Gerät aus der Hülle hervor und klappt es auf.

Genervt windet sich Cyn in den Griffen der zwei Kerle, die sie immer noch festhalten. »Jetzt lasst mich endlich los!«, herrscht sie die beiden an. »Seht euch doch um! Glaubt ihr, ich komme hier weg?«

Der Blonde hat sich inzwischen zu ihnen durchgearbeitet. Er hält ihr den Laptop hin. »Hier.«

»Filmen Sie mit Ihren Brillen?«, fragt Cyn die beiden Kerle dicht hinter ihr. »Und übertragen Sie irgendwohin?«

»Auf meinen YouTube-Kanal«, erwidert einer.

»Okay«, antwortet Cyn. Sie wendet sich an die Umstehenden. »Alle, die eine Cyberbrille tragen, sollten das hier jetzt aufnehmen und ebenfalls senden!«

Sie schiebt den USB-Stick in den Laptop und hebt diesen hoch, damit wenigstens ein Teil der Umstehenden den Bildschirm sehen – und filmen – kann. Sofort setzt das Gedränge um die besten Plätze ein.


Mit angehaltenem Atem verfolgt Carl die Übertragungen aller acht Datenbrillenträger vor Ort, die einen Blick auf den Bildschirm des Laptops erhaschen. In einem weiteren Fenster fließen Meldungen aus sozialen Netzwerken zu #nyfugitive und anderen Stichworten vorbei. Carl spürt, wie ihn die Ereignisse aufwühlen. Diese Frau da draußen kann alles zerstören.

»Verdammt, Joaquim, kann man sie nicht stoppen?«, flucht Carl, nur für seine Brille hörbar, während Cyn per Trackpad auf das USB-Stick-Symbol klickt.

Gleichzeitig dringt aus den Lautsprechern ein vielstimmiges »Ah« und Oh«, durchmischt mit vereinzelten Rufen.

»Wozu?«, fragt Joaquim.

»Und jetzt?«

»Da ist ja nichts!«

»Was soll das?«

Die Regie der Talkshow schaltet kurzerhand auf den Blickwinkel anderer Anwesender um, welche die Szene von vorn filmen. Einer fängt eine besondere Nahaufnahme von Cyns enttäuschtem Gesicht auf. Ihre Lippen öffnen und schließen sich wie die eines Fisches.

Cyn wendet sich an den Laptopbesitzer: »Da ist nichts. Kann das sein? Ist die Anzeige fehlerhaft?«

Der junge Mann beugt sich zu ihr über den Schirm, tippt, schüttelt den Kopf. »Nein. Das ist korrekt so. Auf dem Stick ist nichts.«

»Verstehst du jetzt, was ich meine?«, hört Carl Joaquims Stimme.


Im *Real Time Crime Center* beobachtet der Polizei-Operator, wie Cynthia Bonsant den USB-Stick abzieht und ein zweites Mal in den Laptop steckt.

»Verkehrsbehinderung am Weg zum Einsatzort«, erklärt ein Polizist über Funk. »Was ist da los?«

Der Operator überprüft die Route, stellt auf den Kamerabildern fest, dass sich in sämtlichen Straßen in der Umgebung Staus zu bilden beginnen. Einige Ampeln sind ausgefallen.

»Was ist da los?«, fragt er seinen Nachbarn.

»Wissen wir noch nicht«, antwortet dieser. »Irgendwas stimmt mit den Ampelanlagen nicht.«

»Zuerst die U-Bahn-Kameras, jetzt die Ampeln. Immer dann, wenn es um diese Britin geht. Das kann doch kein Zufall sein!«

»Ich kümmere mich darum«, sagt sein Nachbar.

»Weiterhin keine Waffen erkennbar«, informiert er inzwischen die Streife. »Verdächtige wird von zwei Bürgern festgehalten, von weiteren etwa fünfzig Personen umringt. Alle Individuen sind identifiziert. Keines markiert. Stau in allen umliegenden Straßen. Ihr müsst zu Fuß durch.«

Er hört einen Fluch, dann das Wort: »Verstanden.«

Mit kurzen Pausen sitzt der Operator nun seit sechs Stunden an seinem Arbeitsplatz. Seine Schultern hängen, der Kopf sinkt ein wenig ins Genick, die Ellbogen stützen ihn, während er nach vorn auf die große Monitorwand blickt. Erneutes Kopfschütteln von Bonsant und dem Blonden bestätigen, dass auf diesem USB-Stick nichts zu finden ist.

»Das war's«, erklärt einer der Männer, der sie hält, »Sie hatten Ihren Auftritt.«

»Okay!«, ruft Bonsant. »Dann hört mir zu! Hört ihr mir zu? Streamt ihr? Ich muss euch was erzählen!«


»Kapierst du jetzt, was ich meine?«, sagt Carl zu Joaquim, die Hand schützend über dem Mikro am Revers, während Cyn über Edward Brickles Video spricht und über die Sterbestatistik, die der Junge erstellte.

»Irgendwer muss sie aufhalten«, sagt Henry, der bis zu diesem Moment kein Wort äußerte.

»Was erwartest du?«, fragt Joaquim. »Soll ich im ganzen Land den Strom abdrehen?«

Sie sehen, wie Cyn kurz unterbricht und überrascht auf die riesigen Werbemonitore in der Nähe blickt, auf denen Bilder von Eddies Video auftauchen. Aufgeregt gestikuliert sie in Richtung der Werbeflächen, redet weiter, die Blicke ihres Publikums springen zwischen ihr und den überdimensionalen Anzeigen hin und her.

»Herrgott«, zischt Henry. »Woher kommt das?«, als ihm und dem Rest der Welt eine Einblendung am unteren Rand des Videos die Antwort liefert: »Zero präsentiert: Edward Brickle, gefunden von Cynthia Bonsant.«

Carl hört nicht mehr zu. Aus elf verschiedenen Blickwinkeln sieht er Cyns Mundbewegungen, im Hintergrund das Video des Jungen mit Zeros Schriftzug. Um sie wabert die Menge der Zuhörer. Einzelne Begriffe, die bis in sein Bewusstsein dringen, bestätigen seine schlimmsten Befürchtungen. Sie redet nicht nur über Eddies Erkenntnisse. Will muss ihr von dem Experiment erzählt haben. Zwar hat Carl selbst in der Präsentation vor seinen Vorstandskollegen nicht genug Details preisgegeben, um die Versuche nachzuvollziehen. Doch Bonsants Worte werden Journalisten, Behörden und letztlich Gerichte nicht mehr ruhen lassen, bis Freemee alle Informationen offengelegt hat. Selbst wenn Freemee nicht dazu gezwungen werden könnte, sind sie in der Defensive. Zu Recht würde ihnen eine Nichtoffenlegung als Heimlichtuerei ausgelegt werden. Ganz zu schweigen von der Schadenfreude ihrer Mitbewerber. Besonders die ganz großen Datensammler könnten mittels ihrer Datenbanken Hinweise auf zumindest den einen oder anderen Aspekt des Experiments entdecken. Jetzt spielt sogar NBC das Video mit Eddie Brickles Originalton ein, woher auch immer sie es haben. Wahrscheinlich schickt es Zero gerade in die ganze Welt.

Trotzdem beobachtet er, wie der Aufruhr seiner Gefühle abklingt und sein kühles Kalkül zurückkehrt. Das war immer eine seiner größten Stärken.

»Okay«, sagt er möglichst unauffällig zu Joaquim und Henry. »Die Geschichte kommt heraus. Ich sehe zwei Möglichkeiten. Erstens, wir untergraben Bonsants und Brickles Glaubwürdigkeit und streiten alles ab.«

»Wir müssen mehr als ihre Glaubwürdigkeit untergraben«, sagt Joaquim. »Du kennst den alten Spruch: Die Menschen lieben den Verrat, aber hassen den Verräter. Wir müssen ihren Charakter infrage stellen, ihre Motive und ihre Redlichkeit. So wie die Regierung und ihre Verbündeten es etwa mit Edward Snowden getan haben. Indem sie seine Motive angriffen, seine Flucht nach China, sein Asyl in Russland und einige ungeschickte Äußerungen anprangerten, gelang es ihnen, auch seine anderen Handlungen zum Verrat umzuwerten. Bei vielen Betrachtern hat das vorzüglich funktioniert.«

»Umzuwerten? Ich dachte, du machst Milliardengeschäfte mit dieser Regierung«, wirft Carl ein. Seine Lippen versuchen ein ernstes Lächeln anzudeuten, immerhin sind alle Kameras in diesem verdammten Studio jetzt auf ihn gerichtet. Das Flüstern kommt nur durch seine Zähne hervor und erreicht gerade einmal die Brille.

»Hört zu«, fordert Joaquim. »Der Charakterangriff könnte funktionieren! Da draußen werden schon Buhrufe laut.«

Carl konzentriert sich kurz auf die Übertragung.

»Das ist doch alles Unsinn!«

»Sie lügt!«

»Ich nutze Freemee täglich! Funktioniert super!«

»Sind wohl einige Freemee-Nutzer vor Ort«, stellt Joaquim fest.

»Lasst sie reden!«, ruft allerdings ein anderer.

»Genau, lasst sie reden!«

»Du sprachst von zwei Möglichkeiten«, mahnt Henry.

»Offensive«, antwortet Carl aus dem Mundwinkel. »Wir geben alles zu. Mit den richtigen Worten. Die Menschen lieben Freemee für das, was die Kristallkugel und ActApps für sie tun. Wir müssen ihnen bloß den positiven Nutzen für ihr Leben in Erinnerung rufen. Wieder eine Parallele zu den Überwachungs- und Datensammelgeschichten der letzten Jahre. Letztlich sind den meisten Menschen Bequemlichkeit und Sicherheit wichtiger als Freiheit und Unabhängigkeit. Damit wissen sie ohnehin nichts anzufangen.«

»Wir werden beides tun«, sagt Henry. »Bonsants Charakter angreifen und gleichzeitig Freemees Vorteile in den Vordergrund stellen.«

»Wir können doch die Todesfälle nicht zugeben«, wendet Joaquim ein. »Dann wandern einige von uns ins Gefängnis.«

»Wir müssen sie nicht zugeben«, widerspricht Henry. »Wir brauchen sie bloß nicht zu leugnen. Freemee als unmittelbare Ursache wird ohnehin so gut wie nicht nachzuweisen sein. Und selbst wenn.« Er lacht. »Hast du jemals den CEO eines Tabakkonzerns, eines Waffenherstellers oder einer Bank ins Gefängnis gehen sehen? Zur Zigarette, Pistole oder dem nicht bezahlbaren Kredit greifen die Kunden immer freiwillig. Das tun sie auch bei Freemee.«

»Lasst endlich solche Vergleiche!«, erregt sich Carl.

»Schon gut«, beschwichtigt Henry ihn. »Die ganze Sache verschafft uns noch einen weiteren Vorteil – Erben Pennicott kann uns den Buckel runterrutschen. Nachdem alles öffentlich wird, besitzt er kein Druckmittel mehr gegen uns.«


»Ich habe gerade erst eingeschaltet«, erklärt Erben Jon.

»Diese Bonsant hat die Büchse der Pandora geöffnet. Jetzt ist mir auch dein Interesse an Freemee klar.«

»Das ist vorbei. Ich glaube nicht, dass Freemee diese Geschichte überleben wird. Die Mitbewerber werden sich freuen, wenn der Marktführer zerstört wird. Dann nehmen wir eben zu denen Kontakt auf.«

»Unsere Männer haben wir zurückgezogen«, sagt Jon. »Da draußen sind überall Kameras. Jeder steht unter Beobachtung. Auch unsere Leute.«

»Zeit für Tarnkappen.«

»Ja, da sind wir nahe dran«, erwidert Jon. »Vor allem müssen aber auchs unsere Leute noch lernen, mit diesen Bedingungen richtig umzugehen. Allein in dem Augenblick, als sie Bonsant vom NYPD übernehmen wollten, wurden sie von elf Überwachungskameras sowie von sieben Passanten mit ihren Brillen aufgenommen.«

»Ihr Fluchtversuch ist also gut dokumentiert. Fast schon ein Schuldeingeständnis. Höchstens peinlich, dass sie ihnen entwischt ist. Aber jetzt haben wir sie ja.«


»Wer immer das hier sieht, jetzt oder später, soll von Freemee Auskunft verlangen!«, spricht Cyn in die Minikameras auf den Nasen ihrer Zuhörer. »Oder soll versuchen, die Fakten wie Eddie Brickle nachzuvollziehen!«

»Genug jetzt, Miss!«, brüllt einer der Polizisten, der sich, gefolgt von seinem Partner, durch die Menge drängt. »Platz da! Lassen Sie uns durch!«

Als Cyn sie sieht, versucht sie sich aus dem Griff ihrer Häscher zu winden, die sie wieder festhalten.

»Tödliche Fakten, wie auch Eddie erleben musste!«, ruft sie.

»Spinnerin!«, hört Cyn aus der Menge, ignoriert es.

Die Uniformierten erreichen sie. Sie hat nur noch Sekunden.

»Und wer weiß, vielleicht sogar Freemees Statistikvorstand, der vor wenigen Monaten bei einem Autounfall starb?«

Während sie noch spricht, erklären die Polizisten sie für festgenommen und lösen die beiden Männer an ihren Oberarmen ab.

»Oder Chander Argawal, den ich angeblich umgebracht haben soll!«, ruft sie, noch lauter. »Als ich ihn zuletzt sah, lebte er noch!«

Als ihre Rechte ihr vorgetragen und ihre Hände mit Handschellen hinter ihrem Rücken gefesselt werden, hört Cyn jemand rufen: »Verleumderin!«

Cyn lässt sich nicht aufhalten. »Prüft! Sucht!«, fordert sie mit verdrehtem Hals ihr Publikum auf, während die Polizisten sie fortzerren. Auf ihrem Weg wird die Dreiergruppe von einem Menschenschwarm umkreist. Über ihren Köpfen redet noch immer Eddies überdimensionales Gesicht.

»Halten Sie den Mund«, knurrt ihr ein Polizist zu.

*Ich denke nicht dran.* »Ein achtzehnjähriger Junge hat das herausgefunden! Dann könnt ihr das auch!«

Sie haben die nächste Kreuzung erreicht. Ein Streifenwagen steckt zwischen Taxis im Stau. Als die Polizisten ihren Kopf in den Wagen drücken, drückt sie noch einmal dagegen, wendet sich ein letztes Mal an die Zuseher. »Gemeinsam findet ihr noch mehr heraus! Findet alles!«

Der Polizist schiebt sie endgültig hinein und schlägt die Autotür zu. Für einen Augenblick ist es im Wagen sehr ruhig. Als die Polizisten vorn einsteigen, hört sie noch einmal das Stimmengewirr ihres Publikums, die Stadt. Dann jaulen die Sirenen auf dem Autodach los.

Auf dem Rückweg zum Revier erfährt Detective Straiten per Brille, dass sowohl die Ergebnisse von Bonsants Sensorgerät, Brille und Smartphone als auch die von Argawal vorliegen.

»Das ging flott«, stellt er fest.

»Die Kollegen sagen, dass, als die Brille des Inders kaputtging, Bonsants Geräte in der Nähe waren. Sie können den Ort aber nur auf drei Meter genau lokalisieren. Es bleibt eine Unschärfe.«

»Was heißt *in der Nähe*? Nahe genug?«

»Die Unschärfe gilt auch für die Geräte des Opfers. Insgesamt gibt es also einen Spielraum von einigen Metern.«

»Spann mich nicht auf die Folter. Überschneiden sich die beiden Dreimeterkreise zu dem Zeitpunkt, als Argawals Brille draufging, oder nicht?«

»Jein.«

»Hör jetzt auf. Fakten!«

»Du hast nach Kreisen gefragt. Von oben betrachtet überschneiden sie sich. Den bisherigen Erkenntnissen nach kletterte Bonsant über die Feuerleiter. Ihre Koordinaten blieben dabei mehr oder minder dieselben.«

»Aber ...«

»... die Höhenmeter nicht. Wie es aussieht, war sie vier bis acht Meter von Argawal entfernt, als seine Brille den Geist aufgab.«

»Muss nichts heißen. Vielleicht brach er erst nach ein paar Sekunden zusammen, und die Brille ging erst anschließend zu Bruch. Da war sie schon auf der Leiter.«

»Der Mediziner sagt, dafür war der Schlag zu heftig. Er muss sofort gefallen sein.«

»Soll heißen, wir suchen womöglich nach jemand anderem?«

»In ihrem Auftritt eben behauptete sie, aus Argawals Zimmer vor mehreren Männern geflüchtet zu sein. Hast du gesehen? Die Show auf dem Times Square?«

»Teilweise.«

»Was hältst du davon?«

»Keine Ahnung. Klingt ziemlich verrückt. Obwohl – hätte mir jemand vor drei Jahren erklärt, dass wir beide mal per Brille quatschen, hätte ich ihn auch für verrückt erklärt.«


»Liebe Zuschauer, unsere Show geht in wenigen Minuten zu Ende!«, ruft der Moderator, den es längst nicht mehr auf seinem Sitz hält. »Angesichts der Ereignisse in New York hat der Sender jedoch beschlossen, die Berichterstattung fortzusetzen! Zu uns stoßen wird aus der Nachrichtenredaktion Anchorwoman Tyria LeBon! Und gerade spielt uns die Regie eine Videoanalyse von Trevor Demsichs Blog ein! Trevor ist IT-Spezialist aus Santa Fe. Er ließ ein Programm automatisierter Körper- und Kleidungserkennung die Aufnahmen von Überwachungskameras und Datenbrillen analysieren, die heute Nachmittag ins Netz streamten.«

Er greift sich kurz ans Ohr, um die Regisseurin im Headset besser zu verstehen.

»Wie ich höre, machte Trevor dabei eine interessante Entdeckung! Unmittelbar nach dem mutmaßlichen Angriff auf Chander Argawal verlässt die Verdächtige Cynthia Bonsant das Bedley-Hotel. In den folgenden Minuten verlassen acht weitere Personen das Hotel. Darunter dieser Mann.«

Auf der Monitorwand wird ein Mann im Anzug mit Sonnenbrille von einem roten Kreis eingerahmt.

»Und kurz darauf dieser.«

Noch ein roter Kreis um einen korpulenten Mann in kurzen Hosen, Hawaiihemd sowie einem hellen Strohhut und Sonnenbrille.

»Trevor fand Aufnahmen von Kameras, die fast den gesamten Weg von Bonsant bis zu ihrem Verschwinden im Kanal dokumentieren. Und wie wir hier sehen, taucht auf derselben Route kurz darauf immer einer dieser beiden Männer auf! Sehen Sie! Auf der ganzen Strecke! Zufall? Trevor ist überzeugt davon, dass diese beiden Männer Cynthia Bonsant aus dem Hotel verfolgten! Wer sind sie? Zeugen? Warum haben sie sich dann bis jetzt nicht bei der Polizei gemeldet? Warum haben sie nicht sofort die Polizei verständigt, wenn sie doch einen Grund fanden, Bonsant zu verfolgen? Wie konnten sie auf Bonsants Strecke bleiben, obwohl sie mehrfach den Sichtkontakt verloren haben müssen?«

»Dieser Demsich hat wahrscheinlich recht«, bestätigt der Polizei-Operator. »Wir haben seine Bilder mit den Videos aus dem Hotel abgeglichen. Die Lobbykameras haben die zwei Typen auch erwischt. Sie tauchten etwa zwanzig Minuten vor der Tat in Begleitung von drei anderen auf.«

Er spielt Straiten die Aufnahmen in die Brille. Der Typ im Hawaiihemd, drei im Anzug, einer in Jeans und Hemd. Alle mit Sonnenbrillen, zwei mit Hut, einer mit Baseballkappe. Einer mit Hut geht zum Empfang. Als er mit der Empfangsdame spricht, schiebt er kurz die Sonnenbrille über die Augen.

»Fehler!«, ruft der Operator.

»Hast du ihn durch die Gesichtserkennung geschickt?«

»Yep. Arbeitet für eine kleine Sicherheitsfirma. Tochterunternehmen einer großen. EmerSec.«

»*Die* EmerSec? Milliardenschwerer Vertragspartner der Regierung, Aufträge im Irak und weiß der Teufel wo?«

»Der Haupteigner Henry Emerald hält Anteile an Freemee.«

»Das Freemee, das Bonsant in ihrer Straßenpredigt anprangert?«

»Genau dieses.«

Leise pfeift Straiten durch die Zähne.


Auf dem Polizeirevier muss Cyn erst einmal warten. Ihre Handgelenke sind nach wie vor hinter dem Rücken gefesselt, die Arme schmerzen.

Nach einer Viertelstunde tritt ein Kerl auf sie zu, der Vorfahren von sämtlichen Kontinenten haben muss, in Jeans, Hemd und verknittertem Sakko. Er stellt sich als Detective Straiten vor, nimmt ihr die Handschellen ab und führt sie in einen Verhörraum.

»Jetzt erzählen Sie mir, was passiert ist«, fordert Straiten sie mit sanfter Stimme auf.

Die kahlen Wände werfen ein schwaches Echo.

»Wo soll ich anfangen?«

»Fürs Erste heute Mittag im Bedley-Hotel, als Sie mit Chander Argawal von Freemee kamen.«

»Ist er wirklich tot?«, fragt Cyn. Sie weiß nicht, was sie in diesem Moment empfindet. In die Erinnerung an einige schöne Stunden mit ihm hat die Entdeckung seines Vertrauensmissbrauchs finstere Spalten gerissen.

Straiten mustert sie. Dann sagt er: »Ja, er ist tot.«

»Ich war es nicht.«

»Erzählen Sie, was passiert ist.«


»Wir bekommen von der Regie gerade ein neues Video eingespielt«, verkündet der Moderator. »Wie es scheint, stammt es wiederum von Zero!«

Auf Martens Monitor erscheint das Bild des Präsidenten und verwandelt sich in das des Stabschefs.

»Der Presidents' Day war nur der Anfang«, sagt Zero. »Natürlich sehen wir uns nicht nur den Präsidenten an, sondern auch seine Leute. Seinen Stabschef Erben Pennicott zum Beispiel, der so heldenhaft unsere süßen kleinen Krabbeldrohnen fing.«

Aus einer Aufzeichnung der entsprechenden Szene morpht das Bild zu Aufnahmen einer dunklen Hotellobby, durch die Erben Pennicott geht. »Gestern Abend lief er für wenige Sekunden einem Hotelgast in New York vor die Brillenlinsen. Der hatte natürlich nichts Besseres zu tun, als den Videoschnipsel bei Facebook zu veröffentlichen.«

Dafür, dass dieses Video überhaupt aufgenommen werden konnte, geschweige denn auf Facebook erschien, wird Pennicott ein paar Leuten die Köpfe abreißen, denkt Marten. Eigentlich ist es nicht sein Job, aber seit Cynthia Bonsants Auftritt auf dem Times Square hat Marten das Gefühl, dass er bald wieder Zero jagen wird. Er telefoniert bereits mit seinen Technikern, die das neue Video sofort analysieren sollen.

»In demselben Hotel«, fährt Zero derweil fort, »in dessen vierzigster Etage wenig später der Vorstandsvorsitzende Carl Montik von Freemee an einem Fenster gesehen wurde, von der Überwachungskamera auf einer Terrasse des Gebäudes gegenüber. Sie sendet ihre Bilder automatisch ins Internet und damit durch unsere automatisierte Gesichtserkennung für bestimmte Leute. Und sind das da im Hintergrund der Suite vielleicht Erben Pennicott und Henry Emerald? Für die Gesichtserkennung sind die Bilder zu unscharf, aber die Ähnlichkeit ist auffällig, findet ihr nicht? Was haben die drei zu besprechen, am Abend bevor Cynthia Bonsant schwere Vorwürfe gegen Freemee erhebt und vom FBI wegen Terrorismus verhaftet werden sollte? Tja, Erben

Pennicott, diesmal können Sie nicht einmal unseren Kameras die Beinchen ausreißen. Weil es nicht unsere sind.« Als lachender Stabschef verabschiedet sich Zero aus dem Film mit seinem üblichen Schlusskommentar: »Im Übrigen bin ich der Meinung, dass Datenkraken zerschlagen werden müssen.«

»Zumindest in den Metadaten haben sie diesmal keine Fehler gemacht«, informiert ihn der Techniker am Telefon. »Und im Video kann ich auf den ersten Blick auch nichts erkennen.«

Pennicott wird kochen, denkt Marten. Dabei empfindet er eine seltsame Genugtuung.


»Das passt zu unseren bisherigen Erkenntnissen«, meint Detective Straiten, nachdem Cyn ihre Schilderung beendet hat. Er schiebt das Bild einer Überwachungskamera über den Tisch. Cyn erkennt die Lobby des Hotels. Am Empfangstresen steht ein Mann mit Hut, der eine Sonnenbrille auf die Stirn geschoben hat, während er mit der Empfangsdame spricht.

»Kennen Sie den?«, fragt Straiten.

Cyn schaut sich das Gesicht genau an. Sie wird abgelenkt von einer Frau in schlecht sitzendem Kostüm, die den Raum betritt und Straiten etwas ins Ohr flüstert. Er nickt, woraufhin sie wieder verschwindet.

Straiten wirft einen fragenden Blick auf das Foto.

»Nein«, sagt Cyn. »Aber den Hut kenne ich. Einer der Männer, die in Chanders Zimmer eindrangen, trug so einen. Oder zumindest einen ähnlichen.«

»Kommen Sie«, sagt er und erhebt sich.

Cyn zögert, er steht bereits an der offenen Tür, die Klinke in der Hand.

»Na los. Ich will Ihnen etwas zeigen.«

Er führt sie in ein Büro mit zwei übervollen Schreibtischen, die sich gegenüberstehen. An dem linken sitzt die Frau, die eben mit Straiten sprach, und starrt auf ihren Computer. Straiten bugsiert Cyn hinter sie und stellt sich selbst daneben. Die Hände steckt er in seine Jeanstaschen, als wolle er damit signalisieren, dass er keinen besonderen Wert darauf legt, sie bei einem höchst unwahrscheinlichen Fluchtversuch Cyns einzusetzen.

Cyn benötigt ein paar Sekunden, bis sie sich auf dem Monitor einen Überblick verschafft hat. In mehreren Browserfenstern laufen verschiedene Inhalte. Am prominentesten ins Auge fällt ihr der Livestream einer Talkshow. Bei einem kurzen Schwenk erkennt sie Kosak und Washington. In dieser Show sollte sie gerade sitzen.

»... wie es aussieht, haben wir noch mehr Zuschauer als gedacht!«, ruft der Moderator.

Eingebildeter Tropf, denkt Cyn. Die Leute verfolgen die Geschehnisse auf anderen Kanälen, von Twitter bis zum *Daily*. Weil seine Show die Meldungen übernimmt, meint er, sie sehen noch fern.

»Unmittelbar nach Cynthia Bonsants Verhaftung machten sich eine Menge Zuschauer in aller Welt auf die Suche nach Indizien für ihre Vorwürfe. Unter ihnen einige Mitarbeiter in den größten Datensammelunternehmen der Welt. Diese Firmen wissen so gut wie alles über uns! Auch wie, wann und woran unsere Toten gestorben sind. Sie benötigten kaum eine halbe Stunde, um nicht nur Belege für Cynthia Bonsants konkrete Behauptungen zu zwei regionalen Häufungen von unnatürlichen Todesfällen unter Freemee-Nutzern in den USA und Japan zu finden, sondern Hinweise auf weitere! Sehen Sie hier!«

Auf die Monitorwand spielt die Regie eingefärbte Landkarten, Kurvengrafiken, Torten- und Balkencharts.

»Nur wenige Minuten später veröffentlichte ein spontan gebildetes internationales Rechercheteam von IT-Spezialisten ähnliche Daten!«

»Sie haben da etwas losgetreten, schätze ich«, sagt Detective Straiten.

# Einige Tage später

Die letzten Sonnenstrahlen kämpfen sich durch die Baumkronen am Rand der Wiese und zwingen Cyn immer wieder, die Augen zu schließen. Sie genießt die warmen Berührungen auf ihrem Gesicht. Die Natursteinwand in ihrem Rücken strahlt noch die gespeicherte Wärme des Nachmittags ab. Über ihre Beine kriecht bereits die kühle Luft von der Weide. Weiter unten auf der Wiese blökt ein Schaf. Zwei andere stimmen ein. Die anderen lassen ihre Nasen zwischen die Halme gesenkt und kauen friedlich weiter. Dann herrscht wieder Ruhe.

»Hier.« Vi stellt einen Drink auf den rohen Holztisch vor Cyn. Sie hat sich selbst einen mitgebracht und setzt sich neben Cyn auf die Bank. Sie prosten sich zu, trinken und lauschen den Grillen.

»Da waren schon wieder sieben Anrufe und geschätzte einhundert E-Mails«, sagt Vi.

Cyn erwidert nichts. Mit geschlossenen Augen hofft sie auf noch einen Sonnenstrahl. Doch die Kühle hat inzwischen auch ihren Oberkörper erreicht, legt sich über ihren Hals und ihr Gesicht. Freunde von Freunden haben ihr diese abgelegene Hütte im Lake District vermittelt.

Cyn öffnet die Augen, betrachtet Vi, die eine neue Datenbrille trägt.

»Ich bin derzeit für niemanden erreichbar«, meint sie schließlich. »Weißt du doch.«

»Ich weiß«, seufzt Vi.

Immerhin trägt sie keine Smartwatch, das fiel Cyn schon bei der Heimkehr nach London auf.

»Über das Prepaid-Handy und das Netz kann man uns hier nicht orten. Ich surfe mit Anonymisierungprogrammen und über ein Mesh, habe meinen Browserfingerabdruck halbwegs entschärft und so weiter.«

»Mesh?«, wiederholt Cyn fragend.

»Ein freies Funknetz. Ist eine Art Parallelinternet auf WLAN-Basis, gibt es hier in der Gegend. Private regionale Initiativen, die sich zuerst meist in Gebieten bildeten, die den etablierten Telefongesellschaften zu abgelegen waren. Sind oft noch nicht von Geheimdiensten oder kommerziellen Diensten infiltriert.«

Woher weiß sie so etwas jetzt schon wieder?, fragt sich Cyn.

»Aber glaub nicht, dass dich hier niemand findet, wenn er will«, fährt Vi fort. »Da helfen weder Mesh noch der dort.«

Sie deutet auf den alten Vauxhall neben dem Haus, mit dem sie gekommen sind. Ein Gefährt aus einer Zeit, in der Autos noch von ihrem Fahrer gesteuert werden mussten und der Beifahrer mit einer Karte den Weg wies. Aus dem weder das GPS laufend seine Position sendete, noch ein Bordcomputer oder einzelne Bestandteile wie Bremsen, Achsen oder Leuchten ihre jeweiligen Hersteller permanent über ihren Betriebszustand informierten. Auch der Wagen stammt von Freunden.

Zwei Tage musste Cyn noch in New York bleiben, bis die Polizei sie ausreisen ließ. Für Interviews, Foto- und Filmtermine hätte sie noch wenigstens eine Woche dranhängen können. Doch Cyn wollte bei Eddies Begräbnis dabei sein. Die Ermittler suchten seitdem nach den Männern auf den Bildern der Überwachungskameras. Praktisch im Rückwärtslauf hatten sie die Aufenthaltsorte jedes Einzelnen für Tage davor rekonstruieren können. Dabei hatte jeder von ihnen irgendwann Hinweise auf seine Identität gegeben, sei es, dass er sein Gesicht zeigte, in ein Auto mit einer identifizierbaren Nummer stieg oder Gegenstände anlangte, von denen die Polizei in der Folge Fingerabdrücke nehmen konnte. Zwei hatten sie bereits erwischt. Drei waren noch auf der Flucht. Die Polizei untersuchte die Verbindungen zwischen EmerSec und dem kleinen Sicherheitsunternehmen. Henry Emerald ließ jeglichen Zusammenhang zwischen EmerSec mit den Ereignissen rund um Freemee leugnen. Ebenso wie Erben Pennicott nichts damit zu tun haben wollte. Doch die Öffentlichkeit war seit Cyns Coup aktiver, und auch Medien und politische Opposition setzen ihnen zu.

»Freemees Mitgliederschwund geht weiter«, sagt Vi. »Inzwischen haben sie ein Viertel verloren. Kein Wunder, Big Datas Tchernobyl nennen es jetzt alle, so wie du in deinem Artikel danach.«

Carl Montik hatte das Experiment zugegeben, ohne aber alle Details oder den genauen Umfang zu nennen. Einen Zusammenhang mit den dreitausend Toten bestritt er nach wie vor.

»Was würdest du tun, wenn du erfährst, dass du eines von Freemees Versuchskaninchen warst?«, fragt Cyn.

Vi schweigt kurz, bevor sie antwortet: »Weiß ich nicht.«

»Willst du es überhaupt wissen?«

»Ich … hab auch so schon genug an der Geschichte zu knabbern«, sagt sie. »Aber Goth werde ich nicht mehr«, fügt sie hinzu.

»Was dann?«

»Mom, das diskutieren wir jetzt zum wievielten Mal seit deiner Rückkehr? Freemee ist ohnehin Geschichte. Staatsanwaltschaften in mehreren Ländern ermitteln. Adams Mutter und andere klagen.«

»Und wenn – dann kommen eben andere Unternehmen nach.«

»Will Dekkert zum Beispiel«, sagt Vi. »Er hat mit einigen seiner Kollegen Freemee den Rücken zugekehrt. Er kündigt ein Freemee-ähnliches Datenverwertungssystem auf Open-Source-Basis an. So sind die Programmcodes von jedem beeinflussbar.«

»Ich weiß, er hat mir vor meiner Abreise davon erzählt. Er meint, dass es kein Zurück gibt aus der Welt des kommerziellen Datensammelns und -verwertens. Aber so könnten wenigstens alle an den Regeln mitschreiben, nach denen sich die Gesellschaft in Zukunft ordnen wird.«

»Theoretisch… praktisch müssten sie codieren können.«

»Immerhin besteht die Chance einer öffentlichen Kontrolle…«

»Will hat mehrere Mails geschrieben. Er will dich für das Projekt gewinnen.«

»Ich weiß nicht, ob ich diese vivisezierte Gesellschaft will. Dieses Offenlegen aller Beziehungen und Verhältnisse in Echtzeit, diese Welt ohne Geheimnisse und Überraschungen. Eine Welt, in der alles und jeder verkäuflich ist.«

»Die existiert doch längst, Mom. Die Frage ist bloß, wer Einblick in sie besitzt und davon profitiert – Geheimdienste und ein paar geheimnistuerische Weltkonzerne oder wir alle.«

»Jetzt bin ich erst einmal hier.«

»Hast recht. Du kannst aus genügend Angeboten wählen. Hast du bei Anthony schon gekündigt?«

»Noch aus New York. Wurde auch Zeit«, sagt sie und lächelt.

»Zero hat ein neues Video online gestellt. Willst du es sehen?«

»Nein, danke. Ich genieße die Ruhe.«

Um die Baumwipfel spielt eine Brise. Der Nachthimmel hinter dem grünen Laub wird heller, je höher Cyn blickt. Weit über ihr entdeckt Cyn das Funkeln des ersten Sterns.

Oder ist es ein Satellit, der auf sie herunterblickt?

**ArchieT:**

Szenario: In zwanzig Jahren ist die Mehrheit der Menschen durchanalysiert und lässt sich von Lifestyleprogrammen durch das komplexe Leben helfen.

**Submarine:**

Du meinst: Die Programme wissen dann besser als ich, für welchen Job, Partner und Sport ich am besten geeignet bin, was ich essen und welche Geschäfte ich machen sollte? Und steuern mich mit unsichtbarer Hand dorthin?

**ArchieT:**

Du aber wirst immer noch glauben, dass die Entscheidungen der Algorithmen deine eigenen sind.

**Nachteule:**

Und wer steuert die Programme?

**Teldif:**

Niemand mehr. Zumindest kein Mensch. Sind dann längst zu komplex, dass sie noch jemand durchschaut.

**Snowman:**

In Zukunft nehmen uns also Programme die Entscheidungen ab. Damit machen sie ja alle überflüssig, die heute in unserer Gesellschaft fürs Entscheiden zuständig sind: Politiker, Manager, …

**Peekaboo777:**

Hör auf! Du machst mir das Szenario noch schmackhaft!

# Glossar

Dieses Glossar umfasst eine willkürliche Auswahl von Begriffen. Wer einen vermisst, sieht einfach im Internet nach. Dazu ist es da. Unter anderem.

**Anonymous:** Markenname, unter dem Internetaktivisten und Hacker – koordiniert und individuell – Aktionen und Demonstrationen veranstalten. Aufgrund der Struktur von Anonymous ist kaum zu überprüfen, ob diverse Meldungen, Informationen oder Aktionen tatsächlich auf das Konto von Anonymous gehen.

**Arpanet:** Projekt der *Advanced Research Project Agency* (ARPA) des US-Verteidigungsministeriums, vernetzter Universitäten und Forschungseinrichtungen; aus ihm entwickelte sich das Internet.

**Aufmerksamkeitsökonomie:** Konzept, wonach in der modernen Informationsgesellschaft Aufmerksamkeit ein knappes und wertvolles Gut ist. Je mehr Aufmerksamkeit man erringt, desto besser. Manche Prominente, die allein für ihre Bekanntheit bekannt sind, scheinen das Konzept zu bestätigen.

**Big Data:** Überbegriff für das Sammeln, Speichern, Analysieren und Verwerten von gigantischen Datenmengen u. a. mittels moderner Kommunikations-, Sensoren- und Vernetzungstechnologien.

**Body Snatchers:** Außerirdische Invasoren im Science-Fiction Roman *The Body Snatchers* von Jack Finney (drei Mal verfilmt). Klassiker der Antikommunisten- und Paranoialiteratur der 50er, 60er und 70er.

**Crowdsourcing:** Unternehmen und Organisationen lagern Auf-

gaben, die sie üblicherweise intern erledigen, an externe Frei-
willige aus.

**Gesichtserkennung/Face recognition:** Computerprogramme,
die Menschen anhand von Gesichtsmerkmalen identifizieren
können.

**FISA:** *Foreign Intelligence Surveillance Act* – Gesetz zum Abhören
in der Auslandsaufklärung. 1978 vom US-Kongress verabschiedet, regelt unter anderem Durchsuchungen von Wohnungen
und Personen in den USA, insbesondere aber Überwachung
von Telekommunikation im Ausland. FISA-Fälle werden behandelt vom eigens dafür eingerichteten > FISC.

**FISC:** *States Foreign Intelligence Surveillance Court* – Gericht
der Vereinigten Staaten betreffend die Überwachung der
Auslandsgeheimdienste. 1978 gegründet, regelt die Überwa-
chungsaktionen der US-Auslandsgeheimdienste. Seine Sitzun-
gen unterliegen der Geheimhaltung und keiner echten demokratischen Kontrolle.

**Gamification:** Einsatz von Spielstrategien in spielfremden Um-
gebungen, z. B. im Management, bei der Kundenbindung,
beim Lernen und anderen. Es soll die Motivation der ange-
sprochenen Personen erhöhen, üblicherweise als langweilig
oder eintönig empfundene Tätigkeiten mit Freude zu absolvieren.

**Girolamo Savonarola:** Dominikaner und Bußprediger im Flo-
renz des 15. Jahrhunderts; wetterte gegen den Lebenswandel
von Adel und Klerus, wofür er auf dem Scheiterhaufen ver-
brannt wurde.

**Guy Fawkes:** wollte 1605 mit einem Bombenanschlag gegen das
Londoner House of Lords die Einsetzung eines katholischen
Königs in England erzwingen; wurde dafür 1606 hingerichtet.

**Howard Beale:** fiktive Figur eines kritisch-verrückten TV-Kommentators in der mit vier Oscars ausgezeichneten Filmsatire *Network* (1976).

**INDECT:** *Intelligent Information System Supporting Observation, Searching and Detection for Security of Citizens in Urban Environment*; Forschungsprojekt der Europäischen Union zu einem umfassenden Überwachungssystem.

**Monkey Wrench Gang:** fiktive Ökoterroristengruppe aus dem gleichnamigen Roman Edward Abbeys.

**Panopticon:** Konzept des britischen Philosophen Jeremy Bentham (1748–1832) für Gefängnisse und Fabriken, in dem eine einzelne Person zahlreiche Menschen überwachen kann.

**Predictive Analytics:** versucht durch Analyse vergangener Ereignisse und Handlungsmuster zukünftige vorauszusagen; dank moderner Software häufig bereits gut zutreffend; wird mittlerweile von fast allen Branchen eingesetzt, vom Militär und Finanz- und Versicherungswesen, Medizin oder Wettervorhersage bis zu Marketing.

**Predictive Policing/Pre-Crime:** Computerprogramme zur Voraussage von Verbrechensorten und -arten. Werden bereits in mehreren Städten eingesetzt (Stand Februar 2014).

**PRISM, XKEYSCORE, TEMPORA u. v. a.:** verschiedene, fortgeschrittene Überwachungstechnologien der amerikanischen und britischen Geheimdienste.

**Raspberry Pi:** einfacher Einplatinencomputer, von der britischen *Raspberry Pi Foundation* entwickelt, damit junge Leute wieder leichter Hardware- und Programmierkenntnisse erlernen können. Inzwischen auch in vielen anderen Bereichen im Einsatz.

**Running Man:** Science-Fiction-Film (1987) nach einem Roman von Stephen King. Dessen Vorläufer, der deutsche TV-Film *Das Millionenspiel* (1970), geht auf eine Kurzgeschichte Robert Sheckleys zurück.

**TOR:** *The Onion Router* – Netzwerk zur Anonymisierung von Verbindungsdaten. Erlaubt bis zu einem gewissen Grad anonymes Surfen im Internet.

**V:** Hauptcharakter im Comic *V wie Vendetta*, der gegen eine Überwachungsdiktatur kämpft. Trägt eine > **Guy-Fawkes-Maske**, die mittlerweile zum Markenzeichen von > **Anonymous** wurde.

**VPN:** *Virtual Private Network* – virtuelles privates Netzwerk. Erlaubt unter anderem bis zu einem gewissen Grad anonymes beziehungsweise überwachungsgeschütztes Bewegen im Internet.

**Wolfram Alpha** > **semantische** Suchmaschine; versucht nicht einfach Webseiten zur Suchanfrage zu finden, sondern inhaltliche Antworten zu geben.

# Figurenverzeichnis

## Die Mitarbeiter des Daily

| | |
|---|---|
| **Cynthia Bonsant** | Journalistin |
| **Anthony Heast** | Chefredakteur |
| **Chander Argawal** | IT-Forensiker |
| **Jeff** | Technikressort |

## Freemee

| | |
|---|---|
| **Carl Montik** | Gründer, verantwortlich für Forschung, Programmierung, Entwicklung |
| **Will Dekkert** | Kommunikationsvorstand |
| **Alice Kinkaid** | Kommunikationschefin |

## Die Jugendlichen

| | |
|---|---|
| **Viola Bonsant** | Cynthias Tochter |
| **Adam Denham** | Freund von Viola |
| **Edward Brickle** | Freund von Viola |

## Die Regierung/FBI

| | |
|---|---|
| **Erben Pennicott** | Stabschef des Weißen Hauses |
| **Jonathan Stem** | Assistant Director beim FBI |
| **Marten Carson** | FBI-Agent |
| **Luís** | Digital Detective beim FBI |
| **Henry Emerald** | Gründer der Sicherheitsfirma EmerSec |
| **Joaquim Proust** | Leiter von EmerSec |

# Nachwort und Dank

Update zur deutschsprachigen Taschenbuchausgabe:

Die deutsche Erstausgabe von *ZERO* erschien im Mai 2014. Zeitgleich gab das weltweit größte soziale Netzwerk Facebook bekannt, dass in einem Experiment schon 2012 heimlich die Emotionen von rund 800 000 seiner User beeinflusst worden waren, indem man ihre Timeline in bestimmte Richtungen manipuliert hatte – im Prinzip genau das, was Freemee in *ZERO* mit seinen Usern macht. Weitere Onlinedienste folgten mit ähnlichen Bekenntnissen.

Seit 2014 versuchen vermehrt neue Onlinedienste das Geschäftsmodell der persönlichen Datenmonetarisierung, wie Freemee es in *ZERO* tut, zu etablieren. Wie erfolgreich sie gegen die bereits etablierten Datenhändler und -verwerter sein werden, bleibt abzuwarten.

China kündigte im Herbst 2015 die Einführung eines »Social Credit Systems« an, mit dem die Bevölkerung des Landes nach verschiedenen Kriterien bewertet werden soll. Es heißt nur nicht ManRank …

Im US-Präsidentschaftswahlkampf 2016 wurde Facebook und Google vorgeworfen, unter anderem »Trending Topics« und Suchergebnisse zugunsten demokratischer Kandidaten manipuliert und so die Stimm(ung)en der Wählerinnen und Wähler beeinflusst zu haben. Die Vorwürfe konnten (bis Redaktionsschluss für dieses Nachwort) allerdings nicht bewiesen werden.

Die Fortschritte bei der Entwicklung künstlicher Intelligenz und automatisierten Managements (z. B. Block-Chain-Technologie) rücken ZEROs Gedankenspiele aus dem letzten Dialog der Geschichte in greifbare Nähe.

Datenbrillen gehören in immer mehr Berufen zum Arbeitsalltag und erleben gerade ihren zweiten Entwicklungsfrühling als Konsumentenprodukt.

Alle beschriebenen Technologien werden bereits eingesetzt, ebenso wie die erwähnten Polizeieinrichtungen in London (Lambeth) und New York (RTCC).

Ich bedanke mich bei jenen, die mir persönlich mit Informationen und Tipps zu diesem Buch halfen, insbesondere Philipp Schaumann, Christian Reiser und Nikolaus Forgó.

Wie eingangs schon erwähnt, handelt es sich um einen Roman. Deshalb habe ich Fakten vereinfacht oder etwas angepasst, wo es mir aus dramaturgischen Gründen nützlich erschien. Natürlich danke ich auch wieder dem Team des Blanvalet-Verlags und meinem Agenten. Meiner Frau kann ich gar nicht genug danken für ihre Geduld und ihre Liebe. Und selbstverständlich danke ich erneut Ihnen, liebe Leserin, lieber Leser, für Ihr Interesse und Ihre wertvolle Zeit!

Marc Elsberg
Juni 2016

Trotz aller geschilderten Risiken und Nebenwirkungen einer gläsernen Welt freue ich mich, Sie auch online zu treffen auf
www.marcelsberg.com

# BONUSMATERIAL:
## Exklusives ZERO-Video

Durch das Auge einer Überwachungskamera sehen wir auf eine Supermarktkasse. Eine Frau reicht der Angestellten hinter der Kasse ihre Kundenkarte. Parallel hört man ein seltsames Summen.

Sprecherin:
Du verwendest Kundenkarten?

Die Kassiererin scannt die Karte. Die aufgeregten Klänge von Rimski-Korsakovs *Hummelflug* setzen ein. Aus dem Nichts erscheinen Dutzende Männchen in Supermarktuniformen, klein wie Gartenzwerge, unnatürlich schnell und hektisch, wie im Zeitraffer, umringen sie die Frau.

Zoom auf die Szene: Sie bedrängen die Kundin, klettern auf und in ihren Einkaufswagen, hüpfen auf ihre Schultern, untersuchen sie durch übergroße Brillen oder Vergrößerungsgläser, wie Wissenschaftler ein exotisches Insekt. Durchwühlen ihren Einkaufswagen zur immer nervöser werdenden Musik. Begutachten jedes Produkt. Notieren eifrig auf Clipboards und Tablettcomputern. Eigenartigerweise scheint die Frau nichts davon zu bemerken. Ungerührt nimmt sie ihre Karte entgegen, zahlt und schiebt ihren Einkaufswagen weiter.

Sprecherin: Der Supermarkt verwendet deine Daten.

Schnitt zu einem jungen Mädchen mit Mobiltelefon am Ohr, das durch eine belebte Straße spaziert. Es plappert vor sich hin, lacht, fährt sich mit der Hand durchs Haar. Nimmt keine Notiz von dem Schwarm hyperaktiver bunter Männchen, der sie verfolgt und auf ihr herumkrabbelt wie ein Insektenschwarm unter Drogen. Sie tragen farbige Overalls wie Taucheranzüge. Durch Riesenbrillen oder futuristische Sehgeräte beäugen sie das Mädchen von oben bis unten.

Sprecherin: Du benutzt ein Mobiltelefon.

Blitzschwenk zu einem Männlein, das auf seinem Tablettcomputer den Weg des Mädchens in einem Stadtplan nachzeichnet.
Blitzschwenk zu einem weiteren Männlein, das an verschiedenen Stationen dieses Wegs Informationen in kleine, rote Felder eintippt – Gesichter, Namen, Daten, Zahlen. Die schwirrende Melodie erreicht einen neuen nervösen Höhepunkt.

Sprecherin:
Die Telefongesellschaft benutzt deine Daten.

Mit geübten Fingern bedient das Mädchen den Touchscreen ihres Telefons.

Sprecherin:
Und nicht nur die. Auch die Apps auf deinem Smart-phone wissen genau, was du tust.

Weitere bunte Figuren stoßen zu dem Schwarm. Fallen über das Mädchen her, wie Maden über eine Leiche. Kriechen unter ihr Hemd, krabbeln in ihr Dekolleté und heben ihren Rock. Notieren, kritzeln, schreiben, zeichnen, tippen. In dem Getümmel ist sie kaum mehr zu sehen.

Schnitt zu dem bläulich beleuchteten Gesicht eines Mannes vor seinem Computerbildschirm – außerdem Dutzende weitere, kleine Gesichter von Männchen, die sich wie große Läuse und Wanzen auf seinen Schultern und Armen drängen und im Zwielicht auf den Monitor glotzen.

Langsamer Zoom auf sie, während sie eifrig Notizen machen.

Sprecherin:
Durch das Internet surfst du nie allein. Die Datensammler spionieren dich ununterbrochen aus.

Schnitt zu einem Markt. Über den Ständen hängen Firmenzeichen und Schriftzüge, die an bekannte (Internet-)Unternehmen erinnern, ohne ihnen exakt zu gleichen. Darunter hüpfen die lustigen kleinen Männchen in den bunten Overalls zwischen den Kisten mit ihren Waren hysterisch umher und bieten diese wild gestikulierend feil.

Zoom auf die Kisten, und nun erkennt man die Waren: Aus den flachen Holzkisten, wie Äpfel oder Orangen ordentlich gestapelt, grinsen Tausende lebendige Menschenköpfe die Kunden an, blinzeln und unterhalten sich miteinander! Eine Kamerafahrt zeigt, dass auf jeder Stirn ein Preis prangt – Namen, Alter, weitere Daten. Extra-Schilder versprechen Mengenrabatte, Spezialangebote. Manche Stände bieten nur Frauenköpfe an, andere nur Männer, manche alte, andere junge, europäische, asiatische ... alles da.

Zoom out: Vor den Ständen tummeln sich Männer und Frauen in Anzügen. Prüfen, wiegen, überlegen. Feilschen hektisch zur flirrenden Musik, reichen den lustigen Männchen über die Köpfe hinweg Körbe voll Geld. Im Gegenzug bekommen sie einige der Menschen wie auf einem Sklavenmarkt aneinandergekettet übergeben und ziehen davon.

Sprecherin:
Binnen weniger Jahre wurden die größten Datensammler des Planeten zu den reichsten und wertvollsten Unternehmen der Welt. Mit deinen Daten!

Nun ändert sich die Musik, schwillt zu einer dramatischen Symphonie mit Geigen und Bläsern an, während ein Stapel einfältiger, schnatternder Köpfe zu zittern beginnt.

Zoom auf einen Kopf. Er hebt sich aus dem Haufen, sein Hals wird sichtbar, seine Schultern schieben sich zwischen den anderen Häuptern, stoßen sie beiseite.

Sprecherin:
Wir bei ZERO finden, dass nur einer bestimmen soll, was mit deinen Daten geschieht: Du!

Zoom out: Jetzt folgen die nächsten Köpfe seinem Beispiel, ganze Menschen winden sich heraus. Die übrigen Köpfe verfolgen das Geschehen mit überraschten Blicken, »Ahhhs!« und »Ohhhs!«.

Die lustigen Händler sind nun nicht mehr lustig, drücken aufgeregt die Menschen zurück in ihre Kisten.

Vergeblich. Begleitet von Fanfarentönen kämpfen sich die ersten frei, steigen auf die Straße. Streifen unsichtbaren Schmutz ab, schüttelten sich.

Sprecherin:

Es wird Zeit, dass deine Daten dir wieder selbst gehören!

Dass DU dir wieder selbst gehörst!

Fanfare: Ta-taa!

Schnitt zu einer frisch geschlüpften Frau; sie wischt den Preis von ihrer Stirn und verschwindet aufrechten Gangs und mit wehendem Haar in der Menge.

Sprecherin:

Im Übrigen bin ich der Meinung, dass Datenkraken zerschlagen werden müssen!

*Der folgende Text basiert auf zwei Reden, die ich im Herbst 2014 beim Forum Privatheit in Berlin (u. a. vor der deutschen Bundesministerin Prof. Dr. Johanna Wanka) sowie im Herbst 2015 an der ETH Zürich anlässlich eines Kongresses zum Thema Datenschutz und Privatsphäre gehalten habe.*

*Vielen Dank an Nikolaus Forgó für den Meinungsaustausch beim Verfassen dieses Textes.*

# Macht und Wert

»Sollen sie meine Daten sammeln. Ich habe nichts zu verbergen.«

Bei Privatsphäre geht es nicht nur um dunkle Geheimnisse. Wenn wir von Privatsphäre reden, reden wir auch von Macht.

Macht, definiert als die Möglichkeit, die eigenen Interessen durchzusetzen. Eigene Gedanken und Interessen entwickelt man nicht zuletzt auch in der Abgeschiedenheit jener Sphäre, in der man frei von Konformitätsdruck ist; jener Sphäre, in der man seine individuelle Identität entwickelt: der Privatsphäre.

Wer keine Privatsphäre hat, wer ständig beobachtet wird, unterliegt dem Konformitätsdruck, wie zahlreiche Experimente belegen. Überwachung erstickt Individualität.

Privatsphäre war seit jeher und ist bis heute ein Zeichen der Macht (während die Bevölkerung in Massenschlafstätten lag, schlief die Elite in eigenen Zimmern).

Mit dem Wachsen des Bürgertums im 19. und 20. Jahrhundert verschoben sich die Machtverhältnisse in historischem Ausmaß von den Monarchen zu jedem einzelnen Bürger. Zahlreiche Demokratien entstanden. Nicht zufällig wurde parallel zu diesem Machtwechsel das Machtelement Privatsphäre vom Privileg einer kleinen Elite zum festgeschriebenen Menschenrecht.

Privatsphäre ist also mehr als bloß das «Recht, allein gelassen zu werden», sie ist Zeichen und Bedingung für Macht. Für den herrschenden Machthaber ist Privatsphäre für alle daher eine Bedrohung. Autoritäre Regime wussten das immer. Entsprechend zerstören sie die Privatsphäre, meist mit Gewalt, der primitivsten Form der Machtausübung.

Doch Macht kann man auf mehrerlei Art ausüben. Die elegantere und in demokratischen Gesellschaften übliche ist Macht durch Regeln und Strukturen, die man einer Gruppe oder Gesellschaft auferlegen kann und an die sich deren Mitglieder halten. Michel Foucault nennt sie »Gouvernementalität«. Sie werden von der Politik im demokratischen Prozess – also im besten Fall von uns allen – ebenso gestaltet wie etwa von Unternehmen, die durch Innovation Marktregeln neu definieren.

Die höchste Form der Macht ist, Gefühle, Ideen, Wünsche, Vorstellungen und damit die daraus folgenden Handlungen anderer im eigenen Sinn steuern zu können – und zwar ohne, dass die Ohnmächtigen es überhaupt mitbekommen! Frei nach dem Motto «Lass sie glauben, es war ihre Idee».

Kurz nach ZEROs erstem Erscheinen 2014 wurde ein bereits 2012 durch das weltgrößte soziale Netzwerks Facebook heimlich durchgeführtes Experiment bekannt: Über die Timeline von Facebook hatte man die Emotionen Hunderttausender Nutzer gesteuert – und zwar ohne, dass diese es bemerkt hatten. In der Folge kamen ähnliche Experimente anderer Unternehmen ans Licht.

Diese Unternehmen haben die höchste Stufe der Macht erklommen. Wie gelangten sie binnen weniger Jahre dorthin? Nun, im Wesentlichen so, wie Machthaber es schon früher getan hatten: Sie vernichteten die Privatsphäre der Menschen.

Stellen Sie sich vor: Während Sie diesen Artikel lesen, drängen sich Hunderte Menschen um Sie, umschwärmen die Leute in Ihrer Umgebung, uns alle, schauen uns über die Schulter, hören und tasten uns ab: Marketer, Psychologen, Statistiker, Banker,

Versicherer, Mathematiker, Mediziner, Agenten und viele andere. Sie vermessen unseren Aufenthaltsort, die Gesellschaft, in der wir uns gerade befinden, unsere Gesundheit und noch viel mehr. Die Bande verfolgt Sie und mich auf Schritt und Tritt: zum Einkauf, an den Arbeitsplatz, auf die Toilette, ins Bett, sie liest unsere Nachrichten, hört unsere Gespräche.

Natürlich hetzen uns Unternehmen, Geheimdienste und Behörden keine Menschen auf den Hals. Sie dringen in unsere Köpfe und beobachten uns – mittels Telefonen, Computern, Kredit-, Bank-, Kunden-, Rabatt- und Vielfliegerkarten, dem GPS im Auto, Überwachungskameras, »Wearables« wie Fitnessbändern, Smartwatches, Datenbrillen, Hirnstrommessern und immer zahlreicheren anderen Sensoren – viel wirkungsvoller, als menschliche Agenten dies je könnten. So bemächtigen sie sich unserer Gedanken, Ideen, Wünsche und unseres Geistes. Schon Mephisto interessierte nur Fausts Seele.

Noch etwas ermöglichen diese neuen Technologien: Unsere Vermesser wissen nicht nur, *dass* wir Lust und Angst und Mut und Familiensinn haben werden, sondern vor allem *wie viel davon*.

Unsere Wertvorstellungen, Gefühle, Ideen und Träume werden quantifizierbar und als »Daten« zu handelbaren Produkten.

Der Begriff »Werte« ist hier von entscheidender Bedeutung: Bisher bezeichnete er einerseits *Wertvorstellungen* aus dem ethisch-moralischen Bereich, andererseits in Geldeinheiten messbare *Kapitalwerte*. Dank dieser neuen Technologien verschmelzen diese Bedeutungen miteinander. Werten wie Ehrlichkeit, Mut usw. – je nachdem, wie man sie definiert, nicht nur in der Ethik sondern zum Beispiel auch in Wertemodellen für Marketing und Werbung – kann nun ein konkreter finanzieller Wert bzw. ein Preis zugeschrieben werden.

»Heute kennen die Menschen von allem den Preis, aber von nichts den Wert«, meinte Oscar Wilde einst. Er würde sich wundern. Heute kennen wir von jedem Wert den Preis.

Wenn ich in der Folge von *Wert* oder *wert* spreche, meine ich diese verschmolzene Bedeutung.

Um das Bild weiterzuentwickeln: Während uns die Beobachterschwärme vermessen und analysieren, bewerten sie uns auch. Sie schleppen uns auf den Marktplatz, wo sie uns feilbieten, einen Preis auf der Stirn. Dort verkaufen sie uns an den Meistbietenden, der uns dann abnimmt, was abzunehmen ist: Geld, Arbeits- und Freizeit, Meinungen und einiges mehr, alles in Echtzeit mittels Datenanalyse-, -bewertungs-, -handels- und -auktionsprogrammen.

Und hier liegt auch der entscheidende Unterschied zwischen meinem Vergleichsbild aus der analogen Körperwelt und der neuen digitalen Dimension: die Körperlosigkeit, das Virtuelle. Einen menschlichen Körper kann man nur einmal gleichzeitig auf den Markt stellen und verkaufen. Dagegen kann man uns die Informationen über unsere Wertvorstellungen, Haltungen, Ideen, Träume und Wünsche immer wieder rauben, ohne dass wir es überhaupt merken. Diebstahl bleibt es trotzdem.

Vom Prinzip ist das vergleichbar mit dem Diebstahl geistigen Eigentums: das Buch, der Song, der Film, die wissenschaftliche oder technische Entwicklung, beziehungsweise die Idee dazu bleiben im Kopf des Schöpfers und sind aber doch gleichzeitig bei den Dieben. Nur dass der Diebstahl in dem hier diskutierten Aspekt vielleicht noch tiefer geht und den innersten Kern unserer Identität, unseres Wesens, unserer Menschenwürde betrifft.

In dieser neuen Welt gilt: die Information *ist* das Objekt. In einer vielleicht etwas frei interpretierten Umkehrung von Marshall McLuhans »The Medium is the Message« könnte man heute sagen »The Message is the Medium« (besonders deutlich wird das in einem anderen Bereich, der Genetik: Der genetische Code jedes Menschen, also die reine Information über sein Werden und Sein, beschreibt seine Einzigartigkeit. Ohne Code kann er nicht er sein. Der Code, die Information, *ist* der jeweilige Mensch. Und kann daher nach unseren derzeitigen Vorstellungen von Menschenwürde zuerst einmal nur ihm gehören).

Die körperliche Zwangsverfügung über Menschen – Leibeigenschaft, Sklaverei und Menschenhandel – haben zivilisierte Gesellschaften als schwere Verletzung der Menschenwürde geächtet und verboten. Müsste man das psychische Äquivalent der Identität daher nicht ebenso behandeln? Datensammeln also nicht eigentlich Menschenjagd nennen? Und Datenhandel Menschenhandel? Ich höre schon jene schreien, die damit so viel Geld verdienen, dass sie binnen weniger Jahre zu den reichsten und mächtigsten Unternehmen der Welt geworden sind.

Offiziell gibt man bei Nutzung dieser Dienste inzwischen oft sein Einverständnis zu diesem Handel, meist jedoch, ohne sich der wahren Bedeutung und des Werts dieser Daten bewusst zu sein (der in diesem Handel nicht beziffert wird) und meist auch, ohne die Bedingungen des Handels nur gelesen oder gar verstanden zu haben. Abgesehen davon hat man im Allgemeinen keine Wahl, ob man den Deal eingehen will – wenn man den Dienst nutzen möchte, muss man mit seinen Daten bezahlen. Es handelt sich also um ein sehr asymmetrisches Verhältnis zwischen den beiden Vertragspartnern, da die Alternative in diesen häufig von Quasimonopolisten dominierten Märkten oft den Verzicht auf eine vergleichbare Dienstleistung und damit eine deutliche Benachteiligung bedeutet. Derart asymmetrische Verhältnisse sind oft Nichtigkeitsgründe für Verträge, sodass der Schwächere im Nachhinein vor Übervorteilung geschützt wird. Bestenfalls sollten sie von Beginn an gar nicht entstehen.

Neue Geschäftsmodelle treiben das »Lass sie denken, es war ihre Idee«-Machtkonzept zur Vollendung. Als ich ZERO entwarf, waren diese Modelle noch Zukunftsmusik, inzwischen sind die ersten Anbieter aus den Startlöchern. Wir werden sehen, ob sie sich gegen die etablierten Player durchsetzen. Sie ermöglichen, die eigenen Daten selbst zu sammeln und zu verwerten (oder auch nicht), setzen also um, was vielfach gefordert wird: Wir sollten die Kontrolle über unsere Daten zurückgewinnen und sie selbst verwerten können – informationelle Selbstbestimmung. Kurz: Wir können uns jetzt selbst verkaufen. Eine Figur aus ZERO bringt es auf den Punkt: »Datensouveränität ist auch nur ein Businessmodell«.

In ZERO entwerfe ich mit ManRank noch ein Bewertungssystem für alle Menschen. Neben der Forbesliste der 100 reichsten Menschen gibt es hier nun auch die Liste für die restlichen 99 Prozent als konsequente Weiterentwicklung bestehender Systeme, wie klout- oder e-scoring-Handelssysteme. China beschreitet mit dem 2015 angekündigten »Social Credit System« zur Bewertung der gesamten Bevölkerung die ersten Schritte in ein ähnliches System der sozialen Steuerung, nur ohne Kommerzialisierung.

Zudem kann man in ZERO diese individuellen Werte folgerichtig auch schon an einer Börse handeln. Unsere Einstellungen, Wünsche und Träume werden zu in Einheiten berechenbaren Kurven wie der Kurs einer Unternehmensaktie. Von Bürgern mutieren wir zu Aktien dieser Gesellschaft. Es ist geschafft: die totale Ich-AG!

Je wertvoller meine Aktie »Ich«, desto mehr Einfluss in der Gesellschaft habe ich. In der Tendenz ist das wie zu Zeiten, als nur vermögende Bürger wählen durften.

Solche Mechanismen würden den derzeitigen primitiven und intransparenten Tauschhandel (Daten gegen Service) durch einen Markt für alle ersetzen, der eine gewisse Transparenz über die Preise dieser Werte schaffen würde.

Doch noch sind wir nicht ganz soweit. Das Szenario zeigt aber deutlich, worum es in westlichen Demokratien eigentlich längst geht: Ein wichtiges machtkonstituierendes Element der bürgerlichen Identität – Privatsphäre – wird (zwar noch nicht de jure aber de facto) aus der politischen Sphäre in die ökonomische verschoben. Werte werden zunehmend nicht mehr im politischen Raum *ver*handelt, sondern auf Märkten *ge*handelt.

Auch deshalb wächst der Druck zur Selbstoptimierung: Je bessere Daten wir liefern, desto mehr sind wir wert (zum Beispiel auch auf den Werbemärkten). Und wer möchte nicht wertvoller sein? Das ist natürlich ein großartiger Antrieb für alle, mitzumachen und sich laufend selbst zu überwachen und zu verbessern.

Was immer »besser« bedeutet.

Dabei helfen uns immer mehr schlaue Programme. Deren Versprechen ist auch zu überzeugend: »Wir kennen inzwischen alle Menschen ganz genau, auch Dich. Folge unseren Ratschlägen, und du wirst leistungsfähiger, erfolgreicher, vermögend, ein Sexgott.« Die Einflüsterungen der Fitness-, Gesundheits-, Psycho- und Erfolgsapps auf unseren Smartphones weisen uns nicht mehr nur den Weg über unbekannte Straßen, sondern auch durch das zunehmend komplexe und undurchschaubare Labyrinth des modernen Lebens. Smartwatch, Fitnessarmband und die davon gefütterte Gesundheitsapp machen uns fitter und leistungsfähiger. Die Ernährungsapp hilft uns beim Abnehmen. Der Gehirnstrommesser hilft uns beim Entspannen. Das Bewerbungsprogramm soll den Personalauswahlalgorithmus des potentiellen Arbeitgebers befriedigen helfen, und das Happiness-programm macht uns fröhlich genug für diesen Wettkampf.

Doch woher wissen wir, dass die Ratschläge wirklich in unserem Sinn sind und nicht im Interesse der beratenden Unternehmen? Facebook hat schon zugegeben, heimlich mit den Emotionen seiner Nutzer experimentiert zu haben. Welche Suchergebnisse zeigt uns Google wirklich? Führt uns das Navi auf dem schnellsten Weg ans Ziel oder doch an einer Tankstelle der Kette vorbei, mit der die Navibetreiber einen Deal haben? Wie kommt die Schufa wirklich zur Beurteilung unserer Kreditwürdigkeit und entscheidet damit darüber, ob wir etwas kaufen dürfen oder nicht? Wer steuert unser Leben? Wer ordnet unsere Gesellschaft? Nach welchen Normen und Werten?

Das wollen uns die neuen Mächtigen nicht verraten, denn Wissen ist Macht. Sie sagen ja selbst »Wer nichts zu verbergen hat, hat nichts zu befürchten.« Und sie fürchten den Machtverlust, deshalb wollen sie ihr Wissen über uns vor uns verbergen. Beim Machterhalt hilf ihnen diese Verschiebung der Privatsphäre vom Politischen ins Ökonomische, wie ein Urteil des deutschen BGH zugunsten der Schufa zeigt: Algorithmen und Bewertungsmodelle der Menschen sind Geschäftsgeheimnisse. Sie dürfen alles über uns wissen, wir aber nicht über sie. *Quod licet jovi non licet bovi.*

Dies zeigt, dass wir nicht von der Macht einer Technologie sprechen. Sondern von der Macht einer Ideologie. Übrigens handelt es sich weniger um eine neue Transparenzideologie, wie manche meinen (sonst würden sich Unternehmen und Behörden ja auch gläsern machen). Sondern mehr um die altbekannte, möglichst grenzenlos freie Marktideologie. Wie entgrenzt, zeigt die Tatsache, dass man wieder mit Menschen handeln darf, sie, oder Teile von ihnen, kaufen und verkaufen kann. Es kommt dabei nicht mehr darauf an, ob es sich um einen Menschenteil oder Information über einen Menschenteil handelt. Wie zuvor bereits beschrieben wachsen die Phänomene zusammen, ich *bin* die Information über mich, mein Körper ein weiterer Datenträger.

Begleitet wird dieser Prozess von einem für unsere komplexe Welt geradezu bizarren Rückfall in den Glauben, alles kontrollieren zu können, wenn man alles weiß. «Gib mir einen festen Punkt im Universum, und ich hebe dir die Welt aus den Angeln.» Ein uraltes Allwissenheitsphantasma, das durch Big-Data-Möglichkeiten neu befeuert wird.

Und nein, auch der Verzicht auf Facebook, Handy und Kundenkarten hilft nicht. Ich nenne es den Mineralwassereffekt: Wenn die meisten so durchsichtig sind wie Wassertropfen, sieht man die Luftbläschen umso besser. Auch der Nichtteilnehmer eines Marktes ist als solcher berechen- und handelbar – er ist nur weniger wert. Kapitalismus at its best. Marcuses »eindimensionaler Mensch«, Version 2.0. oder auch schon 4.0.

Die demokratischen Institutionen scheinen zu schwach, dem entgegenzutreten – nehmen wir einmal das Beste an: nicht aus mangelnder demokratischer Haltung, sondern aus Unkenntnis des »Neulands«. Oder sie haben sich ebenfalls der Logik dieses alles verkaufenden Systems unterworfen.

Deshalb halte ich die Praktiken und Möglichkeiten privater Unternehmen für noch bedrohlicher als jene des Staates. Dieser besitzt die Regel- und Strukturmacht, doch Unternehmen, wie wir sehen, verfügen über die noch mächtigere Gedankenhoheit und die Mittel zur Massenmachtausübung. Experimente zeigen, dass Google und Facebook bereits Wahlen entscheiden können (oder nur könnten? Wer weiß es schon?) – wie einst die mächtigen nationalen Boulevardmedien, nun aber auf internationaler Ebene. Und vor allem ohne, dass wir es merken würden! Das

Gewaltmonopol des Staates ist eigentlich das Gewaltmonopol der Unternehmen, die die Wahl in diesem Staat entscheiden (können). Dank ihrer meinungsbildenden Macht können sie auch den Diskurs über sich selbst steuern. Kritik daran diffamiert dieses System als fortschritts- und wirtschaftsfeindlich, uninformiert oder polemisch.

Wie groß diese Macht erst wird für jene, die nicht nur unsere Meinung bilden, sondern dank zunehmend populärer Ratgeberprogramme in allen Lebensbereichen direkt unser Handeln steuern werden?

So werden wir zu Marionetten an Algorithmenketten.

Kompliziert wird die Diskussion noch durch den Umstand, dass diese Technologien sehr viel Gutes bewirken können! Sie ermöglichen (theoretisch und oft auch praktisch) verbesserte Beweglichkeit, Gesundheit, Sicherheit, gesellschaftliche Teilhabe und mehr, ja, sie retten Leben! Verweigerung ist also keine sinnvolle Option, im Gegenteil. Die Frage lautet vielmehr: Wie sorgen wir für eine gesellschaftliche Machtbalance?

Wieder einmal müssen wir uns in diesem Zusammenhang fragen, wie wir unsere Gesellschaft organisieren wollen: nur nach ökonomischen Kriterien und Mechanismen oder auch nach politischen? In der Demokratie geht die Macht vom Bürger aus, nicht von Produzenten, Konsumenten, »Prosumern«. Die Privatsphäre, also die Informationen über unseren innersten Kern, gehörte – wie gezeigt – bislang zum Bereich des Politischen, nicht zu dem des Güter- und Dienstleistungsmarktes.

So verlockend für die Wirtschaft auf den ersten Blick die Vorstellung vom gläsernen Konsumenten auch scheinen mag – der Schutz der Privatsphäre liegt auch in ihrem höchsten Interesse! Wie eingangs schon erwähnt führt Überwachung nachweislich zu Konformität (siehe zahllose Experimente zum Konformitätsdruck), erstickt Individualität und Kreativität – und tötet damit die wichtigsten Voraussetzungen für die entscheidenden Erfolgsfaktoren moderner Unternehmen, nämlich Innovationsfähigkeit!

Die grundsätzliche Frage lautet zuerst einmal natürlich: Wollen wir weiterhin in Demokratien leben? Wenn die Antwort »Ja« heißt, kann die Schlussfolgerung für die Privatsphäre nur sein, dass sie als wesentlicher machtkonstituierender und -signalisierender Teil der staatsbürgerlichen Identität erhalten bleiben muss.

Darf also, wenn man eine funktionierende Demokratie erhalten möchte, die Privatsphäre zur Ware gemacht werden, nur weil dies nun technisch möglich ist und mächtige, davon profitierende Wirtschaftsplayer sich das wünschen?

Wobei wir, wie immer in der Privatsphärendiskussion, hier auch Fragen der persönlichen Freiheit berühren: Wenn diese Informationen / Daten mir gehören, warum sollte ich sie nicht verkaufen dürfen? Eine Antwort könnte lauten: darfst du, ebenso wie du deine Arbeitskraft, also deinen Körper, verkaufen darfst. Eine andere aber könnte sein: weil man seine politische Stimme ebenso wenig verkaufen darf.

Oder müssen wir ohnehin bestehende (und geplante) Gesetze konsequent anwenden, die die Verdinglichung des Menschen zur Ware verbieten, damit wir Bürgerinnen und Bürger wieder eine jener Voraussetzungen unserer Macht zurückgewinnen, die wir in einer funktionierenden Demokratie brauchen: unsere Privatsphäre? Denn, um Oscar Wilde zu paraphrasieren: »Manches hat nur ohne Preis einen Wert.«